KB139000

내가 죽인 판게아

I killed Pangaea

by Seiyon Kim

* *~More than 300 million years ago, all seven of Earth's continents came together and formed a supercontinent called Pangaea, which means "all lands" in Greek.*

* 이 책은 픽션입니다. 이름, 등장인물, 회사, 장소, 행사, 사건들은 작가의 상상력의 산물이거나 가상으로 사용된 것들입니다. 생존해 있거나 사망한 실존 인물, 사건, 무대들과 유사성이 있다면, 전적으로 우연의 일치입니다.

** 혹여 내용 중에 임의 작품을 인용했다고 단정하신다면, 전적으로 지은이의 무지나 불찰이오니 너그러이 용서하시길 바랍니다.

내 고향 비곡기

내가 죽인 판게아

김세연 지음

 GASAN BOOKS

내 고향 비곡기

내가 죽인 판게아

2016년 11월 22일 1쇄 발행

지은이 | 김세연
펴낸이 | 이종헌
펴낸곳 | 가산출판사 IVY HOUSE / GASAN BOOKS
주　소 | (03735) 서울특별시 서대문구 경기대로 76 (2F)
76 Kyonggidae-ro, Seodaemun-gu, Seoul, 03735, KOREA
Tel (02) 3272-5530 Fax (02) 3272-5532
등　록 | 1995년 12월 7일(제10-1238호)
E-mail | tree620@nate.com
ⓒ 김세연, 2016
ISBN 978-89-6707-014-4　03810

값 12,000원

채홍문학彩虹文學 선언문

　우리는 이제까지, 우리 시대와 너무도 멀리 떨어진 영웅적 인물을 중심으로 한 서사시에 길들여져 왔다. 그것도 서구의 먼 노래에만. 그래서 허블 망원경이 필요했고, 그것을 통해 우주의 저 머나먼 별들을 관찰하곤 했다. 하나의 창백한 점이 아닌 광대하고 웅장한 것들을 보면서 무한한 설렘과 감회에 빠져들기도 했다.

　그러나 이제는 카잔차키스의 괴연傀然한 노래 『오디세이아』를 끝으로 서사시에 대한 종말을 고해야 한다. 그래서 여기 나노미터보다 더 가늘고 섬세한 21세기적인 첨단 현미경으로 내 고향과 그 주변의 숱한 기억들을 탐색한다.

　내 고향은 추수 때 탈곡기에 튀는 벼 낟알이 잘 익어 쩍 벌어진 석류 알알에 반사되는 것과 같이, 빛나고 아름답고 그래서 더욱 슬프다.

　내가 자랄 때만 해도 일 년에 한두 번 열린 노래 콩쿠르와 연극 공연, 거의 절節마다 어김없이 행해지던 전통 민속 행사며, 여러 종류의 크고 작은 굿이 있었다. 그리고 그 굿을 하기 위해 무인巫人들의 마치 비 온 뒤 첫 햇살이 부챗살처럼 짝 퍼지듯, 또는 한낮 들판의 벼메뚜기같이, 잰걸음 통통, 향내 솔솔 풍기며, 생동감 있게 움직이던 모습들 하며, 그리고 싱그러운 5월이 될 때마다 청탄정聽灘亭 재실齋室에서 도포 자락 휘날리며, 고전古典에 취해, 은은한 퉁소 소리 같은, 고결하여 눈부신 선비들의 한시漢詩 경연은 미래의 풍요를 예견하는 축제의 마당이었던 것이다.

그 광휘光輝롭고 화미華美했던 날들이여!

아무튼 변환變換의 세월 속에 그리움과 애잔함의 구룡못 노을마저 이제는 그렇게 멀리 가는구나.

얕고 설익은 자질을 총동원하여 시도한 작업이 결과적으로 너나에게 작은 구실을 한다면 더욱 고맙겠다.

늘 빛나는 총기를 찾으려 한 잔 술이 주는 감흥에 취해 흩어진 사념을 통합, 정리하였으니, 어찌 보면 박카스는 영원한 감성의 어머니이자 이지理智의 아버지라 말할 수 있겠다.

한편, 이 세상에 존재하는 현상들이 각자의 이름을 정겹게 불러주기를 바랄 것이라 여겨, 되도록이면 사전식辭典式 설명을 멀리한 채, 그것들의 가장 깊은 곳에 고이 간직하고 있는 정령들의 속삭임을 들으려, 깊은 밤을 마다하지 않고 사방 천지를 통곡하 듯 쏘다녀 좇고 쫓아 보았다. 그리고 읽고, 보고, 겪어 간직한 추억의 창고를 샅샅이 뒤져 그 실타래는 잇고 조각들은 주워 닦고 맞추었다.

다양한 형태의 시도와 조사 발굴을 통한 긴 과정에서 희열과 아울러 크나큰 성취감을 맛보기도 하였다. 글쓰기의 진정한 참맛이 이런 게구나.

『잃어버린 시간을 찾아서』가 현미경으로서의 고전이 된 셈이었고, 새로운 장르를 개척하려는 데 더할 나위 없이 큰 힘이 된 것은, 바로 우리의 영원한 고전 『열하일기』임을 주저 없이 밝힌다.

여기서 감히 하나의 문학 장르를 선언한다. 그것은 무지개문학으로서, 한자로는 채홍문학彩虹文學이요 영어로는 *rainbow literature*다.

오, 괴테는 노래했다.
나는 경탄하지 않는 자들을 미워한다. 왜냐하면 나는 평생 동안 모든 것에 대해 경탄해 왔으니까.

야콥센의 『닐스 리네』는 향리鄕里에서의 아련한 첫사랑과 너무도 마음씨가 가녀렸던 여인들을 꿈속에나마 만나게끔 하는 계기를 마련했다. 보들레르의 『파리의 우울』에서 서울로 유학遊學 온 여드름투성이의 한 청년이 이국적 풍물에 두려워 떨던 시절을 회억回憶하게 하였다. 그리고 로르카가 스무 살 때 지은 기행문 형식의 『인상과 풍경』은 감수성의 끝 간 데가 이것이다, 라고 마치 증명하는 듯했다. 오, 장미 그 순수한 모순을 노래했던 릴케의 『말테의 수기』 1부는 지금 이 순간에도 무한한 정감을 주는 감수성의 보고寶庫요 화수분이다.

최초로 도전한 혁명적 시도가 우리가 갖고 있는 문학의 안일을 일깨워, 여러 모로 문학의 기니피그guinea pig가 되기를 간절히 바라며…….

끝으로 이제껏 서책書冊과 영화에만 파묻혀 바깥세상보다, 딴에는 내면의 깊고 넓은 바다 저편에서 배 띄워 유유자적하기도 하고, 큰 파도에 혼쭐이 나기도 하며, 스스로 안빈낙도를 자청한 무능한 백면서생을 그런 대로 지켜봐 준 동시대 모든 이들에게 미안함이 앞서는 것은 그래도 아직 기본적인 부끄러움이 있음을 보여주는 반증이 아니겠냐고, 살며시 자위하노라.

2016. 11. 무서리 내리던 날
금호산 기슭에서 지은이 씀

추억은 세월의 사생아인가,
아니면 이란성쌍생아인가.
세월 따라 아름다웠던 추억은
점점 야위어가고,
나빴던 추억은
초초 살쪄간다.

차 례

제 2 부 멋대로

제 3 부 뜻대로

주요 등장인물

김 서 ☆ 가톨릭 신부. 제백의 아들.

김제백 ☆ 주인공. 소설가. 시인. 출판 편집인. 몽상가.

김천경 ☆ 김서의 증조할아버지.

고 선 ☆ 김서의 증조할머니. 세 번 결혼.

최저옥 ☆ 김서의 할머니. 무당. 여러 차례 결혼.

김창결 ☆ 김서의 할아버지.

김사름 ☆ 고선의 딸. 어린 나이에 병으로 죽음.

마데이 ☆ 고선의 남동생. 어눌한 행동을 함.

최 포수 ☆ 저옥의 아버지. 삼남 일대 명포수.

설몽민 ☆ 저옥의 첫사랑.

대처승 ☆ 저옥의 첫 번째 남편. 궁백과 여백의 아버지.

김궁백 ☆ 저옥의 장남. 6·25 때 아버지 김창결에 의해
　　　　　한 쪽 눈이 실명.

김여백 ☆ 궁백과 이란성쌍생아. 정신지체장애자.

김쾌백 ☆ 어려서 영특했으나 불행한 사건으로 생을 마감함.

김쾌백 ☆ 형 쾌백과 같은 이름. 월남전에서 중상을 입고 고
　　　　　향 폐사에 기거함.

김규백 ☆ 제백 바로 동생. 막내. 얼굴이 천연두로 얽음.

황칠수 ☆ 저옥무당과 한 팀인 유식한 남자무당. 제백의 정신
　　　　　적 지주. 참혹하게 죽음.

김 리 ☆ 궁백의 딸. 매사 상당한 능력을 발휘.

김 족 ☆ 저옥 시어미니 둘째언니 아들. 온갖 악한 행동을 함.

백도라지 ☆ 떠돌이. 저옥과 염문이 남. 악한 행동을 함.

겹도라지 ☆ 백도라지와 일란성쌍생아. 저옥과 염문이 남.

　　　　　　　일본으로 밀항. 지역구 국회의원.

박귀소 ☆ 저옥과 설몽민 사이에 태어난 딸. 사생아. 유능한

　　　　　한의사. 수양아버지 박부거와 동거함.

오예동 ☆ 오여려 아버지. 면장. 구룡못 조성 장본인. 자전거

　　　　　사고로 죽음.

오예식 ☆ 오예동 동생. 불의의 화재로 인해 미치광이가 됨.

오예선 ☆ 최 포수와 저옥 사이에 태어난 딸. 사생아. 오예동

　　　　　네 입양됨.

오여려 ☆ 여 주인공. 제백의 연인. 백수광부白首狂婦가 됨.

차두서 ☆ 오여려의 첫 번째 남편. 고교 윤리교사. 천재. 젊은

　　　　　나이에 죽음.

오소려 ☆ 오여려와 일란성쌍생아. 유행가 톱 가수.

오실귀 ☆ 오여려 아들. 사고로 식물인간이 됨.

송 방 ☆ 오여려의 남편. 이중인격자.

박부거 ☆ 박귀소의 수양아버지. 나신전업 사장. 호색한好色漢

무당//길평댁, 끝짐이아줌마, 구룡할매, 석거리할매, 무짠이누

님(씨산이누님), 읍내봉사할매, 선지할매(선녀할매)

그 외 소능 마을, 나신전업, 군대, 직장, 학교, 사회와 영화 및

작품 속의 인물 다수

가계도

↔부부   →형제자매   ↙↓↘자녀   ↓입양자녀

◎ 김천경金天卿↔고선高鮮→마데이

● 최 포수崔捕手
↓

■ 최저옥崔沮沃↔김창결金昌潔→김사름

◎ 최 포수崔捕手↔고선
↓

오예선吳濊瑄

◎ 최 포수↔동자아치
↓

김창결

■ 최저옥↔설몽민薛蒙民
↓

박귀소朴歸巢

■최저옥↔구룡사 대처승

김궁백金弓百→김여백金麗百→김쾌백金快百→김쾌백金快百
↓

김리金梨

■ 최저옥↔백도라지白桔

　최저옥↔겹도라지疊桔

　최저옥↔황칠수黃漆秀

김제백金濟百→김규백金奎百

김서金瑞

■ 오예동吳濊東→오예식吳濊湜→오예선

오여려吳麗麗→오소려吳少麗

　■ 차두서車杜栖↔오여려

오실귀吳實貴

　■ 송방宋邦↔오여려

　◉ 박부거朴浮居

박귀소

일러주기

＊한글 맞춤법과 외래어 표기법은 금성출판사 『국어 대사전』
  에 따라 표기하였다. 몇몇 방언은 그대로 두었다.
＊＊ 본문(10.7급) 중 한자나 외래어는 본문보다 2급(8.7급) 낮추었
  다. 장章 제목은 14.5급이고, 본문 각주 번호는 12급이다.
＊＊ 각주의 번호와 설명은 9급(한자나 외래어는 8급)이다.

제1부

대대로

롯이 소알에 거ᄒ기를 두려워ᄒ야 두 ᄯᆞᆯ을 잇ᄭᅳᆯ고 소알을 ᄯᅥ나 산에 쳐ᄒ야 흠ᄭᅴ 굴에 거ᄒ더니

큰 ᄯᆞᆯ이 뎍은 ᄯᆞᆯᄃ려 닐오ᄃᆡ 우리 아바지ᄂᆞᆫ 임의 늙고 셰상에ᄂᆞᆫ 도리대로 우리의 비필될 사ᄅᆞᆷ이 업스니

아바지를 술노 취케 ᄒ고 동침ᄒ야 인종을 젼ᄒ자 ᄒ고

1장 아침이 없는 마을

아침이 없었다.

가는 국숫발로 만든 작사리처럼 쫙 퍼지던 햇살도, 거미줄에 매달렸던 아침이슬의 영롱한 반짝거림도, 긴긴 밤을 깨우듯 창공을 날갯짓 하던 제비도, 보슬비 내릴 때 빗소리를 뚫고 청아하게 울어대던 청개구리도 이젠 아침이 없으니 볼 수가 없다.

오래 전엔 부지런한 사람들이 아침 일찍부터 추수를 했다. 그러면 잘 익어 쩍 벌어진 석류 알알마다 탈곡기에서 튄 벼 낟알이 박히는 것 같았다. 그것은 아침햇빛에 반사되는 것이었다. 그런 빛나고 아름답고 소중했던 추억 속의 광경이 오히려 아득한 슬픔을 안겨주기도 했다.

아침은 살며시 마을에 들어갔다가 혼쭐이 나서 기진맥진 상태로 나오기를 근 이십 년 가까이 되풀이 했다. 아침은 마을 주변에서 마치 수술하기 위해 마취한 환자처럼 몽롱하게 지냈다. 백일몽만 꾸었던 것이다.

이 마을은 구룡못이 조성되고 난 후부터 해마다 안개와 연기에 점점 절어가기 시작했다. 한 오 년이 지나자 이제는 불과 4, 5미터 앞을 가늠할 수 없을 정도였다. 어떤 날은 마치 마법의 성처럼 몽환적인 분위기를 자아내기도 했다.

안개는 못에서 비롯되어 몽골군같이 거침없이 마을로 향하는 것이었다. 그런데 그 누구도 안개의 진군進軍 모습을 직접 보지 못했다. 마치 게릴라 작전을 펴듯 마을사람 몰래 그렇게 자리를 잡고 있었던 것이다.

물론 못 조성 전에도 이 마을은 유독 안개가 심했다. 이구산尼 丘山 아래 내川 옆 동굴에서 피어오른 물안개와 산 중턱에 걸친 실안개가 합치는 모습은 마치 용들의 짝짓기를 연상할 정도였다.

마을사람들은 점점 기관지가 나빠지기 시작했고, 그래서 감기도 자주 걸려 사시사철 콜록거리는 사람들이 생기기 시작했다. 특히, 청소년기의 소녀들이 더 심했다. 그러니 임파선淋巴線이 부어 목에 붕대를 감고 다녀 많은 오해를 받기도 하였다.

못 터로 지정되어 한창 공사를 할 때까지 마을사람들 그 누구도 왜 하필 이곳에 못을 만들어야 하는지 자세한 내용을 알지 못했다. 그야말로 전격적으로 집행되었다. 뒤늦게 안 마을사람들은 연일 마을 앞 탑골 삼거리에서 격렬하게 항의 집회를 갖고 병든 면사무소로 향했다. 그러나 그들의 시위 행렬은 아랫마을인 구룡마을 못 가서 경찰과 건장한 청년들한테 막히고 말았다. 몇몇 아낙들은 그들이 휘두르는 곤봉에 맞아 생피를 철철 흘렸던 것이다. 이런 일이 있으면 꼭 나타나는 소위 해결사가 있어,

자기 딴에는 원만한 해결을 봤다고 하겠으나 보상금이라고 해봐야 코끼리 코에 비스킷 수준이었다. 모두들 무슨 곡절이 있을 것 같다고 의심했으나 별 뾰족한 증거가 없어서 유야무야로 세월만 그렇게 흘렀다.

결국, 마을사람 대부분은 옥토를 빼앗기다시피 하여 고향을 떠났다. 골짜기의 천수답이나 냇가에 힘들여 일군 논, 즉 작답作畓에 의한 것을 제외하고는 거의가 밭뙈기뿐이었다. 논에 나온 쌀은 겨우 입에 풀 칠 할 정도였다. 못 조성으로 농토가 수몰된 사람들은 비교적 잘 사는 사람들이었다. 수몰 농토는 기름져, 송장도 지고 가기 힘들 정도로 곡식이 여물고 알차다는 말이 나올 정도였다. 자식 중에 가장 애틋하고 효심이 깊은 자에게 그곳 고래실을 남긴다는 이야기가 전해 내려오고 있었다.

그곳을 소유한 사람들은 많지 않았다. 간혹 뼈 빠지게 일해 모아 그곳에 단 한 마지기라도 산다면 일생일대 큰 성취로 여길 만했다. 그런 일은 일 년 가야 겨우 한 명 나올까 말까 할 정도였다. 평소 부모형제한테 안면 몰수하고 구두쇠 소릴 들어가며 악착스럽게 모은 돈과 약소하게 받은 보상금으로 인근 사전沙田이나 곡성谷城이나 평기坪基의 좋은 뜰, 몇 마지기를 사서 터를 잡았다. 그러나 고향을 떠나는 사람들은 떠나는 사람들이지만 남은 사람들은 당장 먹고살 걱정이 앞섰다. 마름이나 머슴살이를 하면서 생계를 꾸린 사람들은 그야말로 낭패였다.

언젠가 전남 영암 사람이 이곳 사남면泗南面을 둘러보고는 면 전체 논이 자기마을 망호리望湖里 앞뜰보다 적다고 했다. 그러니 그 적은 것을 그나마 가진 자 어느 정도 갖고, 나머지 너와 내 것으로 찧고 까불어 보았자 그게 그것이었다.

그래서 묘안을 낸 것이 삼베농사였다. 물론 최근까지 이 마을 출신 다섯 명이 사남면장을 했으니 서울 장관 몇몇보다 더 실질적이고 영양가 있었다. 그래서 웬만한 마을 사업은 척척 이루어졌다.

종전에는 누에도 제법 길렀지만 지금은 아예 엄두를 내지 못했다. 농촌지도소에서 나눠준 누에알이 붙은 종이는 불쏘시개도 못할 정도로 가치가 없어졌다. 감도 제대로 수확할 수 없었다. 가장 일조가 필요한 과일이기 때문이었다. 삼베농사는 그 전에도 몇몇 집에서 해오던 터라 도랑물이 흐르는 한길 옆, 다리 아래에 삼을 찌는 큰 솥이 남아 있었다. 그 솥 안은 장정 열 명이 누울 만한 크기였다. 한 집 두 집 시작한 삼베농사가 어느덧 마을 전체로 번졌다.

감무뜰 웅덩이 위 제백濟百 논에 심은 마을 유일의 양귀비는 그 요염한 자태가 온 마을을 환하게 비쳐주는 듯했다. 마을 집집마다 열매를 얻어다가 주로 배탈이 날 때 사용하기도 했다. 아편은 양귀비의 익지 않은 열매에 상처를 내어 유즙을 받아 건조한 것이다.

그런데 삼베농사가 제법 짭짤해져서 점점 소득이 올라가자 사람들은 엉뚱한 생각을 하게 되었다. 그것은 노름과 대마 피우기였다.

보름에 한 번씩, 그러니까 음력 열흘과 스무 날 정도 날짜를 정해 저녁을 먹고 식구들이 큰방에 모였다. 그들의 손에는 칼과 낫이 들려 있었다. 며느리와 시아버지 할 것 없이 화롯불에 둥글게 모여 앉았다. 화롯불 주변에는 장죽長竹, 중죽中竹, 곰방대가 식구 수대로 놓여 있었다. 그리고 마른 대마와 아편이 든 바구니도 두세 군데 놓여 있었다. 그들은 경쟁하듯 연방 기침을 해대며 피워댔다. 문이 굳게 닫힌 터라 연기가 빠져나가지 않았다. 흔히 말해, 너구리나 오소리 잡는 격이었다. 아편을 담배와 함께 피우면 마취 상태에 빠져 몽롱함을 느끼고 습관성이 되면 중독 현상이 나타나며 심하면 죽음에 이르기도 한다. 초저녁 온 마을은 콜록콜록 기침소리가 진동한다. 그것은 처음 대마 피우려는 아이들이 내는 소리였다. 처음 담배를 배우려고 담배 한 모금 겨우 빨고 냉수 한 모금 마시는 것과 같다. 제백은 이러한 절차 없이 자연적으로 능숙하게 빨았으니 담배 귀신에 씌어도 단단히 씌었던 것이다.

어느덧 방안에 연기가 자욱해졌다.

그러면 모두 연방 기침을 해대며 옷을 홀라당 벗었다. 누가 시킨 것도 아닌데 마치 약속이나 한 듯 자동적으로 행해졌다. 그리고 손에 손에 칼이나 낫을 들고 일어났다. 모두들 무아지경이 되어 춤을 추었다. 희한하게 어둑어둑한데도 칼과 낫이 부딪히기는커녕 용케도 피해 다녔다. 그들은 무녀들의 흉내를 내고 있는 듯했다. 이 마을 저 마을 많은 무녀 중에 자기가 가장 좋아하는 무녀의 흉내를 내는 것이었다. 간혹 칼과 낫이 부딪히는 경우가 있었다. 그럴 때면 그 자를 방안에서 쫓아내는 것이었다. 한참이 지났을 때 쫓겨난 자는 어디서 구해왔는지 털이 뽑히고 내장을 덜어낸, 그래도 아직 묽은 피가 떨어지는 큰 쥐 한 마리를 들고 와서는 화롯불 석쇠 위에다 놓고 굽는 것이었다. 굵은 소금을 뿌리자 지글지글거리기 시작했다. 쥐도 이웃마을에 가서야 잡을 수 있을 만큼 이 마을에는 먹을 것이 많이 부족하여 쥐가 종적을 감춘 지 오래되었다. 아무튼 서로 빼앗아 먹으려는 자와 뺏기지 않으려는 자의 아귀다툼이 벌어지고 또다시 춤이 계속되었다. 그들의 춤은 첫닭이 울 때 멈춰졌다. 그리고 언제 그랬냐는 듯이 주섬주섬 옷을 주워 입고 각자 헤어져 자기 방으로 가는 것이었다. 처음부터 끝까지 그들에겐 침묵뿐이었다.

그 시각 마을 회관에서는 몇몇 장정들이 담배내기 '섯다' 로 밤을 새우고 있었다.

계속되는 가뭄으로 16일 현재 경남 도내 일부 저수지가 바닥을 드러내 민물고기가 수난을 겪고 있으며 전국 곳곳에서는 식수소동이 벌어지고 있다.

경남도 내 저수지 중 3분의 1이 이미 바닥을 드러내 이곳에서 자라던 잉어, 붕어 등 민물고기들이 멸종위기에 있다. 도 당국은 수원사정이 나쁜 저수지의 민물고기들 중 몸길이가 15센티미터 이상 되는 큰 고기는 각 시장, 군수 책임 아래 빨리 잡아 팔고 몸길이 15센티미터 이하는 수원 사정이 좋은 곳으로 옮겨 멸종되지 않게 하라고 긴급지시했다. — 〈K신문 1978. 5. 16.〉

구룡못은 제백 고향 입구에 있는 저수지 이름. 착공일 1955년 1월 1일, 준공일 1958년 12월 31일. 못 면적은 35헥타르, 저수량 37만 톤, 평균 수심 14미터, 제방 길이 291미터, 제방 높이 19미터로 몽리蒙利 면적이 64헥타르이다. 혜택 입는 세 마을은 말이 산골이지 바다 가까이라서 주변 하늘이 넓게 펼쳐져, 저녁때면 수평선 너머 까치놀이 아름다웠다. 이 못은 천연 기념물 327호인 원앙새 서식처이기도 하다.

운석이 떨어졌다. 경남진주에 운석이 떨어졌다. 오후 8시경 함안·창원 일대에서 조명탄을 쏜 것처럼 하늘이 순간적으로 환해지는 현상이 나타났다. 오후 8시 조금 지나서 순간적으로 하늘이 환해졌다.

삼십여 년 전에 이미 전조현상이 있었다. 운석이 지구의 대기권을 통과하면 초속 25킬로미터 정도로 떨어지는데, 순간적으로 하늘에서 번쩍하는 느낌이 들었다. 한동안 그 일대가 시끌벅적했다. 마침내 외국에서 '운석사냥꾼Meteor hunters'까지 원정 와서 명함을 뿌리며 염병을 떨고 다녔다.

서부경남은 전국적으로 공룡과 익룡 관련 화석이 많이 발견되는 곳이다. 진주시 내동면 유수리에서는 공룡 뼈와 이빨들이 다수 발견됐고, 진주혁신도시에서는 이천이백여 개 익룡 발자국 화석이 발견됐는데 전 세계에서 발견된 것보다도 많은 숫자였다. 진성면 가진리에서는 공룡 발자국을 포함해 저어새가 먹이를 찾는 행동을 보여 주는 부리 흔적과 수많은 새 발자국 화석이 함께 발견됐다.

진주에 첫 운석이 떨어진 것은 우연이 아니었다. 그리고 1억 년 전 진주의 땅과 하늘을 누비던 공룡과 익룡은 거대 운석 때문에 일순간 사라졌던 것이다. 그러니 거대 운석 때문에 잠들어 있는 공룡과 익룡들을 다시 일깨우려고 두드리는 소리는 아니었을까?

일제강점기 때 고흥군 두원면 성두리 야산에 하늘에서 어마어마한 소리가 났고, 운석이 떨어진 곳으로 가보니, 큰 소나무 가지가 운석에 맞아 찢어져 있었고 큰 구덩이가 생겼다. 땅에 박힌 돌을 파 그 돌을 일본 사람이 가져갔다. 이튿날 운석 맞은 소나무는 가는 뿌리 하나 남김없이 다 없어졌다. 그 소나무 옆 소나무 두 그루도 마찬가지였다. 모두들 벼락 맞은 나무와 운석 맞은 나무를 동일시하여, 모두 득남에 큰 효험이 있다고 믿었던 것이다.

크리스티 경매 관계자 제임스 히슬롭은 운석은 다른 세계에서 온 과학적이고 철학적인 존재라면서 우주의 천체에서 나온 조각을 옆에 두고 본다는 것은 특별한 기회라고 밝혔다.

지난 금요일 오후에 구룡못 둑에 운석이 떨어져 둑이 무너져 내려 많은 피해를 입었다. 아직 장마철에 접어들기 전이고, 지난해 초가을부터 극심한 가뭄이 이어져 수량이 적어 그나마 피해가 적었다. 그러나 아무리 적은 물이라도 모이면 큰물이 된다.

그야말로 둑 아래 지역은 만신창이가 되었다. 주로 지형이 낮은 지대의 논과 밭, 가축, 그리고 화전 마을 도로변과 병둔 마을 집 채가 거의 전부 물속에 잠긴 채, 사전 앞바다로 내팽개치듯 버려 지듯 쓸려 내려갔다. 사전의 태양유전을 위시한 다섯 군데 공장 도 피해를 입었다. 경찰 추산으로 사망 열한 명, 실종 일곱 명, 125동의 개인가옥과 몇몇 공공건물이 완판 또는 반판 되고, 도 로 유실이 6킬로미터이었다. 논밭 유실뿐 아니라 가축도 헤아릴 수 없을 정도로 희생되었다.

김서金瑞 신부가 소능마을을 방문한 것은 이번이 두 번째였 다. 마을은 늘 흐릿하여 불과 몇 미터 앞을 분간 못할 정도였다. 그러다가 운석이 못 둑에 떨어져 둑이 무너지자 거의 바닥이 보 이기 시작했다. 둑이 무너지면서 수몰된 농토를 제 값 주더라도, 아니 더 얹어주더라도 우선적으로 찾을 수 있을까 해서 민원이 빗발쳤다. 시의원이나 도의원, 국회의원들과 차기 출마하려는 자 등 정치인들에겐 큰 관심거리였다. 사실, 초창기에는 못으로 인해 혜택을 받았으나 삼성정밀이다 *KAI*다, 하며 항공 관련 공 장지대가 많이 생김에 따라 농토가 거의 없어졌다. 결국, 상수원 이 되었다가 윗마을에서 돼지나 소 등의 축사가 많이 생겨 물이 혼탁해짐에 따라 그것 또한 제 몫을 다하지 못했던 것이다. 그리 고 진주 남강댐이 생겨 물 부족현상이 많이 줄어들었다. 우스갯 소리였지만 이 못하고 이해관계가 있는 근남골 사람들이 못을 지날 때마다 이제 제 구실도 못하는 저 못이 없어졌으면 하고 농인지 저주인지를 주고받을 지경에까지 이르렀다.

　김서 마산교구 보좌신부가 사천읍 터미널에 도착한 시각은 오전 10시였다. 구룡못 붕괴사건에 대한 선입견인지 몰라도 터미널은 좀 한산한 듯 보였고, 침울한 기분마저 들었다. 물론 이곳 사람들에게 거의 잊어갈 사건이었을 뿐더러 자기와 직접적인 이해관계가 없으면 예나 지금이나 관심 밖이 되는 것이다. 내려서 우선, 사천성당을 들려보기로 했다. 주임신부가 고향 친척 형뻘 되어서 종종 통화만 했지 만나 본 지는 두 해가 넘었던 것이다. 성당은 터미널에서 가까이 있었다. 마침 주임신부가 있어 반갑게 만나 근처 칡 냉면으로 유명한 곳에서 식사까지 대접을 받았다. 그리고 최근에 있었던 사건에 대해 큰 슬픔을 나누었다.
　이집트에서 발생한 폭탄테러에서 관광객들을 구한 후 목숨을 잃은 현지 인솔자 제진수 씨가 사천인이요 사천성당 주임신부의 초등학교 바로 후배였다. 폭탄테러는 이집트 시나이반도 접경 도시인 타바에서 발생했으며, 당시 관광버스에는 한국인 등 서른세 명이 타고 있었던 것으로 확인됐다. 이 사건으로 제 씨를 포함한 한국인 세 명 등 다섯 명이 숨지고, 이십여 명이 부상당했다. 고인은 테러범이 폭탄을 터뜨리려는 순간 몸으로 막아 희생자를 크게 줄였다. 하지만 정작 본인은 목숨을 잃었다.
　사천지역의 첫 신앙공동체는 일제강점기 초기에 축동면 배춘리에서 처음으로 형성되었다. 이후 여러 과정을 거쳐 오늘에 이르게 되었다. 초기와 6·25 전에는 신자 대부분이 군인들과 축

동지역 주민이었고 다른 지역은 극소수였다. 그렇지만 당시 진주옥봉동성당의 신부가 전쟁으로 말미암아 폐허가 된 사천지방의 신자들을 위하여 각별한 관심을 가졌는데, 이러한 신부의 관심과 노력이 오늘날 사천성당의 기틀을 마련하는 데 큰 도움이 되었다.

김 신부가 이곳에 온 목적은 여러 가지였다. 개인적으로는 고향 사람들의 원성덩어리인 못이 터져 수몰 농지의 분할에 참여하려는 세속적인 것이 있었다. 사실은 구룡못 수몰지역 전체를 마산교구, 아니 중앙본부에서 매입하여 인접 사람들, 특히 노인들의 영원한 복지시설을 조성하려는 원대한 꿈을 실현하기 위한 발판을 마련하기 위함이었다. 그것을 미리 알게 하면 부작용이 커질 것 같아 우선 공소 자리를 마련한다고 운을 띄웠다.

재 너머 정동면에는 이미 공소가 한 곳 있었는데, 읍내와 교통이 원활해서 다들 읍내성당으로 가고, 또 큰 홍수가 나서 공소가 거의 무너져 보수도 엄두를 낼 수가 없을 정도였다. 그럴 바에야 차라리 소능마을이 적격하지 않을까 해서 현지답사를 오게 되었다. 공소 소재 마을의 지대별 입지조건을 보면, 전체 공소의 48퍼센트가 산간지대에 자리 잡고 있었다. 그 중 95퍼센트가 농촌지역에 위치해 있었다. 비록 그러한 입지 조건에는 좀 미흡하지만 미신과 악마적 요소를 뿌리 뽑는 데 그 상징적인 뜻이 컸던 것이다. 그리고 저옥沮沃 친정마을 뒷동산 언덕 너머에도 몇 년 전 개척교회가 들어섰던 것이다. 사실 우리나라 천주교회의 첫 모습은 공소였으며, 천주교회의 모태가 바로 공소라고 할 수 있다. 그러나 현재의 공소는 옛날만큼 중요한 뜻을 갖지 못하고 있는 실정이다.

작년에는 인근 진주에서 운석이 떨어져 진주가 진주眞珠가 되더니 올해는 오히려 이웃 사천에는 날벼락을 안겨주었다. 마을 복판에 떨어졌으면 어땠을까. 아직 정확한 사고 경위는 나와 있지 않지만 사람들 마음속에 작년처럼 이번 사건도 운석의 장난이 아니겠냐고 생각이 들 뿐이고, 몇몇 지구과학 교수가 틀림없는 운석의 소행이라 결론을 내린 터였다. 그리고 목격자가 있다는 데 그 신빙성이 더해진다. 구룡못 둑에 운석이 떨어진 시각은 오후 4시경이었다.

사실 그 시간을 안 것도 목격자가 있었기 때문이었다. 목격자이 씨는 그해 나이 마흔 살이었는데, 집안 과부 형수와 단둘이 고사리 꺾으러 장골산에 갔다. 구룡못이 훤히 내다보이는 이구산 흑염소 놓아기르는 곳 근처 바위 옆이었다. 바로 아래는 절벽이라 위험을 감수해야 했다. 오전부터 꺾은 고사리는 이미 각자의 바구니나 망태에 가득하여 제법 너른 그녕 밭에 앉아 말린 대마 잎을 말아 교대로 킥킥 거리며 피웠다. 대마 잎은 마을에서 흔하게 구할 수 있는 것으로 마음만 먹으면 남녀노소 누구나 할 것 없이 피울 수 있었다.

남녀는 이미 수십 차례 운우의 정을 나누었는지 오늘도 능숙하게 차비를 차리고 마침내 절정에 오를 찰나, 쿵쾅 하고 온 천지가 요동을 쳤다. 그 순간 기겁을 하게 놀라, 이 씨는 자기도 모르게 산 정상 쪽으로 돌아누웠고, 형수는 못 쪽으로 돌아누웠다. 이 씨는 운석 맞은 둑이 수문 반대쪽이라 형수가 허무하게 날갯짓하며 떨어지면서 바위와 나뭇가지에 부딪치는 참혹한 것을 똑똑히 볼 수 있었다. 사실 마음 나쁜 놈이면 어차피 쓸려갈 시신이라 모른다고 시치미를 뚝 뗄 수도 있었건만 워낙 순둥이라 그는 시신을 꼭 수습해야 하겠다는 사명감이 앞서 그날 일을 상세하게 기억해내고는 곧바로 이실직고했다. 그래서 유일한 목격자가 된 셈이었다.

김 신부는 차편이 쉽지 않아 아버지의 중학교 시절 추억도 더듬을 겸 하여 됭기東溪 들판을 지나 자시 고개 옆 성황당산으로 해서 이구산으로 가기로 했다. 이구산 정상 성터에 다다르니 뒷산에 해가 뉘엿뉘엿 지기 시작했다. 모처럼 산행이라 좀 힘들었다. 읍내에서 주임신부가 건네준 0.5리터 생수병과 빨간 사과 두 개를 펼쳐 놓고 눈 아래 펼쳐진 구룡못의 흉물스런 모습을 내려다보았다. 3개월이 지났지만 아직 복구는 엄두도 못 내고, 적선골 아래만 작은 물줄기가 형성되어 있었다. 그리고 물에 잠긴 터가 뚜렷한 띠로 형성되어 수술한 어머니 배와 같았다. 잠겼던 곳 대부분은 개흙 천지로 햇볕에 말라 여기저기 거울이 반사되듯 반짝거리고 있었다. 상사바위에 오르니 구룡못 허리께서부터 약물보 모퉁이가 한눈에 들어왔다.
소능마을은 연무로 가득했다. 상사바위를 지나 왕욱의 묘지

터가 있는 곳을 지나 고자실 고개를 넘어서 능화마을에 들어섰다. 그리고는 아버지가 창작의 원천으로 삼은 한 동굴로 향했다. 그 동굴은 이구산 아래, 큰골 상사바위 밑 산코숭이 맨 아랫부분에 있었는데, 희한하게도 동굴 위 능선에서 약간만 제자리 뜀을 해도 '동동동', '둥둥둥' 하고 빈 항아리를 두드릴 때 나는 소리와 비슷한 울림이 들렸다. 아버지가 어린 시절 이곳 잔디 위에 껍질을 벗긴 소나무 가지로 만든 썰매를 타고 놀았다고 했다. 위에서 아래까지 불과 10미터 내외의 거리였지만 어린이들에겐 신나는 놀이터였으리라. 내 쪽으로 향한 입구는 그 동안 잠겼다가 못 물이 빠져나가면서 비닐이다 헝겊이다 휘어지고 꺾인 막대기며 각종 덩굴들이 이리저리 엉켜 흉물스러웠다.

바람담 들판을 지나 고인돌이 널브러져 있는 잔디밭을 지나 새땀 신작로를 걸어 바로 마을로 가지 않고 한길을 따라 구룡못이 보이는 곳인 탑골로 향했다. 딴에는 마을 전체를 훑어볼 속셈이었다. 못이 끝나는 곳을 돌아 마을 입구로 들어서니, 오른편에는 나주 반남 고분군 봉긋한 무덤 모양 같은 돌무더기가 있으니 어찌 지나칠 수 있으랴.

갑자기 장난기가 돌았다. 사방을 둘러보고 아무도 없음을 확인한 후, 빗방울에 흙이 묻은 돌멩이를 대충 털어, 어릴 때 동전치기하듯, 손목을 쭉 빼어 살짝 꼭대기 쪽으로 던졌으나, 이게 웬일인가. 던진 돌은 새끼를 쳐, 서너 개가 토 토 토 떨어졌으니. 삼세판이라 이제는 어깨에 멘 가방을 벗고, 정성껏 더욱 신중하게 던져 보았으나 마찬가지였다. 여간 창피한 일도 아니고, 순간 어떤 불길함을 감지하고서, 마른 흙 옆 왕바랭이 위에 둔 가방을 메고, 갈 길을 재촉하려니, 몇 걸음 안 되어 이번에는 제법 위용을 뽐내는 비석이 걸음을 멈추게 하였다.

이곳 소능마을은 산수가 수려하고 여느 마을보다 황토와 색색가지 진흙이 많아 이곳 태토는 열여섯 종의 광물질을 함유하고 있는 것으로 확인됐다. 하양, 빨강, 검정의 색색가지 진흙이 많았는데, 특히 추석 때 그네뛰기 하는 큰 소나무 옆 문용계 집 뒤에 많았다. 그리고 마을 앞을 둘러싸고 있는 이구산은 경남 사천시 사천읍, 정동면, 사남면에 걸쳐 있는 괴암 기봉으로 이루어져 있다.

산 이름은 공자 고향의 산 이름에서 따왔다. 사천은 공자와 관련이 많아 통일신라시대에는 사수현으로 불렸으며, 취푸[곡부曲阜]를 흐르는 강이 사수며, 공자학을 사수학泗洙學이라 한다. 상사바위, 기우제단, 덕석바위, 이구사尼丘寺, 고려시대에 병마가 주둔하였다는 성터 등이 있다. 이 성터는 이구산 연상봉으로서 그 규모가 광범위하여 병마 칠천 가량을 수용하였다고 하며, 성터의 샘은 일 년 사시사철 내내 마르지 않고, 이 샘물을 떠다가 머리를 감고 소원 성취되기를 기원한다고 한다.

현재도 이 샘은 무녀巫女들의 기원지로서 성황을 이루고 있는 것이다. 이곳은 경상남도 사천시 사남면 소능마을 구룡못의 북쪽 산비탈이요 성황당산을 지나 구룡못 감시탑 위가 되는 셈이다. 출토된 유물을 살펴보면 가마 벽체의 일부분과 조선 전기의 분청사기, 조선 후기의 자기와 옹기 조각 등이었다. 이곳은 화전 마을 출신이요 전 〈사천신문〉 창간인인 김 씨가 '삼밭골 도요'를 열어 운영하고 있다. 전거비 맞은편 상여집이 지난밤 태풍으로 문이 얼마나 때려 맞았는지, 윗돌쩌귀가 떨어져 나가고 아랫것만 달랑 붙어 겨우 지탱하고 있었다. 캄캄한 안쪽에서 대형 지가 기어 나올 듯한 음산함을 풍겼다.

전거비를 막 지날 때였다. 백수광부白首狂婦마냥 머리를 헝클인 채 마을길을 올라갔다 내려갔다 하는 제법 큰 신장의 장년 여인이 보였다. 그녀는 뒤를 돌아보지 않고 누구엔가 말을 하는 듯 중얼거리기도 하고 씨익 웃기도 하였다. 그녀가 갑자기 뒤를 돌아보았을 때 김 신부와 정통으로 눈이 마주쳤으나 알아보지 못하는 눈치였다. 그녀와 마지막으로 만난 지가 십 년도 더 지났다. 그녀는 소위 말해 신경에 금이 가도 한참 갔으며, 마치 온 마을의 기막힌 비곡秘曲과 비곡悲曲을 한 몸에 다 갖고 있는 듯했다.

2장 구룡못을 노래하다[1]

음력 7월 초순, 이글이글 타는 태양이 중천에 떠있을 때, 삼베옷 입은 중년부인이 숨을 헐떡이며 들로 향하고 있었다. 늑대에 쫓기듯 달리던 부인은 적선산積善山 새길 아래에서 작답하는 남편 가까이 가서,

"읍에서 또 왔소. 읍에서……."

라고 외쳤다. 남편은 눈이 휘둥그레지면서 괭이를 위쪽 아무렇게나 던지듯 놓으며,

"정말이오."

라고 물었다.

"아이참, 저 쪽을 보이소. 저놈들을."

부인은 마을 어귀의 상여 두는 오막 집 쪽을 가리켰다. 분명히 젊은 청년 두 명과 여자 한 명이 마을사람과 이야기를 주고받는 모습이 보였다.

---

1) 제백의 시 〈한발旱魃〉의 산문. 초등 4학년 때 구상, 중2 때 초고草藁로 마을 추석에 연극, 고1 여름 방학 때 완성.

남편은 바지게에다 괭이와 삽 채반을 근처 언덕 밑에 감춰놓고 적선산 정상 쪽으로 도망쳤다. 적선산 중턱 오리나무 숲 옆에 앉아 고르지 못한 숨을 억제하면서 흘러내리는 땀을 닦았다. 청미래덩굴 옆 이끼 낀 바위 위로 민달팽이 한 마리가 가는 둥 마는 둥 기어오르고 있었다. 담배쌈지를 꺼냈다. 그 속에서 부인이 말아준 담배와 부싯돌 그리고 마른 쑥을 꺼냈다. 땀이 쌈지에도 스며들었는지 물기가 있어 바위 위에 잠시 올려놓았다. 열기로 이내 바삭바삭 말랐다.

　남편의 왼손가락 중 가운데 손가락은 두 마디가 이미 없어졌으며, 나머지 손가락도 펼 수 없이 되었다. 오른손은 다행이도 첫마디만 오그라졌다. 눈썹은 흔적만 있고, 눈 부위는 처져 붉은 실핏줄이 나 있고, 흰자위도 불그스레하고 얼굴은 마치 화상 입은 것처럼 쭈글쭈글해졌다. 그는 언제나 무명 장갑을 끼고 있다.
　마른 담배를 물고, 쑥을 부싯돌에 대고 쇠막대로 쳤다. 여간하여 불이 일어나질 않는다. '그가 자기 자신을 가장 많이 원망하는 때가' 이렇게 '담뱃불 붙이는 때'이다. 집에선 부인이 불을 붙여주기에 별반 고통을 느끼지 못하나, 들이나 산에선 도저히 자기 손으론 힘이 들었다. 벌써 몇 차례인가. 줄줄 땀을 흘리며 애를 썼으나 허사였다. 손가락이 말을 안 들었다.
　'이놈의 부싯돌마저 사람 괄시하긴가.'
　하고 맥 빠진 동작으로 도로 쌈지에다 넣었다.

그의 시선은 어느덧 푸르른 구룡못에 쏠렸다. 눈앞에 펼쳐진 성스러운 물. 몇 천 년을 내려오면서도 마르지 않았다는 그 물. 그러나 한 달가량 가뭄으로 그 물도 차차 줄어들기 시작했다.

사천읍에서 동쪽으로 칠십 리 떨어진 소능마을은 30가호 남짓한 조그만 마을로서 위에는 이 마을 생명줄인 구룡못이 있고, 이 못이 가슴이라면 남쪽에는 와룡산이 오른팔처럼, 북쪽에는 남편이 지금 있는 적선산이 왼팔처럼 되어 동쪽으로 뻗어 가다가, 결국 두 산이 붙어 버렸다.

'그놈들이 나를 호송하로 왔다고, 맥 빠진 놈들이지. 이 쇠냇골을 두고 내가 어딜 간단 말인가?'

남편은 여전히 중얼거렸다. 죽어도 그들이 말하는 〈소록도〉에는 가지 않는다고 마음먹었다. 하늘이 준 병을 거기에 간들 고칠 것인가.

'그들의 감언이설에 속을 내가 아니다.' 고 중얼거린다. 더욱이 세 달 전 자기의 불쌍한 처지를 동정한 하나밖에 없는 친동생이 두 살 먹은 아들을 양자로 보내온 뒤로부터 더욱 고향에 대한 집착이 강해졌다.

마을사람들은 문둥병은 하늘이 준 천병이니만큼, 평생 고치지 못한다고 믿고 있다. 그 병이 전염성이 있다 없다에 대해선 추호도 알지 못한다. 다만, 유전이 된다고 믿고 있으며 유일한, 너무도 유일한 치료방법이 있다면 사람을 재료로 술을 만들어 먹으면 낫는다고 하나, 남편은 그런 잔인한 짓을 해서 병을 고치느니 차라리 죽는 게 낫다고 여기고 있다.

'아니 이렇게 몹쓸 놈의 병에 걸린 것도 전생에 지은 죄 탓인데 더 크나큰 죄를 짓고 나면 저승에서 어떤 재앙이 올지 아나' 라고 생각한다. 이 나무 저 나무에서 매미들이 계속해서 울어 대고 있다. 유지매미, 참매미, 왕매미. 고추매미 등이. 서글픈 남편의 심정을 더욱 비참하게 만드는 매미소리.

남편의 시선은 상처 난 한 마리 큰 개미에게로 머문다, 상처 난 큰 개미는 이리 비틀 저리 비틀 방향을 잡지 못하고 기어간다. 비슷한 개미들이 그를 죽이려 덤벼들었다, 개미는 힘없이 그들을 피해 기어간다. 딴 개미들이 뒤따라간다. 측은한 생각이 들었다.

부처님과 인간으로서의 남편, 남편과 타인. 인간과 하등동물인 개미의 관계를 규명해 보는 남편의 멍한 눈이 하늘을 보았다.

'남들이 다 가지고 있는 매끈한 피부를 자기에겐 허락하지 않은 부처님. 힘센 개미에 쫓기는 병든 개미는 어쩌면 언제나 따돌림 당하는 자기와 같다. 그가 이 개미를 구하듯 부처님은 남편의 병을 낫게 하지 못할까?'

남편은 상처 난 개미를 딴 개미 없는 바위 옆에 두었다. 푸르스름한 하늘 밑에 처녀의 젖가슴 같은 능선이 드러나고 그 밑에 몇몇 마을 애들이 구룡못으로 멱 감으로 올라오는 것이 보였다. 그 애들은 이십 리 떨어진 아랫마을에 있는 공민학교에 수업료 무상으로 다닌다. 남편은 양자식인 아들도 커서 그 학교에 가게 되리라 생각하니 다소 세상 살 맛이 있었다. 물장구치는 애들. 못 먹어 뼈만 남은 애들. 그래도 물만 보면 좋아라. 덤벼드는 애들이다.

　　잠시 남편은 그들처럼 즐겁고 걱정 없던 시절을 회상해 본다. 어쩌면 자기로서는 아리따운, 고이 간직할 첫사랑의 추억 같은 것이어서 장년이 된 지금에도 가끔 여가가 있을 때 되씹으며 혼자 미소를 짓곤 했다.
　　십오륙 세 때 일이다. 그러니까 지금부터 이십오륙 년 전이다, 7월 칠석날 밤 친구 몇몇과 구룡못 근처를 거닐었다. 그 때 그들은 몰래 멱 감는 동네 처녀들을 보았다. 아무리 봉건세속이 지배하는 마을이라도 젊음의 욕정과 호기심은 억제할 수 없었다. 버드나무숲에 가서 긴 막대를 마련하여 둑 위에 벗어놓은 옷을 몰래 끌어 당겼다. 둑 밑에 숨은 친구들은 얼른 하라고 손짓을 했다. 마른땀이 흐르는 짜릿한 오락이었다. 처녀들은 멋도 모르고 있었다. 둑에서 보일 수 있는 언덕 위에다 옷을 두고 버드나무숲에 가 기다렸다. 한참이 지났다. 둑에서 일대소동이 벌어졌다. 가늘게 우는 처녀. 발을 구르는 처녀도 있었다, 그 때였다. 누군가 언덕 위의 옷을 발견한 모양이었다. 달빛에 비친 여인들의 모습. 남편 친구들은 야릇한 흥분으로 부르르 떨었고 호흡 또한 고르지 못했다. 사내들을 눈치 챈 처녀들은 부리나케 옷을 움켜쥐고 달아나 버렸다. 사람은 어쩌면 서로의 살갗을 사랑하는 것일지도 모르리라 생각하며.

남편은 여전히 구룡못을 바라보고 있다. 아름다운 추억을 마련한 못이 눈앞에 있다고 생각할 때 고향을 떠나고픈 마음은 더욱 없었다.

어느덧 해가 와룡산에 뉘엿뉘엿 지려고 할 때, 읍에서 온 무리들이 와룡산에서 기어 나오고 있었다.

그들은 늘 마을 들어서자마자 큰 소리로 호령하듯 외친다.

"남편 오디 있소."

하면 다른 놈은 말이 끝나기가 무섭게

"그 자식, 병신자식은 자길 천국으로 보낼라 쿠는데 도망만 치긴가."

그러면 처음 그 놈이 또,

"그 자식 붙잡긴 다 틀렸으니, 오디 시원한데서 쉽시다."

하고 데리고 온 여자와 세 명은 마을 앞 숲으로 가는 것이었다. 그들은 평균 한 달에 한 번씩 이 마을에 찾아온다. 으레 강제로 술을 얻고 밥을 지어라고 한다. 없는 양식을 털어 밥을 지어주는 마을사람들은 그들을 제일 무서워하고 또 많은 욕설을 가고나면 퍼붓는다. 불쌍한 것은 역시 가난한 농민이었다.

어떤 노인은 '사변 통에 빨갱이보다 더한 놈들이라, 어찌하여 빼앗아 먹을라노. 그건 그렇고 간에 두 놈이 한 년을 끌고다니니 그년을 복이 많다고 해야 하나 불쌍타고 해야 하나, 내원 세상도. 말세야 말세.'

상투 좋은 그 노인은 그놈들을 너무도 못마땅하게 여긴다. 문둥병이 어떤 병이라 설명 한 번 없는 것이 그들이다. 물론 이 마을사람들의 생각은 미신적이고 고루해서 좀체 설득되지 않을 것은 분명하다. 언젠가 그들이 트위스트를 추면서 동민들에게 전국 어딜 가나 유행이라고 했을 때 누구나 귀담아 듣는 자 없었다. 어린애들만 남아 있었다. 끝내 어린애들도 부모님들이 강제로 끌고 갔던 것이다.

왜 마을사람들이 겁을 집어먹고 사족을 못 쓰는가 하면, 그들한테 잘못보이면 나무치기, 술치기 등 온갖 단속이 그들과 연결되어 있어서 후환을 없애려고 하는 것이다.

황새가 공중높이 날아 마을 밑으로 가고 있다.

'황새가 내려가는 걸 보니 비오긴 다 글렀네.' 남편은 또 가뭄 걱정을 하고 있다. 뚜벅뚜벅 산길을 힘없이 내려가고 있다. 물 빠진 곳에는 황새들 발자국만이 남아 있다. 서편 하늘에 불그레한 저녁놀이 생겼다. 이럴 때면 여기저기서 물고기가 공중을 치솟곤 한다. 비록 며칠 후에 황새 밥이 될망정 살아있을 동안에 마음껏 즐겨보자고 치솟는지. 그렇잖으면 저녁놀의 향기를 맛보고자 치솟는지.

남편은 바지게를 지고 마을로 내려갔다. 저녁연기와 안개가 혼합이 된 마을에 왕잠자리가 날아다닌다. 어린애들은 비를 들고 잠자리를 잡으려고 쫓아다닌다. 이렇게 황혼이 지나고 물고기의 치솟음, 왕잠자리의 윤무가 줄어들 때가 되면 부인은 소복 차림을 하고 이틀에 한 번씩 가는 산제당으로 가는 것이다. 산제당은 와룡산 중턱에 위치한 제당으로서 마을에서 가자면 한참 걸어야한다. 소능마을 산제당은 오늘도 거처하고 있는 소능마을 노파란 별명이 붙은 할멈이 설립했다.

소복 입은 부인은 가쁜 숨을 억제하면서 산길을 오르고 있다.

'내가 무슨 전생에 죄 많은 년이라서 이렇게 고생을 하노.'

부인은 길옆 무덤가에 앉았다. 논에 물대러 가는 사람들의 횃불이 깜박깜박 보였다.

'하느님도 무심하시지 한 달이나 비 한 방울 없이……. 아이고 팔다리어깨뼈야.' 부인의 탄식이 일단 멈쳤다. 베짱이 울음소리만이 가끔 정적을 깨는 가냘픈 함성이었다. 부인은 다시 일어섰다. 제수祭需인 옥수수, 고구마와 참외가 든 보따리를 힘에 겨운 듯 들고 오른다. 소능마을 노파가 일러준 '구룡못 용왕님네와 와룡산 신령님네, 남편이 전생에 지은 죄를 사하여 주이소'란 말을 되풀이 하면서 오르고 있다. 아까시나무 숲을 지나니 산제당에서 희미한 불빛이 흘러 나왔다. 제당 앞의 신령천이 마른 것을 알고 미리 집에서 수건에 물 묻힌 것으로 얼굴을 닦고 머리를 손질하고 옷깃을 단정히 하여 들어섰다.

"할무이, 참 무덥지예."

거만하기 짝이 없는 노파는 인사도 받지 않은 채 젖가슴 축 늘어진 가슴을 내어놓고 부채질을 하고 있었다. 보따리에 싼 보잘 것 없는 제수를 제단 앞에 놓고 몇 번이고 부인은 절을 한다. 제단 놓인 벽에는 험상궂은 용과 호랑이가 그려져 있다. 일종의 탱화다. 그 그림 옆에는 이 노파에게 앞일을 예견하게 하는 동자의 그림이 있다. 머리를 깎은 그 동자의 눈이 살아있는 듯했다. 부인의 절이 끝나자 노파는 가슴을 덮고 제단 앞에서 알아들을 수 없는 주문을 되풀이 하고 있다.

부인은 숯이 된 관솔을 부엌에 두고 새 관솔에 불 붙였다. 제단 앞에 둔 새 관솔불은 너무도 밝았다. 노파는 평생 이곳에서 살 모양이다.

이따금 마을로 내려가서 도토리죽과 보리죽 등 양식을 얻곤 한다. 가뭄이 계속 되면 동민들과 기우제를 지내고 마을사람이 병나면 간호도 해준다. 그러나 노파는 자기가 부처인양 거만하다. 자기가 와룡산 신령과 구룡못 용왕의 수제자라고 지껄인다. 간혹 오른쪽 어깨 위, 혹을 보이며 그것이 그분들한테 계시 받은 표시라고 하면서 동민들을 휘어잡으려 하는 것이다.

이 년 전부터 부인도 노파의 권유에 따라 남편의 병을 고치기 위하여 불공을 드리고 있다. 이제 삼 년만 더 계속하면 틀림없이 낫는다고 노파는 말했던 것이다. 어느덧 그날 불공이 끝나고 제수의 반은 노파에게 주고 문을 나섰다.

몇 년 전 부인은 노파한테,

"할무이 나는 어떡해야 하겠습니꺼? 죽도 못하고 아까운 청춘을 고스란히 불태워 버리고 참말로 앞길이 캄캄합니더."

라고 신세타령을 했을 때 노파는 두 눈을 부릅뜨고,

"뭣이 이년아. 니 팔자가 사나와 그렇지 이년아. 내도 평생을 처녀로 살아 왔지 않았느냐? 니 복장을 그렇게 쓰모 죽어도 좋디 못할기다, 니 무슨 띠고?"

"잘래라비띰니더."

"니 대주는? 아, 아니 그 양반이 용띨끼다."

"예, 맞심더."

"그래 잘래라비가 용을 업신여기니 니 팔자도 그렇고 니 남편 병도 더해 가지."

그런 일이 있은 후로 다시는 그런 말을 입 밖에 내지 않았다. 이제 부인은 그전처럼 울지도 않는다. 그전엔 부엌에서 들에서 밤이면 구룡못을 쳐다보고 한없이 울었던 것이다. 이제까지 흘린 눈물을 모았으면 실개천을 이루었으리라. 마을엔 너무도 봉건세속이 철저하여 재가란 있을 수 없다. 언젠가 시주받으러 다니던 중이 부인한테,

"이승에서 소매만 스쳐도 저승에 가서 삼천 년의 인연이 있소. 병든 자를 간호하는 자는 틀림없이 큰 가호가 있을 것이오."

라고 힘주어 말했던 것이다.

부인의 걸음은 더욱 빨라져 구룡못이 보이는 곳까지 왔다. 남편은 여태까지 자지 않고 있었다. 평상 가운데는 조카 아니 아들이 곱게 잠자고 있다. 모깃불 연기가 이따금 남편의 열어젖힌 가슴을 스친다. 부채로 아들 위를 되풀이 휘두르며 모기를 쫓고 있다.

사방은 너무도 고요하다. 종종 돼지가 꿈쩍이는 소리만이 들

려온다. 가축이래야 돼지 한 마리뿐이다. 오늘은 유난히도 반딧불이가 많이 보였다. 창공을 유유히 말없이 밤늦게까지 떠다니는 반딧불이에게도 무슨 생의 곡절이 있으리라. 반딧불이의 고향. 그놈들은 고향도 모를뿐더러 고향을 그리워함도 없으리라.

남편은 반딧불이를 보면서 오늘 도망간 일을 곰곰이 생각했다. 비록 육신은 병들었지만 조상들 무덤, 특히 자길 아껴주시던 어머님과 형님의 산소가 있는 고향을 가졌다는데 다소 기쁨을 느낀다.

하루의 고된 일도 참아가는 그를 마을사람들은 무쇠 같다고 한다. 매일 새벽에서 저녁까지 들과 산에서 일한다.

'내 이 육신, 병든 육신을 아껴서 무엇을 할까? 내 생전 일이나 해서 장성하는 내 아들을 행복하게 해야지.'

겨울이나 여름이나 장갑을 끼고 일하는 그 처절한 모습에 동민들은 감동하여 보리술을 권하기도 한다. 마을 그 누구도 그를 경멸하지 않는다. 남편 또한 마을 불상사가 일어났을 때 서슴지 않고 달려간다. 불이 나면, 하던 일을 팽개치고 덕석을 등에 메고 지붕 위에 올라가 재빨리 깐 후 밟고 뒹군다.

말아 놓은 담배 여섯 개비를 다 피웠을 때 싸리문을 열고 부인이 들어왔다. 부인의 등은 흠뻑 졌었다. 부인은 양아들 볼에 입을 댄다. 남편은 말없이 그 자기를 늘 아껴주시던 어머님과 형님의 모습이 주마등 같이 지나갔다.

〈괴로워말고 사는 데까지 살다가 우리 있는 곳으로 오이라 아들아…….〉 꼭 그분들의 음성이 들리는 듯했다.

부인은 제수인 참외를 깎아 남편 앞에 놓는다. 그는 외로운 별과 시선을 떼고 참외 조각을 든다. 그리고 부인 입에 갖다 댄다. 부인은 가녀린 미소를 띠우며 먹는다. 그전만 해도 그렇게 곱던 부인의 살결이, 얼굴이, 이젠 잔주름이 온 얼굴을 덮고 있었다.

소능마을의 여름밤은 외롭게 흘러가고 있다. 사천군에 많은 마을이 있지만 그 마을들은 별반 가뭄 걱정 없이 지내고 있다. 마을 자금으로 무자위를 사고 현대식 못을 소유했다. 그러나 소능마을은 너무나 타 마을과 멀리 떨어져 있고 가난하여 무자위를 사지 못했을 뿐더러 현대식 못도 없다. 오직 몇 천 년 가물어도 마르지 않는다는 이 못이 있을 뿐이다.

담장 쪽 옥수수나무 밑에서 주기적으로 땅벌레가 운다. 이제 모깃불도 힘을 잃어가고 있고 분주하게 떠다니던 반딧불이도 귀항 길에 올랐는지 사라지기 시작한다.

먼동이 트자 남편은 일어났다. 자는 아들의 얼굴을 미소 띤 얼굴로 바라보고 담배를 문 뒤, 들로 향했다. 다른 집에선 아직 불빛이 보이지 않았다. 맑은 아침 공기를 병든 자신이 먼저 마셨다는 죄의식을 느끼며 걷고 있다. 구룡못도 아직 잠에서 깨지 않았는지 잔잔한 물결도 없이 조용했다. 적선산 밑 넓은 밤나무 숲을 지나니 발길에 부딪히는 자갈소리가 산울림이 되어 새벽공기를 꿰뚫고 와룡산으로 향했다. 그렇게 조잘대던 매미도 포근히 꿈나라에서 행동하고 있는 듯했다. 대대로 물려받은 괭이와 삽의 소리가 강하게 울려 퍼졌다. 그는 그 소릴 들으며 점점 죽음의 길로 가고 있다고 느꼈다. 어린 아들을 위해 이 두 마지기 논만 이룩되면 걱정 없이 눈을 감으리라 생각했다. 적선산과 와룡산이 맞부닥친 용봉에 햇살이 하나둘 움돋기 시작했다. 열매를 배다 시든 잎에 열린 이슬이 진주같이 반짝거렸다. 구슬픔을 자아내는 매미의 합주곡이 은은히 울리기 시작했다. 태양을 쳐다보는 것도 죄스러운 정도의 지경이었다.

늘 정오에 옥수수와 고구마를 가지고 오던 부인이 오늘은 보이지 않았다. 혹시 아들이 병이 났는지, 남편은 무척 걱정이 되었다. 초조한 가운데 일을 마치고 땅거미가 깔린 저녁 길을 걷고 있었다. 그 때였다. 버드나무 숲에서 조금 떨어진 뽕나무가 늘어선 밭가에서 다투는 두 사람을 보았다. 한 사람은 분명히 남자였고, 한 사람은 여자였다. 여인은 반항을 하고 남자는 강제로 눕히려 했다. 잠시 후 남편의 전신이 부르르 경련이 일기 시작했다. 틀림없이 자기 아내였던 것이다. 그는 바지게를 벗어던지고 괭이를 가지고 달려갔다. 반항하는 여인의 목을 누르고 능욕하려던 사나이는 옆쪽에서 뛰어오는 남편을 보고 당황하여 바지를 올리는 둥 마는 둥 아래로 달리기 시작했다. 틀림없이 마을 떠돌이 머슴인 영쇠였다.

남편은 뒤쫓다 멈추면서,

"이 개 같은 놈아, 문둥이를 개같이 여기느냐! 에끼 천벌 받아 죽을 놈아!"

남편은 한없이 서글펐다. 실신상태의 부인을 업었다. 저녁밥 때라 마을사람들이 보이지 않아 다행이었다. 가는 관솔불 밑에 부인을 눕히고 찬물 헝겊을 이마에 대었다. 참으로 다행스러운 일이었다. 만약 그가 늦게 발견했더라면 큰일이 일어났을 것이었다.

한참 후 정신이 든 부인의 말에 의하면,

그날 남편이 들로 간 후부터 영쇠는 부인을 쫓아다녔다고 했다. 어린 아들은 홀로 얼마나 울었는지 기운 없이 천장만 쳐다보고 있었던 것이다. 남편은 아들을 안고 제수를 찾아가 젖을 먹였다. 기운이 난 조카는, 아니 아들은 남편을 보고 '아부지'라고 불렀다. 갓 세 살 된 그놈이 그를 불렀을 때 뜨거운 눈물을 흘렸다. 보고 있던 동생과 제수도 눈물을 흘렸다.

이튿날 역시 폭양의 세례 때문에 어떠한 행동할 수 없을 정도였다.

마을이 역경에 처해 있을 때면 소능마을 노파는 옷을 털며 코웃음을 남기고 마을로 어슬렁어슬렁 향하는 것이다. 유쾌롭지 못한 웃음을 흘리며 집집마다 다닌다. 노파는 비가 안 오는 이유는 와룡산 신령의 아들과 구룡못 용왕의 딸 간에 혼사가 한 달 전에 있었는데 노파 자신이 날짜를 잘못 알아 대접을 못해주었기에 이 마을에 피해가 왔다고 했다. 그러나 오늘 용왕의 딸이 시집을 가는 날이니 집집마다 가축 한 마리씩 바쳐야 한다고 했다. 소는 마을 전체에 두 마리뿐이니 한 마리만 준비하면 된다고 했다. 마을 아낙네들은 그 말이 참으로 맞는 말씀이라고 맞장구를 치면 노파는 의기양양하게 마을을 거닐며 큰 기침도 하는 것이다. 남편은 공들여 기른 돼지를 바치기로 결심했다.

　"오늘 와룡산 제일봉인 민재봉에 기우제 올리러 갈 사람은 남자다. 남자도 상주는 안 되고 그 외에 부정한 남자도 안 된다. 다들 알 것나. 그리고 가는 사람은 우비를 준비해야 할 끼다. 비가 오는 것이 마 그토록 반가우면 우비 없이 그냥 가보자, 어푼!"

　라고 노파는 외쳤다.

　그 날 돼지고기 삶아 음식 만드는데 냄새가 온 마을을 휩쓸었다.

　기우제를 올린 삼 일이 되어도 하늘은 마냥 푸른 얼굴을 드러내고 있었다. 벼는 꼬이고 마르고 있었다. 구룡못은 사람이 나이에 따라 활기를 잃듯 줄어만 들었다. 남편의 몸도 점점 더 아파가는 성싶었다. 그러나 쉴 줄을 몰랐다. 비지땀 냄새를 맡고 뭇파리가 날아들었으나 쫓을 생각도 안 했다. 그의 작답하는 것 외 두 마지기도 물이 없어 거북등이 되어가고 있었다. 혼자 우물을 파서 밤낮을 두레박으로 퍼 올렸다. 우물마저 밑바닥이 보였다. 마을사람 거의가 못 먹어 얼굴이 퉁퉁 부었다. 밤이면 으레 초혼하는 소리인 〈복...복...복...〉 소리가 들리는 것이다.

　기우제를 올린 삼 일째 되는 밤 부인은 이틀 만에 가는 산제당으로 향하고 있었다. 그녀가 잡목 숲을 막 지나려 할 때다. 언제나 보이던 불빛이 없었고 놀랍게도 함성이 있었던 곳에 여인의 최후 발악의 비명소리가 들려왔다. 놀라 발길을 돌리려 할 때 위에서 뛰어오는 발걸음 소리가 났다. 재빨리 잡목 숲에 몸을 감췄다. 몇몇의 남자들이 마을 쪽으로 뛰어갔다. 너무도 놀랐다. 방금 비명 지른 여인이 목덜미를 잡는 듯 했다. 신발이 벗겨진 줄도 모르고 뛰었다. 발에 상처가 나 피가 흐른 것을 안 것은 집에 도달한 후였다.

다음날, 남편은 부인의 말에 따라 산제당으로 향했다. 길가에 내뒹굴어 있는 부인의 신발을 줍고 조심스레 담장 옆에서 마당 쪽으로 고개를 들었다. 바로 마당 복판에 피를 낭자하게 흘리고 죽은 여인을 남편은 직감으로 소능마을 노파라고 단정했다. 틀림없는 노파였다. 노파 옆에는 피 묻는 몽둥이며 돌멩이가 깔려 있었고 머리는 완전히 깨어져 있었다. 엊저녁의 일이라서 피는 아직 완전 마르지 않았고 비리고 고약한 냄새가 골짜기를 메웠다. 남편은 방안에 가서 홑이불을 꺼내 노파를 덮었다. 하염없이 눈물을 흘렸다. 종종 남편을 찾아와 평상 위에 앉아 자기를 위로도 해 주었다. 또 그의 얼굴을 만지면서 눈물도 흘린 그녀였다. 남편은 간장이 찢어지는 듯한 슬픔을 느꼈다. 이제 자기 가까이 있던 사람이 한 명, 두 명 사라진다고 생각할 때 자기도 머지않아 사라질 인간이라고 생각했다.

노파는 본래 이 소능마을 태생으로 처녀 때부터 신이 지폈다고 소문이 났었다. 그런데 부모님은 강제로 아랫마을에 혼인을 하게 했으나 첫날밤 몸을 떨고 휘파람을 불면서 동자를 부르는 모습을 남편이 보고 얼른 내쫓았던 것이다. 그 뒤 여태까지 고향인 이 마을에서 살아온 것이었다. 노파도 언제나 이 마을에서 죽고 싶다고 했었다. 진정 사랑하던 이 땅에서 죽었다. 이불에 싼 시체를 쉬는 바위 근처에 묻었다. 쉬는 바위는 동민들이 풀 베러 오나 나무하러 오나 한 번씩 쉬며 그곳에 새겨진 장기판에 장기도 두는 것이다. 그녀가 그토록 좋아하던 사람들이 오가는 곳이기에 남편은 서슴지 않고 그곳을 택했다. 너무나 거만하여 마을 사람들을 현혹했기에 그러한 참사를 당했다. 가축을 **빼앗긴** 동민들의 분노에 의해 살해되었다. 극도의 가뭄으로 신경이 날카로운 동민들이 원망할 자는 노파뿐이었다. 하늘보고 원망할 수도 없는 형편이었다.

그날 남편은 만사가 손에 잡히지 않았다. 어쩐지 불길한 예감이 감돌았다. 그가 그렇게 믿었던 노파가 머리에 감돌았다. 그가 그렇게 믿었던 노파가 죽었다고 생각할 때, 자기 병이 더해 가는 듯했고 죽음이 눈앞에 온 듯한 느낌을 가졌다. 일터에 가질 않고 평상 위에서 부채질하면서 아들의 땀을 식혔다. 얼마가 지났다. 윗도리 벗은 아들의 등을 본 남편은,

"아! 이게⋯⋯문둥⋯⋯문둥병⋯⋯시초!"

라고 몸에 경련을 일으켰다.

아들의 등에 있는 〈흰반점〉. 그것은 틀림없는 문둥병 시초였다. 무심하기 짝이 없는 하느님은 또 하나의 생명에게 불치의 병을 안겨주었다. 영원히 고칠 수 없는 병을 안고 생을 영위할 아들! 남편은 평생 소능마을을 떠나본 적이 없었다. 사천읍이 어디

에 어떻게 생겼는지 몰랐다. 더욱이 가슴 아픈 것은 구룡못에서 목욕을 못하는 것이다. 그 푸르렀고 성스러운 물에 더러운 육신을 담글 수 없다고 생각했기 때문이었다. 아무리 더운 날이라도 푸른 물만 바라볼 뿐이었다, 이 어린놈만은 잘 길러서 보람된 생활을 해보리라 마음먹었던 남편, 땅을 치고 울어도 시원치 않을 일이다. 이제 작답할 기력조차 잃었다. 누굴 원망할 수도 없는 것이다.

〈무서운 반점〉, 〈무서운 전율〉 남편의 시선은 다시 한 번 반점들을 보자, 눈앞이 캄캄해지는 듯했다. 부인도 울고 있었다. 희미한 관솔불 아래 분명히 울고 있었다. 남편은 자리에 누워 일어날 줄을 모르고 있었다. 불쌍한 부인을 생각해서라도 일어나야 했지만 전신을 엄습해오는 좌절감에 휩싸여 있었기 때문이다.

언젠가 부인은 남편의 가슴을 만지며 눈은 굶주린 늑대가 먹이를 보듯 흥분되어 있었다. 남편도 응했다. 그러나 주마등같이 스치는 무서운 환영! 그것은 〈자식〉이 태어날 것을 생각한 그는 모든 기력을 잃었던 것이다.

자리에 누운 남편의 머릿속엔 눈물을 자아내는 가지가지 일들이 많았다. 아들은 멋도 모르고 웃고 있었다.

'아직은 행복할 끼다. 아직은 모를 끼다. 그러나 니가 자라면 자랄수록 그 웃음이 사라져 영원히 찾아볼 수 없을끼다. 머지않아 무서운 악마가 니 전신을 휘감아 그땐 니는 절망할끼

다.'

　남편은 정신없이 중얼거렸다. 왼쪽 새끼손가락 첫마디가 어느새 떨어져 나갔다. 그가 이승에서 잘못한 짓이 있다면 한 가지가 있었다. 결혼하기 몇 년 전이었다. 풀 베러 간 형님이 독사한테 물려서 죽었다는 것이다. 그는 와룡산으로 달려갔다. 불마석이란 바위 근처에서 형은 죽어 있었다. 불마석의 독사라면 마을에선 너무도 유명했다. 진달래꽃 꺾으러 간 애들이 물려 죽곤 했다. 특히, 그 바위 둘레에 산딸기가 많았다. 형은 분명히 그 딸기를 따먹으려다 물려 죽었으리라 남편은 생각했다. 형의 왼쪽다리는 너무도 부풀었고 온몸도 정상이 아니리만큼 부풀었다. 어제까지만 해도 아니 아침에 서로 장기를 두고 놀았던 형이 독사한테 보잘 것 없는 동물한테 물려 세상을 떠났다고 생각하니 그의 분노는 불길 같았다. 산중턱을 타고 시체를 업고 산제당으로 내려가니 소능마을 아주머니가 울며 시체를 안았다.

　그 때만 해도 그녀는 젊었었다.

　땅거미가 깔린 저녁녘 남편은 짚단과 낫을 준비하여 불마석으로 향했다. 북쪽으로 향한 조그만 굴속에다 짚단을 반묶음으로 하여 밀어 넣었다. 한 단 또 한 단 불붙은 짚단을 네 단 넣었을 때 독사는 대가리를 반쯤 내어 두리번거렸다. 남편은 내리쳤다. 낫이 바위에 부딪쳐 동강이 났다. 돌을 주었다 한손에 동강난 낫을 다른 손엔 돌을 쥐고 기다렸다 연기에 못 이겨 독사는 꿈틀거리며 나왔다. 내리치고 또 내리쳤다. 멀리 구룡못이 보였다.

〈복......복......복〉

마을에서 초혼 소리가 아득히 들려왔다. 집안 오촌이 지붕에 올라가 남편 형 웃옷을 치켜들고, 하늘을 보고 〈복〉, 먼 산을 보고, 〈복〉 지붕을 내려 보고 〈복〉을 외쳤던 것이다.

내려친 독사 몸에서 나온 피가 남편의 앞가슴에 묻었다. 형의 관 옆에 독사를 태웠다. 원한은 풀었다.

그 일이 있은 뒤 그에게 이상한 증세가 생겼다. 바로 아들과 마찬가지의 증세가 일어났던 것이다. 자기는 하나의 동물일망정, 독사를 죽였기에 그러한 병이 생겼다고 할지라도, 어린 아들은 무슨 죄가 있기에 불치의 병이 걸렸는지.

결혼 전에 이미 자기가 문둥이라는 것을 알았으나 곧 나으리라는 가는 희망을 가지고 결혼했던 것이다. 황홀해야 할 결혼 첫날밤에 남편은 모든 것을 부인에게 고백했다. 부인은 놀라 방구석에서 흐느끼고 있었다. 복사꽃 같은 부인의 뺨에 굵은 눈물이 흘러내리는 것을 본 그의 가슴은 찢어지는 듯했고 부인에게 무슨 말을 해야 할지 모르고 멍하니 천장만 바라보았다.

그날의 부인 모습이 지금도 남편의 머릿속 깊이 박혀 있었다. 여자로 태어났기에 한번 족두리를 쓴 이상 남편을 보살펴야만 했다. 나으리라던 그의 병은 점점 심해만 갔다. 남편 어머님은 자식의 그 모양을 근심하여 공을 들이고, 애를 태우다가 돌아가셨다.

이제 남편은 모든 거의 허무하다고 느꼈다. 그러나 몽롱한 정신 속에 한 가닥 밝은 빛을 보았다. 자기와 같이 평생 고생할 아들을 죽이는 일!

'그렇다. 그 길이 참으로 올바르고 가치 있는 일이다.'

남편의 싸늘한 입가에 잔잔한 미소가 스친다. 주먹을 불끈 쥐었다.

아들의 시체가 든 관과 또 다른 관을 지고 적선산을 향했다.

밤이 깊었다. 적선산 상수리나무 숲속에 짐을 풀었다. 사방은 고요했다. 하루 종일 뜨거운 햇살을 받아 피로에 지친 산이 깊이 잠들고 있었다. 시체가 탄다. 아들의 비명소리가 잠자는 산을 깨울 듯했다. 그러나 그놈이 행복의 길로 가는 것이라고 남편은 생각했다. 그의 눈에서 굵은 눈물이 흘러나오고 있었다. 태연하려고 애썼다. 아들의 웃음소리를 들으려고 귀를 기우렸다. 고약한 냄새가 정적에 싸인 밤공기를 박차고 창공에 치솟는다. 마치 물고기의 치솟음 같이 그 냄새를 맡고 뭇 산짐승이 올까 두려울 지경이다.

희미한 마지막 연기를 〈피—〉 내뿜고 시체는 완전히 재가 되었다. 재를 쓸어 조그만 관속에 넣었다. 깊은 밤 상수리나무 숲에서 적막을 깨는 괭이와 삽 소리가 들렸다. 끝없는 여운을 남기며…….

구룡못! 그 푸르던 물이 사라졌다. 하느님의 위력엔 남편의 상상의 고향인 그 못마저 지고 말았다. 하물며 사소한 인간인 남편인들 당해낼 수 있었으랴. 다시 못이 푸르면 그 때는 소능마을에 자기와 같이 불쌍한 자가 태어나질 않길 빌었다. 그의 목숨도 며칠을 연장시킬 수 없다고 생각했다. 어린 아들이 기다리고 있으리라 생각했기 때문이었다. 어떻게 해서든지 부인도 동행시킬 것이라고 마음먹었다.

또 다시 구룡못이 푸르게 되어 못이 충만하게 되면 남편은 부인과 아들과 함께 저승 하늘에서 이 못을 조감하며 크게 웃으리라. 가끔 내려와 목욕도 하리라.

3장 고선高鮮

고선의 친정 송산松山은 전체 80여 가호인데, 그 중 고 씨가 70여 가호인 집성촌이었다. 물산이 풍부했고, 개화가 일찍 들어와 여성도 기본교육을 받았다. 고선은 1885년에 태어났는데 남동생은 한 살 터울로 밭일 갔다 오다 급히 마당에서 낳았다고 '마데이'란 별명이 붙었다. 고선은 인근 마을 만석꾼으로 소문난 외가를 통째로 들어먹은 하얀 빼딱구두 날라리 외삼촌의 소개로 진주도립병원 간호사가 되었다. 그 당시로서는 상당히 큰 신장에 균형 잡힌 몸매, 그리고 쾌활하고 개방적인데다가 웃음이 많아 왼쪽 보조개가 늘 파였다가 메워지고 심지어 눈웃음까지 치는 보기 드문 미인 형이라 뭇 남성의 애간장을 태우고 있었다. 가뜩이나 꽉 조인 유니폼에 터질 듯한 팡팡한 가슴은 생동감을 부추기기에 모자람이 없었다. 쉽게 설명하면 영화〈쌀〉의 주인공인 실바나 망가나나〈노트르담의 꼽추〉의 지나 로로부리지다를 연상하면 될 터이다. 처녀 시절에 이미 상사병이 나서 목을 매거나 물에 빠지거나 절벽에 떨어져 죽은 인근 마을 총각들이 드러난 것만 해도 다섯 명이나 되었다.

어느 된서리가 내린 다음 날이었다. 멧돼지의 어금니에 허벅지가 부상당한, 빡빡 얽은 사천읍 명포수가 입원을 하여 그녀에게 눈독을 들였다. 그는 금가락지에다 금팔찌로 환심을 사기 시작하더니, 어느 한가한 틈을 봐서 문을 걸어 잠그고 고선을 강간하였다. 사실 큰소리로 저항했다면 미수로 끝났겠지만 고선 역시 은근 슬쩍 기대하지 않았나 싶다. 사실 이 모든 것을 포수가 고선 외삼촌한테 뇌물을 주어 얻은 것이란 것을 뒤늦게 알았다. 그래저래 엄동설한에 성대하게 결혼식을 치르고, 흔히 말하는 깨가 쏟아진 세월이 3개월이 지나가고, 그 건장하던 포수가 연일 코피를 쏟아내며 햏쑥해졌다. 그러던 어느 새벽녘 상머슴한 테만 사냥 간다고 하고 여장을 챙겨 나간 후 영영 소식이 없었다.

사람들에 의하면, 1917년 『정호기』의 저자 야마모토 다다사부의 조선 범 토벌에 참여했다가 동료 포수가 잘못 쏜 총알이 허벅지에 박혀 그것이 화근이 되어 몇 년 후 죽었다고 전해진다. 고선의 천부적인 화려한 애정공세가 밤낮 시도 때도 없이 퍼붓는 것에 못 견뎌, 딴엔 남자라는 자존심은 있고 하여, 북간도로 사라진 게 아닌가 하고 외삼촌은 짐작해 보았다. 그렇다고 우리 고선은 그냥 퍼더버리고 앉아 기다리며 울고 짜고 할 위인이 아니었다. 그녀는 어찌어찌하여 다시 그 병원에 취직하였다.

몇 년 후 병원 직원들과 저녁을 먹고 맥주홀에 갔다. 그곳에서 또 한 멋쟁이 남자와 눈이 맞았다. 둘 다 감전된 듯 찌릿찌릿

했던 것이다. 직원들이 눈치 채고 자리를 피해주자 둘은 술이 얼큰한 상태로 구름 타고 가듯 인근 여관으로 향했다. 그녀의 요란한 요분질에 천국을 왔다 갔다 할 지경이었고, 그 길로 그녀를 집으로 데리고 갔으며, 그 다음날로 본 부인을 아래채에 내쫓고야 말았다. 남편은 그 지역에서 상당한 부자였고, 마을 뒷산에 금 광산을 열어 많은 인부를 부리고 있었다. 그러나 남편은 조실부모하고 정을 받지 못한 입지전적인 인물이라 그런지, 아니면 너무 작은 체구에 대한 열등감이 있어서 그런지, 하여간 지나친 과시욕과 아랫사람을 업신여기는 경향이 있었다.

그런 놈들의 특징은 입에 바른 감언이설에다 선비연하는 앞면과 온갖 뇌물에다 끼리끼리 해 먹고, 신입이나 백 없이 오로지 성실함만 갖고 일하는 놈은 항상 왕따 시키는 어두운 뒷면을 지니고 있는 법이다. 잘하면 용심이고 못하면 비웃고. 오로지 술을 사줘야 좋아하고 직원끼리 모이는 것을 질색하여 밤마다 직원들의 동향을 파악하는 데 급급했다. 그리고 스파이를 곳곳에 심어 놓곤 한다. 그러나 강요로 따르던 자들도 어떤 계기가 되어 대세가 기울면 영락없이 배반하고 마는 것이다.

남편은 우리가 흔히 보고 들은 온갖 악행의 표본인 셈이었다. 그러나 그 자만 그런 행동을 하는 것은 아니다. 대개의 사람들은 그러한 성향을 지니고 있다고 보면 될 것이다. 희한하게도 평소 사장의 지나친 처사에 불만을 품은 인부 몇몇이 구성된 호랑이 사냥이 시작되었다. 인부들의 부주의로 호랑이를 놓쳐 한 젊은 인부가 화가 난 사장의 매질에 온 얼굴이 상처가 나고 생피가 철철 흘렀다. 말리는 자들도 사정없이 당하기 때문에 접근할 수가 없었다. 인부들은 맘속으로 분개하여 기회만 엿보고 있었다. 마침 때가 왔던 것이다. 다들 의식적으로 엿 먹으라고 뒤로 슬슬 빠졌다. 마침내 그와 호랑이가 절벽 위에서 맞닥뜨렸다. 그와 호랑이가 서로 안고 뒹굴었다. 마침 약속이나 한 것처럼 아무도 근처에 가서 도울 생각도 않고 제법 떨어진 곳에서 지켜보기만 했다. 오직 사냥개 두 마리만 주변을 컹컹거리며 정신없이 쏘다녔다. 결국, 그와 호랑이, 사냥개 한 마리가 깊고 가파른 절벽에 떨어지고 말았다. 그 자의 시신이 일주일 만에 수습된 것만 봐도 대다수 인부들의 원성이 얼마나 컸는지 짐작하고도 남음이 있을 것이다.

세월은 여지없이 흘렀다.

고선이 세 번째 시집 온 소능마을은 120여 가호 중 김녕 김이 110여 가호나 되어, 우리나라에서도 드물게 큰 집성촌이었다.

소능마을은 와룡산의 줄기인 봉두산 자락에 위치하여, 앞뒤로 이구산과 일자산, 동쪽과 서쪽은 뒤뜰 산과 뒷골이 병풍처럼 사방으로 둘러쳐진 형국이다. 동쪽 붉은 뜰과 뒤뜰 산, 서쪽 뒷골과 탑골 사이에 한길이 나 있어 마을의 꽉 막힌 숨통을 틔우고 있다. 감무뜰을 지나 이구산 아래는 죽천천이 흐르다 구룡못에 막히고 만다. 전형적인 배산임수형의 농촌 마을이다.

김녕 김씨 전거비. 1944년 자헌대부 의정부찬정 여흥驪興 민

병승閃丙昇이 글 짓고, 응천凝川 박헌기朴憲奇가 글 썼다. 자는 수지首知요 충정공忠貞公 준영俊榮의 4세손이신 명공銘公의 아들인 휘諱 연공漣公은 1630년 7월 경기도 양주에서 출생했다. 1642년, 병자사화를 당한 뒤, 열세 살 의젓한 사내로서 충북 진천 덕산 옥동에서, 석 달 닷새 만에 가족을 거느리고 남하하여, 이곳 사천에 숨어 살면서 그 거처를 창의재昌義齋라 하고, 충효를 과업 삼아, 오직 의리를 밝히는 것으로 자신의 임무를 삼았던 것이다. 그러다가 1704년 9월 향년 칠십오 세로 사망, 뒷골 가내산 유좌酉坐(서쪽 방향)에 안장했다.

그가 소능마을에 정착한 해는 인조 이십 년인데 그해 조선에선 유성이 많이 떨어졌다.

유성이 천봉성天棓星·패과성敗苽星·천창성天倉星·각성角星·호과성瓠瓜星·방성房星·저성氐星·짙은 구름 속·규성奎星·기성箕星·경하성梗河星·오거성五車星·하늘 중앙·팔곡성八穀星·천원성天苑星·실성室星·삼성參星·천균성天囷星·오거성五車星·북하성北河星·유성柳星 위나 아래에서 나와 천진성天津星·동방·건방乾方·진성軫星·간방艮方·대각성大角星·손방巽方·실성室星·곤방坤方·섭제성攝提星·남방·병성屛星·성성星星·외주성外廚星 위나 아래로 들어갔다.

이조판서 여공은 단종 복위의 주모자였으나 세조의 괘씸죄에 일가붙이는 이리저리 몸과 마음은 떠돌이 신세가 되었다가 임진왜란, 정유재란 거쳐 가문의 역사적 진실은 열세 살 때, 풍문에 의해 기록한 백공의 『추강집』〈육신전〉 필력에 놀아났다. 『조선왕조실록』이 조선이 끝날 무렵 비로소 공개되고 보니, 백촌의 역할은 성삼문을 능가했음에도. 『선조실록』과 『수정선조실록』이 달라도 너무 달라 후세 사람들을 극도로 혼란시키는 것과 무엇 하나 다르랴. 이는 1979년 10·26 이후 몇 해 동안 김녕 김씨 종친회를 국가가 방해한 것과 무관하지 않았다. 그러니까 1980년 제11회 김녕 김씨 종친회를 개최코자 세종문화회관에 임대를 예약까지 했으나, 10·26 후 김재규의 박정희 시해 사건으로 김녕 김가 모두 역적의 후예란 빌미로 서울시에서 불허했는지 시국이 어수선해 문중에서 자중 자애했는지 모를 일이었다.

마치 임진왜란 원균 장군을 온갖 오물투성이를 뒤집어 씌어 매도하는 것과 그 또한 유사했다. 그해 종친회 회장이 삼성출판사 사장이었다.

인간 개개인의 한계는 거기서 거기인 것을, 그러니 잘난 자도 거기고, 못난 자도 거기란 것을 왜들 모르고, 한 쪽은 하늘에 올리고, 다른 쪽은 지하 구렁텅이로 떨어뜨리려 하는가. 사람 인심 고약하다. 결국, 역사도 그렇게 목소리 큰 놈의 장난에 놀아난다는 사실을 우리는 미처 모르고 살아간다. 이는 어떻게 보면 처음 태어나자마자 본 것이 각인되어 평생 잊지 못하는 동물의 본능과도 같다.

고선의 세 번째 낭군은 김천경金天卿으로서 1884년에 태어났다. 그는 첫 번째 부인을 1902년에 얻었다. 최칠계崔七桂란 어질고 덕성스러운 여성이었다. 그녀는 1886년에 열두 형제자매 중 일곱째로 태어났다. 사천의 큰 학자로 소문난 구암 이정 선생이 태어난 구암이 친정이었다. 그녀 역시 사천의 3대 문중의 하나인 삭녕 최씨 처자였다. 그녀가 시집오고 집안이 폭삭 망해 가족 일부분이 죽고 남은 자들 중 여자들은 남의 집 동자아치로, 남자들은 머슴으로 고향을 떠났다. 하루는 저옥 시어머니인 최칠계의 둘째언니 외아들이 찾아왔다. 그가 바로 김족金族이었는데, 육손이었다.

1903년 늦봄, 천경이 떡판으로 사용하리라 평소 눈여겨 봐둔 마을 앞 산 이구산 상사바위 밑 너더랑 위에 있던 너른 바위를 지게에 지고 내려오고 있었다. 잔디 썰매 타는 곳이 끝나는 큰골 입구 옆 동굴 입구를 막 지나려는 때였다. 마침 굴에서 갑자기 뛰어나온 개호주 한 마리를 피하려다가 그만 균형을 잡지 못해 뒤뚱대는 바람에 지고 있던 너른 바위가 개호주 위에 떨어져 즉사하고 말았다. 그 놀라운 순간에도 그는 호묘탕虎猫湯이 생각났다. 그는 지게발채를 지고 형체를 알 수 없을 정도로 짓이겨지고 피가 뚝뚝 떨어지는 개호주를 누리장나무 잎에다 둘둘 싸서 칡넝쿨로 대충 말아 들고 뛰다시피 달려왔다. 그가 내를 지나 미루나무 숲을 지날 때 산에서 들려온 호랑이의 포효가 귓전을 때렸다. 그는 놀라서 지게를 내팽개치고 헐레벌떡 집으로 왔다. 그런데 그가 도착하자 이미 지게가 대문 바깥 오른편 오미자 덩굴이 있는 담 밑에 놓여 있었다. 도대체 누가, 귀신이 곡할 노릇일세, 하고 천경은 의아해 했으며, 한편으론 어떤 불길한 예감이 휩쓸고 갔다.

사실 부인은 두 차례, 달도 한참 못되어 배 속에서 이미 죽은 황금덩어리 어린애를 낳았다. 그러나 이번 애는 제대로 달을 채워 낳은 지 열사흘이라 하루만 잘 버티면 아이의 최소한 생존 가능 기일인 두 이레가 된다. 마침 이날 개호주를 얻었던 것이다. 지렁이 백여 마리 가량 삶은 국물에다 소위 호묘탕인 개호주 한 마리와 어미 고양이 세 마리를 산 채로 통째로 삶아, 약 보자기에 넣어 짜서 부인한테 억지로 먹었다. 얼마 후 약 기운이 돌았다고 여겨, 아기 입에 젖을 갖다 댔으나 힘없이 도리질만 하면서 몇 번 빠는 둥 마는 둥 하고는 곧 시들시들해졌다. 어린애는 한밤중에 죽고 말았다. 애통하는 소리에 개와 닭이 덩달아 울고 외쳐, 온 마을에 메아리 되어 생난리가 난 듯 퍼져나갔다.

며칠 지난 어느 늦봄, 구암댁은 달덩어리 같은 동자아치와 같이 고사리를 꺾다가 어느 틈엔가 옆집 가산댁 아낙이 호랑이한테 물려 갈가리 찢겨 시신이 훼손시키는 장면을, 구암댁은 바위 옆 굴참나무에 올라가 떨면서 지켜보다가 그만 놀라 월경을 해, 그 피가 뚝뚝 떨어지는 것을 호랑이가 그대로 얼굴에 비비다가 씨익 웃는 듯하면서 그대로 산 위로 사라졌다. 저만큼 청미래덩굴 옆 갈대밭에 얼굴을 파묻고 있던 동자아치는 무사했다. 그러나 그게 아니었다. 뛰다시피 개암나무 숲을 막 지날 때 저 쪽 바위 위에서 날다시피 달려들어 구암댁의 뒷덜미를 물었던 것이다.

　마침 지나가던 나무꾼 오륙 명의 벼락 같은 고함에 놀라 달아
났다. 그러나 이미 피를 많이 쏟아 생명이 경각에 달렸던 것이
다. 이상한 것은 아직도 30대였는데, 갑자기 머리가 하얗게 셌던
것이다. 아마 크게 놀란 탓이었으리라. 삼 일 후 보름달이 휘영
청 뜬 새벽에 이 세상을 하직하고 말았다. 천경은 말할 것도 없
고 마을사람들, 특히 일가친척들의 억장이 무너지는 슬픔은 이
만저만이 아니었다.

　창귀倀鬼는 흔히들 호랑이한테 잡아먹힌 사람이 지옥으로 가
서 다른 사냥감을 사냥하기 위해서 호랑이에게 귀속되어 명령
받는 귀신이라고 알려져 있다. 못된 짓을 앞장서는 사람을 비유
하는 말로 표현하기도 하다. 창귀에 대해서 자주 내려오는 이야
기는 사람을 홀려서 호랑이에게 잡아먹히게 만들 때, 친숙한 목
소리로 이름을 불러서 밖으로 유인을 한다고 합니다. 그 이름이
불린 사람은 자꾸 이상하게 밖에 나가고 싶어진다. 모두 3번의
이름을 부르는데 이때까지 밖에 나가지 않고 견디면 창귀는 돌
아간다고 한다.

　그래서 소능마을에서는 밤에 친한 친구가 불러도 절대 바깥
에 나가지 말라는 불문율이 있었다. 그런데도 어느 해 동지섣달,
제백 사촌동생인 감백이 소산의 친한 친구의 부름을 받고 나갔
다가 집 앞 타작마당 옆 긴잎느티나무에 설치한 올가미에 걸려
아침까지 대롱대롱 달려 있었던 것이다. 이런 귀신이 곡을 할 노

롯이 있나. 그 누구도 올가미를 설치한 사람이 없었던 것이다.
그날 몇몇이 소산에 가서 그 친구를 찾았으나 그는 독하게 감기
에 걸려 며칠째 두문불출하고 있는 상태였던 것이다.

4장 호랑이 잡다

　세월이 지나 1905년, 양력으론 1월 중순이요 음력으론 1904년 섣달 중순에 천경으로서는 두 번째요 고선에겐 세 번째 결혼을 했다.

　그해 여름 어느 보름날, 천경은 달이 유난히도 밝은 자정께 낮에 먹었던 수제비가 얹혔는지 통싯간에 자주가게 되었다. 그가 막 일을 끝내고 거적문을 손으로 젖혀 연 순간, 한 마리 호랑이가 소리 소문도 없이 외양간의 암소 한 마리를 물고는 막 담을 넘으려 하였다. 달빛에 비친 호랑이의 두 눈은 커다란 혼불 같았다. 그는 곧바로 외양간과 통싯간 사이 연장실에서 은어작살을 꺼내 막 담을 넘으려는 호랑이 똥구멍 쪽을 힘껏 찌르자 죽은 소와 한 덩어리가 되어 떨어졌다.

　그는 순간 죽은 마누라를 떠올리며 불구 대천지원수 대하듯 연이어 해목을 여러 번 찔러 죽였다. 피가 분수처럼 쏟아졌다.

　은어잡이 작살은 제백네에 대대로 내려온 것으로서 구룡못이 조성되기 전에는 은어가 치어 때 방지 포구로 내려갔다가 바다에서 자라면 올라와 내에 사는데, 특히 궁백글룹은 한 쪽 눈으로

도 삼지창 같은 그 작살로 곧잘 은어를 잡았다.

다음날 이 사실을 사남 지서에 가서 알리라고 마당쇠한테 말했더니, 얼마 후 지서 차석이 비호飛虎같이 자전거를 타고 달려왔다. 구루마에다 호랑이와 소의 살코기를 가득 실어 보내기로 했다. 그런데 볼 일이 끝났는데도 차석은 자리를 뜨지 않고 뭔가를 잃어버린 사람처럼 안절부절못하기에 천경이 물었다. 그러자 이참에 윗선에 상납용으로 쓸 호피를 원한다고 하는 게 아닌가. 그러나 천경은 바로 말을 가로채서, 호랑이를 여기저기 마구 찔러 호피가 훼손이 심해 가치가 없다고 말하기 무섭게, 차석은 전혀 상관없다고 하자, 천경은 그럼 말려 최대한 다듬어서, 되는 대로 며칠 후 보내 주겠다고 하니, 차석은 모자를 몇 번이고 벗었다 썼다 하면서 연신 굽실거리는 것이었다. 그 때 안경이 떨어져 돌멩이 위에 떨어졌으나 다행히 깨어지지는 않았다.

그날 지서 차석도 눈 감아 주었것다, 하여 때 아닌 마을 잔치가 벌어져 마시고 먹고 야단법석을 떨며, 간만에 목에 때를 잘 벗겼다. 호랑이 고기는 연하고 맛도 괜찮고 누린 냄새가 없었다. 고기 색깔은 송아지 고기와 비슷하지만 맛을 비교하자면 소고기와 돼지고기의 중간 맛이 났다.

고선 부부도 얼큰한 기분으로 모처럼 한바탕 크게 운우의 정을 나누었다. 먼 산에서 짝을 잃은 호랑이의 포효가 간헐적으로 들려왔다. 한창 구름 위를 날 듯 주기적 반복의 끝에 왔을 즈음, 집 뒤쪽에서 호랑이의 굉음이 폭발했다. 그러자 두 사람은 그 소리에 놀라 약속이나 한 듯 동시에 힘껏 한껏 힘을 주었다. 마치 개구리를 내동댕이쳐 죽였을 때 뒷다리가 쭉 뻗는 것과 비슷했다.

고선이 몇 차례 어린애를 사산하더니, 1909년 드디어 양수가 터졌고, 피가 쉴 새 없이 흘려서 급히 하이야를 불러 진주도립병원으로 달렸다. 수혈로 급한 불을 끈 후 겨우 애를 낳았다. 그 애가 우리의 귀여운 사름이었다.

1912년, 고선은 외동시누이와 같이 사름을 업고 고사리 꺾으러 갔다. 천경은 사름을 동자아치한테 맡기고 가라고 했으나 한순간도 금이야 옥이야 떨어질 수 없는 노릇. 시누이는 저 쪽 이구 폭포 옆 경사진 양지바른 곳에서 고사리를 꺾었고, 고선은 장골 너더랑 옆 무덤 근처에서 꺾었다. 이미 고사리는 억세어져 새순만 찾다보니 생각보다 소득이 적었다. 한참을 찾다가 사름이 신기한 듯 손짓하는 곳에 복분자인 고무 딸이 많았다. 정신없이 너더랑 위에서 따서 바구니에 담기도 하고 검게 익은 것 몇 알은, 띠를 앞으로 약간 추슬러 돌려 사름한테 먹여주기도 하다가 순간, 그만 고선이 살모사한테 물려, 정신 줄을 놓았다. 놀란 사름이 자지러지듯 울자 폭포소리에 간헐적으로 들린 울음소리를 따라 시누이가 왔을 땐 고선은 이미 온몸이 굳어졌다. 시누이는 칡넝쿨을 헤치고 제법 높은 바위 위에서 고래고래 외쳤다.

"사람 살려요!" 라고.

마침 감무뜰 외딴집에 사는 최 부자가 작답하다가 그 소리를 듣고, 한달음에 달려와서 들쳐 업고 내려갔다. 급한 김에 천경이 땍키칼[2]로 물린 부위를 그어 독을 입으로 빨아냈다. 환자를 조심스레 최대한 편안하게 눕혔다. 깨끗한 물을 부어 물린 부위의 독과 이물질을 씻어내고, 심장보다 낮은 위치에 물린 부위를 내려놓았다. 독이 전신으로 퍼지는 것을 막기 위해 물린 부위 위쪽으로 약 10센티미터 떨어진 곳을 손가락 한 개가 들어갈 만큼 느슨하게 묶었다.

마당쇠가 나는 듯 바람담 주막에 가서 강소주를 사와 상처부위에 뿌렸다. 또 물린 부위에 담뱃가루와 된장을 발랐다. 초여름이라 뱀독이 약해서 천만다행이었다. 워낙 여장부라 사흘 후 깨어났으나 아직도 시력이 약해져 부연 안개가 낀 상태라 마치 누군가에게 원망하는 눈빛만 가득했다.

다음날 천경은 아침밥을 숟가락으로 뜨는 둥 마는 둥 마당쇠와 여동생을 데리고 살모사가 있던 장골산 그 장소로 행했다. 시누이가 지목한 곳을 확인한 후 곧 차비를 챙겼다. 바로 옆 보리수나무 가는 가지에 뱀허물쌍살벌집이 있어 조심히 접근했다. 뱀은 그 장소를 떠나지 않는 습성이 있는지라 물에 약간 적신 볏단에다 불을 피워 연기가 검게 나자 굴 안으로 집어넣었다. 그러기를 몇 차례, 어느덧 한식경 되었을까. 두 마리 살모사가 비실비실 기어 나왔다. 천경의 눈에 이상야릇한 광채가 한 줄기 스

---

2) 과일을 깎거나 생률生栗을 칠 때 사용하는 작은 칼의 방언. 참고로 겉껍질과 속껍질을 칼로써 벗겨 내는 경우는 그냥 깎는다는 표현을 사용하고 제사상이나 잔칫상에 올리기 위해 아래 윗면을 납작하게 다듬어 내고 가장자리를 위에서 한번 비스듬히 다듬고 아래에서 한번 비스듬히 다듬어 내어 마치 비행접시 모양으로 일정한 형태를 갖추게 하는 것은 '생률을 친다'는 표현을 사용한다.

쳐갔다. 두 놈 머리를 연달아 쳐내고, 쭉 하고 껍질을 벗기더니 질겅질겅 씹어 먹기 시작했다. 두 마리를 다 먹고 씨익 웃고는 큰 트림 한 번 하고는 내려가자고 재촉하는 것이었다.

귀딸 사름은 단발머리에 무명 치마저고리를 단정하게 입고, 집 앞 도랑에서 배 띄워 놀기, 비눗방울 놀이, 혹은 반주깨비놀이를 혼자나 동무들과 즐겨했다.

'쫀득쫀득 무릇 찧어 풀을 쑤고요. 돼지가 즐겨먹는 고마리 잎으로 나물 무칠 때, 여뀌로 매운 맛을 낸답니다. 진흙으로 시루떡 만들어, 그 위에 별꽃을 얹고요. 달래 뿌리로 각시 머리 얹을 때, 까마중 열매로 머리 물들이고요. 그 어여쁜 각시님 사립문에서 꼬마 신랑님을 기다립니다.'

그 때 지나가던 마을사람들이 장난삼아,
"사름아, 사름아" 하고 연달아 부르면, 대뜸,
"사름이라뇨. 다 큰 처녀를 두고"
"그러면? 어떻게 불러주랴?"
"기와집 처녀야, 하고 불러야죠!"
그러면서 자기는 시집가서 이바지 해 올 때 아버지가 좋아하는 좋은 술 빚어 가져오겠노라고 했으니, 그게 어디 다섯 살 된 아이가 할 소리던가. 그러니 단명하지. 쯧쯧쯧.
법정 급성 전염병인 디프테리아는 호흡기 점막이 침해받았는데, 부모 걱정시킨다고 제 딴에는 기특한 생각이 들어, 누구든 자기 병에 대해 말을 꺼내려고 하면 사름은 고운 입술에 집게손 가락 곧추세워 '쉿' 하며, 살짝살짝 아픔을 호소했는데, 모두들 그 귀여운 행동에만 정신이 팔려 볼에 뽀뽀하기만 급한 채, 예사 로 여긴 게 잘못이라면 잘못일 수도 있겠고, 불찰이라면 큰 불찰 축에 든다고 하겠다.

물도 겨우 마실락 말락 그 지경에 와서야, 부랴부랴 하이야 대절하여 진주 도립병원에 당도했으나, 이 억장이 무너지고 무 너질 일이 있나! 마침 한 명분의 약만 있고, 그 약마저 먼저 온 인접 고성 아무개 아이가 먹어야 했으니. 그래도 제일 가깝다는 부산에서 약을 공수하기는 죽음의 시간보다 훨씬 길었으니. 모 두들 아무런 생명 연장에 보탬도 되지 못한 채 새파랗게 뜬눈으 로, 서서히 생명의 불이 사그라지는 모습만을 지켜볼 수밖에 더 무엇을 했겠는가.

사름을 묻고 난 이후, 고선 부부는 작은 골 황톳골에 묻은 애 기 담보랑 쪽으로 눈이 가는 것을 스스로 막았다. 이때가 1913 년, 고선이 살모사에 물려 생고생을 한 꼭 일 년 후였다.

배고픈 갈구가 살무사 되어 만추의 대가리를 쳐들고야 맙니 다. 오늘따라 엽영葉影은 초설初雪만 기다렸다오. 솔잎마다 송도 松濤 가득 묻어 있었고. 단절 위한 고통 쓸어내고 아스라이 피어 오른 작은 역정 속의 조그마한 미련이 아직도 실눈 뜬 채 어제를 봐야 하겠는가. 층 깊은 찌꺼기 부여안고 호흡조차 초저녁 마을 가도 이 밤 그런 대로 하늘 보는 여울 갖는다오. 고요에 물든 와룡산에서 귀한 가치를 늘 모르는 내 사랑 바람이여.

와룡산은 섣달 그믐날 밤이면 산이 운다는 전설이 있다오. 와룡산이 운다는 여러 가지 설이 있으나 그 중 하나는 우리나라 산의 족보격인 『산경표』에 와룡산이 누락되었기 때문이라는 설과 와룡산이 아흔아홉 골로 한 골짜기가 모자라서 백 개의 골이 못되는 산이 되어서 운다는 설이 있답니다. 또 일제강점기를 지나면서 일본 사람들이 우리 고장의 정기를 말살하기 위하여 와룡산 정상인 민재봉을 깎아 내렸기 때문이라는 이야기도 있다오. 와룡산은 800미터도 못 미치는 낮은 산이라고 생각되기 쉬우나, 경사가 급하여 쉽게 산에 오르기가 만만치 않다오.

와룡산의 바람이 우리 사랑 틈새로 신선함을 안겼을 때 그대는 귀여운 곤줄박이가 되어 숲속의 수다쟁이 직박구리가 되어 거룩한 침묵을 깨물면서 저 만큼 산자락을 휘돌겠지. 그러나 산 아래 마을의 해거리는 신이 자신의 삶을 연장하려는 작은 바람의 산물이며, 사계四季와 계절 없음 사이를 만들려다 실패한 것이고, 그것도 아니면 일 년 열두 달을 일 년 스무 달로 정하려다 망각의 늪에 빠진 것이리라.

순수한 해거리는 도약의 무엇인가. 긴 슬럼프 기간인가. 내일을 위해, 내년을 위한, 슬기로운 배태기인가.

어느 아득한 먼 옛날, 이 시기에 이 산 저 산 굴참나무 상수리나무 열매와 코뚜레 노간주나무 열매가 올해 꽃핀 다음해 10월에 익음을 간절히 생각하며, 버드나무의 바람결에 빛나는 황홀한 합창을 들으며, 단감나무의 부모가 고욤나무임을 거듭 생각해보면서 또 개옻나무 붉은 줄기가 독 오른 지와 같고, 젊은 체조 선수나 에어로빅 선수와 같이 튼실함에 다소 해괴망측한 발상을 이상李箱 시절의 해쓱한 시인과 비교 해보면서, 역사를 삿대질한 헛된 자아를 질책하게 된다.

바람의 안과 밖을 생각해보라. 이 세상 만물이 다들 안과 밖으로 구성되어 있다. 그릇의 안과 밖을 상기하면 쉬울 것이다. 내장과 껍질, 속살과 껍데기. 바깥에서 안쪽으로 공격하여 죽는 경우와 내부에서 바깥으로 공격하여 죽는 경우를 알아보자. 그리고 우주의 안과 밖도 상상해보자. 더 나가서 매일 밤 틀니를 빼놓듯 모든 장기를 꺼내 잠시 쉬게 하라. 그리고 그리움이니, 동경이니, 하는 것을 인식에서 빼내 엉뚱하게 그것에 머물게 하지 말자.

이 순간 어스름한 북한산 언저리에서, 갑자기 나타나 짝짓기하던 그 탱글탱글 생동감 넘치던 큰오색딱따구리를 결코 잊지 못한다. 그 모습 속에 갇혀 영원히 수인으로 살고 싶을 뿐.

제백은 서울 양재동 형촌마을 입구 '오른쪽 남향'을 가장 선호하였지. 그래서 모든 사진이며, 그림을 '오른쪽 남향'만 남기고 나머지는 거들떠보질 않는 버릇이 생겼다.

또 제백이 소장한 모든 책 44쪽에 자기 도장을 찍어 소유의 책임을 명백히 밝혔다. 그것은 아마 사람들이 4에 대한 혐오감이 있어 그에 대한 반항심의 발로 내지는 특별함을 보이려는 의

도가 아닌가 한다. 그래서 4를 하나 더 붙여 44로 정했다. 원래 444로 하려고 했고, 더 나아가서는 4444 수도 할 있으나 그것을 초과하는 볼륨 있는 책이 흔하지 않기 때문에 할 수 없이 44로 정했다고 보면 될 것이다.

대한민국 국회회관에는 444가 없다고 하니 어안이 벙벙하다. 1980년 5월 17일 오전 10시부터 오후 3시까지 국방부 제일 회의실에 육해공군 주요 지휘관인 중장급 이상 사십사 명이 참석하여 주영복 국방부 장관 주재로 회의가 열렸다.

이들은 10·26 직후 선포된 비상계엄을 제주도를 포함한 전국으로 확대해 군 내부의 의견을 통일하고 국민을 겁주고 위압을 과시하자는 속셈이 깔렸다. 주 장관이 정치풍토 쇄신, 불순세력 제거 등 정치적 발언을 하자 군수기지사령관 안종훈이 반론을 폈다. 이에 이 육군참모총장이 "이 회의는 이미 정해진 안건을 놓고 의견을 듣는 자리." 라고 차단하자 더 이상 누구도 이의를 제기하지 않았던 것이다.

작가 백가흠의 소설집 『四十四』는 물질로부터 자유스러울 수 없었던 시대를 사는 40대의 면면을 뼈저리게 그렸다. 모 케이블 *TV* 앵커인 장 기자는 4가 행운을 안겨준다고 했다. 여기서 왜 하필 장 기자를 언급하느냐고 격한 항의를 할 사람이 있겠으나 제백의 경우 장 기자의 부인이 출협 담당기자였을 때 몇 차례 만나 출판 전반에 대해 논의도 했고 식사자리도 가졌기 때문이다. 그러나 그건 솔빵 뻥이고 오직 하나 그 기자분의 빼어난 미모에 다들 반해 사무실 여직원들이 그 여기자가 오면 괜스레 질투와 시기를 했던 것이다.

미국 시카코 컵스에 왼손타자이자 1루수인 앤서니 리조 *Anthony Vincent Rizzo*가 있다. 그가 호지킨 림프종*Hodgkin's lymphoma* 이라는 암 선고를 받게 된 것에 대해 제백은 자기가 어릴 때 겪은 유사 병을 생각했다. 다행히 초기에 발견되어 일 년 간 야구를 중단하고 치료에 전념하여 완치되었다.

사실 병도 병이지만 그의 등 번호가 44번이란 것에 더욱 친밀감을 나타냈다. 제백이 야구와 연을 맺게 된 것은 초등학교 5학년 때 진주에서 외가로 이사와 제백과 동급생이 된 친구가 야구란 것을 전파했던 것이다. 그 당시 시골 학교에서는 〈주위〉란 운동경기가 있었다. 자기가 스스로 공을 주먹으로 쳤다. 규칙은 야구와 비슷했다. 운동에 능했던 제백은 그 놀이를 응용, 확대하여 나름대로 즐길 수 있게 하였다. 제백이 중학교에 가서 야구 선수로 활동하다가 2학년 때 야구부가 해체되었다.

내가 낳은 디포르메를 한없이 위무하며 관능의 다발 속에 흔쾌히 젖어, 앙포르메3)에 취해, 그리고 시들어 찬바람만 남기고 떠나던 10월 어느 날 그렇게도 수탉은 늦가을 하오, 2제곱미터 남짓 볕만 쪼아댔던가. 날마다 감동을 먹고 사니 이 순간 사시나무 잎이 되어, 현사시나무잎 되어, 똑 건드리면, 똑 오므라지는, 마치 수줍음 타는 새색시 같은 귀여운 미모사4)되었다. 고향은

---

3) 〈재생〉의 문희, 〈유정〉의 남정임, 〈청실홍실〉의 장미희, 〈고백〉의 리즈, 〈폭풍의 언덕〉의 멀 오버론을 앙포르메로 여김.

점점 푸름이 지나고 청춘도 이제는 마지막 그리움을 허용한다.

제백에게는 양력 10월이 뜻 있는 달로서 오여러吳麗麗와 만남, 그리고 상사 바위의 두 차례 무너짐이 공교롭게도 10월에 일어났던 것이다. 그래서 언젠가부터 자기의 죽음도 어느 해 10월 6일 새벽 6시로 정해 놓았다.

소능마을의 한가한 하오의 정경은 늘 그러했다. 실제로, 홍덕삼이란 자가 점심 먹고 낮잠에 빠져있던 차, 아버지의 성화에 못 이겨 툴툴대며, 바지게를 비스듬히 메고 사립문을 나서는 순간, 수탉 한 마리가 바로 위 담장에서 큰소리로 울어댔다. 벌써 몇 번째, 벼르고 별렀던 참이었다.

마치 약 올리는 듯이, "덕 – 삼 – 아 – 하고……." 결국, 그 닭은 덕삼이의 바지게 지팡이에 맞아, 몇 번 파닥거리다 죽었다. 그는 그 길로 한 많은 방랑 생활을 시작하게 되었다. 끝내 몇 년 후 크리스마스이브에 문구 회사의 수금 사원으로 제주도 출장을 가게 되었다. 마치 어떤 강박 관념에 휩싸여, 제주행 페리 호에

---

4) mimosa, 신경초, 함수초, 잠풀이라 불림. 만지거나 건드리면 잎이 오므라들어 제백이 초등학교 2학년 때, 교탁 옆 창문가에 놓인 미모사 화분을 처음 보고 신기해하며 감동받았음. 그해 담임선생님한테 흰 토끼 암수 새끼를 사서 길렀음. 구입 당시 암수 구별한다고 보여준 새끼 수놈의 **빨간** 성기와 **빨간** 눈이 인상적이었음. '한 굽이를 돌아가는데, 희뿌예진 안개 속에서 덧없는 햇살이 한 떨기 미모사처럼 빛난다.' — 움베르토 에코의 『로아나 여왕의 신비한 불꽃』 (이세욱 역. 2008.7.3. 열린책들). 손을 대면 잎을 접고 움츠러드는 미모사는 놀라운 기억의 소유자다. 이탈리아 피렌체대학교 연구진은 미모사 화분을 15센티미터 높이에서 폭신한 바닥에 떨어뜨리는 실험을 했다. 처음엔 잎을 접는 반응을 보였지만 아무런 해가 없음이 분명해지자 그 다음부터는 떨어뜨려도 잎을 접지 않았다. 한 달 뒤 다시 실험을 했는데 미모사는 반응하지 않았다. 해가 없다는 사실을 기억하였던 것이다.

서 뛰어내려, 시신도 찾지 못한 채 불귀의 객이 되고 말았다. 그날 그 배 안에서 그는 배가 너무 느리다며, 자기가 운전해야 하겠다고 중얼거렸다는데, 승객들은 장난인줄 예사롭게 들었던 것이다. 평소에도 술만 조금 들어가면 무엇에 쫓기듯 어디를 가든 택시를 타곤 했다고. 그날도 앞 옆 승객들과 같이 맥주를 좀 마셨고, 승객들이 잠든 사이 나머지 옷은 가지런히 벗어놓은 채 팬티만 입고 사라졌으니!

아마도 그 문구 회사의 사장 댁 처녀 가정부를 평소 사모했는데, 같이 도망가서 같은 회사에 취직한 둘도 없이 친한 고향 친구가 그녀와 갑자기 결혼하자, 닭 쫓던 개 지붕 쳐다보는 격이 되어, 좀처럼 그 충격에 벗어나지 못했던 것은 아니었는가. 몇 년 후 집안 어른들의 성화에 못 이겨, 할 수 없이 억지로 결혼하여 자식 삼 남매를 두었는데도 온전하지 못해 주변에서들 모두 입을 모아 신경에 금이 가도 심하게 갔다고 수군거렸던 것이다. 그만큼 주위 사람들은 늘 위태 위태하게 그를 지켜보았던 것이다.

보리가 패면 가세요. 보리가 패면 가세요. 첫닭이 홰를 치는 이른 새벽에 모시 헝겊에 쑥떡 들고 숲 질러 이슬 밟아 달려온 옥녀는 읍내 기차 소리를 가장 싫어하고 자운영 들길에 일출이 오기 전에 시간 없는 고향 떠나 올 적에 보리가 패면 가시라고. 유난히 키가 커서 그런지 사십 중반부터 허리가 굽어 마치 활시위이거나 하현달 같은 석지영감은 귀가 먹었으나 사람은 한량없이 좋았다오. 마누라가 그 당시로는 제법 먼 곳인 고성군 하이면 석지에서 시집 와 택호가 석지댁이었어요. 아무튼 그가 적선산 만돌이굼터 옆 자드락밭에서 항상 그렇듯 혼자 만도리하였답니다. 만돌이굼터는 옛날 만돌이가 같은 소능마을 처녀와의 신분 차이로 이루어질 수 없는 사랑을 원망하여 목매 죽고 처녀도 잇달아 죽었던 곳이기도 했답니다.

마침 그날이 비가 내리는 밤이었는데, 그 이후로 비가 굼실굼실 내리는 흐린 날에 그 처녀귀신이 나타나 모두들 지나다니기조차 꺼리는 곳이 되고 말았지요. 그가 어느 안개비가 내리던 날 해거름 때 일하다 독사한테 물렸고, 용케도 그 뱀을 잡아 산 채로 질경질경 씹어 나왔다고 합니다.

무짠이누님도 북망산천 아들 생각 잠 못 이루고, 콩케이영감 죽은 개 한 마리 내에서 주워와 신이 나서 뼈 바르는 그 칼질 소리에 오늘도 하루해가 저뭅니다.

그리운 당신이여, 보리가 패면 가세요. 부탁입니다. 만약 당신이 밤새 가신다면 내일은 고통도 같이 눈 뜨겠지요.

"보리가 패면 그대를 잊기 쉬워, 나도 젊은이이기에"

보리가 패기 전에, 보리가 패기 전에, 나의 서부, 그리운 곳으로 나는 마냥 가야만 했답니다. 어려서부터 다양한 서부극을 보고 깊이 각인되었다. 특히, 〈쿠퍼의 분憤 과 노怒〉란 좀 익숙하지 않은 제목이 〈서부의 사나이, *Man Of The West*, 1958〉란 사실을 알았다. 그런저런 영화 덕으로 자연히 서부가 그리움으로 남아 있어 언젠가부터 서부에 관한 글을 써 보려고 하다가 어느 소설가의 단편소설 〈내 마음의 서부〉를 보고 제백은 자기 생각과 너무도 일치함에 큰 감동을 받았던 것이다.

1925년 5월 어느 쾌청한 날, 지난 해 갓 부임한 일본 순사 지서 차석과 호랑이 사냥꾼으로 소문난 인근에서 가장 힘이 세고 두주불사며 숱한 여인과 염문을 뿌려대는 자와 몰이꾼 세 명과 사냥개 네 마리가 와룡산으로 호랑이 사냥에 나섰다. 사실 우리나라의 마지막 호랑이는 1921년 경주 대덕산에서 사살됐다고 알았으나, 대덕산 호랑이가 죽은 뒤에도 1924년 전남에서만 여섯 마리의 호랑이가 잡혔고, 해마다 두세 명이 호랑이에 물려 목숨을 잃었다.

와룡산 호랑이는 대략 칠팔 마리로 추정하는데, 평균 잡아 와룡산 인근에 일 년에 한 번꼴로 소위 말해 호란이 일어났다. 며칠 전 도산밭골에 고사리 꺾으러 갔던 구룡골 처녀 세 명 중 천경 친구 딸이 온몸이 갈기갈기 찍히고 훼손된 사실을 혼이 빠진 채 겨우 살아온 나머지 두 처녀한테 듣고 얼큰한 상태로 천경을 찾아와 의논했다. 천경은 그날 밤 왕복 40리 길인 사촌마을을 한걸음으로 달려가 평소 친분이 있던 호랑이 사냥꾼으로 소문난 최 포수에 부탁하여 사냥을 하게 이르렀다.

호랑이 사냥이라, 원래 사냥은 호랑이의 털이 가장 풍성하고 아름다운 12월부터 3월 사이의 겨울에 행해진다. 그러나 이번은 예외였다. 호랑이를 쏠 때는 어깨의 견갑골과 늑골 사이의 작은 틈새를 조준해야 한다. 바로 심장이 있는 곳으로서 명중하면 심장을 파괴하여 호랑이를 저 세상으로 보낼 수가 있다. 여기가 최고의 급소인 것이다.

호랑이가 머리를 맞으면 항상 즉사하는 것은 아니다. 게다가 호랑이의 뇌는 그 덩치에 비하면 상당히 작은 편이다. 마치 공룡이 덩치에 비해 뇌가 입장 포도 알이나 호두알만 한 것과 비교하면 되겠다. 호랑이의 목에서부터 꼬리까지의 등을 따라 잇는 척추를 부러뜨리면 틀림없다. 그러나 척추를 명중시키기가 그렇게 쉽지가 않다.

호랑이를 즉사시킬 수 있는 가능성 있고 성공 가능성 높은 부위는 호랑이의 어깨 뒤 가슴 부위에 있는 심장이 유일하다. 호랑이의 어깨 뒤에는 심장과 이를 연결하는 대동맥 그리고 허파등인 급소가 몰려있다. 즉, 호랑이의 어깨 뒤는 급소의 집결지다. 대형 고양이족이 다 그렇듯 호랑이의 용맹성은 놀랄 만하다. 머리를 맞은 호랑이가 그대로 몸을 날려서 포수를 들이받아 쓰러뜨리고 산산이 찢어 놓은 사례도 많다. 복부를 맞은 호랑이가 몸 밖으로 흘러나온 창자를 그대로 끌면서 수십 리를 가다가 더 이상 못 갈 정도가 되자 그대로 잠복으로 들어가서 뒤쫓아 오는 포수에게 최후의 공격을 가한 예도 있었다.

그래서 호랑이 사냥에 사냥개가 꼭 필요하다는 이야기다. 부상당한 호랑이는 자신이 추격당하는 것을 알면 항상 전혀 예상하기 힘든 곳에 잠복했다가 뒤쫓아 오는 포수를 기습하기 때문이다. 사냥개가 앞에 서면 잠복한 호랑이를 미리 발견할 수가 있다. 호랑이 사냥에 잘 훈련된 사냥개가 아니면 전혀 쓸모가 없다. 보통 개들은 호랑이의 족적만 보아도 공포로 벌벌 떨며 앞으로 나가기를 꺼려하고 진짜 호랑이를 보는 것만으로 넋을 놓아버려 호랑이의 밥이 된다. 마치 살모사 앞에 옴짝달싹 못하는 까치와 같다고나 할까.

하지만 아무리 잘 훈련된 개라 하더라도 부상을 입고 잠복한 호랑이의 존재를 미리 탐지하지 못하고 호랑이의 번개 같은 기습으로 죽는 경우가 허다하다. 이상적인 호랑이 사냥개는 크기가 조금 작고, 재빠르고, 그리고 냄새를 잘 맡고, 대담한 기상이 있어야 한다. 물론 아무리 훌륭한 호랑이 사냥개라 하더라도 호랑이에게 함부로 덤벼들다가는 예외 없이 황천길을 가기 마련이다. 이 모든 경우가 꼭 들어맞는 정설은 아닐 터, 예외는 어디에도 도사리고 있는 법.

와룡산 명지재 근처에서 쏜 호랑이가 하늘먼당을 거쳐 뒷골에 굴러 마침내 고선 집 맹종죽孟宗竹 밭에까지 와서 죽었다. 마침 고선이 점심 찬거리 장만한다고 죽순 꺾으러 갔다가 마치 장마 때 집 앞 내에 황톳물이 쏟아지듯, 황토 산이 무너지듯 커다란 호랑이가 대밭 위 언덕에서 굴러 떨어져, 그 실하던 왕대 두 그루가 우지직하고 뿌려지더니 몇 바퀴 돌고 턱 자빠졌던 것이다.

고선은 잠시 놀랐으나 대수롭지 않게 여겼다. 그러나 허벅지 아래는 튀긴 피가 흥건하여 누가 보아도 달거리하는 것 같았다.

몸길이 2미터요 꼬리 길이가 1미터가 넘는 큰 수컷이었다. 장정 여섯 명이 달라붙어 겨우 앞마당 아래채 뒷간 옆 두엄 위에 눕혀놓았다. 어느덧 산 그림자 쏜살같이 마당을 덮어 땅거미가 지기 직전이었다. 어느 순간에 마을사람이 구름처럼 몰려왔다. 어느 샌가 다들 호기심이 발동하여 지푸라기로 집적여 보기도 하고, 간혹 배짱 있다는 축은 꼬리를 만지기도 하였다.

드디어 누군가 이 호랑이를 가로 질러 넘을 수 있는 자에게 탁주 한 말의 상품을 걸었다. 강세, 영쇠, 대국, 용찬, 평장, 찬실 등 주로 상여를 주로 메는, 마을에서 제법 실하다는 남정들도 꽁무니를 슬슬 뺐것다. 쉽게 말해, 그 누구도 눈에 불을 켜고 죽어 있는 호랑이를 뛰어넘지 못했으나, 이참에 고선은 삼베치마 불끈 올려 다시 매고, 큰 헛기침 내뱉고는 '이 까짓것!' 하면서, 훌쩍 넘었다 다시 왔다 또 갔다 왔다 왕복 두 번을 해대니, 모두들 그 간담에 혀를 내둘렀다. 그 이후로 중년까지는 호랑이아지매, 노년에는 호랑이할매라 불렀다. 아무튼 그 때 먼 산 뻐꾸기는 까닭 없이 울어댔고, 그날 온 마을은 호랑이 파티가 벌어져 먹고 마시고 놀았다.

한창 시끌벅적하게 거방진 잔치가 진행되었을 때 최 포수는 자기의 사냥 솜씨를 뽐내느라고 누구든 머리에 무를 올려놓고 쏴서 떨어뜨리겠다고 했다. 그럴 만한 용기 있는 사람에게는 쌀 한 가마니 상당의 상금을 걸었다. 처음에는 아무도 나오지 않았다. 이제 곧 영화 〈율리시즈〉에서 주인공이 벽에 양 머리채가 묶인 소녀의 머리채를 차례로 손도끼로 던져 자르는 아찔함을 곧보게 되리라. 최 포수는 아무도 나오지 않으리라는 것을 알고 그냥 해본 소리였다. 최 포수는 껄껄껄 특유한 너털웃음을 웃고는 없던 일로 하자고 했다. 그러나 그것은 착각이었다. 뿡하고 나타난 우리의 장고는 바로 고선이었다. 최 포수가 고선을 말리느라 평생처음 사정을 했던 것이다.

거의 잔치가 끝나고 사람들이 모처럼 잘 먹었다고 큰 기침을 골고루 하면서 자리를 뜰 때쯤이었다. 볏동 밑에서 '아아~ 아아~' 하고 누구가의 신음소리가 들렸다. 최 포수였다. 포수의 입 주변에서 피가 솟구쳤다. 볏단에도 흘러내려 마치 두엄에서 돼지 멱땄을 때 흘린 피와 비슷했다. 관우 같은 수염에도 핏방울이 흥건히 묻어났다. 한마디로 온 얼굴이 피범벅이 되었으나, 워낙 장수라 곧 정신을 가다듬었다.

천경이 거적 위에 누웠다. 누군가 장노 풋열매를 짓이겨 삼베 보자기에 싸서 입을 동여맸다. 요즘 같은 의료시설에는 곧 읍내에 가서 꿰매었다면 어떨까 싶기고 하다. 그러나 그 시절은 상상도 못할 노릇. 심지어 작두에 잘린 손가락도 봉합 못한 시절이었다.

그는 평소 갈색 닳아빠진 가죽조끼 왼쪽에 넣고 다니던 자기 황自起礦을 술 취한 김에 한 알 꺼내 이빨로 꾹 깨무는 순간, 터져, 아뿔싸, 결국 왼쪽 입이 크게 째지는 변고가 났던 것이다. 그리하여 그날부터 열흘 남짓 천경 신세를 지게 되었다.

천경은 냇가에 나가 작답을 하거나 또는 산판에 나가기 일쑤여서 자연히 집에는 고선과 열여덟짜리 벙어리 동자아치가 남아 있었다. 포수는 점점 회복세에 접어들고, 두 여인을 기막히게 교대로 맛보기 시작했다.

그의 절륜함은 이미 정평이 나 있었다. 한 번은 사냥 길에 밤이 이슥하여 어느 절간 요사에서 1박 하기로 했다. 그가 자주 들르는 곳이고 산짐승을 종종 보시하기도 했던 곳이다. 한 번은 곡주를 얻어 마시고 장난삼아 자기 심벌을 탁자 위에 턱 걸치는 거였다. 모두들 기법 초풍하며, 변강쇠가 도래했다고도 했고, 누구는 그리고리 라스푸틴이 나타났다며 잘 좀 부탁한다며 손을 싹싹 빌며 기원도 했던 것이다. 그날 그 자리에는 최 포수와 몰이꾼 두 명, 그리고 나머지 여섯 명은 절과 관련된 고매한 자들이었다.

며칠 후 초저녁, 하루 세 번 마을을 통과하는 시외버스가 있는데, 그날따라 막차가 늦게 왔다. 그 때 구룡못 입구 쪽 모퉁이를 돌려는데 갑자기 범 한 마리가 나타나 버스를 세웠다. 버스의 헤드라이트에 반사된 범의 눈빛은 무섬 그 자체였다고 훗날 버스에 탄 사람들은 말했다. 아무튼 눈빛으로 서로 의논하여 각자 소지품 하나씩을 범 앞에 던지기로 했다.

그런데 이게 무슨 변괴이랴. 곱상하게 생기고 눈썹이 유난히 길고 까만 읍내 중학교에 다니는 남학생의 모자를 받아 쥔 범은, 모자의 냄새를 두 발 모아 맡으며, 어서 내리라는 발짓을 하는 듯했다. 그 학생은 윗마을 4대 독자로서 부모가 불심이 돈독하여 구룡사의 훌륭한 불자였다. 그날 밤 읍내 자취집으로 가는 중이었다. 학생은 울며불며 버둥개를 쳤으나, 매정한 승객들은 어서 밀어내기 바빴다. 그가 내리니, 범은 학생을 목덜미를 쪽을 물고 언덕을 오르자, 곧 밤차는 출발했다.

한식경이 지났을까, 버스는 삼밭골 맞은편 가장 깊은 계곡 속으로 계곡 속으로 빠져들고 말았던 것이다. 승객과 운전사 전원 아홉 명이나 사망했다.

하루는 천경이 이웃 사랑에 저녁 마을갔다가 최 포수와 고선, 그리고 동자아치와의 관계를 누군가한테 들었다. 그뿐만이 아니었다. 아들 창결昌潔에 대한 소문도 들었다.

창결과 정분났다고 소문난 친척고모는 나이가 창결보다 2살 어리고 인물이 반반하고, 특히 가슴이 컸고, 활달하여 붙임성이 남달랐다. 그런 친척고모 문맹 깨우치느라 밤마다 드나들어, 왕벗꽃 꽃망울 같았던 처녀의 가슴이, 잘 익은 놀래띠 울타리 탱자만 하다가, 어느새 재 너머 수치 질 좋은 수밀도로 커져간다는 둥 마을사람 입방아에 이미 올랐는데, 천경은 그날 밤에야 소드래[5]를 들었던 것이다.

놀래는 사천시 정동면 노천(魯川; 지형이 노루목처럼 생겼다 해서 노루내라고 함.)의 방언인데 놀래띠의 남편은 보도연맹 사건으로 희생되고 딸 다섯을 두었는데, 시할매, 시어머니, 딸 등 여인 여덟이 기거한 특이한 경우였다. 그 집엔 단감나무가 많고, 탱자 울타리가 인상적이었으며, 우물의 물맛이 마을 제일이었다. 유일

[5] '남의 말을 덧붙여 전하거나 일어난 사건을 과대 포장하여 이 쪽 저 쪽 말을 옮겨 불상사를 초래하는 행위' 의 방언.

하게 포도가 우물가에 심어져 머리 위로 대나무로 얽어 덩굴이 오르게 했다. 특히, 청포도일 때 햇살에 비친 청포도 알알이 눈부시게 아름다웠던 것이다. 마을 아이들의 구미를 당기게 했음은 당연한 이치였다.

한때 사촌 시동생이 그 집에서 비둘기를 길렀다. 그는 제법 깔끔한 외모를 지녔다. 그는 재 너머 학촌 어느 처녀와 서신을 주고받기도 하였는데, 어떤 때는 그와 제백이 같이 서신을 들고 재까지 갔다가, 시동생은 재에서 기다리고, 제백 혼자 몰래 틈을 봐서 전달하기도 했다. 간혹 그녀의 서신을 받아오면 그는 마치 희랍인 조르바처럼 재 위에서 덩실덩실 춤을 추곤 했다.

그리고 그 심부름 값으로 쇠구슬과 탄피를 얻기도 하고 뒷날 비둘기 한 쌍을 얻는 쾌거를 이루었다. 시동생은 훗날 군사령부 교육대 대위로 있으면서 제백이 자원한 월남 파병을 막았는데, 알고 보니 저욱의 신신당부가 있었던 모양이다. 물론 이 세상에 공짜가 어디 있었겠는가. 여러분의 상상에 맡기겠다.

제백의 고종팔촌 형인 성전우가 가슴 큰 고모의 아들이었다. 그는 고등학생 시절 방학 때, 외가인 소능마을에 트럼펫을 가지고 와서 타작마당에서 힘차게 불었다. 그 때처럼 마을이 생동감 있고 활기차기는 처음이었다. 그는 어느 토요일 오후, 직장에서 동료 직원이 사냥 준비를 하느라 엽총을 만지다 화장실에 갔다 오는 형이 문을 연 순간, 그만 오발하여 그 자리에서 즉사했던 것이다.

그렇잖아도 성질이 염소 같은 천경이 그런 저런 소문을 듣고 확인 작업도 없이 마을을 중도에 마치고 사립문에 들어서자마자, 사립문 옆 석류나무 가시들이 일제히 일어나, 괴상한 도깨비 소리를 지르며, 이리저리 상투를 휘젓고 휘감고 틀어 올리는 심히 불쾌한 환영에, 사시나무 떨듯 떨다가 만 이틀 후, 분깃담 구실할매집 총기 있는 장닭이 홰를 두 번 쳤을 때, 그는 영영 불귀의 객이 되고 말았던 것이다. 그 장닭으로 말할 것 같으면, 영험하기가 이루 말할 수 없을 정도로 정확한 시각을 맞추었기 때문에 제사가 끝남과 동시에, 그 닭의 첫 번째 홰를 치는 소리가 높이 울려 퍼질 때가 제사를 가장 잘 모셨다고 할 정도였다.

예이츠는 〈비잔티움〉에서, *Can like the cocks of Hades crow,* 라고 노래했다. 하계下界는 시인이 지금 마음속으로 보는 세계로, 영혼의 세계, 즉 죽음의 세계이기 때문에 그곳의 장닭과 비잔티움의 황금새는 동일한 새였다.

『한시외전韓詩外傳』에는 장닭의 다섯 가지 덕을 예찬했다.

머리에 관을 쓴 것은 문文이요 발에 갈퀴距를 가진 것은 무武요 적에 맞서서 감투하는 것은 용勇이요 먹을 것을 보고 서로 부르는 것은 인仁이요 밤을 지켜 때를 잃지 않고 알리는 것은 신信이다.

그러나 실비아 플라스는 '음탕한 닭 울음소리' 라고 폄하하였다.

한 가지 특이한 일은 마을사람 모두에게 공지할 일이 있을 때, 그 알림 장소가 가장 높은 곳에 위치한 분깃담 구실할매집 뒤의 산소 앞이었다. 종종 초저녁에 목소리 큰 굴뚝새영감이 목청 높여 알리는데, 어느 해 어느 날 그 영감이 죽고, 삼일장을 치른 후부터 초저녁이건 대낮이건 시도 때도 없이 그 장닭이 홰를 치며, 소리 높여 연 삼 일을 슬피 울었다고 전해진다.

카라차라파우파우플레이
카라차라파우차우플레이

다음해 두 여인은 일주일 간격으로 어린애를 낳았다. 고선이 먼저 딸애를 낳았다. 동자아치가 아들을 낳았다는 소식을 듣고 순간 기막힌 생각이 떠올랐다. 울면서 악을 쓰는 동자아치를 밀치며 두 아이를 바꾸었다. 그리고는 마데이와 마당쇠를 불러, 야음을 틈타 딸애를 보자기에 둘둘 감싸 안고, 두 마을 건너 산간 오지인 안골마을의 오씨네에 입양시켰다. 그 당시 오씨네는 아들이든 딸이든 가릴 형편이 못 될 정도로 아이들이 태어나서는 돌이 되기 전에 죽고 말았던 것이다.

불행 중 다행인지 오씨네는 그 아이 입양 두 달 만에 옥동자를 순산했는데, 그가 오예동吳濊東이란 자였다. 오예동의 할아버지는 인동 마을, 아니 사천, 삼천포, 진주 진양에서 가장 힘이 센 자로서 배꼽 바로 위에 동전 오백 원만한 크기의 검은 점이 선명히 있어 점배라고도 불렀다. 씨름으로 황소도 대여섯 마리를 타고, 두주불사며, 성질도 고약하여 논이나 밭도 강탈해갔으나 누구 하나 입을 뻥끗 못했다. 그는 부인이 여럿이 있었는데. 주로 보쌈 하여 강제로 데려온 여인이었다.

그러니까 예나 지금이나 안골은 워낙 외딴 산골이라 아무도 시집오지 않으려 하자 묘책을 내놓았는데 다름 아니라, 삼천포 등 대처에 가서 강제로 처녀와 관계를 맺거나 보쌈 하여, 미리 준비한 트럭이나 택시에 실어 날랐다. 기사들은 그곳 청년의 완력에 눌려 함구할 수밖에 없었다.

그러고는 안골의 여인들은 대개 마을 흑염소[6] 놓아기르는 바위산 옆, 벌이 하도 많아 종종 벌에 쏘인 염소가 이리 뛰고 저리 뛰며, 지랄 염병을 떨며 악쓰는 소리가 분지 형태의 이 마을에 널리 울려 퍼지는 곳까지 올랐다.

소풀, 시금치가 토실토실 살찐 채전 밭에 며칠에 한 번씩 오줌독 이고 가니 고향을 멀리서나마 느낄 수 있는 유일한 곳이요 그래서 한참을 밭둑에 앉아 지나가는 구름만 하염없이 바라보는 게 상례였다. 만약 감시망을 뚫고 도망갔다간 다리가 부러질 정도로 맞아, 결국 절룩거리며 지팡이 신세를 져야만 했던 것이다.

어두운 세 번째 사랑에는 마데이가 있었다. 금지옥엽 4대 독자 귀한 자식으로, 어려서 부자 든 한약을 자주 달여 먹다가 그 부작용으로, 머리가 하얗게 세고 목소리가 굵직해지면서, 점점

---

6) 크레타에 사는 야생 염소들은 독화살에 맞으면 딕탐누스(크레타 섬의 딕테 산에 서 이름을 따온 약초.)라는 약초를 찾아다니는데, 그걸 먹으면 화살이 몸에서 빠져나간다고 함. ―베르길리우스, 천병희 역 『아이이스』 (2004.11.10. 숲)

영특함을 잃어가고 말았다. 고선 누나와 살겠다고 찾아와서 갈 생각이 도통 없이 붙어살았다.

주로 소고삐 풀어 주기, 마을 땡감이란 땡감은 다 주워 도랑 사구에 담가 익혀 먹었는데, 그것까진 좋았다. 그러나 마을 4H 구락부 비석과 삼일 독립만세를 부른 소능마을 열일곱 명을 기리는 기념비 바로 아래 뜨뜻한 모판을 약간 헤집어 그 속에 풋감을 넣어 익혀 먹었으며, 주로 달밤에 들녘에 나가 능구렁이 잡아다 회 쳐 먹기도 했다.

천경이 죽고 난 얼마 후 고선은 뒤뜰 산먼당 천경 무덤 옆 딸아이 사름 덕대에 여시구녕이 났다는 제보 받고, 마데이와 마당쇠 대동하고 나는 듯 올랐다. 이곳은 양달인 제백네에서 보면 앞산이고, 응달에서는 뒤뜰 산이 되는 셈이었다.

산 정상에는 온통 황토밭이며, 거기에 듬성듬성 심어져 있는 배롱나무꽃은 진달래, 철쭉과 어우러져 아름답고 원색적이라 전설처럼 무서울 정도이다. 저승나무인 배롱나무, 즉 백일홍나무는 소능마을에선 아주 터부시하여 무덤가에 심지 않았다. 마침 맨들맨들 저승나무 서너 그루 보여, 고선은 얼른 빨리 거두를 대령하라 하여, 마데이 눈썹이 휘날리도록 마을로 달려와 거두를 대령했다. 고선이 얼른 낚아채고 팔 걷어붙여 쓱싹 몇 번 만에 나무가 쓰러졌다.

여기저기 덕대가 어지럽게 흩어진 가운데 그래도 황토밭 저만치 봉긋한 무덤 위에 장티푸스 환자의 머리처럼, 듬성듬성 으악새가 쓸쓸하게 바람에 흔들리니, 그 앞에 멈춰 서선 한참을 구멍을 노려보더니만, 소매를 높이 걷고는 이내 그 속에 손을 넣어 휘휘 손사랫짓을 쳤다. 그 크나큰 간담에 마데이와 마당쇠 저만치 주춤했다.

그러나 평소 고선이 손주 며느리인 저옥한테 모질게 하는 것을 지켜보고 친동생인 마데이는 늘 못마땅했다. 다만, 입만 이죽거릴 뿐 어쩌지 못했다. 결국, 훗날 큰 사달에 주모자가 될 줄은 아무도 몰랐던 것이다.

사천의 진산인 와룡산 아래에서 가장 예의범절이 뛰어나다는 일명 소능마을 김씨, 다시 말해 김녕 김씨를 시가로, 기골이 장대하고 쌍둥이가 많은 삭녕 최씨를 친정으로 저옥 나이 열서너 살에 벌써 얼굴이 근남골에서 제일로 반반하여, 어느덧 소문은 퍼져, 면 주재소 총각 순사 나까무라인지 기무라인지 와타나베인지가 시찰 차 들러, 저옥을 처음 본 순간, 그 미모에 그만 주안상 앞에서 청주 잔을 떨어뜨리는 범상치 않는 일도 있었다.

그 이후, 이틀이 멀다 하고 그 순사가 찾아와서 저옥과 혼인해 줄 것을 애원하였던 것이다. 그래서 임시방편으로 가보급 김만중의 필사본 『구운몽・하下』(상上은 원래부터 없었음)와 4대로 내려와 애지중지 여기던 비취색 기러기 연적硯滴을 주며 달래며, 내달 아무 날에 도학무국 시학관 아무개와 혼사 날짜 받았다고 속이고는, 혹시나 해서 저옥을 몇 달 동안 친척집에 피신시켰던 것이었다.

그런 줄도 모르다가 그 후, 그 놈은 모든 게 거짓이란 걸 알고는, 약주 얼큰한 채 자전거 타고 미련이 남은 자의 소행처럼 찾아오다가, 마을 앞 한길, 준공이 갓 끝난 나무다리에 떨어져, 오른쪽 종소리 연결 손잡이가 울대뼈에 꽂혀 즉사하고 말았던 것이다. 딴에는 자존심이란 게 있어, 결국 약주의 힘을 빌리지 않을 수 없었나 보다. 그 일로 친정아버지 며칠을 취조 받아야 했고, 아무튼 양가 모두 그 마을 최고 부자여서 인생길이 신작로처럼 쫙 펴일 줄 알았지만 그게 그리 말처럼 녹록치 않았다.

저옥 나이 열여섯 살 초봄에 마을 입구 이발소 옆 공터에 고등공민학교가 들어섰다. 학생 이십여 명과 선생 세 명, 그리고 면장과 지서장 등 유지급들이 참석한 가운데 개교 행사가 열렸다. 심심하던 차에 구경 갔던 저옥 눈에 마침 축하 인사말을 하는 한 남자 선생의 우렁차고 쟁반의 옥구슬 구르는 소리 같은 목소리에 정신이 나갈 정도였다.

무슨 운명의 장난인지 그 선생이 저옥의 사랑에서 하숙을 하게 되었다. 저옥은 그날을 잊지 못한다. 약간의 곱슬머리에다 짙은 눈썹, 구릿빛 피부에다 구레나룻을 지녔다. 키도 중키를 넘었고, 야위지도 뚱뚱하지도 않았다. 그런 선생을 먼저 유혹한 것은 저옥이었다. 매번 선생에 대한 비방도 직접 나서서 막아주기도 했다. 그들은 뒷산인 갈미산 묏덩어리 옆이나 폐사 안이나 심지어 마을 동사무소 안과 학교 교무실, 교실 등 가리지 않고 즐겼다.

그가 설몽민薛蒙民이었다. 그는 인근 농고 출신으로서 잡기에도 능해 여러 처녀들의 선망을 받았다. 그것이 저옥에겐 불만이었고 불안 요소였다. 마침내 몰래 고성 읍내에 가서 세 차례 임신 중절 수술을 하였다. 다시는 어린애를 가질 수 없다는 진단 결과 네 번째는 할 수 없이 어린애를 낳게 되었다.

워낙 큰 키인지라 아버지는 전혀 몰랐다. 다행히 그 때는 아버지가 지리산으로 몇 달 간 사냥을 간 사이였다. 그러나 어머니의 상심은 이만저만이 아니었다. 어느 그믐날 혼자 자는 어머니한테 몽민이 접근했다. 그의 춘정이란 것이 한 번 발동하면 청탁 불문이요 나이를 가리지 않고 지위고하를 가리지 않는 인본주의 사상이 갈려 있었다. 그런데 이번에는 잘못 걸려도 한참 잘못 걸렸지. 천하에 찢어 죽일 놈인지라 몽민의 얼굴에다 가위를 집어, 있는 힘껏 찔렀다. 그 길로 그는 사라졌다.

그러던 어머니는 밭일 갔다 국지성인가 뭔가 하는 억수 같은 장대비를 만났다. 갑자기 불어난 큰 바위 같은 빗물이 거부지이와 함께, 죽여져 떠밀려온 누구네 지킴이인가, 아무튼 작은 서까래만한 구렁이 한 마리에 이리저리 친친 휘감겨 쌩똥을 싸고, 까무러쳤다. 사흘 후, 황천길을 눈도 제대로 못 감고 갔다. 그녀의 넋인 영가가 구천에 떠돌지 모를 일이었다.

그런 어머니는 딸들에게만 대대로 몹쓸 병을 안겨 주고 떠났는데, 그 병이 바로 디스토니아성 떨림이었다. 평소에는 아무 탈이 없다가 무엇엔가 집중을 하면, 한 일 분 정도 머리가 좌우로 반복적으로 떨리는 것이었다. 마치 사자머리마냥. 대체로 어린 애를 출산한 이후에 잠재되어 있던 증상이 나타나는 것이 아닌 가 한다.

친정아버지인 최 포수는 더 기가 막힐 만한 변을 당하고 말았 다 재 너머 처가댁 미수 처조모 상문 가서 상 치르고 난 후, 호상 이라, 일가친척 모인 김에 뒤풀이 겸 처삼촌이 직접 마련한, 삼 년 묵은 똥개 잔치가 벌어져, 까닥 잘못했으면 장모님 장모님 우 리 장모님 하고 김정구 노래를 부를 뻔했다.

덩실덩실 춤이라도 출 듯한 심사로 얼큰하게 뉘엿뉘엿 석양 길 콧노래 부르며 재를 넘었다. 마침 동가 내려다보이는 마을 위 산비탈 애지중지, 열두 도가리 다랑논 천둥지기天水畓, 그 중 제 일 큰 장구배미 한복판 피 서너 포기에 어리어리 눈이 갔것다.

장마 끝이라 햇볕 쨍쨍 며칠 전 고라니가 출몰하여, 자기들 딴엔 즐겁게 노닐다가 눕혀놓은 피들이 어느새 꼿꼿하게 서서 비웃는 듯, 그를 잡아맸던 것이었다. 평소 사냥 다니느라 농사일 을 게을리 한 미안함이 앞섰던 것이다. 이미 벼들은 배동바지 때 라, 햇볕 잘 드는 논두렁 옆의 몇몇 벼이삭은, 이미 꽃이 피어 자마구까지 흩날렸더, 그 한 포기 한 포기가 다 자식 같아 더욱 가슴이 아팠던 것이었다. 떡 본 김에 굿한다고 당장 피사리해야 겠다고 조심스레 내려갔으나, 아뿔싸, 발을 헛디뎌 마을에서 가 장 깊은 자기네 웅덩이에 쪼르르 미끄러졌다. 막내딸과 이 년 동 안 틈틈이 파 놓은 그곳에서 쌩 날벼락을 맞을 줄이야! 한밤이 지나도 기별이 없자 가까운 장정 몇 명이 산길을 몇 차례 훑다시 피 한 끝에, 드디어 비극의 현장을 발견했것다. 물을 향해 하얀 두루마기 입은 채로, 열십자로 짝 버려 둥둥 떠 있는 시신을 힘 겹게 수습했다. 갓은 저만큼 웅덩이 구석 물속에서 겨우 건져냈 다. 그리고 물쑥, 거북꼬리, 분홍물봉선이 뿌리째, 혹은 줄기가 뜯겨져, 물 위 여기저기 흩어져 있어 얼마나 발악을 했는지 짐작 하고 남을 만했다.

저옥과 설몽민 사이에 태어난 딸 귀소歸巢는 사천 구암 가는 길에 있는 사천고아원에 맡기게 되었다. 그런데 귀소는 예쁜 얼 굴 탓에 탐내는 자가 많았다. 하루는 고아원 대문 옆 포플러 나 무 위에 있는 애매미를 잡으려다 발을 헛디뎌 미끄러졌다. 그 애 를 안고는 그 길로 도망친 부부가 온갖 동냥과 절도를 열세 살까 지 시켰다.

인정 많고 마음 착하기로 소문난 감실댁의 남편 석신이가 소 능마을 유일의 물레방아를 공동 운영하다가 40대 중반에 간경화 로 앓아누웠다. 어느 어둑어둑한 겨울 초저녁, 키가 조선 말기 궁녀였던 고대수顧大嫂요 또는 3미터나 되었다는 세쿤딜라를 방 불케 하는 중년 여인이 양털 모양이 박힌 낡고 거친 검은 외투를 입고 나타났던 것이다.

자기야말로 남편의 병을 고치려고 나타난 사람이라며 중얼중 얼, 일단 밥을 대령하라 하여 시금치나물에, 가죽자반7), 기름 자

---

7) 5월경 모내기철에 가죽나무 순을 잘라 찹쌀과 밀가루, 고춧가루, 방아를 섞어

르르 흐르고 통통한 제주은갈치, 계란 세 개를 반쯤 삶아, 쌀밥을 고봉으로 두 그릇 대령하였다. 그러자 또 무슨 주문을 알아듣지 못할 정도로 외운 뒤, 밥 위를 열십자를 긋고는 뚝딱 해치우더니, 구경꾼 다들 부정 탄다고 가라고 한 후, 이내 코를 골며 한숨 때리고, 또 밥을 먹는 것이다.

그렇게 사흘이 지나자, 한 중년 봉사 남자가 어여쁜 열두 살 여자 아이의 도움을 받으며, 쇠산댁으로 들어섰다. 사실은 그녀와 봉사는 부부였다. 여식애를 데리고 있다는 사실이 알려져 자식 귀한 붙들네[8] 수양딸로 보내기로 약조가 되어 있었다. 그 대가로 우선 쌀 서 말을 얻어 남편은 사전오촌 달구지에 실려 사천 읍내로 갔다. 그리고 꺽다리 여인은 어느 야밤에 안택한다며 손을 비빈 후 그 빛깔 좋고 맛 나는 반찬을 바리바리 싸서 좀 소홀한 틈을 타, 수양딸을 불러내 데리고 사라졌던 것이다. 며칠 후 소능마을 누군가가 세 사람이 서로 웃으며, 읍내 쪽 자시 고개를 넘는 것을 목격했다고.

남편은 봉사도 청맹과니도 무엇도 아닌 성한 눈을 가진 자였던 것이다. 그들은 전국을 그 비슷하게 사기 쳐 먹으며 다녔다.

석신이는 그들이 떠난 이틀 후, 결국 머나먼 곳으로 가고 말

___

된 죽처럼 끓인 소위 가래장에 흠뻑 담가 꺼내서 그늘에 말려, 찌거나 구워 먹는 반찬 겸 안주, 특히 모내기 점심때는 귀한 축에 들어 호박잎이나 감잎에 담긴 삶은 큰 멸치와 멸치젓갈, 마른 갈치와 쇠죽솥에 지은 팥밥과 함께 고향 음식의 으뜸임. 그러나 생솔에 붙어 딸려온 굵은 송충이는 큰 멸치를 생각할 때마다 징글징글 연상되곤 함.

8) 자식이 낳자마자 황금색을 변한 채 죽어 어떻게 해서든 붙잡아야 한다는 일념으로 붙여진 별명.

았다. 여인의 행동을 윗목에서 카프카의 눈망울로 낡은 담요를 뒤집어 쓴 채 물끄러미 쳐다보던 그가 아무런 효험도 받지 못한 채 가고 말았다.

결국, 어느 해 한여름, 사기꾼과 귀소 세 사람이 큰물 진 구룡천을 건너다 징검다리에 미끄러진 아내를 구하려다 남편마저 소용돌이에 빠져 죽고 말았다. 귀소는 어찌할 수 없어 발만 동동 구르며 울고 있었다. 그것을 지나다 본 구룡마을 제일 갑부인 이씨가 딸애를 데려다 키우던 중 여름휴가 차 고향에 온 처남인 박부거朴浮居한테 인계했다. 사실인지 모르지만 박부거는 전방 군 복무할 때 추운 겨울에 연못에 들어가는 기합을 받아서 정충이 죽어 애를 낳을 수 없다고 했다.

노름에 미쳐서 가진 전답 거의 거들내고, 몇날 며칠 식음 전폐하고 몰초만 자욱하게 피워대던, 몰골이 말이 아닌 홀아버지가 그래도 좀이 쑤시는지, 어느 새벽 사립문 사리 살짝 열고 빈손으로 털레털레 구룡천 징검다리 건너는데, 아들 내외 달려와 마지막 전답 팔아 마련한 지전 한 뭉치 정성껏 건네주었것다. 이 무슨 천하변괴인고. 허허 괘념치 말고 맘껏 즐기다 오라고까지. 이것들이 실성을 해도 유만 부득이지. 하기야, 그 옛날 노름꾼인 도스토예프스키 부인 안나 스니트키나도 남편이 노름 병에 엉덩이가 들썩들썩하자 마침내 혼수반지까지 팔아서 도박 좀 하고 오시라고 잔소리는커녕 등을 떠밀기까지 하였더니, 그 죄책감에 그만 닭똥 같은 눈물을 쪽 빼더니 그만 평생 뚜욱 끊었다나 뭐했다나.

우리 홀아버지 거동 보소. 에헴. 몇 발자국 갔을까, 서쪽 뿌연 하늘에서 혼불 같은 유성이 떨어진 순간, 불각시리 닭똥 같은 코눈물 쏟으며, 서리 내린 돌팍 위에 털썩 주저앉아 한참을 마을 향해, 울다가 웃다가, 마치 실성한 꺼꾸리 누나처럼. 힘껏 코 풀어, 미루나무 거친 껍데기에다 쓱싹 문지르고, 어금니 앙다물고 눈에 힘빨 가득 주더니, 그 눈초리 노름방 쪽을 향해 쏘아붙이더니, 다짐하듯 그 동안 길고 긴 악연을 끝내려 굵은 가래침을 긁어 뽑아 홱 던지고, 마침내 긴 호흡 가다듬어, 발걸음 되돌린 몇 년 후, 고래 등 같은 집을 이루었나니, 이름 하여 근남골에서 제일가는 부자요 효자 효부 라 칭송이 자자했으렷다.

그날 비 내리는 함양을 떠돌며, 효자로 소문난 일두 정여창 고택에서 일박하였는데, 그 때 갑자기 고향 아랫마을 구룡 이씨 문중을 깊이 생각하게 되었다. 장마가 거의 그친 다음날 정오, 호랑이가 장가가는가. 햇빛은 토실토실 황토같이 붉고, 정백네 뒤뜰 언덕 옆 단감나무 아래 큰 지렁이 하얀 흔적같이 눈부시고, 바람산 낙락장송 물오른 가지 꺾어 길가 고랑에 닿자마자 퍼져가는 오색 물결같이. 장골 쌍무지개는 또 어떻고. 앞내는 수만 마리 황소 떼가, 늑대와 함께 춤 같은 버펄로 떼가 되어, 우르릉 쾅쾅 솟구치고, 지랄 염병을 떨고, 하여 밤마다 꿈마다 구룡못이 정월 대보름 달집 터인 쌍점네 논까지 범람하여 내 고샅까지 차올라 몽정을 유도하더니.

천 년 묵은 가천 늪에 짓이겨져 아무렇게나 떠 있던 능구렁이, 퉁퉁 부어 일렁절렁 버즘나무 줄기로 변한 비단개구리 붉은 사체, 대롱대롱 공당꽁당 머리 둘 달린 남생이 새끼가 물방개에 쫓기던 감무뜰, 배불뚝이 붕어들과 하얀 콧물 덩어리 실뱀장어들이 이리 저리 춤추던 물레방아 뒤 기나긴 개흙밭에 검은 물잠자리는 하염없이 날아다니고.

빗속에 불쑥 나타난 하얀 메리 — 사실 이름은 아무도 모르는데 암놈이고 제백이 어렸을 때 기른 개와 비슷하여 그 이름을 붙여줌 — 소나기를 타고 떨어지던 마당의 미꾸라지처럼. 비를 그토록 반기다니. 무슨 곡절도 이만저만한 게 아닌 성 싶다. 살결이 훤히 보여도 전혀 부끄러움도 마다않고, 찰거머리처럼 온갖 구박도 오히려 반기는 양, 요소요소에 나타나더니, 단풍처럼 한가득 오빠언니들의 타이탄을 따라, 진홍색 단풍을 따라 피라칸사 몇 송이를 머금고, 땅에 연방 닿아 떨어지는 사과를 동무 삼아 오늘도 용추폭포로 달리는가. 지금도 그날처럼 감동이 사시나무 잎이 되어, 은사시나무 잎 되어 하염없이 떨고 있음을!
화림계곡 끝자락, 거연정 저 멀리, 한 쪽 가지가 찢어진 금강송 한 그루, 잠원동 최진실의 아파트처럼.
문득 반짝거리는 슬픈 햇빛을 느끼며 불현듯 첫사랑을 더듬어 본다. 잘 간직했던 첫사랑마저 점점 몽롱하게 야위어가는 것을 느끼면서. 생각의 저편에서 오들오들 떨며 이편으로 오고 싶어 하는 반딧불이가 짙은 대숲을 떠다니는 젊은 날의 반딧불이를 못내 부러워하며, 동시에 카인의 후예에다 하루 절반 금고 문 여닫는, 어느 욕심 많고 투정 심한 과객을 미워하기에 이른다.

'비에 젖은 검은 가지 위에 꽃잎들' 이 곤두박질치는 삼천 갑자 동방삭도 기절초풍할 깊고 장엄하고 아방궁 같은 구룡역에 장대비는 내리고, 그 역 가까이 가난한 구룡마을엔 검은 비가 여전히 내리는데. 오늘도 구룡마을의 형성사는 콤파스 날갯죽지에 찢어져 내동댕이쳐졌도다.

물속이 가장 편해 긴 잠수 즐기던 코가 유난히 낮아 마치 한센병자 같은 점도點道—오, 점에도 도리가 있냐고 어른들은 놀려댔다.—의 작은 놀이터인 작은 웅덩이. 순덕 — 순덕이란 이름을 쓰는 여자 치고 성질머리 나쁜 여자 없음은 어릴 때부터 그 이름으로 순치되었음인가. — 긴 방축 아래 뻔쩍거리던 은어 떼, 여우가 자갈을 굴리던 너덜겅 아래 큰 길, 여치베짱이 몸뽀가 노고지리보다 더 크고 멀리 날아 석양을 물들게 했던 들판, 이제는 폼페이 최후가 되어, 옛 영화 추억하는 선셋 대로 노마가 되어, 그렇게 구룡못은 늙고 병들어가는구나.

가을 열매에서 봄꽃을 회억하고 토질을 나무라지 않고 굽은 나뭇가지만 원망하고, 파라냐를 무섬과 공포의 대상으로만 여겼지 실상은 겁이 많아 떼를 지어 다니는 줄 모르며, 수억 마리 메뚜기 떼가 아이러니컬하게도 서로서로 공간 확보를 하기 위해 떼로 나는 줄 모르는 내 착하디 착한 이웃을 그리워하며, 어느덧 각시붓꽃 한 포기와 만첩{萬疊, 많첩(겹)}홍도 한 송이가 대지를 꽃피우는 황진이의 오동지 긴긴 밤이여!

어느 5월 양광이 청춘처럼 싱그러웠던 날, 서울 인근 야산에서 보았던 여인의 심벌을 닮은 각시붓꽃과 꽃이 붉어 슬프나 그렇다고 매실도 아니며, 더더구나 복숭아도 아닌 만첩홍도를 서초구 잠원 일원에서 처음 보았을 때의 남다른 감흥을 느꼈던 것이다.

만첩홍도는 잎이나 줄기가 복숭아나무와 닮았고 붉은색 꽃이 겹으로 피는데, 생김새는 겹사꾸라, 즉 겹벚꽃이고, 꽃색은 진한 담홍색의 겹벚꽃과는 다르다. 석양이 지던 봄 한철, 여의도 일대 윤중로의 벚꽃을 보면서, 일찍이 에즈라 파운드가 극찬해 마지않았던 일본 단가 하이쿠인 '꽃잎 하나가 떨어지네. 어, 다시 올라가. 나비였네'를 자연스럽게 읊조렸다. 불현듯 바람이 불자 꽃잎들이 하늘하늘 허공에 떨어지고, 그 지는 꽃잎 중 하나가 도로 나뭇가지로 펄럭이며 올라간다. 놀라서 자세히 보니 그것은 꽃잎이 아니라 나비였다고.

일찍이 이영희 님은 하이쿠가 우리 향가에서 전래되었다고 피력한 바 있다. 고려의 김구金坵의 한시 〈낙이화落梨花〉에 '펄펄 날아갔다가 도로 돌아오네. 거꾸로 불려 다시 윗가지에 피고 싶어 하는구나. 뜻밖에 한 조각이 거미줄에 걸려 나비를 잡아오는 거미를 때때로 본다.'에서 일이 연은 거의 유사한 발상이 아니겠는가. 참고로 승려시인 아라키다 모리타케荒木田守武의 생몰년도는 1473년~1549년, 김구는 1211년~1278년. 누가 표절했는가.

5장 호박떡거리에서 만난 사람

　저옥은 부모를 잃고 정처 없이 떠돌다 읍내 유명한 요정에서 설거지를 하게 되었다. 어느 날 스님들이 변장하여 요정에 왔다. 비록 변장을 했지만 마담과 오래된 색시들과 종업원은 다들 목례로 인사를 주고받는 듯했다. 그들이 부산하게 움직이는 것을 보니 상당히 큰 물주임에는 틀림없었다.

　그들이 기거하는 구룡사는 어느 대통령의 장모가 드나드는 사찰로서 이 일대에 그 위세가 살벌할 정도로 널리 퍼져 있었다. 한창 흥이 무르익을 무렵 큰기침을 하면서 큰 스님이 통싯간을 가는 것이었다. 마담은 저옥한테 뜨뜻하고 알맞게 데운 물수건을 들고 통싯갓 바깥에서 기다리라고 일러주었다. 용무를 마치고 헛기침을 하면서 머리를 쓰다듬었다. 순간 대머리가 달빛인가 수은등인가에 반짝하고 빛났다. 저옥은 순간 앞이 캄캄해졌다. 이내 정신을 가다듬었다. 스님과 눈이 마주쳤다. 그들이 통싯간에서 기차게 벌인 향연은 서로에게 모처럼 맛보는 감로수였던 것이다.

　그들이 통싯간으로 들어가자 어둔 벽 옆에서 몰래 지켜보던 마담이 흐뭇하고 야릇한 미소를 띠며 작은 각오라도 한 듯 기침을 억누르며 목에 힘을 주고는 치마를 낚아채듯 추스르면서 방 쪽으로 향한 것을 둘 다 몰랐다.

억수 같은 장대비가 어제 한밤중까지 연이틀 퍼붓더니, 오늘은 새벽부터 말끔히 씻은 듯 창공이며 산천이 맑디맑아 눈부시도다. 점점 불볕이 온 마을을 짓누를 기세로 위협하였고, 여기저기 빗물에 젖었던 풀들이 뜨거운 김을 내뿜기 시작하구나. 마치 며칠 굶은 소가 풀 뜯으며 내뿜는 콧김처럼. 아니면 산푸른부전나비가 날아다니던 11월, 비온 뒷날 우면산 길이며, 꼬마잠자리와 고추잠자리가 조심스럽게 이 돌 저 돌, 이 줄기 저 잎으로 날아다니던 우면산 자연생태공원 저수지 방천의 열기처럼. 오, 그 냄새가 세월 타고 온 듯하구나.

무너진 돌담, 패인 길과 길가에 여기저기 부러져 널브러진 포플러의 크고 작은 줄기와 가지들. 흙탕물에 범벅이 되거나 찢어져 여기저기 흩어진 이파리들, 그리고 마을 한가운데로 흐르는 개천 물은 아직 붇기가 빠지지 않아, 벌그스름한 황토를 무섭게 머금다 내뿜고 또는 거칠게 안고서 내달리는구나. 개천 둑과 함께 무너질 때 직통으로 넘어진 수양버들 뿌리는 열대 지방 허연 뱀이거나, 혹은 껍질 벗긴 붕장어가 되어 시간이 갈수록 몇 가닥만 간신히, 건너 편 둑에 걸쳐진 몸통을 부여잡고, 달랑달랑 가지 마라 애원도 하며, 육중한 몸통은 센 물살 위에서, 간헐적으로 방아 찧고 물방아 질하는구나. 그 위에 칠성무당벌레 한 쌍이, 바로 옆 장다리 밭에서 용케도 날아와, 짝짓기를 시도하다,

벌건 대낮에 남세스럽다고 마뜩찮은 듯, 도리질 하며, 암놈은 휑하며 날아가고, 등 껍데기가 더욱 빨갛게 된 수놈은, 무안한 듯 홀로 남아, 까만 속 날개만 펼쳤다 오므렸다, 아코디언 하며 황조가를 부르노라.

드디어 비구는 마른 침을 삼키며 이 마을, 소능마을 가장 큰 집, 골라 들어가는데, 마침 아래채라 사립문이 없고, 돼지, 염소, 토끼와 닭장이 함께 있는 바깥채 외벽은 잎줄기로 눈 아래 위에 끼워 눈을 크게 하며 놀기도 하는 눈풍개로 온통 덮였고. 며칠 전 돼지 마구간 위에서 쥐를 물어 삼켰던 먹구렁이가, 어찌어찌 하다가 바닥에 떨어져, 중돼지 두 마리와 사투를 벌였으나, 아나콘다가 퓨마한테 꺾이듯 끝내 돼지 밥, 저승 밥이 되고 말았으니.

한때 돼지가 새끼 낳는 날, 신기한 듯 마을 아이들 몇몇이 호기심이 발동하여 낄낄대고 훔쳐보던 그 순간, 돼지는 괴상한 울음을 울고는 낳는 족족 씹어죽이고 말았답니다. 어디 그 돼지 놈뿐이겠습니까. 옆 닭장 위에 옥탑 방처럼 알맞게 자리 잡은 토끼집에서, 빨간 눈을 한 어미가 제 새끼를 물어죽이며 씩씩댔으니, 이런 변괴가 세상천지 또 어디 있으리오. 치가 떨리고 심장이 벌렁거리는 그날 밤을 어찌 잊을쏜가. 그만큼 탄생은 모든 것을 초월하도다.

여기, 얌전하기로 근남골이나 친정 용현면에서도 소문난 새터新基댁도, 줄줄이 여섯 딸 아들 낳을 때마다, 그 괴성은 차마 입에 담지도 못하리니. 황소 소리, 늑대 소리, 돼지 멱따는 소리하며, 보지도 듣지도 못했을 법한 호랑이 소리를, 장장 네댓 시간 번갈아 질러댔으니. 마을 소위 산파인 떠돌이 무당인 길평댁은 항상 신수 좋은 얼굴로 싱글벙글 다니는데, 아마 마을 여인들의 정보가 마치 *QR* 코드에 저장되듯, 아니면 *USB* 3기가 정도 꽉 차지 않았나 보오.

여기서 생각해 보노니, 러스킨이 부인의 아랫도리를 보고 러스킨이 이혼을 결심한 것은 누구의 잘못이런가. 우리의 길평댁이 소상히 밝혀주었더라면 간단히 해결될 일인데. 모친의 엄격한 청교도적인 도덕률 아래 자란 러스킨은, 고대 그리스 조각품이 보여주는 무모無毛의 아름다움에 길들여져 왔다가 초야에 신부의 음모를 보고 기겁을 하여 잠자리를 멀리했다고 전해진다. 살아있는 여체, 정상적인 여성에 대해 오히려 혐오감을 느낀 뒤로 아내를 멀리하다가, 결국 결혼 육 년 만에 자녀 없이 이혼을 했고, 이혼한 아내는 화가 밀레이와 재혼해서 사 남 사 녀를 낳고 잘 살았다고.

왼편, 화단의 산수유나무, 무화과나무, 수국, 불임不稔불두화, 매실나무, 갓 심은 벚나무, 조팝나무, 율무, 테킬라 마을 용설란 닮은 흰 줄종꽃 실유카, 그리고 담장의 구기자나무와 덩굴장미가 서로 서로 몸과 마음과 그윽한 향내가 뒤엉켜, 6월의 양광을 만끽하며, 세월아 네월아 가지를 말아 라며, 노래하는데, 마침 쪽대문 옆 거미줄에 갓 걸려든 된장잠자리의 파닥거림은 어찌할 거나.

이제 비구 동작 좀 보소. 반쯤 열려져 있는 안채 대나무 대문에 달린 불알종소리를 피해, 조심스레 몸을 틀어 안으로 들어서려 하는 모습을. 마침 대문 중간에 붙어있던 털매미 한 마리가 자지러지게 놀라 내빼는구나.

그 때 치자나무 진한 향이 훅 하니 정신을 혼미하게 했다. 마치 소나기를 만난 푸성귀처럼 생기가 돌기 시작하며 며칠 참다가 드디어 한껏 발산하는 듯하였다. 그 옆, 모란과 작약, 부용화가 서로의 마지막 자태를 뽐내려는 듯, 아니면, 올 봄 서로의 지나친 아름다운 경쟁에서 다소 지친 듯, 고개를 갸우뚱 숙이고, 토종 벌통 옆에 서 있는 유자나무는 벌써 십 년이 지났건만, 결실의 시기를 몇 년째 놓친 채, 서너 송이 꽃은 피었으나, 올해도 결과結果의 기대는 금물이리라. 아마도 이곳은 서남 해안이나 인근 섬보다 더 춥긴 추운가 보다. 하기야 모종 심기와 접붙이기에 일가견 있다는 대내 박 씨는, 황칠나무를 심어 수익 좀 짭짤하게 내보겠다고, 제법 큰소리쳤으나 쫄딱 망하여, 식솔을 거느리고 마산으로 줄행랑칠 수밖에. 여기저기 소위 말해 제법 많은 투자자가 있었으니. 하기야 투자였으니 갚을 의무는 없지만, 어찌 사람 사는 모양이 그럴 수야 없지. 아무튼 여기는 강진이나 해남 땅과는 기후가 천지 차이렷다.

우리의 달콤한 벌들은 해마다 연례행사처럼 찾아온 개미들의 대공습과 장마에 거의 초토화되었고, 그래도 혹시나 씨를 말릴까 저어하여, 벌통 입구에 서성거리는 개미를 온 식구가 일일이 짓이겨 죽였다. 베르나르 베르베르가 울고 갈 일이라면 일이라.

이번에 받은 충격으로 벌통에서 연일 윙윙 엉엉 통곡 소리가 들리는 듯하는구나.

비구는 가는 기침으로 목을 다듬고는 안에 누구 계시냐고 작고 낮게 소리 냈다. 적막을 깨는 그 소리에 벌통 입구에서 벌 몇 마리가 배시시 바깥을 내다보다가, 별 탈 없다 여기곤 기어 나와, 비구 머리 주변에서 몇 번 날갯짓하다가 돌아 들어가고, 남은 한 마리가 대문 옆 석류나무 붉디붉은 꽃 한 송이 입구에 살며시 붙어, 속으로 들어갈까 망설이자마자 꼭지가 톡 하고 떨어졌다.

벌은 놀라 날개야 나 살려라 저만큼 날아가다 다시 와, 석류나무 꼭대기까지 가서 맴돌다 에라, 모르겠다, 비얍터 쪽 밤느정이를 찾아 날아가는구나. 아마 집안 여기 저기 이미 핀 꽃들에겐 식상했는가 보다. 그러자 또 한 송이 석류꽃이 떨어졌다. 조금 전에 떨어진 긴 종 속 같은 꽃 속으로, 노란 꽃술을 헤치며 개미 두 마리가 들어가고, 이미 나무에 올라 꽃 속에 들어간 놈은 생각지도 못한 낙하에, 그만 번지 점프를 한 꼴이 되어 떨어지는 그 순간, 놀라 부리나케 빠져나와 걸음을 재촉하는구나.

집 뒤뜰 오른쪽 담장 옆엔 응개나무 한 그루가 마치 기가노토사우루스 형상에다 듬성듬성 난 잎이며 가시가 밤 부엉이와 연관되어 더욱 무섬을 안겨주었다. 바로 옆 곧추선 가죽나무 옆엔 덜 마르고 솔보굿이 듬성듬성 남은 긴 막대로 어리 삼발이, 즉 작수밭(작사리)을 만들어, 너른 광주리를 올려 안에 든 오동통한 제상 도적을 말리는 중이었다.

A cat has nine lives, 얼룩고양이 한 마리가 그 막대를 연신 긁으며, 오르려고 용쓰는 동작하다가 옹이에 붙은 관솔 진이 왼발에 묻어 발을 탈탈 털 때, 마침 비구 소리에 화들짝 놀라 외양간 쪽으로 잠자리같이 나는구나.

바람담 마맛자국할매 고양이는 열 되짜리 말만큼 커, 마치 클레오파트라 옆 표범처럼 골골골 그랑그랑 자다가 긴 하품하면서, 만고태평 거드름 피우는데, 어쩌다가 이 불쌍한 놈은 눈치만 살아 백여시가 다 되었구나.

가뜩이나 일곱 제사상, 며칠 전부터 삼천포 판장으로 사천시장으로 또는 함티를 이고 다니며 파는 남지아지매나 구롱 키다리여편네[9]한테 특별 주문한 고기를, 앞마당 뒷마당 햇볕 따라 말릴 때, 전생에 무슨 죄가 많아서, 그놈의 하고많은 생선도적냄새에 코만 잔뜩 버려놓아, 할 수 없이 밤마다 고양이는 자기 전용 유일한 동그란 문으로, 눈에 불을 켜고 입엔 한가득 쥐 한 마리를 물고, 스리살짝 머리 내밀고 방안으로 들어올 때, 귀 밝은 저옥은 빗자루로 호통을 치나니. 화들짝 놀란 놈은 들어왔다가, 후다닥 머리를 부딪치다시피 도로 그 문으로 냅다 내달리고 마는구나. 깔끔한 저옥이 세상에서 제일 징그러운 게 쥐가 아니던가.

햇살이 문풍지를 뚫고 들어올 정도로 강렬한 눈 내린 아침에,

---

9) 구롱마을에서 생선을 이고 다니며 팔았고, 약간 신기가 있어 점을 쳐 주기도 함. 남편은 반편이. 막내아들은 사천군에서 가장 영리하다고 소문날 정도. S공대를 나와 *L그룹*에 다니다가 젊은 나이에 교통사고로 죽음.

제백은 고양이와 구슬놀이 하였다. 울퉁불퉁 방바닥에 구슬은, 여기저기 또르르 살아있고, 고양이는 신이 나서 구슬을 어르며, 이리 저리 구르고 난리법석이렷다. 섣달 제삿날 시할매 궁둥이를 보란 듯이 크게 지져놓은 윗목 시커멓게 탄, 요강만한 넓이의 장판 주변이 골인 점이었다. 이리저리 날뛰다 지쳐 바닥에 아무렇게 드러누우면, 빡빡 머리를 까끌까끌한 혓바닥으로 핥아주는구나. 한 곳을 집중하면 쓰라려 머리를 돌리면 따라와 그 부위도 영락없이 핥아주나니. 제백은 스르르 눈을 감았다. 고양이도 어린애 팔에서 잠이 들었다.

오, 먼 산 무지개 아른거리는 앞마당에 두 아기 얼룩고양이가 오색 공 갖고 놀다 싫증났는지 살금살금 참나리 옆으로 가 꽃 위의 무당벌레 귀여운 모습에 마치 거북을 희롱하는 표범처럼 이리 집적 저리 집적, 눈동자는 점점점 부풀어 오르고, 그런 다음 피곤하여 오색 공을 부둥킨 채 잠이 들었답니다. 배추흰나비가 머리 위에 앉고 또 앉고 채송화가 빵끗 웃는 잔잔한 오후. 모처럼 포근한 잠과 꿈이었어요.

비구는 훅 하고 치자 꽃향기에 취한 채 발밑으로 굴러온 석류꽃을 멈칫 바라보다가, 하염없이 물끄러미 바라보다가 이내 정신을 가다듬고는, 엉겁결에 마당 안으로 들어섰고, 마침 결혼을 보름 앞둔 넷째 딸이 방안에서 바느질을 하였으니, 그 때는 혼인 날짜를 받은 처녀는 집 밖에 나가지 못했고, 부득불 나간다 해도 타성바지 젊은 남정네와 눈을 마주친다거나 대화를 할 수 없는 얄궂은 풍습이 있었다.

그렇다고 활활 타오르는 춘정을 막을 순 없겠지. 여하튼 인기척이 없자 축담에 놓인 여자 흰 고무신을 보고 마당 한 가운데까지 들어와서, 또, 누구 없느냐고 조심스레 말하네. 처녀는 뒤늦게 나간다는 것이 여간 쑥스럽기도 해서 모르는 체, 마른 침을 삼키며 조용히 창호지 문 아랫부분에 붙여진, 어른 손바닥만 한 유리 뙤창문으로 살짝 훔쳐보고는, 마치 죄지은 것처럼 그렇게 꼼짝 않았다. 명동 극장에서 상영한 낮 뜨거운 장면을 보지도 못하고 눈 감았고, 그 장면이 지나가길 찡그리며 실눈으로 보았고. 그 캄캄한 극장에서 누가 보기라도 하는 듯. 괜스레 부끄러워서. 그뿐 아니라 거리의 마킹도 제대로 보지 못할 정도였다오. 볼록 나온 젖가슴 때문에. 괜스레 부끄러워서.

그 때 비구가 목이 타 장독대 앞쪽 마당, 우물에 두세 차례 힘겹게 두레박질하고, 당연히 먼우물(먼물)이라 여겨, 고개는 쳐들고 두레박을 약간 올려, 물 먹던 비구 눈과 그래도 궁금하여 방문을 살며시 배시시 열어 그냥 목례 시늉만 한 처녀와의 눈 맞춤. 순간, 비구는 엉겁결에 두레박을 시멘트가 약간 떨어져나간 땅바닥에 떨어뜨렸고, 그 두레박이 두 바퀴 구르며 멈췄다.

장독대 옆 탐스런 붉은 넝쿨장미가 비에 꺾여 축 쳐져 있는 것을, 조심스레 담에 기대어 놓고는, 싱그러운 앵두가 먹음직스럽겠다는 생각도 잠시, 마른 땀 두 방울이 맺힘을 느꼈다. 유리창으로 겨우 새어나온 그 모습을 본 비구는, 크나큰 충격을 받았는지 한동안 멍한 채 서 있다가, 고개를 반쯤 허공을 향하고 손을 이마에 댄 채, 터벅터벅 대문을 나섰다.

몇 년 전 마산에서 진주로 가는 시외버스 뒷좌석 어떤 낯선 여성이 무심코 뒤를 돌아보자마자 제백과 눈이 마주쳤던 것이다. 제백은 근 일 년이 넘도록 그 여인을 잊지 못했던 것이다.

올 때와는 판이하게 대책 없이 대문을 생각 없이 짝 열어 종소리가 요란하게 울렸다. 적막을 깨는 종소리에 벌이며 가축들은 놀라자빠졌다. 그 때 벌 한 마리가 놀라서 까까머리 맨들맨들 정중앙에다 한 방 야물게 놓았것다. 올 때는 양순하더니만 갈 적엔 무슨 심상치 않은 조짐을 눈치 챘다는 듯이.

언젠가 설악산 매표소 앞에서 많은 사람들이 차례를 기다리는데, 갑자기 벌 한 마리가 날아와 순간의 머뭇거림도 없이 곧장, 40대 초반의 아저씨의 대머리에 공격하고 사라졌나니. 햇빛이 너무 눈부셔. 저, 그리스 최초의 비극작가인 아이스킬로스는, 점쟁이가 머리에 무언가 떨어질 점괘이니 조심하라 일러, 이 액운을 피하기 위해 아무 것도 없는 평원의 한가운데에 있었는데, 기상천외한 일이 있어나고 말았으니, 하늘에서 떨어진 거북이한테 머리를 맞아 즉사했다. 이 거북이는 독수리가 낚아챈 것으로, 대머리가 햇빛에 눈부시게 반짝거려 아찔해져서 그만 놓쳤던 것이라오.

오, 목숨을 끊으려 이웃 아파트에서 뛰어내린 공무원시험 준비생에 덮쳐 불의의 사고로 숨진 전남 곡성군 공무원의 죽음을 상기해 본다.

단 한 번의 눈 맞춤! 목격자에 의할 것 같으면, 비구는 그 길로 능화 숲길을 향하다 사라진 것이었다. 틀림없이 숲 앞 큰 냇물에 휩쓸렸을 거라 짐작만 갈 뿐. 이것도 사달이 일어나고 나서야 유추해 본 것이다.

며칠이 지났을까. 처녀의 목에 조그마한 실뱀 한 마리가 붙었다. 부모 친척은 기가 막힐 노릇이었다. 결혼 날이 다가오자 부모는 초조하여, 소문 없이 용하다는 김 판수를 불러, 처방을 듣고 부모를 불러, 될 수 있는 한 조용히 몇 차례 굿을 하였다. 그러나 모든 게 효험이 없었다.

바람담 혹부리할배 초상날, 대구에서 놀러온 둘째손자 구룡못에서 멱 감다 죽어 행한 씻김굿보다 더 큰 굿이었다. 그 손자 놈 중2였는데도 자지 한 번 실하게 생겨, 큰 일꾼이 될 거라 소문이 났었다. 그 놈 칭찬에 취해서 그랬는지 너무 엉뚱한 아망을 부렸던 것이다.

한때 제백 일행이 청진동 유서 깊은 청진옥 맞은 편 2층 바에서 술을 얼근하게 마셨다. 마침 동업자 여주인 두 명 중 좀 야윈 마담은 노래가 절창이라 한 번 그 노랫소리를 들은 사람들은 좀처럼 그냥 지나치지 못할 정도였다. 그날도 마담은 노래를 계속 불렀다.

송창식의 〈새는〉, 안치환의 〈새〉, 그리고 해바라기의 〈갈 수 없는 나라〉를 불렀던 것이다. 나름 명문대 운동권이었으나 동지와 결혼 후 연달아 낳은 자식들이 비정상으로 태어나 몇 해를 못 넘기고 죽었다. 주위사람들은 그녀가 임신 중에도 술과 담배를 즐겨했기 때문이라고 한목소리를 냈던 것이다. 그 후 남편은 아내를 남긴 채 고향으로 귀농하여 혼자 살다가 멧돼지와 싸워 큰 상처를 입었던 것이다. 그 상처가 덧나 이 다리 저 다리 다 자르고, 그 통에 운동부족으로 비대해져, 결국 양 팔도 자르고 말았던 것이다. 그러다가 며칠 전 장례를 치렀다고 했다. 그러니까 오늘 이 노래가 떠나간 남편에 대한 진혼곡인 셈이었다.

모두들 그 사연을 듣고 숙연해졌다. 그 때 한 반백의 남자가 잊자, 잊어버리자고 외치며 흥을 돋우는 것이었다. 결국, 옆 손님들과 합석하여 노래하고 춤을 추었다. 그 중 한 명이 『8억인과의 대화』의 저자였던 것이다. 제백이 평소 존경하고 꿈결에서라도 만나고 싶어 했던 분이었다. 그런데 그가 한창 흥이 올라 무아지경에 빠져 있을 때 생뚱맞게 제백 일행 중 가장 나이가 어리고 마치 손 코너리를 닮은 후배의 중심을 움켜쥐고는 참 실하게 생겼노라고 호쾌하게 웃어댔던 것이다. 슬프고도 즐거운 날이었다.

아무튼 소나기가 갑자기 쏟아졌는데도 아랑곳하지 않고, 마을 또래들은 나무 밑이다 바위 아래다 다들 요령 있게 피했는데. 그놈은 굵은 빗방울이 큰 물결에 파묻혀 아슬아슬 보이다가 끝내 보이지 않아, 저 건너로 헤엄쳐 간 줄 알고 예사로 여겨, 소나기가 그치자마자 애들은 모두 달려 마을로 오고야 말았다. 그 슬픈 소식은 한밤중에 마을 호롱불과 횃불을 다 동원하여 오동나무 옆 벽오동나무 아래, 손자 놈 옷 벗어 놓은 자리에다 베이스 캠프를 차려놓고, 쇠스랑을 들고 물속을 한식경 훑어, 물컹거리는 감이 들어, 쇠스랑 던져주고 들어가 꺼냈것다. 그 수고는 몽땅 마데이 몫이었다.

아랫마을 당병소보다 더 깊다는 큰소 위에서 처녀에게 소복을 입혀 앉혀 놓고 밤새껏 굿을 했다. 여기 저기 옮겨 다니며 그러기를 무릇 몇 차례인가. 전혀 꿈쩍 달싹도 안했다. 이제 이판사판. 마지막으로 마을에서 가장 높은 이구산마루 상사바위 끄트머리에 앉혀 놓고 마지막 굿을 했다. 어지간한 상사뱀은 그렇게 큰굿을 하면 떨어진다는데. 애달고나, 애달파. 어찌하여 큰물에 휩쓸려 죽은 비구의 화신이 된 이놈의 상사뱀은 죽어도 떨어질 줄 몰라 하는가.

드디어 발악하듯 천하가 울리도록 초악신 소멸주草惡神 消滅呪를 읊고 읊었것다. {21회回를 외우면 차도가 있은즉 한밤중에 병자가 모르게 윌 것}

— 전奠 욱旭의 삼세노 수동三世奴壽童의 처라 문지여등聞之汝等이 회행여리回行閭里하야거 사천군거泗川郡 사남면 소능마을 모년 모월 모일생 김업경을 간일혹間日或은 침범문浸犯聞하니 여지죄만만통해汝之罪萬萬通害라. 석수石首의 삼석三石을 지고, 명일효두明日曉頭에 즉각 촉 내사來事 암암급급여율령 사바하唵唵急急如律 令娑婆河

저 쪽 귀신이 한 수 위인 주문으로 공박하면 이 쪽에서 또 다른 주문으로 맞대응했소. 그러기를 몇 순배하다가 드디어 이 쪽에서 마지막 퇴귀문退鬼文을 목청껏 읊고 읊었것다.

— 헷세사 ~ 동방 삼신제왕을 물리치는 것도 아니요. 성주 인왕仁王을 물리치는 것도 아니고, 객귀잡신을 물리치는 것이니. 썩~나가릿당 너희들 성도 알고 이름도 아는 고로 외여 먹이고 불러 먹이나니. 몰랐다 하지 말고, 추진 것은 먹고 가고 모린 것은 지고 가고,

썩~나가릿당 산중귀, 야중귀, 거리 노중귀, 유주有主 무주無主 고혼귀, 염증·궤질 사자귀使者鬼, 물에 죽은 수살귀, 총각 죽은 몽달귀, 처녀 죽은 손말명·요귀 등아. 속거천리, 원거만리 하라.

근자에 역고혼역대귀신歷孤魂歷代鬼神이 잠간부접暫間付接이라. 남주작 북현무 인태세지신人太歲之神도 일시자퇴어든 황요묘지신況妖妙之神이야 하가입래何可入來리오. 암암 급급 여율령 속거천리 원거 만리하라. 헷세사~ 헷세사~ 헷세사~

사력을 다해 굿을 했으나 막무가내였다. 뱀은 목에서 떨어질 줄 몰랐다. 무슨 고래 심줄보다 더 질긴 연이기에…… 결국, 부모와 합의하여 무당이 눈을 찌르-끔 감고 회한에 찬 얼굴, 원한

섞인 괴성을 지르며, 처녀를 상사바위에서 세차게 차버렸으니. 혹자는 두원 운석처럼, 또 다른 사람 가라사대 고란사 삼천궁녀처럼 하롱하롱 떨어졌다고 소문이 자자했다.

　고선은 마담과 여인들과 종업원 언니, 그리고 숯불 피우는 떠꺼머리총각의 부러움과 아쉬움을 남기고 대처승 따라 택시를 타고 구룡사로 향했다. 그날 밤 부엉이와 올빼미가 교대로 울어대고 간혹 여우의 캑캑거림과 비행기의 낮은 음향을 들으면서 밤새 야사夜事에 몰입했다.

　겨우 일어나 새벽공양을 하던 스님이 진홍빛 코피를 한 대접 쏟은 것은 어쩔 수 없는 일이었다. 왠지 저옥은 이곳이 고향마냥 포근히 다가와 신바람 나는 나날이었다. 간혹 삼천포 팔포나 실안에서 싱싱한 회를 떠와 둘이서 곡주를 마시곤 했다.

　다음 해 이란성 쌍생아 궁백과 여백麗百을 낳았다. 바깥 모습으로는 두 아이가 멀쩡하게 보여 그 당시로는 드문 현상이었다. 대개 그 시절은 여자 쪽이 지체부자유가 되는 경우가 많았다. 애들이 다섯 살 때 어느 큰 비로 저옥과 두 자녀가 큰물에 쓸려가는 것을 남편이 구하다 남편만 죽었다. 구룡사도 절반 이상이 쓸려나갔다. 며칠이 지나고 햇볕이 강렬한 날 남편의 시신이 못 중간 방천에 걸려 있었다. 그곳은 제백이 마지막 휴가를 내, 고향에서 쉬었을 때 누군가 순덕 논 옆 소나무 숲 아래에서 해 질 무렵 수많은 잉어가 뛰논다고 정보를 주었다. 제백은 은어 작살을 숫돌에 갈고 그곳으로 갔다. 물속에서 다니는 잉어 떼를 본 순간 호흡이 막힐 정도로 흥분했던 것이다. 때를 맞춰 힘껏 내리찍었다. 물크덩, 하고 감이 좋았다. 그런데 바닥이 논이고 낙엽이 쌓여 있어서 그만 버둥개를 쳐 달아나고 말았던 것이다.

놓친 놈 큰 법이라, 몇 번 시도 하다 허탕치고 말았던 것이다. 한 삼 일이 지났을까. 저옥 남편이 발견된 바로 그 방천에서 자나큰 죽은 잉어가 걸쳐 있어서 마침 폐결핵으로 요양 중이던 문헌수가 가져갔다는 것이다.

구룡사 주지이자 대처승인 남편이 죽자 인근의 무당이나 역술가 등 소위 말해 신기神氣가 조금 있다는 사람들의 왕래가 잦았다. 그들은 부셔지고 휩쓸려간 절간을 온전히 세운다는 명분으로 많은 시주를 얻어, 연일 목수와 목공의 힘쓰는 소리며, 노동가가 울려 퍼졌다. 그들의 잡가를 통제할 사람이 없었다.

그들 중 선지무당이라 부르는 영특한 여인이 있었다. 6대 독자를 기원하다가 그만 신이 내렸던 것이다. 선지무당은 '선녀할머니'로서 저옥의 정신적 지주가 되었다. 평소 이 할매 방언한 번 들어보소. 너무도 그럴싸하다. 그 누가 이 할매 대적할 자 나와 보소. 일자무식 이 할매 저 사설 좀 들어보소. 춘향가, 박씨전은 호리뺑뺑이며, 심지어 후적벽부를 마을 최고 식자 창민이 원본 자구 집어가며 연신 탄복하는구나. 와룡산 새섬봉을 한식경에 다녀오는 축지법은 어디서 배웠는고. 향불에 당신 육신이 사라졌다 나타나는 요샛말로 순간 이동을 감행했을 때, 능화 마을 주역 대가 구회민 옹도 혀를 내둘렀다.

서당 개 삼 년이면 풍월 읊고, 세운상가 삼 년이면 앉은뱅이가 서서 다닌다고 했던가. 선지무당을 만난 지 꼭 삼 년 만에 저옥무당한테도 신이 내렸다. 드디어 소능마을엔 무당이 열에서 열다섯 명이나 되었다. 여자 3분의 1이 무당인 셈이었다. 밤마다 징소리, 꽹과리소리, 북소리가 진동하였다.

창결은 소 먹이러 왔다가 이곳에 잠시 들르기도 하는데 그는 항상 손에 책을 들었다. 일자무식인 저옥무당한테는 그것이 너무 부러웠다. 일찍이 첫 번째 남자가 글을 깨우쳐 주었다면 하고 원망도 해봤다. 두 번째 남자인 주지는 의외로 까막눈이였다. 그런데도 염불을 외는 게 신통했다.

하기야 몇 년 전 사천읍내 수석동 동장도 일자무식이었지만 밝은 눈썰미로 업무를 무난히 수행했다고 전해진다. 창결은 고선의 높은 학구열로 진주고보를 다니다가 '주의 하십시오', 학생으로 낙인 찍혀 그가 서에 구속되고, 고선이 나서서 무슨 물량 공세를 퍼부었는지, 사 일 만에 용케 풀려 나왔으나, 한 번 불붙은 혈기는 고향에 안주하지 못하고, 일단은 순한 양처럼 달포 지났을까. 오동나무로 만든 고비 안에 비밀스레 감춰둔 열쇠로, 온갖 희귀한 것이 들어 호기심을 자극하는 적송 궤짝을 열고 털어 날랐다. 그 길로 일본 밀항하였다.

반년이 지난 어느 날, 오사카에서 보았다는 제보 받고, 고선은 힘 좋고 한량인 창결 사촌형과 인근 마을 실한 장정 두 명 등 도합 세 명을 여비와 수고비를 두둑하게 찔러주고 관부 연락선을 이용하게 했다. 붙들려 온 창결의 몰골은 폐암 3기 같았고,

마을사람들이 모인 마을 복판 입향조가 심었다는 둥구나무 아래 타작마당에서, 그 잘난 고선의 엄한 매의 다스림을 받아야 했으니. 그 얼마나 아프고 창피함을 삭히느라 앙다물었는지, 그날 이후 그 좋았던 이빨이 허물어지기 시작했다.

마치 폐인처럼 허허로운 생활을 하다가 어느 여름, 마음도 진정할 겸 친구 오예동과 도산밭골에 올랐다. 하늘먼당과 명지재를 거쳐 다시 도산밭골로 내려와 소나무 숲 밑에서 땀을 재웠다. 마침 갓 담배를 배운 창결이 동예한테 담배 한 개비를 건네고 호주머니에서 종이성냥을 꺼냈으나 물기가 있어 돌 위에 오려 말려 조심스럽게 불을 붙였다. 한 번 쭉 빨다 그만 사래가 걸려 연거푸 기침을 하였다. 그 소리는 메아리쳐 돌아오고 산새들도 놀라 날아갔다.

그 때였다. 창결네 동자아치였다. 이제 나이 30대 후반이었는데, 애를 빼앗기고 반 실성하여 밤마다 세 번째 사랑에서 꺼억 꺼억 우는 소리가 들렸다. 만약 반벙어리가 아니었다면 얼마나 주변 사람들의 애간장을 태웠겠는가. 이제는 부엌일도 안 하고 그냥 방치상태로 내놓았다. 그녀는 흰색 도라지꽃을 한 움큼 쥐었다. 기다리다 기다리다 꽃이 된 도라지의 전설처럼 그렇게 기다림을 향해 그들한테 다가왔다. 놀라 둘 중 누구라고 할 것도 없이 순식간에 뿌리치며 밀친다는 게 그만 절벽 아래로 떨어지고 말았다.

그날 예동은 힘들고 길었던 하루의 일기를 피 토하듯 적었다.

그날 이후 창결은 짐을 싸 오랜 유랑 생활에 들어갔다. 결국, 지리산 와룡산 파르티잔 아무개 밑에서 온갖 짓거리 끄나풀이 되었고, 지리산에 있을 때, 호랑이가 산나물 캐던 여동지의 해목을 물고 찢어먹는 참상을, 굴밤나무 위에서 아슬아슬하게 목격한 그 순간, 바로 백발[10]이 되었고, 마치 토크빌의 모든 친척들이 로베스피에르의 테러통치 동안 기요틴의 제물이 되어 토크빌 아버지가 스무 살 때 이미 백발이 되었듯, 소능마을을 다시 찾았을 땐, 누구의 원한에선지 누구한테 당했는지 불알망태는 이미 빠진 상태라, 소위 말해 석남이요 고자가 되었던 것이다.

〈백운소설〉은 후일담으로서 귀신이 된 정지상이 어느 날 김부식이 "버들은 천 가닥으로 푸르고 복사꽃은 만 점點으로 붉다"는 시구를 짓자, 김부식 앞에 나타나, "버드나무가 천 갈래인지 복사꽃이 만 점인지 그걸 가 세어봤느냐? 어떻게 '버들은 가닥마다 푸르고 복사꽃은 점점이 붉구나.' 라고 지을 줄 모르느냐?" 라며 김부식을 욕했고, 결국 뒷간에 간 김부식의 불알을 잡아 비틀어 죽였다는, 김부식에 대한 악감정이 다분히 배어난 일화를 남겼다.

아무튼 불알이 빠졌으나 김부식같이 죽진 않았으나 힘겹게 안은 때 묻은 비닐봉지 안에는, 빨다만 빨간 앤미다마 서너 개가

---

10) 과학적으론 뒷받침할 근거가 없다. 그러나 프랑스 왕비 마리 앙투아트가 극도의 공포와 스트레스 탓에 사형 직전 머리가 하얗게 됐다는 소문이 자자했다. 그리고 중국 양나라의 천자문 저자 주흥사가 무제로부터 한 구절이 자로 이뤄진 천자문을 하룻밤 사이에 써내라는 명을 받고, 힘들게 완성하고 보니 머리가 하얗게 되었다고. 그래서 백수문白首文.

서로 엉켜 들어 붙어 있었는데, 누가뻐까 여남은 개와 함께 유일한 생명 끈이었다. 한마디로 소갈消渴이 심했던 것이다.

그해 겨울, 저옥무당과 창결은 정식으로 결혼식을 올렸다. 신랑과 신부의 우인대표가 뚜렷이 구별할 수도 구별할 사람도 없이 서로가 다 잘 아는 사이지만 편을 갈라 밤새워 돌림노래를 불렀다. 젓가락 장단 소리와 노랫소리가 잘 화음이 되어 사방 천지로 울려 퍼졌다. 그런 날은 마을 똥개도 꼬리를 치켜들고 신이 나 있었다.

어느 추운 겨울날밤, 창결이가 친척 동생 장가가는데 있어서 우인 대표 선정 작업 협의차 예동을 찾았다. 그 당시 시골 결혼식은 신부 집에서 치러졌다. 흔히 말하는 우인대표는 신랑 친구나 친지들로 구성되는데 대개 다섯에서 열 명 정도였다. 보통 서너 명의 우인 대표가 나서서 축사를 했다. 아들딸 많이 낳고 잘 살아라, 라는 으레 상투적인 내용이었다.

제백은 고교 시절부터 소능마을을 비롯하여 인근 아는 사람들 결혼 축사 짓기를 도맡다시피 했다. 제백은 매번 아파치족 인디언의 결혼 축시인 〈두 사람〉을 인용했다. 아무튼 질펀하게 먹으면서 밤이 새도록 신부 마을 청년들과 노래를 부르며 밤을 지새웠다. 마치 노래 대회라도 하는 양. 결혼식이 보통 겨울에 거행되기 때문에 눈 내리는 날이 많았다. 그런 고요한 밤에 그들의 장단 소리를 멀리 떨어져서 들으면 아늑한 기분이 들곤 하였다. 서로 돌림노래를 하기 때문에 선수를 빼앗기지 않으려 며칠 전부터 메들리를 작성해 연습을 하기도 했다. 그러나 그것이 생각대로 되지 않는 경우도 허다했다.

한때 같은 소능마을에서 신랑 경칠과 신부 순동의 결혼식 때, 마을 청년 이십 명 남짓이 모여 거방지게 뽕을 뺄 정도로 밤새 놀았는데, 그 때 제백 나이 스물한 살. 그 당시를 회상할 때 가장 안타까웠던 일은 용현면 대곡 우인 대표 한 사람이 조금 난하게 굴었다고 변소 갈 때를 기다렸다가 반 강제로 불러내 폭력을 가한, 마을 억판이로 소문난 갑분이 오빠 을민은 손님맞이 기본정신이 결여된 자였다. 그자는 그 후에도 시건방을 떨다, 결국 산청 생초로 친구들과 물고기 잡으러 갔다가 친구의 다이너마이트 조작 부주의로 그만 미리 터져 온몸이 갈기갈기 찢어졌다.

제백 할아버지는 결혼 첫날 거꾸로 매달려 발바닥을 다듬잇방망이로 잘못 맞아 이마가 크게 찢어지는 불상사가 일어나 하마터면 두 마을간 싸움으로 번질 뻔했다고 한다. 결국, 그 상처가 깊어 두고두고 머리칼로 감췄고, 처가를 좀체 가지 않았던 것이다. 아마 그 매달아 패는 풍습은, 우리 마을에 힘깨나 쓰는 자가 많으니 신부를 함부로 대하지 말라는 반 엄포가 아닌가 한다.

창결이 왔다고 모두들 반기며 예동네 사랑에서는 도가에서 받아온 막걸리 잔치가 벌어졌다. 그리고 예동 남동생 예식瀯湜이 신문지 쪼가리로 몰초 몇 대 말아줘서 피웠다. 시국에 관한 진지한 대화도 나누었다.

어느덧 얼큰히 취해 배웅 받으며, 막 팽나무, 말채나무, 피나무 높이 솟은 숲길로 들어서자마자, 남서 쪽 하늘이 붉어지기 시작하고, 악을 쓰는 고함 소리가 진동하여 달려가 보니, 그들이 즐겁게 막걸리 잔을 주고받았던 방에서 순식간에 일어난 큰 불이었다. 원흉은 창결의 담뱃불이 재떨이에서 잘 비벼 꺼지지 않았고 배웅 차 덮었던 이불을 설마, 예사롭게 밀친 것이 재떨이를 덮쳐버렸던 것이다. 불은 담 너머 숲까지 번지려 혀를 날름거렸으나 마침 아왜나무를 정원수로 심어서 천만 다행이었다.

누구는 예동 수양누나인 예선濊瑄이 꾸민 짓일 거라는 의심도 했던 것이다. 불낸 자 혼내지 말라는 말에 가장 적중된 경우가 예식이었다. 아버지의 격한 혼쭐에 그만 혼이 나가고, 그날 이후 근남골 두 번째 미치광이 대열에 들어서게 되었다.

세월은 흘러 예동은 면장 되고……. 제일 먼저 구룡못 조성에 전력을 바쳤다. 구룡마을 위에 댐을 쌓으면 소능마을은 수몰되지 않고 농토만 일부분 수몰된다는 그럴 듯한 입지적 조건을 내세워 강제 착공하였던 것이다. 그 수몰 농토가 마을 전체 면적의 70퍼센트에 해당할 정도로 넓었던 것이다.

예동은 영악했다. 예동의 마을 아래, 약물보 골짜기의 산과 산이 가장 가까웠다. 그래서 경비 절감이 된다고 판단하여 처음 지정되었다. 그러나 마을 아랫담 일부가 수몰되면 예동의 집과 전 농토가 수몰되기에 적극 반대하기에 이르렀던 것이다. 그러니 면장이란 권력으로 다시 협상한 것은 당연한 일이었다. 두말하면 잔소리요 물론(물논) 개구리 운동장 오리 방석이라[11]. 알 배

---

11) '물론' 을 '물논' 으로 하여 개구리는 넓어 수영장 같은 운동장이지만, 오

때기 없다¹²⁾고 잡아뗐으나 그 누가 속을 손가. 창결네와 예동네는 이 사건과 화재 건으로 불구대천지원수가 되었다. 결국, 창결만 감무뜰에 대다수 논이 있어서 마을에 남게 되었다. 일가친척 거의가 인근 마을에 이사 가고, 몇몇은 대구다, 김천이다 고성과 통영으로 떠났다. 다만, 예전에는 명함도 못 내밀던 몇몇 타성들이 터를 잡게 되었다.

6·25 때였다. 배운 자 잡아간다는 말에 창결은 넛할아버지가 사는 삼천포 이홀동耳笏洞 구실耳谷 마을 안골 토굴에다 임시 거처를 마련하였다. 그곳은 예동의 배다른 누나인 동갑나기 예선이 시집살이 하는 곳이기도 했다. 그런데 여기저기에서 예선의 출신에 대한 희한한 소문이 점점 가까이 그리고 자주 들려오기 시작했던 것이다.

어느 날 예선이 친정 나들이를 하였다. 아버지 제사가 있었다. 제사 다음날 남동생인 예동이 나들이하고, 반미치광이 남동생도 마을에 나가고 없었다. 예선은 방마다 털고 쓸고 닦았다. 그 때

리는 얕아 방석밖에 그 역할을 할 수 없다는 뜻의 어릴 때 흔히 하던 언어 장난. 어리 적 이와 비슷한 말 놀이가 많았음.

12) '알 배[바]없다'의 '배'와 '배[배]'가 같은 데서 착안한 언어유희. 보르헤스와 움베르토 에코 같은 언어유희 자질이 풍부한 사람들이 많은 곳이 소능 마을임. 특히, 문장을 거꾸로 하는 것도 유행함. 예를 들어, '야후서, 리빨 리빨 라너오(제백아, 빨리 빨 오너라)'. 제백의 군 시절 한 선임병은 회식 때마다 남진의 '울려고 내가 왔나'를 한 소절 한 소절 거꾸로 불러 박장대소하기도 함. 즉, '고려울 가내 나왔'으로. 약간 비음을 섞어 부르면 왜색이 묻어나기도 함. 형용모순形容矛盾도 일종의 언어유희.

예동 방의 열려져 있는 사물함이 눈에 들어왔던 것이다. 그곳에 〈청춘 일기〉란 일기장이 놓여 있었다. 매일매일 쓴 일기라 양도 많아 다 일기도 뭐해서 대충 들쳐봤는데, 어느 날 이후부터 백지였다. 마지막 일기는 몇 십 번 들쳐봤는지 손때가 묻어 있었다. 일기 마지막 쓴 날이 바로 자기 예선 엄마가 죽은 날임을 알았다. 그녀는 떠도는 소문이 헛소문이 아님을 알았다.

어머니가 절벽에 떨어져 죽던 날을 슬프고 가슴 아프게 묘사해 놓았던 것이다. 그 복수심의 불꽃이 당겨진 것이 창결의 소재를 고해바치는 것이었다. 어두운 토굴에서 창결을 부르는 소리에 창결은 눈이 부셔 분간할 수 없을 그 때 인민군들은 창결을 재빨리 낚아챘다. 그 당시 창결의 재당숙이 와룡산 파르티잔 대장이라 도움을 받을 수 있으리라 큰 기대했는데, 그가 이미 군경찰에 의해 덕곡 백천사 골짜기에서 부하 몇 명과 즉결 총살당했다니, 청천벽력도 유분수라.

덮개가 열린 스리쿼터에 창결은 전깃줄 포승에 묶여 있었다. 누군가의 귀띔이 있어 마을사람들이 몰려나왔다. 다행히 소능마을사람들은 단 두 명뿐이었다. 타고 있던 이십여 명이 뛰어 내렸다. 인솔자의 고함소리에 뛰어내리다가 엉켜 머리며 다리며 무릎이 깨지기도 하였다. 스리쿼터는 더 이상 운행을 하지 못할 정도로 한길이 좁았기 때문에 소능마을에서 다 내렸던 것이었다.

저옥무당은 잠시 눈바래기하고는 차마 길게 보지 못하고, 느티나무 뒤에 숨어 수건을 막고 통곡했다. 끌려가는 사람들을 따라가면서 궁백은 울부짖었다.

궁백과 아버지의 사이는 각별했다. 아마도 장손이라 그럴 만도 했을 것이고. 아무튼 마을을 돌아 또 돌아돌아 그들이 마련한 가천 초등학교 안마을 깊은 계곡인 개재 밑에까지 다다르자, 인솔자 네 명 중 한 명이 궁백한테, 가지 않으면 쏜다고, 총을 장전 노리쇠 후퇴, 그 순간 창결은 너무나 놀라, 순간 번뜩이는 묘안을 낸 후, 오른쪽 2미터 앞 산 갈대며, 수크령을 헤치면서 가던 궁백을 큰소리로 불렀다. 뒤돌아본 궁백의 얼굴엔 땀과 땟국과 원망과 슬픔이 가득했다. 아버지의 세찬 발길질에 산언덕으로 굴러 떨어지고 말았다.

아버지의 발길질에 의해 피범벅이 되어 고래고래 고함을 질러댔던 것이다. 마침 그들 대열을 밟아온 마데이가 궁백을 발견했다. 마데이의 등에 업혀온 궁백의 몰골은 말이 아니었다. 진달래 삭정이에 왼쪽 눈이 순간적으로 사정없이 찔려, 그만 일목—目이 되고 말았던 것이다. 궁백은 아버지를 원망하면서 긴 세월을 보냈다. 마치 자기 아들이 자기 명령 없이 전쟁에 참가했다 하여 자기 아들을 처형한 로마 집정관 토르카투스와 자기 아들이 전복 음모에 가담했다 하여 아들을 처형한 브루투스[13]와 동일시하진 않았는지 모를 일이다.

궁백은 인근에서 소문날 정도로 운동도 잘 했고, 공부도 잘

---

13) *Brutus, Lucius Junius*, 기원전 5세기경, 로마의 건국 신화에 나오는 로마 공화제의 전설적 창시자. 카이사르를 암살한 브루투스 *Brutus, Marcus Junius*와는 다른 인물임.

했다. 비록 한 쪽 눈은 실명이었지만 착한 성정을 지녔다. 그러다가 혹보네 아들의 왕따 놀음에 시달리다가 서서히 자기 것에 대한 소유의 집착이 강해졌다. 그리고 남이 불행을 즐기는 듯한 묘한 성격이 자리 잡기 시작했다.

최초의 사고는 적선골에서 일어났다. 보통 소 먹이는 연령은 주로 초등학교 저학년이 주로였으니, 궁백 또한 초등 2학년으로 마을 애들 칠팔 명이 산중턱에 소를 풀어 놓고 베짱이를 잡아 갈대로 만든 집에 집어넣기도 하고, 너럭바위에서 고누도 두고, 몇몇은 계곡 아래 못에 가서 멱 감기도 하면서 즐겁게 놀다가, 갑자기 내린 폭우로 몇몇은 바위 안으로 몇몇은 토관 속에 들어가 소나기를 피하고 있었다.

그러나 워낙 어려서 국지성 소나기와 계곡물의 깊은 속성을 알 턱이 없었다. 궁백은 바위 안이나 큰 나무 밑이 벼락에 위험하다고 담임선생이 알려주었다면서 비가 오면 토관 속에 들어가는 게 상책이라고 하였던 것이다. 물론 적은 양의 비를 피할 때는 상관없겠으나 이날의 비는 장대비에다 한 시간 이상 들이퍼붓는 소낙비였다.

다섯 명 중 한 명만 겨우 살고 나머지는 쓸려가 며칠 후 건져 보니 온 몸이 찢어지고 할퀴어져, 이것이 어디 사람 모양이런가. 너덜너덜 나달나달 걸레조각처럼 되었다.

초등학교 4학년 담임은 자기 아버지와 궁백 작은 아버지 간에 면장 자리를 두고 두 차례나 극렬하게 겨루어, 결국 자기 아버지가 선거에 패한 후 시름시름 앓기 시작했던 것이다. 그런 후 어느 달 밝은 음력 보름 전날, 가족 몰래 새벽녘에 용소龍沼에서 생을 마감했다. 용소는 명주실꾸리 한 타래가 다 들어가도 끝이 없을 정도로 깊은 곳이었다. 그런 악연이 있어 그런지, 궁백을 심하게 구박했다. 그래서 궁백은 4학년 때만 우등상을 받지 않았다. 성적표의 생활기록부에도 '성격이 잔인하다' 라고 적어 놓았다. 그게 초등학생한테 할 소리인가. 결국, 그는 폐결핵에 고생하다 본처와 둘째 부인의 칼부림을 막다가 낫에 찔려 급사했다.

세월이 흐르다보니 졸업식 때가 그리웠다. 선배들을 떠나보내는 5학년 학생의 송사에 여기저기서 어깨를 들먹이며 훌쩍거리는 소리가 들리다가 졸업생 대표의 궁백의 답사에는 이내 눈물바다를 이루곤 했다. 그 당시는 대개 초등학교 졸업이 곧 배움의 끝이었다. 특히, 여학생들에겐. 1960년대 초반에는 대한교련 (한국교육연합회 전신)이 제정한 노래가 불리기도 했으나 당시 사회 분위기와 맞지 않다는 까닭으로 그리 오래 지속되지는 못했다. 궁백이 나온 초등학교는 이 노래가 그의 졸업 때 딱 한 번 불리고는 영영 사라졌다. 그런데 강원도 어디에는 1960년대 후반까지 사용했다는 기록도 있다.

재학생들이,

눈비를 이기고 닦아온 여섯 해
오늘은 보람이룬 영광의 졸업날

언니여 형들이여 얼마나 기쁘셔요
빛나는 앞길을 축하합니다.

졸업생들은,

배움의 터를 찾아 서로 헤어져도
사귄 정 잊지 말자 다시 만날 때까지
누이여 동생들아 우리는 떠나가도
더욱더 우리 학교를 빛내어다오.

두 번째 사건은 상사바위 무너뜨리는 것이었다. 재 너머 수치 마을의 중학생 네 명과 같이 상사바위 2층 상단부와 아래 바탕 사이에 들어 있던 작은 받침돌들을 기술적으로 빼내서 상단부를 무너뜨렸다. 원래는 3층이었으나 그것은 6·25 몇 달 전에 자연적으로 무너져 내렸는데, 그날 이후 한동안 소능마을만 재앙이 끊이지 않았던 것이다.

두 개 중 하나만 쓸쓸히 남아 옛 위용에 젖어 있는 상사바위 위에서 자라던 정육면체 산돌[生石;割石]들은 이 마을 저 마을 악동들의 무서운 재작으로 영영 사라졌는데 그 사라진 날이 흥무산 해오라기난초 멸종하던 날이었다.

한때 소능마을 주변에 살기를 막아준다는 숲이 있었으나, 겨울철에는 걸인들이 숲에 모였다가 끼니때가 되면 마을로 올라와 구걸을 하고, 여름철에는 읍내나 면 관리들이 찾아와 피서 놀이를 했는데, 그럴 때면 마을에서 술과 밥, 그리고 안주를 장만해서 바쳐야 했기 때문에, 마을 어른들이 큰맘 먹고 숲을 없애 버렸다.

그래서인지 숲이 있는 인근 마을보다 큰 인물이 태어나지 않고, 우환이 잦다고들 했다. 이날 감무뜰에서 분무기로 농약 살포를 하던 사람들 중 한 청년이 돌 구르는 소리에 놀라서 분위기를 논 가운데 두고 논 바깥을 뛰쳐나왔다. 미처 논길 옆 큰 미루나무를 베고 있는 줄도 몰랐던 것이다. 결국, 미루나무가 넘어지는 줄을 모르고 머리를 크게 다쳤는데, 이틀 후 죽고 말았다.

궁백이 중학교 2학년 때였다. 쪼다, 라는 별명을 가진 생물 선생이 유독 궁백이를 미워했다. 한 번은 여름 방학 직전이었다. 좀 떠든다고 중간쯤에 앉아있는 궁백의 머리를 쥐어박았다. 상아로 된 모난 도장으로 소위 꿀밤을 주었던 것이다. 아팠다. 교탁 쪽으로 가는 선생의 와이셔츠에 잉크를 가득 머금은 필기구로 세차게 뿌렸다. 몇 방울은 꼭뒤까지 튀겼던 것이다.

그 시절은 잉크가 흐르지 않게 잉크병에 스펀지를 넣었고, 필기구 끝에 강철을 감아 스프링으로 만들어 잉크가 오래 가도록 했다. 그 때 학생들이 우와, 하고 크게 웃었다. 선생은 궁백 짓임을 직감하고 뒤돌아 왔다. 가방을 대충 챙겨 창문을 넘었다. 그 길로 학교를 접었다.

궁백은 점점 거짓말이 늘다가 마을 가축에까지 손을 대기에 이르렀다. 통제 불능이었다.

마을 중학교 또래 여자애들이 마을 총각들이 장난삼아 행하는 젖가슴 만지기에 길들여져, 벌써부터 암내를 풍기기 시작했다. 그러니까 집안 대주인 어른이 없는 몇몇 집에 친구들이 모여서 놀다가 잠을 자기도 한다는 정보를 터득하여, 야음을 틈타 젖가슴 만지기에 돌입하는 것이었다. 간혹 민감한 처녀는 "엄마야, 이 뭣고." 하면서 잠결에 소리치면 날쌔게 담을 넘는데 잘못하여 담이 와르르 넘어지면 온 마을 똥개들이 연쇄적으로 짖어대는 것이다.

저옥무당은 궁백과 함께 눈알도 주문하고 시신경이 죽지 않게 하기 위해 자주 진주 칠암동에 있는 옥 안과에 다녔다. 궁백의 성격은 도를 넘는 경우가 많았다. 궁백은 햇볕 쨍쨍한 본채보다 마데이와 육손이 외삼촌과 가객이나 장사치들이 기거하는 구석진 세 번째 사랑이 더 좋았다.

마루 끝에서 소변을 볼 수 있게 만든 오줌버캐 가득 낀, 돌로 만든 소마구시며[14], 은어 잡이 작살과 전짓대와 간짓대를 보관하는 두엄집, 마데이의 부싯돌의 섬광, 해 질 녘, 쇠죽솥에서 나온 시커먼 연기가 인상적이었다. 낮고 비뚤어진 굴뚝 왕잠자리가 낮게 비행하는 어둡고 칙칙한 그곳은, 어린 한 때는 무섭의

---

14) 오줌이 말라붙거나 가라앉아 엉겨 붙은 찌꺼기 모양의 허연 물질로서 한방에서 '인중백' 이라 하여 약재를 씀. 기원전 121~63년, 흑해 연안 폰투스 왕국의 미트리다토스왕이 독약을 먹고 지내도록 자기 위장을 단련시켰다고 함. 소마구시는 오줌을 받아 모아 두는 통나무 구유처럼 판 것으로서 대체로 구유보다 짧고 깊음. 제백네와 구홍네, 남평 문씨 재실인 용덕재龍德齋, 마을 회관, 청탄정의 소마구시는 모두 돌로 되어 있음.

장소였고, 온갖 해괴망측한 것이 만들어지는 만화경 같은 곳으로, 태[15]와 팡개와 짚신, 소리(조리), 살포[16]가 만들어졌다. 옛날엔 본채와 통할 수 있는 쪽문이 이제 막혀 있으나, 변소는 벽을 사이에 두고 같이 썼다.

본채 건넌방에는 이혼 준비한답시고 친정에 틀어 박혀 연지 찍고 곤지 찍고, 두 가닥 실을 꼬아 한 가닥 입에 물고, 한 가닥 얼굴에 밀어, 얼굴 잔털 빼주라 보채는, 호랑이가 물어가도 시원찮을 푼수 덩어리 시누이가 고선과 같이 기거하였다.

그토록 비웃었던 까꾸낸가 아니면 송암의 박구시[17]나 비린내 예식[18]이가 부럽구나. 저옥무당의 시아버지인 천경은 김녕 문중

---

15) 논밭의 새를 쫓는 데 쓰는 물건. 짚으로 지게의 밀삐(지게에 매어 걸머지는 끈)처럼 만들고 삼으로 가늘고 길게 꼬리를 달아 머리를 잡고 휙휙 돌리다가 거꾸로 힘차게 잡아채면 '딱' 하며 큰소리를 냄. 영화 〈아웃 오브 아프리카〉에서 가축 몰이할 때 비슷한 긴 채찍이 나옴.

16) 늙은이가 들에 나갈 때 지팡이 삼아 들고 다니는 농구. 궁백은 어느 해 새벽녘에 당신 산에 무단으로 거름용 풀 베는 자인 청년 계용을 혼내 주러갔는데, 그가 오히려 방귀뀐 놈 성낸다고 궁백이가 들고 간 살포를 빼앗아 반으로 부러뜨려, 그것을 휘둘러 머리 쪽으로 내리치자, 궁백이가 엉겁결에 손목으로 막아, 그것이 손목에 박히는 불상사가 남(사람들은 머리를 안 맞은 것만 해도 제왕님 덕분이라고 혀를 내둘렀음. 이 일을 계기로 두 집안은 급격히 친해졌음.).

17) '박구시'는 송암마을 출신의 미치광이를 일컫는데, 한 여인과의 비련에서, 일설에는 고시 공부를 너무해서 그만 실성했다고 함. 종종 아랫도리를 벗는 시늉을 해서 눈살을 찌푸리게 했음. 초등학생들에겐 무섬과 공포의 대상이었음. 아주 미남으로 기억됨. 어느 추운 겨울날 '약물보' 위 신작로와 바위 사이에 빠져서 얼어 죽고 말았음.

18) '비린내'는 연천마을을 말하며, 마을 뒷산이 황토산으로 마치 쇠고기 살점 같이 보여 쇠고기에 비유하고, 건너편 동쪽 산 형태가 솔개가 날개를 펴고 쇠고기를 먹으려 비하飛下하는 형국임. 예식은 창결과의 악연으로 실성했고, 끝내는 여름날 구룡못에서 실종되어 두 달 만에 시신을 수습하였음.

의 소장학자로서 문중 최고의 송성할배를 기리고자, 홀로 재산을 털어 청탄정 빛나는 정자를 세웠나니, 그것은 슬프고 원통한 조상의 눈물겨운 역사를 되돌아보는 크나큰 계기가 되었다.

그 즈음, 김녕 김씨 재실인 청탄정에서 궁백에 대한 문중 운영 위원 회의 후, 심한 추달을 하고 곧이어 돌림 매질이 있고 나서 중대한 결정(가장 큰 벌은 마을에서 쫓아내는 것.)이 있을 예정이 있었으나 고선이 회의장에 불쑥 나타나 당신의 알량한 손자에게 고함과 매질로 선수를 쳤으니[19].

후다닥 뒷산 조릿대를 붙잡고 사라졌다. 모든 것이 허사가 되었다. 그 때 이미 궁백은 동거 중이었다. 궁백이가 여수 술집 서울집에서 주인한테 돈을 주고 반강제로 데려온 여성은 이미 남의 애를 밴 지 5개월이 넘었던 것이다. 아이가 태어나고 보니 귀티가 나는 예쁜 여식이었다. 능화 회민 옹한테 이름을 부탁하여 '김리金梨'라 부르게 되었다.

회민 옹은 작명과 주역에는 일가견이 있다지만, 엉뚱한 고집, 자기가 보고 생각한 것 외는 인정하지 않는 성격이었지만, 여인과 한 잔 술에는 솜사탕같이 녹아버리는 성격이라, 새댁이 방금 거른 청주를 들고 작명이나 신수 보러 가면 공짜로 해준다는 소문이 팽배했다. 결국, 원양어선 타러간 둘째아들 마누라를 넘본다는 소문이 자자하자, 당사자인 며느리가 저녁상 잘 차려놓은

---

19) 로마 최초의 집정관이었던 유니우스 브루투스는 자신의 아들들이 갓 출범한 공화정을 전복하려는 음모에 연루되었음을 알고, 몸소 재판관이 되어 사형을 선고했다. 그리고는 사형집행 책임자가 되어 아들들의 목이 도끼에 의해 잘리는 모습을 끝까지 지켜보았음.

채로 이웃집 마을가듯 소리 소문 없이 구룡못에 빠지고 말았다.

김리는 점점 자라면서 키도 크고 노래도 잘하고 하여간 귀딸임에 틀림없었다. 어느 동짓달 안택安宅꾼을 따라다니며 장구도 곧잘 치니, 마을사람들 가라사대 씨도둑은 못한다고. 비록 남의 핏줄인 여수 뱃놈 자식이지만, 마치 죽은 사름이 환생되어 찾아온 양 빛나게 아름답게 자랐다. 그러나 행복은 여기까지. 영특하여 읍내 중학교에 보냈것다. 남녀공학이라 쬐끔 찜찜했으나 마을에 여자애가 세 명이나 다녀서 어느 정도 마음을 놓았던 게 불찰이던가. 그날따라 학교에서 단체관람으로 사천극장에 〈에밀레종〉을 보고 그만 친구 두 명을 놓치고 말았다. 이왕지사 늦은 김에 길섶의 네 잎 클로버를 찾느라고 늦었던 것이다.

한때 제백도 네 잎 클로버 찾기에 여념이 없었다.

부천 동성아파트 927동 뒤, 한양대 안산캠퍼스 내, 잠원 둔치 동호대교 아래, 남부터미널과 양재역 사이, 삼청동에서 정릉 쪽 고개의 골프연습장 옆, 대전 유성구 갑천 다리 근처, 금호동 한신 아파트 101동 앞 금호 유치원 옆 — 해마다 자라던 것을 어느 핸가 뿌리째 뽑혀나가고 그 위에는 너른 돌로 덮여 있었는데 아마도 애들이 네 잎 클로버 찾느라 정신이 팔려 있는 꼴을 못 보는 우리 젊은 아줌마의 극성에 따른 조치라고 감히 단연한다.— 박달재고개 노래비 근처, 제주도 영어마을 〈빵 가게〉 앞 도로 옆 등에서 찾아, 신문지 안에다 잘 말려, 문방구에 가서 코팅하여, 물경 이천여 장을 여럿한테 선물했다.

영화 〈두 여인, 1961년, 비토리오 데 시카 감독〉에서 체시라 (소피아 로렌 분)가 청년 미셸리노(쟝 뽈 벨몽도 분)에게 네 잎 클로버 한 잎 따서 건주는 장면이 나온다. 그런데 청년은 퇴각하는 독일 군의 길 안내를 해주고도 오히려 사살된다. 그런데도 체시라와 딸 로제타의 마음속에 그는 영원히 살아있게 된다.

김리는 헤매다 자시 고개를 넘고 구룡마을을 지나 까꾸막길 을 힘겹게 올랐다. 구룡못 둑 위 산허리도로를 접어들자마자, 갑 자기 무섬증이 온몸을 엄습하여 부들부들 떨면서 산쪽 가장자리 로 걸어갔다. 음력 5월 30일, 그믐날이라 칠흑 같은 어둠 속에 간간히 개똥벌레가 날아다니고, 베짱이 울음 사이로 소쩍새 소 리가 들렸고, 저 너머 삼밭골 쪽에서 깩깩 하고 노루 울음도 들 렸다. 다니는 사람도 뜸한 음산한 밤이었다.

그 때 김리의 입을 틀어막아 산 위 묏덩거리로 안다시피 하여 옮겨 놓고는 강제로 추행을 시작했으나, 다행히도 그날이 달거 리 기간이라 아랫도리를 열어보고는,

"에잇, 재수 없어."

발로 엉덩이를 냅다 차고는 유유히 사라졌다. 김리는 절대 발설하지 않으리라 다짐에 다짐했건만 그날 밤 태도와 다음 날 부터 학교 가기 싫다는 말에 궁백은 꼬치꼬치 묻지 않을 수 없 었다.

대충 인상착의를 알아낸 궁백은 예리한 낫을 꼬나들고 아랫 마을로 행했던 것이다. 알고 보니 그놈은 구룡무당할매 수양아 들로 판명이 나고, 결국 구룡무당할매의 간곡한 설득과 애원 속

에 타협 본 결과, 그놈 왼쪽 새끼손가락 하나 자르고 막을 내렸다.

평소 구룡무당할매집에 들르면 그녀는 사시사철 오리털로 된 조끼를 입었다. 하얀 모시소복을 입을 경우도 마찬가지였다. 그리고 항상 석쇠에 구운 떡을 홍시나 꿀에 찍어 먹었다. 약간 비뚤어진 입이지만 가지런한 하얀 이빨로 쫀득쫀득 잘라 먹는 먹는 모습에 어떤 결단을 앞둔 장군이나 위정자의 근엄함이 보이기까지 했다. 그러나 창백한 얼굴은 멘스가 끝난 여인의 냉랭함이 서려 있었다.

김리는 학교 가기를 너무도 꺼려해, 결국 공민학교에 집어넣기로 결론을 내렸다. 그러나 김리는 학교 가기를 거부해서, 결국 부산에 있는 박부거 어망공장에 들어가기로 했다. 그 당시 그곳에는 소능마을을 위시하여 이웃마을의 여자애들이 사오십 명 정도 합숙했다. 다들 초등 중퇴, 초등 졸업생들인데 김리와 같이 중학 중퇴자는 드물었다.

궁백의 그 버릇은 결혼이고 뭐고 해도 달라진 게 없었다. 마치 고선과 짜고 치는 고스톱에 궁백은 문을 박차고 사라져, 그 길로 근 삼 년 동안 소식 없다가 빰빠라 장고처럼 유유히 나타났으니, 대처에서 한 여인과의 사이에 갓 돌 지나 거머리가 생생한 옥동자를 데리고 왔다.

그 여인은 싱글 뱅글, 비뚤배뚤 보조개에 웃음이 걸어 나왔고, 딸을 안겨주어서 그런지 고선의 온갖 구박받는 김리 어머니는 머리를 헝클어뜨린 채, 고래가 차고 비가 올 날이라, 제 아무리 불쏘시개인 지저깨비가 있은들 물에 젖었으니 무슨 소용 있으며, 더구나 생솔갱이는 두 말하면 잔소리요 쪼다학곤육모되치미지[20].

오히려 아궁이 쪽을 연기가 쏟아지는 쇠죽솥 앞에서 풍로도 소용없고……. 토치램프는 어디서 무얼 하며 시절을 못 따라 왔던고. 그 얼마나 많은 눈물을 흘렸던가. 그 눈물이 연기냐, 서러움의 것이냐는 아무도 알 수 없었다. 고선의 극성은 거기에서 멈춘 게 아니라 곧바로 저옥무당한테로도 날아왔다. 궁백은 아이보리 바탕에 검은 띠를 두른 페도라 아래로 포마드 살짝 바른 올백머리를 하여, 그 모양이 하도 요란하여 마치 바깥 구경이 그리워 어서 빨리 인사하기만을 고대하는 듯했고, 20대 초반 나이인데도 옻칠 단단히 매끄러운 청려장 휘휘 반쯤 돌리며, 시건방을 떠는 모습을 고선은 어여뻐 했다. 그것은 고손자를 안겨주었기 때문일 것이다.

궁백은 이십 년 터울인 제백과 몇몇 친척한테 바람개비 무늬든 일본산 오색 유리구슬을 대여섯 개씩 나눠주었다. 어디서 구했냐고 물으면 특유의 씨익 웃음만 남겼을 뿐이다.

전쟁은 언제나 민간인에게는 창살 없는 감옥일 수밖에 없었다. 6·25 한 해 전에 태어난 쾌백快百은 낮에는 동굴로 밤에는 집으로 이중 생활하던 중, 어느 날 청탄정 옆 동굴로 친척아저씨뻘 되는 와룡산 파르티잔 대장의 충일한 심부름꾼이 찾아와, 인

---

20) 언어유희의 일종. '되치미', '몽치미' 는 '목침木枕' 의 방언..

민군들이 창결네 일부를 비워달라는 전갈을 갖고 와, 창결은 불길한 마음이 들어 그 길로 구실로 피신하였다. 저옥무당은 평소 배포가 세다고 여겼으나 연신 부들부들 후들후들 떠니, 팔척장신 인민군 대장이 두 손 잡으며, 너무 염려마시라 안심시켰다. 그 와중에서도 그 자의 볼우물이 신기하여 잠시라도 무섬을 잊게 했다. 이미 큰방에는 인민군 복장의 여자 네 명, 마당 여기저기 남자 오륙 명이 있었다.

마을엔 여기까지 포함해서 군데로 분산되었고, 그들이 소능마을을 택한 것은 지난 세월 부역자가 많았거나, 탑골 옆 능선에 오르면 사방팔방 사주 경계 쉬운 오지였기 때문이었으리라. 밥 좀 빨리 부탁한다며 어린 쾌백은 자기들이 볼 테니 내려놓으라 했으나, 무서워 수양딸한테 대신 업혔으나, 이상하게도 오늘따라 쾌백이가 몸부림이 심해 일을 할 수 없었다.

결국, 인민 여군 앞에 눕게 되고. 그들 앞에서 재롱을 떨었던 것이다. 제백의 넛할배인 육손이는 그들의 심부름에 열을 올렸고, 매끼마다 소고기, 드디어 마을 고기가 동이 날 즈음 그들이 준 돈으로 이웃 마을 능화에 가서 소를 사가지고 오기도 했다.

어느 먹구름 드리운 날 새벽녘 그들이 바삐 철수하던 날이었다. 작은방 부엌 옆 가로세로깊이 약 40센티미터에 모래 구덕이 있었다. 언젠가 제백이 딱 한 번, 밤 두 개를 파내 먹다가 제물을 신성시하는 어머니한테 크게 혼난 적이 있었다.

행사 때 사용할 밤을 저장하던 구덕 앞에서 최고 상관이 어머니한테 수고했다며, 신문지에 둘둘 만 어떤 것의 뭉치를 건네주었다. 그러나 어머니는 돈이란 것을 직감하고 벌벌 떨며 한사코 거부했더니, 그는 껄껄껄 웃으며 도로 담아 유유히 사라졌다.

쾌백은 영오穎悟하여 책을 읽으매 열 줄을 한꺼번에 보아나가고, 눈에 한 번 거치면 곧 외웠다. 마치 이덕무의 부친이 이덕무에게 한문을 가르치고자 중국 역사책인『십구사략』을 읽혔는데, 1편도 채 끝나기 전에 훤히 깨우친 것과 같았다고나 할까. 1963년 하짓날, 해마다 연례행사로 치러진 사천비행장 풀베기 작업에 중학교 전교생이 총동원되었다.

집을 나설 때 좀체 신경질을 부리지 않았던 쾌백이 그날 아침에 도시락 반찬 문제로 어머니와 약간 다투었던 것이다. 오징어를 물에 불려 고추장과 참기름을 섞어 볶은 것이든, 새끼 꼴뚜기를 밤새 찬물에 불려 막장에 버무린 것이든, 꼭 빈 약병을 구해다 반찬그릇을 해달라고 며칠 전부터 신신당부를 했는데, 그만 며칠째 돼지가 부정을 타서 그런지 제 새끼를 낳는 즉시 물어죽여, 온 식구가 며칠 밤을 새워, 미처 준비 못했던 것이다.

그날 밤 저옥무당은 쾌백 시신을 옆에 두고, 빈 약병 두 개를 양손에 잡고, 하늘을 치고 땅을 치며 울고불고 애고 애고, 그것이 두고두고 한이 되고 원이 되었다. 도시락 말이 나와서 말인데, 도시락 밥 옆에 반찬을 넣으면 영락없이 반찬국물이 뜨거운 밥에 스며들어 밥은 맥이 없어지고 밥이 식어 쉰 듯한 냄새가 나서 빈 약병이 가장 도시락 반찬 그릇으로 제격이었다.

그놈의 비행기가 착륙 때 주로 일어나는 버티고도 아니고, 햇빛에 눈에 부셔 일어난 뫼르소도 아니고, 아무튼 조종사 잘못인지, 관제탑의 실수인지, 아니면 천재인 쾌백이 무슨 골똘한 생각에 잡혀 현기증 날 정도로 무더운 활주로로 왜 갔는지 도통 모를 일이다. 자기가 무슨 〈북북서로 진로를 돌려라〉 손힐도 케리 그랜트도 아니고. 군용기의 오른쪽 날개에 부딪혀 즉사하고 말았다. 여기서도 햇빛이 작용했을까.

좀 엉뚱한 이야기지만 쾌백이가 그렇게 싫어한 그 풀베기 작업이 그 사건으로 인해 영원히 사리지고 말았다. 그렇게 중2의 천재는 학생들의 애도 속에 사라지고 말았다.

그 일이 있고난 후 궁백의 엉뚱하고 지나친 장난이나 비뚤진 행동은 도를 넘었다. 그렇게 세월은 흘러 마을 어린애들이 냇가에서 잡아온 새 사분 크기만 한 남생이 한 마리를 잡아서 타작마당 옆 개울에 웅덩이를 만들어 붕어 미꾸리를 먹이 삼아 길렀다. 남생이 등에 새겨진 열셋 마름모꼴은 한겨울 온 가족이 호롱불 켜고 채취했던 마을 집집마다 기르는 토종 벌집과 비슷했다.

여기서 조치원 어느 퇴직 경찰 조 씨는 굳이 겨울에 벌꿀을 따지 못한다고, 자기가 양봉하면서 경험한 것에 파묻혀서 괜한 고집을 부려, 동래 온천장 여관 앞 재첩국집에서 제백과 한바탕 입씨름했다. 자기가 하는 모든 것은 정당하고 자기가 모르는 것은 무조건 믿으려 하지 않고, 심지어 일주일에 한 번 정도 변을 보는 것을 변비라고 해도 절대 아니라고 하면서 똥고집을 부리다가도 직속상사의 한마디에는 굽실굽실 방아깨비가 울고 갈 지경이었다. 경찰서 정보과에 있을 때 그 후 대통령이 된 사람의 사무실에 자주 놀러갔노라고 자랑을 하기에 그가 아무렴 미워서 대통령까지 덩달아 소원해졌다.

남생이는 겁에 질린 듯 두 눈만 껌벅거리면서 통 먹이를 먹지 않았고, 어린애들은 대나무에다 철사를 끼우고, 고무줄을 연결한 작살 총에다 미꾸리를 끼워, 남생이 입가에 이리 저리 갖다 대곤 했으나 눈만 껌벅거리며, 점점 기력을 잃어가는 듯했다. 아마 환경 탓도 있겠거니 하고 내일은 냇가에 도로 갖다 놓아주리라 맘먹고 손을 씻으려 할 찰나, 궁백이 꼴망태를 무겁게 메고 오다가, 아무렇게나 벗어 젖혀 놓고서 날다람쥐처럼 달려왔것다. 신기한 듯 한참 바라보더니, 얼른 작살 총을 빼앗듯 낚아채어 남생이의 눈에다 겨냥하는 시늉을 했다. 모두 기겁하여 죽을 힘을 다해 말렸더니 씩씩거리며 꼴망태를 메고 집으로 향했다.

그러니까 그날은 그런대로 무사히 지났다. 아니나 다를까. 다음날 남생이가 보이지 않았다. 그들은 개천을 왔다 갔다 하면서 헤매다가 한참 만에 저만큼 멀리 바위 아래 웅덩이를 찾았다. 그때 도랑 위 길에서 '헤헤~' 하고 침을 흘리면서, 자기가 숨겨놓았다고 약을 올렸다. 그는 재빠르게 개천으로 훌쩍 뛰어 내려와서는 사정없이 총을 뺐다시피 낚아채고는, 남생이를 자갈 위에 올려놓고 왼쪽 눈을 향해 쏴버렸다. 남생이는 곤두박질쳤으며, 자갈 여기저기에 선혈이 낭자했다.

선혈 ─ 잔치 때 쓸 돼지 멱따는 광경과 흑염소 피를 받아먹던 임신부가 주마등처럼 지나갔다. 그는 좋아라, 엉덩이를 손바닥으로 번갈아치며 발을 구르는 춤을 추고, 세 번인가 네 번 공중으로 껑충 뛰어오르더니 그 때마다 발뒤꿈치를 서로 철썩, 하고 맞부딪치기도 했다. 또 머리를 사타구니 밑까지 구부려 혀를 쏙 내밀며, 우리를 약 올리고는 이내 어른 머리만한 돌멩이를 기를 쓰며 들고는 남생이를 향해 내리꽂았다. 우린 씩씩거리며 말렸으나 그의 발길질에 저만큼 밀려났다. 우리는 일제히 입을 앙다물고 종주먹질을 해댔다. 그래도 차마 애꾸 흉내는 내지 않았다. 모두들 내심 섬뜩했다.

그런 일이 있은 후, 모두들 그를 의식적으로 피했다. 그는 뱀이며, 개구리며, 귀제비red-rumped swallow를 주로 잡았다. 귀제비는 칼새white-rumped swift라 부르기도 하고 맹기라고 부르기도 한다. 이상하게도 소능마을사람들이 배의 갈색 줄이 없는 제비는 좋아하고, 가슴과 배에 긴 세로줄이 있고 허리가 붉은 것이 있는 귀제비는 싫어해서 마을에서 좀 떨어진 청탄정에서만 서식했다. 귀제비는 모양이 날렵하고 멋있게 생겼다.

그는 마을에서 나름대로 신성시하는 두꺼비까지 닥치는 대로 잡아 사정없이 죽였다. 그런데도 도랑 끝머리쯤에서 고기 낚기를 하는 물총새가 이 마을을 떠나가지 않았다. 여름 철새인데도. 제주도에서 몇 마리씩 겨울을 난다고 학계에 보고되었으나 소능마을에는 1950~1960년대에도 한겨울을 위시하여 사시장철 목격되었다.

청호반새는 보기가 드문 편인데, 그것은 사람을 두려워하기 때문이었다. 그는 청호반새 새끼를 각각 두 마리씩 훔쳐 기르다

방심하여 한 쪽은 개한테, 한 쪽은 도둑고양이한테 물려 죽었으므로 해서, 눈에 띄지 않는다고 마을사람들은 믿었다.

개미 같은 미물도 싸움을 붙여 이긴 놈을 손톱으로 으깨기도 하고, 마당의 길앞잡이 유충(일명 개미귀신) 구멍에다 지푸라기에 침을 묻혀 마치 바닷가 모래에서 속 낚듯 집어넣었다 뺐다 하여 낚아 올려 햇볕에 단 마당에다 발악하게 두었다가는 발로 밟아 으깨기도 했다. 닭들이 쪼려고 하면 쌍욕과 함께 사력을 다해 쫓곤 했고, 심지어는 새총으로 쏘아 즉사시키곤 했다.

그뿐만 아니었다. 구룡못이 생기기 전에 신작로인 작은 소인 웅덩이 옆 징검다리를 건너자마자 오른쪽 이구산 비탈 앞의 봉긋한 언덕에 박혀 있던 수많은 탄알을 주었다. 6·25 때 그곳에 소나무, 잣나무 등을 베어 잘라 쌓아 놓은 것을 미군 폭격기가 사람들인 줄 알고 오인으로 기총소사(MG 50)하였던 것이다. 그곳은 마치 화수분처럼 파고 또 파도 계속 나왔던 것이다. 집에 한 움큼 가져와서는 버드나무로 만든 제법 그럴싸한 모의 권총에 넣어 겨누며 쏠 태세를 할 때면 영문도 모르는 사람들은 기겁초풍을 했다.

세월이 흘러, 마침내 궁백의 눈 수술이 성공리에 끝나고 다소 늦은 나이지만 병으로 입대해서 하사관으로 지원하여 직업군인의 길로 들어서게 되었다.

6장 도라지 도라지 백도라지,
심심산천에 겹도라지

집집마다 돌아다니면서 장사를 하는 이들의 중간 귀착지가 저옥무당네였다. 건넛마을에 살며 비단 장사를 하는 은이빨 여인이며, 사천강가 옹기장수며, 해마다 초봄쯤 왔다가 내년 이맘때 와서 외상값을 받아가는 담양 죽세장수들도 단골 축에 든다고 하겠다. 워낙 집도 크고, 방도 많고 인심도 후한 편이란 소문이 나서 그런가 보다.

어떤 장사치는 아무도 없는 부엌에 들어가 솥에 든 밥과 장독간에서 김치나 장아찌를 꺼내와 살강 위에 밥그릇과 수저를 챙겨 마당 그늘에 놓인 대나무 평상 위에서 먹고 설거지도 하고, 마루까지 닦고는 평상에 누워 코까지 골면서 자기도 했다.

그러던 차에 올해는 약간 중키에 다부진 체격을 한 쌍둥이 형제가 죽세품을 팔려고 이 마을에 들어섰다. 그들은 처음으로 이곳까지 왔던 것이다. 산 그림자가 축담 너머 소죽 끓이는 사랑채까지 넘어간 5월 어느 오후 5시경이었다. 한 사람은 비교적 값이 싼 죽세품을 양 어깨에 가득 메고, 한 손에는 돌려도 돌려도 소리가 달아나는 비루먹은 윤성개, 또 한 손엔 버즘나무 줄기 같은 트럼펫 들고, 다른 한 사람은 제법 값이 나가는 죽세품을 한 쪽 어깨에 메고, 또 한 쪽 어깨엔 상용할 여러 용품을 넣은 큰 마대 자루 같은 것을 새끼줄로 묶어 메었고, 한 손바닥 위에는 길들인 올뺴미 암컷이 놀란 듯 사주경계를 하였다. 그들 모두 훗날에는 도라지아저씨라 별명이 붙여졌다. 하도 도라지 노래를 즐겨 부른 탓이다. 형인 백길白桔, 즉 백도라지머리는 올백에다 포마드를 진하게 바르고, 좌우 어깨를 까딱까딱 흔들며, 사뿐사뿐 이다 싶을 정도의 가벼운 걸음으로 걸으며 늘 웃음을 머금은, 양 볼은 움푹 패어 있었으며, 식사 전후 때는 종종 휘파람을 달고 다녔다. 동생인 첩길疊桔, 즉 겹도라지는 형과 닮았으나 형보다 좀 더 포악하고 잔인한 성격을 지녔다.

아무튼 그들의 공통점은 여색에 미쳐 있고 호기심과 손재주가 능하다는 점이었다. 마치 1980년대 말, 방송국 심야토크 쇼 사회자가 제법 유명세를 탈 적에, 서울의 나름대로 내로라하는 논다이[21] 처녀들 간에, 그에게 러브레터를 받는 게 큰 유행이었던 것과 너무도 유사했고, 맹팔이나 깨철이보다 더한 정조 탐색가여서, 인근 마을까지 여인들의 가슴에 멍들게 할 조짐이 보인다고 술렁댔다.

마을 가난한 어린이 대다수가 저옥무당네에서 적당한 일거리를 찾아서 밥값을 하곤 했다. 그러나 그들 모두 몸을 깨끗이 해

---

21) 보들레르의 소네트 2행시 〈논다니들, *Les gaupes*〉- '논다니들을 너무나 사랑했기에, 젊어서 두더지 나라에 내려간 자, 여기 잠들다.'

야 밥을 얻어먹을 수 있다는 조건이 따랐다. 그래서 쇠죽을 퍼낸 쇠죽솥에 물을 한 가득 붓고 다시 끓여 쇠죽찌꺼기와 터실터실, 까끌까끌한 석돌인 푸석돌로 싸잡아 빡빡 문질러야 밥이 나오는 것이었다.

저옥무당은 어린 궁백을 다리미질 하다가 맘에 들지 않으면 석류나무 회초리로 때리곤 했다. 또 어떤 때는 비온 다음날 닭장에 있는 닭을 마당에 풀어주고, 저옥무당은 장 보러 가고, 닭들은 마루에 오르락내리락 하면서, 발자국 역력히 찍혀, 연방 따라가서 딱지 않는 한, 마른 후 닦으면 이미 때는 늦었다. 그것이라면 좀 낫지. 연두색에 하얀 색이 섞인 똥은 어찌할꼬. 아무렴, 햇빛 쨍쨍한 날도 나름대로 고역이었다. 치자나무 밑이나 무화과나무 아래의 흙무더기에서 닭들이란 닭들이 교대로 토욕질을 해 댔으니. 심지어 참새까지 합세하고. 그 흙먼지 솔솔 날아 대청마루까지 당도하면 그 뒤처리는 어찌할꼬. 웃음이 난다. 화순 태생 민 시인은 어릴 적 신나게 놀다, 저녁 무렵 어머니한테 몇 대 회초리를 맞고서야, 하루 일과가 끝났다나, 어쨌다나.

그렇게도 허망하게 세월은 흘러, 삼남에 예사롭지 않은 눈이 억수같이 퍼 내린 다음 날, 비보를 들었다. 마을에서 유일하게 정붙여 하던 우리의 예언자 선지무당이 친정인 고읍 됭기에서 임종 직전이란 거였다. 저옥무당은 그 소식을 듣고 하루가 어떻게 지났는지 모른 채, 해가 지자 깨미미음을 쑤어, 이고 불원천리 자시 고개 넘었다.

그 고개는 소능마을 학생이 읍내 중학교에 다닐 때 넘나들었던 야트막한 고개로서 성황당산 서쪽에 위치했다. 그곳은 인근 마을 학동들의 온갖 비행非行이 자행된 곳이고, 종종 미치광이들이 출몰하여, 읍내 극장에서 단체관람 영화를 보고 오는 늦은 날은, 큰 산으로 들로 도망 다니느라 큰 곤욕을 치르기도 했다.

고개 아래 바느실 박 부자 탱자 울타리에 떨어진 알 굵은 밤알을 꺼내 먹고, 노릇노릇 탱자 하나 주워 들고, 아이 시어, 하며 반룡골 옆 마을 냄새 문둥이마을 근방 곧장 지나 능구렁이가 득시글거린다는 예수리 방천 지나니, 이미 어둑어둑 여기저기 돌각담들이 엎드린 농부를 연상케 하고, 발밑은 눈 내린 다음날 약간 언 눈 위를 걸으면 마치 청어 알 씹는 소리가 칼바람 사이로 청아하게 들렸다. 아까부터 뒤에서 어떤 낯선 사내의 인기척이 나는 것 같기도 하여, 송골송골 오금이 저려 오기도 하고, 불길한 생리 불순 그것도 나흘이나 앞에 찾아와, 갑자기 터진 월경을 느끼면서, 에라, 모르것다 버선 신은 채, 사천천을 건너 할매집에 도착했것다.

윈블던 테니스 선수처럼 허연 천으로 머리를 동여맨 할매가, 한겨울인데도 방문을 반쯤 연 채, 마치 온다는 기별이라도 받은 양,

"아가, 방금 네 뒤에 중절모 쓴 청년 안 따라 오더냐?"

"네, 그런 기척이 있었심더. 자시 고개를 넘자마자 담배를 피우며, 간혹 헛기침을 하면서 따라 오는 것 같았습니더."

"그래, 그 사람 내가 보냈느니라."

"네?"

저옥무당은 염치 불구하고 물 묻은 버선발로 잽싸게 마루를 지나 방안에 들어가 이불을 쓰고 한동안 부들부들 떨었다. 저옥무당은 비몽사몽간에 주마등같이 오늘 일이 지나갔다 끊어졌다 했다. 분명 백도라지가 바래다준다고 구룡못 둑까지 같이 온 것은 뚜렷했다. 그리고 어디 캄캄한 동굴 비슷한 곳에서 몸을 맡겼고, 그 희열에 둥둥 떠서 좀처럼 내려오길 싫었던 것이다. 순간 어둑어둑한 동굴 바깥은 하얀 눈밭이었고 남자는 부리나케 도망을 가는 모습이 눈에 선했다. 저옥무당은 희미하고 야릇한 미소를 띠우며 매무새를 고치고는 곧 버선을 신은 채 내를 건넜던 것이다.

갑자기 〈양철북〉의 한 장면이 떠오른다. 오스카의 할머니가 젊은 시절 농사일을 하였을 때 쫓겨 도망쳐온 한 남자를 풍성한 치마 속에 감추었다. 그리고는 시치미를 뚝 떼고 딴 곳을 가리켜 그를 구해주었다. 결국, 그가 오스카 할아버지가 된 셈이었다. 이어 또 다른 한 장면이 떠오른다. 그것은 바다 속 말 머리 안에 든 바닷장어 무리의 우글거림은 마치 가터뱀*garter snake*, 즉 정원뱀*garden snake*으로도 불리는 뱀이 번식기나 겨울잠 직전에 행하는 것과 유사하다.

그날 밤, 선지할매는 저옥무당 두 손을 꼭 잡은 채 둥개둥개 머나먼 저 곳으로 날아갔다.

결혼 전 제백은 게을렀다. 특히, 몸에 대해서는 지나칠 정도로 무관심했다. 언젠가 사무실에서 냄새가 지독하게 났다. 그래서 주변에 냄새 날만한 곳을 둘러봤으나 없었다. 알고 보니 제 백 몸에서 났던 것이다. 그리고 우산을 쓰고 다니기 싫어해서 온몸을 비에 맞고 들어와 누군가와 방안에서 종종 술을 마시면서 마른 때를 벗기는 것이었다. 으레 팔꿈치와 무릎 주변에는 때로 달무리가 져 그곳을 걸레로, 혹은 손가락으로 문지르면 상쾌해지기도 했던 것이다.

그는 목욕탕 가는 것을 꺼려했다. 뜨거운 탕 안에 들어가면 일종의 공포감이 엄습해 오는 느낌이었다. 갑갑하고 뭔가 조여오는 느낌이 들었다. 그리고 머리도 한 달에 한두 번 정도 감았다. 감지 않은 처음 삼사일은 근지럽다가 일주일이 지나면 아무런 느낌이 들지 않다가 보름이 지나면 꿈속에서 머리에 구더기가 바글바글해서 송곳으로 파내는 기막힌 퍼포먼스가 행해지는 것이다. 그러면 하이타이 같은 분말 세척제로 머리를 감았다.

도라지 형제들은 고향인 담양을 갈 생각은 아예 없는 양 저옥무당네에 붙어서 마을의 맥가이버 노릇을 하였다. 마을사람들도 그들한테 호감을 갖기 시작했고 온갖 수리물품을 갖고 왔다. 부서진 나무 밥상, 뚫어진 냄비, 싼 값으로 찬장 만들어주기며, 밤에는 윤성개를 틀어놓고, 잔칫날에는 트럼펫까지 불어대니 이거야 참 이 마을로선 땡이 아닐 수 없었다.

그가 작업을 하면서 부르는 유정천리의 혜숙이며, 한 많은 청춘의 동수와 혜련과 경애, 두 남매의 금희를 모두 혜련으로 통일하여 부르는 습관이 있었다. 그를 지켜보면서 그렇게 섬세한 자가 어떻게 폭력과 잔인함을 가졌는가 하는 것이다. 하기야 형사 콜롬보를 보면 가장 지능적인 범죄자가 뛰어난 예술적 소양을 지녔음을 보여주었다. 그들의 마각은 이 마을에 온 지 삼 년 만에 드러나고 말았다.

어느 칼바람 불던 영등할머니가 오는 날, 즉 할만네 돌만네 하루 전날이었다. 소능마을은 이날이 되면, 주로 분깃담 뒤 산길 옆에서 황토를 파다가 문 앞에 뿌려 신성하게 하며, 대나무나 오색 헝겊을 달아 사립문에 매달고, 부정한 사람의 출입을 금하며, 창도 바르지 않고, 고운 옷 입는 것도 삼가는 금속禁俗이 있었다. 제백 어머니가 손 비비는 데는 마을 그 누구보다 유달라, 외양간, 돼지우리, 염소우리, 닭장과 토기장(토끼의 오줌이 독해 닭이 전염병에 걸리지 않는다고 해서 닭장 위에 토끼장을 만들었음.), 부엌, 장독대, 쇠죽솥 앞, 고방 앞, 세 군데 변소 앞 등에다 어른 주먹만한 황토덩어리를 쪼개어 각각 서너 개씩 두기도 했던 것이다. 저옥무당과 시누이가 상머슴과 같이 집 앞 다리 건너 집안 대종가 화룡댁의 삐꺽거리는 디딜방아에 고춧가루 빻아오는데, 그 동안 극진히 대해 주던 고선이 대뜸 상머슴하고 무슨 변괴가 있었길래, 이렇게 늦게 오냐는 성화에 시누이가 나서서 그런 저런 변명하는데,

"네 이년들, 쇳동가리를 잡아 뺄 년들 가락으로 귓구멍을 확 쑤실 년들!" (그 무서운 말을 그 얼마나 참았으며 마땅한 구실 찾기에 그 얼마나 고심했던고.)

상머슴이 잠시 도랑으로 씻으러 간 사이, 갑자기 시누이 손에 든 얼기미를 뺏어 시누이 머리를 툭 하고 치더니, 급히 무화과나무 옆 담장에 흩어진 큰 이징가미 한 개를 가져와 아무 데나 그으려고 하자, 시누이가 피해 그만 쪼그린 채 앉았고, 그것으로 부족하다 싶었는지 부엌으로 쫓아가 부지깽이를 들었다가 또 아니다 싶었는지 반질반질 새까만 살강에 놓인 부엌칼을 집어 내리쳤나니…… . 저옥무당이 재빨리 시누이 밀치고 그것을 대신 받고야 말았다. 갑자기 내뿜는 왼쪽 손목은 선혈로 낭자했고, 그때 해는 도산밭골로 유성처럼 빠르게 넘어 갔으나, 시간은 고작 오후 4시 반 정도였을 뿐(소능마을의 겨울은 오후 3시 반 정도면 산 그림자가 드리워짐. 그래서 제백은 훗날 동시집을 냈는데, 그 제목이 『아침에 해 지는 마을』이었음.).

'도산밭골'은 '돌산밭의 골짜기'의 방언으로서, 경남 사천시 사남면 화전리 구룡마을 뒷산의 구룡산과 소능마을 뒷골이 만나는 정상에 위치한 고원 지대로서 삼면이 절벽으로 둘러싸여, 눈 온 다음 날은 고원의 관목의 줄기나 마른 잎에 내린 눈이 밤새 얼어, 그것이 햇볕에 녹아 흘러내리는 모양이 마치 수많은 보석이 반짝이는 것과 비슷했다. 어네스트 헤밍웨이의 『누구를 위하여 좋은 울리나』에서도 이와 유사한 장면이 나오는데, 그가 이곳에 와보고 작품을 쓴 게 아닌가 착각이 들 정도였다.

천만 다행히도 사랑에서 새끼 꼬다 비명소리에 놀라, 단걸음에 달려온 마데이의 신속한 장노뿌리처방으로 급한 불은 껐다.

고선을 쏘아보는 마데이의 눈빛이 예사롭지 않았다. 그것은 으스스한 살기와도 같았다. 먼 훗날을 기약하는 으스스한 분위기였다. 그날 밤, 억울하고 원통하고 서러워, 머슴들 몫인 밀주를 거르고 난 술지게미에다 사카린을 서너 개 넣어, 두세 번 집어먹고 얼굴이 싸 올라, 내친 김에 삼베 마전하면서 잠시 허리를 쉬었던 꺼꾸리네 뒤 물 깨끗한 방천에 가서 목 놓아 한없이 흐느꼈던 것이다.

그날 밤 백도라지가 물레방아에서 늦게까지 기계를 손보는 줄 미처 몰랐으나 저옥무당의 발걸음은 자동적으로 그곳을 향했다. 그리고는 몇 차례 정을 나누었지만 겹도라지인지 백도라지인지 구분할 수 없었다.

'에라 모르겠다. 그 놈이 그 놈일 테지'

한 번 맛본 고선의 성화는 날로 심해, 오히려 <전쟁 데카메론>의 열쇠할매는 열서너 개의 열쇠 꾸러미를 치마 고름에 차고 다니며, '니케아의 배'에서 활보했지만, 우리 고선은 색대와 열쇠 꾸러미를 들고, 이 고방에서 이 가마니, 저 고방에서 저 섬 쑤시고, 나들이 갈 땐 채독에 든 쌀 위에 나름대로 주로 토끼 그림을 그려 놓고는 트집을 들이대며, 공포 분위기를 조성하며 옥죄기 시작했다.

그토록 소드래를 조심하라고 했는데, 저옥무당 그만 깜박했는지 약간 맛이 갔는지, 아무튼 이제 고방 열쇠를 며느리한테 넘길 때가 되었다고 입소문 냈다. 또 하나는, 고선의 딸이 소박맞은 것은 고선의 기상을 쏙 빼닮았기 때문이라고 했다. 더구나 고선이 되리[22]여서 일찍부터 남편한테 마치 호주머니 속 공깃돌처럼 무시당했다는, 마을 최고의 정보망인 길평댁이 끝짐이아줌마한테 흘린 말을, 여과 없이 여기저기 소곤소곤 수군수군 발설한, 천인공노할 크나큰 불경죄를 짓고 말았던 것이다.

끝짐이아줌마를 말할 것 같으면 이 근방 최고의 미녀로서 키도 크고 마음도 선했으나 소드래를 일으키는 데는 막을 자가 없었다. 그녀는 코끝에 점 하나 있다 해서 붙인 별호. '끝점末点이'는 무당으로서 선지무당을 도와 따라다녔다. 그러니까 서열로 따지면 선지무당을 정점으로 구실할매, 구룡할매, 석거리石溪할매, 무짠이누님, 그 다음으로 끝짐이아줌마였고 맨 끄트머리에 저옥무당이 있었다.

저옥무당도 한가락 하는 잘난 얼굴이라 일각에선 예쁜이 저옥무당이라고도 불렀다. 끝짐이아줌마는 소능마을에서 사전으로 시집갔는데 남편은 보도연맹사건으로 총살당하여 유복자 한 명을 잘 길렀다. 그런데 그 대학생 아들이 어느 겨울 방학 음력 정월 열 이틀날, 바깥출입이 힘들 정도의 추운 날 점심머리, 경운기에 목재용 소나무를 가득 싣고, 읍내 어머니가 소경이며, 무당인 제백의 수양어머니 격인 만경 목재소로 급히 가다가 가파

---

22) 거웃(생식기 둘레에 난 털)이 없는 여자. 다른 뜻으로는 '논밭을 갈아 넘긴 골'. 시골이라 출산할 때 마을 여인이 산파를 맡아 산모의 출산 뒷담화나 신체 구석구석을 소리 소문 없이 퍼졌음. '그 여자의 음부에 체모가 없다고 하는데 나는 그걸 보았지 황홀한 것이었어……. ― 라파엘 살리야스가 엮은 시집 『스페인의 과오: 언어, 1896.』에서.

르게 비탈진 곳인 가풀막길 한가운데 물 내려가게 파놓은 산도랑에 경운기가 빠진 동시에 두 동강 나고, 그가 운전대에 끼어 숨이 막혔던 것이다, 그날따라 단 한 사람의 행인도 없었다.

그녀의 팔자가 왜 그리도 기구한지, 그 사고가 있고 완전 실성해 이 마을 저 마을 떠돌다 다음해 구룡못 둑에 강간된 사체로 발견되었으나 사건은 유야무야 끝나고 말았다.

소능마을의 김녕 김씨 중엔 여자 남자 할 것 없이 코끝에 점이 있는 자가 많았으며, 남자의 경우 대다수 고환 밑에 있으니 희한한 일이 아닐 수 없다. 그리고 식사 때 남녀노소를 막론하고 허리띠를 푸는 버릇이 있었다. 고선은 자기에 대한 모든 소드래를 못 들은 척 시치미를 뗐으나, 며칠 동안 오장 육부가 뒤틀리고 치가 떨려, 이구산 꼭대기를 치고 넘는 듯했다.

네 이년들! 그렇게도 소드래에 휩싸이지 말라고 여러 번 강조하고 실례까지 들어주었건만. 어느 날, 용현면 구월에서 시집온 여인은 산제당 쪽 채전밭으로 오줌항아리를 이고 가다가 차마 못 볼 것을 보았다. 저옥무당과 겹도라지(아마 백도라지는 물레방아에서 일하였을 것임.)가 교접하는 것을 저 쪽 총림 사이로 아른아른 보여 기다시피 가까이 가 훔쳐보았다.

하얀 대낮에 벌거벗은 남녀의 무르익은 형상에 어지럼증이 생길 정도였다. 그날 목격한 겹도라지의 잘 익은 근육과 저옥무당의 보얀 살결이 떠나지 않고, 밥솥, 댓돌, 장독대에도 붙어 다녀 심기를 불편하게 했고, 그럴수록 입이 근질근질 색사色事고픈 충동에 봄날은 매정하게 다 지나가는구나. 늦게 군에 간 낭군 생각에 봄날 저녁은 왜 이리 길기만 한고. 드디어 그 마을 촉새아줌마한테 발설했고, 마을 똥개도 알 정도로 쫙 퍼져버렸다.

하루는 채전 밭에 가는 그 여인을 목격하고는 형제가 일을 내고 말았다. 그것도 완전 범죄처럼 쥐도 새도 모르게 흘러갈 수 있었으나 한 열흘 지나 메숲진 저 소나무, 전나무, 편백나무, 일본잎갈나무 위로 까마귀 열댓 마리 까악까악, 구룡사 절벽에서 날아온 듯한 독수리 네댓 마리 선회하여, 드디어 주재소 순사 두 명과 마을 청년 칠팔 명이 수색 작업 벌인 지 불과 두 시간 만에 솔가리에 덮인 시신이 발견되었다.

얼마나 밉고 미웠던지 해탈문에다 돌과 피우다만 담배꽁초 두 개비를 집어넣었던 것이다. 여기서 이 비극적인 상황에서 갈비를 언급하지 않을 수가 없구나. 갈비는 표준말이 '솔가리' 라 하며, 말라서 땅에 떨어져 쌓인 솔잎으로서 불쏘시개로는 뎃빵이라, 제백은 초등 고학년 때와 중 1, 2학년 때 그것을 까꾸리(갈퀴)로 모아 작은 짚동처럼 만들어, 사천 장날 지고 가서 팔아, 꿈에도 못 잊을 찐빵을 사먹기도 했던 것이다.

7장 음식 사회사

한 번은 한 해 후배와 같이 솔가리를 한 짐 지고 사천 읍내 장에 가서 팔았다. 그리고 벼르고 벼렸던 읍내 찐빵 집에 들어갔다. 제백은 아직 먹었는데 후배는 마파람에 게눈 빨리 먹고 설탕이 묻은 빈 접시를 핥았다. 한참을 지켜보던 주인아저씨가 '이제 그만 핥아라.' 하고 반강제로 빼앗았다.

종종 제백과 동무들은 가천초등학교 앞, '윤닝구'니 '난닝구'니 하면서 놀림을 받는 윤영구 문방구에서, 물건을 사거나 혹은 용케 훔친 앤미다마를 서로서로 일정한 거리까지 돌려가면서 빨다가, 길 위의 납작한 돌에 대고 깨어서 나눠먹는데, 사실 방금 전까지 빨던 사탕이라서 침이 묻어 있었다. 그래서 깨었으나 큰 파편 몇 조각만 튕겨나갔고 대부분은 받침돌에 붙어 있어서 그것을 몇 명이 돌려가며 핥았다.

소능마을엔 창영네 가게, 촛대할매네 가게, 장흥네 가게가 있었는데, 특히 장흥네는 여주인인 장흥 댁이 인물이 반반하고 보조개가 매력적이라 소능마을이나 인근 마을 남자의 선망의 대상이었고, 마침내 장흥네에 손님이 모여들자 창영네, 촛대할매네

가게가 저절로 문을 닫게 되었다.

어느 해 동짓달 초아흐레, 그날은 고선 남편 제삿날이었다. 정오 갓 지난 시각, 고선은 기상이 살아 악쓰며, 심지어 기와를 잘게 깬 가루로 놋그릇 닦는 곳이며, 떡메 치는 사전오촌, 떡쌀을 물 묻혀 뒤집는 근남골 대 미인 문동숙모, 작은방 부엌에서 시루떡을 쪄낸 후 생선을 찌는 와중에 사그라져 가는 불로 잘 씻고 씻은 닭 내장을 못대에다 굽는 금전삼촌한테까지 가서는 오늘따라 유독 이런저런 간섭과 잔소리를 해댔다. 뒷날 친척들은 입을 모았다. 그 때 할매가 정을 심하게 떼려고 한 소행이란 거라고.

흉년에 어머니는 배곯아 죽고, 자식들은 배 터져 죽는다고 했던가. 가난아, 가난아, 슬픈 시절아. 무서워라, 징그러워라, 사라 태풍아. 세월은 가고오고 태풍은 여지없이 닥쳐와, 제백이 사흘이 멀다 하고 다니는 우면산마저, 그 귀여운 노란 망태버섯마저 결딴내고 말았도다. 그 놈의 콤파슨가, 캠퍼슨가, 컴퍼슨가, 분도긴가. 연 이태 무너진 골골을 보면서 자연을 거슬리는 인간의 군대가 산꼭대기에 군림하는 한, 이를 피할 길 없는데, 아무도 방송에 나와 군을 건드리는 발언은 하지 못하고, 변죽도 제대로 못 울리는구나. 마치 방송은 주정뱅이처럼 별 영양가 없는 사건들을 되풀이 되풀이만 하였다.

쓸어가고 훑어가니 함함한 마을사람들. 교교월색 마을사람들은 마치 좀비처럼 검은 망토를 쓰고, 예리한 낫 한 자루를 들고 아직도 뜨거운 피가 철철 흐르는, 베어져 눕혀진 소나무 시신 앞을 스멀스멀 소리 없이 접근하였다. 모두가 말없이 속살의 맛을 음미하는 것이었다. 소나무 속살이야말로 물기를 잔뜩 머금어 마치 운동회 때 먹어본 솜사탕이나 삼각형 단물보다 더 달콤했던 것이다. 그러나 통나무 주인은 한사코 그런 행동을 용납하지 않았다. 껍데기가 난도질당한 것을 누가 진정한 상품으로 여기겠는가.

그해 제백 사촌요 후덕하게 생긴 남해형수는 갓 잡은 흑염소 피를 몇 차례 숨을 고르면서 마셔댔고, 그 때 입술에 묻은 선홍색 피가 정오의 햇빛과 반짝반짝 번들번들 따바리잎과 교접하는 장면을 그려 보면서, 그날 밤 꿈속에, 제백은 남해형수를 안고 두 차례 몽정에 시달려야 했다.

돼지 피가 그리워, 염소 피가 그리워, 돼지 잡고 염소 잡는 광경에서 〈모히칸 족의 최후〉를 본다. 돼지 잡는 장면 묘사는 시인 김용택의 산문집 『그리운 것들은 산 뒤에 있다』에 잘 그려져 있다. 주로 제백네 야외 외양간에서 돼지나 염소를 잡곤 했다. 죽는다고 고래고래 소리치는 놈의 다리를 붙잡고 주로 강천 아저씨나 운백 형이 도끼를 돌려 힘껏 콧등 위 양미간 사이를 정통으로 내리치면, 꽥 하고 네 다리를 파르르 떨며 쭉 뻗는다. 동시에 날카로운 칼이 멱을 찔러 손 빠른 여인이 양재기를 얼른 대, 펑펑 쏟아 내리는 붉디붉은 피 ― 소 피는 그 자리에서 소금 없이 마셨고(소금을 먹으면 피가 응고된다고 절대로 먹지 못함.), 돼지 피는 삶는다. 뜨거운 물이 든 바케츠가 두 번 왔다 갔다 하면서,

두 사람이 '튀' 작업에 들어간다. 털이 어느 정도 제거되면 배를 갈라, 간과 쓸개를 들어내고 앞 개천으로 옮긴다. 거기서 본격적인 해체 작업이 시작되고, 돼지 오줌통은 마을 꼬마들의 유일한 놀이 기구로 변신하게 된다. 영화 〈라스트 모히칸〉에서 흰구름 아래 산과 들에서 피가 솟구치는 전쟁이 자행되는 것을 보면서, 자연은 예나 지금이나 마냥 그대로인데, 그 내용물인 인간은 숱하게 바뀌었음에 무상함을 느끼기도 한다.

길들여짐. 습관. 많은 동물들은 규칙적인 식사를 하지 않는다. 배가 고프면 하고 그렇지 않으면 놀거나 잠을 잔다. 물론 새끼가 딸린 경우는 예외다. 개중에 동무들은 한 번 폭식을 하고는 6개월 동안 먹지 않기도 한다. 길들여지지 않은 동물이나 심지어 야생이었을 때 인간들도 굳이 규칙적인 식사가 필요했을까? 위胃에 관한 온갖 병들이 폭식으로 인해 더 나빠질 것인지 아니면 오히려 괜찮지 모를 일이다. 언젠가 『단丹』의 실제 주인공인 권태훈權泰勳도 한 번에 생쌀 한 말을 솔잎과 같이 먹고 한 달을 굶는다고 했다. 그는 구십다섯 살까지 살았다.

잡식성이 아닌 동물은 한두 가지를 먹으며 살아간다. 인간도 쌀밥만 고집하는 경우도 있고, 보리밥만 먹으려고 하는 자가 있다. 제백 먼 친척 사내아이가 있었는데 참 순둥이로 소문났다. 그러나 그놈이 유독 앙탈을 부리며 울고불고 할 때가 보리밥을 주지 않았을 때이다. 까다로운 놈 일찍 간다고 하더니, 무얼 그리 급했는지 삼십 초반에 북망산천을 한달음에 달려갔다. 자의 반 타의반으로.

아, 어제는 모메이삭, 오늘은 둥천에 올라 삐삐 빼 먹고, 무릇을 못 먹는 까닭을 모르겠네. 탐스런 뱀딸기와 까마중과 댕댕이덩굴 열매, 참나리 살눈과 나아가서는 나주 강진의 보리된장국이며, 경상북도의 된장잠자리, 충청남도의 귀뚜라미, 강원도의 땅강아지, 충청북도의 소금쟁이(똥방지)와 물방개(참방개), 평안북도의 구멍벌, 딱정벌레 계통 갈색거저리유충을 못 먹는 까닭도 모르겠네. 파주, 문산 그 많던 싱아는 누가 다 먹었는지. 고등어 맛인 전라북도의 물땡땡이, 물방개는 들기름과 함께 사라졌는가? 하물며, 김제 어느 곳에서 즐기던 쥐 고기는 어떻고?

굶으면서도 이것저것 가려먹는 내 고향의 *DNA*를 원망한다. 독사를 죽여 옹기그릇에 담고 막걸리를 붓는다. 그러면 구더기가 생긴다. 이 구더기를 달구 가리(어리)에 든 닭한테 먹인다. 뱀구더기를 먹은 닭이 취해 털이 빠지면 그 닭을 고아먹는다. 이것이 용봉탕이란 것인데 최고의 강장제였던 것이다.

어느 여름 밤, 제백네 감무뜰 웅덩이 있는 논에 메기가 천지삐깔이었다. 소능마을사람은 말할 것도 없고, 인접 능화, 연천 청소년까지 한 백여 명이 넘었다. 메기는 〈티코〉란 영화의 물고기보다 더 많았다. 심한 가뭄으로 발버둥치는 오카방고 습지의 메기 떼보다 더 많으면 많았지 적지는 않았다. 아프리카 말리의 일 년에 한 번 열리는 안토고 호수의 메기 잡이를 연상해보면 아, 그렇구나 하고 어느 정도 이해가 갈 것이다. 장마의 큰물 따라 들어왔다가 웅덩이와 논두렁 때문에 미처 빠져나가지 못했던 것이다.

강백, 주백 등 제백 친척 형들은 마을 논이나 내, 그리고 구룡못 조성을 틈타 여러 가지 놀이와 먹거리를 제공했다. 한 번은 누구네 흑염소가 땅벌한테 쏘여 잡았던 고삐를 세게 끌고 가는 바람에 주인 애가 넘어져 크게 다친 일이 있었다. 형들은 밭 임자한테 오늘밤 계획을 소상히 설명하여 양해를 구했다. 형들과 제백 동무들이 모여 횃불을 만들고 기름은 정미소에 얻고, 괭이를 한두 자루 갖고 가서 밭두렁을 허물고 팠다. 벌꿀에는 관심 없는 그들은 단 한 마리도 남김없이 씨를 말렸던 것이다.

며칠 후 장마가 지나고 난 후 냇가에 붙은 논에서 수많은 참개구리를 잡아 냇가 돌 위에서 구어 먹었다. 가끔은 좀 귀하게 태어난 아들을 데리려오는 엄마도 있었다. 그것은 개구리를 많이 먹었는데 불행이도 뱀에 물렸을 경우 즉사한다고 믿었다. 목화 풋것도 많이 먹으면 문둥병자 된다고 못 먹게 했다.

그들이 방동사니와 물풀이 키를 넘게 자란 구룡못의 물 빠진 너른 곳에 풀을 적당히 베어내고, 멀리뛰기, 달리기, 높이뛰기, 씨름을 하다가 해가 질 무렵, 형들은 모의재판을 열었다. 죄인은 형량에 따라 자기가 마련한 꼴을 몇 모숨 주는 것으로 정했다. 물론 죗값으로 준 것만큼은 다시 베어야 했다.

죗값 중에 가장 가치 있는 벌금은 혹간 보이는 개똥참외와 개똥수박을 찾아오는 것. 이것들은 누군가 그것들을 먹고 대변이 되어 나왔거나 뱉은 것이다. 그런 만큼 작고 여물었다. 시대가 변해 요즘은 작은 것을 더 선호한다고 한다. 즉, 5킬로그램 수박이 4인 가족 기준에 딱 맞는다. 다시 말해 10킬로그램 이상 나가는 것은 수도권 쪽에서는 아예 찾는 사람도 없고, 지역에서나 조금 팔리는 정도다. 식구가 적다 보니 크기가 크면 거추장스럽고 처치도 곤란해 시장 가치가 떨어지는 것 같다. 수박뿐 아니라 고구마, 무, 호박 등도 마찬가지다. 못 먹고 사는 시대나 큰 것을 좋아했지, 요즘은 과일이고 채소고 조그마한 것이 인기가 많다는 것이다.

해가 구룡못 위에서 붉은 물감을 퍼뜨리고 사라질 즈음 종달새만한 메뚜기를 잡으러 뛰어다니면서 한바탕 깔깔거리며 놀다가 풍덩하고 물속으로 뛰어드는 것이다.

여기서 창결 친구인 구오사와 아키라의 대표작인 〈7인의 사무라이〉가 생각난다. 그 영화에서 마을 도적을 퇴치한 주인공이 마을을 떠나면서,

"이긴 것은 저 농부들이다!" 라고 말한다.

그것은 농부들의 영리함과 영악함을 말한 것인데, 그 장면과 제백 어린 시절의 고향 풍경이 오버랩 되곤 했다.

소능마을은 조상이 물려준 그대로의 땅과 농사법을 고수했던 것이다. 어떻게 보면 순진무구한 사람들이라고 할 수 있고, 또 한편으로는 융통성이 없는 사람들로 치부할 수 있을 것이다. 그래서 농촌 계몽과 특수 작물의 재배기술 도입은 엄두도 내지 못했던 것이다. 그들에게 요령이란 만부득이었다.

서두름도 게으름도 없고, 일확천금을 꿈꾸지도 않았다. 씨 뿌려 추수할 때까지 하늘이 주는 햇볕과 비와 바람에게만 의존하며, 그저 땀과 정성을 쏟을 뿐. 봄이 가고 가을이 와야 소출이 있을 뿐, 조기 수확이란 상상조차 못할 때였다. 오로지 정직만 갖고 자연의 순리에 맞춰 삶을 영위할 뿐이었다. 오로지 벼, 보리, 밀, 고구마, 감자 등 대표 작물만 고집하고, 아니 고집하기보다도 천명으로 알고 삶을 영위해 왔던 고향의 이웃들이었다. 그러니 농촌 사정은 항상 배고픔의 연속이었다.

그러나 이제는 그것들마저 애틋한 옛 일이 되고 말았다. 그것들 중에 제일은 가래장이었다. 그러나 그것은 크나큰 아이러니였다. 왜냐하면 입맛을 돋우는 거였기 때문이다. 어떤 집은 밥 먹고 고구마 먹으면 양식이 이중으로 축이 난다고 해서 고구마 먹고 신물이 나면 밥 먹기가 곤란하다고 그 방법을 쓰면서 어머니들은 부엌에 들어가 몰래 눈물을 훔치기도 했던 것이다.

어쨌든 가래장은 추억이다.

아주 특별한 뜻으로 다가오는 식물이 있다. 방아가 그 주인공. 고향 마을 어디를 가도 녹색 잎에서 강한 향을 풍기는 방아가 가득했다. 특히, 방아는 초피와 함께 고향 음식에 빠질 수 없었다. 전남 광주광역시에선 추어탕에 초피를 넣지 않는다. 아무튼 방아는 고추 지짐이, 고추장떡, 된장국, 추어탕 등에 넣었다. 특히, 가래장은 마른멸치로 만든 육수에 밀가루를 풀어 약간 묽은 죽 상태에서 방아와 말린 홍합, 매운 고추, 감자를 넣어 만든 일종의 풀죽이다.

그해 가을, 사전오촌의 히트작 자부락23)이 없었다면, 월화와 고종시로 우리의 미각을 다 채울 수 없는 일. 악초구라고 원 없이 먹었으면 한이 없으련만…….

서울에서의 추억은 맛난 음식점과 술집이라 해도 과언이 아니다. 공군사관생도였던 제백 사촌형이 외박 나올 때마다 같이 갔던 명동 한일관의 갈비탕의 육질과 국물은 어린 시절 고향에서 소 도가니를 고와 먹었던 맛과 동일했다. 그리고 나신전업 때 천연동에서 먹었던 천연탕天然湯은 들깨 맛이 일품이었고, 통인시장 정육점 앞에 앉아 구워 먹었던 그 소고기 맛은 어디 갔는가. 출판대학 시절 음식마니아인 노 원장과 같이 갔던 삼각지 평양집의 석쇠 불고기 맛과 인사동 진주집의 소 곱창은 도저히 잊을 수 없다.

요즘 한창 주가를 올리는 맛 칼럼이스트 황 모 씨도 출판 교육을 받았다. 그가 농민신문사 월간지 기자로 활동하면서 자기 나름대로 꿈을 키워왔던 것이 이제야 때를 만난 것이리라.

한 때 작품 구상한답시고 신사동 참치집 사이끼리에 두세 시간 앉았다가 영동 설렁탕에서 그날 구상분을 마감하고 근린공원 벤치에 앉아 진동횟집에서 먹었던 칼치국을 고향의 것과 연관시켜보기도 했다.

---

23) '잠쟁이' 의 방언. 패각은 대체로 둥근형이나 불규칙하고, 각질은 얇아 잘 파손되며, 전국 연안의 암초와 자갈밭 또는 굴 소라와 같은 대형 패류의 껍질에 반半고착 생활을 함. 삶은 살의 맛과 색은 홍합(담채)와 비슷. 사전으로 이사 간 사전오촌의 소개로 알게 된 조개로, 소능마을사람들이 한 번 맛본 후 너무나 구미에 당겨 해마다 온 마을 부녀자가 달구지를 동원하여 캠.

광화문 시인통신과 고바우집은 제백의 단골집이었다. 주인은 제백이 현찰을 내기 때문에 반겼다. 단 한 번도 외상을 지지 않았다. 특히, 고바우의 뚱뚱한 주인은 문을 열고 들어서기가 무섭게 반겼던 것이다. 그녀는 통의동 뚱네와 비슷한 체형이었다. 통의동 뚱네는 비빔밥이 일품이어서 정부청사를 위시해서 소문이 자자했었다. 그런데 그녀는 빼빼마른 여인과 동업을 하였다. 마치 뚱뚱이와 홀쭉이란 영화를 연상하기도 했다.

신사동 큰집 옆 공을기孔乙己란 중국집에 들어가 서민적인 노신을 생각하며 음식을 시켰다가 귀족이 된 노신이 나타난 듯 크게 실망했던 적도 있었다.

그래도 뭐니 뭐니 해도 연안부두 충무식당을 빼놓고 갈 수는 없지. 막내동서네와 제백네가 함께 찾았던 허름한 1층 식당에 갔을 때 큰 충격을 받았다. 그것은 주인 남자가 손수 밑반찬을 진열했는데 그 누구도 반찬을 옮기거나 합쳐선 안 되는 법칙이 있었다. 마치 예술가의 마음가짐이었다고나 할까. 그가 바다가 보이는 너른 2층으로 옮기고 나서 또 내세운 법칙은 단체 손님은 열 명 이상 받지 않는다는 것이다. 그것은 골고루 여러 명이 음식을 즐기라는 깊은 배려가 깔려 있었던 것이다. 세월이 흘러, 부인이 병환 중이라 문을 몇 개월 간 닫기를 반복하다가 마침내 부인이 죽고 그도 시들시들해졌다.

이런 이야기는 그런 대로 여담처럼 들어도 별 위화감이나 불쾌감이 덜 하지만, 몇 년 전 압구정동 음식점 애슐리에서 목격한 것은 살 떨리는 것이었다. 평생 처음 아는 자의 주선으로 그곳을 가게 되었다. 점심때였다. 그런데 입구 쪽에서 한 스무 명 넘을까 말까 한 체크무늬 치마를 입은 학생들이 모여 식사를 하였다. 제백이 종업원한테 조심스레 여쭤봤다. 그런데 그 학생들은 길 건너 남녀 공학 고교생이었고, 매일 같이 식사하러 온다는 것이었다. 식대가 물경 29,900원! 근처 〈더차림〉이나 〈자연별곡〉에서 19,900원일 때도 여간 놀라지 않았는데 말이다.

젊어서 바위 위에 굴러 떨어져 구부정한 상태로 다니며, 헛소리나 흰소리 등 싱거운 자로 낙인 찍혀 무짠이라고 별명을 붙였는데, 인사를 해도 꼭 토를 다는 바, 즉 '진지 잡수셨습니까?' 하면, '밥 먹었으면 어쩔래. 이 마시마 손아.' 하는 등 알 수 없는 말을 하여, 대개 그가 나타나면 피하려 했다. 어떤 이는 가든 길을 멈추어 눈을 딴 데로 돌리거나 남의 집에 들어가든지, 아니면 마음 약한 자는 되돌아가기 일쑤였다. 그런데 그 무짠이의 동생이 부산 온천장 새벽 길거리 청소하다 주운 복어를 구워 먹고 즉사했던 것이다.

마침 그날 오후, 마을에서 키가 제일 크고 우스갯소리 잘하는 가난한 젊은이인 달필이 형이 사고를 냈다. 그 달필이가 어렸을 때였다. 어느 여름날 저녁 무렵 식구들이 평상에서 저녁을 먹다가 아버지가 장난기 발동이 도져, 갑자기 생뚱맞고 능청스럽게도 사립문 쪽을 쳐다보며,

"누님 우짠 일로 이리 늦게 오시능교?"

말하며 놀라면서 일어서려고 하자 모두들 한눈처럼 쳐다보았

것다. 모두들 속은 것에 내심 분했던 것이다. 며칠 동안 조용히 흘러갔다. 다들 잊었는데 막내아들은 음모를 꾸몄던 것이다.

며칠이 지난 저녁, 막내아들이 똑 같은 짓을 흉내 내었는데, 아뿔싸, 모두들 진짜로 여겨, 일어서다가 평상이 기울어져 밥상이고 뭐고 공중을 치솟고 말았대나 어쨌다나.

그 달필이 형이 논에 키워 그 뿌리를 전량 일본에 수출했던 비단 뿌리를 먹었다가 피를 토하며 죽어가는 그 고통소리 별똥별까지 놀랐던 것이다. 영등포 오 형제 식당은 아침마다 복어 알 먹으러 오는 단골손님들이 있다. 아주 조금씩 조금씩 먹다보면 면역이 생긴다나 뭐한다나. 살모사 독도 입안에 상처가 없으면 먹어도 상관없다들 한다. 복어가 음식 되기까진 그 숱한 희생이 따랐었는데. 〈본초강목〉의 이시진이나 〈동의보감〉의 허준은 독초 몇 잎이나 몇 뿌리나 먹었는고. 궁금하기 짝이 없구려. 신농 씨는 아득한 옛날 약초와 독초를 구별했다는구나.

8장 본래 한 뿌리에서 태어났건만

　모범수로 감옥살이를 마친 두 도라지 형제가 소능마을에 오지 않았다. 그렇다고 고향인 담양에 간 것도 아니었다. 백도라지는 감옥 취사장에서 허드레 일을 했는데 어느 날 왼쪽 등짝에 하얀 반점이 서너 개 나타났던 것이다. 죄수들은 말했다. 육고기를 갑자기 많이 먹은 탓일 거라고 했다. 직감으로 문둥병의 시초였다고 믿었다. 그렇다고 소록도에 가긴 싫었다. 일제강점기 때 거세를 했다는 소문 때문에 겁이 났던 것이다. 그래서 일본으로 밀항하기로 맘먹었다. 오사카에 고모가 있다는 사실만 알고 갔던 것이다.

　겹도라지는 소능마을에서 얼마 떨어지지 않은 재 너머 구월마을과 명지재 사이의 산속 움막을 짓고 살기 시작했다. 아랫마을이나 재 너머 가천마을의 궂은일은 도맡아 하다가 백천재 오르는 산길 옆 외딴집 손녀딸과 혼례를 올렸다. 그러나 마누라의 심상치 않은 태도에 실망하여 주야장천 투전판이다, 개 잡아 먹는 무리에 합세하기도 하고, 술이 어느 정도 각근이 되면 횡창이

나타나 위아래 없이 시비를 붙다가, 결국 주변 사람들한테 진창 두드려 맞고는, 곧장 코를 골다가 뉘엿뉘엿 해거름에 염소 꼴 몇 모숨을 바지게에 담아 철레철레 집으로 가는 것이었다.

그러던 그가 첫아들 낳고는 그 아들이 자기와 쏙 빼닮은 것을 보고 마누라한테 향하던 의심도 가셨다. 그러나 아무래도 사시사철 찾아오는 방물장수가 눈에 거슬렸것다. 더구나 그놈이 요즘은 거의 달포에 한 번 꼴로 왔다. 드디어 연놈의 행태가 들키고야 말았다. 그날따라 용현 신복리 관동마을에 문상 갔다가 이상하게도 용치재를 넘고 싶은 강한 충동이 일었다. 무심결에 넘다가 저 계곡 하얀 바위에서 그 연놈이 희한한 장난에 주위를 게을렀다. 저만큼에 둔 아들이 깨어나 울 때 아내는 어느 정도 회포를 푼 후 귀찮다는 듯이 벗은 채로 가서 젖을 먹였다.

부처도 돌아앉는다는 그 광경에 그만 놀라 꼭뒤가 당겨 계곡에 굴러 떨어지고 말았다. 연놈은 후다닥 놀라 급하게 옷을 입고 아이를 내팽겨 둔 채 허겁지겁 어디론가 날아버렸다. 악을 쓰며 우는 아이를 안고 집으로 와 겨우 달래서 모깃불 옆 평생 위에 재웠다. 어느 정도 경황이 지나자 아까 계곡에서 굴러 떨어질 때 생긴 상처가 아리고 시려 아까징끼며, 요오드팅크를 온 몸이 팔라 칠갑을 한 후, 담배 한 대 말아 피우고 대선 강소주 한됫병 절반을 들이켰다. 언덕 아래 먼 창공에선 유성이 날아갔고, 여기저기 반딧불이가 주변을 살며시 왔다가 가곤 했다.

아무렴, 열 아빠가 돌본다 해도 엄마 한 사람 몫을 하랴. 며칠이 지나자 아이는 칭얼대기 시작하여 산비탈 축축한 음지에서 씨알 굵은 지렁이를 잡아 잘 씻어 고아 그 국물을 먹이기도 했고, 지난 해 채취한 초피나무 껍질을 벗겨 말린 전피를 빻아 그 가루를 산 계곡 여기저기 뿌려, 솟구치는 뱀장어 몇 마리 잡아 푹 고아 먹여도 시들하긴 마찬가지였다. 그러다가 먼 창공 큰 별 똥별이 떨어지던 초저녁, 그 어린 것은 제명을 다하지 못하고 말았다. 그는 넋이 나간 듯 한참을 바라보다 무슨 결심을 한 듯 제사 때 마른 문어 다듬고 밤 치던 날카로운 칼을 숫돌에다 갈기 시작했다. 그리하여 차마 인간의 탈을 쓰고는 행할 수 없는 참극을, 소위 말해 유영철도 흉내 못 낼 잔인한 작업에 돌입했다. 그렇게 그렇게 고대 이집트 사람이나 카나리아 제도의 구안체인과 뉴기니·오스트레일리아 사이의 토러스 해협 연안에 사는 부족, 또는 아메리카의 잉카인들이 미라 만들듯, 아이의 내장을 꺼낸 후 굵디굵은 천일소금으로 채워 바늘로 꿰맨 후 바랑에다 집어넣어 들쳐 업고 그 길로 명지재를 넘어 석거리에 도착하니, 막 저녁 9시가 되었다.

국도를 가다가 산길로 가다가 결혼 첫날밤을 생각했다. 아내가 그토록 요란하게 요분질한 것을 이미 많은 경험이 있었다고 단정하여 아내에 대한 정나미가 떨어져, 그날 밤 이후 단 한 번도 아내를 가까이 두진 않았다. 여하튼 아내 찾아 3백 리를 감행하여 이 마을 저 마을로 떠돌기 한 달 남짓, 드디어 어찌어찌 요리조리 하여 아내를 잡아 붙들고, 아니 질질 끌다시피 하여 명지재 넘어 하얀 바위 옆 팽나무 그늘에 앉아 업은 아이를 돌려내려 젖을 먹이라고 하자, 여자는 콧물 땟물 훔쳐내고 앞가슴을 풀어

헤치기 시작했것다.

아뿔싸. 팅팅 불어 성이 나 불거진 푸른 실핏줄에다 작은 붉은 반점이 깔린 오른쪽 젖가슴을 흘낏 쳐다보다가 아이를 안겨주는 동시에 예리한 낫으로 아내의 오른쪽 젖가슴을 난도질 해버리고 말았다. 그 길로 다시 명지재를 넘어 아이의 시신을 덕대마냥 도장나무[24] 덤불 아래를 파서 묻고는 병둔 지서에 가서 자수하기에 이르렀다.

세월이 흘러 겹도라지가 감옥 동지와 같이 석거리에서 점집을 다시 열었다. 이미 그곳에서 점쟁이 노릇을 하던 감옥 동지가 지인 몇몇과 완도군 청산면 여서도麗瑞島로 돗돔 잡이 배낚시 갔다가 풍랑을 만나, 그 감옥 동지만 겨우 살아나왔으나, 이미 기가 빠져 숨통이 오르락내리락 하였다.

마지막 병문안 갔더니, 권리금도 없이 그 노른자위 정보를 주고 조용히 눈을 감았다. 얼마 안가서, 삼천포, 사천, 진주, 심지어 고성 갈래까지 용하다는 소문이 파다하게 나서 요즘 말로 대박 중에 대박이었다. 그러나 꼬리가 길면 밟히는 법. 결국, 그들의 비행이 탄로 난 것은 한 방울의 물 때문이었다. 집 구조는 2층으로 된 단독주택인데, 1층은 사무장이 일차 접견하는 곳이고, 그 옆에 대기실이 있어 차례를 기다렸으며, 2층은 점쟁이인 겹도라지가 있었다.

---

24) 원래는 회양목을 말하는데, 이곳에선 화살나무를 말함. 초등학교 때 솜씨 좋은 학생이 도장을 파서 나눠주곤 했다. 인주가 없어 잉크로 찍곤 하였음.

그러니까 평소 엄격하게 시간 지키기로 해놓고, 한 사람씩 부른다. 사무장은 커피나 녹차, 그리고 철철이 나오는 과일을 대접하고는, 전혀 눈치 채지 않게끔 마음 느슨하게 했다가, 또 한편 채비를 시켜놓았다가, 담배 한 모금 깊이 빨아 내뿜고는, 눈을 지그시 감은 채로 단 세 가지 분야로 질문한다.

첫째로 집에서 기르는 닭, 돼지, 염소, 소가 몇 마리냐고 묻고,

둘째로 남편에 관한 것이며,

셋째 자제분에 대한 것을 묻는다.

보라! 그러한 모든 행위를 2층에서 점쟁이가 다 듣고 머리에 차곡차곡 입력시키고, 헛갈리는 것은 자기 나름대로 손바닥에 메모해 놓고. 시간이 지나 사무장이 종을 치면, 2층에서 내려온 것을 위장하기 위해, 다른 쪽으로 내려가서 다른 문으로 들어오는 것.

그 순간 사무장이 나가고, 곧바로 접견실에 앉자마자, 기선 제압 차 눈을 똑바로 쏘아보면서,

첫 번째로 '보름 전에 낳은 송아지는 잘 있재',

두 번째로 '남편이란 놈이 노름에 미쳐서 환장이구먼',

세 번째로 '둘째 아들 곧 제대하겠내'.

그러면 부들부들 떨면서 솔솔솔 술술술 다 부는 것이었다. 불지 않고 어찌 배기랴. 누가 점쟁이고, 누가 손님이런가. 어리석고 순한 고객은 스스로 모든 것을 이실직고 하고는, 부적 몇 장 거금으로, 혹은 외상으로 사면서도 연신 고맙다고 조아리며, 마치 임금님 앞에서 신하 물러나듯, 뒷걸음질 하는 저 꼴을 한 번

보게. 큰 굿 날짜까지 잡아, 점쟁이는 이번에는 구룡, 다음에는 사천읍, 그 다음 번엔 석거리 등의 무당에게 차례로 하청을 주고, 그 대가를 절반 이상 챙기는 수법을 썼다.

그러기를 몇 년. 진주 옥봉남동에 양옥집, 삼천포 늑도의 풍광 좋은 곳에 별장을 각각 두 채 마련할 정도로 돈을 벌었다. 늑도는 프랑스의 어느 시인의 고향이자 그의 대표시 〈해변의 묘지〉의 무대인 세트Sète를 연상시키는 곳이다.

점점 요정 출입이 잦아졌다. 일주일에 두 번, 즉 월, 목은 정기 휴일이었다. 그렇게 애타게 해야 손님이 바글바글해진다는 것이다. 서울 아동서적을 펴내는 어느 출판사는 그냥 기증을 할망정 덜이는 없다고 소문이 나고는 매출이 급성장해 강남 노른자위 땅을 손쉽게 매입할 정도였다. 그들은 인근 진주, 사천, 삼천포의 유지급 인사들을 초청해서 마시고 놀았다. 그들의 단골집은 진주 '귀로정'이란 요정이 있었다.

그러나 그들의 영광도 단 한 번의 물방울 실수로 끝나고 말았다. 어느 날 모 신문 진주 지사 젊은 진 모 주재기자 모친과 몇몇이 점 보러 갔다가 2층에서 떨어지는 물방을 맞고 토요일 고향 집에 들른 아들에게 이야기했다. 그 기자는 이 고장 발발이 똥개가 되어, 좋은 일 궂은일 가릴 것이 그에게 한 번 걸렸다 하면 돈 액수에 따라 기사의 폭이 좌우되는 무소불위의 권력자였다.

그래서 이미 이 점집도 관례대로 언질을 주었으나, 그 액수가 터무니없이 많고 평소 정기적으로 상납해온 터라 '설마' 하고 예사롭게 지냈다. 그러나 통할 게 따로 있지. 프레스카드제가 절실했던 시절이었다. 아무튼 용호상박의 싸움은 시작되었다. 제보 받은 경찰 한 명은 사복 차림에다 손님을 가장하였고, 또 한 명은 주변을 탐색했으며, 주재기자는 입구 쪽에서 망을 보았다.

이번에도 겹도라지는 2층에서 귀담아 듣다가 아래층 손님의 목소리가 작아 더 가까이 가려다 그만 실수로 또 녹차가 엎질러졌다.

사무장 역할 하던 자는 잡히고, 점쟁이 역의 겹도라지는 스라소니 이성순이나 태견 기능보유자인 송덕기宋德基보다 더 날렵했다. 이번 감옥 가면 삼세판이라 끝장난다고 여겼던 것이다.

죽음이 임박하면 고향을 찾는다 했던가. 밤새 풀밭에서 잤다가 소능마을에 도착하니 날이 완전히 샜다. 마침 어떤 새댁이 마을 우물에서 물을 길어 이고 가다가 겹도라지의 부스스한 모습 때문인지 원래 인사성이 밝아서 그런지 몰라도 살짝 웃었던 것이다. 순간 겹도라지는 그게 자기를 크게 비웃는다고 생각했던 것이다. 그것은 아침햇빛이 그녀의 입 주변에 묻어 더욱 큰 반짝거림이 비웃음으로 보였던 것이다. 그만 화를 참지 못하고 주먹만한 돌을 쥐고 꼭뒤를 향해 힘껏 던졌던 것이다. 불과 2, 3미터 거리였으니 그 파괴력은 이만저만이 아니었다. 피가 낭자했고, 깨진 동이며 물에 피가 섞여 낭자했다. 설마 하고 겹도라지도 눈이 동그래지며 어쩔 줄 몰라 부들부들 떨었다.

자운영 풀밭에서 마냥 울고만 있었다. 자운영. 녹비를 권장해

농작물 증산을 독려하던 일본 제국주의 관리들은 자운영의 채취를 엄격하게 금지하여 만약 그것을 캐면 경찰서에 잡혀가곤 했던 세월이 있었다. 그래서 자운영 풀밭에서 마냥 뒹굴다가도 능구렁이가 도사리고 있을 것 같은 무섬을 동시에 느끼는 것은 아마 무섬의 *DNA*를 지녔기 때문이리라. 세월은 하 가고 일은 감당 못할 정도로 터지니. 바람담혹보할배[25] 회갑 때 모인 자칭 사당패 마이크[26]와 콩케이[27], 굴뚝새영감[28], 마데이와 한바탕 어우러

25) 소능마을에서 두 번째 부자인 혹보할배 회갑은 마을 새긴 이래 최고의 잔치였음. 가천초등학교 교사와 기관장, 심지어 손자딸이 다니던 사천중학교 선생들과 군내 3대 걸인패들이 다 몰려와 더욱 잔치가 풍성했음. 외아들이 대구 선출직 시의원으로 있어 혹보할배는 연신 싱글벙글 목에 힘이 잔뜩 들어감. 마치 영화 〈박 서방〉에서 박 서방이 생일에 큰 며느리감한테 받은 시계를 차고서 자랑하고파, 왼쪽 소매를 걷고 거드름 치우는 것과 유사함.

26) 사천 엄폐호 주위에 터를 잡고 구걸하는 거지 두목으로서 키가 크고, 목소리가 굵직하고 창과 시조를 잘해 모두들 그의 재주를 아까워했음. 일본 와세다 대학 불문학부에 다니다 징용 시 탈출하였고, 한센병이 발생하여 고향 논산을 떠나 이곳 사천까지 와서는 소록도에 보내기 위해 다니는 기관원의 눈을 피해 언제나 경계의 끈을 놓치지 않음. 일본 유학 시엔 이웃에 살았던 구로사와 아키라와 가깝게 지냈다고 함. 나이도 동갑이고, 키도 둘이 엇비슷 커서, 쌍둥이로 혼동하기도 했다 함.

27) 콩다콩 콩다콩 한다 해서 붙여진 별명. 여동생(화릉댁) 마을로 이주한 부부는 모두 생활능력이 부족했으나 남편은 가야금과 서도창이 일품임. 항상 부부가 괴죄죄한 검은 망토 비슷한 외투를 입고 다녔음. 실제 나들이가 드물었음. 세 아들은 각기 특색이 있었으며, 마을사람들과 어울리지 않고, 그럭저럭 살다가 소리 소문 없이, 다들 빠르면 10대, 늦으면 20대에 절명함.

28) 비록 체구가 몹시 작았으나 목소리가 커서 마치 오십 인이 합친 목소리를 낸 호메로스 『일리아스』의 스텐토르를 연상시키기도 하는데, 마을 외우리 일(외장치기, 마을 울력이나 회의 같은 공동 행사 소식을 외쳐 알리는 일.)을 도맡아 함. 주로 저녁 때 분깃담 구실할매집 뒤 무덤 옆에서 '내일 아침 감무뜰 역시(역사) 하러 나오이소.' 하고 외침. 창을 잘해 〈도리깨타령〉과 〈성주풀이〉가 일품임. 콩케이와 거의 쌍벽을 이룸. 제백이 훗날 세운상가 시절에 만난 수금

진, 그 햇볕 이글거리던 열굿대보다 더 맵고 더운 폭양의 축제 날, 사건은 크게 벌어져 닫을 줄 몰랐다.

그날따라 새벽부터 삼둘이네 황소가 고삐를 끊은 채 영각을 치며 너무도 길게 울면서, 고샅을 날뛰며 발광을 하여 여기저기 담장을 무너뜨리고, 온 마을이 발깍 뒤집히고 중천의 태양이 멈추려는 순간 같은 커다란 운명은, 하나의 음모를 안고 서서히 목 조여 왔다. 드디어 분노는 흠뻑 젖은 땀을 먹고, 마치 미친 늑대 탈을 쓴 인간이 된 일가붙이 장정들이 쇠스랑이면 쇠스랑, 참나무 몽둥이면 몽둥이 단단히 들고 메고 씨익 씨익 휘달리며, 이리 찍고 저리 찍어 문드러진 겹도라지 시신을 오 리 길 약물보까지 질질 끌고 갔다 오고, 그 순간에도 피가 낭자했던 새댁 옆에 시어머니가 통곡하였다. 지지리도 재수 없는 놈이다. 그에게는 세 번째 부인이었다.

둘 다 나력瘰癧으로 잃었다. 첫 번째 부인은 페드라를 연상시킬 정도로 소문난 미인이요 천성이 비단결이나 솜사탕 같았다. 그러나 고된 시집살이 탓인지 여름이면 대마 연기 탓인지 서서히 목의 통증이 다가왔다. 그것은 일종의 나력이었다. 두 번째 부인 또한 세요미인細腰美人이었다. 나력을 말할 것 같으면, 이 마을엔 얼굴이 하얗고 목이 가늘고 허리가 야들야들한 여인이 잘 걸리는 병이라는 속설이 전해졌다. 옛날에 파리한 문학청년 이 폐결핵에 잘 걸린다는 속설과 비슷했다.

사원 어수열과 비슷한 재주꾼임. 농악대의 작은 북(소구, 버꾸)도 잘 돌림.

제법 쌀쌀한 음력 동짓달 중순이었다. 마을 가운데, 타작마당은 화톳불 삭은 잿불을 피운 채, 화릉댁과 잡보실할매[29]의 길쌈이 한창이었다. 암탉 두세 마리가 여기저기 한가로이 다니고, 약한 회오리바람이 꾀꼴 서너 개를 들어 올리다가 힘에 부친 듯 근방에 떨어뜨리고, 그 때 몸이 온전치 못한 쌍점이가 괴성을 지르며, 뒤뚱거리며, 엄마 화릉댁을 오라고 손짓하였던 것이다.

〈여뀌 꽃과 매미〉란 그림 아시죠?

18세기 조선 시대 때 정선 할아버지가 그렸답니다. 그 그림에서 매미가 나왔습니다. 나왔다기보다 누군가 꺼내주었다는 게 맞는 말이 아닐까 해요.

그날 오후였어요. 또백이가 축 늘어진 개 한 마리를 어깨에 메고, 힘겹게 산에서 내려오는 것이었습니다. 또백이가 매미가 있는 자작나무 밑에다 개와 올가미를 내려놓고, 한숨을 쉬었습니다.

"아저씨, 어떻게 된 일이에요?"

조용히 한참을 지켜본 매미가 용기를 내었습니다.

"글쎄다. 누군가 멧돼지 잡으려고 쳐놓은 올가미에 그만……."

---

29) 마을 두 번째 욕쟁이. 손자가 연이어 여섯이나 죽음. 특히, 큰 손자는 눈썹이 길고 얼굴이 예뻐 한동안 마을사람들을 슬픔에 빠지게 했다. 아주 간단한 의료 실수로 인해 아깝게 갔다. 친정은 흰 마느라와 같은 사천읍 장전리(넓거나 늘어진 목, 곧 지점의 뜻.)에 속한 마을로서, 옛날 포수들이 노루밭에서 노루를 쫓아 이 지점까지 오면 틀림없이 잡을 수 있다 하여 자포실子抱室이라고 하고, 아이를 못 가진 여인이 이곳으로 이사를 하면 아이를 갖는다고 함.

또백이는 고개를 높이 들고, 매미를 올려다봤습니다.

"그 개는, 누구네 개예요?"

"우리 주인 집 개란다."

그렇게 몇 마디 말을 주고받았습니다. 또백이는 매미의 작별 인사를 받는 둥 마는 둥 급하게 내려갔습니다.

그러던 어느 초여름 아침이었습니다. 제비가 너른 벼논 위로 낮게 날아, 된장잠자리를 재빠르게 잡고 있었습니다. 점심때부터 까치밥만한 빗방울이 떨어져 내리는 것이었습니다. 밤새 내렸습니다. 비가 개이고 숲 쪽을 바라보니, 황토색으로 변한 시냇물이 용처럼 솟구치면서 흘러갔습니다.

며칠이 지난 어둑어둑 초저녁에 한 사람이 헛기침을 하면서 뒷동산을 올라오는 것이었습니다. 자세히 보니 며칠 전에 개를 메고 왔던 또백이었습니다.

"아저씨, 안녕하세요?"

"으응, 누구더라. 아, 아, 그렇지 매미였지. 그래, 안녕!"

"아저씨, 무슨 일로 이 밤에 오셨어요?"

"저 숲 쪽 논길이 지난번 비로 많이 무너져 내렸단다. 그래서 마을사람들을 모으려고."

매미가 호기심 어린 표정으로 또백이를 유심히 보았습니다. 또백이는 크게 헛기침을 하면서 목을 다듬고는 큰소리로 외쳤습니다.

내일 아침 숲으로 나오세요! 집집마다 한 사람은 꼭 나오세요!

괭이와 소쿠리도 들고 나오세요!

힘들었는지 또백이는 털썩 잔디에 주저앉았습니다. 그리고는
매미 이야기를 듣기 시작했습니다. 이야기를 다 듣더니, 놀라는
표정이었습니다.

"애야, 여뀌는 말이야. 아주 독한 풀이란다."

또백이는 여뀌에 대해 자세히 설명해주었답니다.

여뀌 꽃은 아름답지만 줄기와 잎은 독하답니다. 흔히 민물고
기를 잡거나 소꿉놀이를 하려고, 납작한 돌멩이 위에 놓고 짓이
길 때, 아주 조심해야 한답니다. 잘못하여 눈에 한 방울이라도
들어갔다간 야단입니다. 여간 시리고 따갑지 않거든요. 그런 여
뀌 줄기에 매미가 붙어 있었다는 게 아무래도 이해가 가지 않는
답니다. 어쩌다가 새나 고양이한테 쫓기던 매미가 급히 여뀌에
내려앉기도 한답니다. 그런 경우는 아주 드물답니다.

"누가 그렸는지 모르겠지만, 그 양반 뭔가 잘못 알았던 게
지."

또백이 상식으로는 도저히 이해가 가지 않았습니다. 매미가
그 동안 많이 힘들었으리라 생각하니, 또백이 마음이 아팠습니
다.

"요즘 도시에서는 매미가 천덕꾸러기 신세라면서?"

"네. 다들 불빛 때문에 밤낮이 구별 안 돼 힘들어 해요. 사람
들은 그저 시끄럽다고 아우성이고요."

"그래, 이곳에 온 게 얼마나 큰 다행이냐."

매미는 자상한 또백이가 마음에 들었습니다.

"그런데 아저씨는 가족이 몇이에요?"

"으응, 그 얘기는 나중에 해주마. 아줌마 약 먹을 시간이거든. 빨리 가야 해."

또백이가 내려가고 며칠이 지난 한여름 밤이었습니다. 반딧불이 몇 마리가 매미 주변에서 반짝반짝 춤추었습니다. 반딧불이의 불빛은 암컷과 수컷이 서로에게 건네는 말이랍니다. 수컷은 두 마디에서 불빛이 나오고 암컷은 한 마디에서 나오기 때문에 수컷의 불빛이 훨씬 밝답니다. 매미도 덩달아 들썩거렸습니다. 어느새 매미가 노래를 불렀습니다. 반딧불이들은 춤추고, 매미는 노래했습니다. 한바탕 신나는 밤이었습니다. 서서히 바람이 잦아들기 시작하여 마침 반딧불이는 높이 날 채비를 갖기 시작할 때였습니다.

그 때였습니다. 아래쪽에서 사람 그림자가 보였습니다. 헛기침을 들어보니 그 또백이었습니다.

"애야, 얼른 그쳐! 큰일 난단다."

"왜요?"

"우리 집 동생이 갓 잠들었고, 올빼미도 너를 노리고 있단다."

"예?"

"밤에는 다 조심해야 돼. 부엉이도 조심하고, 소쩍새도 너를 노리고 있으니 말이야. 절대 눈 큰 새는 조심해야 한단다. 수탉이 울었다고 마음 놓아서도 안 되고 말이야."

"그러면 언제부터 노래해야 하나요?"

"새벽이슬이 마른 후에 노래해야 한단다. 네 날개도 말린 다음에 말이야."

"잘 알았어요. 감사합니다."

매미는 아까부터 손에 든 게 대단히 궁금해졌습니다.

"그런데 아저씨, 그게 뭐예요?"

"응, 너 주려고 집에서 가져 왔단다."

말이 끝나자마자 갈색주머니에서 진흙 구슬을 한 움큼 꺼내는 것이었습니다. 하양, 빨강, 검정 색깔의 구슬이었습니다.

"동생과 같이 종종 구슬 놀이를 했단다."

"뭐라고요?"

"지금도 우리 집 뒤뜰엔 하얀색, 검은 색, 붉은 색 진흙이 겹겹이 쌓여 있단다."

"왜, 하필 구슬을 만들었어요?"

"마을 애들이 좋아했고, 동생도 좋아했으니까! 다 오래 전 일이지."

"지금은 마을에 애들이 한 명도 없다면서요?"

"그래, 지금은 없지만, 그전에는 만들어서 명절 때마다 애들한테 나눠주곤 했단다. 특히, 설날에는 세뱃돈 대신 주었지."

"동생과 어릴 때부터 같이 살았어요?"

"그래, 그렇단다."

동생 쌍점이와 또백이는 이란성쌍둥이로 태어났답니다. 누이

동생인 쌍점이는 왼쪽 손발이 불편하고, 말도 잘 못해요. 또백이
만 동생 말을 알아들을 수 있답니다. 어릴 때부터 우애가 깊었던
남매는 세월이 갈수록 정이 더 도타워졌습니다. 부모님이 돌아
가시고, 또백이는 다짐했답니다. 동생을 평생 곁에서 지키겠다
고요.

동생의 손과 발이 되어야 하니까 마을을 떠날 수 없었답니다.
그래서 마당 쓸고, 쇠죽 끓이는 일을 하면서, 두 사람 끼니를 해
결할 수 있는 집을 찾았답니다. 마침 먼 친척뻘 되는 집을 찾았
는데, 주인이 마음씨가 여간 곱지 않답니다. 어쩌다가 벼 타작을
할 때면, 동생을 업고 와서 탈곡기가 대롱대롱 돌아가는 것이 보
이게끔 석류나무 옆에 앉혀놓기도 했답니다. 간혹 머리를 비스
듬히 쳐들고 짝 벌어진 석류를 보며 나름대로 탄성을 지르기도
했답니다.

"동생을 이곳으로 한 번 모시고 오면 안 돼요?"

"전에는 동생을 업고 가끔 놀러 왔는데, 지금은 쇠약해졌단
다."

"그럼, 제가 직접 가면 안 돼요?"

"그러자꾸나!"

동생은 또백이한테 이미 매미 이야기를 들었는지 반겼습니
다. 또백이가 동생을 벽에 기대게 하였습니다.

"여뀌 꽃에서 나왔다고?"

여동생은 가쁜 숨을 몰아쉬며, 매미를 쓰다듬었습니다.

울 밑에 귀뚜라미 우는 달밤에 기러 기러 기러기 날아갑니다.
가도 가도 끝없는 넓은 하늘로 엄마 엄마 찾아서 날아갑니다.

여동생인 쌍점이는 이별이 아쉬운 듯 지그시 눈을 감고, 노래
도 불렀습니다.

보름이 지나갔습니다. 그 동안 또백이가 통 보이질 않았습니
다. 매미는 또백이와 쌍점이가 보고 싶었습니다. 하루는 시간을
내어서 집을 찾아갔습니다. 쌍점이는 매미를 알아보지 못할 정
도로 많이 아팠습니다.

"아주머니, 노래 한 곡 불러드릴까요?"

매미는 한참 머뭇거리다가 조심스레 말을 꺼냈습니다.

"아줌마는 너무 아파서 무슨 소리건 못 알아듣는단다."

매미는 아무 도움도 못된 채 돌아왔습니다.

바로 그날 밤이었습니다. 집 쪽에서 벌건 혼불이 혹하고 날아
갔습니다. 둥그런 말벌 집만 했습니다. 농구공만한 크기였습니
다. 곧 구슬픈 울음소리가 온 마을에 메아리쳤습니다. 끝내, 쌍
점이가 돌아가고 말았습니다.

며칠이 지난 더운 대낮이었습니다. 산 속에서 또백이가 불쑥
나타났습니다. 손에는 올가미가 들려 있었습니다.

"무슨 일이세요?"

"응, 지난번 주인 개가 걸린 위쪽에서 발버둥이 치더구나."

"또, 개였어요?"

"아니, 이번엔 담비였단다. 가면서 고맙다고 몇 번이나 절을

하더구나."

"아저씨, 산길이 험하니 이제 산에 그만 가세요!"

"그래, 그렇게 하마. 요즘 멧돼지는 너무 무서워!"

이제 또백이는 마을과 숲 사이 시냇물에 징검다리를 놓고, 그 위에 나무다리를 만드는 게 꿈이랍니다. 마을사람들이 숲 속에서 여름을 보내야 하니까요. 쌍점이가 숲을 지나 뻐꾸기가 많이 우는 산에 묻혀 있기도 하고요.

매미는 또백이한테서 많은 것을 배우고 깨달았습니다. 조금 참으면 많은 사람들이 〈여뀌 꽃과 매미〉를 즐겁게 감상할 것이라 생각하니, 힘이 불끈 솟았습니다.

매미는 점점 그림 속이 그리워졌습니다. 이제 또백이와 헤어질 때가 되었다고 생각했습니다.

"아저씨, 이제 헤어져서 어떡해요? 시간 내서 미술관에 한 번 오세요?"

"헤헤헤, 말은 고맙다. 그러나 갈 수가 없구나. 누이동생이 저 쪽에서 나를 지켜보고 있는데……. 한시도 나와 떨어지지 않으려는 구나. 아마 뻐꾸기가 되었나 보구나."

그러고 보니 요즘 아줌마가 묻힌 산에서 맑고 고운 뻐꾸기 소리가 들려 왔던 것입니다.

"안녕히 계세요!"

매미는 날개를 활짝 펴, 큰 절을 올렸습니다. 매미는 날아 자작나무 주변을 한 바퀴 돌았습니다. 자작나무 아래에서 또백이가 손을 흔들었습니다.

매미는 눈 깜짝할 사이에 그림 속으로 들어갔습니다. 그림 앞에는 또백이와 쌍점이의 손때가 묻은 구슬이 한 움큼 놓여 있었습니다. 여뀌 꽃과 매미, 그리고 구슬이 잘 어울렸습니다.

어느덧 미술관에 저녁 햇빛이 붉게 물들었습니다.

또백은 소능마을에 최초로 4H구락부를 도입하여 농촌 재건 운동에 심혈을 기울였다. 또 통신강의록이나 펜팔 등, 개화된 문물을 도입하는 데 앞장 서 마을을 한 단계 높여놓았다. 인자하고 학구적이었으나 아깝게도 동생 쌍점이가 죽은 다음해에 간경화로 죽었는데 술하고는 전혀 무관했다. 살다보니 개똥밭에 굴러도 살 놈은 살지만 무엇보다 종자種子, 문자로 쓰면 DNA가 좋아야 하며, 술 좋아하는 놈은 최우선적으로 갔다. 그래서 제백도 젊은 한때 술 좋아하는 놈들 축에 최상으로 지목되어 늦게나마 정신 차려 금주하기에 이르렀다. 그러나 시인은 술을 마셔야 한다는 시인 고은의 말이 늘 신경을 어지럽혔다.

또백은 어렸을 때부터 사람과 책을 좋아했으나, 그 흔하디흔한 『삼국지』(나관중의 『삼국지통속연의三國志通俗演義) 한두 권이 굴러다니지 않은 것은 이상했다. 그것은 마을의 정신적 지주인 천경할배가 삼국지가 폭력성과 권모술수로 가득 찬 책이라 선비에겐 백해무익한 것이라고 가르쳤기에 때문이다. 대단히 유연한 사고를 했을 법한 실학자 이덕무도 〈사소절士小節〉이란 글에서, "연의나 소설은 음란한 말을 기록한 것이니 보아서는 안 된다. (중략) 『삼국지연의』는 진수의 정사와 혼동하기 쉬운 것이니 엄격히 구분해야 한다.”고 했다 최근 발간된 류짜이푸의『쌍전』을 미리 예견한 것이다. 즉, 뛰어난 문학성 속에 녹아든 권모술수의 책략들이 지난 수백 년 간 사람들의 심성에 쌓여왔음을 지적했다. 그 책의 이러한 측면들이 소설의 한 장면에 그치는 것이 아니라 사회의 실질적 ‘정치윤리’를 형성하고 사상으로 작용하여 사람들의 행동에 정당성을 부여한다는 것이다. 그리고 폭력과 기만·술수가 폭력적인 혁명에 대한 숭배를 만들어냈다고 책은 강조한다.

그러나 광대한 대륙을 무대로 수많은 영웅호걸과 인간 군상들이 엮어가는 파노라마는 그 얼마나 흥미로운가. 이러한 작품에서 소설의 온갖 재미를 맛볼 수 있기에 마치 소설 창작의 전범 典範으로 여겨, 수많은 문인들이 너나 할 것 없이 완역이다 평역이다 편역, 중역을 하였던 것이다.

고우영 김광주 김구용 김동리 김동성 김용제 김용환 김홍신 리동혁 박상률 박정수 박종화 박태원 방기환 이문열 이상배 이원섭 장정일 전유성 정비석 정소문 정원기 조성기 조성출 조풍연 허윤석 황명국 황석영 황순원.

그러나 해프닝도 몇 건 있었다.

정음사 판『삼국지』는 나관중 작, 최영해 역으로 되어 있었다. 훨씬 뒤에야 역자인 박태원이 월북작가여서 그의 이름을 밝히지 못하고 출판사 사장의 이름을 대신 내걸었던 것이다.

어느 해인가 안양시는 일제강점기부터 최근까지 국내에 출판된 삼국지 백육십 권을 전시하는 ‘테마가 있는 전시회-삼국지

전'을 시립석수도서관에서 개최했다. 그 중 가장 오래된 것은 일제강점기인 1915년 영풍서관에서 출판된 『언토諺吐 삼국지』로서 역자가 권지일로 되어 있었다. 흔히 권지일, 권지이 등은 고전 작품에 붙여진 책 권수인 권지일卷之一인데 말이다. 그것은 유명 평론가가 초등학생 손자 글을 잘못 보낸 것을 갖고 관계자 전부가 글자마다 문장마다 최고의 의미를 부여한 것과 유사했다. 기막힌 해프닝이 아닐 수 없다. ─ 각하, 시원하시겠습니다.

천경할배의 그 안목과 식견을 높이 사고 싶으나 그것도 이미 이덕무 같은 학자가 언급했던 바이다. 다만, 자기는 고매한 인격을 가지려 애를 썼으나 친동생은 참설과 비책을 몰래 숨겨 애독하기도 하고, 나름대로 찬술하기도 했다. 한편으론 연재 송병선 宋秉璿 선생이 동지들을 규합 차, 사천 향교에서 강학할 때 동생이 형 몰래 참가하여, 연재가 친필 서명한 『연재집淵齋集』을 받았다. 그것이 독립만세를 도모하리라는 굳은 약조요 증표인 셈이었다. 그들은 전국을 돌아 유생 몇 천 명을 규합하고 다녔던 것이다. 『계산연원록溪山淵源錄』 하下, 이십 면에 여덟 명의 명단이 그것을 간접적으로 증명한다. 이 사실은 큰 약점이 되어 가까이 사는 왈패들에게 좋은 구실이 되어 논밭깨나 주고 무마시켰던 것이다. 그래서 이 책을 버리기도 뭐해서 복기지複記紙로 둔갑시켰던 것이다.

또백의 골방엔 어디서부터 왔으며 언제부터 있었는지 모르는, 표지 상단 우측이 너덜너덜 찢어져 없어지고, 본문 중 몰초를 피우려고 누군가 몰초 넓이만큼 상단 우측 세 쪽이 찢겨진

혼적이 뚜렷한 헤밍웨이의 문고판 『빈부貧富』와 고미카와 준페이의 『인간의 조건』 속편까지. 그리고 야스모도 스에꼬가 쓴 수기 『니안짱(작은오빠)』을 번역한 『구름은 흘러도』, 차례가 다 떨어져 나간 이광수의 『사랑』 하권, 그리고 동화책 『왕자와 거지』, 『보물섬』(몇 년 전 제백이 잘 아는 자가 번역을 하였는데, 잘 된 번역이라 칭송했던 기억이 남)이며, 《청춘》, 《아리랑》, 《농원》 같은 잡지도 굴러다녔다.

쌍백은 제백을 무척 좋아해서 제백을 다섯 살 때부터 가설극장에 데리고 가기도 했고, 자기 큰누님댁이고, 제백의 고모댁이 있는 고성 송내에 갈 때 수리조합에 다니는 작은아버지 도장을 훔쳐오라고 하여, 제백이가 훔쳐오다 들켜, 혼쭐이 나기도 했다. 또 장골이나 큰골에 소 먹이러 갈 때 여뀌 마른 잎과 낙엽을 섞어 비벼 담배를 만들어 피우면서, 제백에게 피워보라고 전할 정도로 짓궂은 장난도 친, 여러 가지 성격을 지녔다. 마치 셰익스피어 전 작품의 전 주인공이라도 되는 듯이. 요새로 말할 것 같으면 사이코패스라 해도 무방한 소위 다주인격자가 아닌가 한다. 아마도 쌍둥이 여동생에 대한 상처가 심한 듯하여 도저히 감당할 수 없었지 않았나 하고 생각했다.

쌍백의 친할아버지가 침쟁이라 소문난 김녕 김씨 종가의 연소 할배이다. 인근에 유방암과 나력 치료사로 소문 자자했으나, 원숭이도 나무 위에서 떨어진다는 속담이 여기까지 당도할 줄 그 누가 짐작이라도 했겠는가. 하기야 그 할배 몰골 좀 보소. 김성일이 본 도요도미 히데요시도 저리 가라, 조조도 저리 가라,

끝내는 일본원숭이가 제격이라. 방안에는 환자와 연소할배와 첫 번째 새댁뿐이었고, 숨죽이고 벌벌 떠는 마루 아래는 일가붙이 칠팔 명이 있었는데, 갑자기 친척 여자의 대성통곡 소리 산천을 진동하였다.

이제껏 오륙십 명이 넘는 나력 여인을 깨끗이 치료했는데, 하필 친척 장조카 마누라한테 실패를 하다니. 살무사를 나력 부위에 조심스레 물게 했는데, 하도 아랫목이 뜨끈뜨끈하게 슬슬 끓는 할배 방이라 그런지 그 놈의 파리, 한겨울에 파리 한 마리[30]가 할배 콧등에 앉아 노닐고, 간질간질, 마치 석청 따려다 줄사다리를 타고 200미터 높이로 올라가 작업하다가 콧등에 벌 한 마리가 기어 다니면 — 차라리 쏘면 한 순간 따끔하지만 — 자연히 손을 뻗칠 수밖에. 영화 〈*Once Upon A Time In The West*〉의 도입 부분의 파리를 상상해 보라.

할배 한 손으로 휘젓다가, 순간 살무사가 고개 돌려 환자 쌩짜살을 물었으니, 해목에 직방 물렸으므로 제 아무리 천하 화타, 편작이나, 허준이라도, 더 나아가 저 그리스의 유명한 니칸더라도 어떻게 손을 쓸 수 없었을 것이다. 설마하고 방심하여 해독약도 마련하지 않았으니. 여기서 파리의 위력을 말하지 않고 무엇을 말할 수 있으리.

그러니까 우리나라 건국 50년사에서 가장 쇼킹한 사건인 의령 우 순경 총기 난사.

마을에서 한 참 걸친 우 순경이 애인 집에서 잠을 자는데, 파

---

30) 톨스토이의 『소년 시절』 첫 부분에 비슷한 장면이 나옴.

리 한 마리가 잠자는 우 순경 주위를 맴돌자 애인이 파리를 쫓으려다 그만 작은 부주의로, 우 순경의 뺨을 내리치게 되면서 발단이 되었던 것이다.

그런데 희한하게도 1953년에도, 의령에서 오십육 명이 죽는 사건이 발생했다. 남한 빨치산 총책 이 현상 휘하의 이영회 부대는 전투경찰대에 의해 오십육 명이 궤멸됐던 것이다. 그로부터 이십구 년 뒤 우 순경에게 그대로 빙의가 되었다.

오, 피카디리 극장 화장실 소변기통 안 아래쪽에 붙은 파리는 늙수그레한 귀두만 쳐다보다 허송세월 다 보내는가. 어린 새끼를 위한 일념으로 이구아수 거센 폭포를 뚫고 날아다니는 칼새의 반복된 모습에서 오줌싸개 동상 *Manneken Pis*을 연상하노라.

철부지 사촌고모는 눈물 반 콧물 반 흘리며, 철딱서니며 소갈머리 없이 고무 꽈리만 간헐적으로 불었다. 꽈리는 주로 제백 아랫집 담장에 많이 열렸는데, 꽈리는 짧은 통 모양 모양의 꽃받침이 열매를 감쌌는데 그 모양이 마치 초롱처럼 곱고 예뻐서 누구나 따서 갖고 싶은 마음이 들 정도였으며, 빨갛게 익은 것을 따다가 꼭지를 따고 씨앗을 빼낸 다음, 열매껍질을 공처럼 부풀려 입에 살짝 넣어, 구멍 뚫린 쪽을 혓바닥에 대어 막고, 윗니로 위쪽을 지그시 누르면 속에 있던 공기가 빠져 나오면서, '꽉꽉' 하는 소리가 나는데 잘 찢어져, 여러 가지 색을 입힌 고무로 된 꽈리가 대량으로 생산되었다.

아무튼 꽈리는 아랫집 연후 누나를 떠올리게 했다. 어느 여름 정막이 감도는 정오, 매미소리만 여기저기서 들려올 뿐이었다.

그 때 집으로 오는데 담 너머 아랫집에서 세찬 소리가 나서 담 구멍으로 훔쳐보았다. 누나는 수채에서 소변을 보았다. 하얀 엉덩이를 까고 무심코 꽈리를 연방 불었던 것이다. 아무튼 새댁이 죽고 난 닷새 후, 판돌이네 웅덩이에 갈기갈기 너덜너덜 찢긴 주검이 떠올랐다. 겹도라지였다. 첫 목격자가 궁백이었고, 옆에 있던 자의 말을 빌리면, 그의 눈에 파란 빛이 스쳐갔다고.

어느 해거름 때 한 대의 자전거가 삼술이 있는 다리를 향해 쏜살같이 달려왔다. 아마 이 마을에 대한 죄스러움이 자격지심 되어 힘차게 달렸던 것이리라. 그는 한 손에 파란 비닐 우비를 썼다. 그는 이 마을 대다수의 불구대천의 원수요 여려의 아버지인 예동이었다. 그가 못 아랫마을에 내려갔다 하면 한 잔 걸치곤 했다. 그날도 못으로 큰 혜택을 받는데 대한 고마움으로 한 잔 얻어먹고 오는 길이었다.

그가 자전거와 함께 다리 밑으로 추락한 것은 순식간이었다. 마침 마데이가 소꼴을 한 짐 해서 바지게에 싣고 오는 길이었다. 그가 신음 소리 따라 바지게를 작대기에 받쳐두고 다리 밑으로 내려갔을 때 목이며 머리에서 선혈이 솟구쳤다. 얼른 업고 제백네 사랑 대청마루에 눕혔다. 마을사람들이 많이 모였다. 결국, 그는 고선의 무릎 맡에서 눈을 감았다.

그런데 예동은 무덤까지 가져가야 할 비밀을 희미한 말로 꺼낸 것이다. 그것은 못이 예동 마을 입구로 최종 확정될 즈음, 창결과 창결 막내 아버지가 마을대표 자격으로 수리조합에 가서 예동 마을 입구가 천혜의 입지적 조건이 좋아서 경비 절감 등 효과가 있으나, 저수량 적을 뿐 아니라 이미 바로 윗마을에 못이 있기 때문에 저수량이 많아지면 윗마을 못 둑이 무너질 수도 있다고 설명하였던 것이다.

그렇다면 왜, 창결과 창결 막내 아버지는 그러한 천인공노할 일을 저질렀는지 궁금해진다. 그것도 좀 깊이 생각해보면 당장 해답이 나올 수 있었다. 그것은 고선할매가 창결은 많이 배웠다고 감무뜰 박토만 주고, 다른 자식과 조카들은 지금은 수몰되었지만 그 당시는 고래실이었던 곳을 유산으로 준 데 대한 반감이었다. 막내 아버지 또한 고선의 배다른 시동생이었던 것이다.

아무튼 이 소식이 사방팔방 퍼져, 창결은 영원한 배신자로 낙인이 찍혔다. 예동이 죽기 직전 마을사람들이 찾아왔다. 그들은 죽어가는 예동을 흘금 보고 이내 제백네를 나서면서 입에 담지 못할 쌍소리를 해대며, 여기저기에다 가래침을 내뱉었다.

막 임종 직후 예동 처자식들이 당도했다. 모두들 혼이 나간 표정이었다. 그리고 무슨 얄궂은 운명인가, 원수가 외나무다리에서 만난 격이 되고 말았으니. 달구지에 실린 시신을 따라 친인척이 한 무리가 슬픈 덩어리가 뒤를 따랐다.

다 지난 일이지만 고선은 자기 아들인 창결이 석남인지 몰랐던 것이다. 저옥무당은 그 사실을 숨기며 혼자 삭혔다. 어떤 때는 설고 서러워서 삶의 마감을 시도하기도 하였다. 몰래 큰 방 횃대 들쳐 모시옷 갈아입고, 정화수 떠놓고 몇 마디 빌고, 술지게미 한 주먹 집어먹고 개똥벌레 휘휘 손사래 치며 달려가, 휘휘한 마음 독하게 진정시키고, 치마에 돌 가득 담았던 것이다. 거북꼬리 우거지고, 거북이, 능구렁이, 물땡땡이(물땅땅이)가 유독 많은 차안웅덩이에 몸을 던졌다.

그 때 마침 뒤따라온 독구가 사방팔방 악을 쓰며, 짖어대는 바람에 살아났던 것이다. 그 개의 손자뻘 되는 영특했던 개가 어느 여름날 읍내 나무꾼에게 뭇매를 맞아 죽어 구룡못에 버려진 사건도 있었다. 행주산성 여편네들아, 니들은 되레 행복했을지니라. 조선이란 나라 구한다는 명분이 있었으나 저옥무당 치마돌은 무슨 꼴인고. 차라리 미쳐 웃음이 부족하면 갈황색미치광이버섯31)먹어 맘껏 웃고 이곳저곳 쏘다니고 싶구나.

먼 훗날 제백은 삼촌 뒤만 졸졸 따라다니며, 제상에 올릴 문어 다듬다 떨어뜨린 조각은 무조건 제백 몫이었다. 제삿날은 온 식구들 진절머리 나서 고선 눈을 피하기 일쑤였다. 그러기를 정신없이 다니다가 점심 잔치국수 몇 술 뜨다 속이 미식미식 울렁울렁 아랫목에 자리 보존 그것이 성한 시절 마지막이었다.

애달프고 원통한 것, 그 기상 한 번 솟으면 그 피해 여지없이 주로 저옥무당한테 와서 정통으로 꽂혔다. 만만한 게 홍어 거시기라 했던가. 그러나 그 높고 큰 기상도 중풍 앞엔 소용없고 솔개 앞에 진박새라. 한 발짝도 못 내다보는 인생사 허무해라.

---

31) 이 버섯을 먹으면 자꾸 웃음이 나온다고 해서, '살이 도톰하고 모든 버섯 가운데 가장 아름다운 독버섯들, 즉 빨간 갓의 표면에 흰 좁쌀 같은 무늬가 점점이 박혀 있는 광대버섯…….' — 움베르토 에코의 『로아나 여왕의 신비한 불꽃』 (이세욱 역. 2008.7.3. 열린책들).

더 기막힐 노릇이 저옥무당 외에는 비록 친딸일망정 절대로 당신의 추한 꼴, 똥구멍 파고 오줌 누이는 것 보이기 싫다는 몸부림이 있었다. 혹은 노파심으로 넘겨볼 때 거웃의 비밀을 알았기에 그랬는지도 모를 일이다. 아무튼 거부하는 그 아귀 한 번 세다. 사람이 죽음에 가까울수록 아귀힘은 어디서 나서 그토록 치솟는고.

그로부터 장장 팔 년 4개월 열이틀의 중풍 세월이여! 지극 간병으로 향리 유생들이 효부라 칭송 자자한들 빼앗긴 젊은 세월을 그 누가 보상하겠는가. 드디어 서서히 무서운 음모가 어두운 골방에서 싹텄다.

그해 고추바람이 매섭게 치던 날 밤, 둘째 사랑에 동네 머슴들이 모여 구룡못에 청둥오리, 가창오리, 오, 새의 군무! 마치 크나큰 그물처럼, 매미채처럼, 저승사자 고깔모자처럼. 산과 들에 장끼, 산비둘기, 산토끼 잡이. 모두들 화로 옆에 옹기종기 앉아 생콩을 파서 할비비로 콩 껍질이 망가지지 않게 조심해 중간정도까지만 구멍을 파거나 여름이나 가을에 잡아 말려놓은 메뚜기에다 가루약을 먹을 때처럼 조심스레 구멍에 싸이나를 집어넣어, 촛농으로 봉한 뒤, 그들의 길목에 두었다. 특히, 기다리던 눈이 많이 오면 양지 쪽 눈을 슬어내고 몇 개씩 놓으면 먹거리를 찾아다니던 장끼, 산비둘기, 산토끼 들이 먹고 비명횡사한 다음날 이삭 줍듯 줍는다. 그 때는 신발이 시원치 않아서 양말이 다 젖어 동상에 걸릴 뻔하면서도 그저 좋았고 즐거웠다.

그날 밤 마데이가 갑자기 문을 열고 들어오고, 곧 바로 등잔

불이 꺼지고, 그 사이 육손이가 함지박에 든 사이나 넣은 콩알 3~4개를 슬쩍했겄다. 제법 그럴싸한 작전. 그날, 궁백은 읍내 장에 가서 술을 얼마나 퍼 안겼는지, 사전오촌 구루마에 실려 와서 감실숙모 생쌀 간 물에 겨우 호흡 정리하였던 것이다. 마을사람들이 장날, 특히 소나 돼지를 판 날은 몇 명이 만취되어, 뻗은 상태로 구루마에 실려 오기도 했다. 그러면 해당되는 여인네들이 동구 밖으로 달려와 쌀무리에 쑥을 빻아 섞어 먹이면, 이내 토악질을 하고는 안정을 찾곤 했다. 어떤 이는 바지에 똥오줌을 싸기도 했다. 그것이 오히려 그 당시 유일한 구경꺼리였으며, 신선한 충격이었던 것이다. 보국대나 6·25 때 과부가 된 여인들은 그것도 남정네가 있어서 사서하는 고생 아니냐고 부럽게 여기곤 했다.

저옥무당은 산제당 지킴이 구실할때 양식을 떠돌이 막내머슴 금식이가 지고 산제당으로 가고 없었는데, 금식이는 금식나무 잎처럼 페인트 방울에 묻은 것처럼, 얼굴에 백반이 점점 번지는데, 세월이 흘러 점점 얼굴 전체에 번져 눈도 잡아먹고 마음까지 잡아먹어 병들게 했다.

서울 어느 택시기사가 요요치료로 백반이 씻은 듯 낳았다고 금식이한테 일러줬지만, 콧방귀도 뀌지 않았다. 금식이의 귀여운 아내요 저옥의 이복딸이요 동자아치이고, 잠시 일을 하면 얼굴이 붉게 달아오르고 코 주위에 땀이 송골송골 맺히고, 약간 사팔뜨기이며, 키가 컸으나 어린애를 갖지 못하는 돌계집, 즉 석녀인 남립이는 제백을 데리고 윗담 끄트머리 순순이네 불구경을 갔던 것이다.

순순이네는 마을 가장 위 서쪽에 위치한 남평 문 종가로서 사대가 한집에 살았던 것이다. 대대로 성질이 유순했으나 최근에 와서 술주정뱅이가 태어나 말썽을 부리다가, 어느 여름 폭양이 혀를 두르는 정오쯤, 생전 지게질이라곤 해본 적이 없는 자가 그날따라 지게지고, 큰 톱 하나 들고 자기네 갓인 적선산으로 휘파람 불며불며 가서, 소나무 한 놈 처치하여 그 기둥줄기를 여섯 일곱 개로 잘라서 지고 오다, 한 번 쉬고 신작로를 들어서기 전에, 두 번째 또 쉬고 나서 지려고 추스르다가, 그만 나무가 꼭뒤를 내리쳐 파르르 떨면서 즉사했던 것이다. 길 가던 누군가가 있어 급히 기별했으나 이미 몸은 굳어져 차갑게 변한 후였던 것이다.

결국, 병든 고선을 두 사람에게 맡긴 게 불찰 중 불찰이었다. 고선은 김족을 마름질 맡겼으나, 워낙 천성이 유약하여 이리 이용, 저리 이용당하다가, 스스로 북간도로, 용정으로 이모 몰래 떠나고 6·25가 터지자 살판난 사람처럼, 의용병으로 두 번 갔다가 백두산 영봉에 태극기 꽂고 온다는, 다소 허허로운 발상을 하다가 끝내 불귀의 객이 되고 말았다. 육손이[32]가 군에 갈 수 있었다니 엔간히 사람이 귀하긴 귀한 때였나 보다. 오손이는 군

---

32) '경찰관 말에 따르면, 여섯 번째 손가락을 가지고 태어나는 사람이 가끔 있다고 해요. 대부분은 아기가 자라기 전에 부모가 기형 손가락을 잘라 버리죠.' —『색채가 없는 다자키 쓰쿠루와 그가 순례를 떠난 해』(무라카미 하루키, 양억관 역, 2013.7.1. 민음사).

대 가기 싫어 사손이, 삼손이로 만드는데[33], 우리의 육손이는 두 차례나 자원입대했다니, 국가니, 정부가 있기는 있었던가.

그런데 전사한 줄로 알았던 그가 나타났다. 6·25 때 두 번이나 전선에 나갔는데도 무탈하다니! 다행히 육손이는 수술을 받아 온전했고, 북한에도 몇 차례 다녀온 *HID* 요원이었던 것이다. 같은 요원이었던 제백 외가 아저씨는 김족의 후배가 되는 셈이었다. 같이 근무할 때는 잘 모르고 지내다 전역 후 제백 주선으로 두세 차례 만났다. 아무튼 김족은 육군 보안대 준위로서 고선의 살해를 뒤에서 교사한 장본인이었다. 그의 서울 소격동 집엔 많은 도서가 비치되어 있었다. 특히, 거실에는 한국의 유수한 출판사의 전집물이 즐비하게 진열되어 있었다.

그는 말했다. 출협에서 전국적으로 납본을 받는데 그 중 문광부 몫을 보안대 상사가 분기별로 가서 군부대 지원용으로 가져온다는 것이다. 그러니까 일선 병사한테는 썩종이로 된 무협지 등을 보내고 좀 값나가는 것은 부대장과 윗선에 보낸다는 것이다. 돼지발에 편자 꼴이랄까.

우리의 '꿈을 깨우는 자'인 운동권 출신인 출협 소속 시인은, 출협이 보안대 상사한테 놀아난다고 놀려댔다. 그가 종종 맥주집에서 취기가 오르면 자기의 무용담인 소위 고문당한 이야기를 꺼낼 때는 모두가 숨을 죽이고 들었던 것이다. 즉, 승강기 안

---

33) 로마인들은 엄지손가락을 다친 자는 전쟁에 나가는 것을 면제했는데, 초대 황제인 아우구스투스는 아들의 엄지손가락을 고의로 벤 자의 전 재산을 몰수했고, 원로원은 자기 엄지손가락을 벤 자를 종신형에 처하고, 전 재산도 몰수하여 그 제도를 악용한 자를 엄중히 다스림.

에다 혼자 가두고 사방 문을 조였다가 신음과 괴성에 천천히 풀기를 반복한다던가, 그 때까진 예사롭게 들을 수 있었다. 그러나 여직원이 없을 때만 꺼내는 레퍼토리가 있었다. 성기 안에다 종이를 배배 꼬아 집어넣기를 반복한다는 이야기에 우리의 눈과 귀는 호기심에 젖어들었고, 숨마저 제대로 쉴 수 없을 지경이 되곤 했다. 다 듣고는 모두들 몸을 부르르 떨며 한 잔 쭉 마시는 것이다. 결국, 제백은 무심결에 노가리 씹다가 앞니가 뿌려지는 불상사가 일어나고 말았다.

그 시인은 경상도 중에 대구 사람을 극히 싫어했다. 그리고 직장 상사인 어떤 동화 작가를 비판하다가 휴가 나온 직원의 구둣발에 얼굴이 크게 상했던 것이다. 그 시절이 시적인 감수성을 지닌 경상도 청년인 제백에겐 크나큰 고역이었다. 그는 제백더러 경상도에 태어난 것만으로도 한 칠 년 정도 전라도에 대한 미안함을 천형天刑으로 여기며 자숙하라고도 했다.

그 당시 납본이며 출판사 등록 등은 법률보다 대통령의 행정 지시가 더 우위에서 군림하던 시절이라 그것을 설명하느라 제백의 하루는 피곤했다. 그만큼 많은 해프닝과 일화를 머금었다. 그리고 구청마다 출판사 등록 서류가 제 각각이라 나름대로 일관성 있게 만드느라 애를 먹기도 했다. 그런데 그로부터 삼십 년이 지난 지금도 서울 시내 구청 간의 여러 가지가 제 각각이었다. 똑 같은 통계청 업무도 구청마다 별개로 이루어짐도 자유민주주의의 모습이라고 할 수 있을까. 한때 출협 세미나 주제집에 오탈자가 보여 사회자가 말했다. 민주주의이기 때문에 오탈자가 생긴 것 같다고!

김족은 제백 처이모부와 짜고 제백 장인의 송화유조란 바다 주유소를 강탈하기 위해 수많은 악행을 저질렀다. 처이모부는 육군대령이었는데, 직원이 폐유를 섞어 팔게 하여 들통이 나면, 유수의 신문사에 제보하여 실리게끔 작전을 짰던 것이다. 그러면 자연히 동서인 자기에게 도움을 요청하리란 정교한 작전이었다. 마침내 장인은 동서의 힘이 필요했고, 그래서 동서는 회장, 김족은 사장의 자리에 앉게 되었다. 김족은 최우선으로 경리여직원 유혹, 강간하고, 깐죽대는 석회산이란 만능 재주꾼 운전사를 자유공원 숲속에서 린치를 가하여, 몇 푼 집어주고는 스스로 자발적으로 퇴사하게 만들었던 것이다.

이제 세상천지가 자기들 것이었다. 그런데 몇 년 후 동서도 회장 자리에서 내몰렸다. 김족에게 당한 것이다. 이북 출신이요 열혈 성질을 못 이겨, 결국 술 먹고 월미도 바다를 돌진하여 죽고 말았다. 그의 나머지 가족은 모두 캐나다로 떠나고 말았다.

어느 봄날 가까운 안산 대부도 가는 길 오른쪽 무인도에 직원 야유회를 갔다. 그곳은 장인의 섬으로서 큰가리기섬이라 했다. 사실 그 섬은 장인도 한동안 잊었는데, 어느 날 고향 친구가 찾아와,

"자네, 그 돌섬의 돌을 팔게"

하는 통에 아차 하고 문서를 찾았던 것이다. 이십 년이 넘게 모르고 지냈던 것이다. 그러니까 이십 년 전 기름 값 이십만 원

을 대신해서 받은 섬이었다. 마침 장롱 속에 고스란히 잘 간수되었던 것이다. 그러니 전두환한테 고마워해야 할 것이로다. 평화의 댐 공사에 돌이 필요했으니까.

세상사 엉뚱하고 요상해서, 한때 작가 이문열 형이 말했다. 자기들은 연좌제에 묶여 제주도도 갈 수 없었는데, 아이러니컬하게도 전두환 정권 때 그 제도가 풀려 비행기로 제주도로 가면서 감회에 눈시울이 뜨거웠다고 했다. 말이 나와서 말인데, 이문열 형제가 중국에서 아버지를 만나고 어머니한테 경과를 말씀드렸더니, 그 양반 앞으로 입에도 올리지 말라고 단호하게 말했다고 했다. 남편의 생사를 모를 적엔 제사를 모신다, 뭐를 한다, 부산을 떨고 그리움에 애간장 태웠으나 막상 남편이 북한에서 남의 남편이 되어 처자식을 두었다니, 누군들 기절초풍 안 하겠어. 그런 점에서 장기려 씨는 훌륭한 가장인 바 이광수의 사랑의 모델이 되고도 남았겠지.

큰가리기섬 절벽 가까이 너른 바위 위에서 술파티를 벌렸는데, 한 직원의 꼽추 춤에 다들 박장하였고, 사장님은 고개 젖혀 창공 보고 크게 웃다가 마침 지나가던 갈매기 똥이 눈에 들어가 길길이 날뛰다가 절벽 아래로 떨어져 즉사했다. 얼마 후 떠오른 그놈 모습 좀 봐라, 떨어지면서 벗겼는지 가발은 온데간데없고 홀 대머리를 한 채 육신은 열십자로 얼굴을 바다로 향해 죽 뻗어 있다. 어느 여직원은 사장님 대머리를 처음 봤는데, 의아한 눈으로 놀라 웃으려하다 무안스레 진정하는 눈치였다.

오빠인 궁백은 무밭에 무 빼듯 잘 나왔는데, 동생은 쌩고생을 했다. 그만 자궁 문턱에 걸려 빠져 나올 줄 몰라라 하다, 구룡사 스님들이 총출동하여 진통부터 도합 장장 열두 시간 만에 겨우 꺼내다시피 하여, 그 별명도 거룩한 꺾순이라 불렀다.

낳을 때 그렇게 고생고생 했으니 정신이야 제대로 서겠는가. 얼굴이사 낙원동 떡집 아가씨처럼 불그레하고 달덩이 같았으나 왠지 성질머리하곤 불뚝성이 있어, 동생들은 누나 눈치 보기에 급급했것다. 혹간 자기를 무시하는 눈치만 보여도 찔뚝거리며, 고래고래 욕을 해대며, 쫓아가 붙들리면 반 초죽음으로 만들어 놓기 때문에, 어른 아이 할 것 없이 슬슬 피했던 것이다.

정동 놀래의 제백 중학교 친구 어머니가 남편이 하루 종일 무료하게 화투 패만 뜨며 시간만 죽이고 있는 것에 정나미가 떨어졌던 것이다. 마치 매일 서재로 쓰는 방에 틀어박혀 하는 일이라고는 고작 누워서 잠만 자는 오블로모프처럼.

어느 날 오후 어머니는 친구를 포함한 3남매를 선산이 있는 뒷동산에 불러 모아 내일 죽을 거라며 죽음을 예고한 다음날, 전날 갔던 뒷동산 도래솔 중에 제일 큰 소나무에서 목을 매고 자살하였다. 그것을 큰 아들인 친구가 마치 실비아처럼 목격하였던 것이다. 마치 스테판 츠바이크가 죽음을 예언한 것과 유사했다.

모든 나의 친구들에게 인사를 보내는 바입니다! 원컨대, 친구 여러분들은 이 길고 어두운 밤뒤에 아침노을이 떠오르는 것을 보기를 빕니다. 나는, 이 너무나 성급한 사나이는 먼저 떠나겠습니다.

다음 해, 큰 아들은 새엄마가 들어온 것을 못마땅하게 여기던 차 아버지의 잔소리에 화살이 새엄마에게로 꽂혔다. 결국, 그녀를 야구방망이로 머리통을 때리고는 마을을 쏘다녔는데, 그 때 마을 똥개며 진돗개가 그가 지나가기만 하면 슬슬 꼬리를 내리며 피했던 것이다. 그런 친구도 결혼하여 그럭저럭 살았는데 하루는 대학생 큰 아들이 강화도로 놀러갔다가 400밀리미터가 넘는 장대비에 휩쓸려 행방불명이 되었던 것이다. 한 일주일이 지났을 때 예성강에서 발견되었다고 북한에서 통보해왔던 것이다.

한 번은 소나기가 억수로 퍼붓는 날, 마른 마당에 소나기 메다꽂으니 흙냄새가 진동하고, 마침내 미꾸라지가 하늘에서 대여섯 마리 떨어지고 있었다. 궁백과 여백은 우케를 늦게 담았느니 뭐니 서로 잘잘못을 떠다넘기면서 끝내 큰 싸움으로 이어져, 서로 마당에서 뒹굴며 지랄 염병을 떨다가, 제풀에 지쳐 열십자로 드러눕는 꼴이 되고서야 겨우 끝나기도 했다. 그것은 일종의 성행위와도 같았다. 그 때 제백은 누나의 허연 속살 속에 드러난 두 가슴을 보고는, 침을 꼴깍 삼키는 이상한 충동에 사로잡히기도 했다. 그날 밤 꿈속에서 몽정을 한 것은 당연지사였다.

저옥무당의 과욕이 빚은 비극이 여백 누나에게 당도할 줄 그 누가 상상이라도 했겠는가. 여백 누나는 점점 혼기가 차자 상내난 암소처럼 그 성질이 더 포악해져서, 마침내 진정이 될까하여 다섯 살 아래의 인근 고등공민학교 영어선생과 혼례를 올렸다. 온갖 이바지며 집 장만까지 하여 안착시킨 혼사였으니, 처음부터 끝이 보이는 무리한 결정이라는 것은 산천초목도 다 아는 처사다.

결혼하여 이듬해 아들을 낳은 것까지가, 아니 아기 100일 이틀 전까지가 흔히 말해 행복의 절정이었다. 부부는 행복에 겨워 거실에서 아이에게 가동질 시키며, 추스르며, 어르며, 즐거워 하다가, 이 마당에서 진도가 너무 나가, 그만 아이를 서로 살짝 던져 조심스레 받기를 반복하다가, 부엌에서 차 끓이는 물이 데워져 주전자가 꽥하고 기차 불통처럼 요란하게 울리자, 여백이 받으려다 그 소리 쪽으로 얼굴을 돌리고야 말았다. 찰바닥. 어린 것은 감 홍시처럼 깨어지고 사시나무 떨듯 파르르 떨다 파랗게 자지러지다, 그만 숨을 거두고야 말았다.

그 사건 이후 남편은 점점 표독해지고, 사사건건 여백을 정신질환으로 혹은 기억상실증 환자로 몰아간 치밀함이 있었으니, 그야말로 영화 〈가스등〉을 연상시키는 고도로 발달된 수법이 숨어 있었던 것이다. 하루는 술에 떡이 되어 삼천포 어느 미장원 아가씨를 데리고 와, 여백을 옆방으로 내몰고 큰 방 차지하여 아껴두었던 원앙금침 한 채를 꺼내, 베고 덮고 그년 요분질 소리가 삼이웃이 들릴 정도로 생지랄 염병을 떨다 곤히 자고는, 여백이 정성껏 차린 아침을 둘이서 겸상을 하고는, 그 여자 고맙단 인사도 없이 떠났다.

그녀가 가고 나서 너무나 서러워 훌쩍이며, 남편한테 너무한다고 나무라자, 자기가 언제 여자를 데리고 왔냐며 이 여자 사람 죽일 인간이라고 오히려 고래고래 고함지르니, 어디 사람이 견딜 수가 있어야지. 여백은 평소 정신이 온전치 못한데다 폭력에 는 더욱 민감해서, 결국 도망쳐 나오다시피 하여 쇠죽솥 옆 작은 방에 하루 종일 틀어박혀 에밀리*Emily*처럼 두문불출했다.

그 방은 식구는 물론 마을 그 누구도 범접하지 못하는 금단의 방이었다. 다들 잠자리에 든 한밤중 부스럭거리며 외양간 뒤 쇠 지랑물 위 무화과 한 그루 심어져 있는 담보랑 아래 한뎃부엌 차려놓은 곳에서 밥을 해, 장독간과 열어 논 부엌에 가서 몇몇 반찬을 바가지에 담아서, 귀신같이 몰래 가져가곤 했다. 저옥무 당은 기척을 느끼면서 간섭하지 않고 긴 한숨만 내쉬곤 했다.

그렇게 궁색을 떨며 지랄방광 떤 지 이태가 지난 어느 날. 그 러니까 5·16 다음날인가 그 다음날인가 아무도 몰래 야음을 타 여백은 독한 마음을 먹고 남편 학교 화장실에 가서 목을 매고 죽었다. 아무래도 남편을 저주하고 골탕 먹이려는 심산이었을 것이다. 그 소식을 듣고 저옥무당은 불현듯 사위를 찾아갔으나, 그는 장례도 치르지 않고 이미 살던 집을 처분하고 가재기물을 몽땅 싣고 아무도 모르게 어디론가 날아버리고 말았다.

궁백이 사천에서 제일 악독하기로 유명한 놈과 어울려 다니 다가 그 친구가 군 미필자라 군대에 끌려가다시피 했는데, 두 차 례 탈영하여 사천 수양다방 레지를 두고 사천 미나리깡에 살던 깡패 서 씨와 칼부림 끝에 서 씨를 살인하여 미나리깡에 파묻었 다. 또 그 레지가 자는 다방 안 숙소에 가서 마침 들른 레지 친척 등 다섯을 참혹하게 죽인 희대의 살인극을 자행했다. 공군 헌병대가 소능마을에 들이닥쳐 궁백과 도산밭골에서 강소주를 마시는 현장을 덮쳤다. 궁백 말에 의하면 다 마시고 곧 절벽 위에서 자살하려고 했다는 것이다. 체포하여 육군에 이첩하여, 결국 처형당하고 말았다.

그놈은 사천읍 찐빵이란 찐빵은 다 주워 먹었는지, 항상 두툼한 입술이 불그스레 물기에 젖어 있어 보기만 해도 찐빵 먹은 직후를 연상시키곤 했다. 사실 그놈은 제백 중학 선배였고, 그의 동생이 제백과 동기였다. 하루는 등굣길에 됭기 들판을 지나 막둑을 지나려는데 중학교 3학년인 그가 건방지다는 명분으로 중학교 정문 옆 둑 아래에서 제백 윗마을 선배를 반초죽음이 되도록 팼다. 진홍색 피는 점점 흑갈색으로 변하고 입에서 핏덩어리가 토해 나올 지경까지 짓이겼다.

며칠 전 삼성초등학교에서 열린 면 체육대회 때 두 고등학생이 싸워서 서로 찾느라 관중 사이로 쫓아다니던 모습이 떠올랐다. 그들은 작년에도 가을운동회 날에 그렇게 싸우더니 그날도 둘 다 코피를 질질 흘리면서 운동장 바깥을 돌았던 것이다. 그렇게 맞은 학생이 사실은 한 해 꿇려서 2학년이지 사실은 같은 학년이라 해도 넘어갈 수 있었는데, 해도 너무했다. 그렇게 억울하게 맞은 선배도 마을에선 안다이 박사로 통해 제법 깝죽대는 축에 들기 때문에 딴에는 맞을 만해서 맞았을 것이라 여기는 자들도 있었다.

그는 어린 시절 꼴 여물 썰다 오른쪽 가운뎃손가락이 꼴 속에 싸잡아 들어가는 바람에 그만 잘근 잘렸는데, 한 여름 해거름 때라 얼음찜질도, 뭐도 할 수 없고, 통통통 튀는 듯한 손가락을 뒤뜰 한 쪽에 파묻었다. 다행인지 그는 군에 가지 않았다. 그런데 그가 생업에 투자하여 고자실 고개 밑에서 삼만여 마리의 돼지를 키웠다. 그러나 마을사람들이 그 냄새며 오물 때문에 골치가 아파서 몇 번 몰래 진정을 내도 막무가내였다.

그 해 큰물이 질 때, 그 많은 돼지가 흔적도 없이 다 쓸려가서 쫄딱 망하고 말았다. 사람들 말해 의하면, 구룡못 수면 전체가 돼지 천지여서 마치 지옥의 끓는 물속에서 아우성치는 죄인들의 모습과 비슷하다고 했다. 그날 이후 구룡못은 상수원으로서 자격이 상실되어 못 기능을 상실했고, 물빛도 점점 갈색으로 변해갔다. 안다이 박사도 그 사건 이후 부산 등 대처를 걸인행세로 떠돌다, 결국 어느 무덥고 노을이 짙게 물던 저녁 으스름 때 구룡못에 투신하고 말았다.

정월 대보름날이었다. 머슴들은 지난 해 섣달 그믐날 새경을 받고 설날부터 오늘까지 보름간 휴가가 끝난다. 소위 프로 선수들처럼 그 집에 지난해와 같은 조건으로 있을 것인지, 아니면 좀 더 높일 것인지, 그도 저도 아니면 다른 집으로 갈 것인지, 혹여 다른 마을로 가는 변괴가 생길 것인지에 대한 협상이 오늘로 끝나는, 뜻 깊은 날이기도 하다.

정월 대보름에는 이 외에도 풍요와 안녕을 기원하는 많은 세시 풍속이 있다. 우리나라 전체 세시 풍속의 20퍼센트 가량이 대보름날에 치러질 정도로 절기 중 가장 다채로운 명절이다.

"서숙, 수시, 퐅 넣은 찰밥 많이 자셨는교?"

정월 대보름에는 찹쌀, 서숙이나 차잔수, 수시, 퐅, 6월 본디 등 다섯 가지 곡식으로 밥을 짓는데, 특히 소능마을에서는 오곡밥을 '찰밥'이나 '잡곡밥'이라 부르며, 찹쌀, 팥, 밤, 대추, 곶감 등으로 밥을 지었다. 새벽부터 마을은 축제준비에 한창 들떠 있었다. 집집마다 오곡찰밥을 해서 가까운 친지한테 돌렸다.

아이들이 친구들 이름 부르는 소리가 메아리쳐 왔다.

"누구야! 일 년 열두 달 내 더위 다 가져가거라!"

동무의 이름을 부르면 무심결에 대답했다간 일 년 병을 다 안아가기 때문에 될 수 있는 대로 정신 바짝 차려 대답 없이 눈과 몸짓으로 대답한다. 그러나 이 해괴한 놀이도 태양이 뜨면 그만두어야 한다.

오곡찰밥 먹고, 리어카와 달구지가 동원되어 여기저기 가짓대, 옥수숫대, 해바라깃대, 고춧대며 심지어 흩어진 희아리까지 주워 담고, 두더지와 찬 서리에 솟아오른 보리밭을 밟으며, 루루랄라 달집거리가 가득 찬다. 달빛이 완성되면 아랫마을 구룡마을과 석전을 벌였다. 몇 년 전에는 소능마을 청년이 박이 터졌지만 그 후로는 제법 용기가 있는 청년이 가까이 돌멩이만 던지고는 달아나는 것으로, 그야말로 형식적인 돌싸움으로 그치는 경우가 되었다.

사람들은 모두 능화 뒷산, 이구산을 주시했다. 세상에서 제일 큰, 쟁반보다 더 큰 달이 상스러운 기운을 띠고, 살며시 모습을 보이자마자, 크나큰 함성과 함께, 마을에서 선정한 사람이 불을

댕겼다. 대나무의 거센 화력과 굉음에 일 년 농사와 가내 두루
큰 복락 누리고, 운수대통이 이루어지기를 바랐다.

마침내 동편 능화에서 보름 상아嫦娥가 왕욱의 큰 사랑처럼
뜰 때면, 서녘, 쑥수걸레 자궁 같은 대나무 숲을34)멍하니 바라보
기 일쑤였다. 여기 왕욱과 경종비의 비련을 노래한다. 그러한 하
고많은 세월 속에서도 또다시 다섯 살에 죽은 그리운 앵혈의 왕
고모35)는 첫사랑 되어, 진홍빛 되어, 오버암머가우촌인 향리36)로

---

34) '쑥수걸레'는 '아주 더러움'을 나타내는 방언. 어두운 밤 대나무 숲이 마
치 더러운 자궁 같다는 뜻. 제백은 어릴 적 정월 대보름날 마을사람 모두가
흥에 취해 동쪽, 즉 앞마을 능화 뒷산에서 보름달이 떠오르기를 고대했을 때,
오히려 소능마을 서쪽, 쑥수걸레네 대밭의 그 을년스러운 모습을 즐겼다고나
할까. 그곳 대나무는 유독 깜부기가 많아 분깃담(마을 한가운데에서 황토밭으로
가는 길 양쪽의 집들을 말함.) 주변 아이들의 간식거리였음.

35) 왕실에서 왕비를 간택하거나 궁녀를 뽑을 때, 앵무새 피를 팔뚝에 떨어뜨려
응고 여부에 따라 숫처녀·비처녀를 가림. 즉, 응고되면 숫처녀로 여김. 인류사
를 통틀어 가장 위대한 신학자이자 신비학자들 중의 한 사람인 13세기에 살았
던 알베르 르 그랑은『시르카 인스탄스Circa instans』란 의학서를 통해서 상추
를 이용해서 처녀가 동정녀인지 아닌지를 알아보는 아주 독특한 방법을 가르
쳐줌. 여기서는 누님이 순수의 극치임을 나타냄. 제백이 중2 때 한국일보의 연
재물인 장덕조의『벽오동 심은 뜻은』에서 이 단어를 처음 보고, 사전에서 뜻
을 찾아 한동안 낯 붉혔던 일이 있었음. 그 몇 해 전, 1960년 '그 겨울의 찻
집'으로 유명한 양인자梁仁子가 중삼 때 쓴 장편 소설『돌아온 미소』와 일
본 재일교포 십대 소녀 안미자安未子의 수기『구름은 흘러도』가 선풍적인
인기를 끌었음.

36) 남부 독일 바이에른 주의 주도州都. 소인극이 활발함. 1800년 낭만파에 의해
서 발견되지 않았더라면 아마도 현대에 전해지지 않았을 것임. 제백 고향도
그곳 못지않게 연극이 성행했음. 특히, 어린 젖먹이들이 말을 배울 때 엄마,
아빠하고 처음 부르기보다 '햄릿'을 먼저 말할 정도로 셰익스피어나 소포클
레스의 극이 각색되어 명절 때나 축제 때 공연되었음. 제백도 초등학교 5학년
때 희곡을 지어 그것을 중학교 1학년 때 〈울지 마라 두 남매〉 조연출과 남자

만 가는데, 재 너머 어떤 이는 결혼 첫날밤 신부가 요분질 잘한다고 새벽에 처가 마을을 떠나, 고향을 한달음에 달려와 파혼을 선언하기도 했다. 어떤 나라는 초야 때 묻은 수건을 깃발을 들고 말 달려 외치기도 했고, 어떤 나라는 전쟁에 나가면서 자기 마누라한테 정조대를 채워 그 열쇠를 갖고 가기도 했으며, 또 어떤 나라는 초야권인가 뭔가를 만들어 생지랄 오두방정을 떨기도 했으니, 이것과 고모의 것과는 차원이 다르지. 아무렴 오해마시라.

제백 있기 수십 년 하고도 봄 한철 전, 디프테리아에 목이 걸려 가물처럼 말라 타버린 세월의 마지막 날, 애매미가 그렇게 울어 그 소리 가을 고추 속에 꽂혀 박혀 눈이 따가워……. 개꽃이 한창인 사위를 떠돌며 그 빛, 구룡못의 황혼과 합해져, 그 여름의 뙤약볕은 거섶37) 부근에 떼 지어 능구렁이와 교접하는 지네

주인공 역을 맡은 바 있음. 특히, 그 당시 정동면 학촌에서 갓 시집 온 친척 형수가 마을 회관에서 연습 중일 때 놀러 와서는, 연극 중간 복수하러 떠나는 장면에 유행가 '타향살이'를 삽입하자고 제안하여 큰 반향을 불러일으킴. 그 이후 이것이 각 마을 연극에 있어서 하나의 전범이 되었음.

37) 삼을 찔 때, 삼굿(삼의 껍질을 벗기기 위하여 찌는 구덩이나 큰 솥.) 위에 덮는 풀. 삼굿은 한길(신작로)이 있는 마을 맨 아래 다리 옆 개천가에 두고서, 마을 남정네가 모여, 갓 베어 묶은 삼단마다에 서로가 자기 몫을 알기 쉽게 표시한 후, 적당히 물을 붓고, 거섶을 얹고 삼굿 주변에 갓 갠 흙을 발라, 한참 동안 삶음. 마을 3대 큰 행사(음력 7월 보름 백중날의 도산밭골에서나 감무뜰 앞 냇가의 호미씻이, 정월 대보름 달집 짓기.) 중의 하나임. 삼 껍질을 벗겨낸 삼대. 즉, 겨릅대(사투리로 제릅, 제릅당구, 제릅대)는 불쏘시개로 쓰이고 어린애들은 그것의 윗부분을 구부려 삼각형을 만들어 거미줄을 잔뜩 입혀 잠자리나 매미 잡는 데 사용하기도 하나, 힘이 센 말매미(일명 왕매미)는 몸부림치다 빠져나가기 일쑤어서, 말꼬리나 소꼬리로 올가미(홀개미, 홀갱이, 홀롱개)를 만들기도 함. 말매미는 일 년에 한 마리 잡기가 어려웠음. 요즘 도회지의 말매미는 그 당시 것보다 순발력이나 탄력성이 많이 부족하고 떨어짐.

만 포복하게 하였다[38].

산 중턱, 비탈진 황토 저승나무 옆에서 고선할매의 추상追想처럼 다시 피어나 반겼을 때, 큰골 산코숭이에 그리움으로 남아 있는 미지의 동굴을 휘감고 돈, 골안개가 마을 먼동을 찾아 헤맬 때, 아침 강가에 피어오르는 안개를 보시거든 임이여, 그대 그리워 한숨짓는 내 입김으로 아옵소서. 산 너머 사천 읍내에서 들려온 정오의 오포 소리는, 저녁연기 같은 봄비만 재촉하였을 뿐[39].

그 때였다. 포플러 숲 뒤에 우뚝 솟은 껍질의 왕이요 황금나무인 굴참나무 꼭대기에서 부들부들 떨던 꿈속의 파우스트[40]가, 열두 밭 꼰[41]이 새겨진 너럭바위 위로 투신하였다. 메피스토펠

38) 삼 삶는 시절은 우기雨期 때라 능구렁이와 지네가 득시글거렸음. 특히, 밀과 콩에 사카린을 넣은 간식거리를 볶을 때면, 그 고소한 냄새 때문인지 더욱 기승을 부렸음. 그 시절 마을은 성이 아주 문란하였음을 상징적으로 표현함.

39) 읍내에서 들려오는 정오의 사이렌은 기계음이 전혀 없는 시골에선 아련한 추억일 수도 있고, 저녁밥 지을 때쯤 들과 밭 그리고 산에서 돌아오는 마을사람들과 소와 염소들의 모습은 정겹기 한량없음.

40) 굴참나무 껍질은 코르크의 원료로 쓰이고, 껍질의 모양은 가장 이상적인 배치로 짜임새뿐만 아니라, 탄력 있고 골이 깊어 골참나무라 불리어졌으며, 그래서 '나무의 왕樹中王'이라 칭할 만함. 파우스트가 인간 중에서 최고의 지성이기에 나무 중에 굴참나무와 비견됨.

41) '고누'의 방언. 마르고 평평한 땅이나 종이, 평평한 바위 위에 말밭을 그려 놓고 두 편으로 나누어 말을 많이 따거나 말길을 막는 것을 다투는 유희의 한 가지. 대개 시골의 마을 한복판 마당 옆 정자나무 아래나 산 어귀 나무 그늘 아래 고누판이 새겨져 있음. 말은 주로 공기놀이에 쓰일 만한 크기의 돌이나 바람이 없을 때는, 아까시나무나 느티나무 작은 잎을 사용하며, 급할 때는 침을 사용하기도 함. 산제당 가는 길 옆 느티나무 아래 너른 바위 위에 그려진 고누는 창결이가 새겼다고 전해짐. 이를 두고 윗마을사람들은 아랫마을사람이 자기들 터에 와서 놀이판을 만들어서 자식이나 일꾼들이 게을러 대학 가는 자가 없다고 트집을 잡기도 했다. 그렇다면 마을 복판과 적선골의 그것은 무어란 말인가.

레스의 기습이었나. 어쩌면 제백이 밀쳤는지 모른다. 봄비가 마주나무에 비게질하고, 허공에 뜸베질하였는지 더욱 모른다. 아니면 물박달나무가 철가면 되어 저질렀는지도…….

꽃 봐라, 꽃 봐라! 연분홍 꽃잎에 물든 시신, 제백 홀로 산역꾼이 되어 고모 곁에 봉안하였다. 다무시를 달고 다니던 맹랑한 아이가 와룡산 참꽃 꺾어 순이네 앞마당에 흩뿌린 어느 봄날, 어리속 병아리 한 마리가 탈출하여 당병소唐兵沼를 건넜다. 독구와 같이 뒤쫓던 아이의 입가엔 봄볕이 반짝거렸고, 노란 병아리는 어느새 병둔 들 보리밭을 지나 방지포구42)로 내달렸다. 어디선가 보리피리 소리가 한 잎 두 잎 떨어지고…….

광포만 갯벌에서 머드팩 마친 셋은 올 때는 한가득 함박웃음을 띠며, 싸리문을 들어섰다. 어느 큰물 진 구룡못 위에 떠오른 독구는 재 너머 나무꾼의 바지게 작대기에 희생되었다는 소문만 무성한 채, 그렇게 무덥던 여름날처럼 아쉬운 듯 떠밀려나고, 가을이 석류처럼 농익어 쩍 벌어졌다.

신라에는 석류를 해류, 해석류, 나류라 하여 귀하게 여겼다. 그런데 신라의 석류는 어느 때인가 사라져, 17세기 무렵에 일본 석류인 왜류가 조선에 들어온 것이다. 신라에 있었던 석류가 사라진 까닭은겹꽃이기 때문이었다. 겹꽃은 암·수술의 생식기가 꽃잎으로 변한 성 불구의 꽃이 많아서 열매를 제대로 맺지 못하기 때문이었다.

---

42) 사남면 맨 아래 바다에 인접한 마을로 사시사철 햇빛이 좋아, 마치 에게 해의 산토리니를 연상케 함.

세월 속에 병아리는 장닭 되어 새벽마다 불규칙 홰를 쳐, 제사 시간 우롱하기도 하고 대밭 위에서 곤히 겨울잠 자던 흰 눈을 마침내 낙하시켰다. 어머니, 당신은 어찌 나의 일상이 되지 못한 채 점점 멀어지려합니까? 당신의 회억만 간신히 부여안은 이 부덕한 몸은 진정 이 혹독한 초봄을 홀로 보내야 하는지요. 당신의 잔영마저 꿈결처럼 흩어지고 어느새 때 아닌 진눈개비가 흩날렸다. 어디선가 코러스가 들려왔다. 고향아, 그리움으로 남지 말라고.

꽁, 꽁, 무겁게, 거만하게, 탈 기교롭게, 한여름 소남풍 같게, 큰골 산무지개 같은 현혹도, 비얍터 바위 소, 소골소골 티코만큼, 바람산 옹달샘 무당올챙이만큼, 천지 삐깔 곱사리 떼가 영락없이 걸려든 수수깡 낚시도, 수수깡 안경도, 넙죽 엎드려 풀기 죽은 조실부모 한글도, 화전 들 비닐하우스를 결딴 낸 올봄 설이雪異도, 장우 아범 찢어진 밀짚모자 날리던 만돌이굼터 소소리바람도, 계절 성 쌓고, 호濠 파, 여유 부리는 화려, 화미華美 일란성 쌍생자들과 같이, 진종일 와룡축제로 식음 전폐하다시피 한 청탄정 현판은 오늘 같은 봄날에 명주바람을 기다렸는가.

는개 눈물 적시던 짧디 짧은 '제논의 화살' 닮은 한글의 수태受胎는 창공 향해 얇게 항변하고, 한 줄기 수액에서 만화방창까지, 비린내 윗 들판 참나무 군락지 사슴벌레, 장수풍뎅이까지, 노랗게 물든 미루나무 잎 오물거리는 앙골라의 빨간 눈까지, 가천초등 교문 옆 왕벚까지, 3학년 교실 창틀에서 해바라기 하던 미모사까지, 몽골의 목동들은 그 얼마나 무료했으면 한 목에 두 가지 이상 소리를 내었는가. 후미*hoomi*여.

폭양의 정오도, 말매미의 우렁찬 소리도, 바위에 살포시 스며드나니, 하이쿠여. 별꽃은 잔디의 혹 한 양광을 들이마신 후 곧바로 양수가 터져 기나긴 진통 마쳤다.

추억이 선악 삼키듯, 꽃도 그렇게 꿀꺽 하고 말 테지요. 그리하여 단말마 황홀함도 떠난 첫 여인같이 미워하게 되겠군요. 이제야 온갖 앙탈부리며 구룡못에 메다꽂아 박히는 기동사격 소나기처럼 곧추서서 왔다.

탑골 밖, 씨산이 누님 장녹발長綠髮 장화홍련 어느 틈에 풀어헤쳐, 흰 고무신 벗어 양손에 거머쥐고, 한 발 떼고 애고 애고, 두 발 떼고 어찌할꼬.

남은 애비, 통곡 소리 요란하게 소복되어, 황소바람 되어 들어서는데, 쑥대머리 애달피 그리워서 매달려 보지만, 저 꽃은 이만큼 하늘하롱 사천만 까치놀 되어, 능화 숲 너른 내 피라미 튀는 휘영청 달밤 윤슬 되어, 날선 작두 위 산제당 무녀되어, 마지막 염력 다해, 가산댁 다섯 살 난 외동딸 잃은 설움같이, 송암 편백 같던 위주 할매 미움같이, 5월 감무뜰 사름처럼 주야장천 퍼부어라, 퍼붓게 되노라.

그토록 연실蓮實처럼, 쥐라기 공원처럼, 기다려 보기로 해요. 지구 멸滅은 어느새 구름산 절벽 산파 같이 가녀리고, 아직도 융단 고드름은 옛 학동 그리워하며 산풍山風, 곡풍谷風 마다않고 아래로만 신작로만 쳐다볼런가. 그날의 왁자지껄은 좌판처럼 펼쳐

놓은 채로.

긴 세월 염색으로 가늣해진 머리칼 같은 곡조가 가얏고 열한 줄 타고 흐르는 이 한밤, 살의殺意 안고 태어난 자목련 한 송이가 장난기 심한 개미 한 마리 돌출행동으로, 그 무게로 천수天壽 근처에 맴돌다 '도라 도라 도라' 직강하 하였다.

감무뜰 큰배미 쟁기질같이 이리저리, 요리조리 휘파람 불며, 고읍들에 울려 퍼지던 행진곡처럼. 그날 밤 와룡산은 우주의 중심에 선 듯 떠난 꽃들을 그렇게 노래하였다. 미웠던 꽃, 어디 있었으랴, 내 생각의 기억 속에.

긴 한숨 카클케 맹감나무[43] 연한 잎에 손을 문지르며, 새벽 는개 사이로 〈립 밴 윙클〉을 꾸었지요. 〈도화원기〉도 꾸었답니다. 몽환의 자식이 된 몸뚱어리는 어느 것도 남김없이 잊고 삼키는 소남풍이 되어 태양의 마지막 작열을 생각할 겨를도 없이 치자꽃 진한 향기만 남긴 채 석신골로[44], 선진 포구로 내달렸다.

---

43) '청미래덩굴'의 방언. 어린 순은 나물로 무쳐 먹고, 잎은 쌈으로 먹으며, 뿌리는 약에 씀. 혹자는 망개 잎이 위장약인 암포젤엠 원료로 쓰인다고 알았음. 어릴 때 산에 소 먹이러 갔을 때, 잎을 엮어 모자를 만들어 쓰기도 하였고, 당원(糖原, 糖原質, 글리코겐, *glycogen*)을 푼 샘물을 연신 떠먹는 데 사용하기도 함.

44) '적선積善골'의 방언. 옛날 적선사積善寺가 있었다 하나 지금은 희미한 터만 남아 있음. 제백 고향의 구룡못 새길 중간쯤에 위치한 골 깊은 곳으로 밤나무, 상수리나무와 오른쪽 능선엔 소꼴이 많고 무성하여, 여름철 오후에 소를 놓아먹이는 동안, 골짜기를 타고 구룡못에 내려가 멱을 감고, 땡볕 해바라기, 고누 내기(집으로 가져 갈 소꼴 내기), 산딸기를 따먹기도 함. 또 장수풍뎅이와 사슴벌레, 말벌집도 많았음. 무섬이 가득한 전설 많은 골짜기이기도 하고, 마을 대다수의 다랑이 천수답이 몰려 있는 주변엔 살모사가 창궐하여, 제백 어머니는 제백 허리춤에 주머니를 만들어 백반白礬을 지니고 다니게 했음. 또 계곡 끝 못과 이어지는 곳에 암초, 그러니까 우리말로 '여'가 있어, 특히 물이 잠길 때 여간 조심해야 함.

시골은 술 단속, 나무 단속, 문둥병 단속이 심했다. 하는 자[45]
마을에서 가장 욕 잘하기로 소문난 가봉할매[46]가 술동이를 이고
들판에 가다가 밀주 단속원 두 놈한테 딱 걸렸다. 단속원과 실랑
이질하다가 할매 에라 모르것다. 오늘 삯일꾼 술참은 없다고 생
각이 불현듯 미치자,

"네 이놈들, 단속은 니미 × 단속이나 해라!"

하고 냅다 도랑사구를 개천으로 던져버렸다.

그 당시 주속酒贖이 얼마나 무서웠던가를 여실히 보여준 장면
이었다. 증거 인멸, 단속원들 기가 막혀 마른 침을 억지로 뱉고

---

45) '어느 한때' 의 방언.

46) 마을 제일가는 욕쟁이할매. 성질머리가 고약하고 아주버님이 6·25 때 죽고,
재가한 동서가 두고 간 여조카를, 마을사람들 보는 앞에서 때리고, 머리끄덩
이 잡아 흔들기 예사였음. 콧날이 뾰족하고 하관이 쭉 빨아 마치 백설공주의
마귀할멈 닮았음. 젊었을 때는 아주 예뻤다는데, 점점 성질머리가 고약해졌는
데, 그 까닭인즉슨 아들이 없고 딸만 조카까지 합쳐서 여덟이었음. 결국, 남편
이 재취를 들여 길 건너 살림을 차렸는데, 남편이 없으면 찾아가 대판 싸움.
그 쪽은 아들 둘 딸 하나를 둠. 서양에선 1746년 불경스런 욕설 방지법에 따르
면, 욕을 할 때 부과되는 벌금은 욕하는 사람의 신분에 따라 책정되었는데, 12
페니는 신분이 낮은 사람에게 해당되는 벌금이었으며, 귀족들은 액수가 더 컸
음. 이 법을 일 년에 네 번씩 일요일에 교회에서 낭독하도록 함. 제백의 제자
격인 편집장이 전국 욕 대회도 기획하고, 김열규의 『욕, 그 카타르시스의 미
학』도 출간케 함. 호머의 『일리아드』에 등장하는 욕쟁이의 전형인 테르시
테스는 입이 걸었다. 다른 트로이 전쟁의 영웅들이 왕이나 장군인 데 비해, 그
는 계급이 낮은 평민으로 지독한 독설가이자 수다쟁이. 권력에도 굴하지 않은
비평적 인물의 상징으로 많은 철학자들과 평론가들로부터 자주 거론. 호메로
스는 이례적으로 테르테시스의 못생긴 모습을 자세히 묘사.
"그는 일리오스에 온 사람들 중에서 가장 못생긴 자로
안짱다리에 한 쪽 발을 절었고 두 어깨는 굽어
가슴 쪽으로 오그라져 있었다. 그리고 어깨 위에는 원뿔 모양의 머리가 없혀
있었고 거기에 가는 머리털이 드문 드문 나 있었다. " ─『일리아드』, 제2권.

담배 한 대 불 붙여 꼬나물고 사라지는 소능마을의 얄궂은 또 하나의 전설을 만들었다.

어느 해 제석이었다. 제백이 두 번째 휴가를 나왔다. 명동 코즈모폴리턴[47]이었다. 한 미녀가 난쟁이를 데리고 들어왔다. 난쟁이[48]는 미녀의 손목에 대롱대롱 매달린 듯 관자놀이에 새파란 실핏줄을 보이면서 겁에 질린 표정이었다. 미녀는 그지없이 만족스런 표정으로 좌중을 둘러보았다. 마치 미녀 경연대회에서 무대를 거니는 것과 비슷했다. 미녀와 제백이 눈이 마주쳤다. 제백은 양미간을 깊이 찡그리며 인상을 썼고, 미녀는 이내 시선을 거두고 난쟁이와 맞담배를 피우는 거였다. 자욱한 다방에 그들이 내뿜는 연기는 진하고 선명했다. 둘은 약속이나 한 듯, 뽕 뽕 뽕. 도넛을 만들었다.

얼마 후, 그녀는 초콜릿을 한 개씩 꺼내,

"귀여운 페피야!"

---

47) 서울 명동 성당 입구 근처에 있었던 다방으로 둥근 탁자가 있어 마치 만민주의, 세계주의 논하기에 적격이었고, 즉석 미팅이 유행했고, 한때 마담이 인심 좋고 멋쟁이라 대인기였음. 피우면 종이 타는 소리가 인상적이었던 구하기 힘든 '청자' 담배도 그곳에서는 구할 수 있었음.

48) 1903년 발표한 헤세의 환상동화 〈난쟁이〉. 미녀인 마르게리타 카도린과 난쟁이 필리포 사이의 비극성을 묘사. 고급 창녀 피암메타는 조각 같은 미모로 로마 추기경의 정부가 되지만, 전쟁은 스물한 살의 그녀가 쌓아올린 부와 명성을 한꺼번에 앗아감. 재기의 칼을 갈며 그녀가 자리 잡은 곳은 베니스. 그녀는 어머니로부터 훈련받은 직업적 재능과 충실한 하인이자 파트너인 난쟁이 부치노의 도움으로 상류사회로의 재진출을 노림. 피암메타의 계획대로 유명 화가의 모델이 되어 성공가도를 달리지만, 그녀는 창녀라는 자신의 신분을 망각한 채 열일곱 살 소년과 사랑에 빠지는 치명적인 실수를 저지르고 마는데.

하면서 건네주면 난쟁이는 그 말이 그것이 무엇인지도 확인하지 않고 불수의근不隨意筋처럼 얼른 받아 주머니에 쑤셔 넣곤했다. 많은 사람들이 그들의 행동에 넋이 나간 것은 당연한 이치였다. 밤이 점점 지나서야 사람들의 관심은 서서히 자기들만의 송년의 축제로 돌아갔으나, 제백을 비롯한 일행은 시선을 뗄 수가 없었다. 미녀는 심심한 듯, 난쟁이를 낚아채듯 또 다른 장소로 자리를 옮기려 채비하였다. 제백은 일어나 안개 속을 걷듯 그들을 뒤따랐다. 일행도 마지못해 행동을 같이 했다.

민원 다방, 챔피온(원래 간판 상호), 본전 다방, 목신의 오후, 길다방, 가람 다방으로, *OB'S* 캐빈에서 맥주 한 잔씩 들이켜고, 그렇게 몇 차례 장소를 옮겨 돌아다닌 후 자정이 가까워지자, 미녀는 덕수궁 옆 골목 으슥한 곳에 들어가 난쟁이한테 뭔가 건네주면서 쏜살같이 사라졌다. 난쟁이는 엉겁결에 받아 쥐고는 가로등 아래에서 펴 보고 몇 장의 종이돈이란 것을 알고는,

"×년!"

하면서 찢어버리고 미녀를 찾아 달리는 거였다.

미녀가 시청, 서린 호텔, 보신각 앞의 군중이 움집한 곳으로 빨려 들어가는 것을 보았다. 난쟁이는 사람을 헤치고 들어갔으나 도저히 더는 헤쳐 나가지 못했다.

어느덧, 보신각에서 첫 종이 울렸다. 그 때 한 무리의 사람들이,

"저기 봐! 저기 사람이 죽었어, 매달린 채로!"

하고 고함 소리 요란했으나 안타깝게도 이내 종소리에 파묻

혀버렸다. 서른세 번 종소리가 끝나고 사람들은 아까 그 소리의 진원지를 찾기 시작했다.

누군가 큰소리로 외치며, 손가락질 했다. 사람들의 시선이 한 곳으로 쏠렸다. 전신주 위에 대롱대롱 매달린 난쟁이였다. 미녀를 찾으려다 그랬는지, 제야의 종소리의 타종 모습을 보고자 그랬는지 모를 일이었다. 미녀는 깊은 안도의 숨을 내쉬며, 종소리의 여운과 수런거리는 군중을 뒤로 한 채 어디론가 바삐 갔다.

제백 일행도 깊은 한숨을 내쉬고는 더 이상 미녀를 쫓지 않을 작정이었다. 난쟁이를 돕는다고 전봇대에 올린 자가 제백 일행일 거라는 강한 의문만 남긴 채…….

몇 년이 지나 우연히 그 미녀를 만났다. 대화 중 무심결 알게 되었다. 그녀는 여려 동생인 소려少麗였다. 둘은 일란성쌍생아였다. 소려는 그날 밤 그 행위에 대해, 무대에서의 울림 증을 풀기 위해 시도한 해프닝이었다고 깔깔거리면서 둘러댔다. 결국, 그녀는 이십대 초반에 유명한 트로트 가수가 되었다. 오, 트로트를 들으면 영등포의 밤 풍경이 생각난다. 한때 홍대입구역에만 가면 비가 내리는 착각에 빠지기도 했다. 아무튼 제백이 가사를 쓰고 여려가 곡을 붙인 〈낙엽은 지고〉와 〈인생별곡〉, 그리고 제백이 군대 회식 때마다 부른 〈이 한 밤〉을 약간 개작하고 여자 버전으로 부러 크게 히트를 쳤다. 그러나 그녀의 집착과 자존심이 인생을 망치고 말았다.

아버지가 불의의 사고로 죽고 난 후 부산으로 간 여려와 소려의 부산 생활은 궁핍했고, 그래서 절망적이었다.

섹스의 상처는 섹스로 치유된다고 했던가. 일찍이 맛본 이성에 대한 그리움을 지울 수 없는 나이에 접어들었을 때, 그들은 능수능란한 이성 사냥꾼이 되어 있었던 것이다. 그렇게 되기까지 둘은 몇 차례 윤간을 당한 이력이 있었기 때문이었다.

동생은 대학 진학을 포기하고 연예기획사 보조요원으로 아르바이트를 하여 언니의 학비를 마련하였다. 그러나 그 일이 만만치 않았다. 첫 한 달은 하루 평균 두 시간 정도 눈을 붙일 수 있을 만큼 가혹했다. 그런데다 선배 연출가는 술과 담배에 찌들어 눈동자가 흐리멍덩해가지고는,

"이번 해 목표는 남자 수십 명 따먹는 거야. 알아!"

하면서 담배를 쭉쭉 빨며 간혹 도넛을 만들기도 하고 커피를 홀짝홀짝 마시는 것이었다. 전국 섬에 있는 산을 찾아간다든가, 강원도 일천 고지 산을, 올 겨울 정복한다는 말은 들어봤으나 그런 말은 생전 처음 듣는 말이었다.

어느 해 크리스마스이브엔 남자 5명을 상대로 가뿐하게 *KO*시켰다고 너스레를 떨기도 했던 것이다. 마치 성도性道 유단자나 되는 것처럼. 더 이상 견딜 수 없어 퇴사하여 곧바로 대형 서점에 취직했다. 그들이 한국일보 옆 빌딩에서 대위를 떨어뜨린 일이 있었다. 멀리서부터 치근대던 대위와 근처 포장마차에서 술을 마시다가 언니가 가까운 빌딩 화장실에 가자 대위도 따라나섰다. 한참 지나도 둘이 오지 않아 동생이 가보니 여자 화장실에

서 언니를 능욕하려는 참이었다. 둘은 있는 힘을 다해 창문 밖으로 넘겼다. 마침 자정이 가까운 시각이었고, 밑이 건설 현장이라 쥐도 새도 몰랐던 것이다.

그들이 사간동 외딴 옥탑 방에다 이사를 하고는 뭇 남성을 받아들이기로 했다. 작은방이 두 개라 서로 일체 간섭하지 않고 살기로 했다. 자매를 눈여겨 본 자들은 집 근처 공터에 서성이며, 저 방은 불이 켜져 있으니 남자가 없겠고, 어두운 방은 남자와 같이 밤을 보낼 요량이라고 여기며, 침을 꼴깍 삼키며 하염없이 쳐다보곤 하는 것이었다.

여려 자매는 강명화가 연인과 궁핍한 동거 생활을 했을 때를 남의 일처럼 여기지도 않았을 뿐더러, 그녀의 자살 소식을 접한 나혜석의 추도 글을 두고두고 떠올리면서 인간에 대한 편협함을 거부하려고 무진 애를 썼던 것이다.

"오직 기생 세계에는 타인 교제의 충분한 경험으로 인물을 선택할 만한 판단의 힘이 있고 여러 사람 가운데 오직 한 사람을 좋아할 만한 기회가 있으므로… 조선여자로서 진정의 사랑을 할 줄 알고 줄 줄 아는 자는 기생 계를 제외하고는 없다고 말할 수 있다."

제백 어머니는 창녀였고, 제백 아버지는 바람이고, 운석이었으며, 대나무이고, 햇빛이며, 파르티잔이었다. 제백은 사생아였고, 제백 형제자매는 모두 아버지가 달랐다. 제백은 아버지가 담양 죽세공으로서 소능마을에 죽세품을 팔러 다니다가 엄마와 눈이 맞은 두 도라지 중 한 명일 거라고 여겼다.

다른 남자의 씨가 분명하다. 아내도 무심결에 비밀을 털어놓지 않았는가. 중국 작가 위화余華는 『허삼관매혈기許三觀賣血記』에서 장남 일락이 아내가 결혼 전에 잠시 만났던 남자의 아이가 분명한데도 허삼관은 끝까지 감싸 안았다. 바람을 피운 아내를 둔 남자를 두고, '오쟁이 졌다.'고 한다. 영어에선 이런 남자를 뱁새가 뻐꾸기cuckoo 새끼를 키우는 것과 같다고 해서 'cuckold'라고 한다. 야생에선 심하면 한 둥지의 새끼 중 40퍼센트가 다른 둥지 수컷의 씨로 드러나기도 한다. 아내에게 속아서 남의 아이를 키운 남자 얘기는 영국의 대문호 제프리 초서나 윌리엄 셰익스피어의 작품에도 등장할 만큼 역사가 오래됐다. 법원에 친자 확인 소송을 낸 남자의 10에서 30퍼센트는 유전적으로 아이의 친부가 아닌 것으로 밝혀졌다는 통계도 있다. 하지만 이런 수치에 남자들이 분개하거나 불안해할 필요는 없다. 벨기에 루뱅대의 마르틴 라르무소 교수 연구진은 국제학술지 〈생태학과 진화 트렌드〉에 생물학적 아버지가 따로 있는 아이의 비율은 1 내지 2퍼센트에 불과하다고 밝혔다. 일단 친자 확인 소송을 제기한 남자들은 아내의 부정을 의심할 만한 충분한 사유가 있었기 때문에 정당한 표본 집단이 될 수 없다. 무작위로 선택한 사람들을 대상으로 친자 관계를 조사해 나온 결과여야 뜻이 있다.

루뱅대 연구진은 출생 기록이 확실한 벨기에인을 대상으로 남성의 Y염색체를 해독했다. 남성을 결정짓는 Y염색체는 아버지에서 아들로만 이어진다. 아버지와 아들의 Y염색체 유전자가 다른 경우는 인구의 1퍼센트가 채 되지 못하는 것으로 드러났다. 다음은 벨기에 서부 플랑드르 지역에서 프랑스식 성을 쓰는 남자들의 Y염색체 유전자를 분석했다. 이 지역은 1500년대부터 프랑스인들이 이민을 왔다. 만약 과거에 오쟁이 진 남자가 흔했다면 오백 년도 넘게 지난 지금은 같은 성을 쓰더라도 유전자가 각양각색이어야 했다. 하지만 유전자 분석 결과는 그렇지 않았다. 예나 지금이나 오쟁이 진 남자는 있었지만 극소수였다는 뜻이다.

친부·친자 논란은 인간 사회가 자연계에는 흔치 않은 일부일처 제도를 가졌기 때문일 것이다. 사실 인간도 생물학적으로는 다른 동물들처럼 일부다처에 맞다. 남성의 몸집이 여성보다 크다는 것이 대표적인 증거이다. 폭력성도 남성에서 두드러진다. 일부다처제 동물은 대부분 그렇다. 암컷보다 여린 수컷이 제 짝을 두고 한눈을 팔기는 어려운 일이다.

그렇다면 왜 인간은 자연의 본성에 위배되는 일부일처제를 택해놓고는 짝을 의심하느라 속을 썩일까. 캐나다 워털루대와 독일 막스플랑크 진화인류학연구소 공동 연구진은 최근 국제학술지 〈네이처 커뮤니케이션〉지에, 인간 사회를 일부일처제로 이끈 것은 성병이라는 도발적인 연구 결과를 발표했다. 연구진은 인구가 삼백 명 이상인 대규모 사회가 일부다처 제도를 택할 경우 성병이 만연해, 결국 인구가 감소한다고 주장했다. 일부다처제를 하고도 성병에 견딜 수 있는 사회는 삼십 명 이하의 소규모 사회였다. 인류가 농업을 시작하면서 사회가 급격히 커졌다. 이런 사회에서 성병이 퍼지면 재앙이 될 수 있다. 결국, 일부일처는 농경사회를 유지하기 위해 탄생했다는 말이다.

제백은 매일매일 아버지들을 차례차례 죽이는 꿈을 꾸었다. 아버지를 죽이는 방법이 떠오르길 바라고 바랐다.

(중략)

그해 가을 나는 살아 온 날들과 살아 갈 날들을 다 살아버렸지만 壁에 맺힌 물방울 같은 또 한 女子를 만났다

그 여자가 흩어지기 전까지 세상 모든 눈들이 감기지 않을 것을 나는 알았고 그래서 그레고르 잠자의 家族들이 埋葬을 끝내고 소풍 갈 준비를 하는 것을 이해했다

아버지, 아버지…… 씹새끼, 너는 입이 열이라도 말 못해 그해 가을. 假面 뒤의 얼굴은 假面이었다

— 이성복의 첫 시집 〈뒹구는 돌은 언제 잠 깨는가〉 중 '그해 가을' 일부

(중략)

아빠, 전 아빠를 죽여야만 했습니다.

(중략)

아빠의 살찐 검은 심장에 말뚝이 박혔어요. 그리고 마을사람들은 조금도 아빠를 좋아하지 않았어요. 그들은 춤추면서 아빠

를 짓밟고 있어요. 그들은 그것이 아빠라는 걸 언제나 알고 있었어요. 아빠, 아빠, 이 개자식. 이제 끝났어.

— 실비아 플라스의 유고 시집 〈에어리얼*Ariel*〉 중 '아빠' 일부

진정 제백의 아버지가 누군지, 어머니마저도 모르는 눈치다. 형제자매나 친척들, 마을사람들도 모른다. 누구는 백도라지라고 하기도 하고, 겹도라지라고 하기도 하고, 불알망태가 빠졌다고 소문난 아버지 창결도 사실은 몸에 이상은 없었을 거라며, 심지어는 오여려의 아버지인 예동까지 소문의 선에 올려놓고 있었다. 마데이나 육손이며, 금식이, 영락이 등 머슴을 언급 안 한 것만 해도 천만다행이었다. 사실 제백은 바로 위형이 돌이 되기 전에 죽어서 면사무소에 알리지 않고 형 이름을 바꾸지 않고 그대로 사용했다. 그러니 제백이야말로 진정 제백인가, 아니면 형인가, 그도 저도 아니면 둘 중의 중간인가, 잘 분간할 수가 없다. 그래서인지 제백은 어려서부터 지나치게 타인을 의식하며 자신의 존재의식보다 타인의 구미에 맞추려는 아부근성이 강하다.

어머니는 폭력성이 강했다. 형 궁백을 어릴 때 때려 고막이 나가기도 했고, 누나를 때려 박이 터지기도 했으며, 제백을 때리고 고방에 가두기도 했다. 그래서 어머니의 회초리인 석류나무만 쳐다보면 부들부들 떨 정도였다.

제백은 보았다. 어머니의 이중성을. 고선할매한테 잘 하는 것 같지만 어떨 때는 고선할매한테 부엌칼로 목에다 겨누기도 하였다. 그리고 한 번은 백도라지와 싸우는데, 결국은 백도라지가 어

머니의 머리칼을 잡고 목침에다 머리를 뒤집어 목을 따려고 엄포를 놓기도 하였다. 지금도 그 때의 광경이 떠오를 때면 식은땀이 주체할 수 없이 흐르곤 한다. 그런 어머니가 무당이 되어 저옥무당으로 불리면서 좀 더 배짱이 두둑해졌고, 짝인 까꾸내 경문쟁이 학습무인 황칠수黃漆秀와 며칠씩 집을 비우기 일쑤였다.

그 황 씨는 성격과 말소리가 야들야들 부드럽고 여성스러웠다. 그는 무당이나 박수가 사람의 액을 쫓거나 병을 낫게 할 목적으로 외우는 기도문과 각종 주문인 무경과 잡가에 능했고, 유행가에도 일가견이 있어 배호의 노래나 이재호가 작곡한 노래는 거의 다 부르곤 했다.

천부경, 옥추경, 산신경, 명당경, 축귀경, 상서서문, 독립선언문, 후출사표, 송인, 송원이사안서, 춘망사와 동짓 기나긴 밤을, 이화에 월백하고 등 시조도 있었고, 하이꾸도 수십 편 옮겨 적어 놓았던 것이다. 더욱 놀란 점은 플라톤의 국가에 나오는 '동굴 속의 불빛 그림자'와 정약용의 '국화의 그림자를 읊은 시의 서문'까지 필사했다는 점이다.

그뿐만 아니었다. 그는 영화에도 관심이 많아 여기 저기 메모를 남겼다. 특히, 베르나르도 베르톨루치의 〈순응자〉에 대해서는 제법 긴 글을 남겼다. 파시스트인 주인공과 반파시스트인 스승의 만남은 영화를 관통하는 장면이다. 그들은 재회한 자리에서 '동굴의 우상'에 관해 이야기를 한다. 플라톤이 말한 동굴에 묶인 죄수와 그저 그림자를 통해 그것이 진실이라고 믿고 있는 것에 대한 이야기이다. 그렇다면 그들이 말하는 허상은 파시즘의 잔혹함을 말하는 것일까? 결국, 이 이야기는 체제의 이념도, 개인의 열정도 그저 교차할 뿐 둘 다 허무하다는 것이 아닐는지. 결국, 인간에 대한 깊은 허무가 자리하지만 인간의 진정만 면모는 수호자도 파괴자도 아닌 순응자라는 통찰이 고개를 숙이게 한다.

그 모든 내용을 족제비 털로 만든 작은 모필로 정성들여 쓰고 곱게 접은 사륙판 크기의 절본折本에 담았다. 본문과 표지 전체는 치자 물로 염색했고, 표지는 콩기름을 바른 듯했다. 그런데 알고 보니 그것이 나름대로의 원본, 즉 소장본이었다. 그리고 물감을 들이지 않은 한지 그대로의 똑 같은 절본 책자는 페이퍼북인 셈이었다. 그는 자기를 과시할 때는 물들인 것을 꺼내 거드름을 피웠고, 평소에는 한지 그대로 책자를 보는 것이었다. 아무튼 애지중지, 틈나는 대로 꺼내 낭송하는 버릇이 있었다. 거의 암송했지만 책을 손에 쥔 모습이 더 돋보였다.

사실 상서서문도 그가 가르쳐 준 것이었다. 제백이 네 살 때였다. 간혹 돋보기안경이 햇빛에 반사될 때는 약간 무서워 보이기도 했다. 종종 제백을 앉혀놓고 노래를 시키거나 갓 배운 상서서문을 외우게 한 후 크게 칭찬하면서 갈색에다 울퉁불퉁 무늬가 든 지갑을 열어 지폐를 꺼내 줄 때 제백이 그의 안경 속에서 작은 모습으로 웃고 있었다. 내년 다섯 살이 되면 정지상 이상 되라고 칭찬도 해 주었다. 그리고는 다섯 살 되던 해에 소능小能이란 호도 지어 주었다. 어렸을 때 문장에 능했다나 뭐했다나. 사실 정지상은 이미 다섯 살 때 강 위에 뜬 해오라기를 보고,

"어느 누가 흰 붓을 가지고 을乙자를 강물에 썼는고何人將白筆 乙字寫江波)." 라는 시를 지었다고 한다.

그런데 그 황칠수가 죽었다. 그는 고급 국산 난 전문가였다. 그가 1달에 어머니와 절반 정도를 같이 하고, 절반은 이 산 저 산으로 난을 채취하러 다니곤 했다. 가천초등학교 뒷산 홍무산이 자기 소유 산인데 난 채취자들과 실랑이질하다가 밀쳐져 절벽 아래로 추락사했다. 그의 죽음은 난 채취자 중 윗선에 줄이 대인 자가 있어서인지 읍내 공의가 왔으나 결과적으로 단순 실족사로 처리되는 것을 두고, 사람들은 말하기를 고등룸펜인 친동생이 형의 내연녀인 저옥무당을 사이에 두고 애정 싸움을 하다가 원수지간 되어 이참에 저 쪽 편이 되었다고 했다. 동생이 죽었는데도 형은 해맑은 표정이며 특유의 껄껄거리며 웃는 함박웃음에 그의 음모가 묻어난다고 다들 수군댔다. 그러나 그가 비싼 비로드 사들고 어머니를 찾았으나 어머니는 이미 중병이 들었던 것이다

제백이 아주 어렸을 때 당시 유행하던 홍역으로 인해 제백은 죽은 아이가 되어 둘둘 말아 뒤뜰 산 돌무덤에 묻으러 가고 있었다49). 그 순간, 어머니가 백도라지와 마데이를 막아서서 간절하게 애원했다. 한 번만 꺼내, 마지막 정성을 쏟아보자고. 그런데 세상이 곡할 노릇이 있나, 천지가 개벽할 일이 있나, 참으로 기

---

49) 고대 로마에서는 아이가 죽으면 밤에 횃불과 촛불을 밝히고 매장함.

적이 일어났대요. 따뜻한 온기를 주었더니 부스스 눈을 뜨고 살아나더란 거요. 온 집안 식구는 물론 마을사람들이 기뻐 덩실 덩실 춤추며, '얘는 명이 남들 두 배는 길 것이다.'는 둥, '분명 북두칠성이 점지한 유별난 애다.'하며, 몇 날을 두고 찧고 까불며 회자되었다.

그 이후 마을사람들은 제법 잘 생긴 제백을 '좋은 아이'라고 부르게 되었다. 그러나 자라면서 희한한 버릇이 있어 가족들의 애를 먹었다. 그것은 세 살 때 마루 밑에 기어들어가서 마른 흙을 파먹는 버릇이었다. 이것저것 사탕으로 달래보기도 하고 매질도 해보았지만 허사였다. 결국엔 누구의 귀띔으로 화룽집 뒤뜰에 서 있던 소태나무 가지를 꺾어 빻아 흙과 버무려 마루 밑 여기저기에 발라두었다. 그에겐 엄청난 고통이요 시련이었던 모양이었다. 그날 이후 다시는 마루 밑에 내려 갈 생각을 하지 않았다.

또 지남철, 즉 자석을 갖고 놀기를 좋아했다. 그 자석 위에서 쇳가루가 춤추는 광경을, 특히 하얀 종이 위에 곧추서서 자행되는 군무는 황홀하기까지 했다. 마침 마을 어귀에 있던 성냥간도 눈여겨 본 장소였다. 그곳의 혹부리 주인할배가 풀무를 차려 놓고 벌겋게 달구어 익은 쇠뭉치를 꺼내, 연신 두드려 패는 그 모습을 한동안 무심히 쳐다보곤 했다. 무엇보다도 잊을 수 없는 추억거리는 큰 사랑에 있던 목침. 모서리가 닳고, 때 묻은 것. 서까래엔 해묵은 볏단 같은 누리끼리한 메주들이 달려 있고, 송진을 태운 방은 그을음투성이였다. 담배냄새, 쇠죽냄새, 특히 마데이

냄새가 나뭇결 속에 깊숙이 스며 있었다. 심지어 쇠죽솥에 굴뚝에서 새어나오는, 매캐한 저녁연기 속에도 아랑곳 않고, 하루살이나 모기를 잡으러 같은 공간을 왕복 쉴 새 없이 되풀이 날아다니던, 초저녁 그 왕잠자리들에게도 스며 있었다. 반들반들 윤이 난 그 목침을 몇 해 전까지도 곁에 두고 있었다.

한때 소능마을의 아침은 제백 집 위 뒤쪽 작은할배 대밭과 집안 몇몇 수목 사이 새소리와 홰를 치는 닭과 가축들의 부스럭거리는 소리가 자명종이었다. 청명하고 볕이 고른 날에도 대숲에서는 늘 그렇게 소소한 바람이 술렁이었다. 개기일식을 보면서 세상이 종말을 맞는 것 같은 무섬을 느끼면서 유리 조각에 그을음을 묻혀 태양을 보곤 했다.

한겨울, 눈 내린 다음날 밤에 솔부엉이 울음소리가 무섬을 자아내기도 했고, 간혹, 얼었던 눈이 지나가는 바람에 못 이겨 떨어지는 소리 하며, 아침햇살에 눈이 녹아 연방 떨어져, 무지개같이, 혹은 보석같이 영롱하게 반짝이던 그 황홀한 광경을 지금도 잊을 수가 없다. 진정 찬란하고 아름다웠던, 그리고 새벽이슬처럼 영롱했다.

여기서 최명희 『혼불』 몇 소절 들어간다. 널리 용서해주리라 믿는다. 그것은 사그락사그락 댓잎을 갈며 들릴 듯 말 듯 사운거리다가도, 솨아 한 쪽으로 몰리면서 물소리를 내기도 하고, 잔잔해졌는가 하면 푸른 잎의 날을 세워 우우우 누구를 부르는 것 가기도 하였다.

사실 최명희 님은 제백과 인연이 깊다. 전 일조각 한 회장이 출협 회장으로 있었을 때, 최 선생과 연을 맺게 된다. 그것은 그녀가 출협의 유서 깊은 독후감상문 대회에서 고등부 최우수상을 받게 된 이후부터였다. 그 당시 최 선생은 전주 기전여고 학생이었다. 그녀가 종종 출협에 올 때마다 출판부장이 안내를 했다. 주로 〈신동아〉에 연재되었거나 연재할 「혼불」 원고를 복사하려고 왔다. 그 때만 해도 복사기가 귀한 시절이었다. 복사담당이 자료실 여직원이었는데, 그녀가 색안경을 끼고 복사를 할 때 출판부장과 최 선생과 제백은 복사기 주변에서 많은 대화를 나누었다. 특히, 출판부장이 최 선생한테, 혹여 소재거리가 떨어지면 제백을 찾으십시오. 경험이 무궁합니다.

어린 시절을 추억하고, 그리하여 잊었던 고향과 부모 친척을 상기시키면서 우리의 삶에 활력소를 불어넣는 계기로 삼아야 할 고향의 모든 일에 관심을 갖는 것이다. 그 시절, 어디어디서 사슴벌레와 장수풍뎅이를 보았다느니, 능구렁이를 처음 본 날의 그 섬뜩함, 아름다운 꾀꼬리의 노랫소리, 새벽안개, 쌍무지개, 비가 연방 내리는데 햇빛은 쨍쨍인, 여우 장가가는 모습이며, 경기가 들어 태어난 지 백일도 못 넘기고 죽은 이웃 동생의 항아리 무덤하며.

여름날 모깃불 피어놓고 먼 창공의 별을 헤다 들려오는 비행기의 아련한 소리에 이국에 대한 그리움을 가슴속에 담았던 나날들에 대한 상념이 오늘의 꽉 짜인 틀 속에 사는 내게 부족한 〈비타민 그리움〉을 가득 채워 한껏 상기된 기분으로 삶을 풍요롭게 하는 듯했다. 어찌 보면 제백은 신의 축복 속에 생을 영위하고 있는지도 모를 일이었다. 그것은 핏속에 보배로운 시골인 고향의 물비린내 나는 정서가 함유되어 있기 때문이었다.

콩밭 매다 짬짬이 하늘 보며 굽은 등을 펴시던 어머니를 그리워한다. 밭은 어머니의 학교요 놀이터요 한풀이 장소였다. 어머니는 밭에 오로지 백태인 메주콩만 심었다. 대우도 부룩도 멀리한 채 오직 한 가지만 고집한 것은 별 다른 까닭이 있는 게 아닌, 평소 잡스런 것을 좋아하지 않는 성격이 묻어난 것이라고 할 수 있겠다.

아무튼 어머니의 콩밭은 마치 작은 터널이 뚫려 있는 것 같았다. 이 쪽에서 고개 숙여 저 쪽을 바라보면 너무도 깨끗하게 뚫려 있었다. 작은 잡초 하나도 용납하지 않았다. 방학 때 병둔 네거리에서 걸어, 탑골 전거비 앞 두둑 위에서 어머니를 부르면, 어머니는 항상 그곳에 계셨다. 아이고 내 새끼야, 하면서 그 반갑고 급한 마당에도 오른손엔 흙 묻은 호미를, 왼손엔 새끼 쇠비름, 개미자리, 바랭이 몇 포기를 들고 날다시피 달려오다 비켜덩이에 넘어지던 그 모습. 그 모습이 애잔토록 아름다웠던 날로 기억된다.

제백이 우리말 중, 가장 아끼는 낱말이 사름과 윤슬이었다. 사름은 사전에 잘 설명이 되어 있으나 윤슬은 사전에 잘 나타나지 않는 낱말로서 '햇빛이나 달빛에 비치어 반짝이는 잔물결' 이라고 설명하고 있었다. 모내기를 끝내고 사오 일 지난 후, 능화 숲이 보이는 들판에 가본 이와 이슥한 밤, 그 들길 너머 숲 옆 내를 건너본 이는 알 것입니다. 이것이 사름이고, 저것이 윤슬이라는 것을. 사름 상태에서 시원한 바람이라도 불라치면 덩달아 이리저리 살랑살랑 흔들리는 푸른 융단의 아늑한 요람, 그리고 차가운 달빛, 눈부신 반짝거림이 흩어지다 모이는 내의 향연, 침묵의 교향악. 거기에 한 마리 피라미라도 튀어 오르는 순간. 그 빛나는 모습이 정적을 깨고.

제백이 항상 잠을 청할 때 눈 감고 집중시키는 데가 능화 숲으로 가는 그 들판과 옆 냇물이었다. 그러면 어느 샌가 잠이 들고 만다. 다시 말해 잠과 꿈의 고향인 셈이지요. 그렇다면 많고 많은 지역과 숱한 상념 속에서 굳이 그곳을 거의 밤마다 몸부림치듯 부여안고 추억하면서, 혹은 그리움에 흐느끼면서 보내는 근원적 동기란 무엇일까요? 거기에는 한 여인이 존재했던 것이었다. 옥녀란 여인. 제백의 최초 여인인 셈.

그 시절, 어린 청춘들에겐 하곳길의 폭양이 내리쬐는 한낮에 약물보 깊은 소는, 간혹 먼 사천읍내에서 마을을 찾아와 외치는 그 갈색 팥고물이 든 아이스케이크보다 더 달콤한, 놀이터였다. 약물보 길 위 높이 70미터, 폭 40미터의 바위 표면에 사시사철 물이 흘러내려, 마치 주렴을 드리운 듯 진주처럼 떨어지며, 그 물이 약이 된다는 유래가 있었던 것이다. 겨울철 고드름 맛이 일품이었다. 그리고 봄이나 여름철에는 비탈진 바위 위 옆에 물기가 자작한 이끼 사이로 산 부추와 알이 통통 밴 삐삐는 한량없는 간식거리였다.

도시락이나 생고구마를 통학 산길 옆 바위틈에 숨겨 놓고 방과 후 꺼냈을 때 고구마는 절반 이상이 산쥐가 갉아 먹었고, 도시락밥에는 주름개미 천지였다. 장이 나쁜 제백은 학교를 가다 오다 자주 변을 보기도 했다. 그러면 아이들 오륙 명이 화장지를 대신하여 맨들맨들한 돌멩이를 주워 닦아서 대령하곤 하였다. 다들 제백의 무료함을 달래준다고 교대로 옛날이야기를 들려주곤 하였다. 만약 모두들 이야기가 끊어지면 또 무슨 싸움이나 구멍가게에서 물건을 훔쳐오라고 시킬까 봐 전전긍긍했다. 제백은 소위 악동의 왕자였던 것이다.

등하굣길에는 줄을 세워 다녔고, 제백의 주변, 즉 권력층들은 줄 바깥에서 굴렁쇠를 굴렁쇠채로 받쳐서 굴리기도 했다. 개중에는 굴렁쇠에다 줄을 묶어 그것이 굴러갈 때 굴렁쇠채를 좌우로 쉼 없이 움직여 균형 맞춰 밀었다. 굴렁쇠의 주재료는 똥장군 테였다.

어떤 어린후배는 외가나 읍내에서 구해온 자전거바퀴를 제백한테 상납했다. 자전거바퀴는 가운데 살을 모두 빼고 겉의 둥근 부분만 이용한다. 자전거바퀴는 가운데가 움푹 패어서 적당한 길이의 굵은 철사만 있으면 된다. 간혹 철사를 'ㄷ'자 모양이 되게 구부린 것을 사용하기도 했다. 소위 캐디처럼 제백에게도 책보를 들고 가는 어린이와 굴렁쇠채 하나를 교대로 가지고 다니는 어린이도 있었다. 그들도 줄을 서지 않아도 되는 특혜를 누리는 것이었다. 아무튼 그것이 굴러가면서 내는 쇳소리는 청량감마저 들었다. 모두들 부러워했다. 언젠가 자기들도 권력의 으뜸에서 한 번쯤 누려보려는 꿈이었을 것이다. 제백만의 굴렁쇠. 그것을 넘보는 자가 있을 수 없었지만 간혹 그것을 몰래 만졌다가는 오랫동안 왕따를 당했다. 큰 선물이나 이야기를 매일 들려주지 않으면 거의 매일 싸움을 시켰다. 그것도 야비하게. 즉, 힘이 세면 후배 서너 명을 붙여 균형을 맞추는 방식으로 했다. 또 하굣길에는 계곡에서 굴렁쇠를 모래와 풀로 반짝반짝 광을 내는 것도 바로 밑 후배들의 몫이었다. 다음 서열이 줄에 묶은 굴렁쇠를 가졌다. 그러니까 제백과 같은 6학년생들이 해당되었다.

어느 여름날 하굣길이었다. 그들은 주로 용소보다 약물보에서 멱을 감았다. 용소는 한길과 멀리 떨어져 있었고, 약물보는 한길 바로 밑에 있었다. 홀라당 벗어던지고 물놀이를 하고 있을 때 누군가가 한 떼의 여학생들이 내려오고 있다고 외치면, 고학년들은 제법 부끄러워 그녀들이 지날 때까지 가장 깊은 곳에 잠수하여 한참 있곤 했다.

능화로 가야 할 그녀들은 아이들이 있는 깊은 웅덩 바로 위쪽의 징검다리를 건너야 하는데 아이들이 물놀이를 하고 있으니 부득이 윗길로 삥 둘러가야만 했다. 아이들의 본의 아닌 방해로 인해 고학년 여학생들은 책보로 오른쪽 얼굴을 가린 채, 종종걸음으로 소능마을로 가는 신작로를 뛰다시피 종종걸음으로 갔다.

또 가천초등학교 설립 이래 최초로 트로피를 선사한 쾌거가 있었는데, 이는 사남면 체육대회에서 사남면 소재, 네 개 초등학교 대항 릴레이 경기로, 남학생 둘, 여학생 둘, 도합 네 명이 출전하였다. 그 중, 그 장한 일에, 능화 여학생 두 명이 편성되었다. 물론 남자 중엔 제백도 있었다. 그 당시 산간벽촌에 문맹퇴치 바람이 불어 나이든 사람들은 마을 회관에 연 야학교에서 밤마다 배웠고, 네 살 정도 많은 여자들은 초등학교에 입학을 했다. 그래서 초등학교 졸업과 동시에 결혼을 하는 여자들이 많았다. 그러니 면사무소 부근의 좀 개화된 곳보다 나이든 여학생이 많은 산간벽촌 학교에게 다소 어드밴티지가 작용한 것은 아닌지.

3월 삼짇날, 강남 갔던 제비가 돌아오던 그 어느 해, 옥녀는 제백한테 칸칸이 공책에 '강남제비' 노랫말을 교실에서, 여럿이 보는 앞에서 적어 주었다. 그녀는 담대한 여장부의 모습이었다. 오여려와 많이 닮았다. 크고, 아담하고, 아름다운 필체였다. 그리고 그 다음핸가, 제백은 가천 명지재 근처에 소풍을 가서 영화 〈캬츄샤〉의 삽입곡인 '원일의 노래' —내 고향 뒷동산, ~ 옥녀야, 잊을 소냐 헤어질 운명을, 을 목소리 높여 불렀다. 그날의 '와아' 하고, 반 야유 섞인 함성을 지금도 잊지 못한다. 제백이 난생 처음 옥녀한테 러브레터를 보내려고 시도하다가 끝내 용기가 부족하여 못 보낸 경우도 있었다. 그 때가 초등학교 5학년인가, 6학년 때였다. 나름 제법 조숙했것다!

소능마을에서 막 모퉁이를 돌아 학교 길에 접어들면 바로 오른쪽에 근엄하게 앉아 있는 바람산이 새벽 새소리와 이슬에 눈뜨면 하루가 시작되었다. 그리고 바람산에 땅거미가 져, 외양간의 암소의 거친 숨소리 따라 누우면, 비로소 고단하던 하루가 끝이 났다.

그러니까 능화야말로 어린 시절, 아쉬움과 희망을 제공하는 원천적인 곳임에는 틀림없다. 소능마을 탑골 옆 밭이나 밭둑에서, 연싸움하다 날려 보낸 방패연은 노란 꾀꼬리가 간혹 내려앉는 능화 숲을 지나, 깜빡깜빡 그렇게 날아, 고자실 재를 넘어 가곤 했다. 그리고 제백이 최초로 연극을 본 곳도 능화였다. 아마 그 때 아마 셰익스피어의 〈햄릿〉 공연이 아닌가 한다. 그 후로 차범석의 〈불모지〉도 공연하였다. 그들은 사천수양예술제에 출품하려고 맹연습을 하였다. 그러다가 둘째아들인 경재 역을 맡은 제백 두 해 후배가 천연두에 걸려 그만 죽고 말았다. 그래서 이웃마을 제백한테 맡아달라고 사정을 하였던 것이다. 불과 사흘 후 공연이 있었다. 제백은 밤을 새우다시피하여 하루 전날 리허설을 성공리에 마쳤다. 사천읍공관 큰 무대에선 제백은 평소의 끼를 유감없이 발휘했다. 결과는 대상이었다.

그 때 형 궁백한테 선물로 받은 빨노파 삼색이 들어 있는 플래시가 큰 위력을 발휘했던 것이다. 완벽한 조명 기구로 요긴하게 활용할 수 있는 플래시 선물은 최대의 보물이라 마을의 자랑꺼리요 마을 연극사에 획기적인 기여를 하였던 것이다. 그 때까지 무대에서 조명기구란 색색가지 빤작이 종이뿐이었다.

그 당시 밤마다 연극 연습을 하느라 마을 회관 안에는 화약 연기가 자욱했다. 신파극은 권총이 필요했고, 고전극은 칼이 필수였기 때문인데 주로 신파극을 선호했다.

차라리 그리운 가설극장이여. 한 해 한두 번씩 가천초등학교 옆 창고나 그 옆에 가설극장이 섰는데, 제백이 다섯 살 때 마을 또백 형과 같이 최초로 본 영화는 무성 영화 〈옥단춘〉이었다. 눈물의 여왕 전옥의 〈저 언덕을 넘어서〉는 제백에게 형제애를 일깨워주었던 것이다. 황해의 〈현상 붙은 사나이〉는 오래도록 그의 얼굴이 무섬과 죄악의 아이콘으로 남아 있었다.

가설극장의 비뚤진 두 가지 풍속도가 있었는데, 첫째가 각 마을 형들의 힘자랑인데, 한창 때라 온몸이 근질근질했것다. 어디다 대놓고 풀길이 없던 차에 옳거니, 그 때는 서울에 간 사람들이 거의 없던 때라 주로 부산·마산에서 태권도, 권투, 합기도 등을 어설프게 배운, 반 껄렁패가 마을 단위의 싸움이 일어나곤 했는데 그것은 패싸움은 아니었다. 그 때는 누가 제일 세다는 게 공공연하게 알려지곤 했다.

두 번째는 연애 사건이었다. 지내놓고 보면 근남골의 상열지사가 만만치 않았음을 알게 하는 계기가 되었다.

아무튼 영화는 그렇게 연을 맺어 지금껏 지나칠 정도로 보노라니, 언젠가 제백 가라사대, 죽음은 두렵지 않으나 영화 못 보는 아쉬움만 남을 거라고 했던 것이다. 영화에 몰입한 제백은 자기가 운영한 출판사의 첫 출판을 자네티의 『영화의 이해』를 번역하여 흑백으로 출간했다.

여기서 리더의 힘듦을 말해 보겠는데, 형들을 따라 다녔을 때는 무섬을 전혀 느끼지 않았는데, 제백이 중학생 때 마을 동생들을 데리고 갔을 때는 골짜기를 지날 때마다 모골이 송연했던 것이다. 특히, 저 멀리 홍무산 쪽에서 갓 무덤을 쓴 곳에 망자의 안녕을 확인하기 위해 망자와 가장 가까운 자들이 호롱불로 다녀가는 모습은 더욱 무섬을 자아냈던 것이다.

한 번은 마을 형들이 간담 센 자를 찾는 게임이었다. 그것은 마을에서 제일 무섭다는 적선산 만도리굼터 위 양 갈래 계곡 왼쪽 밤나무 옆에 말뚝을 박고 오는 것이었다. 다음날 채점자가 가서 확인하고 상을 주는 것인데, 제백도 참여하여 빛나는 성과를 올렸던 것이다. 상품은 운동화 한 켤레였다.

여기서 가설극장과 연애 사건을 말할 때 빠뜨릴 수 없는 것이 마을처녀들의 삼베길쌈질이었다. 여름에는 낮에도 저녁 늦게까지도 했다. 특히, 대낮에 처녀들은 굵고 튼실한 두 다리와 같은 허연 허벅지에 대고 삼 가닥을 말아 잇곤 하는데 그 살 때리는 소리와 보름달 휘영청 여름 저녁, 땀띠 죽인다고 찬 샘물에서 목물하는 그 물소리에 마을 총각들 꽤나 발정을 느꼈으리라.

어느 여름날, 화전리 예의 마을에 무지개를 물고, 자시 황톳길을 달리던 그 잿빛 산토끼는 지금은 어느 영마루로 쉼 없이 달리고 있는가[50]. 고향의 앞산 장골의 산비탈로 굴러 떨어진 외톨밤은 바위와 돌과 벌집이 많은 산 너덜에 자라고 있어 따먹으

---

50) 프랑수아 비용의 유언시 한 구절 '작년의 눈은 어디 갔는가' 와 유사하다고 이의를 제기할 수 있겠다. 혹자는 표절 운운 하겠지만, 표절에 대한 명쾌한 답은 이 시대 명철한 저작권 학자인 허희성의 저서 『저작권축조개설』앞부분에, 비록 이광수의 『흙』과 같은 작품이라 할지라도 저자가 『흙』이란 작품을 보지도 않고 썼다면, 표절이 아니라고 언급해 놓았다. 약간 아리송하겠지만, 저작권이란 원래 그런 것이다. 귀에 걸면 귀걸이, 코에 걸면 코걸이다. 다시 말해 이 시대 무소불위의 법인 것이다. 그렇다고 하늘 아래 새로운 것은 없기 때문에, 좀 더 신중한 접근이 우선되어야 할 것이다. 판례에 의존해야 하는 한계가 있다.

려다 벌에 쏘이기도 하는 개암나무 낙엽더미 속에서 배태의 설렘에 두 손 꼬옥 모으고 있는가. 언젠가 그런 어머니인 저옥무당한테 제백이 괜한 역정을 내기도 했다.

마치 소설가 황 모 님이 월남에서 제대하여, 한동안 낮엔 자고, 밤엔 멀뚱멀뚱, 극도로 민감한 상태에서 전전반측하고 있었던 것이다. 어느 날 동생이 잘못하여 발을 헛디뎌 발을 밟자, 버럭 고함을 지르고, 기물을 던졌다고 전해진다. 제백도 그 이상이면 이상이지 이하는 아니었다.

"무참히도 짓밟히는 노방초여, 비웃는 얼굴에 피 뿜을 때까지 오늘도 내일도 뼈를 갈아라."

"나는 오늘도 나의 성에 갇혀 있는 수인이다. 아름답고픔과 따스한 태양과 산들바람도 멀리한 채, 안으로만 나의 성을 견고히 견고히 쌓으리라. 그리하여 성취의 잔을 높이 들 먼 훗날만을 생각하리라."

이것이 대학입시 공부하며 되뇌며 마음을 다잡는 데 필요한 좌우명이었다.

병약한 제백이 어렸을 때 임파선결핵으로 목둘레에 좁쌀 같은 돌기가 생겨, 마침 이 때다 싶을 만큼 기회를 얻은 많고 많은 무당들이 온갖 감언이설로 꼬드겨 곡식을 얻어가곤 했다. 어떤 이는 손으로 한 알 한 알 주물러 깨겠다고 큰소리치기도 했다.

요샛말로 주치의도 있었다. 총각인 차 의사도 있었고, 한약방을 운영한 맹 의원도 있었다. 아마 차 의사는 근남골을 책임 맡은 의사가 아닌가 한다. 그가 돌팔이인지 뭔지 알아 볼 생각조차 들지 않을 정도로 마을사람들은 순했던 것이다. 그가 하모니카를 즐겨 부는 것도 종종 목격했다. 가끔 하굣길에서 만나 제백의 목을 만져 보고는 주사를 한 대 놓아주기도 했다.

세월이 지난 어느 해 현충일에 비보가 들려왔다. 그러니까 사천군에서 제일 인물이 좋다고 소문난 처녀를 얻어 아들 낳고 딸 낳아 알콩달콩 살아오다가, 그놈의 술이 사람을 잡았던 것이다. 평소에도 술이 과했던 차 의사는 소능마을 비람담에다 식당을 열었다. 어느 여름날 제백이 비린내 친구와 그의 큰어머니, 어머니를 모시고 식사를 대접했다. 모처럼 제백이 차 의사를 뵈러 살림방으로 올라갔으나 그가 없다고 사모님이 알려주었다. 알고 보니 방에 있는데 몰골이 창피하여 부인이 만나주길 꺼려했던 것이다.

그로부터 며칠이 지난 어느 날 밤, 부부는 크게 싸웠고, 부인이 친정으로 가겠다고 하고, 의사는 좋다, 그러면 마지막 친절을 베풀겠다고 차를 몰았다. 차 안에서도 다툼은 여전했다. 죽자, 살자 하며 악을 쓰다가 부인이 그만 핸들을 꺾었다. 구룡못에서 가장 위험한 도깨비 계곡이었다.

제백은 어머니와 같이 한 달에 한 번꼴로 개양에 있는 맹 의원한테 찾아갔다. 맹 의원은 이북 말투를 구사했는데, 그 말을 먹고 싶을 정도로 맛깔났던 것이다. 그리고 간혹 청진기로 제백의 가슴을 진찰할 때 커튼 사이로 햇살이 그의 금니에 비쳐지면 제백이 그 강렬한 빛에 눈을 감곤 했다. 마치 〈나 홀로 집에〉의 도둑의 반-짝-이는 금니와 너무도 유사했던 것이다.

중학교도 약에 취해 힘겹게 허송세월로 보낸 탓에 고교시절 학교공부가 너무도 힘겨웠다. 고교에 진학하려고 일단 방학을 기해 안국동 〈실력센터〉에 등록하였다. 요즘 말로 보습학원인 셈이었다. 학생 다섯 명에 선생은 수학 방일모, 영어 지용식이었다. 강의는 시골 읍내 중학교 선생과는 비교할 수 없을 정도로, 그 해박하고 청산유수 언변이 한 마디로 빛이 날 정도였다. 그래서 사람이 나면 서울로 가라 했던가. 그날 이후 학원을 선호하게 되었다. 학원생활 마지막 이틀 남겨놓은 수업 때였다. 그날이 고교입학 원서 마감 날이었다.

수업 시간에 선생이, *Do it at once* 를 수동태로 만들어 보라고 해서 언젠가 경기고 입시문제를 본 기억을 더듬어, *Let it be done at once.* 라고 했더니 놀라며,

"너, 경기고 지원했니?"

하고 물었다. 당황했던 것이다. 그 당시는 평준화 전이라 학교의 등급이 나름대로 매겨져 있었다.

동물들이 부화하거나 태어날 때 처음 본 것을 영원히 기억하듯 어느 학교 출신인가가 인간의 삶에 많은 비중을 차지한다. 특히, 고교가 심하다. 하물며, 보성고와 중앙고, 진명여고와 창덕여고와 수도여고의 우열을 놓고 내기를 하며 술 맛을 돋우기도 한다.

그 때 왜 친척들은 그토록 제백의 실력을 평가절하 했던가.

촌놈이라 지레 겁을 먹은 것은 아니었는지. 결국, 등급이 낮은 학교에 지원하게 되었다. 고종사촌형과 발표를 보러갔다. 그런데 학교가 다시 한 번 실망을 안겨 주었다. 삼백육십 명 중 십 등이라니, 너무나 실망이었던 것이다. 꼴찌에로부터 몇 번이라면 모를까, 이 정도 학교가 자기를 지켜줄 것인지 무척 염려스러웠던 것이다. 그 때부터 폐쇄적인 생활이 이어졌다. 가뜩이나 탄생 때부터 기가 죽은 그에게 학교는 치명적이었다. 그는 자격지심에 단어장을 들고 다닐 수 없어 손바닥에 볼펜으로 적어서 외웠다. 그리고 버스 앞문보다 뒷문만 사용했다. 극도의 열등의식이었다.

홍제동 안성여객 종점의 독서실에서 날밤을 새우기 일쑤였다. 그리고 동양극장 터 근처 독서실과 〈4·19 도서관〉에서 마치 학교의 명예를 걸 듯, 공부에 열중했다. 하루는 안성여객 종점 독서실에 왼쪽 코 옆, 사마귀 달린, 경기여고 학생이 바닥을 훔치고 버린 구겨진 쓰레기 공책 한 장을 잘 주워 잘 펴 지갑에 넣어 가지고 다니면서 자극을 받기도 했다.

일본 〈주부생활〉에 실린, 영화 〈고백〉의 여주인공인 리즈 사진을 도려내 지갑 한 쪽에 넣고 언젠가 연인으로 삼겠다는 원대한 꿈을 꾸면서 간혹 그녀를 상대로 용두질을 하기도 했다. 그리고 명동 앞 국립도서관 벤치에 앉았다 서서 단추를 끼었다 뺐다 하는 미치광이 고시생을 보면서 더욱 돈독한 정신을 가지려 무진 애를 썼다.

고향집 대청방에는 나이제라짓, 아시아짓 등 결핵약과 원기소, 그리고 벌꿀 냄새가 물씬 풍긴 별천지였다. 그러나 항상 지네가 기어 다니는 착각에 빠져들기가 일쑤였다. 그리고 매일 사천읍내 중학교에서 험한 길을 자전거를 타고 온 후, 밤에 넷째 작은 아버지한테 주사를 맞고 그 약이 온몸에 퍼져나가는 30여 분의 그 통증을 참으며 죽음의 그림자를 엿보기도 했다. 그러니 친척들은 당연히 제백이 공부를 할 수 없었을 거라 말했다.

어려서부터 신기가 온몸 가득 차고 넘쳐 흠뻑 물든 절정기인 아홉 살 여름 장마 끝난 다음날 정오 햇비린내가 훅, 대기가 들떠 마치 공중 부양을 하는 듯했고, 싸움 때 터진 코피를 무당개구리 알이 지천에 깔려있는 뜨듯한 바람담 양 갈래 길 옆 도랑에서 흐느낌을 억누르며, 세수한 뒤처럼 양 볼에 양광의 탱글탱글 은혜로움과 어떤 성스러움마저 팽팽하게 느끼면서, 또는 창공에서 빛나는 버드나무 이파리의 정령소리를 들으면서, 버드나무 숲길을 깨꾸막질로, 또는 공글라뛰기로 교대하며 상쾌하게 달렸다.

어느덧 제백에게는 벅찬 횡재가 숲길 끝나는 곳에 기다리고 있었다. 비바람으로 뿌리째 뽑혀 팬 곳에, 쥘부채 길이만한 황금빛 붕어 한 마리가 비스듬히 누워, 간헐적으로 파닥이고 있었다. 제백의 인생 경륜에 세 번째의 경사였다.

그 첫 번째는 제백 집 앞 아래 큰 수양버들이 동굴처럼 괴물처럼 군림하고 있는, 다리 밑 도랑의 방천 사이에서, 맨손으로 잡은 몸 직경 1센티미터 크기의 뱀장어였다. 꼬마가 뱀장어를 잡았다는 소문이 일파만파로 퍼졌고, 그 때 마침 모시 적삼 멋쟁이이요 소능마을 미남인 막냇삼촌 활결이 방학을 맞아 집에 왔으니. 그 기쁨은 이루 말할 수 없었다. 영화배우 최무룡 닮았다 해서 '김무룡' 으로 통했고 오히려 키는 그보다 더 컸다. 그 당시 S공대 토목과를 나와 부산시청에 근무하고 있었다. 뭇 처녀들 마음은 오로지 그에게로 쏠렸으나, 마침내 잭팟은 남해 출신 의사에게 넘어갔다. 그녀의 집요한 구애 작전은 노처녀들한테 귀감이 되었으나, 인간의 마음은 간사한 법, 끝내 불행한 결혼 생활이 이어지던 중, 외아들마저 비행기 사고로 잃고, 숙모는 파라과이로 의료 봉사차 가서 그곳에 귀화했고, 삼촌은 처가 마을 근처에서 굴 양식장을 경영하고 있었다가 솔로몬 군도 대왕조개 양식한다고 갔다가 대왕조개한테 물려, 결국 바다 속에서 많은 피를 흘려 명을 달리했다.

　두 번째는 이미 조사釣師의 경지에 들어섰음을 보여주는 빛나는 쾌거였다. 능화 마을 소녀들의 자지러지는 웃음소리 가까운, 바람보洑 맑은 물길 담비와 수달이 이리저리 뛰달리는, 방천 아래 돌 사이에 새끼 미꾸라지 한 마리를 미끼삼아, 짧은 대나무 낚싯대를 앞뒤로 넣고 빼는, 유인책을 쓴 지, 썩백이네 큰 둥글 단감 한 개 먹을 시간이 되었을까.

　여기서 전설의 썩백이를 건너뛰고 갈 수는 없지. 본명은 곽석백. 제사 끝 무렵 조상이 밥 아홉 숟갈 먹을 시간에 문을 닫고 절을 하는 절차가 있는데, 그 사이를 못 참고, 엎드린 그 상태로 코를 골기 일쑤고, 여름날 밤, 마을 다리 위에 마을사람들이 활발히 이야기를 주고받는데, 그는 난간 기둥이건 가릴 게 없이, 앞이나 뒤에 무슨 물체든 간에 머리가 대이면 그냥 잠이 들 정도였다. 요즈음 흔히 말하는 기면증嗜眠症과는 달랐다. 그는 또한 음식탐도 많아서 그래선지 위하수는 마치 안녹산의 배를 연상시켰다. 안녹산의 심벌은 매부리 형상이었고 양귀비는 그곳이 쌍가락지가 들어 있어, 둘은 한 번 작업에 들어갔다면 서로 죽고 못 살았다. 썩백이도 거의 해마다 애를 낳아 40대 중반에 자녀가 열 명이 되었다.

그는 평소 부모나 아내에게 극진했으나 음식 앞에는 사족을 못 쓰는 별난 사람이었다. 부모건 부인이건 약이건 뭐건 솥에 든 것은 염치 불문하고 일단 먹고 보며, 수제비를 할 것 같으면, 털먹신짝만큼 크게 해야 목에 넘어 갈 때, 목젖이 쫀득쫀득할 정도로 질겨야 한다고 했고, 나무하러 갈 때, 자기 도시락은 얼른 해 잡수고 남의 도시락에 젓가락을 갖다 대면서, 미안함을 회피하기 위해,

"서지터에서 수확한 쌀이냐?"

"감무뜰 쌀이냐?"

하면서, 한 술 두 술 퍼 먹곤 하여, 많은 별명이 붙어 다녔다.

윗담 응달에 있는 집의 사립짝문 양쪽에 어른 주먹만 하고 속에 주근깨가 가득한 둥글단감(선사환, 禪寺丸)이 있어, 주변 아이들의 식욕을 자극하기도 하는데, 몰래 따 먹다가 들켜, 종종 한바탕 꼬맹이들과 소란을 피우기도 하였다. 자기 것엔 집착이 지나

쳤고 오로지 공짜로 얻어먹는 데에는 염치불문이라, 대식가 가르강튀아 아버지 그랑 구지에를 닮았다는 소문이 자자했다.

순간, 그 찰나, 손이 마구 딸려 들어갈 정도의 가늘고 묵직한 힘과, 큰 전율에 놀라 씹고 있던 밀껌이 물 위로 떨어져, 저 만큼 곤두박질치며 떠내려가고 있었고, 순발력, 드디어 꼬마 제백은 일을 내고야 말았다! C사이즈 배터리 두께의 뱀장어였다. 어떤 자신감이 송골송골 맺힌 땀을, 한 줄기 오리나무 잎을 애무한 바람이 씻어 줄 때, 느꼈다.

한 번은 제백과 고향 친구들은 안골 산제당 아래 물 맑기로 소문난 발원지로 발길을 돌렸다. 그들은 때죽나무 열매와 가래나무 뿌리를 짓이겨 상류 쪽에 풀어 놓아, 독한 맛에 못 견뎌 풀밭 쪽으로 기어 나오는, 뱀장어를 두 양동이나 잡았다. 끈적끈적한 뱀장어를 바람담 모퉁이 옆 계곡에서 원 없이 구워먹었다. 그 장소는 물오리나무가 우거지고 산사태로 인해 동굴 안처럼 움푹 파여, 간혹 복날 소능마을이나 능화 어른들의 똥개 잔치가 벌어지는 곳이기도 했다.

아무튼 냄새 맡기로 유명한 썩백이가 그 사실을 알았던 것이다. 어쨌든 새끼를 꼬고 있던 곳인 제백 사랑에 낫을 들고 와서, 죽일 듯이 으름장을 놓았다. 그곳은 욕심쟁이 썩백이가 혼자서 야금야금, 며칠에 한 번씩 새끼 미꾸리 미끼로 한두 마리 뱀장어를 잡아먹고는, 입을 싹 닦고 지내는 자기만의 터전이었던 셈이었다.

먼 훗날 제백은 어른이 되어 주책없게도, 일본, 중국의 민물고기 이름까지 외우고, 익히면서 일주일에 두 번씩 일곱 개 어항에다 물 갈다 허리 병이 생긴 것이 마치 훈장이나 되는 양, 입에 게거품을 물고 주저리주저리 사설을 늘어놓고 있기도 했다. 마치 이런 게 행복이지, 뭐 별 게 있냐는 표정으로. 이러한 소소한 일들은 거제 용산에서의 뱀장어 잡이에 비하면 새 발의 피요 피발의 새일 뿐이었다. 즉, 소를 산 중턱에 놓고 바닷물이 드나드는 강가에서 여뀌를 갈아 풀면 여기저기서 몸부림치는 뱀장어와 은어들을 버드나무 가지에 끼워 집에 가져가면 엄마의 세찬 고함에 저 멀리 개울에다 전부 던져버려야 했다는 것이다.

다들, 성서 교독문 76편이나 불경 천수다라니 82구는 달달 외우고, 이군 사령부 부관 참모부 사병계 어느 병장은 대대병 군번과 주민 번호를 줄줄 꿰면서도, 내 이웃의 풀과 꽃과 나무와 새, 곤충, 그리고 물고기의 이름을 부르는 데는 너무도 인색하다. 제백은 친척여동생들이 외국어 전공을 하여 자기를 도와주길 원했다. 그러나 거의가 국어국문학과로 진학하여 약간 실망했다. 그 중 S여대 국어국문학과에 다니던 고종사촌 여동생이 그 멋진 글과 글 솜씨로 제백을 우쭐하게 만들었다. 그것은 제백 학교 국어국문학과에는 제대로 문학하려고 온 자가 서너 명이라 당연히 자기 집안은 문학적 소질이 많다는 하나의 증좌를 보여줬기 때문이었다. 동생이 발췌하여 편지로 실어 보낸 글을 모처럼 꺼내 보았다.

한국의 소설가 중에는 노년기에 문제작을 내놓은 예는 드물다. 작가의 이 같은 조로早老 현상은 한국적 교육 풍토가 빚은 역기능이자 작가가 본격적 창작 활동 이전에 쌓은 문학적 지적 소양이 부족한 탓이다. 우리 소설은 지나치게 닫힌 공간을 다루고 유머를 구사하는데 서투르며 자연에 대한 면밀한 관찰이 부족하다. 자연에 관한 관찰 부족은 우리 소설 속에서 진달래·소나무·참새·까치 정도만 언급될 뿐 그 밖에 수없이 많은 동식물의 이름이 구체적으로 언급되지 않는 점에서 드러난다. 소설 속의 여성상도 극히 제한되어 있어 개성적인 여자를 찾기 힘들다.

떼 지어 몰려다니면서 퇴폐와 허무와 정부, 특히 현 정부를 비방해야 마치 지식인 대열에 합류했다는 착각 속에 빠져 술이나 퍼마시던 과거 문인들의 전철을 밟지 말고, 그 누구도 모델 삼지 말고, 홀로 깊은 고독 속에 침잠하여 자신과 대적하면서 고민하고 투쟁하라고 외친다. 철저하게 한 개인으로 돌아가, 저 멀리 아련하게 보이는 문학이란 험준한 산을 향하여 고통스럽고 성실한 산행을 계속하라고, 그리하면 끝없이 퍼 올릴 수 있는 광맥을 안고 있는 문학이란 거대한 새로운 산이 우뚝, 그대 앞에 모습을 드러낼 것이라고……. 권력과 권위로 더럽힌 문단이란 패거리에 눈길을 주지 말고, 천상천하 유아독존의 인간 본성을, 문학으로, 언어로, 생활로, 실천하면, 문학을 별 볼일 없는 것으로 만들어 버리려 하는 온갖 것들의 화려한 포장과 유행을 뛰어넘어, 고고하고 아름답고 당당하게 새로운 힘으로 거듭나고, 새로운 시대의 예언자가 될 수 있다고.

몇 년 전이었던가. 농촌 소설가로 이름깨나 있는 이 씨와 술자리를 같이 하면서 우리나라 민물고기에 대해 이야기한 적이 있었는데, 그와 같이 농촌 소설을 즐겨 쓰신 분도 그 자리에서 제백이 꺼낸 '송사리'란 말을 그 당시 이십여 년 만에 처음 듣는다고 토로한 적이 있었다.

또 보십시오. 누구나 늦여름 변두리 산길이나 등산로 입구 등에 참나무 종류가 많이 떨어져 있는 것을 목격했을 것이다. 줄기가 날카로운 칼로 재단하듯 정교하게 잘라져 있는 것을. 그리고 그 줄기에 한두 개의 열매와 두세 잎이 같이 붙어 있는 것을. 그 장본인이 바로 밤바구미, 혹은 도토리거위벌레이며, 열매 속에 알이 있기 때문에 충격을 완화하기 위해 잎과 함께 나선형으로 낙하한다는 그 오묘한 사실을.

흔히, 붕어 중에 색깔 곱고 잘생긴 놈을 참붕어라고 하는데, 사실 참붕어는 피라미처럼 길고, 시흥 물왕저수지에 많이 서식하고 있으며, 북한산, 도봉산, 청계산 계곡에 주로 많이 살고 있는 어종이 버들치란 것을, 조금만 더 관심을 가지면 알 수 있을 것이다.

몽골이 우리 강토를 침입하여 초토화시킨 그 세월 너머 우리모두 몽골의 후예다. 경기도 여주의 여주 덩굴이 담에 가득한 초가에서 시 운동 펼치며, 한 여인에게 이성적 상흔을 남긴 시인은, 그렇게 외쳤다.

"우리 모두 몽蒙씨다!"

라고.

하늘 아래 인간사에 처음이 어디 있는가? 내 나라 향기로운 미스킴 라일락은 1947년 11월 11일, 미군정 원예가인 미더에게 빼앗겨 수수꽃다리의 추억만 반추하고 1910년, 아득한 날에 떠나간 아메리카여. 구상나무 푸름이 크리스마스트리로 난도질당한들, 그 누가 애틋한 부모 있어 위안 한 번 하겠는가. 한라산 고향만 그리워질 뿐.

1980년, 우리는 또 하나 어둠 속의 침입자를 스스로 맞이하게 되나니. 그 또한 아메리코 베스푸치여. 배리 잉거 아시아 식물 담당자 빛나는 광택으로, 서해 바다를 눈부시게 만들어, 뱃사공 뱃길 잊게 한, 우리의 로렐라이 홍도비비추가 입양되어, 잉거비비추로 탈바꿈해도, 부어라 마셔라, 쓸개도 간도 없앤 지 이미 오래, 그래도 세월은 철철 넘치는구나.

버들피리, 보리피리, 갈피리, 풀피리를 불며 불며, 탱고리에 쏘여 부은 손가락에 비료를 발라주던 문조리 오촌[51]은 지름쟁이, 눈쟁이, 소의 바위 위에 새까맣게 서식하고 있어 빈 미끼에도 낚이는 곱사리를 볶아 어린 조카 제백에게 먹여 주기도 했던 것이다.

그 여름날 땡볕에서 징거미새우 놈을 쫓아 들어낸 돌멩이와

---

51) '문절망둑'의 방언. 사전 오촌이 바다 근처 사전으로 이사 갔는데 그 바닷가에는 문절망둑이 밀어처럼 아무 미끼나 다 무는 성질이 있고, '대체로 말이 많아' 붙여진 별명.

자갈의 수며, 깊은 바위굴에 들어갔을 때, 잠수하여 막대로 쑤셔 대며 기다리며, 등짝은 불이 화끈화끈 해가 지고 만다. 말매미 잡기만큼 세련된 기술이 필요하고, 어른들은 복수라도 하려는 듯 잡은 동시 껍질째 질겅질겅.

과연 물방개와 물땅땅이를 온전히 구별하여 부를 수 있는 날이 올 수 있는가?

자산어보니, 현산어보가 우리의 나날을 풍요롭게 하는구나! '兹' 자를 '현'으로 불리는 것은 『현산어보를 찾아서』(청어람미디어)이며, '자'로 불리는 것으로 『소설 자산어보』(명상), 『바다를 품은 책 자산어보』(아이세움)가 있다. 이를 김언종의 논문 〈자산어보 명칭고〉가 명쾌하게 분석해 놓고 있는 것이다. 찔레꽃 붉게 피는 남쪽 나라 내 고향에 눈을 씻고 봐도 흰 꽃만 보이니, 간혹 가다 얕은 분홍은 보일지라도. 색맹인가 아니면 건성건성 소문으로 작사했는가. 맨드라미 피고 지고 게 누구 눈에 보이기나 하는가. 그리고 아침에 피었다가 저녁에 지고 마는 나팔꽃이 세상 어디에 있으며, 군인 간 오라버니가 어디 있는가.

먼 훗날 DNA의 변종이 번창할 때가 올 지라도 아직은. 두옹杜翁을 도스토예프스키로 알고 지낸 지난 사십 년 세월이여! 한 마디로 말한다면, 제백에겐 도스토예프스키가 멘토라 해도 과언이 아니었다. 그가 톨스토이나 투르게네프보다 투박하고 정제되지 않은 문장을 구사하는 것에도 자기와 유사하다며 의미부여를 했다. 도스토예프스키 소설의 인물들이 각자 목소리를 내며 심한 갈등을 빚는 대신, 톨스토이 소설은 작가가 전지적 시점으로 모든 인물을 내려다본다는 것이 크나큰 차이점이다. 그리고 괴테가 『파우스트』로 일생을 바쳤다면, 제백은 『카라마조프가의 형제들』의 속편을 만드느라 분주했던 것이다.

그러나 도스토에프스키는 행복했다. 그는 동시대 블라디미르 세르게예비치 솔로비요프나 니콜라이 표도로비치 표도로프 같은 출중한 철학적 이론가가 있었다. 〈서구 철학적 위기〉와 〈통합적 지식의 철학적 원칙들〉을 발표한 솔로비요프의 사상은 『카라마조프가의 형제들』의 관념 구조 속에 잘 반영되고 있었다.

종교의 오래된 전통적 형식은 신에 대한 믿음에서 나오지만, 이 믿음을 그 극한까지 밀고 나가지는 않는다. 종교에서 벗어나 있는 현대 문명은 인간에 대한 믿음에서 나오지만, 그것 역시 그 믿음을 극한까지 밀고 나가지 않는다. 신에 대한 믿음과 인간에 대한 믿음, 이 두 가지 믿음을 부단히 추구하고 또 궁극적으로 그것이 실현된다면 그 둘은 유일하고 완벽하며 포괄적인 '신인 사상'의 진리를 통해서 결합된다. 도스토예프스키는 바로 이 진리에 영감을 얻어 집필했던 것이다. 솔로비요프는 노래했다.

나 비록 번잡한 세상의 포로이지만
물질의 거친 껍데기 속에 있는
변함없는 보랏빛을 투시하며
빛나는 신의 모습을 느낄 수 있었네.

『공통 과제의 철학』을 쓴 표도로프는 신인사상이 절정에 이르면 하느님의 왕국이 도래할 것이라 믿었다. 그의 영향을 받은 도스토예프스키는 세계비극의 궁극적 표현으로 아버지 살해라는 테마를 발전시켰던 것이다. 여기서 작가의 이 작품의 원고 초안에 특이한 점이 발견되었는데, 그것은 최고 속도로 달리는 기차가 지나가는 철도 위에 누워 있는 것이 가능한지 알아볼 것이었다. 이문열의 『우리들의 일그러진 영웅』이나 조정래의 어떤 작품, 영화 〈초원의 빛〉이 아류로 보이는 것은 잘못인가. 좀 다른 설정이지만 영화 〈후라이드 그린 토마토〉도 눈여겨 볼 만하지 않을는지. 이보다 더 비약하면 영화 〈오다기리 죠의 도쿄타워〉에서의 탄광촌 어린이들이 저지르는 철로 위에 가재와 개구리 죽이기가 있다.

제백이 도스토예프스키를 사숙한 나머지, 출판사 상호를 〈도스토예프스키〉라 할 정도였다. 그런데 막상 도스토예프스키의 음역音譯이 두옹杜翁이라고 알고 있었는데, 사실은 톨스토이였던 것이다. 이는 인간이 최초의 고정 관념 형성이 습관화되면 오래 갈뿐더러, 그것이 방대하고 조직적일 때 얼마나 큰 오류 앞에 인류가 고초를 당할 수 있는가를 깨닫게 하는 계기가 되었다. 즉, 동병상련同病相憐→동병상린, 풍비박산風飛雹散→풍지박산, 에베레스트산→에레베스트산 등이 가장 혼동이 심했다. 여기서 한 가지 더 언급하자면, 곰이나 개도 인형人形이라 하고, 풀이나 나무를 인위적으로 만든 것을 모두 조화造花라고 하며, 밀의 지푸라기, 우기에 비가 안 오다, 늙은 고아는 무엇을 뜻하는가. 에스키모인은 눈에 관한 단어가 무려 오십 개 정도라고 하지 않는가.

『카라마조프가의 형제들』에,

"……기침이나 재채기가 나오면 어쩌나……."

와 플라톤의 『향연』에,

"딸꾹질을 멈추게 하려고 이 짓 저 짓하다가 마지막으로 재채기를 하자 딸꾹질이 그치고 말았다."

두 천재의 기막힌 재치에 까무러질 정도가 된 적도 있었다.

궁백이 네덜란드로 갔다. 군인 세상이라 이리저리 안 통하는 데가 있을 손가. 네덜란드 농업인 교육을 받기 위함이지만 속셈은 파라과이에 농장에 눈독을 들였던 것이다. 그 많은 정보는 대전이 고향인 군대 친구 꺽다리 특무상사가 주었다. 특무상사는 체질적으로 술을 못했다. 소주 반잔만 넘어가면 그 때부터 호흡이 가빠오고 가뜩이나 검은 피부인 데도 발바닥이 검붉게 변하기 때문에 아는 자들은 일절 권하지 않았다. 그러나 담배는 체인 스모커라 만나면 만남이 시작될 때부터 끝날 때까지 불을 끄지 않을 정도였다. 조기 명퇴하여 강남 일대에서 *PC*방과 서울대 근처인 신림동 고시촌에다 복사업소를 열기도 했으나, *PC*방은 젊은 놈들 싸가지 없는 통에 밥맛을 잃었고, 복사업은 불법이라 매일 단속이 와서 지랄이었다.

여기서 좀 거창하게 짚고 넘어갈 사안은 복사업인데, 한국사회의 1980~1990년대 복사업은 문제투성이였던 것이다. 소위 불법복제란 저작권법에 위반되기 때문에 이용허락을 사용료나 구두口頭로 받아서 일정한 양만 복제를 해야 한다는 것인데, 그것이 말이나 글처럼 쉽지 않다는 것이다.

노래방, 체이스컬트 판매 대리점, 하물며 용산에서 색싯집까지 살짝 하다가 이게 아니다 싶어 아는 사람한테 부탁하여 재봉틀 넉 대를 들고, 마누라와 남매를 데리고, 미국 *LA*를 경유하여 장장 이십사 시간을 타고 머나먼 상파울루에 내려 또 버스를 타고 부에노스아이레스 인근에 도착하였다. 그 당시는 브라질은 한인 이민자가 너무 많고 역사도 깊어서인지 서로 알력이 심했으나 이곳은 좀 달랐다. 주로 의류업자들인데 한 블록이 한인 가게였다. 그래서 자기가 직접 봉제를 하는 사람들은 먹고 살기가 수월했다. 오죽했으면 옷감에 담배 니코틴이 밸까 봐 담배를 끊었던 것이다. 근 사 년이 좀 지나 인근에 큰 공장을 세워 직원이 팔십 명 정도 되었다. 공장 앞에는 작은 강이 흐르고 있었고, 악어가 살고 있기 때문에 철조망을 대충 쳐놓고 있었다.

궁백은 그런 친구의 도움으로 파라과이 아순시온 근방에 약 4백만 제곱미터를 구입하여 사업구상에 들어갔다. 꺽다리는 언제 어떻게 꼬였는지 제니퍼 존스 닮은 검은 머리에 가슴이 팡팡한 중키의 젊은 여성을 두고 있었다. 사람들은 입방아를 찧었다. 어디를 가든, 무슨 일을 하든, 최우선으로 여성을 구한다고. 그만큼 성이 절륜하다고 할 수 있겠으나 어린 시절 부모의 정, 특히 어머니의 애정을 듬뿍 받아보지 못한 소치가 아닌가 한다.

그런데 희한한 일은 마누라가 전해 내색을 하지 않는다는 것이다. 아마 가난에 찌든 친정에 거금의 생활비를 달마다 꼬박꼬박 부쳐주기 때문일 것이다. 사업이 점점 번창하자 숨어있던 끼가 발동했는지, 더위가 무기력하게 했는지, 그래서 삶이 무료했는지, 아무튼 비행기로 라스베이거스로 원정 도박을 하게 되었고, 점차 마약과 히로뽕에도 손을 댔고, 어느 새 마약상들과도 줄을 대고 있었다. 그러니 조강지처인들 눈에 들어왔겠는가.

미국에 유학 간 남매 몫을 떼어주고, 본 마누라와 합의이혼을 하게 되었다. 그 때 본부인은 대한민국에 있었다. 제니퍼 존스는 이 공장 수석 디자이너이자 의류분야 연구원이었다. 전 남편과의 사이에 딸이 한 명 있었다.

하루는 여종업원과 강둑 풀밭에서 정사를 벌리다가 악어의 공격으로 놀라 돌아보는데 갑자기 성기를 공격하여 피를 줄줄 흘리면서 공장으로 뛰어왔고, 마침 공휴일이라 큰 창피는 면했으나 그 일 후로는 모든 면에서 무기력해졌고, 시들시들해졌다. 별별 짓을 다해도 소용없었다. 심지어 오랄 섹스를 해주겠다고 해도 거부했다.

어느 날 친구 궁백을 불러 사실 대로 까발리고 상속에 대한 증인을 서주었으면 했다. 여인은 의외로 착해 주는 대로 받겠다고 해서 친구는 그녀의 착한 마음에 탄복하여 궁백 몫과 자기 여생을 위한 것 외는 몽땅 그 여인에게 넘겨주었다. 남매 자식은 공부시킨 것으로 종지부를 찍었다.

궁백도 더 이상 이래라 저래라 할 힘이 없었다. 이미 둘은 쇠약해졌던 것이다. 궁백과 슬프고 우울한 밤을 보내고 궁백을 전송하고 어디론가 떠날 차비를 했다. 여인은 직감했다. 이미 기력이 쇠한 한 장년의 쓸쓸한 모습을.

페루로 떠나 마추비추 정상에서 〈제비〉를 크게 틀어놓고 지그시 눈을 감고 마침 산 아래를 선회하던 콘도르를 따라 공중 낙하하였던 것이다. 그는 평소 영화를 즐겨 보진 않았지만 〈와일드 번치〉만은 주에 한 번 정도 감상했다. 특히, 멕시코 주민들이 〈제비〉를 구슬프게 부르는 장면을 가장 인상 깊게 보았던 것이다. 그 장면을 보면서 한참을 울다 보면 그는 그 동안 서럽고 힘들었던 것들이 눈 녹듯 사라졌는데, 요 몇 달 간은 그것마저 보지 않고 있었던 것이다.

궁백은 친구의 시신을 잘 수습하여 소원대로 풍장하고, 파라과이 부지를 대충 정리하고 고국으로 돌아갔다. 그는 소능마을에 틀어 박혀 대마와 아편 피우기에만 연연하고 있었다. 간혹 여름날엔 이타이푸댐에서 타고 즐겼던 모터보트가 생각이 나서 거금을 주고 한 대 장만했다. 그리고 구룡못에서 사흘에 한두 번 타는 게 고작이었다.

요즈음 정부가 오래 전에 구입한 뒤 지금까지 방치해 온 남미의 땅을 농업용지로 개발하는 방안이 추진되고 있어 눈여겨봤다. 농업기반공사는 "외교부로부터 아르헨티나 '랴흐타마우카 농장'과 칠레 '테노 농장'의 소유와 관리권을 농업기반공사로 이관하는 것이 어떻겠느냐는 의견을 묻는 공문을 받았다."고 밝혔다. 이 관계자는 "국가 차원에서 방치돼 있는 국유지의 관리 주체를 농업 전문기관으로 이관해 개발 방향을 모색해야 한다는 점에는 공감하지만 현재 상태로는 개발 가능성에 대한 판단이 어렵기 때문에 타당성 조사가 필요하다는 의견을 농림부에 제출한 상태." 라고 말했다. 아르헨티나의 수도 부에노스아이레스에서 북서쪽으로 986킬로미터 떨어진 산티아고 델 에스테로에 위치한 랴흐타마우카 농장은 정부가 1978년 농업 이민을 위해 시범농장용으로 221만 달러를 들여 구입한 땅으로 농장 면적은 여의도 면적의 칠십 배에 이르는 약 3억 제곱미터에 달했다.

꺽다리가 죽기 전 그와 궁백은 같이 두 농장을 찾았고, 정부에 건의도 올렸다. 정부는 파라과이는 작은 나라라고 별 관심을 두지 않았으나 그 당시 아순시온 외교가의 주택은 우리나라 부천 중동 아파트 값과 비슷했다. 그들이 다니면서 느낀 점은 국경 경계에 서 있는 경찰도 꾸벅꾸벅 졸면서 응대했고, 대체로 경찰 보기가 가뭄에 콩 나듯 귀했던 것이다.

어망공장에서 일했던 김리가 외국어대학교 영어과를 졸업하여 외국 귀빈이 오면 연례적으로 열리는 공식 파티에 초대되어 유창한 영어와 매너와 박학다식으로 국격을 드높이는 데 일조했다. 전두환 정부가 들어서자 그녀는 이제 이 물에 놀긴 싫증난다고 툴툴 털고 아버지가 있는 남미로 향했다. 결국, 상파울루의

〈포에〉란 술집을 운영하고 한인회 부회장도 맡아 열심히 활동했다. 브라질은, 특히 한인회의 파벌이 너무 심했다. 서로 청부살인까지 하려는 움직임이 있었다. 브라질 사람들 대개는 순진하여 우리나라 사람들처럼 큰소리로 나무라든가 엉덩이를 발로 차든가 하면 살인도 서슴지 않는다.

한인회의 한글학교 개설 기념으로 한글 책을 만 여 권을 갖고, 소위 〈사랑의 책 보내기〉 상파울루에 내렸다. 한국에서 문광부 직원, *MBC* 직원 두 명과 출협 쪽에서는 제백이었다. 원래는 제백 친구인 문세섭이 가이드로 오기 되었는데, 며칠 전 사고로 죽어 김리가 마중 나왔던 것이다. 제백은 깊은 슬픔에 빠졌다.

소능마을에서 가장 양순한 세섭이가 경산에서 대학 다닐 때 하숙집 여주인과 정분이 나, 그 학교가 발칵 뒤집히고 그놈은 관광버스 남편한테 죽사발 나고, 증거인멸 차원에서 그 연놈이 같이 비틀즈의 노래 몇몇 노래를 불러 녹음한 테이프를, 글쎄 경산에서 대구까지 걸어가면서, 한 컷 한 컷 손으로 잘랐다나 뭐했다나. 참으로 죄짓고는 못 살지. 음, 그렇고말고.

초등학교 때에는 달리기를 제대로 못할 정도로 몸이 안 좋아서, 시도 때도 없이 바지에 똥을 싸기도 하고, 낮이나 밤이나 친척집에 불쑥불쑥 들이닥치는, 생각이 좀 못 미치지만, 어디서 들었는지, 만화를 많이 봐서 그런지, 이야기가 보따리 가득하여 집집마다 그를 불러 이야기 듣기를 원했다. 마을에 비사치기를 전파한 것도 그였다. 그렇게 인기가 많았기에 중선포 장차[52]가 삼

일마다 삼천포에서 사천으로 제백 초등학교 길을 통과했다. 하
굣길에 모두들 홀라당 짐칸에 올라타는데, 오직 한 명인 세섭이
만 저만큼에서 마치 아장아장 걷듯 와서, 한 쪽에선 운전석에 대
고 좀 천천히 가자고 큰소리로 애원했다. 또 한 쪽에선 세섭이를
향해 어뿐어뿐 오라고 손짓과 고함을 질렀으나, 무정할 사, 차는
그냥 달리고 말았다.

　다음 장날 제백과 그의 졸개들이 골탕을 먹일 요량으로 찻길
군데군데에 바위나 돌을 쌓았다. 그 일로 제백을 비롯한 소능마
을 대표급 고학년들은 교무실에 불려가 심한 꾸중을 듣고는, 씩
씩거리면서 곧장 교실마다 다니면서 소능마을 어린이 전부를 불
러내, 모여, 면 소재지가 있는 병둔 삼성초등학교에 전학 갈 거
라며, 소위 말해 으름장을 놓고 시위를 벌여, 결국 제백 숙모인
강 선생의 간곡한 부탁으로 간신히 무마되었다.

　그 후, 세섭이는 그래도 공부는 잘해 읍내 중학교 일등으로
들어갔는데, 2학년 때 어떤 여학생과 염문이 나, 어린애까지 뱄
으니, 여학생은 그 길로 퇴학 조치가 내려졌다.

　제백도 중1학년 크리스마스를 앞둔 방학시작 하루 전, 읍내
키 큰 동창한테 엽서를 건네받았는데, 그 엽서를 준 장본인이 바
로 옆 좌석의 꼬마 여학생이었다. 커서 보면 별 게 아닌 카드에

---

52) 사천이나 삼천포 장날에 차편이 없는 근남골 장꾼에게 누이 좋고 매부 좋다
　는 식으로 다니던 유일한 교통수단. 중선포가 처가로 유달리 검은 얼굴의 중
　년 사내가 소유인 지엠시G.M.C. 그도 아들이 군대 가고 큰 사고를 겪은 후
　비린내 유부녀와 눈이 맞아 도망을 갔으나 몇 개월 후 구룡못 상류 쪽에서 그
　여인과 같이 시신이 떠올라 공의公醫가 자살로 판명.

다 연필로 몇 자 쓴 크리스마스 축하 엽서였지만, 그 당시는 어른스러워진다는 게 마치 죄 지은 듯해서, 서랍 속에 넣어두고, 제사라든가 아무튼 친척들이 모이면, 그 궤짝 앞에서 지키고 있어 상당히 행동반경이 좁아져, 누구나 조금만 관심을 갖고 지켜보았더라면 금방 들통이 날 행동이었다. 사방천지 공간이 많았을 텐데, 그렇게 숨겨 놀 장소가 귀했던가. 여하튼 읍내 여학생들은 당돌하고 대범했다.

세섭이가 미국 가기 전날 밤, 제백에게만 전해 준 이야기는 기상천외였다. 그러니까 한 번은 경산 자취집에서 혼자 있다가 우연히 여주인이 펌프 수돗가에서 알밤 까듯 엉덩이를 내려 세차게 용변을 보는 것을 문틈으로 훔쳐보면서 용두질을 해댔다는 것이다.

그날 이후, 룸메이트가 없는 사이 천장을 뚫어 바로 옆 화장실 위까지, 땅굴 아닌 천장 굴을 뚫기로 결심하고 서서히 실행에 옮겨, 테이프와 끌과 송곳 등을 갖추었다. 테이프는 천장 종이와 뗐다 붙였다 하기 위한 것이고. 그렇게 그렇게 불과 벽돌 한 개 폭만 남았을 때 일이 터지고 말았다. 그것은 룸메이트가 군대 가고, 하루 종일 틀어박혀 고시공부를 하는 선배로 교체되었는데, 집 주인이 천장과 벽을 새로 도배해준다는 것이다. 그 일로 들통이 났다. 군대 간 친구의 소행이라고 둘러댔으나 여주인의 입가엔 야릇한 미소가 번졌다.

그 대범함이 오히려 여주인을 낚는 데 큰 도움이 되어, 주야장천 놀아나게 되는 계기가 되었다. 결국, 여주인과의 관계가 알려졌다. 그것은 고시에 합격하여 집을 옮긴 선재 후임으로 새로 들어온 고교 친구가 세섭이 부모님한테 보낸, 발신인 불명의 투서였다.

만약 여주인이 눈감아 주지 않았더라면 세섭이는 인생이 좋날 수 있었을 것이다. 구약의 보디발 아내 줄라이카나 자신의 아들을 원나라 황태자로 만들기 위해 차기 원나라 황제이자 황태자인 순제 사촌 동생인 앤티구스를 음모에 빠뜨린 기 황후. 그리고 젊은 사자들의 그레첸이 아닌 게 천만다행이었다. 그러나 수잔나와 두 노인에 대한 이야기는 여자의 유혹만 있었던 게 아님을 보여주는 이야기였다.

아무튼 그 놈은 별 엉뚱하고 희한한 짓을 해서 주위 사람들을 놀라게 했는데, 한 번은 우리나라 언어를 창제한다고 몇몇과 편지질하다가, 통신보안 검열에 걸려 호되게 당하기도 했다. 또 한 번은 제백과 의기투합하여, 첫 월급 때같이 돈을 모아 마을 어르신들한테 양말과 서로 가까운 친척한테는 빨간 속내의를 사주기도 했다.

그가 미국에 간다고 했으나 사실은 브라질 상파울루에 있는 김리와 연결이 되고 그녀의 적극적인 주선으로 한국인 상대로 관광 가이드 노릇을 하고 있었다. 그 당시 부인은 뉴저지에서 우체국에 다니고 있었고, 하여 일 년에 한두 번 만나는 게 고작이었다.

하루는 부인이 찾아와 모처럼 휴일을 만끽하고 있었는데, 그 때 햇빛이 눈에 부셨다. 순간 청개구리 한 마리가 창문 틈에서 그들의 모든 행위를 보았다는 듯이 노려보았던 거야. 무슨 까닭인지 그놈을 잡아 두 다리를 들고 혼내주려고 두꺼비 집을 열어 어찌 어찌 전선과 연결하여, 전선에 댔다 뗐다 장난질 쳤던 거야. 키이라 나이틀리처럼 하관이 쭉 빠진 부인은 피곤한 듯 누워 실눈을 뜨고는 하지마라고 도리질하는 그 순간, 찌릿찌릿 그만 가슴이 터지고 말았던 것이다. 약간의 연기 — 시골에서의 화약 터지는 모습 — 가 햇빛 속으로 기어오르고 있었다.

그게 끝이었다.

너무나 슬픈 일이라서 잠시 얼굴 하관, 즉 턱이 빠진 사람을 이야기 해보려고 한다. 그러니까 제백이 직장 상사의 소개로 한 여성을 만나게 되는데, 진짜 그 당시 대통령 부인과 턱 모양이 비슷했고, 이름이 같아 이상한 기분까지 들었던 것이다. 그런데 그녀가 장미 운운 하는 노래를 가장 좋아한다고 해서 무슨 대단한 노래인가 하고 궁금하던 차 마침 같이 있는 카페에서 노래가 흘러나오니까 바로 저 노래라고 했던 것이다. 〈장미 한 송이〉란 노래였다. 그 실망감은 이루 말할 수 없었던 것이다. 그 노래 이후 둘의 관계가 서서히 식어갔던 것이다.

그 이후로도 제법 많이 이러한 류의 일로 인해 멀어졌다. 심지어 맞춤법 '찾'을 '찿'으로 표기한다든가

좀 더 수준을 높여, 벌을 쓰다, 경위가 바르다 등을 무시하고 사용하면 무시하는 경향이 있었다. 한마디로 엄숙주의 극치였다. 극장에서도 누가 마시거나 팝콘 등을 먹으면 일단 그 영화보

기는 글렀던 것이다. 딴엔 앞 광고나 예고편을 보면서 마음을 추스른 다음 본 영화를 보아야 직성이 풀린다는 자기변명 내지 자기 합리화. 그래서 직접 *DVD* 숍이나 노점에서 구입해 컴퓨터로 보곤 했다.

그것뿐만 아니었다. 제백은 제목에 대한 일종의 알레르기 반응이 있다. 제 아무리 제목이 같다 해서 저작권 위반은 아닐지라도 좀 더 국제적 시각으로 신중하게 제목을 달아야 하지 않을까.

더 나아가서 우리나라에서 새로 제정한 기념일이 이웃 나라의 슬픈 추모의 날이라면 좀 신중하게 접근해야 하지 않겠는가.

1979년도에 발표한 『사람의 아들』은 이미 1959년도에 파라과이의 아우구스또 로아 바스또스가 동일 제목으로 발표한 바 있었다. 그리고 일본에서도 두세 편의 동일 제목이 발표되었다. 또 『그대 다시 고향에 가지 못하리』와 『변경』이 이미 동일 제목으로 유명세를 타고 있었다. 『우리들의 일그러진 영웅』은 중앙일보사에서 1982년도에 출간한 드리외 라 로셸의 『우리들의 일그러진 청춘』와 유사하다. 물론 원 제목이 『질』이라서 제목이 우리나라에서 어감상 오해의 소지가 있음직하여 번역자인 정명환과 이평우 교수가 고심 속에 새로 지은 것인지 아니면 번역할 때 참조한 일본의 집영사集英社에서 이미 사용한 것을 그대로 사용했는지 알 수가 없다.

그리고 나림의 장편소설 『지오콘다의 미소』와 올더스 헉슬리의 단편소설이 같은 제목일 때 과연 우연의 일치이런가. 언뜻 읽으면 논픽션 같기도 했던 불필요한 오해를 없애기 위해 편집인은 이병주가 붙인 제목 앞에 '소설'을 덧붙였다. 그래서 〈소설 알렉산드리아〉가 탄생하게 되었다. 그런데 그 이후 그 제목을 인용하여 『소설 동의보감』, 『소설 천추태후』 등 많은 제목 앞에 소설을 붙였던 것이다. 사실 제목까지 독창성 있게 지을 필요가 있을까, 하는 의문점은 있다. 그러나 '나폴레옹', '이순신', '삼국유사' 등의 고유명사나 '이방인', '사랑', '청춘', '향연' 등 보통명사를 제외하고 꾸밈 단어가 있는 경우, 즉 〈사로잡힌 영혼〉 등과 같은 제목을 지을 때 신중에 신중을 기할 필요가 있겠다.

이 모든 생각은 제백의 완벽주의랄까 엄숙주의에 기인한 것이기도 하다.

9장 유리구슬

어느 봄날, 바람 하나가 내 품으로 안겨왔다.

어디서 왔으며, 왜 내게로 왔는지, 바람은 팔랑개비 무늬가 든, 유리구슬 네 개를 목숨마냥 움켜쥐고 있었다. 나는 막연한 두려움에 구슬을 빼앗아 창공에 던져버렸다. 구슬이 태양에 반사되어 천지사방으로, 오색 빛 되어 뻗쳐나가는 모습을 보면서, 다가올 내 청춘을 어렴풋이 예감해 보았다. 그 때 내 품에 있던 바람은, 오색 빛 따라 여러 갈래로 나눠 날아갔고, 형언할 수 없는 설렘과 흥분에 사로잡혀, 만추의 양광에 취해 황금빛 버드나무 잎사귀의 찬란한 반짝거림을 멀리한 채, 한동안 그렇게 눈시울만 적시고 있었다. 십이 열차의, 입석도 오감해서, 한걸음에 내달리기 일쑤였다.

바람 따라 청춘도 그렇게 갔는가? 한양천리의 숱한 세월 속에, 청계산의 솔바람 속에서도, 자시 재를 넘어 뒹기들판에 힘차게 들려오던 '콰이마치'는 아직도 내 귓전에 회억되어 맴도는데, 나는 아직도 '큰 파도 흔들리는 오대양 중심'이 아닌 고작

청계의 매바위 위에서, 단풍에 물든 신갈, 떡갈, 참개암, 졸참 나무 산등성이에 피어나 자태를 뽐내는, 짙푸른 소나무의 거만함을 보면서, 아쉬웠던 세월에 대해 스스로 질책도 해보면서, 비탈진 계곡 위에 봄가을을 굳건히 지키는 우리의 생강나무를 기쁘게 노래한다.

적요寂寥한 산길, 여기 저기 아스라이 내깔려 있는 군락群落 속의 난무亂舞. 차마 황홀이라 말하지 않는 것은 홀로 핀 모습이 그저 을씨년스럽기 때문이다. 진달래나 산벚과 어울릴 때 비로소 황홀이 제격이다. 왜 생강나무는 노란 한 가지로만 피어, 개나리의 영역까지 침범하려 드는가. 색의 신神, 색의 고향에서 따져볼 문제인가. 아무튼 한 인간의 다양한 성격처럼, 셰익스피어 38편 주인공 성격처럼, 그대도 다양한 색깔이었으면. 꽃잎을 헤아리기 어려워서 그런지 우리는 모두 생강나무를 산수유라 부른다. 산에 핀 꽃이기에 당연하다고 여긴다. 결국, 생강나무는 남의 이름으로 사는 셈. 혹 잘못 붙여진 이름이라 책하면 눈을 부라리며, 오히려 스스로 역정을 내면서 쉬 빛이 바래서 떨어져, 바람 속에 낙엽 속에 파묻히고 말테지. 모르면서 잘난 체 한다고 되받기 일쑤. 칡꽃보다 더한 감미로운 까뜨린느 드뇌브를 닮은 향내. 그렇다면 그대의 정체는? 진정한 이름은? 1600년경 열대 아시아에서 생강生薑이 도입되기 전, 이미 우리 할매는 생강나무를 생강 대용품으로 사용했대나 어쨌대나. 생강밭에 생강나무가 제격이지. 가사 일러, 그 누가 통용된 이름마저 스리쓸적 바꿔서 달리 부르며, 마치 그게 사실인양, 몇 백, 몇 천 년을 전우치처럼 훌쩍 뛰어넘었다면, 이건 좀 너무하여 생각해 볼 문제가 아닌가 싶기도 하고. 어쨌든 법열法悅에 나부끼는 부처님의 설법을 마치 황칠나무 수액 뒤집듯 쓰고 다니는 저기 저 자들. 예수님의 가시 면류관을 마켄나의 황금으로 도배하여 쓴 여기 이 자들. 그렇고 그런 숱한 맹교盲教에 빠져 허우적거리는 내 이웃들 하며. 그들 모두가 산수유 같은 자들이다. 거친 껍데기를 원망하며, 맨들맨들 날씬한 몸매의 생강나무에 빌붙어 거짓 삶을 사는 행위는 거절되어야 한다. 단연코 거절되어야 한다. 비록 자신의 의지가 아닌 타인들의 일방적 무지에서 나온 명명일지라도 원인제공은 그대 자신에게 있는 것. 하필 춘삼월 강남 갔던 제비가 돌아오고, 눈보라를 벗고 새 천지에 아롱다롱 청춘의 봄바람이 불어대는 하필 요때, 동시상영으로 피고 염병을 떨고 야단이니, 오해 살 만도 하지. 그런데도 용케 비탈진 산비탈에서도 곳곳이 서는구나. 구부린 가지는 자유의사이고. 자유는 존경받아야 하므로. 아, 그대는 아는가? 이 세상 만물은 하나만이 오롯이 정체를 드러내는 법이 없다는 것을. 모든 것이 경쟁하듯 둘 이상. 흔히 비유되는 모차르트와 살리에리처럼. 이 마당에 한 마디 더 하자면, 크고 작고, 많고 적고, 길고 짧고, 태어나고 죽고가 서로 영역 다툼으로 지랄발광을 떨어도, USB 5메가만도 못한 송충이 같은 우리 인생 아닌가. 생강나무에 산속의 수다쟁이, 진박새의 다양하고 요리조리한 노래가 묻어난다. 새끼 후투티인가, 노랑턱멧새를 다가가는 내 모습을 보며 꽃은 수줍게 웃는다. 그 웃음이 잣

나무 잎 사이로, 마치 발레리의 해변의 묘지처럼 뇌쇄적이다. 산길에 남녀가 오수를 즐기고 있다. 볼록 나온 가슴에 섹스가 불끈 용틀임하다 이내 착각에서 벗어난다. 산찔레도 핏대가 서 어서 어서 피워보자고 재촉하고 있구나. 바람도 재촉에 한몫 거들고. 나의 애매한 관찰, 거부하려는 몸놀림, 산속은 적막하여, 일상적이지 못하다고 장끼는 굉음으로 치솟는다.

불로문 돌문바위 위에서 깊고 푸른 소나무를 본다. 1미터 남짓 되는 떡갈나무와 그 옆 15센티미터 되는 개옻나무가 바위 사이에 뿌리를 내려 힘겹게 가을을 보내고 있다. 매바위에서 바라본 산 아래 소나무는 배신자요, 이단자였다. 이 가을 모두가 단풍을 준비하고 있는데, 소나무만은 더욱 싱싱하게 진한 푸르름을 뽐내고 있음이 밉살스럽기도 하다. 마치 이때를 기다렸다는 듯이 단풍 속의 소나무는 그렇게 자신의 잘남을 남의 것에 기대어 뽐내고 있다. 지난 봄, 소나무를 살리기 위해 참나무류를 속아낸, 이웃의 슬픈 죽음과 그 시신이 무더기로 비닐에 싸여 눈앞에서 이 계절을 보내고 있음을 살아남은 그들은 안다. 무슨 제도에 희생당하는 불쌍한 것들. 내 주위에는 퇴직하여 빌빌거리는 자 숱하게 많다. 모두가 제도의 희생이다. 그들의 일과는 오로지 죽음과 건강뿐이다. 그들에게 정년이 십오 년만 연장되어도 인생 설계의 비전은 달라졌을 것이다.

오늘도 어김없이 마을 나온 바람은, 그제는 사천 수양루 현판, 어제는 마라도 갯쑥부쟁이와 결별의 입맞춤, 내일은 일본 규수지방 삼나무 숲을 지나, 솔로몬군도 태평양 깊은 속 뉴조지아

섬, 대왕조개의 볼 살에 깊이 박혀, 영롱한 진주되어 춤추리라.

아, 누군가 바람의 고향을 묻는다면, 누군가 바람의 고향, 고향을, 굳이, 묻는다면, 나는 말하리라. 나뭇잎이 떨어지는 게 아니라, 바람이 한 잎 두 잎 떨어지고 있는 것임을. 그리고 그 이파리가 바로 바람, 그러니 이파리의 고향이 당연히 바람의 고향임을.

이 순간, 바람은 상수리나무 열매를 익게 하고, 굴참나무 껍데기를 더욱 탄탄하게 하며, 붉나무 넓은 잎사귀에 한없이 볼을 부비다, 숨이 차서 그런지, 은행나무에 다다라서는 노랗게 노랗게 떨어져버리고……. 그러한 사계의 끝자락에서, 떨어진 바람은 엽영과 같이 흔적도 없이 사라지고 마는 것인가?

우리는 여기 이렇게 다 모여 있는데. 서로가 가슴 속에 파고드는 새로운 바람을 맞이하기 위하여, 자, 누군가 말하리라, 이제는 그 시절처럼, 오색 유리구슬을 창공에 던지자고, 던져버리자고. 비록, 순진한 바람이 끝 간 데를 모르고 이 산, 저 계곡을 헤맬지라도.

불이 난 폐사에서 세 사람이 죽어 있었다. 쾌백은 가운데로 반듯하게 눕고 양쪽에 여인들이 각자 한 손을 쾌백 가슴팍에 얹은 채로 죽어 있었다. 화염 속에서도 흐트러지지 않은 집착과 집념과 의지력에 놀랄 뿐이었다.

장독대의 간장, 된장, 장아찌가 든 항아리가 거의 깨지고 터져 불에 그슬리고 태워져 흉물로 변해 있었다. 맨 안쪽 큰 항아리에 물이 절반 담겨 있었는데, 그 속에 가운데다 박 바가지 두 개를 마주보게 하여, 단단히 밀봉한 것을 꺼내보았다.

유리구슬이 빤짝거렸고, 창호지를 몇 겹으로 풀칠한 치자색 표지에 십여 쪽의 본문이 적혀 있었다.

사람들은 말했다. 불이 나고 밤새 장독대 쪽에서 피리 같은 울음소리가 들렸다고 했다. 아마도 유리구슬의 통곡이 아니었을까.

때는 서기 996년 7월 24일, 귀양 온 왕욱이 어린 아들 왕순이 지켜보는 앞에서 숨을 거둔다. 그 때 그의 손에는 탁구공만한 유리구슬이 들어 있었던 것이다. 그 구슬은 왕욱의 연인인 헌정왕후가 왕욱의 귀양길을 울며불며 배웅하면서 손에 꼭 쥐어준 일종의 정표였던 것이다. 그런데 그 구슬은 신통하게도 나라의 변고가 있을 때마다 색이 검게 변하곤 했다. 그래서 구슬은 한 때는 구중궁궐의 임금님 손안에서 놀기도 했고, 정몽주의 주검 때는 그와 같이 선죽교 아래로 떨어지기도 했던 것이다. 참으로 이상한 것은 나라의 변고 때 꼭 그 당사자의 근처에 있다는 사실이다.

사람들은 말했다. 검게만 변하지 말고 사전에 변고를 막는 신통력을 부려 줄 것을 기대했으나 그것은 후대 사람들의 바람일 뿐이었다. 어떨 때는 구슬의 존재를 잊고 있다가 그 존재를 알고는 소문에 소문으로 많은 사람들이 알게 되었다.

구슬을 손안 가득 만져본 사람은 마치 구슬이 살아있는 느낌이 든다는 것이다. 호흡을 하는 것 같기도 하다는 뜻이다.

구슬은 오랜 세월 동안 숱한 주인이 바뀌는 수난을 겪었다. 그러다가 다시 구룡사로 들어왔던 것이다. 이 구슬이 구룡사에 다시 들어온 것은 아무도 모른다. 그리고 분실되었는데, 저옥무당이나 궁백의 짓일 거라고도 했다. 그러다가 청탄정으로 가서 할배와 윤 씨 처녀의 사건에 개입했던 것이다. 그러다가 저옥무당이 불쌍한 쾌백 손에 꼭 쥐어줬던 게 아닌가 한다. 아무튼 여기저기 다 저옥무당이 걸린다. 이도저도 아니면 구룡사 측에서 선지무당에게 주었고, 그게 저옥무당에게로 전달되었을 것으로 다들 알고 있었다.

참, 임진왜란 막바지에 사천에서 이순신 장군의 수발을 들던 송 씨 여인한테 이 장군이 노량전투에서 임종할 때 손에 꼭 쥐어줬다는 소문도 돌았다.

그 당시 그 구슬을 탐낸 장군 측근이 그 사실을 알고 송 씨 부인을 찾으려 했으나 바람처럼 사라졌다는 것이다. 그녀가 충북 진천으로 시집가고 남양주로 이주, 정묘호란 즈음 남편 사별 후 삼 년 상을 치렀다. 어느덧 송 씨 부인이 나이도 들고 죽음도 임박하자 이 장군이 뼈에 사무치게 그리웠던 것이다. 그래서 열두 살 외아들을 데리고 다시 사천 노량까지 갔던 것이다. 그 때까지 사천에서는 외지인만 오면 주막이다 어디다 할 것 없이 유리구슬에 대한 이야기를 묻는다는 것이었다.

〈카라차라파우파우플레이〉
〈카라차라파우파우플레이〉

아들을 손을 잡고 송 씨 부인은 무엇 끌린 듯, 아니 구슬 형상을 한 소복 입은 여인에게 이끌려 소능마을로 오게 되었던 것이다. 이 마을은 이미 달성 서 씨가 터를 잡아 자손이 번창하여 이 10여 가호가 오손도손 살고 있었다. 마을 큰 어른이 이 사정을 듣고, 자기 집에 와서 허드렛일이나 하면서 살라고 하였다.

이 때가 1642년, 아들 연은 열세 살이었다.

송 씨는 이곳에서 십여 년을 살다가 죽었다. 그녀가 죽기 전 도산밭골로 데려다 주기를 아들한테 부탁해 그 험한 산길을 업고 갔던 것이다. 그녀는 동쪽을 향해 무언가를 주문하면서 손에 쥐고 있던 구슬을 창공을 향해 던졌다. 어디서 그런 힘이 나왔는지 아들은 의아해했다.

구슬은 윙~ 소리를 내면서 큰골 동굴 속으로 빨려 들어가는 것이었다.

새 세상을 열려고 사사 소교四四小敎를 만들다.

첫째, 청천백일靑天白日.

둘째, 순번제 교주.

셋째, 긍정적 현실.

넷째, 사회적이고 윤리적.

다섯째, 기성종교를 포용.

여섯째, 운명을 개척.

☆ 영국의 불문법처럼 / 장황한 경전을 멀리 / 오로지 별을 노래
하라.

① 카라차라파우파우플레이*Karazarafaufauplay.*
kara(카라) *zara*(차라) *fau*(파우) *faux*(파우) *play*(플레이).

② 우주와 생명체와 무생명체 등 모든 존재물의 존재 이유가
너무 단순하기에 더욱 복잡다단하게.

③ 남한에서는 죽으면 하늘나라로 간다하고, 북한은 땅으로 간
다고 함.

④ 포스트 휴먼 도입.

⑤ 도산밭골에 성전을 세움 – 솔로몬군도의 모든 정기를 통양
창 쪽으로 옮김.

⑥ 기존 종교의 경문이 너무 긺.

⑦ 기존 종교는 믿어야만 복을 받는다고 하니, 정신이상자는 어
떻게 기도하겠는가.

⑧ 기복신앙은 성립될 수 없음.

  1. 누구나 같은 시간에 다른 기복을 원하여 기도드리면 신은
     팽이나 바람개비처럼 동서남북 어디에다 누구를 우선으로
     소원을 들어 주어야 할지 헷갈릴 것임.

  2. 사시사철 꿀이 흐르면, 당뇨병자만 생길 것임.

  3. 꿀 흐르는 강의 꿀은 어디로 흐르는지, 흐름 자체가 신의
     의지인가.

  4. 사시사철 상하*常夏*의 지역에도 꽃은 피고 지는데.

  5. 젊음과 건강만 존재하면 어린애는 누가 낳을 것이며 누구

에게 진통이 오는가.

6. 신은 존재물 전부를 사랑해야지 선별하여 사랑을 베푼다면 신은 인내심 없고 속 좁음.

⑨ 각국에서 자기 나라의 소중한 것을 순간이동으로 옮겨옴.

⑩ 고전 비틀기.

1. 인당수로 간 성춘향.

2. 산으로 내려온 알료샤.

3. 이몽룡과 크레트헨.

⑪ 생과 사를 역으로 추적.

⑫ 위원회 같은 조직체 운영. 각국에서 한 명 내지 다섯 명이 참가. 문화 예술 분야에서 자기 나라를 대표하는 것 하나쯤 제시.

1. 미완성 조사.

2. 보존.

3. 퇴치.

4. 놀이.

5. 관계.

6. 성.

(1) 인간의 섹스 때 쾌락에 관하여

(2) 쾌락의 조건

(3) 쾌락의 부위

(4) 쾌락의 시간: 고작 합해서 33,480초

(아홉 시간 반)

(5) 쾌락 위의 것들

(6) 간접 경험의 직접 경험화

(7) 남녀에서 두세 개 더 필요 / 남. 여. 제3의 성 / 안드로진*androgyne*, 兩性具有, *hermaphrodite* 남녀추니. 아니 마무스, 오토코노코, 혹은 앤드루지너스.

7. 구슬놀이 / 올림픽 등 소수의 엘리트 운동은 지양하고 모두가 즐기는 놀이 개발.

⑬ 과거 세계와의 단절.

1. 1501년 이전 탄생은 무시.

(1) 석가모니.

(2) 공자.

(3) 예수.

(4) 소크라테스

(5) 마호메트.

2. 퇴계(1501~1572).

⑭ 종교가 아닌 소교의 필요성.

사사소교 창설.

⑮ 선악 구도 변화.

⑯ 예절의 변화.

⑰ 사계절, 밤낮, 시간, 공간의 재조정.

⑱ 그간 직간접 경험했던 것 위주.

1. 강원도 동강의 돌단풍 군락지.

2. 동강 제장 마을의 할미꽃 군락지.

3. 원미산의 포플러 잎.

4. 소금호수.

5. 가을 하굣길의 포플러 잎.

⑲ 여러 태양과 태양을 먹는 것과 죽은 별.

⑳ 벼락 천둥, 스나미, 태풍, 지진 등 조사.

㉑ 사과나무에 열린 호랑이-엉뚱한 발상.

㉒ 숫자놀이 — 사십구 세에 죽은 사람들.

1. 김현金炫(1942~1990)

2. 조지훈趙芝薫(1920~1968)

3. 알폰소 카포네*Alphonse Gabriel Capone*
   (1899~1947)

4. 정지용鄭芝溶(1902~1950)

5. 정조正祖(1752~1800)

6. 오다 노부나가織田信長,*Oda Nobunaga*(1534~1582)

7. 이태석李泰錫(1962~2010)

㉓ 내가 만든 판게아-나의 판게아-내가 죽인 판게아.

㉔ 텔레포테이션*teleportation*.

㉕ 사이버 월간잡지인 〈*The Prize*〉 창간.

※ 보르헤스도 이 제목의 소설을 쓰고 싶어 했다.

1. 잡지 게재 원칙:

(1) 모든 필자의 사진 중에 안경 낀 필자는 게재 안 했다.
    부득이한 경우 토털 스캐너로 안경만 지운다(제백이 좋아
    한 괴테와 헤밍웨이가 안경 끼는 것을 싫어한데 따른 것이 아닌가

함.).

(2) 입지적인 성공사례 기사는 게재 안 함.

(3) 연재물은 원칙적으로 지양함.

(4) 취재 특집물을 우선으로 게재, 특히 좌담회를 더 선호함.

(5) 다달이 각 분야를 집중으로 다룬다.

㉖ 휴먼 피시인 올름*Olm*처럼 십 년 동안 안 먹고 살다.

㉗ 먹는 음식 등 음식문화 개선/일 년에 한 번 먹는 음식 개발-우주인의 식량 참조.

㉘ 단순한 삶을 좀 더 다양하게/삼라만상의 특징을 하루하루 흉내 내기.

㉙ 책의 백성*people of the Book* 되기.

〈칠흑 같은 밤에 뜬 별을 연상하여 노래하라〉

— 별 하나, 별 둘, 별 셋, 별 넷....... —

☆☆☆☆ ☆☆☆☆ ☆☆☆☆ ☆☆☆☆
☆☆☆☆ ☆☆☆☆ ☆☆☆☆ ☆☆☆☆
☆☆☆☆ ☆☆☆☆ ☆☆☆☆ ☆☆☆☆
☆☆☆☆ ☆☆☆☆ ☆☆☆☆ ☆☆☆☆

☆☆☆☆ ☆☆☆☆ ☆☆☆☆ ☆☆☆☆
☆☆☆☆ ☆☆☆☆ ☆☆☆☆ ☆☆☆☆
☆☆☆☆ ☆☆☆☆ ☆☆☆☆ ☆☆☆☆
☆☆☆☆ ☆☆☆☆ ☆☆☆☆ ☆☆☆☆

☆☆☆☆ ☆☆☆☆ ☆☆☆☆ ☆☆☆☆
☆☆☆☆ ☆☆☆☆ ☆☆☆☆ ☆☆☆☆
☆☆☆☆ ☆☆☆☆ ☆☆☆☆ ☆☆☆☆
☆☆☆☆ ☆☆☆☆ ☆☆☆☆ ☆☆☆☆

☆☆☆☆ ☆☆☆☆ ☆☆☆☆ ☆☆☆☆
☆☆☆☆ ☆☆☆☆ ☆☆☆☆ ☆☆☆☆

☆☆☆☆ ☆☆☆☆ ☆☆☆☆ ☆☆☆☆
☆☆☆☆ ☆☆☆☆ ☆☆☆☆ ☆☆☆☆

☆☆☆☆ ☆☆☆☆
☆☆☆☆ ☆☆☆☆
☆☆☆☆ ☆☆☆☆
☆☆☆☆ ☆☆☆☆

☆☆☆☆
☆☆☆☆
☆☆☆☆
☆☆☆☆

☆☆
☆☆

10장 마카렌세스[53], 그리고 외나무다리

대학 새내기 늦가을, 광화문 덕수제과 2층에서 다섯 개 대학 삼십 명이 모여 클럽을 결성했다.[54]

그 장소에는 파란 바탕에 하얀 네모 무늬가 든 외투를 입은 여학생이 유독 눈에 들어왔다. 그녀는 왼쪽 볼에 얕은 보조개가 귀엽게 박혀 있었다. 그녀는 입속에서 뭔가를 우물거리고 있었는데 자세히 보지 않으면 표가 나지 않을 정도였다.

어디서 본 듯한 얼굴이 모두 오버랩 되었다. 특히, 초등학교 1학년 담임 딸의 모습과, 6학년 때 부산에서 전학 온, 유리창 청소할 때 빛나던 그 빨간 팬티의 얼굴, 중학교 1학년 때 옆에서 제백의 일거수일투족을 관찰하고 마침내 남자친구를 통해 크리스마스카드를 보냈던 것 등이.

---

53) *makarenses*. 토마스 모어 『유토피아*utopia*』에 나온 말로 '행복한 나라' 란 뜻인데, 토마스 모어가 만듦.

54) 문예 클럽인 '마카렌세스' 를 말함. 고대, 연대, 숙대, 이대 국문학과와 서울 사대 국어교육학과 1학년 학생 각 여섯 명, 전체 삼십 명으로 〈덕수제과〉에서 첫 모임을 갖고, 만들어 짐. 첫해 젠센회관에서 제1회 발표회를 가지도 함. 제 백은 〈사라진 판문점〉이란 다소 철학적인 산문을 발표하여 큰 호응을 얻었는 데, 현재 그 글과 초등학교 5학년 때 지은 첫 희곡 〈울지 마라 두 남매〉는 분실 한 상태.

그날 오여려는 제백을 어렴풋이 알고 있었다. 나이는 동갑이었으나 제백이 한 해 일찍 초등학교에 들어갔기 때문에 후배인 여려는 선배인 제백을 기억할 수 있었다. 그러나 제백이 재수를 했기 때문에 이제는 다 같이 대학 신입생이 된 셈이었다.

둘은 주변 학생을 물리치고 단 둘이 모이기로 했다. 우선, 신촌 연대 앞 굴다리 아래 세전다방에서 만나기로 하고, 여려가 먼저 이대 앞에서 내렸다. 친구들은 제백이 홍제동 집 쪽으로 안 가고 신촌 쪽으로 타고 가니, 의아해 했다. 다방에 온 여려는 그 사이 캐주얼한 멜빵바지 옷으로 갈아입고 왔던 것이다. 연대 앞에서 언니와 고2 때 담임선생 댁에서 자취를 한다고 했다.

가져온 빨간 사과와 신탄진 한 갑을 탁자 위에 놓고, 길고긴 이야기의 밤이 이어졌다. 그녀는 입 안에 든 껌을 꺼내 휴지에 싸서 재떨이에 살며시 놓았다. 갑자기 어린 시절, 씹은 밀에 크레용 파랑 물감을 넣은 데에 쫀득한 열매와 송진을 넣은 껌을 씹었다. 그러다가 용케도 용돈이 생기면 우선적으로 가로세로 4, 5센티미터인 껌 겉표지에 이름난 여배우가 들어 있는 껌을 몇 개 샀다. 그러면 하루 종일 들떴던 것이다. 그 배우들은 신년 특집호 〈자유의 벗〉이란 잡지에 또 한 번 나타나 어린이들은 무한한 꿈을 꿀 수 있었던 것이다.

아무튼 여려의 껌 씹는 버릇은 영화 〈밤의 열기 속에서〉 남부 경찰서장 역을 맡은 로드 스타이거 배우가 시도 때도 없이 껌 씹는 것과 〈별들의 고향〉에서 오경아가 연상되었다. 다시 나와 경양식 집에서 오므라이스를 먹고 맥주도 몇 잔 하고는 당인리 발전소 앞 갈대밭까지 걸어가 이야기를 이어갔다. 이곳에서도 이야기 도중에 껌을 양 볼에 붙이는 모습이 종종 눈에 들어오곤 했다. 두꺼운 외투 사이로 그녀의 온기가 전해졌다.

제백이 순간 카프카의 성城을 떠올렸다. 흔히 처음 만나서 무슨 색을, 무슨 음식, 무슨 책, 영화를 묻고 묻다가 점차 손가락, 손목, 입술로 진행하는데, 그 작품은 만나자마자 관계부터 하고 점차 진지하게 사귐이 진행되었다. 그것은 무려 팔십육 년 차이가 나는 알랭 드 보통도 감이 상상도 못하는 것이었다. 보통은 『낭만적 연애와 그 후의 일상』(원제 '사랑의 강의' *Course of Love*)에서 주인공인 두 사람은 첫 번째 데이트에서 키스, 두 번째 만남에서 관계를 치르며 본격적인 연애를 시작한다. 제백은 흔한 말로 밀당을 못하는 체질이었다. 그것은 여려도 마찬가지였다. 쉽게 말해 눈치 안 보고 활활 탄다는 뜻이었다.

제백이 그러한 성격을 갖게 된 데는 그럴 만한 이유가 있었다. 그것은 형, 누나, 어머니 등 가족에 대한 콤플렉스가 그를 억누르고 있었던 것이다. 그래서 그의 마음속에는 맘에 드는 여자는 우선 저지르고 본다는 나름대로 기준이 굳게 자리 잡고 있었던 것이다. 그렇지 않고는 자기 같은 열악한 가족사를 이해해 줄 리 만무하다고 생각했다. 여려는 또 껌을 씹었다. 자기가 하시라도 섹스 파트너가 되어 주겠다며 깔깔깔 웃어댔다. 그러나 단 한 가지 전제조건은 갈구하는 눈 주위에 눈물이 촉촉이 맺혀야 한다는 것이다. 무슨 평기 불 끄는 소리도 아니고.

여려는 분위기를 바꾼다고 제법 그럴 듯하게 *Casa Bianca*, 즉

The white house, 하얀 집을 불렀다.

꿈 많던 어린 소녀시절 고향의 하얀 집에 대한 슬픈 기억이 나는 내용인데, 제백을 그리는 여려의 심경을 토로한 것 같은 뜻을 부여하였던 것이다. 좀 숙연한 기분이 들자 이씨스터즈가 부른 *Johnny Get Angry*, 쟈니는 답답해를 일어나 몸을 흔들며 불렀다.

~ 쟈니(제백) 제발 내 속 태우지 말아요~

~ *Oh Johnny get angry, Johnny get mad~*

쟈니를 제백이라고 부르는 데서 둘은 깔깔대며 웃었다.

제백의 고향 먼 친척 중에 한 사람이 있었다. 그는 초등학교 5학년 중퇴였다. 물론 초등학교에 기부금과 장학금을 내니, 졸업장이 나왔다. 그뿐만 아니었다. 인근 중학교에서도 연락이 자주 왔던 것이다. 그 쪽에도 장학금을 주었더니, 그 중학교에서도 고맙다면서 졸업장을 받으러 한 번 오라고 하길래, 그건 좀 뭐하다고 거부했더니, 등기 소포에다 졸업장과 이 시대 가장 존경받을 만한 인물이라는 격려 편지를 함께 보내주었던 것이다. 사실 그 중학교는 그와 생면부지였는데 말이다. 아무튼 그 당시 소능 마을 김가 중 여섯 명이 부산대학교에 들어갔다. 그이만 서울 염춘교 근방에서 '진주'란 별명을 가진 악질 깡패가 되어 있었다.

이후 그가 회개하며 착실한 생활인으로 자리 잡은 데는 그만한 이유가 있었다. 그는 어느 이름 난 백화점 종업원을 꼬드기게 되었다. 감언이설과 반 공갈협박으로 여관에 데리고 가서 자기 사람을 만들었던 것이다. 물론 결혼 후도 몇 번 옛날 버릇 못 고친 적이 있었다. 결혼, 아니 동거에 들어간 후 다락에 살면서 주로 상가喪家에서 벌어지는 노름판에서 개평을 뜯는 일이었다. 종종 노름꾼들은 그가 귀찮고 싫어서 장소를 옮겨 다녔던 것이다. 그래서 어떻게 해서든 택시비는 갖고 다녀 그들을 뒤따랐던 것이다.

그렇게 알토란 같이 모으고 모은 돈을, 하루는 눈앞에 삼팔광땡이 어른거려 돈을 집어 들고 나갔다. 결국, 타짜들한테 당했던 것이다. 그날 그는 독한 마음을 먹으면서 그 실천의 일환으로 오른쪽 검지를 잘랐던 것이다. 일거양득이었다. 군에도 안 가고. 강명화가 사랑의 위력을 보여 주기 위해 왼쪽 중지를 자른 것과는 사뭇 달랐던 것이다.

그 후 그는 청량리에서 복권 판매상을 해서 돈을 벌고, 다방, 모텔 등을 했는데, 드디어 청량리상인협회 회장까지 역임했던 것이다. 그는 초기에는 염춘교 다리 밑에서 양말 장사를 하여는데, 경찰이 수시로 단속을 나와 장사꾼들, 특히 여자들은 물건을 빼앗기기가 일쑤여서, 그는 경찰 모자를 강제로 몰래 벗겨 멀리 던지면 장사꾼들은 그 틈을 이용하여 물건을 챙겨 도망가곤 했던 것이다. 그 후 그가 파출소에 가서 뒤지게 맞기를 밥 먹듯이 하다가 깡패만이 살 길이라 생각하고 어느 힘 있는 자의 꼬봉이 되었는데, 두목이란 자가 무식하고 욕심 많아 독자노선을 걸었던 것이다. 마치 왕건과 궁예쯤으로 비교하면 될 것 같다. 시골에서는 그가 대학 나온 여섯보다 더 고향을 아끼며 불우한 이웃 돕기 등 선행에 앞장선다고 칭송이 자자했으나, 골초만은 못 면해, 결국 폐암으로 돌아가게 되었을 때 고향 사람들이 버스를 대절하여 두 차례나 문병 왔던 것이다.

어느새 함박눈이 내리고 있었다. 둘은 추위도 잊은 채, 함박눈 속에서 함박꽃처럼 활짝 열려, 마치 안개 속을 걷는 것처럼 그렇게 오래토록 연달아 원 없이 관계를 하였다. 사실 놀랍게도 제백으로선 동정을 바친 셈이었다. 여려의 가슴에 파묻혀 울었다. 멀리서 다리 위를 질주하는 불빛에 현기증이 일어났다.

그날 이후 둘의 만남은 지속되었으나 클럽 회원들의 눈을 피해 다녀야만 했다. 그녀는 외나무다리를 잘 불렀다. 여려를 만난 약 일 년은 관계로 시작하여 관계로 끝난 세월이었다. 결국, 정신이란 것도 육체 속에 맴도는 위선의 산물일 뿐이었다. 관계 전의 수많은 대화도, 술도, 사랑도, 모든 한순간의 관계를 위한 리허설에 불과한 것이다. 더 나아가 거창한 문학도, 예술도, 관계의 전희에 불과하다. 관계가 없는 청춘은 이미 죽은 것과 다름 아니다.

보라, 세렝게티의 저 수많은 동물들을! 인간이라고 무엇 하나 다르랴. 교묘함과 트릭과 허장성쇠만 가득할 뿐이다. 오히려 그들이 더 솔직하고, 담백하고, 산뜻하고, 탄력성 있고, 그리하여 탁월함까지 보인다. 문희의 〈재생〉을 보며, 그 여주인공과 닮은 꼴인 여려에 취해 버렸다. 또 남정임의 〈유정〉을 보면서, 눈밭을 헤매는 남주인공의 처절한 모습이 마치 제백 자신과 같아 어떤 불길한 예감마저 들기도 했다. 그리고 〈의사 지바고〉에서 설원의 눈 속을 헤치고 달리는 기차의 장엄함을 보면서 두 손을 꼭 잡기도 했다. 그러다가 장인, 부인, 아들과 잠시 기거하던 '바라키노'에서 잠시 짬을 내어 거닐던 유리 앞에 펼쳐진 자작나무 잎의 반짝거림. 햇빛에 반사되어 마침내 눈부심이 한없는 회한과 슬픔을 자아내게 한 광경이 제백이 수술 후 찾아갔던 원미산 얕은 구릉의 은사시나무 잎을 보면서 생명의 소중함을 느껴 긴 호흡을 내쉬었던 것과 너무도 비슷했던 것이다.

그들은 지칠 줄 모른 채 신촌을, 동교동 연극 연습장을 그리움을 안고 다니기 일쑤였다. 연습장은 큰댁과 본댁의 양가독자인 제백 친구의 서울생활을 위해 마련한 고래 등 같은 2층 주택이었다. 그곳에서 연극 연습을 1개월 가까이 했다. 당시 가난하고 그래서 꾀죄죄한 친구를 거다 먹이느라 재산 축이 많이 났을 정도로 희생적이었다. 그러나 외동아들의 탕아 기질이 남아 결혼하여 부인이 아들 둘을 데리고 고대광실 같은 집에서 남편을 기다리다 깜빡 선잠이 들었다가 어느 여름밤 커튼이 바람에 흩날리는 소리에 깜짝 깨었다가 하면서 무섬증이란 병이 들었던 것이다. 그래서 평소에도 작은 충격에 깜짝깜짝 놀라기도 했다. 그래서 부인을 데리고 고향으로 내려갔던 것이다. 그런데 또 다들 기피하는 오토바이를 타고 다녔던 것이다. 결국, 고향 언덕에서 오토바이 사고로 절명하고 말았다.

제백이 고교 때 지은 단편 〈구룡못〉과 〈굴〉, 그리고 〈3분 전〉,

특이한 콩트 〈사라진 판문점〉, 초등학교 때 지은 희곡 〈꿈-일명 두 남매〉, 역시 초등학교 때 동시집을 놓고 아지트인 '가람 다방' 이나 그 외 만났던 여기저기에서 둘만의 품평회를 가졌다. 마침내 단편소설 〈빨간 모자〉와 〈태양과 불개미〉가 탄생하기도 했다. 그리고 그 당시 제법 대학가에서 소문난 시 〈하루〉는 고단했던 제백의 일상을 잘 대변해주고 있었다. 또 제백이 초등학교 4학년 때 지은 동시를 같이 읽으면서 제백의 조숙한 글 솜씨를 칭찬해 주기도 했다. 사실 그 동시는 제백 자신도 무슨 뜻인지 몰랐던 것이다.

아빠 잃고 엄마 잃은 나의 형편에
가련고 불구자에 잉크만 묻고
외로운 나의 가슴 동백꽃만 피었네.
이런 봄에 날새고운 물결만 쳐도
나는 좋고도록 가슴에 묻은 장미는
천연의 결백의 땡궁 땡 땡 땡궁.

고민한 회의의 생사들이 봄치마 치지요.
나는요 기쁘요. 즐거운 나의 빛 빛나지요.
기쁘요. 마음의 천연. — 마음의 천연

고동소리 슬피우는 고요한 이 밤
나 홀로 이 밤에 쓸쓸히 지내

갸륵한 이 마음 천지에 벌려

눈물의 세기에 통일이여 오라.

날씨는 고요하게 지내이더마는

조용한 이 넋이 벌리이더마는

교훈은 배움에서 날의 세기에

호색의 빛은 날로 지노라.

초만물 색색들이 이날 찾아서

희고한 마음이 날로 심하여

날세의 이 밤은 호만이든만

천만만의 인사가 환영이래요. — 나 심정

아더메치족[55]이 유혹해도, 1960년대 말에 유행했던 핫팬츠 입은 멋쟁이 여대학생이 많이 출입하여 인기가 있던 명동의 반 지하 막걸리 집인 〈25시〉가 손짓해도 그곳은 너무 시끌벅적해서 둘만의 호젓한 공간만을 찾았다.

어느 소나기 내리던 응암동 도원극장 뒤쪽 동산에서 그 비를 맞으며 둘은 채털리 부인의 사랑이 되기도 했다. 그뿐만이 아니었다. 승객이 가득한 강화행 시외버스 안에서도 여려의 손은 영락없이 제백의 것을 이리저리 막 주물러 대서 난감하기 짝이 없

---

55) 1960년대 말과 1970년대 초에 유행했던 퇴폐풍조로서, "아니꼽고, 더럽고, 메스껍고, 치사함"의 합성어. 한국 코미디 영화의 대부인 심우섭 감독, 배삼룡 주연의 1975년 개봉된 코미디 영화 〈운수대통〉에 이 말이 대사로 나옴.

었다. 여주강 은모래밭은 도꼬마리가 듬성듬성 자라고 여기저기 사람 몇 명이 숨을 만한 모래 구덩이가 많았다. 여려와 제백은 한 군데에 들어가서는 고개를 빼좀히 들어 사방을 둘러보고 재빨리 파라솔로 주요 부위를 가리고 관계를 즐겼다.

그 누가 말했던가. 연애의 묘미는 범죄성을 띠어야 매력이 넘친다고. 그러나 시골에선 천둥 벼락 칠 때는 관계를 하지 말라고 전해오는데, 그것은 클라이맥스에 돌입할 때 그 소리에 놀라 그만 복상사하기 때문일 것이다. 그래서 여인들은 머리 뒤쪽에 바늘을 꽂고 다녔던 것인가. 둘은 제법 이름 있고 자연적이며 원초적인 곳을 선호했다. 그들이 <원초적 본능1>을 보던 중간에 나와서 바로 인근 여관을 향했을 정도였다.

그들은 멀리 강원도 제장마을도 찾았다. 여장을 풀고 강으로 내달렸다. 모래밭엔 보라색 동강할미꽃이 여기저기 피어 있었다. 그들은 그 꽃과 꽃 사이에서 또 한 번 큰 회포를 풀었다. 제장 마을 자연 공동체를 운영하고 있는 후배 부부와 밤새 고기 굽고 술에 취해 노래 부르고 놀았다. 후배는 기타 솜씨가 일품이었다. 클래식 기타, 하모니카, 퉁소 등 음악과 글쓰기, 책 편집에도 일가견이 있었다. 한때 워커힐에서 기타리스트로 이름을 날렸으나 육군 중령 부인과의 염문으로 부대원들의 폭력으로 개패듯 맞아 오른쪽 다리 신경이 나가고 말았던 것이다.

사실 중령과 그는 같이 환경운동을 한 처지라 익히 잘 알고 지냈는데, 어느 날 여럿이 모여 캠파이어를 하고 있었을 때 부인이 후배 어깨에 고개를 좀 숙이고 잠들었다고 갑자기 화를 내며 사라졌던 것이다. 전부터 친하게 지낸 것을 못마땅하게 여기다가 드디어 결정적인 장면을 포착했던 것이다. 다음날 부대원 다섯 명을 시켜 무지막지하게 폭력이 가해졌던 것이다. 후배를 아끼는 몇몇이 그 사실을 알고 방송사와 신문사에 제보하자고 했으나 후배는 극구 말렸던 것이다.

그 일이 있고난 후 중령 부인은 혼자 백운산 등산에 나섰다가 동강할미꽃 군락지 절벽에서 추락하였다. 다들 실족사가 아닐 것이라고 입을 모았다. 후배는 커다란 슬픔을 딛고 출판사에 입사하여 지고지순한 여인을 만나게 되었다. 술만 먹으면 괴로워 흐느끼는 후배를 지극 정성으로 보살피면서 정이 들었던 것이다. 그들이 백운산 근처 제장마을을 원했던 것도 중령 부인과 무관하지는 않았을 것이다. 소문에는 후배 부인이 고집해서 오게 되었다는 것이다.

언젠가 마 교수는 말했다. 신촌 대학 캠퍼스만 벗어나면 불야성의 섹스 광란이 일어나는데, 그 누가 자유로울 수 있겠는가. 제백과 여려는 망월사역에 내려 도봉산으로 향했다. 햇빛 찬연한 골짜기 바위 위에 앉아서 꽃잎을 띄워 보내기도 했다. 마치 〈내 청춘에 한은 없다〉의 문정숙과 최무룡처럼. 무료해졌다. 한적한 산중턱으로 올라갔다. 홀딱 벗고 바위를 잡고 서서 성행위를 하기도 했다. 저 멀리 등산객 오륙 명이 보일락 말락 희미하게 쳐다보기도 했던 것이다. 여려는 님포마니아였고, 제백은 사티리아시스였다. 누가 위고 아래고가 없는 희대의 색광이었던 것이다.

인간에게 자연스러운 것은 먹는다는 것이지요. 무엇을 먹는다는 것은 즐겁고, 힘들지 않고 유쾌하며, 애초부터 조금도 부끄러운 일이 아닙니다. 남녀 간의 성행위는 더럽고 부끄럽고 부자연스러운 것입니다. 그렇습니다. 그건 절대로 자연스런 행위가아닙니다. ― 레프 톨스토이 〈크로이체르 소나타〉에서

어떤 이가 움베르토 에코에게 물었다.
"당신 작품 속 어디에고 짙은 에로티시즘이 묘사되어 있지 않은데, 그 이유가 뭔가요?"
"묘사보다 실제를 더 잘합니다."

여려가 여덟 살 때 어느 여름날, 속이 안 좋아 조퇴를 하고 집으로 들어오는데, 어떤 여인의 신음 소리에 났던 것이다. 건넌방 기둥을 잡고 엿들었다. 어머니는 벌써 나흘 전 외할머니 임종을 보려고 외가에 가고 없는데 이상한 일이었다. 무슨 일을 끝냈는지 아버지의 기침소리가 들렸고, 연이어 고모의 깔깔거리는 소리가 들렸던 것이다. 어머니가 없기 때문에 홀로 사는 고모가 닷새 전에 왔던 것이다. 훗날 그것이 운우의 정을 나누는 소리였고, 여려 자신이 그 둘의 소산이라는 소리도 들려왔음을 미루어 그들의 관계는 오래 전부터 있어왔지 않았나 미루어 짐작만 할 뿐이었다.

제백은 어머니가 소죽솥에 발을 쳐놓고 목욕을 하고는 건넌
방에서 몸을 닦는다는 사실을 알고 장작을 쌓아둔 뒷문 창호지
에다 침을 발라 몰래 훔쳐보았는데, 뒷날 또 보려고 살그머니 갔
더니, 쾌백 또한 보고 있었던 것이다. 모골이 송연할 지경이었
다. 그 이후 제백은 다시는 보지 않았다. 그것이 늘 수치스러움
으로 남아 있었는데, 훗날 보들레르도 유사 경험을 술회한 것을
읽고 다소 안심이 되었던 것이다. *D. H.* 로렌스도 비슷한 경험이
있었는데, 그것은 어릴 때 마을의 사모하던 소녀의 그림을 그려
대문 사이에 끼여 놓고는 대처에 나가서 한동안 잊고 있다가 찾
아가 그 그림을 꺼내 보고는 얼굴이 화끈 거렸다고 했다. 제백
역시 중학교 시절 자시 재를 넘어 반룡못 근방에서 선후배들 앞
에다 대고 무심결에 '내 마누라는 어디에 살고 있을까' 했던 것
이 두고두고 부끄러운 일이 되어 후회를 했던 적이 있었다.

제백은 그녀와 숱한 관계를 감행하면서도 늘 꿈을 꾸었다. 그
녀가 자기를 배신하고 떠났으면 하는 꿈을. 한편으로는 시인 예
이츠와 그의 마음속의 영원한 평생 연인인 모드 곤과의 관계처
럼 서로가 代를 이어 사모했으면 하는 것도 기대했다. 또 차이
코프스키와 나데즈다 폰 메크 부인과의 관계를 부럽게 여기기도
했다. 남편의 유산으로 헤아릴 수 없을 정도의 재산을 소유하게
된 메크 부인은 열두 명의 아이 어머니로서 차이콥스키보다 구
년 연상이었는데 무려 십사 년 동안이나 편지를 계속했으며, 교
환한 편지는 천백 통이나 되었다. 그녀는 오랫동안 그의 근처에

살기도 했지만, 둘은 결코 직접 만나지는 않았다. 우연히 마주친 적이 있었지만, 서로 한마디 말도 건네지 않은 채 목례만 하고 지나쳤다.

그렇다. 단테 알리기에리가 아버지를 따라 유력자인 폴코 포르티나리의 집을 방문했다. 폴코의 딸인 베아트리체를 보고 한눈에 반해 버린다. 당시 그녀 나이는 아홉 살, 그의 나이는 열 살에 불과했지만, 이날의 경험이야말로 그에게는 일생일대의 사건이었다. 베아트리체는 1287년에 다른 사람과 결혼했다. 1283년 5월 1일, 처음 만난 지 정확히 구 년 만인 바로 그날, 베아트리체가 베키오 다리에서 단테를 보고는 인사를 건넸던 것이다. 단지 의례적인 인사에 불과했을지도 모르지만, 단테는 그 때부터 베아트리체를 향한 사랑을 담은 시를 쓰기 시작한다. 그러나 1290년 6월, 베아트리체가 갑작스레 세상을 떠난다. 슬픔에 빠진 단테는 그 때까지 베아트리체를 그리며 쓴 시를 엮어서『새로운 인생』을 출간했다.

오여려는 베키오 다리가 나오는 자니 스키키의〈오미오 밥비노 카로〉를 마리아 칼라스보다 더 멋지고 구슬프게 불렀다. 훗날 김서 신부도 이 곡을 선호했는데 주임신부 등이 너무 여성적이니 레퍼토리를 바꿔보라고 해도 고집을 꺾지 않았다. 그는, 특히 브라질 출신 카르멘 모나카를 좋아했다.

아무튼 그들이 명동 극장에서〈폭풍의 언덕〉을 보고 인근 오뎅집에서 오뎅 안주에다 정종 한 잔씩 마셨다. 영화에서 휘몰아치는 세찬 눈보라로 인해 문이 연달아 여닫히는 도입부가 비극을 암시했다고 입을 모았다. 둘은 마치 비극의 주인공이 된 양 한동안 서로를 응시했다. 제백은 이미 히스클리프를 자기화했다. 언젠가 여려가 명동 어느 음식점에서 〈오미오 밥비노 카로〉를 불렀더니 식당 손님들이 우레와 같은 박수와 앙코르를 청해, 〈동심초〉, 판소리 〈춘향가〉 중의 사랑 노래, 마지막으로 박재란의 〈님〉을 일 절은 그대로 부르고, 이 절은 판소리 버전으로 불렀던 것이다. 그녀는 배구, 탁구, 농구 등 운동에 소질이 있었고, 마산에서의 고교시절 학생장까지 맡아 매사 쾌 적극적이었다. 사실 그게 흠이라면 흠이었다.

제백은 후회했다. 너무 빨리 진행된 것에 대해. 사람들은 말했다. 너무 빨리 관계를 시작하면 빨리 식는다고. 관계란 베토벤의 운명 교향곡처럼 파~파~파~빵~ 파~파~파~빵~ 하고 몇 번 하다가 쾍 꼬꾸라진다. 고향에서의 토끼 교미를 상기해 보라고. 단 몇 초 후 뒤로 나자빠지는 것을.

한 번은 제백 스스로 결별을 다짐하기 위해 외도하기로 맘먹었던 것이다. 그는 백마 화사랑을 찾아 곤드레가 되도록 마시고, 그곳에서 대학 4학년 노래패 여학생과 눈이 맞아 노래 부르고 일어나니, 인근 여인숙이었다. 여성은 계면쩍은 표정을 지으며, 치약이 묻은 칫솔을 건네는 것이었다. 밤새 그녀를 애무만 하면서 흐느끼는 모습이 너무나 측은해서 혼자 가려다 옆에서 뜬 눈으로 지켜봤다는 것이었다.

제백은 그날의 인연으로 그녀의 졸업논문에 큰 영향을 미쳤다. 소위 〈유행가로 통해 본 고향의 일고찰〉란 것인데, 그로 인해 제백의 유행가 실력이 전문가 수준이 되었다. 황문평 님의 친절한 편달 아래 무난히 마무리를 지었다. 그러나 아쉬운 점은 우리나라 유행가가 세대 별로 단절이 되어 있음이 안타까울 뿐이었다. 한 마디로 우리에겐 우리 모두가 즐길 수 있는 노래가 없다 해도 과언이 아닐 것이다. 어디 노래뿐이랴.

옛 어른들은 사심 없이 내주는 분들로서 맞춤법의 미승우 님도 친절했으나 갑자기 이를 뽑다가 가셨다. 민물고기 최기철 님도 친절하셨는데, 제백이 중국, 일본, 한국의 민물고기에 대한 비교 분석을 제안했는데, 그만 가시고 말았다.

노래패 여학생은 졸업논문 출간 기념으로 여자 친구 네 명과 강원도 치악산으로 등산 갔다가 누군가 길섶에 있는 밤나무 말벌 집을 건드려 모두들 걸음아 나 살려, 라고 도망 가다가 친구 한 명과 같이 계곡 절벽에 내리꽂혀 즉사했고 말았다.

여름방학 때 제백과 여려가 고향 재실 청탄정 큰 방에서 방장을 쳐놓고 희미한 등잔불만 밝혀둔 채로 관계를 맺고 있었다. 그때 방 뒷문 쪽에서 '뭘 해!' 하고 규백의 목소리가 들렸다.

그러니까 브라질에서 가장 존경받는 어떤 대주교가 있었다. 브라질 이야기가 자주 언급되는군. 하여튼 그의 인품은 성인 경지에 올랐다. 그런데 어느 날 식사 때 어느 주교가 찾아와 귓속말로,

"대주교님, 친동생이 추기경에 올랐답니다."

라고 전해주자, 대주교는 부르르 떨며, 포크를 바닥에 떨어뜨

렀답니다. 제 아무리 훌륭한 인격자도 질투와 시기는 존재하는 가 봅니다. 물론 정도의 차이는 있겠지만. 약간의 시기와 질투는 약방의 감초가 아닐는지. 일종의 성장하는 데 윤활유라면 지나친 비약일지 모르겠다. 일본과 한국, 중국이 이웃해 있기 때문에 잘 지내면 본전이요 못 지내면 원수인 것이다. 한국이 아프리카 보스니아와 무슨 원한이 있을 수 있겠는가. 아프리카 초원에서 먹고 먹히는 동물도 다 이웃해 있다. 가장 가까운 사람들이 가장 가슴을 아프게 하는 법이다.

코스모스 한 송이가 우박에 꺾였다. 지금으로부터 약 백 년 전, 우리의 할배 할매가 가리가리 눈이 멀어갈 때 저 멀리 '아카풀코' 항구에서 흔쾌히 이민선에 몸을 실어 처음 본 꽃, 도깨비 바늘 같은 검은 활과 같이 생긴 코스모스 씨앗. 한해살이란 천형 같은 *DNA*를 안고 그나마 제 명을 누리지 못한 채 스러지고, 뽑히고, 병들어 내동댕이쳐진 예기치 못한 죽음을 잉태한 꽃인 코스모스. 한 줄기, 한 송이 개체의 죽음은 군집 속에 파묻혀 흩어지고, 무량대수 세월의 이 쪽 저 쪽에서 사라지고, 몰려올 존재들은 이 순간, 신은 개체들 평균 수명의 오차 범위를 넓혀 놓은 채 무책임을 베고 누워 긴 오수에 빠졌다. 코스모스 꺾은 우박도 양떼구름 아래 자행되고 있음을 즐기면서……. 오늘도 코스모스 만개를 그리워하며 나와 코스모스의 올바른 영역을 찾으러 〈플라톤〉의 깊은 동굴로 달려가고 있었다.

흥분하지 않고 때를 기다림이 없이. 전 한국적 내지는 범세계적인 견지에서. 이 시각 이 젊음을 불태우고 울지 않으면 점점 퇴색되어 가리라. 초병의 청춘은 기합과 반성문의 연속이었으니. 아, 모두가 떠나버린 날 나는 홀연히 서울을 떠나 설악을 향했다.

오죽 내무 생활이 고달팠으면 다들 가기 꺼려하는 유격 공수 훈련을 매년 자원했을 정도였다. 군 생활이란 배고픔과 기합인데, 공수 유격 훈련 시는 점호도 없고 내무 생활도 없다. 제백은 돼지 국물이 묻어 허옇게 된 식기를 닦지 않고, 때마다 국물을 받아 돼지기름 동동 뜬 국물을, 마치 돼지 국물로 착각하며 먹곤 했다. 본대는 김치를 자대에서 담가 먹었는데(원래는 옆에 있는 급양대에서 공수해서 먹음.), 그 맛이 천하 일미였다고 제대병 모임에서 자주 회자되곤 했다. 공수유격훈련 첫날은 연병대에 모여 반 편성과 필수 요원병 차출이 있었는데, 제백은 그들의 특권 놀이에 늘 소외를 느끼곤 했다. 해운대 유격장 첫날, 벌써 서로서로 짜고 뺄 놈은 다 빼고 그나마 유격장에 와서도 아는 병사를 부르는 이 끼리끼리 편 가르기에 씰무징이 났다. 그러나 훈련 중 산속에서 선착순과 씨름, 그리고 막타워 *Mock Tower* 뛰어내리기가 너무도 체질에 맞아 즐겁게 보낼 수 있었던 것이다.

보라, 아주 냉정한 생물학적 입장에서 본다면, 모든 생물은 개체의 생명이 그렇게 중요한 것으로 간주되고 있지만은 않을 것이다. 한 마리 한 마리의 개체나 한 사람의 개인보다는 각각의 생물종, 즉 〈사람〉이라면 〈사람〉이라는 생물종, 〈개〉, 〈바퀴벌레〉, 〈제비〉, 〈치자나무〉면 〈개〉, 〈바퀴벌레〉, 〈제비〉, 〈치자나무〉라는 생물종이라는 식으로 하나하나의 생물종이 대단히 중요한 것이다.

개체란 이와 같은 종의 생명을 연속시키기 위한 톱니바퀴에 불과하다. 개체란 종을 영원히 번창시켜 나가기 위한 작은 한 부분에 불과하다. 오늘날, 중동에서 벌어지고 있는 성전이나 몇몇 종교집단이 자행한 집단 죽음이 이를 잘 말해 주고 있다. 군집이란 일정한 지역 내에서 생활하고 있는 모든 생물 개체군의 모임으로서 군취라고도 한다. 삼림을 예로 들면, 삼림을 이루고 있는 식물과 그 속에서 살고 있는 새·짐승·벌레 등이 합쳐 생물 군집을 이루고 있다. 식물 또는 동물 개체군만의 집단도 좁은 뜻으로 군집이라고 하며, 특히 식물만의 경우를 말할 때는 군락이라고 구별해서 쓰기도 한다. 식물군집을 규정하는 특징적인 종을 표징종이라고 한다.

생물 군집을 이루고 있는 개체군 사이에는 서로 긴밀한 연관 관계를 맺고 있는데, 이 중에서도 가장 중요한 것은 먹이 관계이다. 생물군집의 개체군은 영양 단계에 따라서 크게 생산자·소비자·분해자로 구분하고 있다. 생산자는 생물 군집을 구성하고 있는 개체군 중에서 광합성을 하여 무기물로부터 유기물을 생산하는 생물군으로서 녹색 식물이 여기에 해당한다. 소비자는 생산자가 만든 유기물을 먹고 사는 생물들을 말하며 모든 동물들이 여기에 해당하며, 영양 단계에 따라 제일차 소비자, 제이차 소비자 등으로 구별한다.

그러니까 제백 친동생 규백은 여려가 고향으로 내려왔다는 소식을 듣고는 여려의 고향 마을로 찾아가 수없이 애원하였던 것이다. 썩어문드러질 육신, 당신은 많은 사람과 관계를 해서 예사롭겠지만 자기는 크나큰 뜻이 있음을 말했던 것이다. 얼굴과 배움의 차이 등도 토로하였다. 단 한 번만 소원을 풀어주면 집안 대대로 내려온 원한을 일시에 없는 것으로 해 주겠노라고. 만약 그렇지 않으면 제백과의 관계를 문중에 알려 다시는 고향 땅을 밟지 못하게 하겠노라고 협박과 애원, 강요와 호소, 엄포와 사정을 늘어놓았던 것이다. 그러면서 가설극장에서 본 〈장마루촌의 이발사〉의 모든 장면을 현실로 착각할 정도였다. 특히, 김지미의 단발머리, 벨벳 치마, 하얀 저고리와 상큼하고 싱그러운 미소를 오여려로 접목하고 있었다.

여름 방학 때 규백이 형 제백한테 진지하게 접근했다. 평소 사모하던 같은 마을 처녀에게, 자기의 심정을 간접 고백해 줄 것을 간절히 호소했다. 제백은 쾌히 처녀를 마을 맨 아래 다리 위에서 만났다. 동생의 애틋한 심정을 나름대로 문학적으로 돌려 전달했다. 처녀는 제백 고백을 들으러 왔는데, 이게 웬 말인가? 처녀는 불쾌한 마음을 억누르느라 입술을 일직선으로 굳게 하여, 연신 침만 삼켰다. 제백은 처녀가 자기를 좋아한다는 것을 직감했다. 동생 규백은 영리했으나, 얼굴이 얽은 데다 중학교 2학년 중퇴라, 시작부터 성사가 힘든 일이었음을 미리 간파했어야 했는데, 다만 문학적인 것이 모든 것을 허용하는 줄 알고 나선 것이 불찰이었다. 사실 처녀는 키가 크고 성격 좋고 인물 또한 도회지 여자한테 결코 처지지 않았다. 살결 또한 보얗고 그래서 쌀뜨물을 진하게 풀어놓은 것과 비슷했다.

그날 일을 어찌 있으랴! 동생은 다리 밑에서 그들의 대화를 다 엿듣고 있었고, 거의 가망이 없자, 집에서 농약 음독자살을 감행했다. 제백 입장에서는 겸연쩍어 어떻게 해서든 오해 없기를 바라는 마음으로 달래며, 다리를 떠나 구룡못 쪽으로 걷고 있을 때, 한 대의 자전거가 헤드라이트를 켜고 자갈길을 털털거리며 쏜살같이 지나갔다. 의사가 오기 전에 임시방편으로 비눗물로 위세척을 하였다. 대종가의 막내라 온 마을이 발깍 뒤집혔다. 힘들게 읍내 의사를 데려와 다시 위세척을 몇 번했다. 천만다행으로 그가 깨어났다. 그 사건으로 인해 제백은, 처녀의 사촌 오빠에게 심한 모욕을 받아 고향에서의 행동, 특히 이성 문제에는 무관심하려 애썼다.

동생 규백은 평소 활달했으나 그 처녀 앞에서만 맥이 풀렸던 것이다. 그 당시 많은 마맛자국이 난 자들은 '낙엽'의 구르몽처럼 고독하게 생애를 보냈다. 동생은 제백더러 그렇게 인물이 좋은데, 무슨 문학이냐고 대들기도 했다. 문학은 극도의 콤플렉스가 있는 자의 전유물이 되어야 한다고 했다. 그는 무슨 연유인지, 모 월간지 부록으로 나온 센키비치의 『쿠바디스』를 너덜너덜한 상태까지 애독했다고 했다.

아마 리디아같이 청순한 여인을 그리면서 청춘을 보내고 있으나, 여려는 그가 꿈 꾼 여자가 아님을 이미 잘 알고 있을 터였다. 그런데도 포기하지 않는 것은 형에 대한 시기와 질투가 깔려 있는 것은 아니었는지 모를 일이다. 아니면 형의 여인을 단 한 순간이라도 품속에 넣어 같이 호흡하면 형과 원초적 교류를 하고 있을 것이라 착각을 하고 있는 것은 아닌지 정말 알다가도 모를 일이다.

11장 겨울 매미

몇 날을 두고 만든 제백과 여려의 살인교사문이 드디어 빛을 보게 되었다.

그 해 한겨울, 남도의 한적한 고원 지대인 도산밭골이 있었답니다. 왜 생겼는지 아무도 모른답니다. 그곳은 가을 억새가 고양이털처럼 부드러웠답니다. 그래서 사람들은 일 년에 한 번 마을 잔치를 하러 이곳에 옵니다. 소위 회취會聚라고 하지요. 주로 냇가에서 하지만 가뭄이 들 때는 이렇게 산에서도 한답니다.

주로 돼지를 잡아 큰 솥에다 고기와 비계, 당면, 대파, 마늘, 소금을 넣어 푹 삶지요. 국 한 그릇에다 밥 한 덩어리 넣고 홀렁홀렁 저어 먹으면 그 맛이 꿀맛이랍니다. 간혹 튀 작업이 덜되어 비계에 털이 듬성듬성 붙어있어도 그냥 꿀맛으로 알고 먹는답니다. 그러면 사람들의 왁자지껄 덩실덩실 춤추며 떠다니는 것 같았습니다. 삥 둘레 가장자리 나무 잎사귀도 햇빛에 반짝반짝 춤추고 있었습니다. 동쪽 끝 바위절벽이 정말 무섭답니다. 바위절벽 아래 바다는 푸른 하늘보다 더 푸르답니다.

그리고 잘못하다간 〈솔로몬의 시바의 여왕〉에서처럼 병사들의 수많은 창들이 즐비하게 모여 있어 그것들이 햇빛에 반사되면 마치 거울과 같은 효과를 나타내게 되는 것과 같은 고원과 절벽이 위치하고 있었습니다.

그리고 바위절벽 독수리는 가오리연보다 더 멀리 난답니다.

함박눈이 내렸습니다. 연사흘 쉬지 않고 내렸습니다. 앞뒤를 분간할 수 없을 정도로 펑펑 내렸습니다. 아마 이 마을, 이 고원이 생긴 이래 최고의 적설량이 아닌가 합니다. 사위는 고요하고 어딘가에서 나뭇가지 부러지는 소리가 간헐적으로 들려왔습니다. 세상이 뒤바뀔 것 같은 착각이 들 정도의 눈 세상이었습니다.

어느 길손이 있어 이 광경을 보노라면, 그저 먼 옛날의 혼돈을 잠재우는 적막을 노래했겠지요.

끝날 줄 모르고 내리던 눈발도 잦아져 어느 샌가 햇빛이 눈부셔 새들도 설맹雪盲에 걸릴 정도였습니다.

흰 눈이 내린 다음 날이었답니다. 바위절벽 가까이 서 있던 자작나무 3그루 중 가장 높은 나무의 줄기 중간지점— 보통 어른이 손을 뻗히면 겨우 닿을 높이에 한 마리 매미가 태어났답니다. 매미는 추위를 이겨내야 했기 때문에 껍질은 점점 두꺼워져 꽤 딱딱한 껍데기로 변했습니다. 날개도 점점 굳어져 버렸답니다.

어느덧 세월이 흘러 따뜻한 봄이 왔습니다. 주위에는 아지랑이가 한들한들 새싹이 파릇파릇 돋아나고 있었습니다. 매미는 긴 동면에서 깨어난 듯 기지개를 켜고 기어 다니는 법을 배웠답니다. 넘어져 가슴이며, 다리에 상처를 입었어도 봄기운에 아픔도 잠시였답니다.

예뻐 꼬집어 주고 싶은 노랑 양지꽃이 보였습니다. 저만치 산비탈에서 혼자 얼굴을 다듬는 각시붓꽃도 보였습니다. 오색딱따구리 한 쌍이 씨익씨익 날갯짓 하며 세차게 날아다닙니다. 아마 짝짓기 춤을 추나 봐요. 매미는 부딪칠까 봐 무섭습니다.

산제비나비 한 마리도 부채춤을 추고 있습니다. 실 가는 데 바늘 간다고 산초나무가 여럿 보입니다. 이런 분지는 북한 말 분지나무가 오히려 더 제격이 아닌가 합니다.

저 멀리 산골 마을 뒷동산이었습니다. 이곳은 마을이 한눈에 내려다보이는 곳입니다. 위쪽으로 무덤 한 쌍이 다정하게 있고, 그 나머지는 꽤 너른 잔디밭이었습니다. 오른쪽 중턱에는 산에서 자라는 키 작은 대나무 사사 한 무더기가 빽빽하게 들어차 있습니다.

그곳에 참새와 흔히 뱁새라 불리는 붉은머리오목눈이가 새벽부터 날아왔습니다. 서로 영역 다툼하느라 이리 날고 저리 날며 정신이 없습니다. 바람이 불면 대나무 잎의 쓰각 싸각 소리와 함께 정말 시끄럽습니다. 큰 나무 틈 사이로 고양이털보다 더 부드러운 억새가 바람에 한들거립니다. 그 옆엔 포구나무가 있어 꼬마들이 그 열매를 따서 즐겁게 딱총놀이도 한답니다. 거짓으로 팽 쓰러지기도 해서 팽나무라 하는지요. 거진 맞네요. 방금 인터

넷으로 찾아보니, 팽총膨銃의 총알이 팽하고 날아가서 붙인 이름
이랍니다.

마을 입구 쪽에는 보리와 밀이 바람에 일렁일렁 파도가 됩니
다. 용이 되어 꿈틀 꿈틀 오고 가고 있는 듯합니다. 밀물이 되었
다 갑자기 썰물이 되기도 합니다. 아까시나무 꽃향기가 하늘하
늘 날아와 매미 코끝을 어루만집니다. 간질간질 매미는 향기에
계속 재채기를 했습니다. 매미는 마을이 궁금했습니다. 마을에
서 꽃향기들이 오라고 손짓하니까요. 보리와 밀도 손짓하고 있
어요. 종다리도 공중으로 솟으면서 손짓 발짓 합니다.

봄은 아쉬운 듯 저만큼 가고, 태양이 열기를 품은 여름날이
되었습니다. 매미는 어쩐지 제 때를 만난 듯 우쭐대고 싶었답니
다. 그도 그럴 것이 우리 강산 매미란 매미는 다 모였으니까요.
심지어 중국에서 온 버버리 주홍날개꽃매미며, 저녁의 쓰르라
미, 고향 소요산매미56)와 곧 등장할 우리의 애매미인 고추매미
가 날아와서 아름답고 달콤한 노래를 부른다. 매미는 목이 간질
간질해서 미칠 지경이었지요. 그러나 아무리 소리치고 싶어도
웬걸 소리가 나오지 않았으니 이를 어떻게 해. 매미는 동료의 노
래하는 모습을 한동안 바라보았답니다.

그리곤 동료들이 날개를 어깨에다 쉴 새 없이 비비며, 요동

---

56) 제백 고향에서 날 좋은 날 보이는 미사일 기지가 있던 산이, 동두천의 소요
산(逍遙山: 570미터)인 줄 알고 있었으나, 잘못 알고 있은 것으로 옛 이름은 소오
산이며, 지금은 금오산金鼇山으로 불림. 산 높이는 849미터. 경남 하동군 진교
면, 금남면, 고전면에 위치함. 특히, 맑은 밤에 보이던 레이더 기지 불빛은, 먼
곳에 대한 끝없는 동경을 자아내게 함. 참고로 곤양엔 소곡산所谷山이 있음.

하는 것을 관찰하듯 보았습니다. 매미는 굳어진 날개를 나무껍질에 쉴 새 없이 문질렀어요. 상처가 나 피가 흘러도 꾹 참았지요. 그런데 동료들은 그럴 때면 엉덩이를 세차게 흔들면서 마지막 노래를 끝내고 오줌을 사정없이 아무렇게나 누고는 한 점 부끄러움도, 미안함도 없이 날아가고 말았답니다. '얄미운 것들' 매미는 입을 이죽거렸습니다. 매미는 온몸에 오줌 세례 받았지요. 매미는 못내 상심했답니다.

며칠이 지난 날, 하늘은 온통 검은 구름으로 뒤덮였고, 마치 눈 내리기 전과 비슷했어요. 황새가 동편 능화 숲 쪽을 향해 날아가고, 무짠이누님의 왼쪽 어깨에 붙은 작은 유과 모양의 혹이 심하게 욱신거리고, 소녀풍까지 불기 시작했습니다. 무짠이누님은 선지무당의 수족 같은 무당이었답니다. 시집가서 남편이 노름에다 계집질, 심지어는 의처증이 있었답니다. 그래서 이혼도 하지 않은 채 경황없이 친정으로 도망 와서 살고 있답니다. 간혹 신랑이 술기운에 찾아오기도 하다가 몇 년 전부터 죽었는지 소식이 없답니다.

'아닌 밤중에 웬 홍두깨, 눈이 내리려나.'
생각하며, 기뻐한 매미는 마음 바쁘게 땅 위로 기어갔어요. 그런데 이게 웬 날벼락인가요? 갑자기 까치밥만한 물방울이 떨어져 내렸답니다. 열기에 단 땅이 모락모락 김을 내기 시작했고, 어느새 물줄기는 거세어졌습니다.

영락없는 한여름의 폭풍우였어요. 캄캄해져서 나무들은 십자
군처럼, 점령군처럼, 위협적이었습니다. 게다가 엎친 데 덮친 격
으로 회오리바람마저 불어와 나무를 쓰러뜨리고, 나뭇잎의 연한
뒤쪽이 부끄러운 듯 속내를 드러내고 있었답니다. 매미가 이리
저리 떠밀려 다닐 지경이었답니다. 바람에 불려 몸부림치고 있
는 나무들을 보면서 매미는 공작의 날개처럼 떨었답니다. 매미
는 간신히 고목 가지를 붙잡았어요. 상처가 이만저만한 게 아니
었답니다.

며칠이 지나 나뭇잎 사이를 뚫고 햇살이 쨍쨍 내리비쳤어요.
바위 위엔 민달팽이가 허연 흔적을 남기며 기어가고 있었고, 청
개구리 무게에 못 이겨 휘청하던 습지 쪽 물봉선 이파리도 천천
히 몸을 일으키고 있었답니다. 곧이어 저 멀리 능화봉에서 달이
장엄하게 떠올랐고, 이구산 상사바위에는 뭉게구름이, 감무뜰이
나 바람들판에는 비단을 펼쳐놓은 듯 부드러운 느낌이 들었습니
다. 눈 아래 구룡못 위에 점차 붉게 물던 노을도 어둠에 쫓겨 어
디론가 총총 걸음으로 사라지고 있었습니다.

그날부터 열심히 노래 연습을 했답니다. 날이 지남에 따라 모
두들 하나 둘씩 매미 주위를 떠날 채비를 하고 있는 듯했답니다.
이제 매미는 도레미파 정도 부를 수 있는 수준이었어요. 나무의
그림자가 길어지고 수확에 대한 감사기도 드리고 사색의 시간을
갖게 하는 선선한 날이 왔어요.

자기보다 훨씬 작은, 마치 구기자나 산수유 열매를 닮은 애매
미가 날아와서 노래를 불렀답니다. 이 마을에선 이 매미를 고추

매미라고 불렀답니다. 고추와 고추잠자리와 고추매미가 한결 어우러지는 가을의 그지없이 정겨운 정경이었답니다. 매미는 고추매미가 부르는 그 노래를 계속계속 따라 불렀답니다. 그랬더니 고추매미는 신경질이 났는지 그만 노래 도중에 날아 가버렸어요. 워낙 의심 많고 신경질적인 놈이라 정평이 나 있었습니다. 그래서 그 매미 가까이 가려면 노랫소리가 한창 궤도에 올라 몰아지경 되었을 때입니다. 그것은 여느 매미도 마찬가지입니다. 아무튼 매미는 그들이 부른 노래를 몇 소절 기억할 수 있었답니다.

되풀이되풀이 불렀어요. 부봉산, 이구산, 홍무산[57] 정기 받고, 학촌댁이 회심곡 테이프를 공테이프 앞뒤에 담아 반복하여 노래 불렀습니다. 그런데 이게 어찌된 노릇인가요? 그만 열중하다가 그 노랫가락을 놓쳐 버렸습니다. 고민이 이만 저만이 아니었어요. 노래 가락을 기억해 내려고 있을 때 멀리서 이상한 노래 소리가 간헐적으로 들려왔어요. 자기도 모르게 따라 불렀답니다. 한참을 따라 부르다 보니 정말 여름 날 동료들의 노래와 같다는 생각이 들었답니다.

어느 날이었습니다. 허리가 굽고 키 작은 할머니가 고사리 꺾

---

57) 제백 초등학교 모교인 가천초등학교(사남면 가천리 가천 청룡안에 소재. 1942년 4월 1일 개교. 1999년 3월 31일부로 면사무소 소재지인 병둔의 삼성초등학교로 통폐합 되었음.) 북쪽 뒷산. 각종 난초가 많이 자생하고 있었음. 제백이가 가장 선호하는 묏자리. 서울 양재동 송동마을 오른쪽 입구. 제백은 모든 사진이나 그림 중에 남향南向만 남겨두고 다 버림. 그리고 전철을 타고 옥수역을 지날 때마다 남향의 옥수동을 쳐다보는 버릇이 생겼음.

으러 고원까지 왔던 것입니다. 할머니는 매미가 있는 나무 그늘에 앉았습니다. 머릿수건을 벗어 땀을 닦고는 긴 휘파람 섞인 숨을 내뱉었습니다. 그리고 길고 긴 노래를 불렀습니다. 회심곡을 불렀답니다.

그러니까 남편은 6·25 때 두 차례나 군에 갔습니다. 가난해서 두 번째는 다른 사람 대신 갔다고 합니다. 같이 간 윗마을 친구가 전쟁이 끝났으니 고향에 가자고 했답니다. 그러나 그는 백두산 꼭대기에 태극기 꽂고 오겠다고 했답니다. 그는 영영 돌아오지 않았습니다.

할머니한테 유일한 피붙이가 있습니다. 유복자입니다. 지금은 교도소에서 여러 십 년째 형을 살고 있습니다. 그 형무소는 이름만 들어도 고개가 절래절래 흔들릴 정도로 무서운 곳입니다.

아들은 처음엔 초등학교 앞 윤닝구 구멍가게 '또 뽑기'에 손을 댔습니다. 몇 십 년 전만 해도 종이 전체 크기의 뽑기 판에 일등부터 여러 등수를 매겨 놓고 뽑기를 하는 것입니다. 아들은 일등자리의 상품인 만화책인 〈향로의 등불〉이 항상 그대로인 것을 못마땅하게 여겼습니다.

특별활동을 하고 늦게 학교를 나온 동무들과 구멍가게로 갔습니다. 몇몇은 물건을 사는 체, 가게 할머니의 정신을 쏙 빼놓고 있었습니다. 그 사이 그는 일등짜리 만화책을 훔쳐 냅다 달아났습니다. 가게 할머니는 그 사실을 알고도 절구통 같은 몸을 일으켜 세우기조차 힘들었습니다. 고래고래 '저 놈 잡아라!' 하고 소리만 지를 뿐이었습니다. 마침 휴가 나온 그 집 아들한테 붙들려 근처 지서에 넘겨졌던 것입니다.

그것이 처음이었습니다. 세월이 갈수록 점점 심해져 마을 염소까지 내다 팔았습니다. 드디어 마을에서 매로 다스릴 계획이었습니다. 마침 그 때 할머니는 자기자식 죽인다고 악을 쓰며 달려왔습니다. 아들이 들어있는 방문을 확 열어 버렸습니다. 그 사이에 아들은 후다닥 뛰쳐나갔습니다. ※ 이 장면을 고선과 궁백의 사건과 동일 시 하지 마시길. 전혀 다른 사건임 — 저자 백.

그 길로 영영 마을과는 인연을 끊어버렸습니다. 몇 년 후 할머니가 마을 입구 길가에 덥석 주저앉아 '애고 애고 내 팔자야' 하고 통곡하는 것이었습니다. 아들 면회 다녀온 길이었습니다.

그렇게 쉴 새 없이 부르던 어느 날이었어요. 마을 꼬마들이 개를 앞세우고 토끼 사냥을 하고 있었지요. 토끼는 눈 덮인 산정을 향해 기를 쓰고 달리고 있었답니다. 매미는 힘닿는 데까지 크게 노래를 불렀지요. 갑자기 토끼를 뒤쫓던 개가 어리둥절한 표정을 짓더니 매미가 있는 나무 밑에 왔답니다. 뒤따라온 꼬마들도 눈이 휘둥그레져서 나무 위를 쳐다보았어요. 매미는 더욱 힘이 솟았습니다.

그런데 이게 무슨 소리인가? 꼬마들은 앞 다투어,

"어디야, 어디. 여우가 우는 곳이!"

하는 것이었어요.

매미는,

'설마 자기는 아니겠지.'

하고 마음 놓은 채 계속 불러댔답니다.

그러자 그들 중 얼굴이 가장 검고 버짐이 머리 새집 부근에 두 군데 난 맹랑하기로 소문난 빤쟁이가 매미가 있는 쪽을 가리키며,

"나무 위에 있어, 저것 봐, 보이지!"

하며, 재빠르게 기어 올라오는 것이었어요.

그 때서야 깨달았지만 어쩔 수 없었지요.

"봐, 요게 요상하게 생겨 먹었어. 매미가 아닌가 봐. 눈깔도 없나 봐, 눈이 이렇게 깔린 줄도 모르고 말야. 더군다나 이 껍데기 좀 봐 아무래도 이상해 죽이기는 아까운 걸. 마을로 가져가자!"

매미는 동네 한복판 널따란 마당에 서 있는 규목 위에 올려졌답니다. 마을사람들은 신기한 듯, 머리를 비스듬히 하여 바라보곤 했어요. 너무 놀라 이제 매미는 모든 노래를 잊어버렸답니다.

겨울 날씨치곤 의외로 따뜻하고 방학이라 너른 마당 여기저기, 재빨리 움직이는 삼팔선놀이인 덴카이轉回, 헤진 검정 고무신에 새끼를 묶어 돌을 차는 사방치기, 가슴에 얹은 돌을 신주 모시듯 가만히 조심스레 움직이는 비사치기가 편을 갈라 진행 중이고, 그 주변을 어린애 몇몇이 히히 해해 가댁질을 하고, 여인 한둘은 정자나무 바로 밑에서 귀한 아들 둥개둥개 둥개질, 앞산 보고 내 새끼, 하늘 보고 우리 강새이 시장질에 신나 있고,

개울 양달쪽에는 제법 나이든 아이들이 연줄에 갬치를 먹이느라 부산을 떨고 있었습니다.

그러던 음력 2월 초하루였습니다. 마을 머슴들은 오늘 하루 푹 쉬는 날이었습니다. 이날 매미는 며칠 전 들었던 것을 몇 번이고 되풀이 외쳤습니다.

"내일 아침, 숲길 고치러 오세요! 괭이와 소쿠리와 발채도 꼭 잊지 마세요!"

모처럼 쉬던 사람들이 헛걸음 쳤던 것입니다.

또 한 번은 윗마을에서 가설극장이 선다고 선전하고 다니는 것을 따라했습니다.

"오늘밤 여러분들을 모실 영화는 〈장화홍련전〉입니다."

그날 밤 둥그런 말벌집만한 벌건 혼불이 동남쪽으로 훅하고 날아갔습니다. 큰 오동나무집 욕쟁이할머니가 돌아갔습니다.

다음 다음날 아침에 사람들은 수많은 꽃으로 꾸민 기다랗고 커다란 상자를 타작마당 한가운데 놓고 또 울고불고 하고 있었습니다. 매미는 슬픔보다 그들이 부른 노래에 정신이 빠져 있었습니다.

소복 입고, 머리 풀고, 신발 들고, 애고 애고 하면서 늦게 온 여인이 상여를 부여잡고 구슬프게 통곡하는구나. 드디어 상두꾼 십여 명이 상여를 들어 올리더니, 선소리꾼의 지휘에 따라, 그 자리에서 한 바퀴 돌고 동네 정면을 향해 서서 다시 세 번 올렸다 내렸다, 하직 인사를 했지요. 이윽고 서서히 상여 머리가 장

지로 향했습니다. 선소리꾼이 상여 머리를 잡고,

　'살던 살림 헌신같이 벗어두고

　대궐 같은 집을 빈집같이 비워놓고,

　청춘 같은 사람에게 어린 자식 맡겨놓고

　극락세계 내가 가네.'

하고 선소리를 하면,

　'에헤, 에헤여 월여저쳐애해요.'

하고 상두꾼이 받으며 그렇게 동네를 떠나갔습니다.

　울음 사이로 들려오는 그 은은한 노래 소리는 너무 감동적이었어요. 매미는 따라따라 또 따라, 되풀이되풀이 또 되풀이 불렀답니다.

　또 며칠이 지났습니다. 마을은 어느 정도 평온을 되찾았습니다. 매미는 적막감을 이길 수 없어 한 곡조 신나게 뽑아 봤습니다. 그러나 마을사람들에 의해 그 곡조도 오래가지 못했습니다. 그들 중 한 사람이 그를 움켜쥐고는 도랑에다 냅다 던져버렸기 때문이지요.

　'재수 없는 것! 가뜩이나 요즘 동네 우환이 잦는데, 이것까지 속 썩히나.'

　그리고 보니, 매미는 그만 만가輓歌를 불러댔던 것이었습니다.

　사금파리에 한 쪽 눈을 찔린 매미는 다친 상처를 안고 태어났던 그 고원을 향해 하염없이 기어갔어요.

밤새 함박눈이 펑펑 내렸습니다.

— 처음엔 은하수가 거꾸로 흐르나 했더니,

　점차 푸른 산봉우리가 꺾어 누르나 걱정이

　될 정도로, 펑펑 쏟아져 내렸습니다.

아침에야 그곳에 도착한 매미는 고개를 들고 고원 서쪽 솔수펑이를 쳐다봤습니다. 그런데 숲은 보이지 않고, 잎사귀마다 수많은 보석들이 영롱하게 반짝이고 있었답니다. 소나무 숲이 아니라 거대한 보석 동산이었지요.

잎사귀마다 붙은 눈이 녹고 얼어 밤새 고드름 되어, 아침햇살에 반사되는 장엄한 광경이었습니다. 매미는 그 황홀한 모습에 호흡을 가눌 수 없을 정도로 취해 버렸습니다. 그 때 마침 산골짜기 계곡 얼음 아래 물 흐르는 소리가 들려 왔고, 서쪽 하늘의 붉은 구름이 서서히 걷혀가는 소리며, 각산角山 아래 가까운 실안 포구에서의 출항하는 뱃고동 소리가 은은하게 울려 퍼졌습니다.

한참 만에 눈을 떠보니 물방울이 다 떨어져 푸르디 검은 원래의 소나무 숲이 무섭게 다가왔습니다. 매미는 멍멍해졌습니다. 매미는 다짐했어요. 비참한 현실보다는 그 황홀한 순간을 영원히 간직하자고

말입니다. 매미는 죽은 것도 산 것도 아니게 생긴

주목 가지에 성한 오른쪽 눈을 세차게 또 세차게 부딪치고 부딪쳤습니다. 피가 눈 위에 선홍색 자국을 만들었어요. 매미는 흐르는 피를 닦지 않은 채,

'한 쪽 눈의 미완성보다 완전 실명에서 영원한 미를 찾으리라.'

카나데바가 있었다면 극구 말렸으리라. 매미는 이미 저 쪽 고원 끝의 절벽 쪽으로 더듬더듬 힘겹게 기어가고 있었습니다. 어쩌면 그렇게도 햇빛은 잘 빚은 유리구슬처럼 빛나고 있었습니다. 그 빛이 매미를 꿰뚫듯 내리쬐고 있었습니다.

이리하여 드디어 일안이동공一眼二瞳孔이 실행에 돌입하게 되었답니다.

며칠 후 여려는 규백의 뒤를 밟았다.

구룡사가 보이는 하늘먼당 옆까지 가서야 그의 모습을 찾을 수 있었다.

규백은 당황했다.

그녀는 〈겨울 매미〉 읽었다.

제백과 같이 당신을 죽이려고 만든 살인모의서라고 꾸밈없이 말했다. 규백은 닭똥 같은 눈물만 하염없이 흘리고 있었다. 너무도 측은해졌다. 와락 규백을 꼭 껴안았다. 가슴을 풀어헤친 여려의 뽀얀 살결에 규백의 호흡이 가빠오고 어느새 둘의 격렬한 요동은 산새도 비켜갈 정도로 힘 있고, 지속적이었고, 아름다웠다.

여려는 이유를 알 수 없으나 눈물을 삼키고 있었다. 그것은 강간이 아니라 쌍방의 합의요 굳이 따진다면 여려가 강간한 셈이었다. 이것은 절대로 값싼 동정이 아니라 진정 사모했노라면서.

그런 일이 있은 다음 날 초저녁 여려는 대범하게도 헝겊을 싸지 않은 채로 술병을 들고 제백이 글 쓰고 있는 청탄정으로 찾아왔다. 긴히 할 말 있다고 애원하다시피 하여, 자리를 좀 옮기자고 했다. 뒷산을 올라 도산밭골로 가서 술을 마시기 시작했다. 그리고 지난날의 일을 솔직히 말했다.

제백의 강한 손찌검에 화들짝 놀랐다.

여려는 약간 취기가 돌아 양볼이 복닥해졌다. 또 한 잔 술을 받아들고 긴 한 숨을 쉬며 하늘의 별을 올려다보았다. 지난밤 자기가 죽었더라면, 제백이 어떻게 행동했겠는가 물었다. 제백은 콧물 반 눈물 반 흘리면서 자기도 죽었을 것이라고 하였다.

둘은 한동안 부둥켜안고 있었다.

그러기를 무릇 몇 시간이 지났을까. 저 멀리 삼천포항에 귀항을 알리는 뱃고동 소리가 들리자 여려는 제백을 밀치며, 빨리 자기를 가지라고 애원했다. 구멍이란 구멍은 다 막아 외부에서 다신 어떠한 것도 들어오지 못하도록 해달라고. 그래야만 어제의 악몽이 덮어지지 않겠냐고.

어두운 밤 두 젊음은 밤이 내뿜는 소리에 동화되듯, 모든 것을 잊고 죽음처럼 한 몸이 되어 오랫동안 그렇게 그렇게 주고받고, 받고주고 하며 흐느적거렸다. 모처럼 맛보는 희열이요 감격이었다.

이미 우주는 정지되어 적막감이 감돌 뿐 서서히 창조의 태동이 시작되는 듯했고, 일몰의 사그라짐 속으로 혼신을 내려놓는 기분이었다.

그래 그렇지, 윤리란 놈도, 결국은 절해고도의 어머니와 아들에 불과하지. 음, 배가 난파당하여 표류하다가 무인도에 내려, 처음 몇 년 간은 어머니와 아들로서의 윤리를 생각하겠지만, 뭍에서의 삶이 세월 따라 서서히 포말처럼 부서지고, 사라지고, 새가 우짖고 꽃이 피고지고 그렇게 몇 년을 지내다 보면 그들도 일개 하나의 암수 동물에 불과하다는 것을 깨닫게 될 것이다. 그들에게 근친상간58)이 무슨 대수랴.

---

58) ① 『구약성서』 창세기 19:30~38의 롯과 두 딸의 경우.
② 미르라는 어버지인 티아스 왕과 관계해서 아도니스를 잉태.
③ 크로노스는 누이동생 레아와 관계함.
④ 베르나르도 베르톨루치 감독의 영화 〈몽상가들, *The Dreamers*, 2003.〉 남매간 근친상간.
⑤ 장용학이 1962년에 발표한 장편 소설 『원형의 전설』에서의 오빠 오택부와 누이동생 오기미, 아들 이장과 이복 여동생 안지야 간의 2대에 걸친 근친상간.
⑥ 이건영의 1965년 발표된 장편 소설 『회전목마』.
⑦ 가브리엘 가르시아 마르케스*Gabriel Garcia Marquez*의 『백 년 동안의 고독』은 백 년의 근친상간.
⑧ 히틀러와 여조카 겔리.
⑨ 바이런과 이복누나 오거스타 리.
⑩ 토마스 만의 『선택된 인간』
⑪ 김성종의 〈어느 창녀의 죽음〉
⑫ 가와바타 야스나리川瑞康成의 《센바즈루千羽鶴》
⑬ 소포클레스 〈오이디푸스 왕〉
⑭ 사드의 《소돔 120일》
⑮ 사남면 사전에서 남매가 유달리 친하게 지내다 어느 여름밤 순한 암소를 몰고 도망갔는데, 몇 년 후 대구에서 다섯 살 딸아이와 동냥 다니는 여동생을

최근 경찰에 보고된 자료에는 외아들의 용두질을 직접해준 어머니가 있다는 것이다. 왜 그랬을까? 아마 바깥에 나가지 말고 공부해라는 것, 너는 내 소유물이라는 지나친 집착, 아니면 일중독이나 술 먹고 가정을 소홀히 하는 남편에 대한 간접 그리움.

방이 하나면
근친상간의 소문을 무릅쓰고
어머니와 아들이 함께
지낸다. 아니
아들과 어머니 사이에
진짜 근친 같은 일이 벌어지기도 한다
  (중략)
방이 하나면
방이 하나면……
아아 개새끼!
나는 사람도 아니다.
  — 장정일의 첫 시집 〈햄버거에 대한 명상〉 중 '방' 일부

목격했는데, 오빠는 단칸방에서 폐결핵으로 사경을 헤매다 죽고 나서 한 달이 지난 후 집주인이 왔을 땐 거의 미라상태였다고 함.
⑯ 제백이 자취하던 홍제동의 앞집은 아버지와 과년한 딸이 그렇고 그런 사이라고 소문 자자하여, 퉤퉤 침 뱉으며 이사 가는 자 많았음.

거센 바람이 바다에 휘몰아칠 때 해변에 서서 지독한 고생을 하는 뱃사람들을 바라보는 것은 얼마나 흐뭇한 것인가. 그것은 남의 괴로움을 보고 기뻐하는 것이 아니라, 나 혼자 재난을 모면하고 있음을 알고 기뻐하는 것이라고 쇼펜하우어가 인용한 『만상의 본질에 대하여』에서 루크레티우스는 노래했던 것이다.

장마와 태풍이 지나간 다음, 마을 도랑에 벌건 황톳물이 치솟듯 용솟음치면서 내려가는 아찔한 모습을 보면서 느끼는 짜릿한 쾌감을 제백은 잊지 못한다.

10·26이다 12·12이다 한창 지랄 염병을 떨고 있던 참혹한 시기에 마치 동창생 중 제법 잘 나가는 직위에 있는 자를 부러워하는 것처럼. 그가 제아무리 엉터리 정부에 빌붙어 먹는 자라 할지라도 그는 부러움의 대상이 되는 것이다. 그러니까 '여우와 신 포도'는 어려서부터 총기가 남달라 늘 쭉쭉빵빵이었다. 그가 12·12 다음날 재상이 된다. 아니나 다를까, '북망, 멀고도 고적한 곳'에서 생난리가 났다. 개교 이래 최초의 영의정이 탄생했으니 말이다. 교지에 도배를 하고 축하 퍼레이드가 지축을 흔들며 포효하였다. 그 옛날 부정선거 규탄에 맨 먼저 거리로 뛰쳐나왔던 그 기개와 정의를 위한 불굴의 정신은 이미 낙동강에 흘러 보낸 지 오래인가. 제백은 그 기사를 읽고 이 나라는 양식과 지성이 있기는 있는 나라인가 하고 괴로워했다.

규백은 한동안 코빼기도 보이질 않다가 2개월이 지난 여름날 새벽에, 제백이 기거하는 청탄정으로 찾아왔다. 한 되짜리 강소주와 새우깡을 들고 왔다. 제백은 선잠에 깨어나 약간 신경질 반응을 보였다. 제백이 방에서 나오자마자 규백은 대청마루에 앉더니 갑자기 품속에서 비수를 꺼내 마룻바닥에 꽂았다. 몇 순배 소주가 돌았다. 제백은 목구멍이 짜르르 하여 스테인리스 자리끼 그릇을 들고 옹달샘에 가서 찬물을 떠 왔다. 꿀꺽꿀꺽 들이켰더니, 다소 속이 편했다. 갑자기 제백을 노려보면서 자기가 저지른 행동이 너무 어설프기 짝이 없었노라고 머리를 쥐어짰던 것이다. 차라리 오여려를 죽이지 못한 게 한이 된다고 뇌까리기도 했다. 달빛이 마루 끝에 비수를 꽂고 가던 서늘한 새벽이랄까, 최명희 같은 싸늘한 새벽이랄까.

어느 불란서 영화를 노래했던 시인은 최명희를 하얀 소복을 입고 치마를 추스르는 무당 같은 여인이라고 회상했다. 순간 한 영화에서 본 형제의 갈등이 떠올랐던 것이다. 주인공이 형벌에 처해졌다. 그것은 바닷가 바위에 묶여 밀물이 차오르면 자연히 질식하게 하는 형벌이었다. 점점 차오르는 밀물과 달려드는 게들. 그리고 서로 상대의 신분을 모르는 상태에서 칼싸움을 하다가 형이 동생의 존재를 알아보고 찌르지 않고 멈칫 하는 사이, 그 틈을 이용하여 동생이 형을 찔렀다. 뒤늦게 안 동생의 후회는 회한만 남길 뿐이었다. 오, 바이킹!

불란서 영화처럼 한 여류시인은 회고했다. 그것은 우리가 오래토록 한 시인에 대해 지나치게 관심을 주고 있는 것에 대한 것이었다. 그가 검은 잎의 죽음을 노래한다. 그가 왜 파고다 공원 옆 남정네만 드나드는 극장에 가서 주검으로 발견되었는지 의문이었다. 시인의 부음을 듣고 제백은 그날 밤 그 극장에서 심야 영화를 관람했다.

그곳은 관람객들이 주로 서서 관람했던 것이다. 거의가 호모였다. 이순신과 원균에 관한 평가처럼 우리는 냄비 뚜껑 같은 민족성을 갖고 있어서 그런지 너무 빨리 끓고 빨리 식는다. 박수도 빨리 치고, 잘 잊고. 보라, 이승만을. 죽일 듯이 악을 쓰다가 운구 행렬이 지나가자 언제 그랬냐는 듯이, 울고불고 생난리 지랄 법석을 떨었던 것이다.

제백이 출협에 근무할 당시 검은 잎은 출입기자로서 섬세한 글 솜씨가 매력적이었다. 그러나 그 당시 만화협회 회장이 *M*출판사 사장이었는데, 그는 70대였다. 출협에서 만화 정책에 관한 의견을 묻는 자리에 출협에서 제백, 언론사에서 검은 잎, 그리고 그 회장까지 단 세 명만 참석했던 것이다. 그런데 평소에는 그렇게도 얌전하던 검은 잎이 회장을 대하는 불손한 태도에 몹시 실망했다. 아마 그의 인식 저변엔 만화에 대한 인식이 나빴던 것인지, 그래도 그렇지, 간담회 중에 회장의 만화에 대한 소신을 피력하자 마치 귀찮고 듣기 싫다는 듯이 바지를 걷어 올려 털을 뽑는 것이었다. 그 무례한 행동에 얼굴이 화끈거려 당장 뺨을 때려주고 싶을 지경이었다. 일찍이 이런 모습을 전혀 본 적이 없어서 당황했던 것이다.

언젠가 속리산에서 출협 주최 경영자 세미나가 열렸을 때 귀빈석에 앉아 있어야 할 출협 회장이 무료한지 양말을 벗었다 신었다 하고, 바깥에 나와 바지를 벗었다 올렸다 하는 것을 보고 당황했던 적이 있었다.

혹여 황석영과 김현같이 만화에 우호적인 자였다면 어땠을까, 하고 궁금했던 것이다. 아무튼 그 때가 그가 죽기 2개월 전이었다.

출입 기자 중 말뚝 간사가 있었는데, 제백과 대학 입학 동기였다. 신입생 삼십 명 중 문학을 전공하려고 지원한 자였다. 다들 좋은 대학 좋은 학과에 가려다 떨어진 자가 많았다. 누군가 금은동에서 금이나 동을 탄 자는 만족해 하는데, 은을 탄자는 굳은 표정이라 지적했듯이, 학우들은 거의가 축 처져 있었다. 그러나 말뚝 간사처럼 문학에 뜻을 둔 몇몇은 밝았다. 그는 노동 운동을 하고 중동 석유 파문에 관한 책도 번역했다. 모 신문사 부설 월간지 기자로 출발하여 신문사 최고위급으로 승진한 입지전적인 인물로 정평이 나 있었다. 대체로 사설이나 칼럼을 소신 있게 잘 쓴다고 정평이 났었다. 그러나 그가 출협 기자실에서 출판사 사장이나 관련된 자들과 고스톱을 치는 게 자주 목격되었다.

몇 차례 제백의 호소 섞인 하소연을 멀리한 채 그들과 어울려 놀고 있었다. 제백은 실망하여 그와 멀어지고 있었다. 사람들의 변신과 표변을 읽고 듣고는 해봤지만 직접 목격하고 보니 서글펐고, 인간에 대한 존경심이랄까 존엄성이 무너짐을 느꼈던 것이다. 그러다가 우연히 길에서 한 번 만났는데, 시건방짐과 좋은

게 좋다는 식의 제도권에 편승한 태도를 보였던 것이다. 그러면서 제백더러,

"이제 그만해, 나이가 몇이야, 이제 순응할 때도 되지 않았어. 그렇게 매사 촉각을 세우고 살면 너만 피곤하지, 안 그래!"

결국, 노름과 술과 담배에 찌들어지더니, 영영 불귀의 객이 되고 말았던 것이다.

사실 기자실은 D서적과 D출판공사를 운영하던, 정치 성향이 강한 자가 출협 회장을 하면서 만들었다.

그의 김광주 『비호』 출판 비사秘史는, 결국 나쁜 선례만 남기고 회자되다 지금은 아득한 옛일이 되고 말았다.

제백이 출판부에 입사했을 당시만 해도 기자들은 출판부장 옆 의자에 앉거나 서서 기삿거리를 힘들게 취재하곤 했다. 그들의 재촉도 아랑곳 하지 않는 만년 출판부장이 턱 버티고 있었던 것이다.

동아의 이종석, 경향의 이광훈, 조선의 이상민, 중앙의 정규웅, 한국의 정달영, 소년 조선 유경환, 소년 한국 김수남, 일간 스포츠 양평 등 기라성 같은 기자들이 대기하고 있었다. 그 부장은 독특한 버릇 두세 가지가 있었다. 그 하나는 기분이 상했을 때 가래침을 목안에 넘겼다가 도로 '움~ 훼 약~' 하고 토악질하듯 되뱉는 더러운 습성, 두 번째는 모나미 볼펜 껍데기를 모으는 것, 그래서 그의 책상 오른쪽 깊은 서랍 속에는 몇 십 년 동안 모은 그것이 헤아릴 수 없을 정도였다. 그리고 지갑 깊숙한 곳에 콘돔 한두 개 넣고 다녔다.

결국, 현장 취재가 없어지고 자료를 만들어 배포하니 기자들은 자연히 시간이 남을 수밖에. 한 번은 제주도로 경영자 세미나를 갔다. 가서는 여장을 풀고, 골프 팀, 바다낚시 팀, 등산 팀으로 나눴는데, 이미 세미나 자료집은 인쇄되어 배포가 끝났다. 그런데 다음날 제일 주제 발표자가 나타나지 않았다. 부인이 어느 이름 있는 절로 불공드리러 갔다가 강도한테 강간 살해를 당했던 것이다. 보라, 신문 한 면에 세미나 기사에 그의 이름이 올라 있고, 다른 면에는 아내가 살해된 기사가 나왔던 것이다. 결국, 세미나 현장에 오지 않은 유령이 발표한 꼴이 되고 말았던 것이다.

가래침 이야기가 나왔으니 말인데, 제백이 가장 싫어하는 것이 가래침과 침을 뱉는 행위였다. 그런 행위를 하는 자를 두 번 다시 만나지 않을 정도였다. 제백이 좌천되어 전국복사업소를 출장 다닐 때, 팀원 중 나이 칠십을 갓 넘긴 한 사람이 뜨거운 욕탕 안에서 침을 뱉는 버릇이 있어, 술의 힘을 빌려 호되게 나무란 적이 있었다. 그래서 되도록이면 식사 도중엔 축구나 야구 경기를 시청하지 않으려 애를 썼다. 모 신문에 게재된 성병조 씨의 글 〈침 뱉는 운동선수 보기 흉해〉를 인용한다.

― TV를 통해 운동경기를 시청할 때마다 '왜 저런 일이 근절되지 못하고 지속될까' 하고 의아한 게 있다. 영상 기술의 발달로 갈수록 생생하게 드러나기에 더욱 그렇다. 경기 중 선수들이 시도 때도 없이 운동장 바닥에 침을 뱉는 모습이다.

"그냥 생리적인 현상 아니냐."

고 변명할지 모르지만 이해하기 어렵다. 불결하고, 무엇보다 시청자들에 대한 예의가 아니다. 근절이 어렵다면 줄이려는 노력이라도 해야 옳지 않은가. 침을 자주 뱉는 것은 잘못된 습관과 정신에서 비롯된다고 생각한다. 경기 전에 대소변은 미리 처리하면서 가래침은 왜 아무렇게나 뱉어대는 것인가.

농구장이나 배구장에서는 상상할 수 없는 이런 일이 야구나 축구장 등에서 나타나는 데는 이유가 있을 것이다. 장소가 실내인가 실외인가, 바닥이 마루인가 흙이나 잔디인가에 따라 선수들 태도가 다를 수는 있을 것이다. 하지만 근본적으로는 개개인의 마음 자세에 기인하는 것이다. 운동장에서는 침을 뱉어도 된다는 그릇된 관념 때문이다. 이를 자질 문제라고 하면 지나친 표현일까. 침 뱉는 모습을 시청자들이 볼 거라는 생각은 하지 못할 수 있다. 선수들 스스로 문제를 인정하고 습관을 바꾸기 위해 노력해 달라. 체육계가 나서고, 감독과 코치의 의지가 수반된다면 어려운 일이 아니다.

인사할 때 상대방 얼굴에 침을 뱉는 문화를 갖고 있는 마사이족을 상기해 보면 그저 어안이 벙벙해지고 만다. 그리고 식사 때 테이블에서 손수건을 꺼내 코를 탱 푸는 미국인들을 보면서 말문이 막히고 만다.

언젠가 아이스하키 대학 리그를 응원하려고 동대문아이스링크에 간 일이 있었다. 그날 상대 운동선수들 간의 공포에 가까운 험한 욕설을 내뱉는 것을 보고 큰 충격에 빠진 일이 있었다. 그날 생각했다. 만약 제백의 평소 생각대로 축구공 안에 녹음 장치를 넣는다면 생동감 있는 숨소리뿐만 아니라 심한 욕설이 여과 없이 생중계되지 않을까, 하는 걱정이 앞서는 것이다. 아무튼 욕설과 침 뱉는 습성에 대한 비판은 아무리 해도 지나치지 않을 것이다.

제백은 추위와 공포에 질려, 무슨 일이 일어날 것 같아 눈을 내리깔고 동생이 주는 술잔을 받아먹었다. 농구공이 덩크 줄에 쓸리는 소리, 예수리 들에서 꺾은 벼 이삭을 까먹을 때, 시려오던 이빨처럼 기분 나쁜 새벽이었다. 석 잔째 받아먹을 때 방장 중간 부분에 지네가 기어가고 있었다. 제백의 시선이 머물자 규백은 마루 밑 디딤돌 옆에 아무렇게나 흩어져 있던 슬리퍼 두 짝을 얼른 집어 들고는 딱 하고 치며 짓이겼다.

비록 동생과 그런 일이 있었다 해도 자기의 여려에 대한 사랑의 감정은 변함없다고 하자, 규백의 표정이 갑자기 슬프게 변했다. 그리고 침을 질질 흘리며 꺼억 꺼억 숨 죽여 울었다.

몇 분이 지났을까. 규백은 먹든 것을 남겨두고 비틀비틀 힘없이 대문을 벗어나고 있었으나, 제백은 그 모습을 보며, 아무 생각 없이 한동안 그렇게 멍하니 앉아 있었던 것이다. 갑자기 한때 규백과 같이 지냈던 감무뜰 새 쫓는 막사를 떠올렸다. 형제에겐 감무뜰 들판으로 가는 게 가장 즐거운 일 중 하나였다. 규백도 그 때가 가장 행복해 보였다. 공기부터 달랐으니까. 주기적으로 줄을 흔들면 수많은 깡통과 허수아비가 제멋대로 흔들리고 춤추고 참새는 놀라 떼를 지어 나르고.

새 막사 밑 틈으로 보이는 농수로에는 분홍물봉선 잎에 앉은 물잠자리 한 마리와 방동사니, 강아지풀이 흐르는 맑은 물에 닿을 듯 말 듯 방아깨비처럼 춤추었다. 그 때 놀란 벼메뚜기 한 쌍이 강아지풀에 붙었다가 너무 무거워 다시 힘을 모아 들판으로 날아가고. 미꾸라지, 새끼붕어, 송사리, 물방개도 지나가고 있었다. 소능마을엔 하도 물이 맑아 뙹기 들판처럼 참게도 없고, 늪지가 없어 가물치도 구경할 수 없었다.

새막사 틈 사이사이로 비치는 햇빛이 너무 맑았다. 마치 돋보기에 모아든 햇볕처럼 강렬했다. 그 때 돌다리 옆 풀 속으로 능구렁이 한 마리가 나타났다. 바람담과 여기는 능구렁이가 많았고, 적선골엔 살무사가 많았으나 제법 있을 번한 산제당 길에는 없었다. 아마 향내가 진동했기 때문이리라.

동생 규백과 아름다웠던 시절을 생각하며 제백은 한동안 서글프게 울었다. 그렇게 규백은 마지막 모습을 남기고, 그 새벽에 도산밭골을 행한 것은 마치 <겨울 매미>에 세뇌된 자 아니고선 이해가 가지 않았다. 무슨 귀신에 홀린 것처럼 안개 속을 걷는 것처럼. 구룡마을 나무꾼이 발견하고 읍내 공의가 실족사로 결론 내려(대부분의 사건을 이렇게 처리함.) 부검도 없이 되도록 간소하게 장례를 치렀다. 그는 그 옛날 반벙어리인 동자아치가 죽은 곳과 같은 장소에서 추락했던 것이다. 차마 창피하고 남세스러워 이 사실을 발설하기 뭐한데, 그날 밤 규백이 여려한테 접근하면서 되풀이되풀이 한 말은,

"내가 누나를 얼마나 사랑했는지 아느냐, 누나를 커서 다시 본 그 순간부터 나는 일이 손에 잡히지 않았단 말야. 나무나 별이나 모든 것에 누나의 모습만 가득했어. 나는 벌써 누나 아버지, 오 면장을 용서했어. 누나를 본, 그 때부터 말야. 제백 형이 정말 미워 죽겠다. 누나도 알다시피 그 자가 내 형이냐 말야. 내 친형도 아닌데 너무 잔소리가 심하고, 사람 무시하고, 잘난 체 해. 죽이고 싶도록!"

여려와 규백이 관계를 맺든 날, 여려는 오히려 홀가분해졌다. 묵은 체증이 내려간 심정이랄까. 다만, 그녀의 마음속에는 도저히 만족할 수 없는 또 다른 뭔가가 꿈틀거리기 시작했다. 그녀는 아스라이 '브로켄의 요괴*Brocken spectre*'를 보았다. 반쯤 일어나서 눈을 찡그려 자세히 보았더니, 제백의 얼굴이었다. 여려는 아무 생각 없이 나신을 드러낸 채 누워 있었다. 규백은 무정하게 산길을 내려가고 있었다. 여려는 다짐했다. 곧 다가올 제백의 입대를 계기로 그 동안 사귐을 청산하리라는 것을.

아, 버릴 것도 간직할 것도 없는 이 허망한 젊음이여. 어서 나에게서 떠나가 버렸으면 이 한밤을 밤이슬 먹는 절규의 나날로 보내진 않았으리. 한 잔의 술로 만난 사랑은 카바레의 플로어에서 무르익고, 통행금지에 그 사랑은 연분홍으로 다가와 미라지 여관에서 절정에 치닫더니, 다음날 한 잔의 모닝커피로 별리를 고하고 만다. 떠나는 사람도 떠나보내는 사람도 없다. 누가 구태여 원망하랴. 오, 모두가 떠나버린 날 나는 홀연히 지리를 향하리라. 천왕봉 산정, 나는 그 산정 위에서 한 마리 성난 늑대모양 포효하다가 쓰러지리라. 내 쓰러진 시체 위에 까마귀 떼가 와도 독수리 떼가 와도 내 영혼은 고이 웃으리라.

여려는 아버지가 죽고 나서 여동생을 데리고 부산 친척집으로 가서 자취생활을 하였던 것이다. 공부는 동생보다 여려가 더 나았다. 소려는 이미 연예계를 선망하는 눈치였다. 언제부터인가 담을 사이에 둔 이웃집 대학생 오빠가 그들을 가르치겠다고 드나들었다. 오빠는 동생을 더 귀여워했다. 그래서 여려는 더욱 약이 올랐던 것이다.

하루는 동생과 집주인 내외, 그리고 초등학생 두 딸과 같이 부산공설운동장에서 열리는 공연에 갔다 오겠다고 점심을 먹고 나갔다. 공짜라고 좋아했고, 마침 제헌절 공휴일이라 모두들 신바람이 났던 것이다. 그들이 떠나고 오빠와 여려는 오붓한 시간을 보냈다. 그런데 그만 넘지 말아야 할 선을 넘고야 말았다. 그것까진 좋았다. 오빠의 성난 무기는 물불을 안 가리고 사정없이 공격해와 그만 찢어지는 불상사가 일어났다. 놀란 오빠는 부축하여 가까운 병원에 갔다. 그런데 대기실에서 청천벽력 같은 뉴스를 듣게 된다.

그러니까 1959년 7월 17일 오후 5시, 부산 구덕운동장에서는 『국제 신보』가 개최한 제2회 시민 위안의 밤 행사가 진행되었다. 이날 출연한 연예인은 사회자 후라이 보이 곽규석, 영화배우 복혜숙·최은희, 가수 현인 외 몇몇, 만화가 세 명, 코미디언 구봉서·김희갑 등으로 기라성 같은 초호화판 멤버였다. 이런 탓에 행사는 무려 십만여 명의 관중이 참가, 입추의 여지가 없는 가운데 시작되었다.

그런데 당일인 17일에 화창할 것이라는 일기 예보와는 달리, 행사 도중인 8시 45분쯤 갑작스런 폭우가 쏟아지면서 상황이 벌어졌다. 공연이 중단되면서 관중이 비를 피해 서로 먼저 빠져 나가려 입구로 몰리면서, 넘어지고 짓밟히는 사고가 일어난 것이다. 당시 경비 경찰관들이 정문을 막아서서 공포 이십여 발을 쏘는 등 혼신의 노력을 기울였으나 밀물처럼 쏟아져 나오는 관중을 막기에는 불가항력이었다.

이 날 시민 위안의 밤 행사 참사 사고로 모두 오십구 명이 숨졌는데, 이들 대부분이 부모들을 따라 구경을 나온 어린이였다. 한꺼번에 밀려나오는 인파 속에서 어린이들이 어른들에 밀려 엎어지고 밟히면서 무참하게 사고를 당했던 것이다. 『국제 신보』는 사고 이틀 뒤인 7월 19일자 석간에,

"고인의 명복을 빌고 시민 여러분께 심심한 사과를 올립니다. 시민을 위한 정성이 참변을 가져온 결과에 애석한 동정 있기를 빕니다."

라는 이례적으로 긴 제목의 통사설을 실었다.

이 사설의 담당자가 소설가 이병주였다.

이날 이후 몇 차례 더 애도의 글을 실었는데, 이 글을 본 조선일보의 송지영님이 그를 눈여겨보았다는 후문이 떠돌았던 것이다.

우연이라면 너무도 필연적인 것이, 그로부터 딱 두 달 만인 1959년 9월 17일 추석에 사라호 태풍 참사를 맞게 되었다. 구덕 운동장 대참사가 일종의 소남풍이었던 것이다. 그런데 안타까운 것은 주인집 막내딸이 참사를 당했던 것이다.

결국, 동생이 꼬드겨 이런 변을 당했다고 통곡하는 바람에 다음날로 집을 싸 감만동 언덕으로 이사를 했던 것이다.

제 2 부

멋대로

저녁 쩌가 되매 다윗이 그 침상에셔 니러나
왕궁 지붕 우에셔 거러단니더니 거긔셔
ᄂᆞ려다보니 흔녀인이 목욕ᄒᆞᄂᆞᆫ듸 보기에 심히
아름답거늘 다윗이 사름을 보내여 그 녀인을
아라보라 ᄒᆞ니 골ᄋᆞ듸 엘니암의 ᄯᅩᆯ이오
헷 사름 우리아의 안히 밧세바가 아니오닛가 ᄒᆞ거늘

12장 초병, 나비 잡다

군대였다.

태양이 작열하는 정오에 대지는 뜨겁게 달구어져 열기를 토해내고, 시간마저 멈춘 듯한 착각에 빠지게 했다. 뭔가 사건을 만들어야 이 질식할 것만 같은 멈춘 시간이 움직일 듯했다.

훈련소에서의 일이었다.

그러니까 제백이 훈련병일 때 폭양이 엄습하는 8월 중순의 피알아이*PRI* 교장은 죽을 맛이었다. 오 분 간의 휴식 시간 때 그는 천인공노할 발설을 하고 말았던 것이다.

배경도 있고 공수 특전사에서 점프 오십 회를 한 혁혁한 무공을 쌓은 육군 중위 조 중위 앞에서. 훈련이 지쳐 파김치가 된 동료 훈련병이 그늘 아래 모여 있는 곳에서, 대뜸 '씨팔, 이렇게 지겨운 훈련을 해서 뭐해. 삼팔선을, 김일성이가 당장 밀고 내려오기라도 한담. 형님들이(미국과 소련을 지칭함.) 싸움을 붙여야 하는 거지. 차라리 군에 오고 싶어 환장한 놈이나 아니면 용병제도나 외인부대를 편성하면 될 게 아냐. 개새끼들!' 하고 푸념 반 욕설 반 발설했었는데 하필 바로 뒤에 그놈의 악질 조 중위가 있었던 것이었다.

아, 그날을 어찌 잊으랴! 피알아이 통제대 아래서의 물구나무 서기 30여 분. 원한서린 유격장 달려갔다 오기. 그것은 낮이었고, 그날 밤, 조 중위한테 인계인수 받은 그의 몸뚱어리는 살짝 마맛자국 악바리 박 중사의 사디스트와 마조히스트 기질을 유감없이 발휘케 한 날이기도 했다.

성기 구멍에다 관솔 잎을 비벼 집어넣기도 했고, 화장실 바닥에 혀로 바닥을 핥기도 했고, 심지어는 사격장 옆 으슥한 곳에서 자기 궁둥이를 까발려 놓고 몽둥이로 때려 주기를 원했고……. 용두질을 원할 때는 죽이고 싶었지만 이미 기력이 소진되었던 때여서 의식이 불명한 상태였다.

그놈은 흰 피를 토하는 자기 성기를 보고 핥기를 원했으니…….

그 놈이 부대 근처 깡통마치 서울집 작부의 칼에 난도질당했다는 소식을 접한 것은 훈련소 수료 이틀 전이었다. 달아난 작부가 붙잡혔는지 그것은 관심 밖이었고, 아무튼 그 폭양의 여름은 끝나지 않았다. 부대 방송실에서 조영남의 〈이등병과 이쁜이〉와 〈병사의 휴식〉이 은은하게 들려왔다.

시간을 죽이는 작업을 위해 나비를 죽이기로 했다. 한 마리 배추흰나비가 철조망 위로 날아들면 낮은 포복, 높은 포복, 철조망 통과 시늉을 하면서 나비에게 접근하여 사격 자세를 취한 후 곧바로 총대를 휘두르거나 총을 던져 나비를 잡았다. 잡힌 나비의 파닥거림, 곧이어 마지막 숨을 거둘 때 느끼는 축축한 감흥. 손바닥에 남은 은빛 가루들…….

손바닥을 떨면 흩어져 햇빛에 반사되는 광경을 보면서 초등학교 때, 규백이 능화 숲에서 잡아 죽인 황금색 어린 꾀꼬리를 빼앗아 학교길 산 길 작은 바위 옆에 묻어두고, 우리 모두 그 위에 작은 표지석을 세워 오며가며 감자, 고구마, 감을 올려놓고 목례했던 일이 생각났던 것이다.

철조망에 붙여놓은 나비의 시신. 그러한 작업을 서너 번 끝내고 먼지와 풀물에 더럽혀진 총을 헝겊(군에서는 수입보라 함.)으로 닦으면, 어느 정도 시간을 죽일 수 있었다. 밤에도 어김없이 초병 생활은 이어졌다. 지그시 눈을 감고 창공의 특정한 별과 자기 사이에 통로를 만들어, 낮에 죽인 나비를 가련한 여인으로 만들어 날려 보내면 끝없이 눈이 시려 오기도 했다.

자대에 배치된 3개월 남짓 음력 정월보름, 무슨 놈의 군대가, 아무리 힘없고 백 없는 졸병라고 장장 여덟 시간 탄약고 보초를 세우는가. 너무나 피곤하고 지겹고, 갑자기 고향의 보름날이 물결처럼 밀려왔다. 얼마가 지났을까? 부대가 왈칵 뒤집혔으니.

탄약고 보초가 사라졌다! 오늘 어떤 미친놈이 순찰 오랴 싶어, 마음 놓고 탄약고 옆 갈대밭에서 누웠던 것이다.

깜박 잠이 들었는가, 그가 눈을 떴을 때 이미 사건은 심각하게 전개되고 있었다. 부대장의 순시. 그것도 탄약고의 보초가 행방불명이었으니. 부대장 김 대령이 CP실에 가서 일직 사령관한테 조인트를 까고 지휘봉으로 어깻죽지를 마구 때리며 호통을 쳤는데, 사실 부대장과 일직사령관 윤 대위는 육사 동기동창이었던 것이다.

1959년 2월 18일 대대장 사단장 사살하다.

육군 28사단은 무적태풍부대라고 불리는 전방 부대입니다. 휴전선에서 가장 가깝다고 하는 태풍 전망대를 운용 중이며 임진강이 최초로 남쪽으로 유입되는 지점을 맡고 있어서 간첩도 여럿 잡아 표창도 많이 받은 부대죠. 그런데 이 28사단은 불시에 사단장을 잃은 경험이 있는 부대입니다. 6·25의 그 난리 통을 치르면서도 사단장이 계급장 떼고 도망간 적은 있어도 총에 맞아 죽은 적은 없었습니다. 그런데 전쟁이 끝난 지도 한참이 된 1959년 육군 태풍부대 사단장이 총을 맞아 죽는 일이 일어납니다. 범인은 인민군 특공대도 아닌 예하 일대대장이었습니다.

상관인 육군 군단장 백인엽이 정찰 훈련을 참관하겠다는 지시를 내려서 사단장 서정철 준장은 대대정찰 시범을 실시한다고 예하부대에 명령하지요. 그 정찰 시범이 실시되기 전날 서정철 준장은 일대대를 방문했는데 거기에서는 자신이 생각한 것과는 다른 형태로 훈련이 진행 중이었고 이에 시정 지시를 내립니다. 그런데 대대장은 몇 가지 이유를 들어 이에 이의를 제기했고 사단장은 이에 열불이 납니다.

까라면 까는 거지 말이 많아, 빠져 가지고, 등등의 멘트가 당연히 튀어나왔겠죠. 지휘봉으로 배를 콱콱 쑤시면서 몰아붙이는데 일대대장 정구헌 중령 역시 소문난 엘리트 군인으로서 미국

유학까지 다녀온 처지여서 그랬는지, 곱게 관등성명 외치면서 시정하겠습니다, 하면 될 것을 "이건 심하지 않습니까?" 하고 맞대응을 합니다. 그러자 사단장의 주먹이 득달같이 날아갔죠.

그 때 사단장 나이는 39, 대대장 나이는 34의 새파란 나이였습니다. 그들에게 훈련을 지시한 백인엽 군단장은 36이었지요. 고만고만한 나이에 별이다 무궁화다, 계급이 깡패라고 조인트까이고 두들겨 맞으니, 눈에 불이 일 수도 있다는 얘깁니다. 대충 끝냈으면 되는데 연대장이 뜯어말려 사단장이 대대장실로 들어가면서 문제가 발생합니다.

정 중령은 대대장실로 들어가기 전 사단장이 권총을 장탄하는 소리를 들었습니다. 사단장이 아예 나에게 총을 쏘려는구나, 생각한 정 중령이 대대장실에 들어가자 사단장은,

"꼴도 보기 싫으니 뒷문으로 나가라." 라고 소리를 지릅니다. 나가면서 그는 서둘러 자신의 권총에 장탄을 했고, 따라 나오는 사단장에게 총알을 퍼붓습니다. 사단장은 비명도 못 지르고 죽고 말지요.

당연히 정 중령은 초유의 하극상 사건의 주인공이 되어 사형을 당합니다. 하지만 그의 동료들에 따르면 이 사건에는 또 다른 이면이 있다고 합니다. 지금도 그렇지만 당시 한국군의 골칫거리 중 하나는 하사관 요원의 확보였습니다. 군대의 등뼈라고 말은 하지만 처우도 불량하고 사병들한테 치받히고 장교들한테 짓밟히기 일쑤였던 하사관, 즉 장기복무를 지망하는 사람은 거의 없었지요. 그래서 부대별로 부대장들은 예하 장교들에게 어떻게

든 하사관 자원을 확보하라는 명령을 내렸고 온갖 회유와 협박, 심지어 가정방문까지 해 가며 하사관 지원을 받으려고 발버둥 쳤다고 합니다. 28사단 역시 상급부대인 6군단으로부터 무진장한 압박을 받았고 합니다.

그런데 정 중령은 대대장직을 그만두는 한이 있더라도 지망하지 않은 사람을 양심상 도저히 반강제적으로 지망케 할 수 없다고 버텼다고 합니다. 당연히 일대대의 하사관 지망률은 사단 꼴찌였고요. 군단장에게 시달릴 대로 시달린 사단장은 이를 못마땅해 했고, 결국은 그 갈등이 작전상의 이견다툼으로 불거져 나와 비극이 벌어졌다는 것이죠. 안타까운 것은 둘 다 괜찮은 사람들이었다는 겁니다. 정 중령은 부사단장이 쌀을 상납하라는 요구를 거절할 만큼 강직한 사람이었고, 사단장 서 준장도 사병들에 대한 '정량 급식'을 이행하지 않은 이들만큼은 용서하지 않았던 당시로서는 보기 드문 군인이었습니다.

대한민국 군대는 사건의 핵심을 비껴서 한 혈기 넘치는 대대장의 또라이짓 정도로 이 사건을 축소했고, 그렇게 유야무야 한 사람의 총살로 문제를 마무리하게 됩니다.

아무튼 부대장은 화학감을 끝으로 전역 후 또 제법 솜씨가 있어, 하기야 군 세상이니 그 정도쯤이야 식은 죽 먹기였을 테지. 그는 우리나라 최대 국영기업체 전무이사로 재직하다가 캐나다로 출장 가서 급사했다. 희한하게도 그 다음 부대장도 다른 부대 부임 후 연탄가스를 마셔, 절명했다고 했다.

아무튼 일직사령관, 당직하사관, 선임자 병사 등 십여 명이 날벼락을 맞아 급히 언덕을 올라, '김 이병! 보초!'를 연호하여 제백을 찾았던 것이다.

군형법, 제40조(초령 위반) ① 정당한 사유 없이 정하여진 규칙에 따르지 아니하고 초병을 교체하게 하거나 교체한 사람은 다음 각 호의 구분에 따라 처벌한다.

1. 적전敵前인 경우: 사형, 무기 또는 2년 이상의 징역
2. 전시, 사변 시 또는 계엄지역인 경우: 5년 이하의 징역
3. 그 밖의 경우: 2년 이하의 징역

② 초병이 잠을 자거나 술을 마신 경우에도 제1항의 형에 처한다.

마침내 행정과장인 배 소령이 위원장이 된 자대징벌위원회가 열렸다. 자대에서 해결하자는 측과 연대의 군기 교육대를 보내야 한다는 의견과 시범케이스로 사단 영창으로 보내야 한다는 의견이 떠돌았다.

제백의 멍한 표정에 반성과 회개를 전혀 찾을 수 없다며, 참석자 전원이 탁자를 쳤고, 어떤 장교는 사형을 시켜야 한다고까지 했다.

그 순간 제백은 오여려와의 그 숱한 관계를 더듬고 있었던 것이다. 군 생활 내내 단 한 번도 여려와의 추억을 상기하지 않았던 것인데 이상도 했다.

제백이 최후 진술을 했다.

맥아더는 경계를 전투보다 중시했다. 그것은 궤변이다. 경계는 약자의 수단이다. 사나이의 모습은 전투면 전투지 경계는 지체 높은 놈을 위한 집 지키는 개 노릇에 불과하다. 정녕, 경계가 중요하다면 부대장을 위시하여 전 장교 하사관도 일 년에 한두 번 경계를 서 보라. 예수나 석가모니 등 성인은 몸소 민초와 같은 생활을 했다. 나라를 지키는 큰 사명감을 가졌다면 몸소 행하는 모범을 보여라. 테니스다 정치다 바둑이다 골프다 하지 말고. 우리 중대장을 보라. 그가 어디 군인인가? 어떻게 하면 부대장 비위나 맞출까, 매일 출세와 승진을 위한 술판을 벌여, 곤드레만드레가 된 부대장을 위해, 아침마다 기사 시켜 속풀이 해장국 사대기 바빴다. *PX*다, 군수과다, 행정과 일보계 — 휴가 간 군인을 안 간 것으로 해서 식량을 모음 — 그리고 닭이 나오는 날에 취사장에 가서 **빼돌리기**를 하는 등 어떤 것이 돈벌이가 될까 고심하며, 늘 어두운 얼굴을 하며 부대 이곳저곳을 휘젓고 다닌다. 그 모은 자금은 모두 부대장의 로비 자금으로 사용하는 것이다.

말단 졸병도 인격이라는 게 있는데, 그것도 장장 여덟 시간씩 보초를 서게 한다는 것을 어떻게 생각하는가? 군대란 게 비리와 정실의 덩어리인가. 스무 살 안팎의 젊은이가 도적질이나 눈치만 보면 나라의 미래는 어떻게 되겠는가.

지난 국민투표 날 연 상사의 행동은 민주사회에 역행하는 행위이다. 투표소 두 곳을 만들어 놓고 찬반 기표를 뒤에서 쳐다보는 것은 무슨 뜻인가. 부대에서 단 한 표의 이탈표가 나오지 않아야 한다는 육본, 아니, 그 윗선의 절대명령이라도 있었던 것인가.

내가 여러분들을 고발할 것이다! 그리고 이 천재, 시공을 초월하여 사상을 초월하여 이 천재를 위해 여러분들이 도와 달라. "천재는 독재자를 만나야 꿈을 펼칠 수 있다는데 여러분도 독 재자의 부류에 속할 것인가."

대충 그러한 내용이었다. 그들의 눈에는 그가 정신병자였다. 밑줄 친 부분은 다 지워졌다. 누군가 말했다. 김지하나 황석영 같은 거물은 검사고 뭐고 무서워한다고 했으나 제백은 이것도 저것도 아니었다. 아무튼 최단 기간인 보름간의 사단 영창 생활을 떠나면서 몇몇 선임의 애정 어린 간곡한 부탁이 있어서 참았다. 영창생활에서 선임자들한테 삐딱하다는 명목으로 뭇매를 맞고 출감 후 그의 몸은 망가졌는데, 정신은 오히려 초롱초롱해졌다. 이사종 창고에서 보급품 반납과 지급 업무를 보면서 2개월간 매일 그곳에서 반성문을 썼던 것이다.

호사다마라 했던가. 인생길 어디 하나라도 허투루 여길 게 없다는 것을 보여준 증좌였다. 아무튼 제백의 습작이 공공연하게 이루어진 셈이었다. 다만, 그들의 구미에 맞게 수정해야 한다는 게 고역이라면 고역이었다. 그 때 쓴 반성문이 A4, 사백 쪽 자리로서 장편소설 두 편은 쓰고 남을 분량이었다.

그 귀중한 자료를 최 하사의 사건으로 인해 분실되었다. 최 하사는 소년병으로 입대한 장기하사였다. 그는 부산 다대포 출신으로서 부모가 일찍 돌아가고 자기도 사라 태풍에 천장이 내려 앉아 다리가 부러지는 사고를 당해 치료를 받고는 갈 곳도, 배운 것도, 형제자매도 없어, 결국 감옥소나 군대를 놓고 생각 끝에 군에 와서 월남까지 갔다. 그러나 워낙 천성이 곱고 여려서 월남에서의 전투병으로서 적응을 못하고, 결국 고향 선배의 도움으로 이 부대까지 흘러왔던 것이다. 그런데 이 부대의 학벌이 카투사 비슷하게 높다보니, 더 열 받았던 것이다.

토크빌이 말했던가. 혁명은 어디에고 숨어서 기회를 엿본다고. 비록 보편적으로 윤택한 살림일지라도 상대적인 빈곤을 느끼면 불평불만을 갖게 되는 법. 최근 탈북자 한의사 삼형제를 보면서 큰 형수의 적극적인 배려와 예지로 두 시동생을 반 강제로 우격다짐하듯 공부시켜 똑 같은 한의사로 어엿하게 사회에 내보낸 그 형수를 칭송한다. 형제간이 서로 상대적 빈곤을 느끼면 형제애는 깨지기 싶다는 게 그녀의 지론이었다.

지금의 남한처럼 이미 산업화화 서구화에 도덕과 정감은 사라졌다. 공자도 인간이란 모름지기 자기 내외와 자식을 너머서 부모와 형제와 이웃을 돌봐야 한다고 했으나 이것도 물 건넌 지 오래다.

말이 나와서인데, 비좁은 나라에서 각자의 행동은 미국을 따라잡고 있다. 미국같이 오사리잡놈들이 다 모여 사는 합중국은 국가가 아니다. 한 사람 건너 아는 사람이 있게 마련인 한국에서, 그것도 할아버지 할머니와 손자 손녀가 같은 공간에서 살면서도 가치관이나 도덕은 다를 진대, 공통된 도덕률을 실행해야 함에도 온갖 애정행위나 하품을 입을 대지 않고 하는 등, 보기 흉한 모습에 살맛이 나지 않는다. 유행가조차 이렇게 세대간 차별 나는 나라가 어디 있으랴. 우리나라 여중고생의 목소리도 언제부터인가 가성을 넣어 굵고 투박하게 변했다.

일찍이 어떤 유학생이 드려준 말이다. 미국이 마치 풍기문란의 극치처럼 영화에 비춰지지만 영화란 게 그 당시 3대 수출품의 하나라 저개발국에다 팔려면 자연히 말초신경을 건드리는 내용이 많아야 한다고. 또 여자들도 오후 7시 전에 귀가한다고. 하기야 그런 명령을 내린다고 범죄무풍이 되어 다 해결되는 것은 아니지. 제백과 같이 근무했던 어떤 경찰은 경찰생활하면서 볼 것 못 볼 것 다 봐서 그런지, 여대생 딸의 귀가 시간을 정해놓고는 어기면 허리끈을 풀어서 태질 하였으나 몇 년 후 딸은 사윗감과 같이 와서 결혼 승낙을 받아냈다는 것이다. 딸의 뱃속엔 이미 4개월 된 애가 들어서 있었던 것이다.

역시 우린 왕년의 전설적인 농구 선수 박신자 미국 시집살이를 듣고 있다. 소위 미국의 명문가의 예의범절이며 높은 도덕률을.

어느 무더운 날 정오 가까운 시각, 내무반에서 몇 발의 총성이 울렸다. 다들 무서워 가까이 가지 못하고 언덕과 나무와 화단

벽을 엄폐물로 삼고 동태를 파악하고 있었다.

제백은 최 하사 소행이라 직감했다.

어제 토요일, 모포 세탁하는 처리중대원과 연병장에서 축구 시합을 가졌다. 최 하사는 축구를 잘했다. 팽팽하던 연장 후반에 그가 패스한 것을 제백이 논스톱 터닝슛을 하여 3대 2로 이겼던 것이다. 그런데 끝나고 연병장에서 진 쪽에서 간단하게 막걸리를 사와 먹고 있었는데, 그 쪽 중대장이 대뜸 하는 말이,

"어이 땅꼬마, 땅꼬마가 제일 잘하더구먼."

하고 최 하사의 최대 약점인 아킬레스건을 건드리고 말았던 것이다.

저녁까지 분을 삭이지 못하는 그를 제백이 달래느라 식당 뒤 수양버드나무 아래에서 거의 밤을 새다시피 술을 마셨던 것이다. 그와 제백은 말귀가 서로 통하는 사이였다. 더구나 같은 행정과에 제백은 장교계였고, 그는 행정과 수발을 맡고 있었는데, 선임 중사가 행정과장 지시라면서 하사관 후보생들 송금분 돈을 챙기라고, 이번에는 강력하게 지시를 내렸다고 했다.

하후보생한테 오는 우편물의 어떤 것은 〈샘터〉 책갈피 사이사이에 만 원짜리를 넣고 풀칠했는데, 그것은 이미 진부한 수법이었다.

새로 개발된 것은 모나미 볼펜심에 만 원짜리를 도르르 말았다. 곁으로 보기엔 그냥 볼펜이라 여기지만 일단 한 번 눌러보면 안 눌러지는 것이었다. 한 타스에 많게는 십이만 원을 말 수 있었다.

그것을 들고 취사장 뒤에 가서 당사자를 만나 흥정을 한다. 지금 가져가려면 절반을, 아니면 저축해 놓을 테니 수료식 때 가져가라고 하면, 어느 누군들 긴 세월을 기다리겠는가.

어디 그뿐이랴. 평소 우편물을 모아서 우표를 다 떼고는 무료로 보내는 날, 군사우편이란 고무도장을 찍어 보내고, 그 뗀 우표는 다시 *PX*에 가서 몇 퍼센트 할인하여 팔았다. 그들은 이미 묵계되어 있었던 것이다.

이것이 최 하사한테는 고역이었고, 괴로움이었다. 차라리 행정과장인 장교가 시켰다면 한 번 사고라도 치고 싶지만 같은 장기 하사관인 선임의 간곡한 부탁이라 한두 번 해보고는 이게 아니다 싶어 이러지도 저러지도 못하고 술만 퍼마셨다.

그는 제법 의협심이 있어 경리과 고참이 제백을 괴롭히는 것을 몇 번 눈여겨봤다가 하루는 저녁 식기를 씻으려 세면대에 갔는데, 인솔하던 경리과 고참이 제백한테 비눗물 묻은 식기로 머리를 몇 번 내려치는 것을 최 하사가 늦게 식사하고 식기를 세면대에 놓고 가려다, 목격하고는 큰소리로 고참을 불렀던 것이다. 그 당시는 웬만한 병들은 나이 적은 하사를 물로 다룰 때였다.

오, 그날을 절대 잊진 못하리.

최 하사의 날렵한 발차기에 제법 덩치가 큰 고참은 푹푹 쓰러지고, 일몰의 태양이 플라타너스 잎 사이로 비치면서 고참의 입가에 묻은 피와 교접을 하는 것이었다.

고참이 한신마냥 가랑이를 붙들고 비굴하게 용서를 빌었던 것이다.

그날 이후 고참은 순한 양이 되었던 것이다. 훗날 고참 선배가 대통령이 되었다. 그도 금융권에서 제법 잘 나가다가 국내 몇 손가락에 드는 조직폭력배 큰 처남과 사업에 손을 댔던 것이다. 알래스카 사슴을 들여오는 사업이었다. 결국, 가까운 동창한테 사기를 당해 폭삭 망했다. 자기만 당했으면 좋았으련만 칠팔 명 가까운 친척까지 연대보증을 서서 동반 몰락의 길로 가고 말았던 것이다.

그러다가 원양어선에 오르게 되었다. 아프리카의 라스팔마스에 내려 또다시 인생을 펼쳐보려고 했다. 라스팔마스는 한국 원양어업의 아프리카 전진기지로서 1백십팔 명의 선원이 잠들어 있는 곳이기도 했다. 그는 체이스컬트의 옷을 수입해서 제법 짭짤하게 수입을 올렸다. 그는 좀 더 시장을 확대하고자 카메룬 사위한테 머물고 있던 친구를 찾았다. 결국, 친구를 찾아 카메룬으로 갔다. 결국, GSGM에서 생산되는 의류를 한국 본사와 제휴하여 거대한 상권을 형성하였다. 그리고 프랑스어로 번역된 〈한국 전래 동화전집〉(한 질 이백 권)을 천 질 수입하여 큰 이문을 챙기기도 하였던 것이다. 결국, 카메론 국왕의 신임과 총애를 받아 궁에 초대되는 특혜를 누리기도 했다. 사실, GSGM과 도서출판 마카렌세스의 상품을 적극적으로 도와준 이가 바로 제백이었다. 군이란 특성이 다들 한 번은 고참 시절을 겪는지라, 다들 묵은 감정을 한때의 해프닝으로 치부하고 말았다. 그러니 자연 그들도 그 순리에 따를 수밖에 딴 도리가 없었던 것이다.

그런데 어느 날 그가 며칠 전 뉴스에 나왔다. 그가 주로 여신도를 대상으로 하는 〈사사소교〉란 사교를 만들어 큰 사기를 치다가 신도의 남편들에게 붙잡혀 난도질당했다는 것이었다. 제백으로서는 큰 충격이 아닐 수 없었다. 〈사사소교〉란 제백이 만든 신흥종교여서 그 책임을 크게 느낀 첫 번째 사건이 되었던 것이다.

이런 키도 군대에 올 수 있을까 할 정도로 최 하사는 작은 키였다. 한 때 제백 대학 동기생 한 명은 키높이 구두를 신었다. 또 어떤 키 작은 이는 맞선 볼 때 당장 키 높이 깔창을 구할 수 없어(그 때는 그런 것이 유행하지 않아 거의 없었음.) 우선 스티로폼을 구두 뒤쪽에 집어넣었다는 것이다. 2층 음식점 신발장에 넣어둔 신발이 나가는 손님이 잘못 빼다가 떨어져 그만 들통이 나고 말았다. 그 길로 끝장이었다.

대학 2학년 때 같이 도서관 아르바이트한 친구는 총명하고 다정했지만, 고교 선생을 할 30대 초반에 간경화로 죽었다. 그리고 서울대 약대를 나온 친구도 비슷한 성격이었으나 그와 비슷한 나이에 죽었다. 그 둘의 공통점은 키가 작았고, 얼굴이 검었다는 점이다. 둘 다 술은 멀리한 자였다.

제백이 내무반에 도착해서 문을 두드리자 또 한 방의 총성이 울렸다. 그것으로 모든 것이 끝이었다.

목공실에서 노루발과 망치를 가져와 문을 부수고 들어갔더니, 최 하사는 깨진 어항 옆에 피를 낭자하게 쏟으며 게거품을 물고 무언가 손짓을 하는 것이었다. 제백이 얼굴을 감싸고 눈을 감겨 주었다.

긴 탁자에 놓여 있던 어항이 박살이 나서 긴 형광등 파편과 수많은 열대어들이 깨져 바닥을 드러난 어항 속이나 바닥 여기저기에 파닥거리며 피와 뒤엉켜 있었다.

특히, 레드플래티는 피와 구분이 가지 않을 정도였다.

제백은 당분간 문서수발과 장교 업무를 동시에 보았다. 마침 영리하고 빠리빠리한 권 문관이 있어 한결 일이 수월했다.

근신이 끝나고 이제는 탄약고 보초보다 한 급 낮은 외곽 초보의 신세가 되었다. 자대에서 근무하는 게 아니라 인근 부대에 파견 형식인지라 그 서러움을 어찌 필설로 다하랴.

인간 못된 놈은 어느 단체에도 있게 마련. 여기 외곽 보초병들은 선임이든 신병이든 참 인간 말쫑이 많았다. 특히, 무슨 상곤가 나와 매달 서울 경리단에 가서 봉급을 타오다 보니, 마치 자기가 봉급 선심을 쓰는 양 시건방을 떨고 있던 자대 고참이 보기 싫어, 이 파견을 원했다. 이곳에 오니, 서울 어디 대학에 다니다 온 매끄럽게 생긴 놈이 교묘하게 괴롭혔다. 무슨 콤플렉스가 그렇게도 많은지.

제백은 이상의 초상화를 구본창 화백이 그린 〈문학사상〉 창간호며, 신구문화사의 노벨문학상 수상전집 중 하나인 사르트르의 『말』을 강제로 빼앗겼다. 제백이 살아오면서 많은 것을 내준 셈이었다. 그 중 책은 수없이 많았다. 책 도둑은 도둑이 아니라서 그런지 한 번 가져간 사람들은 아예 돌려줄 줄 몰라 했다. 특히, 용산 미군 도서관 여사서가 가져간 『호비트』(도서출판 열음 출간.)은 창작과 비평사에서 나오기 훨씬 전 출판물이었다. 그리고 이청준, 김승옥 등의 〈산문시대〉, 이규헌의 『포泡』, 박목월의 『경상도 가랑잎』 등이 가까운 사람들이 빌려갔던 것이다. 그러나 빌려가고는 영영 소식이 없었다.

그는 행정과 사무실 천장 한 구석에 비밀리에 따블백 한가득 책을 두고 있었다. 고참들도 허락했던 것이다. 그러한 배려의 계기가 있었다. 국군의 방송 촬영을 인근 야산에서 했는데, *TNT*를 실제 터뜨려 실감나는 촬영이었다. 그런데 최고참 위 병장이 제대 말년이라 심심하여 따라와 먼눈을 팔았을 때, 폭약이 터지기 일보 직전이었다. 순간, 제백은 그를 안고 바위 뒤쪽에 몸을 파묻었다.

그날 이후 제백은 어항 불이 밤새 밝히는 최고참 위 병장 옆에서 글을 쓰고, 책을 읽는 특혜를 누렸던 것이다. 이러한 것들이, 특히 시기와 질투가 심한 경리과 고참에겐 눈에 가시였던 것이다.

언젠가 아르헨티나 어떤 신문 편집장의 망명기를 감동 깊게 읽었는데, 고문할 때 아주 무식한 자의 고문은 차라리 쉽게 받아들일 수 있는데, 제일 힘든 고문은 고문자가 고문당하는 자를 능가할 정도로 식견이 풍부할 때란 거다. 특히, 그러한 인간들은 군 같은 폐쇄적이고, 획일화된 조직에서 많이 나타난다. 그래서 삼천포 늑도 학섬에서 머슴살이 하다 입대한 최 상병이 오히려 편했다는 역설이 통했던 것이다.

비록 빠따를 치고 호통을 쳐도 그뿐, 뒤끝이 전혀 없었다. 『쿼바디스』에서 리디아를 호위하는 거인 우르서스만큼 컸으나 그에 비해 코가 작아 먹을 때나 담배 필 때 씩씩거리며 호흡이 가팠다.

한 번은 취침점호가 끝나고 *PX*에 과자를 사려고 문을 빼꼼 열었더니, 학섬 최 병장이 부르는 것이었다. 언젠가 병장이 되어 있었다. 그러나 뭐 따질 건 못된다. 그 당시 위병소나 외박보초병은 마이가리가 많았다. 그가 *PX* 담당 황 중사와 소주를 마시고 있었다. 그는 반갑다는 듯이 몇 잔을 연거푸 건네는 것이었다.

약간 취기가 올라 대뜸,

"황 중사님, 황 중사님께선 고아이신가요?"

그러자 그가 떨면서 술잔을 바닥에 떨어뜨린 후, 펑펑 울면서 제백을 부둥켜안기도 하면서 오랫동안 흐느꼈다.

그의 아버지는 보성고보 출신으로 6·25 때 월북했고, 어머니는 캐나다로 재가해서 누님과 할머니, 삼촌과 같이 살았던 것이다. 그는 고교 럭비 선수였다. 그리고 꿈은 육사 진학이었으나 아버지의 연좌제에 묶여 사관학교는 엄두를 낼 수 없었다. 할 수 없이 *Y*대 법학과 체육 특기생으로 진학하였다.

그는 항상 '콜로라도의 달'을 부르면서 그랜드 캐넌으로 여행가서 콜로라도 강의 달 밝은 밤을 만끽하고 죽었으면 원이 없겠다고 푸념을 해대곤 했다.

그의 쓸쓸한 모습을 부대 여기저기서 목격하였다. 그는 제백만 보면 불러 담배를 권하고 간혹 벤치나 잔디에 앉아 *PX*의 술을 사서 같이 마시기도 했다. 그리고 제백을 꼭 껴안아 마치 호모로 여길 수 잇을 정도였다.

아니나 다를까. 제백이 제대하고 이 년 후 황 중사의 슬픈 이야기를 듣게 되었다.

그가 *GS* 관련 회사에 근무할 때 동료 3명과 같이 미국 출장을 갔던 것이다.

그들이 경비행기를 타고 후버댐을 구경하고 그랜드 캐넌의 절벽과 그 아래의 콜로라도 강을 감명 깊게 보고는 숙소인 라스베가스 '엘 라라, 힐턴 그랜드 베케이션스 클럽'으로 돌아와 각자 자유 시간을 가졌다. 그가 늘 자그마한 성경책을 들고 다녀 만나는 외국 사람들 대개가 '굿모닝 바이블' 하고 인사를 건네면 즐겁게 인사를 받아주곤 했다. 일행이 아랍토호의 도박 게임하는 것을 보기도 하고, 호텔 주변의 무료 쇼도 구경하면서 소일하고 있었다.

그런데 언제 일행을 빠져나갔는지 행방불명이 되었다. 할 수 없이 일행이 먼저 귀국하고 난 일주일이 조금 지났을까. 그가 콜로라도 강 하류 절벽에 떨어져 죽어있는 것을 래프팅 하던 사람들이 발견하였던 것이다. 마치 영화 〈127시간〉처럼 바위 틈새에 끼여 좀처럼 발견이 쉽지 않은 위치였던 것이다. 온 몸이 너덜너덜 똥걸레가 되어 있었던 것이다. 그가 일행을 벗어난 날짜가 음력으로 열나흘이라 제법 달 밝은 콜로라도 강이었음을 미루어 짐작케 하는 것이다.

그는 늘 신들선들 우스갯소리를 잘했다. 특히, 자주 인간은 운칠 기삼이란 말을 입에 달고 살았다. 마치 개미가 떼를 지어 다니는 곳에 진흙을 뭉쳐 힘껏 내리쳐도 죽을 놈은 죽고, 살 놈은 용케 산다는 숙명론자였다. 제 아무리 의사가 처방 운운해도 종자만 좋으면 살게 되어 있다는 것이었다. 제백 먼 친척 중 사형제 모두 단명한 것을 보면 오로지 종자, 즉 *DNA*뿐이란 것이다. 이런 현상은 사회 여러 곳에서 나타나고 이는 것이었다.

황 중사가 체육 특기생으로 명문대에 들어갔던 그해는 〈대학별 자격고사〉가 실시되어 사실상 무시험으로 입학이 가능했던 것이다. 그래서 자기를 위시하여 동기생들이 사학의 명문과 3사 등에 스물아홉 명이 들어갔던 것이다. 그러나 다음해엔 〈예비고사제〉가 도입되었다. 그는 자기가 너무도 운이 좋은 놈이라고 말했다. 만약 한 해 뒤였다면 단 한 명도 특기생으로 갈 수 없었을 거라며 껄껄 웃다가 이내 눈에 물기가 촉촉이 젖어 들곤 했다. 사실, 그의 말이 맞았다. 다음해에는 단 한 명도 에비고사에 통과하지 못했던 것이다. 그래서 체육특기생이 없었고, 오히려 해당 종목이 없던 서울대에서 한 명을 간신히 뽑아간 일이 있었던 것이다.

어느 해 제백은 고향 마을에 찾아간 일이 있었다.

그해 눈 내리던 정월 보름 하루 전날, 능화마을 친구 겸 머슴 육칠 명이 모여, 모레면 서로 새로운 집으로 머슴살이 간다며 중 돼지 한 마리를 잡았다. 무창골에서 반 강제로 데려온 순둥이 아내와 속눈썹이 유난히 검었던 아들을 둔 제백 사촌형은 평소 술이 가할 정도로 마셨으나 그 즈음 아내를 데려온 이후 자제하여 한 달에 막걸리 딱 한 잔 정도 마시다시피 거의 안 마셨다. 그가 돼지 간을 권해 먹은 것이 큰 사건이 되었다. 혹시 소주하고 먹었더라면 어쨌을까 하고 다들 아쉬워했다.

이웃 고성 어느 누구는 위암 말기라 이판사판, 첫새벽에 일어나 마치 정화수 떠서 기원하듯 소주 한 사발을 가득 부어 숨도 안 쉬고 쭉 마시기를 한 달 조금 지나자 점점 차도가 있었다나 뭐했다나. 그들은 말했다. 암 세포가 첫새벽 독한 소주에 놀라 자빠지고 넘어지고 염병 떨다 몰살했다고 전해졌다.

어린 시절 제백의 신기랄까, 예지력은 이미 소문이 날 정도였다. 일찍이 제백은 곧잘 틀림없는 예언을 했었기에, 그 영민함을 무디게 해야만 제 명에 살 수 있다고 믿었다. 그의 집 뒤란에는 큰 감나무가 있었는데 그 감나무엔 희한하게도 가을 늦서리가 오기 전, 감이 어느 정도 익을 때, 떫은 것과 단 것이 같이 열리는 것이었다. 그런데 그는 오륙 세의 나이에도 어느 것이 단감인지 손가락질을 하면서 맞추는 신통함을 보였다. 세 가지 종류의 감인 갑주백목, 월하시, 부유가 함께 열렸던 것이다. 아마 그 감나무에 세 가지 접목, 즉 깍기접기, 눈접, 짜개접한 게 아닌가 한다. 그 후 제백은 많은 예언이 적중하여 주변에서 범상치 않는 자로 치부했다. 또 마을에서 군에 간 남편이나 아들의 편지가 언제 올 것이며, 언제 휴가 올 것인지를 용케도 맞추는 것이었다.

한 번은 제백이 자기 직장인 출협에서 『한국출판연감』 만들고 있었다. 수위만 빼고 청소원까지 총동원되었다. 모두 강당으로 모였다. 긴 접이 책상을 직사각형으로 배치한다. 모두들 각자 의자에 앉아서 가로 25센티미터, 세로 70센티미터로 된 누른 종이 위에 배열된 도서목록을 풀로 붙이는 것이었다. 아무나 하는 단순 노동이었다.

다 끝난 목록은 오십 개씩 철을 하여, 다 된 것을 묶어 인쇄소로 보내는 것이다. 그러면 문선공들이 한 자 한 자 문선하여 조판한다. 조판하여 인쇄된 교정쇄와 원본을 대조하는 것이 교정 아르바이트생의 주 일거리였다.

그 당시 출판계에서 교정깨나 본다는 두 사람과 또 보조 한 명을 채용했다. 대구 청구대 출신인 김 선생은 신성일과 경북고 동기동창임을 자랑으로 삼고 있었다. 그의 완벽한 교정 업무에 많은 이들이 나자빠지기도 했다. 제백은 그의 성실함에 감동했고 늘 칭찬을 보냈던 것이다. 그런데 그가 왼쪽 다리를 심하게 절뚝거렸던 것이다. 무심코 버스정류장에서 차를 기다리고 서 있다가 갑자기 달려온 자전거에 부딪쳐 그만 사고를 당하고 말았던 것이다. 그는 한자 교과서 교정 교열에 일가견이 있었다.

한 노처녀도 금성출판사 등에서 교과서를 교정 교열했고, 현암사의 법전을 교정, 교열했다니, 그 실력 대단했던 것이다. 그리고 한 여성은 실력은 차치하고 늘 미소가 아름다웠던 것이다.

아무튼 제백이 총책이 되고, 세 명이 돕는 체제에서 연감작업은 지속되었다.

하루는 날이 무덥고 식곤증이 와서 다들 좀 눈을 붙였다. 얼마 후 그들이 깨어나자마자 노처녀에게 불쑥 운명 비슷한 것을 이야기했다. 그러자 노처녀는 마침 그 이야기가 송광사 주지 스님이나 전국 유명 사찰 주지스님 네 분이 말한 내용과 일맥상통한다며 놀라서 부르르 떨었던 것이다.

너무도 신기한지 그녀의 후배도 사주팔자를 봐 주라고 졸랐으나 어찌된 일인지 말 한 마디 하지 않았다. 그런데 그 친구가 그 일을 끝내고, 보름 후 병명도 알 수 없는 병으로 죽었던 것이다.

결국, 제백의 점괘엔 그녀의 운명이 정지 또는 백지화 상태였던 것이다. 그는 그러한 신묘함이 그를 배태했을 때부터 이미 형성되었다고 믿고 있었다.

그를 낳기 위해 부모님은 오 년 가까이 선지무당이 기거하던 산제당에서 기도를 드렸던 것이다.

행정과의 업무연장이라면서 한 사고병을 부대 정문 옆 <사랑방 다방> 2층에 가서 인계인수하라는 명령을 하달 받았다.

갑자기 들어간 다방이라 어두컴컴했다. 두리번거리고 있으니,

한 쪽 구석에서 오라고 손짓한다. 얼굴이 불그레하고 좀 안된 표현이지만, 인간 고릴라형으로 마치 헤비급 레슬링 선수처럼 보였다. 아마 레슬링을 어설프게 한 게 아닌가 생각했다. 제대로 운동한 자라면 사고병으로 나타나진 않았을 테니까.

그런 분위기에서 조금 코미디 같은 것은 그의 계급이 병장이 되어도 모자랄 판에 작대기 하나인 졸병 이등병이었다. 큰 덩치에 이등병이라, 그 긴장된 분위기에도 실소를 금할 수 없었다. 그가 제백의 기분을 읽었는지 약간 양미간을 찌푸렸다. 생김새와 계급이 너무도 어울리지 않는 궁합이었다.

그자의 제안 한 번 들어보소. 첫 번째는 내무반 매트리스 쌓는 커튼 안쪽에 침실을 마련하되, 장교도 넘보지 않는 하얀 시트를 갈아놓을 것. 두 번째는 졸병들이 취사장에 가서 하얀 쌀밥에다 사제 고추장에 멸치, 그리고 장교식당에 가서 김치를 마련해서 내무반으로 가져올 것. 세 번째는 자기는 일과 생활이나 내무 생활도 열외이기 때문에 점호 시간도 없으니 그 시간에 자기는 보일러실에 가 있겠노라고 하며, 마지막으로 매주 토요일 외박증을 마련하고, 마이가리 병장 계급장 준비해 줄 것 등, 특별 부탁 아닌 반 공갈협박으로 엄포를 놓는 것이었다.

그놈의 제안을 들고 행정과를 가서 보고했더니, 뽈래기 행정과장 배 소령은 연신 담배만 피워댔다. 학생부장 홍 중령한테 가서 보고했으나 뾰쪽한 해답을 얻지 못했다. 결국, 배 소령은 모든 것을 각오한 듯 연거푸 줄담배 세 대를 피우고는 천하의 산적 같은 부대장한테 가서 조인트 한 번 까인 후, 선임 중사와 속삭이더니, 외박증만은 문제의 소지가 있어 차후 상의하기로 하고 나머지는 그자의 요구를 관철시켰던 것이다.

몇 달 후 그자가 다른 의무부대로 전출가고 나서 부대는 축제의 분위기여서 바로 회식이 시작되고, 밤새,

Hey hey hey it's a beautiful day..... Ha ha ha beautiful Sunday This is my my my beautiful day.

당신이 날 정말 사랑한다면 핸드빽꾸 하나만 사 주세요. 핸드 빽꾸가 무엇이냐. 개똥망태가 어떠냐. 아이 아이 난 싫어   난 난 싫어요.

이십 세의 청년이라면 깡패의 해당자, 정든 고향 뒤에 두고 감방으로 갑니다. 캄캄한 감방에서 영자 씨가 그리워 탈옥하여 살아볼 날 기약합니다.

6·25 때 따발리총에 맞았나 똑 튀어 나오긴 왜 나왔어.

에로쏭 정희라도 울고 갈 정도였다.

마무리는 늘 제백 차례였다.
이 한밤 마시고 싶네. 마음껏 취하고 싶네. 세레나를 잃어버린 아픈 내 가슴에 그 누구가 그라스로 사정없이 때려주면 미친 듯이 달려가는 항구 밤거리 궂은비 쏟아지면 더욱 좋

겠네.

2절 들어가기 전 간주에는 꼭 하모니카로 흥을 돋웠다. 그 하모니카는 김리의 친어머니가 제백 첫 휴가 때 선물로 준 것이었다.

이 한밤 새지를 마오. 마신 술 깨지를 마오. 세레나를 가고 없는 카바레에서 내가 던진 글라스에 샹들리에 깨어지면 쓸 쓸하게 돌아서는 어두운 해변 돌부리 사나우면 더욱 좋겠네.

육본에서 특수자녀를 우대하지 말라는 공문이 내려오면 뭘해. 이미 썩을 대로 썩은 게 대한민국이었다. 2급취급인가자인 제백은 상부에서 내려오는 대외비 문서를 보면서 이 나라의 정의가 존재하지 않는다고 결론을 내렸다. 행정과 사병계 사수는 자기 사수로부터 전통적으로 부대장 사인을 며칠을 두고 뼈 빠지게 연습에 연습을 거듭해서 완전무결한 사인으로 태어나는 것이었다.

어느 날 제백이 내무반 불빛을 흐리게 하고 불침번을 서고 있었다. 마침 자정 무렵 내무반장인 박 병장이 들어오기에 제백이 얼른 뛰어가 불을 켜려고 하였다. 그 때 박 병장이 검지를 입에 대고 쉿 하더니, 그 자리에 꼼짝 말고 서 있으라고 하였다. 그는 말했다. 제백 온 몸에 황금빛 광채가 나더란 것이다.

그 소리를 들은 며칠 후 제백 동기가 휴가를 마치고 이바지로 백설기를 가져 왔는데, 그만, 최고참이요 천하악질이요 고수머리인 윤 병장 것을 남겨놓지 않았것다.

아이쿠, 이 일을. 마음씨 좋은 차 일병과 윤 일병 등과 조용히 상의하여 식판에 남은 것을 모아 조몰락조몰락하여 원래 모양같이 그럴 듯하게 만들어 보관해 놓고 기다렸다. 될 수 있는 한, 불을 켜지 않고, 어항 불과 보조등을 희미하게 밝힌 채 기다렸다.

자정이 가까워지자 윤 병장 얼큰하게 취한 채 조용히 들어왔다. 잠시 불을 켜고 귀대병이 조용히 신고하니, 다들 자니까 방해하지 말고 빨리 소등하라고 하였다. 곧이어 두 단계로 떡과 담배를 준비 대령하니, 그 떡은 너희들이 먹고, 담배 한 대만 주려무나. 오, 살았다, 하느님!

우리는 본다. 군이란 철저한 계급 사회에 길들여져 온 자들이 사회에 나가면 비굴할 정도로 굽실거린다. 특히, 생계가 직결된 직장 생활에 들어가 군대 생활의 위계질서를 더욱 실천한다. 위아래 할 것 없이 대화로 푸는 저 알렉산더 대왕이 고개 숙여 조아리는 타 민족의 풍속59)에 너무나 당황했던 것처럼, 우리는 흔히 대통령의 비서실장을 충복이니 하면서 충성 운운 한다. 참 역겨운 짓거리다. 지금이 왕조 시대인가. 그럴 거면 방송에서 매일 매시간 개미와 벌들의 조직 생활을 방영하라지.

군이란 푸른 제복 속에서 사병은 지극히 말초신경적인 삶을 영위하게 된다. 이성과 논리보다 한 그릇의 쌀밥과 흰 매트리스

---

59) 영국인들은 신이나 여자들 앞이 아니면 누구도 무릎을 꿇지 않음.

침실, 사제 고추장이 우선이며, 지연, 학연, 생김새의 우열에 인간이 좌지우지하기도 한다. 그것은 그럴 수밖에 도리가 없는 듯했다. 인간의 규격화 앞에는 그리고 그 규격화를 위해서 인간은 극히 원초적 사고를 가지고 그것에 자극받아 하루하루의 시간을 죽일 수밖에 없었다.

일례로 경상도 출신이다 전라도 출신이다 하여 선을 그어 놓고 하루를 생활하다 보면 인간은 자연히 서로의 감정 대립으로 초조하기도 하고 기쁨을 맛보기도 한다.

그것은 고향에서의 두레 길쌈하는 여름밤의 정경과 비슷했다. 길쌈하는 여인, 그녀들은 낮에도 일하고 밤늦게 삼을 삼는 작업이야말로 죽을 맛이다. 그런데 그 밤의 작업에 활력소 역할을 하는 것은 아이러니컬하게도 서로에 대한 험담과 비방과 소드레란 것이다.

누가 너를 어디서 비방했노라. 너의 시누이가 올케가 시어머니가 너를 못마땅해 했다는 등 화제가 서로의 말초 신경을 건드리면 괘씸함과 분함으로 인해 그 무덥고 긴 여름날에 모기의 성화나 천근만근 누르던 눈꺼풀이 한결 가벼워진다는 것이다.

아무리 작은 부대에서도 우리나라 군대가 돌아가는 것을 다 알 수 있다. 그것은 서울에서 제법 큰 회사 간부들이 모르는 것을 지방 읍내 우체국장이나 면장이나 농촌지도소 소장들은 알 수 있는 것과 같다. 그들에게는 정부나 당의 지시에 따른 정보를 우선적으로 접하기 때문이다. 그래서 시골 면장은 서울의 웬만한 사람을 우습게 보는 경향이 있다. 위패에도 삼성전자 전무보다 면장이 그 돋보는 것이다.

군도 인생사의 한 줄기라, 사무치게 그리운 이도 있게 마련이다. 작전과 키다리 옥 상병은 이십사 시간 대기라 제백이 근무하던 행정과와는 현관만 지나면 바로이기에 이틀이 멀다하고 *PX*에서 인삼 한 뿌리가 목욕하고 간 노란 구론산*D* 색깔 소주와 꽁치 통조림으로 청춘을 이야기했다.

전북 어느 상고 출신의 완벽한 일꾼이요 필체가 조각 같은 이 병장은 아무리 군대라지만 똑 부러지게 일을 하는 자는 그 누구도 넘나보지 못한다는 것을 보여 준 산 증인이었다. 행정과 일보계라 매일 시내 복판에 있는 상급부대로 일보를 제출하려 다녀, 너도나도 필요한 것 부탁도 했다.

그가 어찌 알고 조선일보에 연재한 〈별들의 고향〉을 1972년 9월 5일, 제1회부터 1973년 9월 14일까지 단 한 번도 빠뜨리지 않고 사왔다.

그는 화학학교란 특수성 때문에 병력이 매일매일 들고 나고 하기 때문에 일보가 중요하였다. 그래서 매일 부산 양정에 있는 군수기지사령부 부관참모부에 일보를 제출하였던 것이다. 그리고 한 달에 한 번은 대구 2군사령부로 출장을 다녀오기도 하였던 것이다. 그는 매일 시내로 출장 갔다 오는 길에 서면 뒷골목을 거쳐서 버스를 타곤 했다. 그 뒷골목은 온갖 길거리 장수들이 갖은 수법을 동원하여 물건을 팔고 있었다. 약 장수의 뱀 쇼며, 아바위꾼 등. 한 번은 조선일보를 근처 보급소에서 사가지고 어깨에 맨 가방에 넣고는 그 구경을 신나게 하고 있었다. 그만 가방째 소매치기를 당했다. 그는 가방보다도 신문이 더 아쉬웠다. 다시 보급소로 갔으나 문이 굳게 닫혀 있었다. 그는 시내 가판대로 돌아 다녔다. 몇 시간을 헤맨 후 겨우 구했다. 그가 휴가나 며칠 출장을 가면 그 가판대 아줌마한테 특별히 부탁하기도 했다.

다음은 천하의 하리마오요 졸병의 멘토요 월남병장 물병장의 위상을 송두리째 뒤흔든 남 병장. 제백이 자기 동기의 잘잘못을 졸병들 앞에서 낱낱이 까발려 공격한 용기도 그에게서 배웠다. 일찍이 마 교수는 〈윤동주 연구〉란 박사논문을 쓰게 된 동기가 윤동주가 자기와 근본적으로 다른 성향의 소유자이기에 끌렸다고 술회했다. 즉, 자기는 단 십 초의 고문도 못 견디고 자백할 정도로 문약한 자이므로 동주가 더욱 존경스러웠다고 술회했다.

제백 또한 너무 온실 속에서 자라 세상 풍파와 모진 고생을 겪어보지 못했으나 남 병장은 같은 나이인데도 너무 어른스럽기도 하고 아리스토클래틱하기도 했기에 자연히 그에게 푹 빠지고 말았던 것이다.

그가 부르던 '네순 도르마' 며, 동양화, 특히 중국화에도 일가견이 있었다. 전통의 중국화엔 비단잉어가 한 마리 이상인 것은 없다고도 했다. 그것은 왕이나 황제가 한 사람이기 때문에 두세 마리를 그렸다면 역심을 품었다고 단정내릴 수밖에 없다는 것이다. 그러니 만약 잉어를 한 마리 이상 그렸다가는 삼족 내지는 구족까지 멸할 대역죄인이 된다고 했다. 그러한 그림은 정규 과정으로 그림을 배우지 않은 뜨내기 환쟁이 그림일 경우가 많다는 것이다.

그는 철학이며, 문학이며, 종교며, 르네상스식 해박함이 레오나르도 다빈치나 움베르토 에코를 능가할 정도였다. 그러나 무엇보다 제백을 잠 못 이루게 한 것은 월남전선에서의 〈디어 헌터〉 유사한 경험이 더 매혹적이라, 밤마다 그의 무용담을 듣고 새기니, 정신 영역이 점점 더 확장됨을 감지할 수 있었다.

알고 보니, 그는 호모였다. 어느 크리스마스 전 날 이상야릇한 편지가 제백한테 왔다. 보낸 이는 제백이 문서 수발병이라 제일 먼저 읽어 보리란 것을 알고 보냈던 것이다. 만약 이 편지를 다른 이들이 보았다면, 그리고 이 사실이 들통 나면 그가 곤란해질 수 있는 내용이었다.

그는 시도 때도 없이 철조망 너머 순이네에서 막걸리 몇 사발 얻어 걸치고는 제백을 껴안고 볼이며 이마에다 입술을 비비곤 했다. 그래도 제백은 싫은 내색을 하지 않고 그의 참전기만 듣기를 원했다.

1972년 12월 말, 남 병장은 린호아 백마사단 사령부 월남 신병으로서 구 일 교육을 받고 5박 6일 작전에 참가했다. 참가 병사는 백육십 명 정도였다. 배낭 무게는 50에서 60킬로그램이 될 정도로 무거웠다. 각자 수통 일곱 개에다 물을 채워 떠났지만 사흘이 지나자 물이 거의 바닥이 났다.

신병들은 물 뜨러 우포늪보다 더 넓은 곳으로 향했다. 정글

끝에 다다라서 바라보니 백사장과 푸른 물이 너르게 펼쳐져 있었다. 다들 함께 움직이면 위험할 것 같아 2인 1조가 되어 살금살금 조심스럽게 물을 뜨러 갔다 오곤 했다. 그들이 갔다 오는 시간이 삼사 분 걸렸다.

그가 일어서서 물 뜨러 가려고 하자 선임하사인 내무반장이 조용하게 부르면서 자기와 이야기 좀 하자고 했다. 그리고는 고국에 있는 자기 애인한테 멋진 연애편지를 부탁한다고 했다.

이런 저런 이야기를 하고는 동료들의 눈치가 보여 느지막이 수통을 준비하여 늪으로 향했다. 우선, 물을 마시고 세수를 했다. 물은 흙냄새가 심해 비위를 거슬렀다. 구역질이 날 정도였지만 참고 구겨 넣을 정도로 마셨다.

그런데 그가 내무반장과 이야기하는 통에 아까 내린 지시사항을 못 들었던 것이다. 물을 떠가지고 왔더니, 아직 물을 안 가져온 사십여 명이 있어 다들 어디 갔냐고 했다. 그는 검지를 입에 세워 쉿 하는 것이었다. 그러면서 왔던 쪽을 가리켰다. 그 때 같이 갔던 동료는 7, 8미터 뒤에서 어기적어기적 걸어오고 있었다.

한참 만에 야영 주둔지에 남아 텐트를 치고 있는, 같이 작전에 나온 병사를 만났다. 그들은 물 뜨러 간 백이십 명의 병사가 어디 갔는지 모르고 있었다.

연초록 미모사 군락지가 군데군데 바둑판처럼 널려있었다. 바람에 하늘거리는 풀 무리를 정글화 발로 반원을 쓱 그으니 신기하게 풀들이 일제히 고개 숙여 포복하다가 잠시 뒤 슬그머니 양기 발동하듯 일어난다.

갑자기 기합 받을 생각을 하니 난감했다. 근처 호네오산을 방향타를 삼아 정글을 질러가기로 맘먹었다. 가보니, 큰 개활지가 나왔고, 베트콩들이 난도질한 나무가 여기저기 있었다. 근 한 시간 반을 정글 속에서 헤매다 풀밭에 앉아 마음을 정리하기로 했다. 단말마의 고통을 생각하니 온몸이 경련이 일었다. 억지로 서부영화를 기억해냈다. 특히, 총잡이들이 총에 맞아 깨끗이 죽는 모습에서 자기도 미련 없이 죽음을 맞이해야 할 시점이라고 생각했다. 각오를 하고 일어서려는데 하늘에서 하얀 정찰기가 떠, 직감으로 자기를 찾고 있다고 생각했다. 그러나 신호를 주지 못했다. 사방팔방에 베트콩들이 깔려 있었기 때문이었다.

그가 사활을 걸고 헤매다 본대로 왔을 때, 두 시간 반이 지난 후였다.

소대장 중위는 대뜸,

"이 개새꺄!"

하면서 철모를 남 일병의 머리에다 사정없이 던졌다. 철모를 벗어보니 복숭아만한 혹이 생겼다. 아픈 줄도 모르고 부동자세로 섰더니,

"야이 새꺄, 파월 장병 삼십만 명 중 너같이 재수 좋은 놈은 처음이야. 백방백중 다 죽었어. 잡히면 영락없이 포를 떠, 철조망에 널어놓는데, 너는 기적이란 말야."

그날 이후 그는 내무반장과 어울림으로써 그러한 변을 당했다고 여겨, 살아가면서 다시는 편법과 아부와 아첨을 하기 않기

로 다짐했다.

그리고 그날의 경험이 더욱 배짱을 갖게 했다.

작전 다음날 내무반에 대기 하고 있는데 사단 수색대에서 차출하러 직접 왔다. 다들 수색대 차출을 꺼려했다. 잘못해서 28연대에 가면 돌아오기 힘들다고 소문이 났기 때문이었다. 다들 침상 한 쪽에 들어서서 그들을 기다리고 있었다. 남 일병은 그 중 가장 키가 컸다. 제일 마지막에 서 있었다. 그 바로 전 병사도 덩치가 크고 약간 시건방지고, 구부정한 자세였다.

수색대 소령이 지휘봉으로 옆 병사의 배를 꾹 찌르면서 물었다.

"110xxxxx, 05입니다."

순간 남 병장도 기지를 발휘했다.

"510xxxxx, 05입니다."

사실 남 병장의 주특기는 의장대였는데, 주특기가 보안대나 헌병일 경우는 차출에 제외된다는 것을 알고 있었던 것이다. 05가 헌병 병과임을 안 남 병장의 번뜩이는 기지였던 것이다.

월남병장 물 병장인 남 병장은 어느 날 그가 가스실에 나와 화염방사기를 힘없이 붙잡아 하후보생 한 명의 온몸을 통닭구이보다 더 흉측하게 만든 대사건이 벌어지고 말았다.

사실 그는 화염방사기 교관도 사수 조수도 아닌 교재과 근무병인데, 같은 고교 친구인 구 병장한테 한 번 잡아 쏴보자고 했던 것이 그만 일을 내고야 말았다. 사실 본부중대 교재과와 교도

중대와는 같이 교육을 시키는 경우가 허다했다.

그가 왜 그렇게 손에 힘이 없어 사고를 낸 이유를 알아본즉 바로 전날 밤, *PX*에서 소주 세 병을 사, 천하의 춤꾼이라는 밭전자 *PX* 판매사병인 전 상병과 같이 밤새도록 퍼마셨던 것이다.

전 상병은 남 병장보다 군복무가 8개월이나 빨랐다. 전 사병은 논산 군번이었고, 남 병장은 창원 군번이었다. 둘은 해묵은 감정이 있었다.

아무튼 전 상병의 제대도 얼마 남지 않았고, 지난 날 엎드려 뻗쳐를 시킬 때 남 병장이 노려보며,

'나는 병장이다. 어디 감히 상병이 나에게 빠따를 친단 말인가.' 하고 침대 마후라를 빼앗아 문 쪽으로 던지고, 내무반 문을 박차고 나가버렸던 적이 있었다.

이 부대는 만년 상병이 많았다. 행정과나 경리과, *CP* 당번, 서무계 등 소위 보직이 좋거나 백이 있는 병사는 제때 진급했다. 진급 심사란 게 총검술과 이순신 장군에 대한 실력만 갖추면 되는데도 진급이 어려웠다. 전군적인 현상이었다.

군에서나 사회에서나 마찬가지이겠지만 가령 동기 중에 누군가 병장을 먼저 달았을 때 달지 않은 한 사병이 술 먹고 포효하는 모습은 참으로 가관이다. 그 진급이, 군에서의 사병의 진급이 뭐 그리 대단한가? 가령 한 판에 단돈 십 원짜리 내기 화투를 친다 해도 점점 열기가 달아오르면 돈보다 승부에 집착하여 마침내 으르렁대게 된다.

언젠가 제백이 좌천되어 직장 낭인으로 떠돌았을 때였다. 경

찰생활 삼십여 년을 거의 같이 한, 두 사람이 퇴직하고 제백 밑으로 왔었다. 소위 복사단속이란 직이었다. 그들을 위시하여 여섯 명이 전국적으로 단속을 다녔던 것이다. 그런데 그 친한 둘 간에 틈이 가기 시작한 것이었다. 그것은 몇 푼 받은 뇌물의 분배에서 싹이 텄던 것이다. 결국, 크게 한바탕 다투고 의절 상태가 되었던 것이다.

그로부터 몇 년 후 제백의 전 직장에서 실버감시원 모집을 한다 해서 몇몇을 추천했던 것이다. 나이가 육십이 넘으면 좀 점잖을 거란 기대는 상통박살이 나고 말았던 것이다. 그들의 업무는 2인 1팀이 되어 지정한 지역을 돌면서 불법복제를 하거나 그런 물건을 파는 행위에 대한 신고만 하는 것이었다.

그런데 너무 구성원들이 말썽을 피워 한 오 년하고 없앴다. 한국사람 돈내기에는 죽을 똥 살 똥 한다는 말이 적중한 경우였다. 그들에게 매월 단돈 오만 원의 성과급을 도입하여 실시하다 보니 친구며, 친척이며, 나이를 찾아볼 수 없었다. 소위 질시와 악다구니만 남아 지옥에서의 파뿌리를 잡으려는 사람들처럼 아귀다툼이 말이 아니었다. 그리고 잠시 쉴 때도 거의가 서로 배려는커녕,

"나는 우체국이나 은행에서 잠시 쉬겠다."

"나는 백화점 옥상 하늘공원에서 쉬겠다."

는 등 왕년의 자기 위상만 내세우고, 또는 습관적으로 육식을 못하는 동료를 비웃고 배척하기 일쑤였던 것이다. 그뿐만이 아니었다. 전 직장이 그곳인 자가 자주 최상위 실적을 올리면 본부

석 농간이라 하고, 심지어는 실무자한테 뇌물을 주었다는 모함까지 흘러나왔던 것이다.

나이 많은 이들의 아집과 위선과 노회함이 절정을 이룬 경우가 또 한 군데 도사리고 있었던 것이다. 그곳이 소위 리서치를 대행하는 곳이었다. 우두머리는 매일 술에 절어 있고, 자기가 놀고 있지 않음을 보여준다고 컴퓨터 앞에 앉아 일거리를 분배하는 꼴이 우습게 다가오는 것이었다. 마음먹으면 일이 분 할 것을 고추를 불면서 오전 내내 하고도 오후 3~4시까지 주물고 있는 꼴이란, 내 원 참!

간혹 그들과 당구를 쳤을 때 제백은 열불이 터지곤 했으나 꾹 참았다. 주로 사 구로 내기 시합을 했다. 보통 스리쿠션 시합에는 한 번 칠 때 사십 초로 제한 시간을 두고 있다. 그러니까 사십 점 칠 때까지 두 차례 사십 초 연장만 허용한다. 그런데 대다수 실버들은 큐를 당구대 안에 대고 자를 재듯 재기도 하고 고개를 갸웃 둥하며 시간을 질질 끄는 것이었다. 스트레스 풀려고 왔는데 오히려 스트레스만 잔뜩 갖고 가는 격이 되고 말았다. 제백은 조재호나 프레더릭 쿠드롱 같이 신속하게 쳤던 것이다. 비록 익스텐션을 이어 칠 때도 신속했다. 제백은 당구 게임 종류가 많은데도 대한당구연맹에 한 가지를 제안했던 일이 있었다. 그것은 스리쿠션 게임에서 제일 많이 쿠션을 맞은 자가 이기는 게임인 것이다.

제백은 화투놀이에도 미리 미리 생각해놓고 차례가 오면 바로 쳤다. 누군가 당구처럼 질지 끌면,

"너 울릉도 상고 나왔니? 왜 그렇게 셈도 할 줄 모르고 질질 끌어!"

하기도 했다.

언젠가 인사동 '학교종이 땡땡땡' 이란 술집에서 소설가 하 근찬님이 술을 마시다가 갑자기 눈동자가 풀리면서, 제백한테,

"야, 너 뭐야, 임마!"

소리를 고래고래 질러 다들 당황하고 있었다. 그 자리엔 이호 철님도 있었다. 얼마 지나자 그는 미안하다며, 뭐 중정에서 당한 것이 불현 듯 현실화되더란 것이었다. 제백은 시치미를 뚝 떼고 아무렇지도 않은 양 대화를 이어갔다. 그러고 보니, 제백에겐 남 모를 비열함과 능청이 있는 것은 아닌지 모를 일이다. 한때 제백 을 좋아했던 출협 출판부 상사는 제백더러, 베리야 같은 사람이 라고 했다. 누구는 로버트 케네디라 좋게 평했으나 베리야는 뱀 처럼 야비하고 악랄한 철면피였으니 말이다. 획일적이고 일률적 인 생활을 오래 하다 보면 인간이 점점 순치되어 기계적으로 사 고하고 행동할 수밖에 없다. 아르헨티나 백성들이 군부독재가 지나고 나서 국민정신 건강을 체킹해 보니, 약 70퍼센트가 소위 말해 공포증으로 병들어 있었다 한다.

남 병장은 사고를 저지르고 나서 밤새 팬츠에다 워커를 신고 연병장을 돌고 돌았다. 아무래도 머리가 돌고 돈 행동일 수밖에 달리 설명할 방도가 없었다. 영창에서 돌아온 그가 풀이 죽어 지 내는 것은 눈뜨고 못 볼 일이었다. 그러나 제백은 광주 상무대로

부대 이동이라는 크나큰 일이 우선이라 낮밤이 따로 없을 정도로 바빠서 그와 잦은 대화도 못하다가 어떤 때는 담가를 들고 다니는 초라한 모습도, 어떤 때는 영농장 주변을 어슬렁거리기도 하는 것을 보았다. 그는 군에서 제일 특과인 영농장을 부러워했다. 돼지, 염소, 토끼를 기르는데, 어떤 경우도 점호나 집합에 예외였다. 제백 가까운 형은 또 다른 가까운 형 주백의 배려로 영농장에 근무하는 특혜를 누리며 열심히 공부하여, 제대 후 바로 사법고시에 합격하여, 지금도 그 두 분 사이는 친형제 이상으로 끈끈한 유대가 형성되고 있는 것이다.

이곳 영농장의 조 상병은 낮이나 밤이나 오기택의 〈우중의 여인〉과 김하정의 〈사랑〉 즐겨 부르곤 했다. 그가 입대 전까지 교사였는데 사귀던 여인이 어느 날 보니, 영등포 유곽에서 마치 〈애수, 워터루 브리지〉의 비비안 리처럼 생활하는 것을 보고 자살을 시도하기도 했다는 사연 깊은 노래였다.

구로공단 둑에서 처음 만나 정을 나눴지만, 병든 오빠와 두 어린 남매동생을 건사하기에는 녹녹치 않았을 터.

그들 모든 식구가 그를 버리고 멕시코로 이민 가 버린 것을 안 것은 친한 후배가 면회 와서 알려 줬던 것이다. 사실 그 소식을 편지로 보내면 간단할 수 있었으나 그가 일자무식이라고 기록부에 적혀 있고, 이미 부대원들 사이에도 정설로 되어있기 때문이었다. 부득불 면회로 온 것이었다. 용의주도요 주도면밀함이 엿보이는 장면이었다.

그가 이 부대의 유일한 문맹자로 통하여 영농장에 근무했다는 사실을 아무도 몰랐던 것이다. 아무도 몰랐는데, 제대를 열흘 정도 남기고 이실직고했다. 그것도 남 병장과 제백한테만. 그는 문사철에 능통한 학자다운 면모를 보였다. 특히, 남명 조식의 실천사행을 말할 때는 눈이 빛이 나기도 했으나, 자신을 속이는 게 남명과는 잘 매치가 되지 않았는지 튀어나온 입술을 이죽거리기도 했다.

한 번은 남 병장과 같이 부산 시내로 외박을 나갔다. 둘은 군수사에서 복무하던 고향 동생이자 친구를 불러내 온천장 일대에서 퍼마셨다. 고향 친구 공백은 의리맨이었고, 힘이 장사였다. 제백과 같은 해 태어났지만 12월 말경이라 제백에게 꼬박꼬박 존댓말을 썼다. 외박 다음날 온천장 친척이 운영하던 소금구이 집에서 한창 마시고 있는데, 헌병 세 명이 들이닥치더니 연거푸 마셔대다가 제백 쪽을 보면서 오라고 손짓하는 것이었다. 못 본체 하고 딴청 피우며 떠들어대고 있었는데, 그 중 한 놈이 다가와 파이버로 남 병장의 머리 쪽을 내리치자마자 공백이 일어나 달랑 들어 바닥에다 내동댕이쳐버렸다. 그러자 그 쪽에 있던 두 놈이 눈을 부라리며 씨익씨익거리며 다가오고 있었다. 결국, 음식점 바깥 공터에서 3대 3의 결투가 벌어졌던 것이다.

그 누가 일당백이라고 했던가. 제백과 남 병장은 근처에 얼씬도 할 겨를 없이 공백의 완력에 끽 소리 못하고 말았던 것이다. 그들은 싹싹 빌었고 마침내 헌병대 지프차까지 불러내 줘 타고 군수사로 거쳐 화학학교로 타고 왔던 것이다.

그가 너무 무료하게 지내기에 마침 면회 온 소려를 소개했다. 소려는 첫눈에 반한 눈치였다. 그래서 한두 번 면회 왔을 때는 제백도 같이 나갔으나 다음부터는 자기를 부르지 말고 둘만 오붓한 시간을 보내라고 했다.

그들을 소개해준 2개월이 되었을까 말까. 비가 억수로 내리는 날 위병소 앞에서 한 처녀가 가슴을 드러내놓고 퍼질러 앉아 통곡하고 있다기에 호기심 반 무섬 반으로 내려갔더니, 그게 다름 아닌 소려였다. 결국, 부산진구 초읍동 부산정신병원으로 이송되었다. 그 후 제백과 여려가 몇 차례 면회를 갔으나 자기의 히트송만 중얼거리듯 부르며 눈동자는 이미 초점을 잃고 허공만 불안하게 보고 있었다.

소려가 미친 이유는 외박 때 남 병장이 눕혀놓고 온 몸을 관찰만 한 데 대한 심한 모욕에 자존심이 무척 상했지 않았나 본다. 그도 그럴 것이 만나는 남자마다 첫 순간부터 그녀를 못 잊어 하는데 유독 남 병장만이 거들떠보지도 않았으니 말이다. 지난날 난쟁이를 데리고 자기의 미를 가꾸던 특이한 소유자인데 말이다. 소려한테 다녀온 그날 밤 제백과 여려는 취하도록 술을 마시고 서면 어느 다방에서 어니언스의 〈편지〉를 계속 신청하여 들었다. 그날 제백이 쏟은 눈물량은 그 동안 살아오면서 흘렸던 양보다 더 많았다.

그런 일이 있고난 다음 주 토요일이었다.

남 병장은 무료함을 달래기 위해 영농장을 자주 찾았다. 그날

은 제백도 참석했다. 3월 초 늦은 밤이라 추위를 이기고자 모닥
불을 피워놓고 영농장에서 키우던 토끼 한 마리를 굽고, 철조망
옆 민가에서 막걸리와 생두부를 시켜놓고 모처럼 회포를 풀었
다. 소위 전역 파티였던 셈이었다. 외곽 보초한테도 손짓하여 술
과 안주를 주었다. 마침 갓 이등병 계급장을 뗀 일등병한테 희망
을 갖고 열심히 근무하라는 충언도 곁들였다.

　세 명은 모닥불에 불을 쐬고, 남 병장과 조 상병은 좀 떨어진
곳에서 토끼를 통구이 하려고 땅을 움푹 판 게 불찰이라면 불찰
이었다. 그 판 곳에 철봉 형태를 만들고 불을 지폈다. 한 십여
분 되었을까. 그 둘은 즉사했고, 제백은 파편으로 피가 낭자했
다. 6·25 때 묻은 폭탄이 열기를 받아 폭발하고 말았던 것이었
다. 하필 탄약고 위, 작은 고원이라 가을이 되면 갈대가 우거져
〈워터링 하이츠〉의 히스꽃을 연상하기도 했다. 이곳이 바로
6·25 때 피아간의 격렬한 전투가 벌어진 곳인 줄 그 누가 알았
겠는가.

　외곽초병은 제백에게 작품 구상을 하는 가장 좋은 공간이요
시간이었다. 순찰자가 다가오는 바스락 소리가 나면 그만 암구
호를 잊어버리기 일쑤였지만.

　암구호라, 뵐의 〈휴가병 열차〉가 그리워졌다. 전시란 엄혹한
상황에서도 한 휴머니즘이 넘치는 장교가 암구호를 잊어버린 병
사를 애정 어린 눈으로 감싸주는 내용이었다.

　제백 고향 작가의 정 작가의 『백정』이라는 작품 속에 나오
는 암구호, 다시 말해 변말, '하모'와 '에네가'가 문득 떠올

랐다.

　어느 소나기가 내리던 새벽이었다. 한 몸 겨우 들어가는 크기의 초소 안에서 판초 우의를 걸친 채, 주간지의 선정적인 장면을 연상하면서, 세 번 놀란다는 타이피스트 손 문관 ─ 뒤태와 목소리가 은쟁반에 옥구슬인 데 반해 얼굴은 광대뼈가 툭 튀어나와 뺑덕할멈을 연상시켰다. ─ 의 엉덩이를 생각하면서 한없는 반복을 하고 있는데, 저만치에서 어둠의 침입자인 순찰자 천 상사가 긴 그림자의 프랑켄슈타인 되어 다가오는 것이었다.

　미처 바지도 올리지 못하고 엉거주춤한 채, 큰소리로 근무 이상 없다고, 고래고래 힘주어 말했고, 천 상사가 수고한다, 격려하며, 지나갈 때 참았던 것이 봇물 터지듯 솟아나오고. 온몸이 한동안 경련과 희열에……. 벌써 손으로 흘려보낸 아쉬움이여[60].

　그날 제백은 다짐했다. 너절한 변명은 기형적인 자존심과 그에 따른 이율배반적인 불안과 초조를 조성할 뿐 일말의 값어치가 없다고. 가장 병폐적이요 육감적인 생활은 괜히 척추가 아프다고 큰 뜻을 주었다.

---

60) 꿀이 내 혈관을 타고 파도처럼 밀려온다. 무엇을 먹은 뒤끝처럼 목구멍이 싸하고, 머리는 터질 듯하고, 사타구니에서는 힘이 쭉 빠진다. 나는 겁에 질리고 축축하게 젖은 채로 몸을 일으킨다. 원초적인 육즙으로 액화하는 열락에 빠져들었으니, 내가 아주 끔찍한 병에 걸린 게 아닌가 싶다. 이게 나의 첫 사정일 것이다. 내가 알기로 이건 독일 포로의 목을 베는 것보다 더 엄격하게 금지된 일이다. ─ 움베르토 에코의 『로아나 여왕의 신비한 불꽃』(이세욱 역. 2008.7.3. 열린책들).

그 얼마나 어리석은 위선과 합리의 연속이냐. 무엇일까? 아직도 오솔길 마다마다엔 코스모스 여덟 청춘이 시새움하며 창공과 텔리파식 접순을 하고 있다. 이 무궁한 신비 앞에서 아무리 철학적이라도 지나칠 것이 없다. 그것은 또한 과도기의 가능성이기 때문이기도 하다.

그날 밤의 악몽이 사십 년이 지나도 생생하게 기억된다.

황량한 회색 거리와 들판에 비정상적인 사물들이 득시글거리고 대형 영화 전광판에는 사물들이 화면 밖으로 튀어나오고.

아랫도리만 감싼 채 바위산으로 혼자 등산하다가 문득 모바일이 생각나서 도로 하산하다. 산길에 마치 빨랫줄처럼 생긴 넝쿨에 매달아 놓은 모바일을 찾아 달려 내려오다. 그 길로 어디론가 가려고 자장냄새가 진동하는 낡은 중국음식점이 가득 들어선 건물 안에 들어서다. 가는 길목 층계나 입구마다 험상궂게 생긴 청년들이 단체로 식사를 하면서 꼬나보아서 다른 길을 찾아다니다. 마지막 길목에서 무서운 두 청년의 저지를 받으며 심한 공포를 느끼다.

13장 백도라지가 나타났다

백도라지가 밀항하여 오사카에 살고 있는 고모를 찾았다. 고모는 남편이 죽자 담양에 과년한 딸 한 명을 남겨두고 오사카에서 식당 종업원으로 있었다. 그리하여 마침내 그 음식점까지 소유하게 되었던 것이다. 그러나 소유한 지 몇 달 만에 고모는 심장마비로 떠났던 것이다.

아무런 물증이 될 만한 서류나 뭐도 없어 앉은 자리에서 오롯이 같이 일했던 나이 지긋한 일본 여종업원한테 넘어가고 만 이후였다.

하숙집에 와서 고모의 체취가 묻었을 것 같은 공책 한 장과 청주 한 병, 그리고 사탕을 놓고 명복을 빌었다.

다음날 한 재일교포를 만났다. 그 교포는 오래 전에 밀항하여 이집 저집 전전하다가 일본인이 운영하는 자동차 정비업을 찾아 일 좀하게 해달라고 애원하다시피 했으나 막무가내였다는 것이다. 그는 매일 새벽 그곳에 가서 청소를 했던 것이다. 종업원들은 방해된다고 심하게 핍박을 주었는데도 아랑곳하지 않고 그 일을 묵묵히 하다가 어느 날 사장의 눈에 띠어, 허드렛일부터 시작했던 것이다.

결국, 그의 성실성에 매료된 사장은 막내딸과 결혼을 시킨 후 회사의 운영을 맡겼던 것이다. 교포는 백도라지의 기계 다루는 솜씨며, 성실함에 큰 점수를 주었다. 그러나 백도라지의 역마살과 방랑벽은 막을 수 없었나 보다. 결국, 꽤 많은 급료를 받아들고 천리교를 찾았다. 그 당시 길에서 천리교를 전도하는 재일 교포를 눈여겨봤다가 찾아간 것이다.

천리교는 이미 고향 담양과 소능마을에도 전파가 되어 익숙했다. 그가 천리교의 성지인 나라현 천리시의 천리본부 사무실로 가 많은 기부금을 내었다.

그리고 말했다. 자기는 고국에서 한센병에 걸려 이곳에서 치료하기 위해 밀항을 했노라고. 결국, 그는 천리본부에서 생활하면서 화장실 청소를 전담했다.

몇 달 후 그는 자기 몸이 좋아지고 있음을 알았다. 그는 감사의 뜻으로, 천리교의 창시자 나카야마 미키中山美伎의 일대기를 한국어로 번역하는 데 앞장을 섰다.

마침 대한출판문화협회 출판부에 근무하고 있던 제백에게 의뢰했다. 그 때 제백이 당황했던 것은 그 일 때문이 아니고 백도라지의 존재에 대한 것이었다. 아무튼 백도라지는 몸이 완전히 나았다. 고국이 그리웠고, 제백이 너무도 보고 싶었다.

백도라지는 도저히 고모의 일이 마음에 걸렸다. 그는 이슥한 밤에 한 잔 술을 걸치고 그 고모가 운영했던 음식점을 찾았던 것이다. 종업원도 다 퇴근하고 부부가 막 문을 닫으려 하고 있었다. 곧 고국으로 가는데, 고모의 딸한테 얼마만큼이라도 좀 줘야 하지 않겠냐고 했더니, 부부는 냉소를 퍼부었다. 그가 남편을 전화기로 몇 차례 짓찧었다. 경찰차가 왔고, 그는 오사카 경찰서에 연행되었다. 몇 달 후 감옥에서 간수를 때려눕혀 탈옥, 밀항하여 도착한 곳이 바로 부산 태종대였다.

그날 백도라지는 햇볕이 쨍쨍하여 그늘을 찾느라고 도로에서 얼마 떨어지지 않은 길 위를 올랐다. 노릿노릿 노린재나무, 누릿누릿 누리장나무 그늘이 드문드문 드리워진 바위 위에서 땀을 재우고 있었다.

그 때 저만치의 찌그러진 팻말 붙은 정류장에서 어떤 중년 아낙이 무슨 보따리를 깔고 앉아서 버스를 기다리다 지쳐 꾸뻑꾸뻑 조는 모습이 그의 시선에 들어왔던 것이다. 한참 만에 버스가 먼지를 풀면서 오자 그녀는 정신없이 맨몸만 올라탔다.

그녀가 깔고 앉았던 보따리 근처에 가서 주변을 둘러보았다. 호기심 반, 그것을 들고 다시 바위 위에서 끌러보았다.

이게 웬 떡이냐, 돈 보따리였던 것이었다. 순간, 수많은 유혹에서 갈등하다가 갑자기 천리교가 떠올랐던 것이다. 힘들게 마음을 정리하고 어떤 상쾌한 미풍에 연거푸 길게 쉼 호흡을 하고, 나름대로 비장한 각오로 도로 들고 내려가고 있을 즈음이었다.

아까 그 여인인 듯싶었다. 막 길모퉁이를 돌아 가슴을 풀어헤쳐 축 쳐진 젖가슴이 상하좌우로 요동을 치면서 뛰어오는 것이었다.

예 ~ 아깐 것을 제거하고 도와주소서. 나무 천리 왕님이시여. 잠깐 이야기 천신의 말을 들어보소.

그게 인연의 단초가 될 줄이야. 드디어 영도시대 최대의 신도 이자, 물주이자, 아내로 자리매김하였던 것이다.

그녀는 이북출신으로 하야리야 부대 근처 수입상을 하고 있었는데, 들리는 바에 의하면, 그 시장에서 두 번째로 큰 재력가의 아내였다. 그러나 남편이 재력을 일구고 나니, 갑자기 노름에 빠져들어 이제 장사고 뭐고 관심 밖이란 것이었다. 그래서 아내는 야금야금 상품을 팔아서 태종대 일대 땅을 사 모으기로 하였던 것이다. 그러나 그것도 개발에 밀려 빨리 처분하는 게 장땡이라 그날 선금을 받고 오는 길이었던 것이다.

하도 많은 신도를 접하다보니 백도라지 눈이 범상해져서 사물과 사리를 꿰뚫는 혜안이 생겨 교인들의 병은 대충 봐서도 치료가 가능해졌다. 그러나 1980년 초 없어져야 할 종교단체로 지목되어 사라질 뻔해서 제백 아는 자가 청와대 경호실에 있어서 부탁했다.

결국, 여당이 선거 때 표를 의식해서라도 종교단체는 치지 않는 게 수순이라고 설득했다. 컬러 *TV* 두 대로 요로요로 이렇게 저렇게 손을 써 간신히 해결을 봤던 것이다. 그 당시 문광부 종교과에 근무하는 자와 식사 자리를 마련했다. 그놈의 종교, 말도 많고 탈도 많아, 공무원들도 종교에 관련된 부서에 근무하고 나면 학을 떼기가 십상이고, 판검사들도 종교에 관련된 고소 건이 접수되면 재수 없다고 치부하며 손사래를 친다는 것이다.

세월이 흘러 점점 백도라지는 거짓과 허세가 심해지기 시작했다. 그가 부산에서 국회의원에 당선되었다. 그가 국회의원이 되고 국회 문광위원이 되었다. 그래서 제백이 출협이 발의하고 법제처 심의가 끝난 〈도서 가격 심의제 도입에 관한 법〉의 국회 통과를 위해 찾아갔던 것이다.

〈국회의원 고필휴 사무소〉 부산 해운대에서 제일 높은 빌딩을 신축하여 사무실 겸 교회 관련 업무를 보고 있었다. 무례 321층으로 1,448미터였다. 지난 밤 눈이 20센티미터 가량 내렸다. 부산에서는 처음 있는 일이었다. 빌딩 맨 꼭대기 층 집무실을 찾아 문을 꽝꽝 두드리고 지랄 발광 염병을 떨어도 문이 열리기는 커녕 아무 코빼기도 보이지 않았다. 화를 참지 못하고 욕을 해댔다. 마침 용케도 화장실은 열려 있었다.

그는 온몸을 부르르 떨며 피새내기 시작했고, 마침내 피새나지 않도록 조심스레 접근하여, 피새놓을 작정을 했다. 그 때 혼불 같은 섬광이 제백을 스쳐갔다. 그것은 제백의 경험담이었다. 독일 프랑크푸르트대학교, 즉 괴테대학교 유학시절 어떤 하숙집의 과년한 딸한테 마음을 두고 있었다. 그런데 어느 날 화장실에 들어갔다가 기겁하고 말았다. 화장실에 노크하자 곧 처녀는 아무렇지도 않게 나왔고 변기의 물소리만 났다. 그런데 그 야구방망이 두께만한 황금색 배설물이 살모사처럼 똬리를 틀고 턱 걸

터앉아 오히려 김만 모락모락 내고 있었다. 제백은 볼 일도 못보고 부리나케 쫓아 나와 공원 화장실로 달려갔다. 그것까진 참을 수 있었다. 그런데 아무 것도 모르는 처녀는 학생이 들어오자 아침 산책하고 오는 줄 알고 부엌에서 루터가 지은 개신교 찬송가 "내 주는 강한 성이요" 부르는 듯 흥얼거렸는데, 그날 이후 선생은 개신교 찬송가 585장은 부르기를 꺼려했다.

내 주는 강한 성이요 방패와 병기되시니
큰 환난에서 우리를 구하여 내시리로다
옛 원수 마귀는 이때도 힘을 써 모략과
권세로 무기를 삼으니 천하에 누가 당하랴

왜 찬송가에는 군가처럼 공격적이고 폭력적인 가사가 많은가? 그러나 개신교 찬송가 262장은 가장 개신교 닮은 찬송이라 다소 안도한다.

아무튼 그날의 참담함을 어찌 필설로 다 말하리오. 그날 오후 제백은 짐을 싸 다른 하숙집을 구했던 것이다.

〈카라차라파우파우플레이〉
〈카라차라파우파우플레이〉

제백의 몸속에서 흔쾌히 나온 곤봉만한 배설물이 변기에 막허 물이 넘쳐 온 빌딩이 똥물로 뒤범벅이 되었다. 제백이가 손을 씻고 수도꼭지를 잠그지 않았는지 모를 일이다. 아무튼 마침 해운대 일대는 똥물이 순조롭게 인도의 하얀 눈에다 갈색 선을 남긴 채 거리로 넘쳐, 119 소방차 수십 대가 앵앵 왱앵 거리며 달려오고 있었다.

제백은 가로수인 회화나무 밑동에다 난생처음으로 택 가래침을 힘껏 뱉고, 빌딩 꼭대기를 종주먹질을 했다.

여려와 제백의 관계를 말하기에 앞서 제백의 여성에 대해 언급할 필요가 있을 것 같다. 누구나 어머니가 최초의 여인일 것이다. 약간의 예외는 있겠지만. 여기서 길자 아줌마를 추억하고자 하는 것은 그녀가 제백에게 최초로 복사행위를 보여 주었기 때문이었다. 그날의 감동과 환희를 잊지 못한다.

어느 햇빛 깨끗한 여름날, 제백네 앞개울 건너 그녀의 사랑채로 불렀다. 사랑채가 있는 짚동 아래는 마을 아이들이 가서 뒹굴고 싶을 정도로 포근하고 아늑한 공간이었다. 그녀가 그를 꼭 한 번 껴안고 난 후 당신의 교과서를 펼쳐 보였다.

먹고 싶을 정도로 강력한 인쇄 냄새였다. 그날 그 냄새와 인연이 되어 평생을 그런 냄새 속에 살았지 않았나 생각한다. 그 당시 꼬마들은 모처럼 마을 앞을 지나는 차량의 꽁무니를 따라다니며 소위 말하는 매연을 윤닝구네 사탕 빨 듯 맡았던 것이다.

제백이 원하는 그림을 선택하라며 차례차례 펼쳐보였다. 제백은 이곳저곳 손가락으로 짚었더니, 찌푸리기로 책갈피에 끼웠다. 다 정하고 고개를 들었더니, 맞은 편 감나무 중간에서 참매미가 힘차게 울었다. 제백이 일어나 잡으러 가려고 하니, 매미채도 없이 어찌 잡냐, 하며, 손을 당겨 꼭 껴안는 것이었다. 그 때 제백은 그녀의 가슴이 뭉클해지는 것을 느껴다.

그녀는 사랑에 있는 등잔불(고향에선 제주도가 가까워서인지 '각지불'로 불림.)을 가져와 심지를 꺼냈다. 그리고 지정한 그림 위에 도화지를 놓고, 탄피 꽂은 몽당연필로 조심스럽게 테두리를 위시하여 윤곽을 그렸다. 그 때 아줌마가 고이 간직한 연필 한 자루를 선물로 건네는 것이었다.

그리고 텍키칼로 잘 깎아주었다. 연필에서는 제삿날 향불 같은 냄새가 났다. 그런 날이 잦고, 어떨 때는 사랑에 들어가 이불 속에서 장난을 치곤하였다. 그녀의 머리엔 아주까리기름 냄새가 심하게 났고, 손에는 동동구리무 냄새가 풍겼던 것이다.

몇 년 후 두 집 식구들이 산제당 가서 밤새 굿을 하느라 어쩔 수 없이 그녀의 집에서 자게 되었다. 그녀 오른편엔 자기 남동생 ―커서 진주, 사천, 삼천포 등지에서 그 누구도 갚지 못할 정도의 주먹이 됨― 이 자고, 제백은 왼편에서 자기로 되어 있었다. 동생은 벌써 잠이 들었으나 제백은 좀처럼 잠을 이룰 수 없어 자는 척 침만 조용히 누군가 몸부림치는 순간을 틈타 꼴깍 삼키고 있었다.

그 때였다. 그녀의 손이 제백의 오른손을 잡고 자기의 가슴에다 대는 것이었다. 그리고는 자기 손으로 제백의 풋고추를 만지는 것이었다. 그 때 그녀는 중이 정도고, 제백은 초등 3학년이었다.

자고 일어나 울어라, 새여 그 이름 자고새[61]여!

하루는 제백네 논이 있는 감무뜰 마을 맨 아래 논에 둘러싸인 외딴집이 있었다. 그 집엔 단감나무인 차랑(次郎, 1910. 일본에서 국내 도입한 종.)이 많아 그곳집 주변 들판을 감무뜰라 불렀고, 감꽃이 떨어질 때 마을 아이들이 다투다시피 달려 내려가곤 했다. 또 마을 어디에고 없는 여주가 길 옆 담장에 익어 쫙 벌어진 모습에 이국적인 분위기를 풍기고 있었다.

그곳에 형제들이 많았으나 다들 부지런해 식구들이 집에 붙어 있지 않았다. 그곳에는 제백 동무가 살고 있었다. 그는 무섬을 모르고 배짱이 두둑했다. 상사바위 산이며, 얼음 언 구룡못을 함부로 걸어 다니기도 하였다.

그가 연이어 어머니와 누나를 잃었다. 몇 년 후 현충일에 경북사대 수학과에 나와 부산에서 고교 교사를 하고 있던 바로 위 형이 아파트로 투신했다. 아마 의처증이라고도 하고, 아내가 밀쳤다고도 했다. 초여름인데 겨울 외투를 껴입고 있었다고 했다. 그는 꺼꾸리라고 태어날 때 다리가 먼저 나왔던 것이다.

마을 동무들 서너 명과 제백은 종종 동무 사랑에서 월남뽕을

---

61) 2000년 어느 날 사무실 1층 화장실 근처에 한 마리 새가 날아들었는데, 제백과 몇몇 직원은 유리창에 부딪힐까 봐 조심조심 잡아 무슨 새일까 궁금하여, 『금성판 국어대사전』(1991.11.20. 초판 발행)의 도움을 받고자 무심코 처음 펼친 순간, 이천사백팔십사 쪽 좌단 중앙에 그림 설명까지 있는 그 '자고' 새가 그 새였으니! 우연이 기적을 몰고 다니는 경우. 영화 〈마르셀의 여름〉에서도 자고새 사냥 장면이 나옴.

했다. 그의 큰형은 아이들이 숫자를 적으면서 화투놀이를 하는 것을 보고 별 잔소리가 없었다. 그도 그럴 것이 바로 윗마을 선배가 부산에서 신발장사하는 형님댁에서 큰 사건을 저질렀기 때문이다. 그것이 한동안 화젯거리였다. 그것은 형이 동생 삼 형제를 교육시키면서 절대로 바깥에 못나가게 했고, 좀 지루하면 셋이 고스톱을 치라고 했던 것이다. 진주중에서 일이 등 하던 양반이 부산고나 경남고에 들어가서 친구 잘못 사귀어 잘못 풀려 죽도 밥도 안 되는 것을 그 얼마나 많이 봐 왔던고.

한참 화투놀이를 하다보면 다리가 저려왔다. 그러면 다리세기에 돌입했다.

이 거리 저 거리 각 거리 진주 맹건 또 맹건

짝바리 행건 도래미줌치 장도칼 머구 밭에

떡서리 칠팔 월에 무서리 동지섣덜 대서리

수원에 살다가 부모가 이혼하고 어머니가 캐나다로 재혼 가서 이곳 외가에서 학교에 다니는 쾌활한 한 친구가 제법 행건을 이앵근으로 도래미줌치를 또루마 줌치로 고쳐 불러야 한다고 의견을 내기도 했다.

밤새 놀다 세수를 하면 콧구멍에서 새카만 매연 가루가 잔뜩 섞여 나오기도 했다. 모두들 마을로 올라오면서 냇가에 내려가 몇 차례 세수를 했던 것이다.

그런데 어느 여름 방학, 그 집에 한 마리 고운 천사가 나타났다. 그녀는 제백 동무 큰 누님 큰 딸로서 제백이 일찍이 못 본 예쁜이였다. 외가에 놀러온 중삼 학생이 제백 혼자 새막에서 동화책 『왕자와 거지』를 읽고 있는데 찾아와 이것저것 묻기도 하고, 여치를 잡아주니 겁을 내기도 했다.

그 여학생이 제백 볼 가까이 왔을 때 머리카락이 약간 나부꼈던 것이다. 제백은 눈을 감고 자기도 모르게 와락 껴안았던 것이다. 여학생이 놀라 큰소리로 소리치니, 불과 논 한 마지기 떨어진 집에서 외숙모가 나와서 두리번거리며 여학생을 불렀다. 그러자 여학생은 고개를 숙이고 언제 그랬냐는 듯 쉿 하라고 했다. 조금 지나니, 외숙모는 들어가고 둘은 해가 지도록 이야기꽃을 피웠다. 유독 머리칼에서 나는 향긋한 냄새는 먹고 싶을 정도로 출동을 일으켰던 것이다.

몇 해가 지나고 보니, 둘은 정분이 나도 이만저만 난 게 아니었다. 방학 때마다 진주 밀림다방에 자기들이 나름대로 정한 자리에서 만났다. 둘은 서부 경남 명승지를 쏘다니기도 했다.

그뿐만이 아니었다. 김천으로 가서 직지사를 돌아보았고, 포항 구룡포를, 그리고 와룡산 주변일대를 걸어서 돌아보았다.

그들은 서로, '우리는 위대한 연인이다.' 라며 밤새 입에 단내가 날 정도로 키스하고 애무했으나 관계만은 피했다. 제백은 이후 습관이 되어 상대가 원하지 않으면 절대 관계를 갖지 않는 자제력을 고수했다.

그것은 첫째로 사귐을 지속하려면 관계하지 마라. 둘째로 결혼할 상대가 아니면 관계하지 말며, 특히 결혼 상대자일 경우도 혼전 관계는 하지 마라. 그리고 가장 중요한 것은 어머니가 알려준 결혼 상대 여성과의 궁합으로서, 기일忌日, 만기일萬忌日을 피해서 사귀란 것이었다. 그녀는 제백과 궁합이 너무도 안 맞았던 것이다. 그러니 아무리 술에 취해도 만기일만 생각하면 기력이 쇠해짐을 느낄 수 있었던 것이다.

몇 년 후 그녀가 지방 대학을 다니면서, 서울에 무슨 발표회를 갖는다고 찾아와서 하룻밤을 보냈는데, 그날 밤 밤새 술을 마시며 홀라당 벗고 서로 애무를 했으나 둘 다 관계를 원하진 않았다.

그녀가 곧 결혼을 한다고 했다. 보통은 결혼 전, 원 없이 다 주고 간다고 하지만 그들은 새막에서의 아름다운 첫 순간이 지워지는 게 너무도 싫었던 것이었다. 그녀의 남편 될 사람은 진주교대 출신 해병대 소위로 월남을 자원했다는 것이다. 진주중앙시장에서 제일 부자인 처녀 아버지가 가난한 법원 서기 아들을 사위 삼으려 하지 않아서, 그는 일생일대 모험을 감행하기로 맘먹었던 것이다. 그것은 월남에서 만약 살아오면 무조건 결혼이요 죽으면 운이 다한 것이라 믿었다. 그는 전투부대를 원했던 것이다. 그리고 그 전쟁통에서도 일주일에 한두 통의 연서를 보냈던 것이다. 그녀도 최소한의 예의를 표하는 뜻으로 한 달에 한두 번 보냈다. 그는 그녀의 편지를 코팅하여 마치 작전 지도 펴보듯 보면서 자구 하나하나를 분석하면서 그녀를 포충망 속으로 가두고 있었던 것이다.

드디어 제대하던 날 그는 자기 집보다 먼저 그녀 집으로 달려갔다. 마치 유진오가 대문 앞에서 장인장모한테 그러했듯, 고병만과 김두한이 그러했듯, 혹은 조영남의 최 진사 댁 셋째 딸이 그러했듯, 그는 처녀 아버지한테 넙죽 절을 올렸다. 그 때 미처 피할 겨를도 없이 세차게 뺨을 후려쳤던 것이다. 옆에 있던 처녀 어머니가 걱정스럽게 안절부절못했다. 처녀아버지는 빨리 내 눈 앞에 사라지라며 목침을 던지려고 했다. 처녀 남동생이 와서 끌어내다시피 했다.

그는 이웃 여관을 잡고 남동생을 불러내어 통음을 했다. 취해 눈꺼풀이 풀린 남자를 두고 동생은 나왔다. 새벽녘, 남자의 옆에 처녀가 누워 있었고, 둘 다 나체였다.

훗날 여자는 말했다. 그렇게 해야만 자신감이 생겨 아버지한테 당당하게 대들 수 있는 용기를 가질 수 있으리라 굳게굳게 믿었기 때문이라고.

추석 사흘 앞둔 어느 태풍 전날 오후, 왕십리라며 술 취한 여성한테서 사무실로 전화가 왔었다. 자기는 밀림다방 친구라며 오전부터 술을 먹어서 둘 다 몹시 취했다고 했다. 회사 업무를 마치자마자 버스를 타고 갔다. 전화한 여인을 따라 술집 맨 안쪽으로 들어갔더니, 밀림다방이 술에 취해 고개를 숙이고 있었다. 하얀 바탕에 작은 보통 유리구슬 크기의 검은 물방울이 새긴 머플러를 목에 두르고 있었다.

둘은 빨리 그곳을 벗어나 호젓한 곳으로 자리를 옮겼다. 대낮부터 무슨 그리움에 한이 맺어 꺼억 꺼억 울부짖었는지 모를 일이었다. 그녀는 그 눈 주위를 찡그려 큰 두 눈으로 쏘아보면서 더듬더듬 말했다.

"저 멀리, 절로 산속으로 떠나자, 지금 이 순간부터 같이 움직이자. 다가오는 추석도 같이 보내자!"

그리고는 근 오 년 동안 쓴 그리움이 절절한 공책을 꺼냈다. 어떻게 편지에 민감했을 남편 몰래 쓰고 감추었는지 몹시 궁금했다. 순간 그녀가 무서워졌다. 제백의 가정을 송두리째 작살내고야 말 악녀로 보였다. 불현듯 제백은 가정을 지켜야겠다는 생각이 스쳤다.

그래, 여인에게 실망스런 모습을 보이자. 다시는 상종할 마음이 싹 가실 정도의 인간 이하의 꼴을 보여 줘라.

반 강제로 여관으로 데리고 갔다. 그녀가 마치 배고픈 늑대마냥 제백의 온 몸을 핥아댔다. 서로의 열기는 극도로 치닫고 있었다. 마침내 그녀는 못 견디겠다는 듯이, 상위에서 수십 번 괴성을 지르고는 주섬주섬 옷을 걸치는 둥 마는 둥하여, 어두컴컴한 방을 빠져나갔다. 그게 마지막이었다.

제백이 나신전업 상무로 있었을 때 일이었다. 어느 비 내리는 오후, 한 여인이 나타나 귀신인 듯 불현듯 나타나 커다란 반지를 던지듯 주고 사라졌다. 허스키 목소리에 빼빼 마른 월매 같은 여인은 하월곡동에서 대한 도시바 판매 대리점을 운영하고 있는 여사장이었다. 이대 생물학과를 나온 여성이 제백과는 오직 전화 대화로만 물건을 흥정하고 간혹 곁다리로 사생활을 주고받은 게 전부인데도 그녀는 이미 제백과 오랫동안 사귄 사람같이 대했던 것이다. 낮에는 『골짜기의 백합』의 앙리에뜨가 되었다가,

밤이면 아라벨되어 유혹했으나, 그것은 실물 한 번 보지 않고 전화 통화만의 일이었다.

그 사건이 있고난 몇 년 후 영화 〈미저리〉를 보고는 그런 인간도 있을 수 있겠구나 하고 깊이 깊이 생각을 가다듬는 계기가 되었다.

이번은 더 기막힌 일이다. 군 제대를 8개월 남겨두고 있던 시절이었다. 한 통의 편지가 날아왔던 것이다. 경남 고성의 한 조그마한 시골에서 어떤 처녀가 보낸 것이었다. 편지글을 보니, 상당한 달필이요 문장이 꽤 세련되었다. 한때 부산대 다니던 친척 동생한테 온, 초등학교 학력의 미장원 여자가 보낸 편지를 읽은 이후 가장 돋보이는 글 솜씨였다. 몇몇 전우한테 보여줬더니 실로 감탄해마지 않았다.

그런데 편지는 일주일에 두 번 정도로 새로운 이야기와 애정공세로 일관되었다. 그러기를 한 3개월 간, 마침내 제백은 부대이동 관계로 바빴고, 의무사병인 곽 상병도 제대를 일주일 남겨두고 있었다. 그날 밤 뭔가 짚이는 게 있어서, 편지 두 통을 호주머니에 넣고 곽 상병을 보일러실로 불렀다. *PX*에서 사온 소주 3병과 꽁치 통조림을 따, 둘은 몇 순배 연거푸 미셨다.

드디어 곽 상병한테 조심스럽게 물었다.

"곽 상병님, 혹시 남순모란 여성을 아세요?"

"뭐라고, 김 병장이 어떻게 그 여잘 알아!"

"저도 잘 모르겠습니다만 그녀한테서 막무가내로 삼십 통

가까이 편지가 왔습니다. 도저히 이해가 가지 않습니다. 혹시 곽 상병님 고향 여성 아닌가요?"

그랬다. 그녀는 곽 상병이 목숨처럼 아끼고 일방적으로 사모하는 여성이었던 것이다. 그야말로 짝사랑의 극치인 셈이었다. 그런다면 그녀가 왜 제백한테, 그것도 곽 상병과 같은 중대에 있다는 것을 알면서 편지를 보냈을까 하고 몹시 궁금했던 것이다.

훗날 들리는 바로는 곽 상병이 휴가차 가서는 제백에 대한 이야기로 시작해서 끝을 맺을 정도였다고 했다. 제대한 후 첫날은 만취상태에서 저수지 주변 벚나무를 부여안고 고래고래 고함을 질렀던 것이다. 그러나 며칠 후 그의 일거수일투족을 지켜본 여인은 척변정滌煩亭 솔수펑이에서 솔가리를 푹신하게 깔고, 신발까지 벗고, 그믐달의 정기를 받으며, 원한서린 청춘의 방황을 끝냈던 것이다.

팔베개를 한 그녀는 깔깔깔 웃으면서,

"당신이 나를 더욱 갈망하게 하기 위해 꾸몄지롱."

그날 그들은 장소를 옮겨가며 몇 차례 더 정을 쌓았던 것이다. 뒷날 그들의 결혼 통보에 제백은 가지 않았다. 기분이 상당히 상했던 것이다. 곽 형은 고향 농협에서 조합장까지 하고, 여인은 최유라 프로그램, 여성시대 등에 기고하여 상당한 명사가 될 정도로 글 솜씨를 발휘하다가 늦게 정원 플래너가 된다고 영국 유학을 오 년 마치고, 영주 청량산 입구에다 〈정원 가꾸기 프로젝트〉란 것을 꾸며, 교육하고 실습도 하고 있었다.

호사다마라 했던가. 곽 형은 명예 퇴직하여 부산 동래에서 이

화유리 판매점을 하였는데, 어느 날 유리가 깨져 그 큰 조각이 목과 팔을 관통하여 즉사하고 말았던 것이다.

규백이나 제백, 아니면 다른 이가 아버지일 수 있겠다는 가능성을 안고 오여려 아들 실귀實貴가 태어났다. 여려가 여중학교 국어 교사로 부임한 곳에서 만난, 윤리교사인 차두서車杜栖와 동거에 들어갔다. 그는 술과 철학과 고전음악에 빠진 것 외는 그야말로 무룡태였다.

어느 해 겨울 방학 시작 무렵 제백은 여려 소식이 끊어져 몹시 애를 태우고 있었다. 그 때 여려가 아직까지 미혼으로 살고 있다는 것을 내자동 나신전업 수리기사로부터 들었다.

기사는 제백과 같이 판매장 겸 사무실 안에서 숙식을 하던 처지라 여려를 소상히 알고 있었다. 술만 먹으면 여려 이야기로 열 올리기도 했고, 때론 눈물도 찔끔거리기도 했던 것이다. 마침 효자동 고모네에서 요양을 하고 있던 처녀가 기사를 좋아했는데, 그녀가 마침 여려가 재직하고 있는 학교 출신에다 중삼 땐 여려가 담임이었다는 것이다. 그래서 그녀는 다음날 당장 여려를 찾아가서 제백의 이야기를 했더니, 여려가 제백의 이야기를 듣고 창밖만 물끄러미 내다보았다는 것이다. 그 소식을 들은 제백은 용기를 내어, 길고 긴 편지를 써서 여려한테 등기우편으로 보냈던 것이다.

편지를 보내고 보낸 것을 깜빡 잊고 있은 어느 날, 한 청년이 찾아와 자기와 오여려는 서로 웃고 울고 하는 사이라면서, 마음으로 생각하는 것까지 막을 수는 없지만, 이미 몸은 자기에게로 와 있다며, 담배 한 갑을 사 주는 것이었다. 또 신탄진이었다.

제백은 단호하게 말했다. 처녀 나이 과년하도록 미혼이라 혹여 자기 때문은 아니가 하고 최종 확인 차 보낸 것이니 괘념치 말라고 했다. 그를 보내고 울컥 코눈물이 쏟아졌고, 담배는 쓰레기통에 처넣어 버렸던 것이다.

풍문에 의하면, 그는 유수 대학 철학과 출신인 윤리교사이며, 대학생 때『차라투스트라는 이렇게 말했다』머리말을 거의 달달 외울 정도의 기인이란 것이다. 그가 한때 많던 가산을 물려받았으나 탕진하고 말았다. 금산 어느 인삼밭을 통째로 샀으나 잎만 무성한 뿌리가 없는 빈 쪽정이인줄 모르고 속아서 샀던 것이다.

그의 부친은 부산 사상에서 소문난 부자였는데, 일정강점기에 조센징 잡아들이는 일본 앞잡이 아베 같은 지독한 형사였다. 그 때 재산을 모은 것은 하늘이 다 아는 사실이었다.

그는 광복 후 아무래도 동네 부끄러워, 아니 반강제로 축출당해 부산 서대신동으로 이주를 하여 신분을 싹 감추고 살았다. 설령 안 감춘다 해도 그 누가 손가락질 하겠는가. 대한민국, 이 위대한 인본주의 나라에서. 아버지 덕으로 그는 별 탈 없이 자랐으나 그 당시 대다수 있는 자가 행한 자연적인 코스가 첩을 들이는 것이었다.

두서의 형은 장남에다 작은어머니의 출현으로 마음이 심란한 것은 명약관화라, 동무들과 놀다 단 한 번도 먼저 집에 가려고 하지 않았다. 그러나 공부는 항상 반에서 일등이라 다소 잘잘못도 다 파묻히고 말았다.

제백과 한때 아르바이트를 같이 한 자가 외아들에 대해 재산 반환 소송을 냈던 것이다. 늦장가 든 아들과 같이 살다가 점점 푸대접으로 조여오자 크게 배신감을 갖고 변두리 월세비만 겨우 갖고 나와 버렸다. 제백이 물었다. 왜 평소 엄하게 다스리지 않았냐고 했더니, 초등학교부터 고교까지 항상 전교 일등을 빼놓지 않았을 뿐더러 대학도 그 당시 최고 대학 최고학과에 들어갔으니 무엇을 나무랄 수 있었겠냐고.

지금도 그 영감은 다섯 가구가 살고 있는 다세대집에서 아침 화장실을 가기 위해 발을 동동 구르고 있겠지. 그 좋은 아파트를 자식이라 아무 생각 없이 주었는데, 지금 와서 소송을 건다한들 사돈이 검사출신의 변호사라 그 다음은 상상에 맡기노라.

더욱 놀라운 사실은 할멈이 며느리한테 집안 대대로 내려오는 요리를 가르쳐 주기 위해 같이 살게 되었다고. 도대체 요즘 세상에 어느 며느리가 나이 든 시어머니한테 요리를 배운단 말인가.

또 한 경우는 삼 형제를 한국 최고학교에 보내 인근 면까지 부러움을 샀다. 어느 날 부부가 상경했다. 큰 기업체의 간부와 국책은행에 다니는 며느리가 너무 바빠 둘 다 선생을 하는 둘째한테 갔던 것이다. 그런데 새벽에 화장을 다녀오다가 아들 내외의 속삭임을 엿들었던 것이다.

당장 마누라를 깨워 불현듯이 고향으로 내려오고 말았던 것이다. 그날 마을 회관에 마을사람들을 불러 술잔치를 벌였다. 마을사람들은 아들한테 잡비를 넉넉히 받아 한턱 쏘는 것이라 여겼다. 한창 술판이 무려 익을 무렵 핸드마이크를 잡고 울먹이듯 말했다.

"여러분, 자식 위해 논과 밭은 단 한 평도 팔지 마십시오. 절대로. 자식 놈들 결혼하면 남이 됩니다. 명심하십시오!"

예상 밖으로, 부산 모 일류 고등학교에 불합격하자 아버지는 당신이 첩을 둔 것에 대한 죄업이랄까, 그 정도는 아니더라도, 아무튼 미안함의 발로인지 안 되면 돈을 처박아 보결로 해결했고, 군도 용케 피했다. 결국, 군 미필, 그게 화근이 되어 공직생활에는 지장이 많았다.

형이 갖고 있는 고질병은 자기 딸과 어머니를 제외한 그 어느 누구든 여자란 여자, 소위 치마만 둘러도 불쑥불쑥 양기가 치솟는, 변강쇠도 울고 갈 자인데, 결국은 그가 여려를 보고 흑심을 품어 동생한테 죽어라고 맞고는 옆방 골방에서 골골하고 있었다. 제백 동료 직원 중에는 젊은 남녀가 술집에 같이 앉아 있는 것만 봐도 욕을 해대는 이상한 버릇을 가진 자가 있었다. 결국, 술을 먹었을 때 나타나는 현상인데, 결국 만취되어 교통사고를 당해 뇌를 다치고 한 쪽 눈을 실명하고서야 잠잠해졌다.

어느 날 동생이 야근한 날, 결국 여려의 동정심의 발로에 의한 어쭙잖은 관계를 맺었다. 다음날 떠날 채비를 다하고 마지막으로 또 한 번 형은 애원했던 것이다.

때마침 동생이 들이닥쳤다. 대문을 열쇠로 열고 살짝 들어왔다. 옆방에서 작은 소리가 들렸다. 창틀이 제법 높아 널따란 돌 몇 개를 포개어 작은 창문 커튼 고리가 한 쪽에 빠졌는지 접혀진 사이로 훔쳐보기 시작하자마자 그만 혼절할 정도였다.

자지러질 정도의 신음 소리, 그 때 마침 라디오에선 〈김삿갓 북한 방랑기〉가 한창이었다. 커튼 틈새로 가느다란 햇빛 줄기가 형의 요동치는 엉덩이에 난 백 원짜리 동전만한 반점을 집중 공략하고 있었다. 저만치에는 민들레꽃 두 송이가 피어 있었다.

두서는 그 길로 나가 영영 돌아오지 않았다.

어느 눈 내리는 종로 3가 용호집이란 막걸리 집에서, 천상병 시인과 열변을 토하며 대작하고 있는 한 남자가 있었다. 그가 송방宋邦이란 작자였다.

천 시인은 그 당시나 지금이나 인기 절정인 이어령 님을 당신이 한국일보에 데뷔 시켰노라고 하면서 이어령의 「하나의 나뭇잎이 흔들 때」 첫 소절을 읊었다. 그리고는 '이게 글이냐!' 하면서 술을 들이켰다. 탁자를 치며 호연지기를 발휘하던 중이라 옆에서 호기심으로 흘깃흘깃 쳐다보곤 했다.

마침 여자 친구와 같이 온 오여려도 제법 취기가 올랐는지 합석을 요청했다. 남정네들이사 못할 까닭이 없었다.

술 마시던 중간에 여려가 화장실을 가려고 일어섰다. 몇 집이 공용으로 사용하는 화장실이 공터에 있으며, 재래식이라 여자들이 용변을 보기가 여간 힘들어 했다. 그 때 송방이 자기도 소변이 마렵다면서 이 집 화장실이 그렇고 그러니 같이 가주겠다고 했다.

바깥 화장실 주변은 캄캄했다. 화장실 기울어진 지붕 위에 갓을 씌운 백열등이 깜빡깜빡 간헐적으로 졸고 있었다. 여려가 용변을 볼 때 송방도 기둥 옆에 그냥 실례 했다. 몸을 부르르 떨며 바지를 올리고 있을 때 여려는 고맙다며 다짜고짜 송방을 껴안았다. 둘은 으슥한 곳에 가서 한동안 포옹하고 있었다.

여려는 같이 온 여자 친구와 어떻게 헤어졌는지 모르고, 마치 꿈꾸듯 구름 속에 거닐 듯, 다음날 깨어보니 세검정 '미라지'란 여관이었다.

둘은 밤새 눈길을 걸어오면서 주점이란 주점을 들러, 마시고 또 마시며 왔던 것이다. 사실은 주점이 별 없었다. 그래서 구멍가게에서 사다가 방에서 마셨다. 새벽에 겨우 일어나 주섬주섬 옷을 걸치고, 택시를 타고, 청진동 해장국집에서 해장술을 하고, 기분전환으로 또 바로 인근 그럴 듯한 서울 호텔에 가서, 또 회포를 풀고 또 풀었던 것이다.

그자가 송방이란 자였다. 그의 요설에 녹아난 자가 한두 명이 아니었다. 특히, 개신교를 팔고, 일본어도 모르면서 벽면 책자엔 일본 한자 자전과 일본 법전이 꽂혀 있고, 사돈의 팔촌을 다 들먹거리며 사기란 사기를 다 치고 다닌다. 요는 그 놈과 상판을 마주치지 않는 게 상책이었다.

여려가 그에게 홀딱 반해 간과 쓸개를 다 **빼준다. 우리는 서

영은의 〈먼 그대〉를 상기해 보면 여려와 송방과의 관계를 유추할 수 잇을 것이다. 올드미스 내지는 미혼모, 그들이 배운 축에 들 때, 잘못하면 체크무늬 윗옷에다 흰 구두를 신고, 머리는 조지 차키리스를 닮으면 엔간한 여자들은 혹 하고 빠져든다는 것이다. 드디어 하디의 『더버빌가의 테스』의 엔젤 클레어인 송방이, 테스인 오여려에게 서로의 죄를 고백하고 또한 용서하자고 제의했다.

송방이 먼저 고해성사를 했다. 여동생 하나가 있었다. 동생이 언어 장애인이었다. 동생은 결혼하여 영화 〈이 세상 어딘가에〉처럼 그만 자다가 실수로 자기아이를 깔아뭉개 아이가 죽었던 것이다.

송방이 결혼 직전 상대방한테 그 사실을 말했더니, 슬퍼하는 척하다가 며칠 후 없던 일로 하자고 통보해 왔던 것이다.

여려는 그의 고백을 듣고 감동하여 마침내 용기를 내어 자신의 지난날을 상세하게 고백했다. 고백했다기보다 그냥 자연스럽게 술술 나왔다고 표현하는 게 나을 것 같다.

오여려의 고백을 듣고 클레어처럼 깜짝 놀라는 게 아니라, 무릎을 치며 천생연분을 만났다고 호들갑을 떨기도 하였다. 결국, 둘은 성대하게 결혼식을 치르게 되었다. 송방은 지난날 강간 살인죄로 옥살이를 한 것은 쏙 빼고 고했던 것이다.

송방은 마치 『추기경의 아들』이란 작품처럼 고해성사를 했던 신부가 밀고하므로 자신의 출생 비밀이 밝혀지고 사랑했던 여자마저 등을 돌렸던 것이다. 자신이 성직자의 사생아라는 사실을 알고 나서 생부의 사랑을 앗아간 신을 저주하며 가톨릭에서 무신론자로 변신한다. 자신의 출생 비밀을 알게 된 바로 그날 밤 현실 도피를 위해 자살을 위장하고 곧바로 남미로 밀항하여 복수를 꿈꾸는 아서가 되었다는 내용이었다.

송방은 교육대학 중퇴라, 이것저것 조금씩은 흉내 낼 줄 알아, 감옥에서 나름대로 많은 책 읽고, 인쇄술도 익혀 제법 교양깨나 있는 고급한량으로 변해, 제법 그럴싸한 사기꾼의 면모를 갖추게 되었던 것이다.

교도소장의 수양아들이자, 동성애 파트너가 되어, 그 재산 물려받아 종합 출판사를 운영하게 되었다.

절대로 모험적인 출판을 지양하고, 아류에 길들여진 안전 위주의 출판 신조를 갖고 있기도 했다. 절대로 돈 들여 번역을 하지 않고 이미 번역된 것을 비틀고 짜고, 덧붙여 만들어야 한다는 신조를 갖고 있었다. 그러니 출판의 문화성보다 상업성 위주로 사업을 이끌어갔다. 그러니 대다수 자격시험 문제집들은 짜깁기로 일관되었다. 짜깁기도 짜깁기 나름. 문제의 번호도 바꾸지 않고 그대로 베끼는 배짱이란!

14장 돕레의 하루

한 마리 망토개코원숭이가 절벽에 붙어 무섭의 동짓날 밤을 지새우는 것보다 더 덧없는 역사 앞에서, 구절초 지는 이 가을밤에 생활의 두문 불출자가 되어, 삶의 이인증離人症 환자가 되나 보다. 드디어 돕레62)의 하루가 시작되었다.

군대 후유증에 걸려, 뜬 구름 잡듯 신경에 금이 간 시절, 자작나무 잎이 햇살에 한껏 흔들거려 반짝일 때, 스물일곱 살63) 제백이 검은 망토를 걸친 채 도산밭골에서, 상사바위에서, 큰골 입구의 숨은 동굴에서, 그리고는 어두운 산 위에서 솟아오르는 아침 태양처럼, 타오르며 힘차게 그 동굴을 떠났다.

고대 철인보다 더 깊고 오묘하고, 고상한 영감을 갖고 그 옛

---

62) '돈벌레'를 축약하여 만든 말.
  '돈은 주조鑄造된 자유다.' ― 도스토예프스키.

63) 도스토예프스키의 『백치』도입부에 '그 중 한 사람은 키가 작달막한 스물일곱 살 가량의 청년이었는데, 곱슬곱슬한 머리털은 거의 새까맣다고 해도 좋을 정도였고, 잿빛을 띤 눈은 작으면서도 불처럼 이글거리고 있었다. 코는 낮고 평퍼짐하며, 얼굴에는 광대뼈가 불거져 나왔고, 엷은 입술은 줄곧 사람을 깔보는 듯한, 거만하고 표독스럽기까지 한 미소를 머금고 있었다.' 라고 작가는 주인공인 미슈킨 공작을 그리스도와 같은 뜻의 '참으로 아름다운 사람'으로서 구성하였는데, 제백 또한 닮으려는 의도가 숨겨져 있음.

날 서울역 앞, 빛나던 아이디알 미싱의 네온사인[64]을 상징적으로 추억해 보면서, 내일부터 닥쳐올 '생활적' 이 못내 서글퍼졌다.

지금은 그 위용이 천하를 호령하는 삼성전자가 갓 태동하여, 영업부 직원이 세운상가에 진을 치고 시세 파악하며, 제백을 졸졸 따라다니니, 상가에서 나신전업 상무가 된 제백은 제세의 이창우와 삐까삐까 했으니, 그토록 유명하여 일대 혁신 일으킨 일할 계산[65]이 상가를 지배하기 전, '앉은뱅이 삼 년에 걸어 다니고, 청맹과니 삼 년에 지팡이 걷어치우는' 여기 세운상가 가동 나열 106호에 터를 잡았다.

정릉 청수장 앞 남도창 여인의 새로 산 냉장고 포장 어설프게 벗기다, 못이 쭉 끼익 자국을 냈으니, 도로 실고 애걸복걸 '충북전자' 매울 신자 신 사장의 노발대발 무섭도록 혼쭐나면서, 후끼집(도장집)이 있다는 게 그 얼마나 다행스러운 일이냐. 감쪽같이 흔적이 감추어지나니. 그러나 영수증 없이 삼사 간 큰 돈 빌려주는 곳, 이런 아이러니가 세운상가에는 존재하고 있으니 세상 어디에 이런 곳이 있는가?

용산 전자 상가 부지 3분의 1을 소유한 자가 다름 아닌 박 사

---

64) 제백이 고등학교 진학 차 서울에 난생 처음 왔을 때, 큰 충격을 받았던 서울역 광장 건너편 건물 위의 아이디알 미싱(재봉틀)의 네온사인 광고. 어느 날 정오 *MBC* 라디오 김혜영과 강석의 〈싱글벙글 쇼〉에서 언급함.

65) 월부 등 할부에 있어서 계약금, 수당, 개월 수에 따라 나머지 불입금이 달라지는 계산법. 할부판매 방식은 미국 농민의 해방자인 사이러스 맥코믹*Cyrus McCormick* (1809~1984)이 고안함.

장이었다. 세운상가 시절, 그는 항상 바빠 1, 2, 3층을 오르내리며 웃음을 잃지 않았다. 제백이 그를 처음 만날 때 서울대 출신이라고 여겼다. 그는 삼 사의 전자제품 가격을 줄줄 외웠던 것이다. 이 상가에는 모두가 서울대 출신이 아닌가 하고 여길 만큼 몇 백 가지 전자제품 가격을 달달 외웠다. 그 중 박 사장이 단연 돋보였다. 몇 개월이 지나 제백도 요령을 터득하고는 그들의 대열에 합류했다. 오히려 세운상가 김 상무라면 모르는 자가 없을 정도로 가격 시세에 능통하고 일할 계산 등 좀 힘든 계산법을 터득하고 있었다.

그래서 세운상가에 주재하는 삼성전자, 금성전자 과장급이 그를 졸졸 따라다녔다. 아무튼 그를 만나서 하루의 물동량 예상 추이와 그에 따른 공급량 등 본사에서 각 대리점이나 상가에 보낼 물량 조절과 백지 수표 결제조정 등이 모두 제백의 명쾌한 판단 아래 이루어졌던 것이다.

한 번은 부산대 전자공학과 출신인 제백 사촌형이 제백 회사로 놀러왔다. 그는 마산의 한 회사에 다니면서 주말에 대한 극장 70밀리미터 영화 감상하기 위해 상경을 하곤 했다. 그 때 컬러 *TV*가 나온 지 한 달 남짓 되었다. 그런데 월부로 판 컬러 *TV*가 고장이 났다고 고객이 들고 왔다. 제백 회사 수리기사가 예약된 곳에 출장을 가면서 사촌형한테 수리를 부탁했다. 기사와 사촌형이 안지가 꽤 오래되어 허물이 없었던 것이다. 그런데 사촌형은 고칠 줄 모른다고 했다. 그 때 당황하고 실망한 수리기사의 모습을 지금도 생생하게 기억한다.

그 순간 제백이 순발력 있게 말했다.

"대학은 기계와 인간관계를 공부하고, 공고는 기계만 공부한다."

언젠가 사학과 출신 여직원한테 왜 당신은 역사 연대를 잘 모르냐고 물으니, 그녀 답변인즉, 사학은 역사의 한 부분을 연구하는 것이지 연대 외우는 것은 아무 뜻이 없다는 알쏭달쏭한 이야기를 해서 모두들 난감한 적도 있었다.

내자호텔 근방의 '명보장'은 제백의 접대장소였다. 주로 전자회사 대표적인 삼 사 과장급이 주 대상이었다. 그들이 아쉬울 때는 그들이 접대했고, 제백이 아쉬울 때는 제백이 접대를 하기도 했다. 그렇게 글발이 좋을 때였으니 사람들이 들끓었고, 특히 세운상가의 젊고 패기 있는 자들은 자연히 제백 주변에 모여들었다. 그 중 박 사장이 제백 눈에 띄었던 것이다. 사실 가게도 전화도 없는 자를 사장이라 부르기 뭐했지만 그것이 상가 관례였다.

박 사장은 특유의 붙임성과 친절함으로 나신전업에서 무상으로 명함 박고 전화도 무료로 썼던 것이다. 일종의 누이 좋고 매부 좋다는 영업 방책의 일환이었다. 그는 사시사철 주야 장천 가죽점퍼를 입고 다니는 미남 청년이었다.

대한도시바 세 마디가, 삼성 '이코노 405'는 두 마디로, 금성 눈표 냉장고는 침묵해도 먼저 사려는 사람 인심이며, 밥통과 미싱 판매원들이 구로동 일대 아녀자들과 울고 웃겼는데 그것

또한 고도의 심리적인 상술이었다. 즉, 상품 선전을 듣고 보려고 모여 있는 아주머니 중 한 사람을 지목하여 당신은 살 능력이 없으니 자리를 좀 내주시라고 큰 충격을 주면 그 여인이 자존심이 상해 제먼저 구입한다는 것이다. 그 상술에 능통한 자가 바로 멋쟁이 임진무였다. 비록 눈은 작았지만 서울 본토박이의 긍지를 갖고 사는 자였다. 그는 바깥영업보다 영업장 내 영업을 맡겼다. 그의 화술과 미모에 한 번 들어온 사람은 안사고 배길 수 없었기 때문이었다.

그러던 어느 날 그의 고교동창생 이동명이 찾아왔던 것이다. 그는 곱슬머리에다 키가 크고 매너가 끝내주었다. 결국, 박부거 사장이 그를 좋게 봐 영업장 판매를 시키려하자 임진무의 얼굴이 붉그락 말락 해지더니 갑자기 최신형 라디오 한 대를 집어 들어 사무실에서 결재하고 있던 박부거의 면상을 향해 힘껏 던졌던 것이다. 그길로 영영 나신전업과 아듀하고 말았고, 이동명이도 며칠 나오더니, 소식이 없었던 것이다.

우리나라 최초로 월부판매를 한다는 소문에 장안의 내로라 하는 밥통이다 미싱이다 선풍기다 하며 판매를 하고 다녔던 영업자들이 물밀듯이 떼 지어 나신전업으로 몰려와, 불과 한 발짝 먼저 온 놈이 뒤에 온 놈 등쳐먹기 일쑤였다. 그것은 전자 제품 본사에서 거저 얻어 온 수진본 카탈로그를 갓 들어온 신출내기 판매원들에게 니나노집에 가는 조건으로 주었던 것이다.

드디어 우리나라 최대의 종합 전자 대리점인 동광東光이 나신의 급부상에 불안하여 주력 상품 등을 서로서로 의논하자며 소위 신사협정에 들어갔던 것이다.

박부거는 매주 금요아침 9시만 되면 태극기 앞에서 국민의례와 일장 연설을 감행했다. 심지어 자기 혼자가 있더라도 국민의례는 빠지지 않았던 것이다. 일반적인 국기에 대한 경례, 애국가 제창, 순국선열에 대한 묵념에다 박 대통령의 만수무강을 추가했던 것이다.

고정고객이 즐비한 무교동의 월드컵, 시카코 등 소위 카바레나 룸살롱을 대상으로 영업을 펼친 자가 있었는데 그는 회식 때나 평소에도 흥이 날 때 물개처럼 꼬리를 흔들어 귀여운 물개라고 소문난 남상경이었다. 그리고 또 한 사람은 초등학교 선생님처럼 인자하고, 정겹고, 조용조용하고, 굽신굽신 박인이었다. 사실 그는 충북 제천에서 초등학교 교사 경력이 있었던 것이다. 그들은 웨이터나 여종업원을 대상으로 영업을 펼쳤다. 그래도 뭐니 뭐니 해도 여종업원 중 일본 현지처가 주 고객이었다. 주로 일본 애인들은 농부였는데 현금을 주기를 꺼려해 전자제품을 사달라고 하면 선뜻 응한다는 것이다. 그래서 일본에서 올 때마다 비록 최근에 산 것이지만 또 사달라고 하면 대개 응한다는 것이다. 그도 그럴 것이 전자제품이란 날마다 달마다 새로운 기능이 첨가되어 출시하기 때문에 그녀들의 아양에 녹아날 수밖에 없었던 것이다. 이것이야말로 누이 좋고 매부 좋은 격이었다. 다시 말해 월부판매원인 상경이나 박인의 경우 그 물건을 팔면서 기존에 있던 물건을 되사는 것이다. 그러니까 팔면서 수당, 되사서 팔아 이익금, 현지처한테 수고비조로 얼마를 받는 그야말로 대박 중 대박인 셈이었다.

그리고 또 한 명인 김용대는 덩치는 댓방 크면서 보조개로 살살 조이는, 강원도 영월 촌놈이었다. 그는 상경과 박인보다 한 수 위인 무교동 일대 지배인들을 대상으로 삼고 있었다. 그러나 아무래도 꾸치가 커, 흔히 그를 도박사라고 놀려대기도 했다. 흔히 세운상가 장사가 위험하지만 이윤이 많다는 속담이 있듯이 그는 지배인들한테 많은 물품을 팔기도 하면서 그들이 도망가거나 잘못하여 감옥에 가면 떼이기도 했다.

지배인들은 대개 하나의 제품을 구입하는 게 아니라 *TV*, 에어컨, 냉장고, 세탁기 등 전 종목을 구입하는 게 일반적인 관례였다. 그들이 구입하여 동거녀한테 선물로 주는 것도 있지만 고향 부모한테 보내기도 했다. 그래서 월부금이 연체되고 지배인은 사라진 경우 제백은 그들 고향으로 몇 명 직원을 지프차에 태워 몰고 가 그 물품을 회수하기도 했던 것이다. 그러나 동거녀들은 대개 사라져 찾기가 힘들었다.

공군 보라매 출신 멋쟁이요 한국 최초 전자 대리점 수리기사 육삼수는 김포공항에 근무하는 공군 전우들에게 전자제품의 새로운 맛을 선사한 셈이었다. 그 동안 너무 많이 월부를 깔아 자기의 존재가치를 높였던 것이다. 그러다가 나이도 적은 물주 중 한 명인 제백이 입사하니, 지레 겁을 먹었는지 얼굴이 하얗게 변하더니 마침내 이틀 후 회사를 정리하였다. 결국, 그가 퇴사하자 친구들의 월부금은 연체되었다. 마치 골탕을 먹이려는 심사로 보였다. 사실 그가 회사 설립의 공로자였기 때문에 용심이 나지

는 않았을까 조심스레 짐작해 보는 것이었다. 그들의 할부 연체
카드는 마침내 행불로 처리되어 미결카드로 넘어갔던 것이다.

마치 황토기의 억보와 덕쇠처럼 없으면 찾고 만나면 등쳐먹
는 이상한 관계, 헤어지면 그립고 만나보면 시들하고였으니,
그 이름 하여 서영서와 금태하였다. 영서는 구레나룻이 일품이
었으나 불알이 토산이었고, 매술에 절어 있었으나 경위가 바른
축에 든 귀여운 사기꾼이었다. 자기의 사촌형이 서울시장이라
마치 자기가 감투를 쓴 듯 호방하고 호활하였다.

교통순경한테 적발되어도 나신전업 영업부장이란 명함을 건
네주며 한 번 찾아오라고 했고, 술 취해 인도로 차를 몰아 적발
되면 일본말로 씨불이면서, 일본인 행세를 하고 봐 달라고 하였
다.

그리고 최근에 부임한 젊은 순경한테 걸리면,

"이 바닥에서 내 돈 안 먹은 놈 있나 알아 봐, 자네 언제
왔어?"

하고 되레 혼을 내기도 했던 것이다.

한때 성행했던 우리나라 교통 딱지가 미국의 행정 평가에서
가장 적절한 제도로 판명이 났다고 했다. 그 사람들 견지에서 볼
때, 교통순경의 급료가 열악한데 보충해주고, 교통이 원활해지
고, 그 딱지 값이 운전사에겐 피해가 적다는 것을 실례로 들었던
것이다. 참으로 부끄러운 일이었다.

아무튼 태수는 늘 잠이 모자란 듯 눈곱이 낄 때가 많으며 조
근조근 말을 하기 때문에 보통은 영서가 질 때가 많았다.

그 둘의 공통점은 물건을 팔아 이문을 남길 때는 두 눈이 반짝거리며, 제 아무리 친척에 친척이라도 영락없이 그들의 올가미에 걸려 움쩍달싹도 못하는 것이다. 그들이 감언이설을 풀어낼 때는 마치 신명난 무당과 같았다. 그리고 한 번 판 물건은 하늘이 두 쪽이 나도 바꿔주거나 물리는 법이 없었다. 특히, 부당하게 거래를 할 때 영서는 입을 이죽거리고 눈을 자주 깜박거렸다.

운전기사 박은술은 서울 출신 본때 한 번 보여 주는데, 촌놈들은 벌벌 떠는 은행 지점장실을 자기 집 안방 드나들 듯하고, 항상 차 열쇠고리를 뱅뱅 돌리며, '단학 맨담'의 찰스 브론슨[66]을 연상시키는 사나이 중에 사나이였다. 그는 좀처럼 화투를 치지 않다가 강권하면 못이기는 척하여 시작과 동시에 화투가 천장에 붙을 정도로 타자였던 것이다.

모두들 참 똑똑한 놈 여기 있다고 긴 한숨을 쏙 빠져나온 헛바닥이 막는 격이었다. 항상 건들건들 벙실벙실 인생 한 번 화창하였다. 그 당시 어깨들은 왜 그렇게 상체를 흔들고 다녔던고. 한은백은 은이빨에 아래턱이 짧고 발차기가 무술감독 정무홍 수준이라, 지금 고려대 구로병원 터에서 그의 현란한 솜씨를 보고, 구경꾼 모두 혀를 내둘렀던 것이다.

박신호는 신성정도의 미남이었지만, 한 처녀의 상사병 죽음으로 인해 큰 상처를 입어 그냥 단순한 업무인 전자제품 판매만

---

66) 알랭 들롱이 '형님은 지성, 감성, 야성을 가진 사람입니다.' 라고 칭찬하자, 찰스 브른슨이 '농담' 이라고 했던 한때의 언어유희.

이 제격이라 더 이상 장래에 대한 거창한 꿈을 꾸지 않았다. 그러다가 큰 물 진 구로동 둑 근처 자취방에서 구렁이한테 친친 감겨 죽었는데, 모두들 상사병 여인의 화신이 데려갔다고 입을 모았다.

노태병은 정릉 사 동 조그마한 교회 목사출신이었다. 한때 정릉 일대 악질 깡패였으나 억센 마누라 얻고 난 뒤, 살모사 앞의 까치마냥 공처가가 되었다. 그는 목회도 하고 전파사를 운영하였다. 그는 월부로 전자제품을 사려는 자의 인적사항을 적어 제백한테 내밀곤 했다. 한 달에 서너 번씩 와서는 타이탄에 가득 싣고 갔다. 보통 계약서 작성하러 기사가 따라가지만 그가 다 해결한다 해서 *TV*는 기본 수당 육천 원에 천 원을 더 얹어주었다. 그가 안테나 가설도 도맡아 하니, 서로서로 이득이었다. 냉장고는 기본 수당 만 원을 지불하였다. 그가 '진주' 란 깡패의 친 동생이 되는 셈이었다.

송의환은 조선천하 순둥이였지만, 현란한 선배들의 꼬임에 월부 수금액을 하루 오백 원 정도 피아노 찍기로 입금시켜, 전체 감사에서 적발되었다. 다음날 여고 여동생이 헐레벌떡 달려와 지난밤 오빠가 고주망태가 되어 돌아왔는데, 아침에 자고 일어나니 죽어있더란 것. 동생과 단둘이 자취하였는데, 그 이후 동생은 제백의 제안을 박부거가 받아들여 나신전업 이름으로 생활비와 학비를 몇 년 간 지원했다.

그건 그렇고, 수원 딸기밭에서 여고 2학년생을 엎어 치고 메쳐 입은 틀어막고, 아래는 죽자 살자 열어, 마침내 긴 한숨 저녁

바람이 담배연기에 나풀나풀 아련아련 지나갈 때에, 학생은 어떤 인연의 날카로움에 움쭉달싹 못하고. 먼 훗날, 헤헤 해해 추억으로 위안 삼는 마누라를 위해, 몸소 첫 새벽부터 의리의 돌쇠가 되어 종로 일대에서 제바지런한 남편으로 다시 태어났던 것이다. 부인은 고대수 모양 체격이 튼실하고 가문도 세브란스 관련된 명문가로서 집채가 그야말로 고대광실이었던 것이다. 여기서 그가 모금도 류인가, 버들 류, 그러할 유, 아니면 곳집 유인지가 중요하지 않다. 다만, 그가 유 씨인 것만 기억하고 있다.

또 그 이름 빛나는 종채는 가장 단시일에 그만 둔 기록의 보유자였다. 그는 신성일보다 더 잘난 멋쟁이요 가수였다. 그가 부르는 〈사랑의 기쁨〉은 여자는 물론 남자가 들어도 감동하지 않을 수 없을 정도로 잘 불렀다. 종종 너무 잘난 체 하지 말고 유행가도 좀 불러보라고 하면 못이기는 체하며, 자기의 3대 깡패노래 레퍼토리 중 하나인 〈홍콩의 왼손잡이〉 주제가인 〈왼손잡이 사나이〉를 구성지게 부르곤 했다. 그가 명동 신상사파 일원이었다는 사실을 안 것은 그의 사고사가 실린 신문 기사였다.

뒷날 다른 회사에서 수금 차 강릉 쪽 갔다가 행방불명되어, 마침 크리스마스 날 벼랑에서 우연히 등산객이 발견했는데, 실종된 지 보름 만이었다. 혼자였고, 안전띠를 매고 있었다고 했다. 차와 함께 통째로 굴렀는데, 자의인지, 타의인지 그 누가 알겠는가.

원칙주의 수금 전문 고웅철은 왼쪽 턱 밑 점에 난 털을 기르는데, 어느 날 술자리에서 영서가 장난삼아 라이터로 약간 꼬실 렸것다.

아, 그날 밤 일은 아무도 모른다. 다만, 영업 부장인 영서가 사석에서 형으로 모시기로 했다는 풍문만 무성할 뿐, 실제 나이는 영서가 네 살 많고, 더구나 일개 수금 사원과 영업 부장이 사석에서 서열이 거꾸로 뒤바뀌어졌던 것이다.

라이터와 눈썹 태우기는 제백 고향 친구가 또 다른 친구와 같이 문상 갔다 오는 길에 계곡 옆에 앉아 불을 붙여주다가 눈썹을 태워, 불현 듯 화가 치솟아 친구를 계곡에 메다꽂아 거의 년 가까이 두문불출하게 했고, 어느 이름 있는 정치인의 일화도 우리를 서글퍼지게 한다.

영서는 벼르고 벼르다 아무도 모르게, 조폭 출신 둘째 처남을 수금 사원으로 영입하게끔 박부거 사장한테 뇌물 공략을 했다.

어느 은행잎 나뒹굴던 11월 초순 전까지는 그런대로 깝죽대던 놈 여전히 깝죽댔으나, 그것도 동지섣달 짧은 산 그림자 같은 세월이었을 뿐이었다.

영서와 처남은 밤마다 사직동 일대를 어깨를 흔들며 쏘다녔다. 그러나 그들의 전횡도 제백의 술친구인 중정과 청와대 새파란 올백들 앞에서는 유격 조교 앞 교육병이라, 마침내 처남은 행동반경 좁아지자, 소리 소문 없이 매형한테 퇴사 통보하고, 행방이 묘연해졌다. 그 때 영서 사촌형은 서울시장 임기를 마친 상태였다.

박 대통령 준장 때 경리 교관 출신 오성겸은, 동생이 투자한

지분으로 앉아 있자니, 왕년의 관록에 반 푼어치도 차지 않아, 비상한 수법으로 불쌍한 수금 사원 꼬드겨, 월부금을 완불 조건으로 상상 이상 감減해 주고, 수금 사원한테도 냉장고 두 대 판 수당만큼 수고비로 주고받는 범죄현장, 그 세나클을 제백이 덮쳤다.

여러 정황, 특히나 지나친 친절에 의구심을 갖게 되어 뒤를 밟았더니, 아니나 다를까. 이미 깊숙이 개입되어 수습이 여간 힘들지 않았다. 어리석고 여린 것들을 데리고, 그 무슨 장난인가. 그는 큰 체형에 맞게 마작에 일가견이 있어 잘 나가는 중국인들과도 친분이 두터워 자주 어울렸다. 여송연을 물고 마작 하는 품세가 제격이었다.

제백의 그 선견지명의 실력 몇 년 후, 김족의 과잉 친절에 또다시 빛나는 성과를 올렸다. 김족은 대신 맡은 제백 장인 회사를 얼씨구나 홀라당 착복하고, 들통이 나자 겨우 남은 절반까지 욕심내다 제백한테 걸려 된통 혼난 다음 사고가 났던 것이다. 그나저나 박부거와 내기 바둑왕 세필은 마누라 하나는 잘 두었것다. 열녀가 따로 없었다. 성겸과 세필은 천하 한량인데도 부인들은 보험 설계사로, 식당 운영으로 묵묵히 순종하며 가정을 꾸렸던 것이다.

소설가 정 아무개 여사와 친함을 자랑코자, 점심 을 먹고난 후 배를 내밀고 커피 잔을 만지작거리며, 여 경리 직원들에게 소위 과오다시 하는 운전기사 종명은 왕년의 관광버스 경력이 대단한 훈장이 되었다. 그의 '마이 웨이' 노래는 프랑크 시나트라가 울고 갈 정도였다.

지금도 생각하면 경솔과 치졸에 미안함이 가슴을 아프게 하는 여류 시조시인의 남편 상수[67]는 그 당시 얼마나 용돈이 필요했던지 일부러 수금원에게 몇 푼 주고 월부 카드를 행방불명 만들었다. 그러면 그 카드는 미결로 넘어가 수금원과 미결사원에게 그냥 넘겨준다. 몇 달 후 그 카드는 그들에의 흥정 대상이 되는 것이다. 그 중심에 『미칼레스 대장』[68]이 아닌 미결 부장 용준이 턱 버티고 있었다. 종로 경찰서 형사를 사칭하는 그 전화하는 품세도 품세려니와, 갈색 가죽점퍼에 짧은 머리, 거기다가 검은 안경 볼라 쓰면, 영판 형사라, 어디 형사 못해 죽은 귀신이 씌어도 야물게 씌었는지, 아니면 왜정 때 어느 오장놈한테 조상 묘가 파헤쳐졌던지, 무슨 곡절이 있긴 있는 놈이렸다.

모찌꼬미 황도진은 마누라가 왜 그리도 자주 도망갔던고. 산사나이처럼 거친 황도진이 자기 용달차로 배달 업무를 하려고 소위 '누이 좋고 매부 좋고'로 들어와 철부지 부인과 자주 싸워 부인이 도망가면, 어린 아이를 안고 차를 몰고 찾아가곤 했다. 부인도 마치 그가 올 줄 아는 듯이 부산 아무개 구區 아무

---

67) 어떤 여류 시인의 남편인 건수가 텔레비전을 월부로 구입하여, 그날로 팔아 유흥비에 탕진하여 몇 달 후, 입금이 되지 않아 붙잡아 취조했을 때, 부인되는 시조시인이 찾아와 한 번만 선처 바란다고 애걸복걸했던 일. 결국, 제백의 단호한 거절의사에 크게 낙담하여, 젊은이가 너무 악착스럽다는 저주 섞인 말을 내뱉고 문을 박차고 나감.

68) 카잔차키스의 작품으로, 말이 없고 말술을 먹는 사나이 중의 사나이인 데 비해, 미결부장은 말이 많았으나 술은 입에도 대지 않았다. 다만, 한 여인에게 흔들리는 것은 비슷했음.

동 아무 다방에만 가곤 했다. 그는 그 당시 제백한테 서오릉 옆 땅 약 5만 제곱미터를 이백이십오만 원에 사라고 제안해오기도 했다. 그는 제백이 요로결석 수술을 하고 난 후 자취집에서 요양하고 있는데 찾아왔던 것이다. 그는 방 안에 쌓여 있는 벽걸이 에어컨 열 대에 마음을 두고 왔던 것이다. 가져가서 좋은 값에 팔아 오겠노라고 큰소리치며 나간 후 이십팔 년 간 코빼기도 보이지 않았다. 그 당시 그는 같은 고향 사람이라고 늘 챙겨주었던 영업부장의 전셋돈도 홀랑 사기 쳐서 갖고 날랐던 것이다.

그런데 우연히 뉴스를 보고 그의 정체를 소상히 알게 되었다.

그는 제법 명망가의 집안에서 태어나 재주가 비상했다. 그는 방학이라 자기 친척집에 놀러온 부산 여학생을 마을 뒷산 정상까지 데리고 가서 놀기도 했다. 그의 장난기 어린 행동과 몇 권의 동화책에서 읽은 내용을 시골에서 전해오는 이야기와 섞어 지루할 턱이 없을 정도로 혼을 쏙 빼곤 했다. 세월이 지나 그와 여학생은 죽고 못 사는 사이가 되고 말았다. 동급생인 여학생은 부산의 명문 축에 드는 학교에 우수한 성적으로 들어갔다. 그는 부산에서도 비교적 낮은 점수로 들어갈 수 있는 학교에 들어갔다. 그것이 화근이었을까. 그는 점점 불량배와 섞여 불량한 짓만 골라했다. 고등학생이 되고는 이제 구제불능 상태가 되었다. 그는 그녀가 남동생과 자취하고 있는 집을 찾아가기도 하다가 어느 날부터 그녀의 문전박대가 시작되었다. 그는 이미 자기 학교뿐 아니라 이웃학교에서도 소문난 주먹이었다. 그런 그도 그녀에게만은 순한 양이 되었다. 몇 차례 찾아가도 만나주지 않던 여학생이 불쑥 남학생 자취집으로 찾아와서는 종이 한 장을 건네고는 사인을 요구했다.

종이에는,

첫째, 불량 서클 손 씻기.

둘째, S대 진학할 것.

셋째, 성취 후 만나자.

간단하게 써졌던 것이다.

그의 사인이 든 각서 종이를 들고 유유히 사라졌다.

세월이 지나 여학생은 E대 전체 차석, 약대를 수석으로 합격했고, 남학생 역시 S대 지리학과에 들어가게 되었다. 그러나 입학식 하루 전날 여학생은 죽고 말았다. 남동생의 연락을 받고 찾아갔을 때 이미 사경을 헤매고 있었다. 결국, 폐결핵이 원인이었다. 여학생의 두 손을 꼭 잡고 밤새 통곡했다.

장례를 간단하게 치르고 그는 세상을 떠돌았다. 세월이 지나 어떻게 목사 준비생인 자기 친동생과 소식이 닿아 동생 집에서 소일하고 있었다. 어느 날 동생과 이웃 다방에 갔다가 한 다방 레지와 눈이 맞아 바로 서울로 야반도주했다. 결국, 건설현장 밥집에 취직을 하게 되었다. 그곳 현장 소장의 도움으로 남편은 자재 운반을 맡았고 부인은 열심히 부엌일을 도왔다. 잠자리 방 하나도 식당 안에 마련했다.

그러기를 한 사 년 하다가 소장의 배려로 부인은 관할구청에서 서양화를 배우게 되었다. 원래 중학교 때는 미술 특활반에 들어갔던 것이다. 인부들이 빠져나간 저녁에는 식당 안에서 그림

연습을 하기도 했다. 구청에서 단체전도 열었다. 그러다가 어느 날 부인의 그림물감이 육개장 국물과 뒤섞인 기막힌 일이 일어나서 경찰서 취조도 받고 하여, 결국 쫓겨나다시피 하여 서오릉 판자촌에까지 흘러들게 되었다.

나신전업을 나와 택시운전을 하며 일산에서 제큰 교회를 찾았다. 여기서 사기꾼들은 주로 종교단체를 찾는 것을 목격하게 되는데 그것은 각계각층의 다양한 사람들이 하나의 신앙을 갖고 있기 때문것이다. 그리고 익명성이 보장되며. 부부는 교회에 들어가서 두세 개의 봉사단체에 가입했고, 교회에서 나오는 제법 짭짤한 일거리를 맡기도 했다. 결국, 급매물로 경매에 나온 6층짜리 건물을 손 안대고 코풀 듯 낚아챘는데, 알고 보니 엄청난 이자를 물지 않으면 또다시 넘어가야하는 숙명의 빌딩이었던 것이다. 아무튼 승승장구했고, 두 아들 중 한 놈은 골프, 한 놈은 테니스 국가 대표 급이었다.

그런데 그의 일가족이 익사한 사건이 일어나고 말았던 것이다. 홍천강, 팔봉산 들어가는 곳에서 물놀이하다 아들 부부와 손자손녀 세 명, 그리고 그의 부부 등 아홉 명이 줄줄이 익사하고 말았던 것이다.

또 걸출한 한 사나이가 나가신다. 기대 잔뜩 하시라. 막걸리 서너 잔에 눈가가 불그레죽죽, 오늘에사 신명난 꼽추 춤과 *HID*에서 배운 칼 던지기를 보이려고 화장실에서 분장하다가, 무서운 마누라가 뒤를 밟아 딱 걸려, 다시는 다시는 각서 쓰고 풀려

낳대나 어쨌대나. 그는 공옥진이 나타나기 전에 이미 종로바닥 술집을 헤집고 다니다가 기분이 제법 오르면 꼽추 춤을 사정없이 추었다. 머리도 고수머리이고 눈도 작아 맹랑하게 생겼는데 어찌된 판인지 보험회사 다니는 도수 높은 안경잡이 부인한테는 황조롱이 앞의 참새 꼴이었다. 그의 나쁜 버릇은 이야기하면서 왼손검지를 펴서 까딱까딱 하기 때문에 밉상으로 보이곤 했다. 그를 제백은 특별히 채용하여 다달이 용돈도 주면서 용기를 북돋아주고 있었다. 그는 제백의 외가 아저씨뻘 되기 때문이었다.

한 번은 제백이 급전이 필요해서 부당거래를 하다가 그의 협박에 혼쭐이 난 적이 있었다. 쉽게 말해서 그가 가장 큰 용량의 냉장고 한 대를 현찰로 팔고는 계약금 일부, 6개월 할부의 가짜 서류를 만들었다. 제백이 그 돈을 보름 동안 유용하였다. 그런데 그가 계속 협박하여 돈을 요구한 어느 날 밤 제백은 만취상태에서 스스로 부엌칼로 머리복판을 그었던 것이다. 마침 같이 자취를 하고 있던 동료 직원이 업고 인근 '세란병원'으로 달려갔던 것이다.

퇴원 후 좀 잠잠하지나 싶었지만 이번에는 부인이 찾아와 공갈협박을 해댔다. 그래서 할 수 없이 서오릉 땅 3분의 1인 166제곱미터를 주고, 겨우 무마시켰다. 제백의 저주咀呪 목록에 어김없이 올려놓았다. 제백은 평소 축복이 우선이지 저주는 되도록 피했다. 그러나 이번 경우는 도저히 용납할 수가 없었던 것이다.

아니나 다를까, 어느 날 *HID*에 대한 비보가 들려왔다.

그는 서오릉 땅을 거금 이십오 억에 팔아 자기 고향에 2층 별장 겸 양옥에다 황토방, 과수원, 연못 등을 만들고 사천 택시도 열 대 사서 그야말로 떵떵거리고 살았다. 그러던 어느 토요일, *HID*는 앞 내에서 잡아온 고기를 가두리에 넣어 비단잉어 연못에 두었다. 다음날이 그의 생일이라 출가한 딸들과 아들 손자가 다 모이면 어죽이나 해먹으려고 잠시 넣어두었다. 새벽닭이 울 때쯤 파주문산 막내아들 내외가 부릉부릉하고 봉고차를 운전하고 왔던 것이다.

노래방 기기도 있것다, 밤새 노랫소리가 쩡쩡 울렸으나 마을과는 멀리 떨어져 중간 소음 걱정은 단단히 묶어둔 격이었다.

얼마나 신나게 놀았던지 비가 내리고 있는 줄도 몰랐다.

아침이 되었다. 실안개가 사방에 널리 퍼졌다.

비는 약간 잦아졌지만 그래도 무시 못 할 정도였다. 그 때 둘째 딸이 괴성을 질렀다. 연못의 고기가 전부 죽었다고.

어른들은 다들 모여 달려 나갔다. 그런데 다행이도 열두 마리 비단잉어 중 네 마리는 죽지는 않았던 것이다. 아마 잔디에 잡초 제거제를 뿌린 게 화근이었던 것이다.

열 명 남짓 식구가 가벼운 옷차림으로 연못에 내려와 산고기 죽은 고기를 분류하였다. 가두리에 넣은 고기는 벌써 황천길로 갔던 것이다. 부모가 극구 말려도 자식 내외는 즐거운 맘으로 마치 산천어 잡기 대회를 즐기듯 희희낙락하고 있었다.

그 때였다.

연못 속에 들어간 사람들이 한둘 아니 서너 명 모두 넘어지고, 쓰러지고, 괴성을 지르며 야단법석이었던 것이다.

둘째 아들 둘째 놈이 연못 전기 배전판을 모르고 내렸던 것이다. 그 놈은 그 사실도 모르고 배전판이 내려진 상태로 달려와 똑같은 지경이 되었고, 방이나 거실 등에서 잠든 아이들이 깨어나 부모를 찾아 나와서 비에 젖은 잔디를 지나 연못 근처에 오기가 무섭게 감전되고 말았던 것이다. 조금이라도 숨을 쉬는 생명체는 메기 한 마리였는데 배를 허옇게 드러내 놓고 시신 사이사이를 맴돌 뿐이었다.

아름다운 웃음을 달고 다니는 사람들이 있었다. 군 시절 장교계 박 상병은 기합 받다 웃은 표정을 지었다고 행정과장한테 개 패듯이 맞았다. 그래도 그렇지 그렇게나 무지막지하게 패다니, 그땐 그랬다. 짐승의 시절이었으니까. 그러니 웃음이란 게 불행을 몰고 오는지 몰랐다. 나신전업 출신 종록도 웃음이 떨어질 줄 몰랐는데, 몇 년 전 태풍으로 아내와 딸자식 모두 잃고 말았다.

『웃는 남자』도 마찬가지. 결국, 웃음엔 커다란 비극이 공존하고 있는 게 아닌가. 그리고 콤프라치코스*Comprachicos*가 나오는데 그것은 조직원이나 국가나 천재지변 등 한 개인이 감당할 수 없는 것에 희생당하는 것이 너무 애처로울 뿐이다.

세운상가 위 주거 층에 허영숙 여사가 기거한다고 해서 작은 위안이 되었다. 결국, 제백에겐 춘원은 늘 그리움이었다. 제백 아버지 창결의 호도 춘원이었다.

찬스*CHANCE* 다방 박 마담과 향진香眞 허 마담은 오늘도 전자

제품 뒤꽁무니만 따라다니고 있는가? 서울 시내 신규 대리점 사장에겐 요주의 인물로 치부되었다. 사기꾼들의 공통점은 학력學歷이 높고, 미남 미녀였으며, 언변과 매너가 끝내주었다.

두 여인의 공통점은 자신들의 미모와 언변과 자기 사업체의 튼실함을 내세워 새로 오픈하는 전자 대리점만 골라 전 종목을 다량으로 가장 긴 12개월 월부로 구입하여, 계약금마저 내주겠다고 큰소리를 쳐놓고 배달되는 동시에 나까마 처분하고, 몇 년이 지나도록 납입하지 않고, 내 배 째라 식으로 애를 먹이며, 육탄 공세로 나오곤 했던 것이다. 어떻게 보면 상호인 '찬스'의 찬스를 잡고 싶은 열망과 '향진'의 거짓이 진실의 향기를 풍기면서 몸부림친 그 작태가 서글퍼지기도 했던 것이다.

그러나 선명균이란 작자에겐 못 미칠 정도이리라. 에밀 아자르란 가명을 쓴 로맹가리나 열한 개의 가짜이름을 사용한 달튼 트럼보도 울고 갈 그는 물경 자기와 같은 이름의 명함을 서른여섯 개나 가지고 다니며 사기를 쳤다. 그 중 대한 항공 기장인 선명균을 찾아갔더니, 기가 막혀 너털웃음만 내고 말았던 것이다. 사기꾼 선명균이야말로 '연극성 인격 장애' 환자이렷다.

나신전업 사장 박부거가 고안한 일할 계산법은 그 당시 성행했던 전자제품 할부에 한 획을 그은 사건이었다. 그러나 사실은 제백이 배워 선물한 것임을 아는 자가 없었다. 박부거와 제백만 아는 일이었으니까. 아무튼 부거는 즐겨 마시던 정종 몇 잔에 취기가 돌면 방주연의 〈당신의 마음〉을 읊조리듯 불렀다.

아직도 제백 어머니 푸념처럼 '돈아, 돈아, 너 어디서 배를 쫄쫄 굶고 있니.' 돈이 좋은지 사람이 좋은지 제백 주위 주변엔 많은 사람 있어, 술을 마시는 게 아니라 사람을 마신다고 할 정도였다.

광풍 속에 이태원의 나이트클럽 카사블랑카 검은 타이츠 무희의 세련된 매너를 추억한다. 초저녁 술집에 들어갈 때만 해도 내리던 비가 나와 보니 이미 개였다. 정갈한 거리라고 하면 좀 지나친 표현일까. 그런 상쾌한 영등포의 밤거리에서 에라이쌍夜來香69)을 파는 하얀 투피스 곱게 입은 여인이 다가왔다. 마침 택시를 기다리던 중이라 두 번이나 마주쳤다. 두 번째는 알아보고 약간 겸연쩍은 듯이 지나치려고 할 때 제백은 조용히 '혹시 명함 있으면…….' 하고 다음을 기약하려고 명함을 요구했을 때, '짓궂어라 아저씨' 하며 살짝 눈을 흘기며 돌아가던 그날 밤이 그립다. 그 이후 몇 번을 그 자리에서 그녀를 기다렸으나 만날 수 없었다. 그 장면이 어찌도 같은 하늘 아래 낮의 일반 여인과 밤의 슬픈 여인이 도덕적으로 극명하게 평행으로 달음질치는가.

이곳 사직동 아람 빌딩 옆 대리점은 장안의 사기꾼이란 사기꾼은 다 모였다 해도 과언이 아니었다.

한 번은 내자동에서 삽겹살집을 운영하는 젊은 사장이 월부금을 제대로 안 내어서 제백이 잔소리를 했더니, 자기는 사람 눈

---

69) 달맞이꽃. 스테판 츠바이크의 『모르는 여인에게서 온 편지』와 북한의 〈꽃 파는 처녀〉, 영화 〈순응자〉 등에서도 꽃을 파는 장면이 나옴.

깔도 파 버릴 정도의 잔혹한 조폭이라고 엄포를 놓았다. 제백이
눈도 꿈쩍하지 않고 당당하게 맞서니까 제풀에 죽으면서 제백
같은 사람은 처음 본다고 혀를 내둘렀다. 그런 일이 있고 난 후
둘은 급속히 친해져 제백이 좀 궂은 일이 있을 때 몸소 찾아와
도움을 주기도 하는 것이다. 언젠가 성동고 선생을 하던 친척 형
이 교통사고로 당해 병문안 갔더니, 손을 붙잡고는, 지게꾼이나
가릴 것이 사람을 많이 사귀라고 했던 것이다.

자, 오늘밤은 내자동 일대에서 비싸기로 소문난 일식집 초야草
夜에서 흥청망청 초야初夜를 보내기로 했다. 사실 그곳은 재수생
이거나 서해 섬에서 온 풋내기가 종업원으로 오는 경우가 많아
이름과 걸맞다고 생각했다. 금요일만 되면 길 건너 미군 막사에
서 들려오는 광란의 음악소리에 맞춰 이곳 밤에서 종업원과 운우
의 정을 나누는 묘미가 제 맛이었다. 그 당시 카터 시절 그곳에서
청와대 화장실까지 훔쳐보았다고 큰 말썽이 나기도 했던 것이다.

그나저나 세운상가 옆 〈감미옥〉의 설렁탕은 옥호처럼 천하의
일미라, 제백을 찾아온 자들이 꼭 들르는 장소이기도 했다. 특
히, 젊은 시절 모든 것을 터놓고 생활했던 친척 동생과도 자주
들렀다. 혹자는 인근 〈이문 설농탕〉보다 더 맛이 좋다고, 특히
국수사리, 소 마나와 혀 밑이 듬뿍 든 설렁탕은 감칠 맛 났던 것
이다. 중2 때 사천읍내에서 자장면을 생애 최초로 먹었던 것과
비교할 수 있었다. 그런 집이 몇 십 년째 옥호와 건물이 서서히
허물어져 쓸쓸한 한 시절을 반추하게 하더니, 얼마 전 완전 철거
되어 흔적도 없어졌다. 그래서 집 근처 영동 설렁탕에서 감미옥

을 추억하곤 했다.

바람은 스스로 소릴 내지 않는다는 다소 궤변 섞인 인생의 순리에 길들여진 자신의 작은 용기에 두 손 불끈 쥐게 되는 것이다. 그러나 그것은 시작에 불과했을 뿐 그 현학적이고 귀족적인 것은 급기야는 주변 사람과 별리하는 결과를 낳았다. 어느덧 사념은 핏빛으로 물들고 그날 두문동에 아파트 공사가 한창때였다. 불도저에 파헤쳐진 세월 저 너머 아쉬움은 편년체 되어 흙먼지에 흩날렸고, 전내기를 마시고 가신 임을 잊으려 해도 그리움은 인광처럼 빛나고만 있었다.

그 시절, 차라리 남녀추니가 되어, 선화 공주가 되어, 고려생 조선인이 되었다한들, 그 누가 후세에 며느리밑씻개만한 뜻을 주었으리. 아직도 착하디착한 이웃은 죄인이 되어, 오늘도 감방에서 자신들에게 채울 수갑을 만들고 있는데.

우리는 모두 운명에 매여 있네
어떤 사람은 느슨한 황금 사슬로
어떤 사람은 저급한 금속으로 만든 팽팽한 사슬로
하지만 그렇다고 무슨 차이가 있겠는가?
우리는 모두 똑같이 포로이며
묶은 자도 묶여있기는 마찬가지네
왼손의 사슬(당시에는 간수와 죄수를 한데 묶었는데 간수는 왼손에 죄수는 오른손에 사슬을 채웠다고 함.)을 더 가볍다고 여기는

정도의 차이가 있을지는 몰라도

어떤 사람은 높은 관직에 묶여 있고

어떤 사람은 부에 묶여 있네.

—루키우스 안나이우스 세네카, 천병희, 2005. 10. 5., 숲.『인생이 왜 짧은
가』에서

한 번은 신학기 전국 대학 구내외 복사업소 단속·계도를 다
닐 때였다. 부산 지역을 갔다. 그곳 몇몇 대학 입구 복사업소에
서는 색다른 방법으로 단속에 대응한다고 했다. 봤더니, 한 곳이
단속되면 즉시 비상연락 벨을 눌러 회원 업소에 알린다는 것이
다. 그래서 피해본 업소의 벌금액을 서로서로 공평하게 나눈다
는 것이다. 그러니까 희생자의 피해액을 양분하는 기발한 전술
이었다.

언젠가 경기도 소재 대학에 경찰과 합동 계도를 다녔는데, 구
내 도서관 젊은 복사업소 주인이 재단기 작두를 빼서 무작위로
휘두르는 것이었다. 그런데 곧 학생회장이란 자가 나타내더니,
계도하는 자들을 향해 욕설을 해대는 것이었다. 이곳은 지난해
에도 계도요원을 감금해놓고 시너를 뿌리려는 퍼포먼스를 하기
도 했고, 바깥업소에서는 회칼을 들고 찔러 죽인다고 고래고래
아우성을 피우기도 한 곳이었다.

그것까진 양호한 편이었다. 지성의 전당이란 서울대에서 도
서관장이 나와서 자기 학교 학생들은 가난하니, 좀 봐 달라고 했
다. 법대 교수는 단속 기구를 만들어 단속에 열을 올리고, 문과

대 출신 관장은 정반대 이야기를 하니, 어디에다 장단을 맞춰야 할지. 저작권, 저작권 하는데 하기야 솔직히 말해서 우리나라에 올곧은 저작물이 있기는 한 건가. 미국과 소련도 초창기에는 세계저작권기구에 가입하지 않고 내 배 째라 식이었다. 그러다가 각국의 알맹이가 되는 정보를 도용하여 완벽하게 구축한 후 가입하여 이번에는 큰소리로 가입하지 않은 국가를 겁박하는 것이다. 그래서 법대출신 마르코스는 저작권 가입을 미루고 미뤘던 것이다.

제백이 미대사관이 주관한 불법복제물 실태현황과 근절 대책 회의에 수차례 참석하여 뭇매를 맞았다. 우리나라 검사 나리와 외서 수입업체, 그리고 심지어 *FBI* 요원까지 참석했던 것이다. 그런데 문제는 제백 회사가 단속 사법권이 부여되지 않아 업소 출입도 자유롭지 않았기 때문에 애로사항이 이만 저만 아니었다. 법을 제정하는 곳에서는 우리나라에 사법권을 갖고 집행하는 기관이 너무 많기 때문에 부여할 수 없다고 했다.

왜 우리나라가 빠르게 세계저작권기구에 가입했냐고 아우성을 쳤더니, 어느 정부에서 농수산물의 *FT* 가입 연기를 도모하는 차원에서 행한 것이라 했다. 그러니까 눈에 보이지 않는 저작권의 위력을 어찌 청맹과니들이 알았겠는가.

공무원, 공무원 전체를 폄하하는 것은 아니다. 제백은 평소 국회의원이나 지방 자치제 장이나 의원의 존재를 거부한다. 요즘 같은 인터넷 세상에서 그들이 왜 필요한가. 회사 중심으로 지역 단위, 특히 아파트 중심이나 또는 개개인의 직능을 참작하여 스스로 일을 해결하면 될 것을.

하기야 코미디가 식상한 요즘 그들이 저지르는 행위가 짜증나는데, 역설적이게도 그것이 박장대소를 불러일으키게 한다는 점이다. 딴에는 그렇겠지. 수많은 플래시가 터지고, 예쁘고 영특한 여기자님들이 졸졸 따라다니고, 날이나 밤이나 TV에 도배를 해대니 황홀 그 자체이리라. 한때 가미가제 출전하는 자들이 연도에 도열한 수많은 시민의 환호와 미인들이 걸어주는 꽃 레이에 죽음도 불사하려는 결의를 다짐했던 것이다.

아마 공무원의 업무 자세로는 대기업이 단 하루도 지탱하지 못하고 망할 것이다.

제백이 출판 교육 기관을 설립하려고 지역 교육청에 갔더니, '인쇄'와 '디자인'과 '출판'을 구별하지 못하는 담당자가 이것저것 설명하는데, 그만 뺨따귀를 치고 싶을 지경이었다. 그뿐만이 아니었다. 쌍팔년도 법을 꺼내 제재를 가하는 근본 목적이 무엇인가 의구심이 들었다. 세상은 저만큼 가고 있는데, 그들은 몇 전 서류를 보면서 사람을 환장시키고 있었다.

어느 가수 출신의 국회의원 보좌관이 문광부에다 최근 몇 년간 출간된 출판 도서목록을 요구했던 것이다. 문광부 해당과 담당자가 기합이 바짝 들어, 제백더러 밤샘을 해서라도 사흘 내에 제출하라고 했다. 제백은 이미 나온 자료를 활용하면 되지 않겠냐고 했으나 막무가내였다. 벽창호도 유분수였다. 평소 업무를 그렇게 저돌적으로 처리했다면 우리나라는 천국 가까이에 도달

했을 것이다. 그래서 제백은 그 보좌관을 찾아 최근 출간된 『한국출판목록』을 보여주면서 설명했더니,

"베리 굿, 엑설런트."

아, 참 이 말을 하려고 꺼낸 것이 아닌데. 그러니까 부산 모 대학 구내에 복사가 성행한다고 구내 서점 주인인 껑다리 씨가 연방 전화를 해대는 것이었다. 최우선적으로 자기 측에 와달라는 것이었다. 모두들 그 모양이었다. 순서와 차례를 기대리지 않고 급행만 고집하는 우리나라.

그래서 부랴부랴 도착하여 도서관 복사실 창고를 털고 난리법석을 치고 하여 자인서를 받으려고 업소 주인을 봤더니, 그가 바로 박부거였던 것이다.

나신전업도 제백이 퇴사한 후 년 남짓 만에 문을 닫았고, 귀소도 박부거 친척들의 성화에 못 이겨, 외국으로 갔다는데, 아마 중동 쪽이 더 설득력이 있었다. 가족은 그를 완전 배척했다. 남은 돈으로 이리저리 주식도 해봤지만 소득이 없어, 제백 밑에 와서 복제물 단속·계도 업무를 5개월 간 보았다.

어느 날 퇴사 술자리에서 서울 생활은 이제 지겹다면서 부산에 내려가서 여생을 보내고 싶다는 것이었다. 여기까지가 제백이 아는 사실이었다.

출장을 마치고, 몇 날에 걸쳐 전국에서 적발한 업소를 상대로 백여 장의 고소장을 작성했다. 박부거도 고소에 걸려 있었다.

제백으로선 난감했다. 고소하지 않으려니 구내 서점 사장이 서울 사무실에 항의할 것은 명약관화라 이러지도 저러지도 못하고 있는 와중에 슬픈 이야기 들려왔다.

그러니까 제백이 박부거한테 전화를 걸어서 구내 서점 사장과 원만히 해결을 보면 고소장을 쓰지 않고 적당한 선에서 해결 보면 될 것이란 귀띔을, 요령과 방법까지 말해줬다.

사실 서점 주인은 최근 전국 대학 구내 서점 협회 회장에 뽑힌 실력자였다.

둘은 시내 고급 참치를 먹고 구내에 들어와 바다 위 절경인 곳에서 또 한 잔을 먹었다. 그런데 갑자기 서점 사장이, 담당인 제백한테 얼마 주기로 약속했냐고 물었다. 제백과의 관계를 모르는 눈치였다.

아마 자기한테 술만 사고 몇 푼 찔러 주지 않은 것이 화근이었다. 그러나 너무 조급한 처사였다. 이미 그에게 줄 것을 마련해놓고 기회만 엿보고 있었던 것이다. 박부거는 어망 회사, 나신 전업 등에서 찔러주는 법에 능수능란하였다. 어디 우리나라에서 찔러주고, 내어주지 않고 온전히 살아갈 수 있더란 말인가. 박부거도 순간 그가 너무 조급한 작자라고 생각했다.

그런 일이 없었다고 하면서 두툼한 하얀 봉투를 점퍼 안쪽에서 꺼내, 건네려고 하자 꺽다리는 굳이 사양하는 척하였다. 순간 겸연쩍었겠지.

아뿔싸, 밀치고 달려들고, 꺽다리의 긴팔이 뿌리치자 박부거가 그만 절벽 아래로 떨어져 즉사하고 말았다. 그 밤, 바닷가 드문드문 비친 불빛 속에 거의 지고 있던 벚꽃 몇 잎이 슬픔을 달래주듯, 바람에 흩날리고 있었던 것이다.

15장 교육결혼

어느 여류 시인이자 소설가는 〈33세의 팡세〉를 노래했다. 싸늘한 산장의 여름 새벽, 소복 입은 여인이 비수를 물고 찾아오는 느낌이었다.

제백 나이 세른세 살이 되었다. 그래서 친척들은 걱정을 많이 했던 것이다. 심지어는 일단 사람 구실 한 셈치고 결혼이란 형식적 절차만 밟고 그 후는 바람을 피우든 첩을 얻든 마음대로 하라고까지 할 정도로 성화였다.

어느 날 대법원 직원으로 있는 친척동생의 배려로 소능마을 사람들이 청와대 관람 차 왔었다. 그날 제백도 그들의 숙소로 갔다. 그날 밤 친척 중 한 분이 심각한 표정으로 다음 우화를 들려주었던 것이다.

〈나무꾼과 선녀〉 비슷한 내용이었다.

그것은 흔히 노총각 노처녀가 결혼 적령기 때 흔히 짝을 고르는 것 중 큰 비중을 차지하는 것이 상대방의 성격 파악이라고 하는데 그것처럼 무의미한 게 없다는 전제를 담은 우화였다.

사실 이 우화는 커다란 울림이 되어 그 이후 만난 노총각 노처녀들에게 하나의 귀감이 되는 자료로 활용하였다.

남도 어느 한적한 마을이 있었다. 김해 김씨 입향조 비석이 말해주듯, 임진왜란 직후 한 모자가 와서 형성한 이 마을은 지금은 70가호로 성주 이씨와 거의 반반인 소위 말해서 씨족마을이었다. 여기서 역사의 아이러니를 보나니, 고려 우왕 때 문하시중 성주 이씨 이인임이 1388년에 귀양 가고, 육백 년 이후 성주 이씨 이 여사가 백담사로 귀양 가는 데 따라가고.

이 마을의 특징은 마을 동구 밖에 형성되어 있는 천 년 묵은 못이었다. 그 연조年條는 알 길 없지만 내려오는 이야기로는 단군 때부터 조성되었다고들 말했다. 물론 이 못이 이 마을 거의 혜택을 주고 있지 않다는 점이 오랫동안 내려온 의문점이었다.

오직 바로 아랫마을을 위시한 여섯 마을이 혜택을 누리고 있었다. 인간사로 볼 때는 이타적인 희생적이 아니고 무엇이랴. 분명 이 마을은 그 큰 보시와 은덕으로 인해, 분명 메시아 같은 큰 인물이나 어떤 길조가 꼭 도래하리라고 굳게 마음먹고 있는 마을사람들이 많았다.

이런 특별한 마을에서 경사가 일어났다. 마을에서 제대가 세고, 예쁘고, 음식이면 음식, 바느질이면 바느질, 그리고 예술에도 어느 정도 문리가 통하고, 경위가 바르기로 소문난 매짜 처녀가 시집가는 날이기 때문이었다.

그런데 서방이란 작자가 재 너머 수청 총각인데, 얌전하고 유순하기가 농수로의 수잠자리라니 앞으로 고생길이 훤히 보였다.

그런데 인생사 다 기막힌 묘수가 있는 법이던가. 총각과 처녀 오빠가 몇날 며칠을 두고 묘안을 짰다. 그들은 읍내 중학교 동기동창으로 막역한 관계였다.

혼례가 엄숙히 진행되고 누군가가 병풍 친 창에 침을 발라 문구멍을 낸다 뭐 한다 소동이 나도 괘념하지 않고, 운우의 정을 맘껏 누린 다음날이었다. 신랑은 작정하고 능청스럽게 시치미를 뚝 떼고 서서히 행동을 개시했다. 여태껏 살아오면서 처음 먹은 독한 마음이었다.

그러니까 다음날 새벽녘 신부는 신랑 모르게 일찍부터 일어나 한복을 조심스럽게 입고 있었다. 신랑은 벼락에 맞은 듯 놀라, 아랫도리를 벗은 채 벌떡 일어나, 신부에게 대뜸 당신 옷자락에 묻은 이게 뭐냐고 놀란 듯 물었다. 그것은 언뜻 보기에도 틀림없는 똥이었다. 이 기막힌 일이 일어날 수 있단 말인가?

혹시 어제 우인 대표가 심한 장난으로 신랑 입에 매운 비법밥 먹때 묻은 고추장은 결단코 아니었던 것이라. 어제 방안에 든 이후로 단 한 번도 바깥출입 해 본 적이 없었는데, 귀신이 곡할 노릇이 아니고 무엇이던고.

그러나 일은 저질러졌고, 그날 이후 여인은 사람이 180도 싹 바뀐 그야말로 순하디 순한 양이 되고 말았다. 셰익스피어의 〈말괄량이 길들이기〉 카타리나도 이보다 못하였으리라. 미당의 〈질마재 신화〉의 재가 되어 폭삭 내려앉은 신부처럼.

그렇게 그렇게 산천이 한 번 바뀐다는 십 년이 지나 마치 나무꾼과 선녀처럼 자식새끼, 아들 둘, 딸 둘, 넷 낳은 어느 겨울날

옹기종기 방안에서 아침식사를 하고 있었다. 뙤창문으로 햇빛이 강렬하게 들어오고 있었다. 갑자기 신랑은 무엇에 홀린 듯 짙은 미소를 띠며, 마침내 근지러운 입을 벌렁거리고 말았던 것이다. 딴에는 먼 옛 일이니 말해도 상관없으리라 속단 내지는 단정했으나 그게 일생일대 큰 불행을 몰고 올 줄이야 어찌 어리석은 인간이 알았겠는가.

그것은 오직 신랑 혼자 생각이요 착각뿐, 마침내 사태는 진정할 수 없는 국면으로 치닫고 말았답니다. 아, 이 일을 어찌할꼬! 일회성 삶, 단 한 번뿐인 인생의 이 순간을. 신랑은 명 판사 앞의 피의자가 되어 부들부들 떨며, 콧물이 눈물과 뒤범벅되어, 마침내 한 많은 사건을 이실직고하고야 말았으니.

사실 당신 오빠와 짜고 저지른 일이며, 당신 콧대를 왕창 꺾어야 편하게 살 수 있다는 공통 의견 아래 자행된 일이라고. 사실 이 때 오빠는 이미 육 년 전 술병이 나서 20대에 저승길에 오르고 말았으니, 확실한 공모자 내지는 증인을 어디 가서 찾는단 말인고.

그러면 그렇지 이 자식아! 숟가락 밥그릇이 내동댕이쳐지고 신랑의 양 뺨은 밤송이가 되고, 애들은 각각 방안 구석구석을 차지한 채 오들오들 떨며 훌쩍이고, 입가며 뺨에 묻은 밥알이 훌쩍때마다 달랑달랑 춤추고 있을 뿐.

그렇다. 올 커니. 그 말씀이 백배천배 맞는 말이다. 어찌 인간의 본성이 아침햇빛에 새벽안개 싹 가시듯 바뀔 법이 있겠는가? 흔히 들먹거리는 교육도 질이 나쁜 놈에게는 오히려 배우면 배울수록 더 나빠질 수 있다는 것을 늘 듣고 보아왔다. 지능 높은 놈들의 악랄한 범죄 수법 말이다.

그 날 이후 〈교육결혼〉이란 단어를 창안했다. 조금은 모자란 듯 서로서로 조금씩 채우며 이끌어가는 교육적 결혼생활. 흔히 행해지는 결혼정보회사에서의 등급에 따라 짜 맞추는 것이 그 얼마나 멋대가리 없는 처사인가를 곰곰이 생각해 보는 계기가 되었다오.

서울 제이름난 중학교 체육관을 건립하는 대가로 자식을 보결로 입학시킨 그 양반은 끝내 두 아들의 몇 차례 이혼 소식을 듣고는 절명하고 말았다. 유수 여대 메이퀸이다, 신혼집 나무 한 그루에 5백만 원, 무려 오십 그루를 진두지휘하며 심었는데, 이게 다 무슨 소용 있겠는가. 그 때가 1970년대였던 것이다.

이 이야기를 밤이 이슥해질 때까지 들은 제백은 무슨 결심이 선 듯 마침내 여든일곱 번째 여인과 선본 십팔 일 후 전격적으로 결혼을 하였다.

훗날 들리는 바로는 마누라의 세 가지 결점이 제백한테는 장점으로 비춰진 기막힌 운명의 장난이 되었다.

마누라는 첫째, 얼굴이 검었다. 제백은 나신전업을 다닐 때 좀 늦게 출근했다. 골목골목 신혼 부인들이 분홍색 가운 비슷한 것을 입고 목욕탕으로 향했다. 마치 쌀벌레 같은 보얀 얼굴을 하고 플라스틱 대야를 옆에 끼고 가는 꼴을 제일 못마땅해 했던 것이다. 두 번째 덧니였다. 그게 매력 포인트였다.

세 번째 앞머리가 넓고 약간 튀어나왔다. 이미 앞에서도 언급했듯이, 리즈의 〈고백〉을 보고 그녀와 결혼해야겠다고 다짐한 바 있었다. 너무나 닮았던 것이다. 그가 제법 상식이 풍부한 것은 많은 여성과 선을 본 결과라고 할 수 있을 것이다. 그것은 보통 선이 보름이나 한 달 정도 기간이 주어졌고, 그 사이 여성의 대학 전공을 대략 훑어보고 갔는데 그게 뒷날 큰 도움이 되었노라고 너스레를 떨었다.

아뿔싸, 출협 4층 강당에서 결혼식이 있던 날, 제백은 단상에서 쓰러져 식은 중도에 그치고 말았다. 근 일주일 밤낮을 축하 술을 퍼 마시고 식장에 들어서 온 몸이 후들후들, 주례가 예물 교환하라고 한 쪽 손가락을 가락지 모양으로 하여 한 쪽 검지로 쑤셔 넣는 동작을 하자 제백은 당황하여 자기 바지 단추를 풀려고 했던 것이다. 주례는 황당하여 큰 소리로 '아니, 반지를 끼워주라고!' 하자 제백은 그 소리에 놀라 '꿍' 하고 넘어졌다. 장인 장모의 실망이 오죽했으랴. 그러나 다음해 옥동자 쌍둥이를 안겨주자 그간 마음고생이 한순간에 씻기고 말았다.

언제였던가. 절름발이 아내의 꾕음에 흩날려 하염없이 중동中洞의 사막을 배회하던 날70)이. 과연 언제였던가. 나를 죽이는 바이러스가 내 몸 그윽한 곳에서 안락하고 최선과 최악이 동격이며 그 누가 추억은 선악을 삼킨다 했던가. 솔제니친은 말했다.

---

70) 중동中洞은 중동中東을 글의 효과를 노리기 위해 사용. 한때 제백은 결혼 후 십여 년 간 경기도 부천 중동中洞에서 살았음. 현실의 고달픔을 노래함.

선과 악의 기준은 영원한 과제다. 선과 악을 나누는 경계선은 국가 간, 정당 간, 민족 간에 있는 것이 아니라, 바로 한 사람의 마음속에 존재한다. 인간은 본래 선과 악 모두를 내포하고 있다. 그러므로 작가는 이 경계선을 움직여 선이 차지하는 부분을 넓히고자 노력해야 한다.

문마퇴치문文魔退治文을 읊조리며, 문학사냥꾼이 되어 '설렘' 한 마리를 잡아 들쳐 메고는 사방을 두리번거렸고, 드디어 감수성의 애순筍을 간단없이 자르며, 헤매고 있었다. 몽테뉴도 날마다 생각으로 거적을 씌워 감수성을 무디게 만들었다고.

그러나 제백이 중학교 때 같은 문예반 활동을 했던 백문녀는 일찍이 천재적 문재를 발휘하여 도리언 그레이가 자신의 아름다움에 도취하듯 벌써부터 '문학의 겉멋'에 빠져버렸다. 그러다가 올백 미남 미술선생이 들려준 영화 〈사이코〉에 흠뻑 젖어들어 마침내 둘은 졸업과 동시에 서울로 도망쳤던 것이다. 인간사다 그렇겠지만, 그렇게 죽고 못 산다고 지랄 염병 떨었건만 결혼 후 불과 삼 년 만에 장엄하게 막을 내렸던 것이다. 결국, 또 다른 학교에서 여학생과 애정행각을 벌이던 현장을 덮친 백문녀는 방안 가득 염산을 뿌리고 자신도 그들과 함께 가고 말았던 것이다.

작은아버지가 아버지 제삿날 오셔서 어머니더러 뒷마당 텃밭에 연못을 만들어 비단잉어를 키워 팔면 어떻겠냐고 의견을 물었을 때 어머니는 겨울철 텃밭을 파서 고구마나 무를 파묻어야 한다고 했다. 그 때 제백은 자는 척하면서 작은아버지의 의견이 받아들여지길 얼마나 고대했던고. 연못! 비단잉어! 상상만 해도 신나고 흥분되었으나 그 일이 있고 몇 달 후 어머니는 돌아가고 말았다.

제백은 외롭지만 아무도 만나지 않고 글만 쓰고 있었다. 어디서 모았는지 한 시간짜리 운동법을 짜깁기해서 매일 실천하였다. 그리하여 마지막 작품으로 승부를 걸겠다는 큰 포부를 갖고 있었다. 그러나 자기 딸과 외손자의 죽음보다 실귀에 대한 측은함이 더 앞섰다.

제백은 불의와 오류 앞에서 참지 못하는, 그리고 자신의 확신에 대해 침묵하지 못하는 행동적이고 적극적이었다. 특히, 무식한 자에게는 용납하지 못하고 다신 만나지 않았다. 나아가서 명문대 출신이 무지를 보였을 때는 분노로 치를 떨기도 했다. 그리고 영화를 결혼 이후 처음 보았다는 자에게도 접근하지 않았고 추억을 무시하고 딴청을 부리는 자를 위선자로 치부하기도 했다.

그리고 제백은 군 시절부터 소위 〈예술론〉을 하루 두세 번 낭송했다.

— 예술은 자연 위에 던져진 인간의 그림자, 쾌락에는 백만금의 값어치가 없다. 술은 금액 이상의 것도 이하의 것도 아니다. 금액 밖의 것이다. 그 대가를 지불하는 것이 문제가 아니라 예술가가 살아가는 것이 문제다. 예술가에게 먹을 것과 평화롭게 일할 수 있는 것을 주어라!

부는 여분의 것이고 남으로부터의 절도이다. 자기와 가족의 생활, 자기 지력의정상적인 발달 따위에 필요한 이상의 것을 소유*하*는 자는 모두가 도둑놈이다.

— 어떠한 환멸도 나의 신념을 해칠 수는 없다. 반항하는 이는 죽음이나 불의의 시련에도 견딘다. 분개하라, 그리고 과감히 싸워라. 쾌락과 고통에, 이득과 손실에, 승리와 패배에 개의치 말고 온갖 힘을 다해 싸워라. 그러한 수다한 사람 중에는 나와 동감하는 이가 언제나 한두 명은 있을 것이다. 그것으로 나는 충분하다. 그들이 나를 이해해 주지 않더라도 내가 절망할까 보냐. 밖의 공기를 호흡하기에는 하나의 창문으로 충분하다.

— 절망은 간혹 승리를 갖다 주는 최후의 무기이다. 남의 행복을 부러워함은 어리석은 짓이다. 그건 아무짝에도 못쓴다. 행복이란 기성품은 좋아하질 않는다. 재어서 맞추어야 해. 나의 행복은 내 몸에 맞추려 해야 해. 중요한 것은 환경과 사정이 나빠졌을 때 마음마저 비뚤어지지 않도록 자신을 지켜 나가는 일이다.

또 버트런드 러셀의 세 가지 열정을 패러디하여 읊조리기도 했다.

가눌 수 없는 열망이 나를 끝 간 데 없이 휘감고 도는데 그것은 사랑에 대한 열망이요 앎에 대한 유아적 호기심이며 인류의 고통에 대한 분기탱천의 연민이로다.

마지막은, 지도가 별도로 없어 별이 총총 빛나는 창공을 보며 갈 수가 있고 또 가야만 하던 시대는 얼마나 행복했던가?

그런 면에서 제백은 평생 마음속에 그러한 별들의 지도를 지니고 살았던 것이다. 그만큼 벽촌의 고향은 그의 전부라 해도 과언이 아니었다.

가정을 등한시하고, 출판사를 합네, 글을 쓰네 하고 그 누구도 방에 들어오지 못하게 벽을 만들었다. 그곳에서 책과 영화와 창작이 전부였다. 작가 이문열은 한때 서클 멤버였고, 마광수도 학우였지만 자존심이 상해서 만나기를 꺼려했다.

그러나 제백이 장편서사시를 출간했을 때는 격려의 글을 보내왔던 것이다.

— 김제백 씨의 시집은 요즘 보기 드문 장편서사시로 이루어져있다. 긴 호흡과 고풍古風스런 낱말들이 서로 어울려 유구한 역사의 흐름과 추억들을 읽어낸다. 한자漢字를 모르는 세대가 점령한 이 시대의 우울한 "옛날 잊기" 풍토 속에서, 이 시집은 새로운 각성제 역할을 해내고 있다.

아내는 말을 듣지 않았다. 이 년마다 건강검진 통지서가 날아와 꼭 검진을 받으라고 노래했건만 병원 가기 꺼려해, 결국 아파 병원을 갔을 때는 이미 손을 쓸 수 없었던 것이다.

그놈의 유방암이 사람 죽일 줄이야. 아내가 입원한 병원을 갈 때마다 그는 박부거 아내의 일이 생각났다. 그래서 자기도 현재 한 여성과 이중생활을 하고 있다, 라고 거짓으로 말하고, 아이들도 두 명 있다고 할까, 하고. 그러면 그 충격으로 살아날 수 있을는지. 아내의 글이다.

— 종합병원에서 다시 검사를 받고 기다리던 일주일이란 시간은 내게 모진 형벌의 나날들이었다. 그 시간이 십 년이나 이십 년처럼 느껴지기도 했고, 시간이 정지된 채 도무지 흐르지 않는 것 같기도 했다.

나는 침대에 누워서 지냈다. 거실에서 코미디프로그램을 보면서 웃고 있는 나 이외의 가족들과 불도 켜지 않은 캄캄한 방에서 더 캄캄한 죽음을 생각하며 혼자 누워있는 나는 같은 차원에 속한 사람들이 아니었다. 저 사람들이 현실이라면 나는 무엇인가? 내 몸은 침대에 누워있으나 내 몸은 그 영혼을 떠나 두둥실 허공에 떠서 영혼 없는 나의 빈 신체를 무표정하게 보고 있었다. 그리고 거실의 다른 가족들에게도 똑같은 무표정한 시선을 던졌다. 나는 그들을 볼 수 있으나 그들은 나를 볼 수 없었다.

나는 바람 같은 존재가 되었고 한 조각 남은 나의 의식은 솜사탕처럼 녹아내렸다. 그렇게 내 맘도 무너져 내렸다.

이렇게 허무하게 인생이 끝나는가? 몸이 이 지경이 되도록 참고만 살아온 나 자신이 원망스러웠다. 싫으면 싫다고, 힘들면 힘들다고 반항 한 번 못하고 남편의 무수한 독화살과 비수를 맨몸으로 받아내고. 훨훨 타는 불꽃에 속절없이 화상을 입었으니 내 몸이 온전할 리 없었다. 나는 참 어리석게도 살았다.

임이여, 오늘은 잔을 채워 씻어내자

어제의 회환과 내일의 두려움을
닥쳐올 날이야 무슨 소용 있으랴
내일이면 이 몸도 칠천 년 세월 속에 잊힐 것을
아, 이제 모든 것을 아낌없이 쓰자꾸나.
우리 모두 언젠가는 한줌 흙이 되어질 몸
흙에서 나와 흙으로 돌아가 쉬니
거긴 술도 노래도 없고 끝없이 넓은 곳[71]

자신이 시와 소설, 수필, 동화를 쓰며 혼자만의 세계에 파묻혀 살 때 아내는 늘 외롭고 소외감을 느끼는 것을 어렴풋이 알 수 있었다. 아내는 책을 읽지 않았다. 그래서 제백이 늘 아내를 구박했다. 아마 아내는 지금 읽어도 남편은 저만큼 가버려 영영 따라잡을 수 없다고 스스로 판단하여 아예 읽지 말자고 작정한 사람 같았다. 마치 제논의 역설처럼. 그리고 제백이 자기 집안에 대한 콤플렉스가 오히려 가족을 보살피는 데 소홀하지 않았던가. 그러나 독일 통일 후 태어난 아들에게만은 지나치게 애정을 쏟았다.

마흔한 살에 낳은 자식이라 틈만 나면, 들로 산으로 다녀, 주로 물고기를 잡아 길렀다. 송내 들판에서 시작한 단 두 마리 새끼 붕어가 몇 달 후엔 어항 일곱 개로 늘었다. 제백과 아들은 배낭에 각종 고기잡이와 운반하는 도구로 가득 찼고, 막걸리 통을

---

71) 페르시아 시인 오마르 카이얌의 시를 E. 피츠제럴드가 번역함.

사서 고기잡이 통으로 사용했다. 딸만 빼고, 양평 신내천으로 차를 몰고 가서, 아내는 차에서 자도록 두고, 둘은 헤드 랜턴을 앞이마에 달고 손에 플래시를 들고 밤새 고기를 잡았다. 한 번은 배터리가 다 되어, 할 수 없이 호스에 입을 대고 서너 시간 입으로 공기를 주입시켜 오기도 했다. 심지어 빙어도 삼사 일 살렸다. 그러나 꺽지와 쏘가리는 살아있는 먹이만을 주어야 했고, 올챙이도 뒷다리가 나왔을 때쯤 살아있는 파리모기를 주어야지 죽은 것은 먹을 생각을 하지 않았다. 그리하여 우리나라 현존하는 민물고기를 거의 다 길러보았던 것이다.

‘인생은 짧고 예술은 길다’는 미명 하에 예술의 그림자를 좇고, 아내와의 대화 중에도 종종 〈일부러〉란 말을 썼다. 그러니까 당신과의 모든 일은 심각한 것이 하나도 없더란 뜻이 담겼다. 그러나 그것이 얼마나 큰 상처를 주었는지 그는 미처 몰랐던 것이다.

사랑하는 사람들과 보낸 시간이 그 어떤 위대한 작품보다 아름답고 영원하다는 것을 깨닫지 못했다.

왜 그 때는 사랑하는 법을 몰랐을까! 제백의 때늦은 후회는 다시 한 번 그를 절망 속에 빠뜨렸다. 아무튼 아내는 갔다. 임종 때 남편의 손을 꽉 잡아 놀랐다. 마치 원한서린 감정을 표현한 것 같아 묘한 생각이 들었다.

제백이 아내와 가족에 대해

박부거는 어망 실패로 부천으로 야반도주했다. 아내와 단 둘이었다. 자식들과 귀소는 이미 서울에서 대학에 다니고 있었다.

자식들은 공부가 시들했으나 귀소는 영특했다. 전학년 장학생이었다. 부천여고 다닐 때 친구 아버지한테 논술을 과외 받았을때, 가방 속에는 만화책만 몇 권 넣어둘 정도로 학교 공부는 이미 마스터한 상태였다. 그러나 그 하고많은 세월 동안 단 한 번도 자기를 찾아오지 않은 어머니가 가끔은 원망스러웠을 뿐이었다. 부천에서 초중고를 최우수로 졸업하고 유수의 한의대에 진학하게 되었다. 귀소는 졸업하고 강남 어떤 한의원에서 직원으로 몇 년 있다가 지인의 소개로 중동 어느 나라 국왕의 주치의로 활동하게 되었다.

부거와 수양딸 귀소 사이의 일은 세상에 알다가도 모를 일이 사람속이란 것을 여실히 보여주는 사례였다. 영원히 지켜지리라 여겼던 비밀이, 한순간 착한 행동(?)으로 인해 불행의 늪에 빠지고 말았다. 자, 귀를 쫑긋대고 들어보시오. 부거가 수양딸을 언제부터 품었는가는 그렇게 중요하지 않고, 그 엄청난 사건을 저지른 배짱 한 번 두둑할 뿐이었다.

이게 웬 날벼락인가. 부거 마누라가 위암 4기로 판명이 나 부천 성가병원 입원가료 중이었다. 사실 위암 자체는 1기지만, 간에 전이가 되어 통상 4기로 부르곤 한다. 그렇다고 간 수술도 힘든 것은 한 부위에 집중되어 있는 게 아니라 소위 말해, 상 중 하 나누어져 있어 이것도 저것도, 손 쓸 수 없는 절망적인 상태라, 의사 또한 부거한테 마음에 준비를 단단히 하라고 했다. 부거 그놈, 속으론 쾌자를 불렀을 게다. 여기서 병원 험담 한 번 하고 넘어가야 쓰겠다.

한때 제백이 직원들과 아들 김서를 데리고 강원도 인제 내린 천으로 놀러 갔었다. 워낙 아들이 민물고기를 좋아해서 데리고 갔던 것이다. 그런데 급히 해장국을 먹고 꽉 조인 아래위 청바지를 입고 엎드려 고기를 잡았더니, 아무래도 오른쪽 배가 씨리씨리 쓰리고, 아파오는 것이었다. 직원들은 개고기 수육이다 민물고기 탕이다 하여 질펀하게 먹고 마시고 있었다. 아랫목 따뜻한 방바닥에다 지지다시피 배를 깔고 있었으나 아무래도 무슨 사달이 나도 크게 난 것이 틀림없었다. 밤새 자는 둥 마는 둥 하고, 도저히 참을 수 없어 새벽에 마침 차를 몰고 온 자를 깨워 사정하여 서울로 향했다.

우선, 부천아파트 앞 병원으로 갔더니, 체한 것 같다며 소화제를 주기에, 먹고 집에 있었으나 아무래도 이상이 있는 것 같아 다음날 가까운 성가병원으로 집 사람이 차를 몰고 갔던 것이다. 그런데 해당 과장이 외국 세미나 출장 중이어서 정확한 진단이 안 나왔다. 또 며칠이 갔다. 이번은 틀림없이 알아내겠지 하고 인사동 어느 대통령 주치의 했던 원장이 운영하는 병원을 갔다. 그곳은 제백 회사 건강검진을 받는 곳이기도 하였다. *MRI*다 초음파다 하면서 돈 되는 병원기기를 다 사용하여 낸 결과, 원장과 간호사가 심각한 표정을 한 채 아무래도 메스가 보인다는 것이었다. 그것뿐이었다. 또 며칠이 지나고 제사가 있어서 제사 음식과 술도 조금 마셨다. 이번에는 양약보다 한의학이 도움이 될까봐서 제법 용하다고 소문난 한의원을 소개받아 갔던 것이다. 찾았다. 마침 갔더니 원장은 무슨 그리도 많은 중년여인들과 담소

를 하고 있는지. 아무튼 자기소개를 했더니, 반갑게 대하면서 상
태를 진찰하지도 않고 묻기만 하는 것이었다.

제백 말이 끝나기도 전에,

"그것은 근육이 뭉친 겁니다."

하고 부황을 잔뜩 뜨는 것이었다. 그랬더니 아니나 다를까 시
원해지는 느낌이었다. 그러나 밤늦게 샤워를 했더니, 못 견디게
시려오는 것이었다. 마침 위층에 집사람 여고 후배가 살고 있었
는데, 그녀가 성가병원 수간호원이었다. 그래서 부랴부랴 아침
일찍 병원에 들렀다.

그 때 출장 갔던 제법 나이 지긋한 과장이 마치 기다렸다는
듯이 앉아 있었다. 몇 마디 묻더니,

"충수 농양입니다. 빨리 수술에 들어가도록 하겠습니다."

발병하고 십육 일 만이었다.

〈카라차라파우파우플레이〉
〈카라차라파우파우플레이〉

소위 터진 맹장을 부여안고 십육 일 동안 이 병원 저 병원 출
장 다녔던 것이다. 오히려 즐겼다고나 할까? 병원이 그리워 자
청하여 요로 결석을 창제하신 신에게 감사드린 때도 있었다. 누
구나 한두 번쯤 수술대에 올라 마취한 상태에서 세상모르고 살
고 싶은 때가 있을 것이다. 제백 역시 꼭 그런 때마다 병원 신세
를 지곤 했다.

그것은 세운상가 시절의 배신감으로 거의 두문불출하고 물을 먹지 않고 입원을 원했던 적이 있었다. 결국, 은평구에 있는 서부병원에서 보름간 입원하고 퇴원하여 떠돌이 생활을 하게 되었던 것이다.

그런데 붕어 배따기보다 쉽다는 맹장을 밝혀내지 못하는 의술이 그 정도로 수준이 낮아서야 어찌 숨바꼭질하며, 꼭꼭 숨은 이 시대 최대로 고약한 췌장암이란 놈을 적출할 수 있겠는가. 이 우주가 소멸하는 날이 되어야 가능하겠지. 아무렴.

의사들에 대한 불신이 절묘하게 담긴 서양 속담—토마토가 붉게 되면 의사 얼굴이 파랗게 된다.

브라질로 이민 온 모 회사 농구 감독이었던 자의 한국의 보사부와 의약과 의학에 대한 불신은 가득했다. 기존에 있던 결핵약도 수요가 적어 생산을 중단한 경우도 있고, 인삼 재배의 전국적인 확대에 대한 금산 지역의 인삼 재배 농부들의 거센 항의에 전두환 정부도 두 손 들었다니 말해 뭐해. 이게 집단 이기주의가 아니고 뭐냐고. 하기야 지금도 해남 윤씨가 집단으로 거주하고 있는 해남 어느 마을엔 타지 사람은 그 누구도 얼씬할 수 없다. 제아무리 값을 쳐주어도 아무런 소용이 없다는 것이다. 그야말로 라스베이거스에 제 아무리 돈 많은 일본인이라도 범접할 수 없는 것과 크게 다르지 않다.

부거는 큰마음 먹고, 간병인조차 물리치고는 흐느끼면서, 마치 고해성사하듯 귀소와의 관계를 털어놓았다. 부인은 처음에 무슨 펑기 불 끄는 소린가 하고, 기연가미연가 했는데, 아무래도 여자 직감으로 느껴볼 때, 심상치 않은 일이 벌어지긴 벌어졌구나 하고 깨닫고는, 그 아픈 몸으로 남편 앞가슴을 지어 짜며 되물었다.

이 일을 어쩔꼬. 이미 대학 2학년 때 옥동자까지 순산하고, 옥수동 달맞이공원 옆 햇빛 바라기 하기 좋은 곳에 터까지 잡아주었던 것이다. 그 사실을 알고 올케 시누이 시동생 친정 친척이 떼로 몰려가, 귀소의 가재도구를 보는 족족, 만지는 죽죽, 짓밟고 짓이기고, 내팽개치고, 꼬집고, 물어뜯고, 개지랄을 떨었다나 뭐했다나.

마침 귀소 아들이 육아 방에 갔기에 망정이지, 있었다면 큰 사달이 나도 한창 났을 터. 다신 만나지 않겠노라고 다짐에 다짐, 각서 위에 지장 꾹꾹 눌렀으니, 그들 마음이 한결 가벼웠으리라. 그런데 이번에는 더 희한한 일이 일어나고 말았다. 그렇게 내일 모레 하던 마누라가 점점 쾌차의 징조가 보인 것이었다. 마치 *HIV* 바이러스 감염으로 삼십 일 시한부 선고를 받은 미국 서부 텍사스에 살던 론 우드루프가 그에게 등 돌린 세상에 맞서며 칠 년을 더 살았던 기적 같은 실화를 바탕으로 한 영화 〈달라스 바이어스 클럽〉처럼.

소능마을 바람담 정미소의 발동기 돌아가는 엔진 소리는 애고, 어른 할 것 없이 하루 한나절 구경거리는 되었다. 그곳은 구멍가게, 정류장, 바로 옆엔 성냥간, 그리고 윗마을로 가는 두 갈래 길이 있어서 도회지로 말하면 번화가인 셈이었다.

사라 태풍이 지나고 며칠이 지난 날 정오, 읍내 청년 몇몇이 그물로 잡은 자나큰 잉어를, 큰 불그스레한 고무 통에 담아 잡아, 정미소 앞마당에서 분류작업을 하고 있었다. 한길과 이어진 마당 옆 발동기에서 뜨거운 물이 쉴 새 없이 꽐꽐꽐 뿜어져 나오고, 폐유처럼 검은 기름이 둥둥 떠 있는 물탱크가 있는데, 연방 큰 호스로 물이 빨려 들어가는 순환장치가 되어 있었다.

　보통 마을사람들은 그곳 가까이 가는 것을 꺼려하고 있었다. 검은 기름이 튀길까 봐, 혹은 뜨거운 물에 데기라도 할까 봐 다들 조심했던 것이다. 마침 그 때 고향에 다니러 온 제백의 쌍둥이를 할머니 저옥무당이 업고 안고 둥개둥개 사람 왕래가 많은 바람담까지 바람 쐬러 왔던 것이다. 통에 든 잉어가 신기했는지 손자놈이 고개를 쏙 빼고 보면서, 연방 오오, 하고 감탄사를 내면서 요동을 치자, 그 때 잉어 몇 마리가 세차게 버둥거려, 손자놈이 순간 놀라 물탱크 쪽으로 기울었던 것이다.

　잡은 잉어를 몇몇한테 제삿밥 돌리듯 나눠주려고 빈 고무통 몇 개를 이고 오던 마데이가 그 위험한 포착하고 평소 어눌한 모습과는 딴판으로 물탱크 쪽으로 뛰어들어, 쏟아지는 할매와 손자들을 밀쳐내었다. 마치 영화 〈국두〉의 염색통에 빠져 죽어가는 금산처럼 마데이는 폐유를 너무 마셔, 결국 폐가 막혀 그렇게 죽고 말았다. 한때 바람담 마맛자국할매 위채에 불이 났을 때도 물 문은 덕석을 메고 지붕 위에 짝 펴 뒹굴던 모습이 선했다.

　쌍둥이도 연일 경기를 일으키다가 며칠 못가 죽고 말았다.

여름이면 구룡못에서 열 대 정도의 모터보트 소리가 요란해서 마을사람들이 진정을 낼 정도였다. 그래도 다행인 것은 탑골을 들어서면 그 소리가 파묻힌다는 것이다. 못이 보는 곳은 어디든 소리가 요란하게 드렸다. 방학을 맞아 둘째 날 화창하기 그지없어 여려와 아들 실귀, 이미 고향에 내려온 제백과 서가 구룡못으로 내려갔다.

오실귀와 김서는 동갑이었다. 둘은 같은 유치원과 초중고를 다녔다. 아주 특별한 경우였다. 둘은 영재로 소문났는데도 부모나 본인들이 영재학교를 선호하지 않았다. 그들은 우수한 학생이 늘 그렇듯 영수 과목은 거의 만점이었다. 그뿐이 아니었다. 그들이 특별한 것은 고이 때 벌써 중앙일간지 신춘문예 시에 동시에 당선되었던 것이다. 물론 당선지는 달랐다. 그들은 어렸을 때부터 글재주가 뛰어났던 것이다.

그들이 고삼 때, 장편서사시, 즉 서정적 서서시인 『가시리 별곡』을 출간했다. 아름다울 가佳, 때 시時, 떠날 리離의 노래를 했다.

저 멀리 흰 물보라를 치면서 달려온 궁백은 노인이 아니라 <태양은 가득히>의 알랭 들롱을 연상케 했다. 엔진을 끄고, 끈 달린 라이방을 벗고는 땀과 물이 범벅이 된 얼굴을 훔치면서 서로서로 인사를 나누었다.

그들이 가져온 아이스박스에서 음료수 한 잔을 꺼내 마시며 잠시 환담했다. 궁백이 그들을 모터보트에 태워주겠다고 했다.

여려와 제백만 빼고 탔다. 궁백은 타륜 운전대에 갔다. 실귀와 서는 유리가 세찬 바람을 막아주는 의자에 앉았다. 그들은 곧 난간에 서서, 지지대를 꽉 붙들었다. 신나게 물을 가르며 못 둑 쪽으로 바람처럼 달렸다. 둑에서 잠시 쉬고 갈 때는 실귀가 호기심을 보이자, 궁백은 선뜻 자세히 운전을 가르쳐 주었다. 서도 마찬가지였다. 자전거 타기보다 더 쉬웠던 것이다. 그리고 궁백은 그들에게 꽉 잡으란 말을 하고는 상쾌한 바람을 가르며 달렸다. 각각의 모터보트들이 나름대로 길이 있는 듯 부딪칠 염려는 없었다.

한참을 달리다 곡선으로 된 흙밭으로 가서 멈춘다는 게, 돌밭 쪽으로 향하기에 다시 돌려 시도하다가, 너무 세게 돌려 당황하다가, 모터보트가 돌 많은 밭둑에 부딪히고 말았다. 궁백은 밭둑 고랑에 떨어졌고, 서는 이마가 깨지고, 이빨이 두 개 나갔다.그런데 실귀가 그만 바위에 부딪혀, 혼수상태에 빠지고 말았다. 그로부터 장장 오 년 동안, 소위 말해, 식물인간으로 연명했던 것이다.

병원에는 한 사람의 보호자만 남아 있으라고 해서 여려만 남고 나머지는 마을로 돌아왔다. 만취된 궁백과 제백은 낫으로 서로 죽이겠다고 고래고래 고함을 지르고 통곡도 하는 것이었다.

궁백의 시신이 구룡못에서 발견된 것은 사건 나흘 후였다. 경찰이 와서 수사를 했으나 타살의 혐의가 없어 사건을 종결시켰다. 그러나 김서의 마음속엔 아버지 제백을 가장 유력한 용의자로 여기고 있었다. 아버지가 너무 심하게 악을 쓰고 나무랐기 때문에 큰 충격을 받았으리라고 믿고 있었다.

사고 당일도 마을은 온통 연기와 안개로 사방 1미터 구분할 수 없었다.

아무튼 실귀를 처음엔 진주 경상대학병원에 입원시켰다가 마지막 일 년은 사천병원으로 옮겼다. 일 년 동안은 그야말로 무의식이었는데, 여려의 지극 정성으로 눈알을 돌리더니, 삼 년 만에 깨어나 세 살 먹은 아이 지능에다 노래까지 불렀다. 그래서 희망이 있는 것 같아 휠체어에 태워 병원 울타리를 돌며 많은 꽃을 감상했다. 모처럼 꽃을 느껴보는 소중한 시간이었다. 비극 속에 피는 꽃이라, 눈물 속에 피는 꽃은 들어봤지만, 하고 생각했다. 그 덕으로 모 처에 수필을 보내 상을 타기도 하였다. 살면서 미처 느끼지도 깨닫지도 못한 소중한 것들을 아들을 간병하면서 얻었던 것이다.

봄이면 여기저기 꽃들이 흐드러지게 핀다. 다들 한철 한때의 생을 마음껏 즐기기 위해 뽐내고 있다. 그러나 그 많은 꽃들 중 우리의 관심에서 벗어난 꽃이 있다. 바로 개나리다. 그것은 마치 공기와 물처럼 쉽게 만날 수 있기 때문일 것이다.

우리가 익히 알고 있는 백합도 나리속에 속하는 식물이지만 나리라고 부르지 않으며, 나리속 식물 중에서, 특히 참나리만을 나리라고 부르기도 한다. 물푸레나무과에 속하는 개나리도 줄여서 나리라고 부르기도 한다.

개나리 학명이 *Forsythia koreana Nakai*란 것인데, *Nakai*는 나

카이 다케노신이며, 일본의 식물분류학자이다. 일제 강점기에 조선총독부에서 일하면서 한국의 식물을 정리하고 소개하였다. 그래서 많은 한국 자생 식물의 학명에 그의 성 *Nakai*가 등재되어 있고, 일본의 유명 인물들도 또한 들어 있다. 그는 1927년에 『조선삼림식물편』총 일곱 권을 간행하여 우리나라 대학에서 교재로 사용하였다.

대체로 꽃들이 필 때 소리 소문 없이 피는 것은 다 마찬가지다. 그러나 살구나 자두, 매화 등의 긴 꽃망울 기간에 비하면, 개나리는 꽃망울 기간이 짧아서 시끌벅적하지 않는다. 특히, 새벽에 연꽃이 피는 소리를 들었다는 이도 있을 만큼 요란 벅적한 데 비해 개나리는 예고하거나 뽐냄이 없다는 뜻이다.

여기서 개나리의 몇몇 특장이랄까 덕목이랄까 아무튼 나름대로 정리해 본다.

하나, 나카이 다케노신의 개나리 학명에서 보듯이 우리나라 고유 특산종이다. 그런데 개나리는 자기의 가치를 자랑하지 않고, 소유를 고집하지도 않고, 중국, 일본 등지에 아낌없이 자리를 내주는 한량없는 '포용력'을 지니고 있다.

둘, 옛날 사람들은 식물이나 동물의 이름을 지을 때 비하하고 폄하하였다. 그 중 접두사 '개'를 붙여 평생 주홍글씨란 족쇄를 채웠던 것이다. 그러나 우리의 개나리는 그러한 것에 내색이나 아무런 불평이 없을 정도로 '이해'가 넘친다.

셋, 좋은 장소는 다른 꽃들에게 양보하고 자기는 돌담 아래나 비탈진 언덕배기나 구렁텅이 등 인간의 관심 밖인 곳에서도 아무 말 없이 잘 자라 우리의 마음을 풍요롭게 하는 '넉넉함'이 넘친다. 더불어 아무 곳에서나 꺾꽂이를 할 수 있을 정도로 쉽게 자기를 내주는 '희생적' 성향도 가졌다.

넷, 개나리와 비슷하게 생겼으나 꽃잎이 네 개에서 여섯 개인 영춘화가 자기 자리를 넘보고 있어도 화내거나 기분 나빠하지 않는 '너그러움'이 있다.

다섯, 다른 꽃은 몇 개에서 몇 개란 '~'가 있는 경우가 많은데, 개나리는 오로지 꽃잎이 네 개로 복잡하지 않고, 네 잎이 붙은 채로 떨어져 명을 다한다. '간결', '단순'하여 우리의 마음을 정갈하게 한다.

여섯, 거의 모든 곳에 자라는 개나리는 인위적으로 가지치기한 경우를 제외하고는 끝이 점점 아래로 휘어지는 '겸손함'을 보여준다.

일곱, 개나리는 뭉쳐야만 그 가치가 배가 된다. 다시 말해 군집, 즉 종의 유지를 위해 개체가 희생하여 꽃 한 송이의 뜻보다 여러 송이가 뭉쳐야 비로소 그 본성을 빛나게 하는 것이다. 그것이 바로 '단결'의 진수를 보여주는 것이리라.

여덟, 줄기가 속을 다 채우지 않는 '여유'와 '비움'의 미학을 간직하고 있다.

아홉, 진달래나 벚꽃, 산, 들, 벽 등 어떠한 배경과도 잘 어울리는 '조화로움'이 있다.

열, 볼 때마다 초등학교 때 즐겨 부른 윤석중 작사, 권태호 작곡의 '봄나들이'인 "나리 나리 개나리 입에 따다 물고요. 병아리 떼 종종종 봄나들이 갑니다." 가 생각나, 자연히 흥얼거리게 되며, 마침내 '그리움'에 취하곤 한다.

보라. 햇볕 쨍쨍한 날, 개나리꽃 앞에 서 보라. 세상 어느 꽃이 이처럼 빛나는 광채를 뿜어내겠는가. 그 위대한 포스에 그만 위축되어 어느새 한 송이 개나리꽃이 되고 마는 것이다.

황근, 접시꽃, 능소화, 무궁화, 동백꽃, 부용화, 무궁화처럼 꽃봉오리째 떨어져, 지나가던 개미가 놀라 자빠지는 소동이 일어나지도 않고, 여기저기 함부로 떨어져 대지를 더럽히지 않고, 그야말로 소리 소문 없이 피고 지는 본받을 만한 여러 덕목을 갖고 있어 우리 모두 천 년 만 년 곁에 두고 가꾸고 사랑해야 할 귀한 존재임에 틀림없다.

자, 모두 가슴을 활짝 펴고 개나리를 마시자.

'희망'이란 꽃말을 되새기며.

다른 이들에게는 진부하게 느껴질지 모르지만 제백의 젊음 역정에선 가장 큰 비중을 차지하는 일이라 요즘같이 가을바람만 불어와도 못내 회상의 중턱에 오르곤 한다.

몇 십 년 전의 겨울이었다. 제백이 갓 제대를 하여 군대 후유증에 빠져있었던 터라 그해 겨울은 몹시도 춥고 을씨년스러웠다. 처음엔 친구의 사업장이나 직장 근처에서 친구의 퇴근을 몇 시간이고 기다리기가 일쑤였으나 점차 그들의 자신만만한 행동이 싫어 의식적으로 피했고, 홀로 야음을 타고 담배연기와 굉음이 혼효된 주점에서 멍하니 탈진상태로 있다가 마치 성대 잃은 개처럼 소리 없이 발악했다. 그 당시 제백은 스스로의 언어의 성을 고수하기 위하여 얼마나 용전분투했던고!

최초로 치른 입사시험에 실패한 후 더욱 자기만의 성을 쌓는 묘한 체질로 변해 갔다. 마침내 제백은 두문불출하게 되었고, 자기의 껍질은 안으로 안으로 더욱 두꺼워져 모든 책임이나 잘못이 자기에게 있다는 생각과 세상 전체에 대한 극한적인 저항감이 자신을 더욱 모멸감에 빠지게 했다. 지금 생각하면 그 당시의 자기의 조급함이 얼마나 주위사람들을 피곤하게 했었던가 하고 얼굴이 화끈거리기도 하는 것이다. 정말 그와 같은 행동이…….

아무튼 그런 행동을 하면서 서서히 인생과 죽음과 우주를 조금은 심각하게 바라볼 수가 있었는데 자기와 같이 제멋대로 자라고 자립을 요하는 환경의 사람에게는 다행스러운 일이었다. 그것은 좌절과 고난으로 달구워지면서도 물기 어린 눈으로 세상사를 내다볼 수 있는 인간적인 안목이 형성되었기 때문이리라.

그러나 그 때의 우울은 절망을 낳고, 절망은 무서운 자학으로 변해갈 뿐이었다. 그러한 제백이 다시 한 번 생의 끈끈한 즙물을 맛본 것은 한 통의 편지로부터 시작됐다. 담석증 수술을 받고 요양 차 자기 고향에 와 고등공민중학교 교사로 재직하고 있는 친구가 있었다, 제백 생각으론 그가 완쾌 후 서울에서 다시 정식 교사로 되리라 믿었으나 그는 그곳에 오래오래 있고 싶어 했다.

제백은 그가 대학 시절 클럽에서 사귄 한 여인에 대한 실연 때문에 심한 고민으로 인해 병도 얻고 영혼마저 흐느낀다고 생각했다. 특히, 그의 친척의 표현을 빌리면, '신경에 금이 갔다.'는 것이었으니……. 그러나 그 모든 것은 억측에 불과했다.

마을 뒷산 황토 고갯길을 거닐면서 그가 들려준 이야기는 자기 고향에 있는 어떤 친구의 영혼을 가까이서 깊이 잠재우는 게 자신의 조그마한 목적이라는 심히 엉뚱한 말을 했다.

그 친구란 자는 머슴살이를 하다가 선원이 되고 싶어 일 년치 새경을 팔아 배를 타게 됐는데 첫 항해 시 갑판 위에서 동료 선원들에게 지난 밤 흉한 꿈 얘기를 했는데 아니나 다를까, 그 불길한 예언은 들어맞아 배가 태풍으로 인해 거의 파선이 되다시피 하였고, 그는 구조된 선원들의 뭇매에 실신상태가 되어 고향으로 돌아왔다는 것이다.

그런데 왜 친구는 바보가 된 그 친구에게 끝없는 연민과 관심을 갖는가 하고 제백은 못내 궁금했다. 뒤늦게 안 사실이지만 그는 그 바보가 된 친구의 의식을 일깨워준 최초의 사람이라는 것이었다. 시골에서 머슴이나 살고 있는 그에게 바다며, 대처며, 한 인간의 존재가치 등을 이야기해 주며 인간성 회복에 관한 교육을 시켰으니 그 가엾은 영혼, 순진무구한 영혼이 서서히 꿈틀거리기 시작하였고, 무한한 꿈을 안고 바다로 간 그가 패배하여 돌아왔으니, 친구의 영혼은 얼마나 떨렸겠는가!

바보 친구는 종종 마을 앞산 위의 바다가 내려다보이는 바위에 올라가 애잔한 외침을 하다가, 떠다니다가, 끝내 실족하여 절벽 아래로 떨어지고 말았다는 것이다. 제백은 그 말을 듣고 어떤 확신이 찡하게 가슴에 와 닿았던 것이다. 그것은 자신이 얼마나 자신만을 위해 몸부림치고 있는가 하는 자성의 기회를 준 것이었다.

그곳에서의 마지막 날 밤 폭설이 내렸고 다음날 새벽에 친구는 제백을 깨워 바보 친구의 죽음을 부른 산으로 데려갔다. 지난 밤에 내린 눈은 꽁꽁 얼어붙었고, 고원지대인 정상에는 어른 키만 한 소나무가 빽빽이 들어서 있었는데 소나무 잎사귀마다 얼어붙은 눈이 아침햇살을 받아 서서히 녹아내리고 있었다, 그 때 제백 뒤를 따르던 친구가 거의 비명에 가깝게 외치는 소리가 들렸다.

제백이 일찍이 듣지도 보지도 못했던 광경이, 그 아름다운 자연의 율동이 내 앞에서 전개될 줄이야! 제백은 행운아였다. 마치 니체가 볼트피노곶의 절벽에서 『차라투스트라는 이렇게 말했다』의 영감을 얻은 것과 비슷했다고나 할까. 아무튼 그날 그 광경으로 인해 자연의 경이로움에 경외감을 가졌으며, 마침내 옷깃을 여미는 버릇이 생겼던 것이다.

여하튼 그 해 겨울이 제백에게 준 것은 관념이 억지로 엮어낸 사치가 아니라 젊음이 안겨준 가치 있는 일로 오래도록 기억될 것이다.

우리나라 여느 시골도 마찬가지겠지만 제백이 살던 1950년대부터 1960년대는 뚜렷한 종교가 전파되지 않아, 그 영향을 받지 않고 그럭저럭 장년의 세월에 와서야 타의 반 자의 반으로 신앙을 갖게 되었다. 그러나 신앙을 갖기 전에도 마음속은 늘 허전했고, 대학시절 채플 시간에 들었던 개신교 찬송가 제 40장(새찬송가 79장)인 '주 하나님 지으신 모든 세계'와 113장(새찬송가 108장) '그 어린 주 예수'들을 때마다 눈시울이 뜨거워지는 진한 감동을 안겨주었다. 몇 해 전 맹장수술을 받고 퇴원하여 부천 집 뒤 야산인 원미산에 올라가 정오의 양광에 흔들리는 포플러의 잎사귀들을 보면서 주님의 모습과 연상하여 크게 감동을 받았다.

종종 등산을 하면서 사계의 어김없는 질서와 뭇나무와 풀과 꽃들을 유심히 관찰하는 습관이 들었다. 대개 신앙을 갖지 못하는 까닭은 '과학이나 논리에 부합해야 한다.'는 명제를 풀어야 하기 때문이라고 말했다. 제백 역시 그러했다.

조찬선 목사의 『기독교 죄악사』를 읽으며 신앙에 회의를 가졌다. 그리고 버트런드 러셀의 『나는 왜 비기독교인이 되었는가?』에서는 예수의 말이 이미 노자, 석가모니에 의해 벌써 나왔던 사상임을 강조했다. 성현들의 가르침이 일치하는 점이 많다는 사실은 기독교 신학자들 역시 주목하고 있는 사실이다. 하지만 러셀은 여기에 그치지 않고 복음서에 드러난 예수의 인간적인 약점을 지적하면서, 인격적 측면에서 볼 때 차라리 다른 성현들이 보다 못하다고 주장했다. 그러나 러셀이 한때 엘리엇의 아내 비비언 엘리엇과 엘리엇 허락 아래 여행을 떠나는 등 불륜을 가졌을 거라고 추측하는 학자가 있다는 사실을 알고 그의 위선적 태도에 실망했고, 마침 성 어거스틴의 깊은 성찰이 담긴

『고백록』을 힘들게 읽으면서, 또는 인간사 한 치 앞도 내다볼 수 없는 현실에서 더욱더 신앙이 굳어짐을 느꼈다.

오, 사학과는 왕조를 인정하고 정치학과는 쿠데타를 인정한다.

16장 초도椒島 석도席島

　제백 장모는 황해도 송화군 풍해리 성상리에서 태어났다. 장인의 고향은 이웃 상리면이었다. 배, 사과가 많이 생산되어 지금은 과일면으로 바꿨다. 품질 좋은 국광 사과를 수확하여 땅에다 저장해놓았다가 인천 등지에 팔면 그 수익이 농사 열 배에 해당해서 풍족하게 살았다. 그 당시는 이북이 대체로 잘 살았다고 하겠다. 문맹률도 교회가 있어서 그런지 남한보다 낮았다. 그 때 제백 고향에서는 여자들도 50대에 접어들면 곰방대로 담배를 피우곤 했다. 그래서 장모 앞에 사위가 담배 피우는 것도 전혀 흉이 아니었다. 그러나 이북은 달랐다. 제백이 장모 앞에서 담배를 꺼내 물자 마누라가 당장 빼앗아 버렸던 적도 있었다.

　도솔산은 난공불락의 천연 요새로서 전략적 요충지로 각광받았다. 1951년 6월 4일 미군 해병대와의 임무 교대로 투입된 국군 해병대 제1연대는 수적 열세에도 불구하고 칠십 일 간의 끈질긴 돌격작전으로 사천이백여 북한군 병력에 맞섰다. 암석지대에서 수류탄과 중화기로 무장한 북한군이 격렬한 반격을 가하자, 국군 해병대는 사상자 피해를 최소화하기 위해 야간공격으로 전환하여 결사 항전을 감행했다. 장인도 해병 제1연대 2대 대원으로 이 전투에 투입되었다.

어느 날 밤, 북한군이 몇 명 몰래 잠입하여 아군 보초를 사살한 사건이 있었다. 아무도 낌새를 눈치 채지 못했다. 그 보초가 장인과 같은 고향 친구였으며, 바로 직전 장인과 보초 임무 교대했던 것이다. 다음날 새벽, 장인은 혼자 적진지에 잠입, 수류탄을 투척하여 적 중대원 절반을 몰살시켰다. 해병 전투사에도 기록될 만큼 혁혁한 공을 세웠던 것이다. 그 공을 치하하여 트루먼 대통령 은성무공훈장을 받았으나 국내 포상이 아니라고 해서, 결국 국가로부터 아무런 혜택을 받지 못했던 것이다. 그러나 장인한테는 그러한 것에는 불만이 없었고, 오직 군대 갔다 오지 않은 자들이 국가 위정자가 되는 것만을 가장 못마땅하게 여겼던 것이다.

한때 제백이 약간 궤변 섞인 설을 풀자, 장인은 불쾌해 했다. 즉, 북한 인민은 예로부터 가난하고 힘없는 백성 축에 든 자들이라 잘 살았던 지배계층에 대한 불평불만이 많았다. 그러다가 북한 정부가 들어서 모든 것을 분배하고, 한글을 통일하여 문맹을 깨우치게 하였으니, 김일성한테 감사할 뿐이었다. 그리고 한때 단발령이 내려지자 자결도 하고, 자기 아버지 이름을 남이 부르는 것까지도 용납 못할 불효막급이었던 그 시절에, 만주 벌판이나 산악지대 빨치산들은 그 모든 것을, 이름도 처자식도 포기하고, 독립운동을 했던 것이다.

몽골 성산聖山인 보르항산은 지도에 없다. 알고 보니 몽골 사람들은 성스러운 이름은 입에 올리지 않을뿐더러 아예 지도에도 표시를 하지 않는다고 한다. 몽골뿐 아니라 우리나라도 기휘사상忌諱思想이 있다. 돌아가신 선조의 이름을 자손들이 함부로 부르지도 쓰지도 않는다. 친구나 윗사람을 호로 부르는 것은 이런 기휘사상이 진화한 것이다. 중국에서는 당나라 이후 송대에 정착을 했고, 우리나라도 삼국시대부터 이름 외에 호를 사용한 기록이 많이 나타난다. 우리나라에서는 최근까지도 자식이나 손아랫사람의 이름은 불러도 친구나 윗사람의 이름은 부르지 않는다. 성인이 되면 자字를 지어 주었다. 그래서 호나 자를 부른다.

호를 가장 많이 가졌던 사람은 추사 김정희 선생이다. 무려 503개나 된다. 또 근대의 초정 김상옥 시인은 이십여 개의 호를 가졌다. 사실 우리 주변을 봐도 어릴 적 이름인 아명, 친구들이 놀리던 별명, 성인이 되어 지었던 자, 그리고 아호, 당호, 필명, 예명, 시호詩號, 부명副名, 봉호封號, 시호諡號, 묘호廟號까지 이름이 참 많다. 어쨌든 선조들은 우아한 호를 지어, 삶의 질을 높이려는 부단한 노력이 있었던 게 분명하다. 그것은 보다 더 멋지고 풍류적이고 격조 높은 삶을 위하였으리라. 제백도 고교 친구 칠십사 명의 호를 지어준 일도 있었다.

보라, 풍찬노숙을 하며 사방에 적들의 포화를 감내하며 일순간을 죽음과 직면한 투쟁의 삶과 하얀 와이셔츠와 넥타이에 양복을 입고 포마드 기름 바르고 호소문을 낭독하는 미합중국에서의 독립운동이 어찌 같을 수 있겠는가. 딴에는 그게 더 큰 효과가 있을 수 있다고 해도 백성들 마음엔 그것은 일종의 트릭이요 눈속임에 불과할 뿐, 진정한 독립운동은 직접 눈앞에서 적들의 심장을 파헤쳐 갈아 마시는 것이 더 진정성이 있다고 믿는 게 아닌가.

그러나 뭐니 뭐니 해도 혁명은 자제되어야 하며, 설령 부득불 한다 해도 혁명은 1대, 그것도 짧은 기간에 끝내야 한다. 로베스피에르도, 결국 기요틴으로 생매장이 되는 마당 아니던가. 2대, 3대를 가다보면, 결국 매너리즘에 빠지기 쉬울 뿐 아니라 자꾸 시대에 거슬리는 것을 고집하게 된다.

누군가 말했다. 박정희 대통령이 독재를 한 것은 김일성 주석의 독재와 레벨을 맞추어 통일의 길을 가기 위함이라고 했다. 즉, 남한의 지나친 자유스러움이 북한의 움츠림과 이질성을 띠게 되면 부자연스러울 것이란 이론이었다. 이를 적대적 공생관계라 했던가.

여기서 '문학'이란 한 생명체를 들추어내 본다. 문학의 입장에서 볼 때, 문학의 위대성과 그 확장성을 미루어 볼 때, 그 위대함의 배경이랄까, 환경은 역설적이게도, 잔혹한 살인과 인육이 철철 난도질당하고 너덜너덜 떨어지는 전쟁 속이란 점이다. 보라, 〈죄와 벌〉과 〈일리아드〉와 〈전쟁과 평화〉를. 그뿐만 아니다. 예수의 수난은 얼마나 비정상적이고 배타적인가.

결국, 명작은, 위대한 종교인은 비극 속에서 자란다고 칠 때 인간에게 적정선의 자유 영역을 정한다는 것이 어렵다. 너무 자유를, 부와 명예와 연결시키다 보면, 엔간한 인간들이라면 그 속에 빠져 허우적거리다, 결국 익사하고 만다. 음악인을 예로 들어서 미안하지만, 나의 과문한 탓이 지배적이지만, 돈과 명예가 화수분처럼 철철 넘치면, 마이클 잭슨이나 휘트니 휴스턴 같은 비극이 나오기 싶다. 그래서 저작권의 공유를 주장하기도 한다. 소위 카피 라이트가 아닌, 카피 레프트를 주장하는 것이다. 하늘 아래 어찌 새로운 것이 있을 수 있겠느냐는 이론이다.

저, 이집트의 노벨 수상자인 나지브 마흐푸츠는 자기 작품을 마음껏 활용해도 좋다고 했다. 자기가 봤을 때 극동의 작은 나라에서 자기 작품을 번역하여 읽어주는 것만으로도 오히려 고마운 일이라고 했던 것이다. 그리고 미국의 톰슨이란 출판사도 대한민국 공학이 좀 더 발전하는 계기를 삼으라면서 리프린트를 눈감아주기도 했다. 문제는 나까무라였다. 이게 무슨 말인고 하니, 고발자는 바로 우리 국민이란 것이다. 적은 가까운 데 있다는 뜻이다. 물론 칸트의 정언명령을 들먹거리지 않더라도 불법행위임에는 틀림없으나 누차 언급했듯이 미국이나 소련이 초기 저작권과 국익간의 이율배반성은 두고두고 논란거리이다. 좀 논리의 비약일지 모르지만 핵보유에 대한 인식도 마찬가지 아니겠나. 여기서 북한의 편을 드는 것은 아니지만, 자기들은 우월국가고 나머지는 열등국가로 여겨, 마치 물가에 둔 아이처럼 불안하다는 논리 아니겠나. 우리나라 군인도 육십 만이라 미국이 정해 놓았으니 말이다. 이민 간 사람들은 말한다. 미국인의 정서는 흑인보다 황색인을 더 낮게 대한다고. 그 대표적인 사건이 〈이철수 사건〉이었다.

사건을 일으키는 대다수 인기인은 연애며, 사랑을 운운한다.

사실, 사랑도 마음의 벽을 허문, 인간의 삶에 대한 진지한 긴장이 풀린 상태에서 흔히 나타난다. 인간에게 사랑이 절대적인 것은 아니다. 특히, 남녀 간의 사랑은 섹스일 뿐이다. 순간적인 감정으로 영원히 갈 수는 없다. 물론 어디에고 예외는 있겠지만.

장모에겐 초도 해녀였던 어머니와 마을 작은 교회 목사인 아버지가 있었다. 어느 날 어머니가 마을 물레방아 얼음을 따 먹으려고 하다가 그만 물레방아 밑으로 빨려 들어가 무참히 죽은 사건이 있었다. 그 때가 장모 열한 살 때였던 것이다. 고향 앞 바다인 초도의 산 위에 오가는 봄 구름, 즉 초도춘운은 풍천 8경의 제1경으로 치고 있다. 초도는 암벽 사이로 노송이 울창하여 경치가 아름다울 뿐만 아니라 예로부터 군마를 기르는 목장으로 유명하였다.

북한의 수많은 동포가 아군의 이동을 따라서 남으로 피난길에 올랐으나 군의 이동에 따르지 못하고 뒤따르는 적으로 말미암아 진로가 막히게 되자, 부득이 중간에서 서해 황해도로 몰려들게 되었다. 이 지역의 주민들도 적이 또다시 침략하게 되자 공산당 치하의 삶을 거부하고, 정든 고향땅을 버리고 남부여대하고 남한을 찾아 나서게 되었다. 이리하여 서부 황해도 일대의 주민들과 피난민들은 장연, 송화, 은율 등 삼 개 군의 해안지대에 집결하게 되었고, 드디어 서해에서 활동 중인 우리 해군 함정에게 구출을 요청하게 되었다. 그해 1월, 장모는 결혼하여 세 살배기 맏딸과 3개월 된 아들을 두고 있었다. 장인은 이미 초도에서 배를 타고 남한 해병대에 지원하려고 간 상태였다. 해병대 2기가 되었다.

　여기서 한 가지 우스갯소리를 해보겠다. 어느 날 종로 열차집 이란 양미리가 특미 안주로 소문난 술집에서 제백 상사가 대화 중에 자기가 해병대 15기라고 기염을 토했다. 그 때 대화를 듣고 있던 건장한 체구의 중년 남자가 일어나 제백 상사의 뺨을 세차게 때리는 것이었다. 그 때 좀 까분다고 설치는 자들이 흔히, 자기가 해병대 출신입네, 더 나아가서는 켈로 부대 출신입네, 하였다. 제백 상사는 하나도 둘도 잘 모르고 떠벌린 경우였다.

　그러니까 해병대는 거의 한 달에 한 번씩 배출하기에 그 당시로 상사의 나이로 치면 200기에 가까웠던 것이다. 상사도 제법 안 빠지는 체구였는데도 끽 소리 한 번 못하고 무릎 꿇고 싹싹 빌었던 것이다. 그런데 동물의 왕국을 보면, 뭍에 올라와 해바라기를 하는 바다사자가 북극곰 한 마리만 나타나면 이리저리 피해 달아나기 바빴다. 사자 앞의 들소나 얼룩말도 마찬가지다.

　제백이 부대 후반기 교육 수료병을 인솔하고 갈 때마다, 용산역 티엠오에서 기차가 정차하게 된다. 그러면 다 내려 역 광장에서 쪼그려 뛰기를 하는데, 대체로 해병대 병사가 나타나 '하나 둘 셋 하낫! 둘 둘 셋 둘! 셋 둘 셋 셋!' 하며 기합을 주었다. 졸업생들이 다시 101보충대나 103보충대로 가기 위해 승차하니, 또 다른 해병대 병사가 와서 제백 부대 졸업생이 있는 칸으로 들어와 눈에 쌍심지를 켜고 노려보면 졸업생들은 그만 끼깅, 깨갱 하고 고개를 푹 숙일 수밖에. 그는 인솔자가 빨리 나와 선심을 쓰

기 바랐다. 제백이 담뱃값조로 몇 푼 집어주면, 가면서 다짜고
짜,

"잘해, 인제가면 언제 오나, 원통해서 못살겠네, 하지 말고,
똑바로 하란 말야, 알았지."

"네에~"

장모가 남하하게 된 결정적 계기는 대체로 키가 작은 중공군
들이 집집마다 방마다 구석구석 훑고 다니면서 장정들이 숨어
있는지 확인하는데 무섭과 한편으로 넌덜머리를 잃았기 때문이
었다.

1월 26일, 장모는 겨우 시아버지의 허락을 얻어 남하를 결정
하였다. 이미 형제자매는 거의 다 남하한 상태였다. 간혹 이미
남하하였던 친척들이 양식을 가지러 오고 있었다. 그만큼 남한
이 궁핍했던 것이다. 맏딸은 시아버지와 근처 논에 앉은뱅이 스
케이트를 타러 나가고 없었다. 사과 세 개와 아이, 그리고 자기
옷가지 몇 가지를 보따리에 싸서 나왔던 것이다. 마치 며칠 다니
러 갔다 올 모양새였던 것이다.

가장 혹한기라 영하 이십 도 넘는 추위를 무릅쓰고 수송이 진
행되었다. 더욱이 산내천 하구는 꽝꽝 결빙이 되어 이틀을 배 안
에서 덜덜 떨며 보내야 했다. 그 때 어린 애는 심한 기침을 하고
있었다.

이틀이 지나고 겨우 바다로 빠져 나와 초도에 도착했다. 장모
는 초도에서 비극을 맛보아야 했다. 감기가 심하게 든 갓난 아들
이 끝내 제명을 채우지 못했던 것이다. 교회 장로 등 몇몇이 야

산에 파묻었는데, 장모는 눈물만 지었을 뿐 따라가지 않았다. 다들 말리기도 했고.

2월 17일, 초도에서 장티푸스가 발생하였으므로, 부대에서는 이날 예방백신과 *DDT*, 그리고 식량으로 백미를 보내와 심한 환자에게는 죽을, 보통 환자들은 쌀밥 지었다. 장모도 취사요원으로 자원했다.

며칠이 지나 백여 명이 배를 탔다. 장산곶에서 배가 소용돌이에 빠질 뻔한 일도 있었다. 겨우 군산에 도착했다. 우선, 학교 운동장에 풀어 놓고 소독을 하고, 또다시 옥구군 성산면 한 재실에서 기거하게 되었다. 그러다가 군산 큰 요정 평양기생의 씨가 다른 두 아들 양육을 맡았다. 적산가옥에는 집주인인 50대 후반이 기거하는 방과 평양기생과 아이들이 같이 있는 방 하나, 그리고 나머지 방 둘이 있었다. 기생은 하루건너 외박을 하는 꼴이었다.

주인은 혼자 심심하다며 같이 자자고 했다. 장모는 그 동안 피난 사정을 세세하게 말했다. 주인은 종종 사탕과 껌을 주기도 했다. 그 때 마침 주인 아들이 육본에 근무하고 있어서 휴가 왔을 때 자초지종 사정을 말했더니, 걱정 말라고 했던 것이다. 그래서 진해 해군본부에 편지를 해 수소문 끝에 기적적으로 만나게 되었다.

어느 날 양육하던 평양기생 큰 아이의 아버지가 찾아왔던 것이다. 그런데 평양기생은 슬픈 기색 없이 그 아이를 선뜻 내어주는 것이었다. 장모는 크게 실망하여 다음날 적당한 변명, 남편이 있는 부대 근처로 가겠다고, 하여 나와 버렸다. 그 길로 군산 시내 병원 원무과에 있던 시동생의 주선으로 화장품 장사를 하게 되었다. 김제평야 마을마다 돌아다니며 팔았다. 주로 고물을 받아 이고 다녔다. 그것이 이윤이 많이 남았던 것이다. 드디어 장인이 제대하여 살림집을 군산, 속초, 인천 등으로 옮겨 살게 되었다. 항구와 해병이란 것이 평생 숙명처럼 따라 다닌 셈이었다.

전국이 '이산가족 찾기 운동'으로 떠들썩한 1983년, 장모 장인은 딸과 친인척 찾기에 소극적이었다. 장모는 아예 관심이 없는 듯했다. 그만큼 장모는 냉혹하리만큼 현실적이고 이지적이었다.

몇 년 후 방영된 〈길소뜸〉이 장인 장모 심정을 잘 말해주고 있었다. 즉, 헤어진 아들을 옛 연인들이 찾아보니, 배운 것도 가진 것도 없이 하루하루 막일이나 하면서 살아가는 젊은이가 되어 있었던 것이다. 서로 떨어져 살아온 삶의 간극을 어찌할 수 없었던 것이다. 장인 장모가 사업을 하면서 친인척을 적극적으로 수소문해서 직원으로 채용했으나 결과적으로 그들 대부분이 속을 많이 섞였고 심지어는 투서까지 보내 큰 곤욕을 당하기도 했던 것이다. 친인척이라면 진절머리가 난 터라 두고 온 딸마저 잊기로 했던 것이다. 비통한 마음을 억누르면서 네 자매를 남부럽지 않게 잘 키우기로 작심하고는 안으로 안으로 성을 쌓아가기 시작했던 것이다.

17장 남미南美의 변신

호텔에서 여장을 풀고 관광에 돌입했다. 이구아수 폭포보다 큰 세계 최대의 과이라 폭포가 수몰된 이야기에 고향의 약물보위, 작은 소, 용소, 능화숲 앞 소 등이 수몰되어 구룡못이 된 것을 연상했다. 출장 사흘째는 제백 일행이 이타이푸댐에서 제트요트를 탔다.

동이 튼 아침 일찍 카타라타스호텔에서 나와 코파카바나 해변을 거닐어보라. 그 지저분함이란. 여기서 우리는 위장과 기만까지는 아니더라도 꾸밈에 대해, 두 번도 아닌 단 한 번 정도 생각해 볼 필요는 있겠다. 일상과 보통하고는 너무 다른 모습을 보았는데, 특히 마나카낭 축구장의 쓸쓸하다 못해 을씨년스럽기까지 한, 경기 없는 날의 모습이며, 리오의 삼바대축제 장소인 삼보드로모는 또 어떻고, 거리며 주변이 마치 폭격 당한 사천 격납고를 연상시켰다면 모독일까.

위장과 기만으로 말할 것 같으면 하인천에서 종로로 오는 전철 안에서 한 20대 후반 정도의 야윈 사나이가 노약자석 근처에

서성거리다가 갑자기 궁둥이를 바닥에 내리꽂더니 앉은뱅이 짓을 하며, 구걸을 하는 게 아닌가. 그리고 압구정역 3번 출구 계단에서 구걸하던 청년이 아무도 보지 않는 틈을 타 저린 두 다리를 교대하고 있었다. 마치 영화 〈바람의 전설〉 주인공과 같이 위장과 기만으로 삶을 영위하는도다.

세상천지 만사가 모두모두 트릭을 위한 트릭 만능이다. 그러니 역사도, 운동 경기도, 바둑도, 청춘도, 사랑도, 성마저…… 어디 트릭이 안 통하는 데가 있어야 말이지. 심지어 인니의 말레오새까지 여러 구멍을 힘겹게 파, 속임으로 모두를 함정에 빠뜨리고 있나니. 세상천지 만사가 모두모두 트릭을 위한 트릭 만능이다.

하루치 정규 일정을 소화하고 저녁에 술집 〈포에〉로 갔다. 지금도 상파울루의 〈포에〉란 주점은 잊을 수 없다. 3층 건물인데, 1층은 개나 소나 아무나 들어와 음악에 맞춰 춤 출 수 있고, 2, 3층은 원탁으로 된 손님 좌석 주변으로 미인들이 서성대고 있어, 손님이 가이드한테 눈짓을 주면, 가이드가 손님이 찍은 여인을 테이블로 오게 한다. 그렇게 한창 무르익다 보면 당연히 그 여인은 밤의 화려한 꽃이 되어, 호텔 방으로 가서 만개하는 셈이었다. 다들 십오륙 세에서 많게는 스물두 살 가량의 한창 물이 올라, 숱한 영화의 여주인공으로 착각을 불러일으키게 하는 절세미인들이었다.

이 집 주인인 김리가 잠시 앉아 인사를 하고, 나머지는 가이드 몫이었다. 그리고는 제백 일행이 부에노스아이레스와 아순시온을 며칠 동안 돌고 막 호텔에서 여장을 풀고 음식점으로 가려는 저녁 7시경, 가이드한테 삐삐가 왔다. 김리 측에서 온 것이었다. 김리를 만난 지 나흘이 되는 셈이었다.

김리가 행방불명되었다는 것이다. 몇 년이 지나고 밝혀진 바로는 한 쪽 한인회 측에서 청부 살해시켜 뱀섬에 방치했다는 소문과 아버지 궁백 재산을 노린 자의 소행일 거라는 소문이 파다하게 퍼졌는데, 다행히도 그녀는 동굴 속에서 하룻밤을 보내고 납치범 중 한 명이 새벽에 배를 타고 나왔다는 것이었다.

뱀섬의 공중의 경치는 숨이 멎을 정도로 아름답고 이국적이어서 휴가를 보내고 싶을 정도였다. 그러나 누구든 그 섬에 발을 내딛는 순간 단 세 걸음도 채 걷기 전에 사망할 것이다. 왜냐하면 이 섬의 1제곱미터마다 맹독을 갖고 있는 독사가 있기 때문이다. 이 섬은 상파울로 해안에서 조금 떨어져 있다. 이 섬에는 황금 창머리뱀이라는 위험한 독사가 있어서 한 마리 독으로 두 사람을 단 번에 죽일 수 있을 정도란 것이다. 이 뱀은 연중 내내 새끼를 낳으며, 한 번에 오십 마리의 새끼를 낳는다. 천적이 없기 때문에 뱀은 섬 전체를 장악할 수 있었으며, 비교적 자유롭게 살아 왔던 것이다.

원래 해적들이 자신들이 숨겨놓은 것을 지키려고 뱀을 잡아 풀어놓았다는 전설도 있었다. 이 섬의 면적은 43만 제곱미터이다. 다만, 벼락의 자연 화재와 동계교배 등으로 현재 수가 감소,

멸종의 위험이 고려되고 있으나 지구상에서 가장 무서운 섬인 점은 아무도 부인 못할 것이다. 발견 당시 김리는 너무도 생생하게 살아있어서 납치범이 오히려 무섬증이 들 정도였다고 했다.

그녀가 방치되다시피 던져진 것이 한밤중이었다. 그믐달이었고, 구름마저 잔뜩 끼어 한 치 사방도 구분할 수 없었다. 저 멀리 방금 자기를 데리고 온 배의 후미등만 보이고, 저 쪽 바다의 반딧불이만한 불빛 몇 점이 보일 뿐이었다. 그런데도 그녀는 낙담하지 않고 심호흡을 가다듬어 바위 위를 더듬어 산 입구에 작은 동굴을 발견했다. 그녀가 동굴로 들어가서,

〈카라차라파우파우플레이〉

〈카라차라파우파우플레이〉를 수없이 외우면서 선지무당과 저옥무당을 계속 불렀다. 선지무당은 단 한 번도 보지 못할 정도로 옛 사람이지만, 저옥무당은 몇 년 전까지도 생존해 있어서, 자기를 극진히 아꼈다. 저옥무당은 고선할매의 남아 선호에 강하게 저항하기도 했다.

드디어 저옥무당이 동굴 입구 쪽에 나타났다. 황금빛 광채를 띠고 나타났던 것이다. 그 때 동굴 바깥 여기저기에서 씨익 씨익 하며 풀을 헤치고, 바위와 오래되어 자연히 썩은 나뭇등걸에 부딪치며 뱀들이 몰려오고 있었다. 뱀들이 저옥무당을 지나 동굴로 들어가려고 할 때, 김리도 무당도 동시에 큰소리로 주문을 외웠다.

이게 꿈인가 생신가. 대명천지에 이런 일이. 보지 않고는 그

누구도 실감할 수 없는 사건이 일어났다. 뱀들은 마치 북한군 열병하듯 곧추서서 작은 눈에 초록빛 불을 켜더니, 점점 눈알이 커져 골프공만해지면서 붉디붉게 변했고, 김리와 무당을 둘러싸고 밤새껏 춤을 추었다.

새벽에 납치범이 왔을 때 김리는 그 몇 분 잠자리에 들어서인지 잠을 깨웠다고 투정을 부렸다. 사람을 깨울 때, 특히 대통령 등 최고 통치자를 깨울 때는 꼭 여자의 돌기 냄새가 스민 거즈를 얼굴에 씌우면 서서히 기분 좋게 깨어난다고 한다. 즉, 나폴레옹 부인이 나폴레옹이 신경성위장병이 있어, 깨울 때 여간 신경이 쓰이지 않는다는 것이다. 그래서 매일 깨끗이 목욕하고 몸을 다 닦아낸 후 모시보다 더 부드러운 수건으로 음부를 중심으로 체취가 배이게끔 문질러, 그것을 공기가 안 통하는 곳에 잘 보관했다가 필요할 때 긴요하게 사용한다는 것이다.

납치범과 둘은 몰래 상파울루 공항을 가서 *LA*를 경유하여 한국으로 향했다. 그러나 그들은 한국을 오지 않았다. 사람들은 말했다. 그들이 북한으로 갔다는 것이다. 북한 공작원에 의해 납치되었는지, 자진하여 갔는지 지금껏 아무도 모르고 있었다. 언젠가 미국에 사는 교포가 북한에 초대되어 갔을 때, 잠시 스쳤는데, 손을 흔들어 부르려 했다가 북측 보안원한테 저지를 받았다고 했다.

일모도원이라, 할 이야기는 부지기수이고 시간이 없다. 책으로 내면 몇 십 권이 될 것이라, 보르헤스의 힘을 빌려, 줄이고 줄여도 몇 권은 될 것 같아 시놉시스니, 애브스트랙트를 사용할까 말까 고민 중이었다. 그러나 저러나 이 이야기는 짚고 넘어가야 한다.

저옥무당 건강은 이미 한 삼 년 전부터 급격히 나빠져 밤마다 하혈로 요강이 검붉게 변했다. 그리고 저옥무당과 화풍단은 떼려야 뗄 수 없는 불가분의 관계였다. 귀가 얇아 이 약 저 약, 이놈 저놈 권하는 족족 사다가 쟁겨 놓은 것이 차단스 서랍 가득하니 기가 막힐 노릇이다. 내키는 대로 먹다가 약에 취해 하루에도 몇 번 쓰러져 혼수상태에 있는 것을, 겨우 발견하기 일쑤였다. 성 바울이 "나는 날마다 죽노라." 고 외쳤는데, 이 마을사람들이 그녀를 '매일 죽는 사람' 으로 치부해버렸던 것이다.

그러던 1980년 2월 어느 날, 첫새벽부터 그 날 꿈자리가 사납다고, 해서는 안 될 꿈 이야기를 남기고 떠났다. 혈압도 심하니 무리하지 말라고 당부했으나 막무가내. 마치 귀신에 들린 사람처럼 초점이 흐릿하고 영 평소와는 딴판이었다. 작정한 듯 삼천포 건어물포 하는 큰언니 큰딸. 딸 없어 아쉬운 이모의 마음을 너무도 잘 헤아리고 더군다나 이모를 쏙 닮은 조카이니, 저옥무당이 맨 먼저 들리는 것도 당연한 이치지.

아무튼 저옥무당의 큰언니 큰딸 친정인 남양 막내 여조카가 있었는데, 그녀는 삼천포에서 고교를 졸업하고 오빠 뒷바라지 한답시고 서울로 올라왔다. 그런데 오빠가 선본 그날 밤 심장마비로 죽었다. 청와대에서 경호원으로 있을 만큼 튼실한 자가 죽다니. 오빠의 죽음으로 서로의 존재를 알게 되어 제백한테 놀러

왔다.

그 때 제백이가 키 작은 친구를 여조카한테 소개해 주었다. 친구는 여조카보다 무려 12센티미터 작아 제백은 친구한테 기막힌 작전을 제안했다. 그것은 다름 아니라 둘이 밤에만 만나되, 한창 전철 공사 중인 홍제동 대로를 다닐 때 될 수 있으면 친구가 흙무더기 위쪽으로 걷고, 또 될 수 있으면 곧바로 술집으로 가서 그 유창한 구라를 풀라고 주문했더니, 보름도 안 가 여조카가 제백을 찾아와 친구를 나무라는 것이었다.

그렇게 일이 성사된 줄도 모르고, 여조카가 친구를 험담하기에 같이 맞장구쳤는데, 그게 제백의 경험부족의 소산이었다. 여조카는 이미 친구의 사람이 되었고, 멋쩍어 괜히 한 번 해본 소리인 걸 제백이 너무 심각하게 받아들였던 것이다. 여기서도 엄숙주의는 통했다.

저 옥무당의 잰 걸음은 빨라, 소능마을 일경이가 와룡산 민재봉을 삼십분 만에 오르는 속도였다. 특히, 무당이 되고나서 그 걸음은 더 빨라졌다. 그 때가 12·12 직후였다.

고성이라, 한국의 잔 다르크인 월이와 이 시대 영민한 국문학자 김열규가 만년에 터를 잡아 진한 커피 향을 날려 보내던 송내리 내촌마을, 붉은 난이 많고 봉황이 알을 품었다는 자란도가 그리움으로 남아 있고, 바닷가 모래 속에 쏙이 많기로 소문난 회룡마을 깜직한 시누이를 찾아가 원 없이 그간 이야기보따리를 풀어놓으니, 밤이 지새는 줄도 모르고, 벌써 새벽 출항하는 뱃고동 소리가 들려왔던 것이다. 쏙은 굴착 능력이 대단히 좋아서 서식구멍이 깊으므로 흙을 파서 잡는 것은 거의 불가능하다. 그러나 습성이 배타적이어서 자신의 서식구멍 속으로 적이 침입하면 밖으로 밀어내는 성격이 있다. 그래서 사람들이 구멍 주변에 바닷물에 푼 된장이나 소금을 슬슬 뿌리고 붓 대롱이나 강아지풀을 구멍에 집어넣고 흔들면서 천천히 들어 올려 붓이나 강아지풀 끝이 구멍 밖으로 나올 무렵 집게다리가 그것들의 끝을 꽉 쥐어 잡는데 이 때 잽싸게 그것을 '쏙' 잡아 빼면 되는 것이다.

여기서 꼭 짚고 넘어가야 할 사람이 있는데 그는 고숙이었다. 풍채가 영화배우 김승호나 소파 방정환, 혹은 두목지를 닮았고, 간혹 처가인 소능마을에 들르면 용돈을 후하게 주곤 했다. 그래서 어린 것들은 고숙 주위에 옹기종기 앉았다. 그 고숙의 가볍게 코를 훌쩍이는 쇳소리가 고급스러웠다. 한때 경남 정치 어업 조합 감사다 총재까지 하여 한 대통령 부친과 둘도 없는 관계였던 것이다.

하일, 삼산, 사천, 위도, 군산까지 뻗어나가던 사업이 1960년 8월 22일부터 23일까지 닥친 열정적인 집시 여인 칼멘에 결딴나고 말았다. 삼천포 제일극장 앞 움고모가 만들어 준 꼴뚜기 무침은 누가 뭐래도 천하 일미였다. 그날 이후 계모나 두 번째 부인은 음식이든 뭐든 특별한 데가 있다고 믿는 습관이 생겼다. 그리고 두 번째 부인은 결코 첫 번째 부인보다 인물이 덜하다는 정평에 손을 높이 들게 되었다.

아무튼 모래실 친정 여조카네의 조카 큰아들은 제백을 죽고 못 살 정도로 좋아했는데, 세월이 흘러 서로가 소원해지더니 젊은 나이에 불귀의 객이 되고 말았다. 그 조카와 같이 삼천포 극장에서 외나무다리란 영화를 보고, 벚꽃이 무당처럼 흐드러지게 핀 조카의 고향길을 손잡고 걸어가면서, 그 영화 주제가인 외나무다리를 휘파람 내지는 허밍으로 불렀다.

몇 년 전 경남 도민회에서 일하다가 투자유치 건으로, 경남 일대 몇 군데를 다니다가, 고성군 하이면 사곡리 큰 음식점인 〈흙시루 가든〉에서, 옛날을 한가득 주워 담고 왔다.

한 마을이 물경 500가호로, 경남에서 두 번째 큰 마을에 이사 가서 기죽지 않으려고 말할 때, 목소리를 변형시키기도 했다. 소위 말해 폼 잡는다고 목을 꺾는데 제백이 복무했던 군 세탁소에 근무하던 고참 김 병장도 평소 때는 조용하다가 내무반에서 지시할 때는 갑자기 목소리를 꺾어 말했던 것이다. 또 노래방에서 생뚱맞게 꺾어 부른 자가 몇몇 있는데, 그야말로 꼴불견이었다.

아무튼 저옥무당은 모처럼 그곳에서 흔쾌히 이것저것 맛 나는 것, 가사 일러, 흑염소 불고기에다 문어 삶아 초장에다 먹고 마시고, 하룻밤 더 묵고 가라는 사정마저 뿌리치고, 병둔 네거리에서 중선포 장차 탄 게 큰 불찰이었다[72].

---

72) 목 없는 처녀 귀신이나 매구(천 년 묵은 여우가 변한 짐승으로 주로 갓 매장한 시신을 노림.)가 나타난다는 곳으로 절벽이 가팔라서 단지 걸어 다닐 때도 오금이 저려움. 진주 남강 위의 지금 경상대학교 뒤편으로. 도동 가는 험한 바위 절벽 길인 새벼리 모퉁이(사실은 진주 개양 쪽에 위치한 뒤벼리가 더 위험한 곳임.)를 따서 붙인 곳.

그곳은 구룡못 둑 공사가 한창이던 시절, 소를 산에 풀어 놓고 마을 애들과 어울려 멱 감고 노는 장소였다. 마침 제백 막내 삼촌과 삼천포 고종사촌 누나73)가 방학을 맞아 제백네로 휴가 차 산길을 걸어오고 있었다. 그 때 소먹이 꼬마들의 와자지껄 소리를 듣고 지레짐작으로 제백이 있을 거라 믿고 그래도 못 미더워 고함으로 서로 확인하였던 것이다. 위에서 받아, 라고 소리치고는 참외 서너 개가 폭탄처럼 쏟아졌다. 물위에서 박살이 났다. 아이들은 너나 할 것 없이 헤엄쳐서 주워 먹기 바빴던 것이다. 오후의 햇빛은 서서히 꼬리를 감추기 일보 직전이었다.

제백은 여기에서 자기 권위에 큰 상처를 입을 뻔한 사건을 회상했다. 물 빠진 못 모래밭에서 윗담에 사는 같은 학년 손진겸과 단둘이 각자의 모래성을 쌓고 있었다. 그 때 제백은 평소에 하던 대로 손진겸의 모래성을 허물었다. 갑자기 진겸이가 눈을 부라리며 주먹을 뻗었던 것이다. 다행히 제백이 피했고, 순간 큰 낭패를 보겠다 싶어 화제를 바꾸었다. 자전거 통태 굴렁쇠를 빌려 주겠다는 달콤한 제안도 했다. 조금 지나 진겸도 정신을 차려 종전대로 고분고분 하는 것이었다. 만약 진겸한테 맞든지 싸워서 이긴다 해도 제백에게는 치명적인 상처를 입게 되는 것이다.

---

73) 막내삼촌의 부인인 서명수를 중매했고, 외가인 소능마을에 자주 놀러왔음. 표구상을 하던 남편이 강원도 정선 쪽으로 수금 받으러 다녀온다고 해놓고, 결국 월북했음을 몇 년 후 알게 됨. 지금은 캐나다에 이민 가서 살고 있음. 초등학교 동창이 상처한 상태에서 누님의 사정을 알고 기다렸다는 듯이 연락하여 연을 맺음. 남편 된 사람은 초등학교 때부터 열렬히 짝사랑 감정을 버리지 못하고, 누님의 일거수일투족을 지켜보다가 왔구나 하고 만나, 평생의 원을 풀게 된 결과를 낳음.

그 시절 그 때 제백은 산천이 울고 갈 정도로 위력이 대단해서 가천초등학교 최고의 지략가이자 싸움꾼이었던 것이다. 그래서 학교 운동장 3분의 2가 소능마을이 차지가 될 정도였으니 말해 무엇 하겠는가. 어쨌든 제백은 그 다음부터 누구든 절대 단둘이서 소꿉장난이나 내기 등을 하지 않기로 맘먹었던 것이다.

그곳은 제백 꿈속에 물이 가득 찬 구룡못 이 쪽 저승계곡에서 저 쪽 삼밭골로 제비같이 빨리 물 위를 건너던 이무기가 자주 등장하던 곳이기도 하였다. 구룡못 제일 위험한 높은 한길을 갓 지나 저승 고개를 돌 때 엊저녁 꿈에 삼밭골에서 쫓겨난 이무기가 걸음아 나 살려라, 하고 날치처럼 못을 질러 새벽모퉁이 쪽으로 오고 있는 그 무서운 꿈을 꾸었던 것이다.

2월 중순이라 제법 쌀쌀했고, 산비탈과 그늘진 쪽 도로에는 아직도 드문드문 잔설과 살얼음이 남아 있었으며, 그날따라 운전사가 조수 겸 아들 군대 간다고 섭섭한 마음 달랜다고, 혼자 사천 주차장 대폿집에서 막걸리 연거푸 서너 잔을 걸쳤다. 그런데 문제는 정비 불량이었다. 그놈의 정비 불량, 평소 사람들은 하마하마하고 불안해하면서도 울며 겨자 먹는 식이었다.

이 사건은 6·25 이후 인근 마을 통틀어 최대의 불상사, 모두 근남골 사람들로서 십칠 명이 즉사했고, 육 명이 중상, 단 한 명만 천신만고 정상인데 그녀가 범한테 구원받은 학생의 어머니였다. 가슴을 크게 다친 저옥무당은 병문안으로 매일 찾아간 사전 오촌한테, 어서 빨리 이 고통 덜어 가게 해 달라고 눈빛으로 애원해, 억지 퇴원한 이틀 만에, 다친 지 아흐레 만에 불귀의 객이 되고 말았다. 저옥무당이 애걸복걸하여 무슨 약을 주어 숨을 멈추게 했다는 뒷소문이 들리나, 진실이 어디 숨어 있는지는 아무도 모른다.

시인 미당은 자기를 키운 것의 8할이 바람이라고 노래했는데, 누구나 그렇겠지만 제백의 경우도 8할이 어머니다. 어머니는 고리키의 『어머니』의 가난한 노동자의 아내인 블라소바가 남편의 사후, 혁명운동에 뛰어든 아들에 대한 어머니로서의 사랑으로 아들의 정신과 사업의 정당성을 이해하여 예전의 인종과 불안한 생활에서 탈피하고, 아들의 동지 혁명가들에게 공감하여 그 활동에 가담, 여성 혁명가로 성장하는 어머니도 아니요 금세기 책을 가장 많이 읽었다는 아르헨티나의 작가 보르헤스나 젊은 정복자 알렉산더의 어머니처럼 지나친 간여와 소유를 강요하는 어머니도 아닌, 그 무엇도 바라거나 요구하지 않는 희생의 어머니였다.

어린 시절 어머니한테는 늘 좋은 냄새가 났던 것으로 기억한다. 마치 달콤한 젖 냄새, 때론 구수한 밥 냄새, 흙냄새, 들기름 냄새, 다리미질을 끝낸 옷 냄새. 제 아무리 천하의 장르 파괴자라 소문난 플라우투스[74]가 여자는 냄새가 나지 않아야 좋은 향기다, 라고 궤변을 내질러댔지만, 어머니의 냄새는 지금도 눈앞

---

74) *Titus Maccius Plautus*, BC 254?~BC 184, 고대 로마의 희극작가로 운율의 극적 효과를 탐구하고 사랑의 고백이나 욕설, 임기응변의 대답 등에 라틴어 표현력의 새 분야를 개척. 대표작은 『포로』.

에 선하게 다가오고 있었던 것이다. 때로는 혼자 몰래 돌아앉아 6·25 때 전쟁터에 나가 행방불명된 이복동생을 그리며, 애간장이 끊어질 듯한 넋두리 노래를 부르며 흘리는 눈물 냄새도 났다.

노래에서 어머니의 냄새가 났다. 어머니의 노래는 오직 이것뿐이었다. 이 노래를 들으면 과거와 오늘이 이어지는 느낌이 들었다. 다시 말해 해방 이후의 남북의 작태가 일장춘몽으로 느껴지는 묘한 노래였던 것이다.

한 시골 농가에 농부 아저씨 부인의 손목잡고 들로 나가네.
한 시골 농가에 농부 부인은 아이를 데리고 들로 나가네. 한
시골 농가에 농부 아이는 강아지를 끌고서 들로 나가네. 한
시골 농가에 강아지 한 마리 고양이를 불러서 들로 나가네.
한 시골 농가에 고양이 한 마리 생쥐를 쫓아서 들로 나가네.
한 시골 농가에 생쥐 한 마리 고구마를 찾아서 들로 나가네.
삼천리강산에 새 봄이 왔구나 농부는 밭을 갈고 씨를 뿌린다.

제백이 중3 때, 사천읍내 선인동 소문난 욕쟁이요 마누라를 개 패듯 패는, 가래가 굵은 할배집에서 자취하고 있었다. 그해 생일날 새벽, 어머니는 그 무거운 생일 밥을 다라니에 담아 직접이고 불원 칠십 리 길을 달려왔던 것이다. 제백이 그토록 좋아하는 미역국에 가자미 넣은 것. 아직도 그 음식 온기가 세월 따라 살아서 지금도 전해오고 있는 듯하다. 그날 아침, 어머니는 머리를 가다듬고 방 동쪽 구석에다 음식을 놓고 빌었다.

'……비나이다 비나이다, 우짜든지 먹고자고 먹고자고 몸만 성케 해주이소!'

어머니의 삶은 단적으로 표현한다면, 소름끼칠 정도로 과부 하가 걸린 노동의 연속적인 나날이었다. 어머니는 소위 말해 일 자무식이었고, 문학이니 예술이니 그러한 단어를 발음조차 못하 였다. 아침 방송 뉴스에 대통령이 나오면, 일찍부터 일어나서서 국사에 여념이 없구나 하곤 말하였고, 며칠 전 보았던 드라마에 죽은 탤런트가 다른 프로그램에 또 나오면, 그 양반 지난번에 죽 지 않았느냐고 반문하였으며, 요즈음 이승만 대통령이 누구냐고 묻기도 하였으니. 어머니의 '대통령'은 '이승만 대통령' 까지 인 셈. 즉, '홍길동 이승만 대통령' 인 셈이었다.

저 옥무당의 유일한 취미라면 제백과 큰소 방천과 작은 소 방 천을 중심으로 고둥 줍는 것이었다. 어느 날 이슬비가 내리고 사 방이 안개가 자욱하여 시간을 가늠할 수 없을 때쯤, 어이쿠, 방 천 천장을 기어가는 먹구렁이. 둘은 거의 자급 똥을 쌀 정도로 놀랐다. 그날 이후 둘의 고둥 잡이는 막을 내렸다.

아니마와 아니무스[75], 아니마무스, 오토코노코, 혹은 앤드루 지너스. 어느 무기력한 오후였다. 소나기가 억수로 퍼붓고 있었 다. 제백의 아니마가 나들이한 셈이었다. 우산도 없이 원피스를

---

[75] 중세의 자웅 양성적인 시각으로 보았을 때, 아나무스는 영혼의 이성적인 측 면, 혹은 인간 영혼의 남성적인 측면이며, 아니마는 여성적인 측면 혹은 생명 을 주는 원천을 말한다. ─『트리스트럼 샌디1』로렌스 스턴 저. 홍경숙 역. 문학과 지성사. 백팔십삼 쪽에서.

입은 채 거리를 배회했다. 비에 젖은 육신은 그 누군가의 욕정을 불러일으키기에 남음이 없었다. 그 누군가를 유혹하여 처녀성을 상실하고는 그 후회와 아쉬움으로 괴로워하는 자신을 보고 싶었다.

어쩌면 그것이 자신을 성장시키는 가장 보람된 것인 양 아무튼 그렇게 하면, 혹시 그 벌거숭이가 현재의 일로 인해 완전 흡수되어 망각될 수도 있을 테고……. 하여튼 해저터널[76) 안을 계속 걸어갔다. 그 때 마침 불량배 학생 서너 명이 덤벼들기 시작했다. 고대했던 바이오. 웃음을 참느라고 혼났다.

그러나 그것도 잠시 어디선가 날카로운 호루라기 소리가 입체음이 되어 터널 안을 휘저으며 날아다녔고, 그들은 삼십육 계 줄행랑을 치고 말았다. 경찰관에게 끌려오다시피 한 후 경관이 건네준 마른 수건을 뿌리치며 외쳤다.

"당신이야말로 진짜 불량배요, 살인자!"

이날이 마침 메피스토펠레스가 제백의 동정童貞을 앗아간 다음 날이 되는 셈이었다. 제백에게 이상한 반응이 일어나고 말았다. 우리 한 쌍이 좌우골에 뿌리 내려 화석화된 수채처럼 움직일 수도 노래할 수도 없었다.

'우리'는 드렁허리의 방언으로서 드렁허리는 뱀장어처럼

---

76) 제백은 삼촌이 계신 통영에 놀러가 해수욕장, 남망산공원의 해맑은 공기, 충렬사의 태산목 진한 꽃향기를 즐김. 재원이었던 사촌 여동생이 여고 시절에 제백에게 행한 깜찍한 놀림(?)은 몇몇 시인과 소설가의 작품에서도 유사함이 보여 깜짝깜짝 놀라기도 함. 특히, 제삿날 모처럼 고향에 온 그 동생을 또래 남자 친척이 그녀의 가슴을 보고 '완전 절벽'이란 표현을 예사롭게 하여 그만 울며불며 하는 통에 달래느라 혼쭐이 빠진 일등.

길고 가늘며 원통형이며, 전체적으로 주황색이며, 지느러미와 비늘이 없다. 일생 동안 진흙이 깔린 논이나 농수로, 늪지에 살며, 육식성이다. 성장하면서 암컷에서 수컷으로 성전환을 한다고 알려져 있다. 어릴 때 암수가 같은 장소에서 서식하는 경우가 흔하다.

제백이가 부천 중동 살 때, 일곱 살짜리 김서와 두 차례 암수 짝을 잡아 기른 경험이 있었다. 암수가 같이 있다는 사실을 자랑스럽게도 아들이 말했던 것이다. 아들의 생각대로 한 마리 잡고 주변을 훑어 나머지 한 마리를 잡았던 것이다.

사실 드렁허리는 회충과 비슷하게 생겨서 초등학교 통학 때 비가 올 때나 그친 후 보릿대가 흙길에 흩어져 밟힌 그 위에 있는 회충 무리를 상상해 보기도 했다. 회충이 기어 다니는 그 모습이 뇌 속에 스멀거리는 듯하여, 징그럽고 더러운 것의 상징으로 깊이 각인되어 있기도 했다. 특히, 비가 내릴 때 비린내를 지나는 길엔 진흙과 보릿단이 범벅이 되어 지나가기가 여간 힘들지 않았다. 더구나 검정 고무신이 닳아 틈이라도 생기면 더욱 난처해졌다.

'수채水蠆'는 잠자리 유충인바, 유충 때 워낙 사나워 송사리, 작은 붕어, 버들붕어를 함부로 잡아먹는 포식자이다. 이는 우화하여 성충이 된 잠자리의 평화스런 모습과는 대조적으로서, 인간의 이중성과 내재되어 감추어진 포악성을 잘 대변해준다.

고향에서 어려서부터 가까이 지내던 한 쌍의 연인이 있었다. 남자가 부산에서 대학생활을 하면서부터 서로 관계가 소원하던 차, 남자의 친구 두 명이 놀러와 같이 술 마시고 노래하며 지내다가 작심한 듯, 남자가 여자에게 헤어지자고 일방적으로 통보했던 것이다. 여자는 어안이 벙벙했으나 이내 펑펑 내리는 눈에 취해버렸던 것이다. 선배인 제백도 있고 해서 꾹 참는 모습이 눈에 선했다.

그녀가 눈 내리는 신작로를 힘없이 걸어가고, 그 앞에는 어제까지 아니 방금 전까지만 해도 연인이라 믿었던 남자와 그 친구들이 청춘의 발악 같은 노래를 고래고래 부르며 가고 있었다. 제백이가 심상치 않음을 알고 맨 뒤에 따라가면서 어쩔 줄 몰라 했다. 억지로 괴로워하면서 걷고 있었는데 어느덧 정말 괴로움이 밀려 왔던 것이다. 마침 앞 무리들이 힘차게 달리자, 자연히 여자와 제백은 뒤에 처져 같이 걷게 되었다. 무슨 위로의 말을 했는지, 아무튼 둘은 그들이 향한 구룡못 둑 방향이 아닌 탑골 산등성이를 올라 석호네 뽕나무 밭가에 앉았다. 눈물 반, 콧물 반으로 그녀를 위로한다는 게 그만 너무 깊숙한 곳으로 향하고 말았던 것이다. 몇 번 관계를 시도했으나 날은 춥고 술은 취하고, 어떤 강박감이 제대로 작동을 하지 못했다. 따로따로 산언덕을 내려갔다. 둘은 어떻게 내려왔는지 알 수 없을 만큼 흥분되었고, 한편으론 부끄러울 내일이 염려스러웠다.

소능마을에 풍채가 요란한 선비가, 자기가 마을 최초로 세운 재실에서 훈장질하고 있었다. 서당은 바로 청탄정인데, 마당에는 전나무와 향나무, 비자나무가 마치 원시의 신비를 간직한 채

거묵ㅌ黙하고 있었으며, 양 옆쪽은 왕죽이 창창울울해 있고 뒤편에는 황토와 산죽이 빽빽하여 온갖 새들, 붉은머리오목눈이인 뱁새와 참새, 박새와 곤줄박이, 동고비 등이 사시장철 지저귀고 있었다.

또 마당 좌측 언덕엔 가뭄을 모르는 샘물이 있어 마을 아낙네나 처녀들이 물을 길러가곤 했다. 마침 소능마을에 타성바지 윤씨네의 용모가 수려한 규수가 있었다. 대문을 살짝 열고 들어설 때마다 할배와 눈을 마주쳤던 것이다. 어느덧 사모의 정이 일었는지, 여름이면 하루에도 몇 번씩 그곳을 드나든 것이었다. 할배의 낭랑한 목소리를 유심히 들으며 살며시 미소를 띠기도 하니, 할배도 의식 안 할 수 없었다. 그런데 어느 날부터 처녀의 모습이 보이지 않았다. 할배도 궁금해지기 시작했다.

며칠 후 어느 눈 내린 날 처녀의 부음을 들었다. 순간 할배는 어떤 불길함이 지피는 것을 느꼈다. 보름이 지났을까? 할배의 무릎 맡에 웬 실뱀 한 마리가 기어와서 아무리 피해도 기어 따라오는 것이었다. 할배가 붙잡아도 입질을 하지 않고 가만히 있었다. 한 번 손안에 들어와서는 떨어지지 않았다. 참으로 황당하고, 한편으론 처자식 알까 부끄러웠다. 그래서 훈장은 비단 쌈지에 넣었다. 그랬더니 실뱀은 약간 꿈틀거릴 뿐 조용히 있었다. 그로부터 할배는 시들시들 기력을 잃어가고 있었다.

어느 날 그 마을에 웬 선비 한 분이 들렀다. 그는 진주에 공무차 가던 길에 이 마을에 식견과 학식과 도량이 넓은 훈장이 있다는 소문을 듣고 일부러 재실 겸 서당을 찾아 왔던 것이다. 두 사람은 서로 통성명을 주고받았고 주안상도 마련되었다. 한참을 대작하고는 갑자기 훈장이 뒤가 마려워 뒷간을 가게 되었다. 허리끈을 풀고 갔던 것이다. 허리끈엔 쌈지도 딸려 있었다. 선비는 쌈지를 꿰뚫어 보았다. 선비는 무서운 직관으로 그것이 상사병의 화신이란 것을 알아냈다. 선비는 호흡을 가다듬고 기력을 모아 땀을 뻘뻘 흘리면서 쌈지를 향해 두 눈을 쏘았다. 그랬더니 쌈지는 한 번 크게 꿈틀 움직이고는 곧 잠잠해졌다. 선비는 모든 것이 해결되었다고 큰 기침 한 번 하고 잔을 들려는 순간, 쌈지를 뚫고 한 마리 큰 뱀이 두 가닥 혀를 날름거리며 선비한테 대들었다.

선비는 태껸 하듯 뱀의 움직임을 요리조리 비켜나고 있었다. 한참이 지나고 할배가 용무를 다보고 축담에서 지켜보는 동안에도 그들의 싸움은 계속되고 있었다. 순간 할배는 축담 옆 마루 기둥에 세워두었던 지팡이를 들고 뱀의 목을 치려고 할 때 뱀은 힘을 모으는 듯하며 몸을 부풀려 마루가 가득 찰 정도였다. 선비와 할배는 지팡이와 칼로 이리저리 휘두르고만 있었다.

그 때 할배가 불현 듯 스치는 것이 있는 듯 엷은 미소를 수염 사이로 흘려보내더니,

〈카라차라파우파우플레이〉

〈카라차라파우파우플레이〉를 쩌렁쩌렁한 목소리로 몇 차례 읊었다. 선지무당이 뿅~하고 나타나서는 뱀 아랫도리를 향해 일격을 가한 후 넙죽 엎드린 머리를 쓰다듬고는 알아들을 수 없는

주문인가 뭘를 해댔더니, 갑자기 천지가 부옇게, 연긴가 안갠가 깔리더니, 순식간에 청초한 처녀의 모습으로 변해 할배를 향해 섬섬옥수를 내미는 것이었다.

선지무당은 냅다 고함을 지르며 저지하자 이번에는 입속에서 탁구공만한 유리구슬을 꺼내 또 할배한테 건네는 것이었다. 또 한 번 선지무당이 호통을 치니 구슬은 날아 재실 뒤쪽을 날아가고, 드디어 처녀도 사라지고, 새끼손가락 굵기에 한 자 정도의 길이의 허물만 쌈지 안에 남았다. 선지무당은 고맙다고 인사할 겨를도 없이 사라졌다. 한바탕 전쟁을 치르고 난 후 술과 안주를 밀쳐두고 정좌하여 몇 마디 주고받았다. 선비는 실뱀은 바로 죽은 마을 처녀의 화신이라고 알려줬다. 만약 그 때 그것을 발견하지 못했더라면, 다음 날 할배는 죽게 되었을 거라며, 그 선비가 누구인지는 할배만 알았겠지만, 소문에 의하면, 한 쪽 눈동자가 두 개인 『임진록』의 유성룡의 화신일 것이라는 게 지배적이다. 유성룡이야말로 친구인 이순신을 천거한 이로서 저 진나라 이사가 진정으로 본받아야 할 인물이다. 이사는 간축객서諫逐客書를 쓸 정도로 포용력이 있었는데, 막상 친구 한비자를 모함했으니, 천하의 위선자임엔 틀림없다.

한 쪽 눈동자 두 개인 사람은 혜안과 예견과 그 눈에서 발산되는 무서운 위력이 범상하지 않아, 보통 사람은 그의 눈을 단 몇 초도 응시할 수 없다는 것이다. 그런 눈의 위광으로 뱀을 뚫어져라 응시했다면 보통의 것은 산화되거나 소진되는데 이번 것은 그 사모의 정이 더 심했기 때문이라는 것이다.

그러나 그러한 재주도 잘못 활용하면 큰 사달이 날 뿐더러, 서로 깊이, 조건 없는 지고지순의 사랑에만, 서로의 진면목인 한 쪽 눈에 두 개의 눈동자를 볼 수 있는 특권을 누리게 되는 것이다. 흔히 절간의 주지 스님들의 범상에 범 눈 하고는 차원이 다르다.

자, 더 중요한 것을 말해 볼까요. 역사상 한 쪽 눈동자 두 개인 자는 열세 명이 와서 지구가 소멸할 때까지 지속하나니, 중국 최고의 성덕을 갖춘 이상적인 군주인 요와 순 임금, 오강에서 죽은 항우 장수, 인도의 간디, 우리나라 육가야 최초 촌장들, 위에서 언급한 유성룡, 금세기의 사사四四의 주인인 제백, 그리고 제백이 만든 단체가 마지막 열세 번째가 되는 셈이었다. 그러니까 열둘은 개인이고, 하나는 단체가 되는 것이다. 쉽게 말해서 교敎라고 했으나 어떤 유형의 모임체인지는 차차 세월 따라 인심 따라 지켜볼 따름.

또 이런 일도 다 있었다. 그러니까 마을 한복판의 낮은 지대에 자리 잡은 폐사가 있었다. 제백은 군에서 다친 척추 치료차 이곳에서 한 달간 요양키로 했다. 제대 후 하도 등허리가 모독잖애서 대처병원을 찾았다가 의사가 앙증맞은 꼬부라진 쇠망치로 통통 두들겨보더니, 아픔을 못 느낀다고 하자 의사는 대뜸,

"젊은이, 게으름 피우지 말고 어서 나가서 일 하세요!"

그 얼마나 창피한 노릇이던가. 그러나 며칠 지나도 허리는 여전했다.

이곳에는 한 노파와 30대 중반의 여인 그리고 왼쪽 다리가 절단된 30대 사나이가 거처하고 있었다[77]. 처음엔 그가 제백을 반겼다. 그가 왜 다리가 절단되었는지 아무도 몰랐다. 아마 월남전이 정설이 아닌가 한다.

그는 한때 면面 여기저기 학교 운동회란 운동회의 피날레를 장식하는 마라톤대회에는 거의 빠짐없이 모두 참여하고 거의 우승을 하여서 많은 사람들이 기억했다. 그는 각종 운동회에 제백을 데리고 다녔다. 어느 해 삼성초등학교에서 사천군 초등학교 운동회가 있었다. 그날은 제백이 학교 릴레이 대표로 참가했기 때문에 따로 갔다. 그날 제백팀이 우승하고 학교측에서 사준 빵과 삼각단물을 먹으면서 한 쪽에 앉아 응원모습을 감상했다. 특히, 사천과 동성 초등학교의 화려한 응원 모습은 대학 때 응원 모습을 보고 나서야 지워질 정도로 감동적이었다.

하늘에는 비행기가 최고요 바다에는 기선이 최고요 지상에는 기차가 최고요 운동에는 사천 국민학교가 최고요!

그날 배구 대회 결승 때 용현초등 4학년 한 어린이의 멋들어진 스파이크에 많은 사람들이 몰려와서 구경했다. 그가 바로 강

---

77) 루키우스 아풀레이우스의 『황금 당나귀』(송병선 역, 2007.12.20. 매직하우스) 이십일 쪽 칠 행부터 이십사 쪽 이십이 행까지 너무도 유사한 내용이 나와 신기해 함.

병찬이었다. 그는 얌전하게 생긴 운동의 천재였다. 그가 중학교 입학했을 때 제백은 3학년 축구부장직을 맡고 있었다. 그 때 학교가 야구부와 축구부, 배구부가 있었는데 경비가 딸려 할 수 없이 야구와 배구를 포기해야 했다. 지금 생각해 보면 그가 오히려 축구부에 들어온 게 잘된 일이 아닌가 생각한다. 왜냐 하면 그의 키가 배구하기에는 좀 작았지 않았나 싶었기 때문이다. 아무튼 그의 현란한 스파이크 솜씨는 일본의 전설적 공격수인 나카가이치를 연상케 하는데, 키 작은 나카가이치라고 보면 될 거다.

제백은 그를 아꼈다. 제백이 어머니가 병환에 있을 때나 친척 집에 갔을 때는 종종 병둔 삼촌댁에서 통학했다. 둘은 운동하고 늦게 곡성 기차 굴을 통과하면서 많은 이야기를 나누었다. 어떨 때는 자기 고향마을인 용현 신송에 가서 자기도 했고, 제백네에서 자기도 했던 것이다. 그는 평소 때와는 달리 운동경기 중에 자주 침을 뱉는 버릇이 있어, 자주 지적을 했는데, 몇 십 년 후 만나 고맙다고 했다.

— 브라질과 독일 간 한·일 월드컵 축구 결승이 열린 2002년 6월 30일. 전 국토의 대부분이 산악지대인 축구 변방 부탄의 수도 팀부에서는 아주 뜻 있는 'A매치'가 열렸다. 바로 '세계축구 꼴찌 결정전'이었다. 이날 경기에서 당시 국제축구연맹*FIFA* 랭킹 이백이 위의 부탄은 이백삼 위로 최하위였던 카리브해의 영국령 몬세라트와 맞대결을 벌여 사대 영으로 승리했다.

이날 부탄 대표 선수들은 감독 없이 경기에 나섰다. 선수들이 비워놓은 감독의 자리는 부탄 축구 발전을 위해 몸을 돌보지 않다 암으로 세상과 이별한 한국인 강병찬 감독의 것이었다. 한국 국가대표에서 선수로도 뛰었고, 코치로도 잠시 일했던 고 강 감독은 2000년 말부터 부탄 대표팀 감독을 맡아 오직 축구 하나로 현지인들에게 희망을 이야기하기 시작했다. 하지만 강 감독은 2001년 초 말기암 판정을 받고 귀국, 투병생활을 하다 끝내 숨졌다. 부탄이 '꼴찌 월드컵'에서 승리하던 날은 고인이 된 강 감독의 사십구일재 때였다.

사내도 저옥무당의 아들인 셈이었다. 이름은 아무도 모른다. 아무도 그의 이름을 지어주지 않았다. 그러다가 쾌백이 죽고 그의 이름을 사용하게 되었다. 사실 시골에선 형과 동생의 출생년도가 뒤바뀐 경우, 또는 자기 나이보다 많게 신고 된 경우가 허다하다. 그뿐만이 아니다. 제백 친구 중엔 갈추석葛秋石이란 자가 있는데, 낳고 할머니가 동사무소에 신고하러 갔더니, 이름을 뭐라고 지었냐고 물으니 할머니가 어떻게 알겠는가. 아버지는 강원도 탄광 어느 소장으로 가 있고, 연락할 길은 없고, 설령 전화국에 전화가 있다 해도 전화국이 어디며 어떻게 사용하는지도 깜깜하다.

착하고 순해 빠진 어느 작가의 부인이 동사무소 일보러 갔다가 남자 직원의 고압적인 목소리에 그만 멘스를 하였다는 것도 지어낸 거짓이 아니었다. 하여튼 일자무식 할머니는 그의 반강요로, 추석날에 낳았다고 그만 그대로 짓고 말았는데, 지금 와서 보면, 달, 해, 별, 산, 강, 순덕처럼 단순하고 정갈하고, 토속적이어서 더 정감이 가는 이름이 되었다. 그가 쾌백의 바로 위가 되는 셈이었다. 그가 커가면서 유독 탄생에 대한 저항이 심했던 것 같다. 그는 욕심을 많이 부린다는 살짝 매부리코에 어머니가 갓난애일 때 눕혀 놓고 거들떠보지 않아 꼭뒤가 35도 정도 비뚤해졌다. 그리고 반 평발이었다. 사람들은 평발은 달리기를 못한다고 했는데, 그건 기우였다. 그는 가족이나 누구와도 친하지 않았다. 그는 마을사람 그 누구와 대화도 없이 어디서 무엇을 하는지 점심도 먹지 않고 아침만 먹고는 저녁때가 되면 겨우 들어왔다. 그는 독특한 취향이 있었는데 그것은 '즉'과 '다시 말해서' 와 '괄호( )안'을 즐기는 것이다. 예로 들면 북악산이라 하면 될 것을 괄호 안의 백악산이라 하여 자신의 실력을 뽐내려는 의도가 다분했던 것이다. 그는 이 마을 모든 것이 마음에 들지 않아 일찍 부산으로 인천으로, 부천으로 하여 서울에까지 가서 어떤 교회에서 사무 일을 본보았다는 게 그의 주요 이력이었다.

그러다가 주일 담임목사가 한창 열변을 토하고 있는데 갑자기 일어나,

"거짓이다, 사기다!"

하며 고함을 지르며 문을 박차고 나가서는 다시 돌아오지 않았던 것이다.

그러던 그가 월남 백마부대에 자원해서 받은 급료 절반을 매번 어머니 저옥무당한테 송금해왔고, 그 돈을 꼭 제백의 학자금으로 쓸 것을 당부했다. 그가 상이용사가 되어 부산 일대를 떠돌며 한 푼 두 푼 동냥하면서 근근이 생활했던 것이다. 그러다가 어느 날 군사령부 하 중위를 만났던 것이다. 그는 고향으로 가기

싫다고 억지를 부렸으나 하 중위의 정감 있는 설득에 넘어갔던 것이다. 그는 하 중위와 같이 지프차를 타고 고향으로 가는 내내 단 한 번도 자신의 신변에 대해서 말하지 않았다. 그는 고향집으로 들어가기를 꺼려해 마을 한 가운데 폐사에 기거하기로 했다.

그의 하루는 단조로웠다. 이곳에 와서 버드나무를 깎아 M16 크기의 목총 한 자루를 만들어 애지중지하고 있었다. 그리고 횡적橫笛이나 당적唐笛이라고도 부르는 자그마한 악기 한 자루를 지니고 있었다. 그 악기는 이미 오래 전부터 지니고 있던 것으로 보이는데 손때가 많이 묻어 옻칠이 군데군데 벗겨져 있었다.

어두컴컴한 벽에다 정간보를 붙여 놓고는, 엉뚱하게도 〈나그네 설움〉, 〈고향은 내 사랑〉 같은 남인수78) 노래를, 그리고 꼭 마지막은 〈실안개 풀리는 밤(찾아가 본 그 마을)〉으로 마무리를, 어떤 날은 유행가도 민요 아닌 듣도 보도 못한 잡가를, 좀 감정이 일어나는 황혼녘엔 정식으로 청성곡遙天旬日之曲을 불기도 했다. 장화홍련같이 억울하게 죽은 처녀 귀신같은 애절한 아쟁, 『금삼의 피』의 한 많은 여인이 서늘한 달밤에 청승맞게 흐느끼는 대금, 산전수전 다 겪은 여인의 굵은 회상곡을 닮은 퉁소, 아지랑이 아롱아롱 보리 들판 봄날에 노고지리 봄의 소리 영롱한 은방울 소리. 그리고 소금. 음정이 아주 민감한 소금을 분다는 것은 그의 음악적 감각이 뛰어나다고 다들 입을 모았다.

---

78) 진주시 하촌동(옛 진양군 집현면 하동리) 출신. 본명은 최창수. 후에 이름을 강문수로 고쳤다가, 레코드를 내면서 다시 남인수로 이름을 바꿨다. 제백 할아버지와 두 할머니 산소가 그 마을 앞산 명당에 자리 잡고 있음. 마을사람들은 그 명당자리를 외지인한테 빼앗긴 격이 되었다고 두고두고 후회했다고 함.

장님과 앉은뱅이[79]만 남았네.
전란이라 모두들 떠나고
마을은 텅텅 비었네.
어디로 갔을까?
그믐달도 떨고 있는 북풍한설
동짓달 장님이 앉은뱅이를 업었네.

횡적은 특이한 행위가 있은 후 구슬프게 부는 것이었다. 그의 일과는 예리한 칼로 또 다른 목총을 다듬는 것이었고, 두 여인은 숫돌을 가운데 두고 서로 앉아서 많은 칼들을 끊임없이 갈아대는 것이다. 젊은 여인이 칼을 갈다가 무심결에 목을 죽 빼고 마을을 올려다보면, 노파는 사정없이 갈던 칼을 움켜쥐고는, 여인의 사타구니 쪽을 향해 던지는 것이었다. 그럴 때면 젊은 여인의 자세는 안정되고, 치마에 꽂힌 칼을 빼어 갈기 시작했다. 노파 역시 목을 빼면 젊은 여인도 마찬가지로, 노파의 사타구니 쪽을 향해 사정없이 던지고, 칼은 치마에 대롱대롱 달리고 마는 것이었다. 그러면 노파 역시 그 칼을 빼내서 갈기 시작했다. 그러다가 사나이의 '집합!'이란 소리가 마치 천장에 매달린 왕거미라도 놀라 떨어질 듯, 크고 날카롭게 외치면, 두 여인은 옷깃을 여미고, 머리에 물을 묻혀 매만지고, 다 간 칼을 들고서 경쟁이라도 하듯, 골방으로 뛰어 들어가는 것이었다. 두 여인은 바로 벽

---

79) 베르나르 베르베르 장편소설 『타나토노트』에서 『바빌로니아 탈무드』, 산헤드린 9:a~b 유대교 신화를 인용. 과수원 지기인 장님과 앉은뱅이 이야기.

면에 걸려 있는 태극기를 행해, 순국선열을 위한 묵념을 하고, 두 여인은 사나이가 명령하는 대로 척척 움직였다.

이러한 행사는 매일 아침 9시에 시작되어 10시에 마친다.

"차려! 열중쉬어! 표적 준비!"

하면 서슴없이 하체가 보이게 옷을 까 내리는 것이었다.

'하하하, 허허허.'

쾌백은 엎드려 쏴 자세를 취했고 총구는 자궁을 번갈아 겨냥했다.

사나이는 숨을 죽이고 한참 겨냥하고는,

"시간을 낳은 저주스런 곳이여. 물러나라! 아직 미완성이다. 해산!"

중얼거리듯 혼잣말로 하면 여인들은 아쉬운 듯 물러나곤 했다.

제백은 점점 이 마력인 생활에 휘말려 들까 봐 두려워하면서도 사건을, 사실은 사건 축에도 들지 않을 정도지만 어쨌든 규명해내고야 말리란 강한 욕구가 일었다. 형의 변괴를 대충은 이해가 갔지만, 이것은 좀 지나친 것이라고 여겼다. 도대체 그녀들은 누구며, 어떤 사연으로 오게 되었는지 궁금했다. 그래서 그의 발작의 무마책을 나름대로 강구하기 시작했다. 그것은 술이었다. 제백이 술을 권했을 때, 그의 눈은 점점 야릇한 빛을 발하기 시작했다. 마치 미지에 숨겨 둔 보물을 기억해내듯,

'이것이 있었구나!'

기뻐하며, 방바닥에 목을 돌린 딱정벌레처럼 맴도는 것이었

다. 그러나 이내 술에 취해 절규하기 시작했다. 그럴 때면 여인들은 칼 갈던 일손을 멈추고, 그를 달랑 업고 교대로 폐사 주위를 돌았다. 한참 만에 잠든 사나이는 방에 뉘어지고…….

드디어 그는 제백에게 위협을 가해 왔다. 목총을 들고 기어오는 모습은 무섭기조차 했다. 이 음습陰濕하고 음습淫褶한 분위기를 벗어나려고, 이별의 술을 서로 마시고 작별 인사를 뒤로 하고 얼른 나왔다. 그 때였다. 미처 보지 못했던 문 위의 부적이 눈에 들어왔다.

'너는 뭐냐? 이 자식아!'

다음 날부터는 습관처럼 두 여인이 술을 각각 한 병씩 들고 방안으로 뛰어드는 것이다. 제백은 가던 걸음을 뒤로 하고 그들의 행위를 훔쳐보았다. 그들의 권주는 급속도였다. 마치 오늘이 모든 것이 끝나는 날인 양 부어라 마시고 있었다. 마침내 사내는 횡적을 불고, 여인들은 그가 늘 부르던 노래를 대신하여 목이 터져라 부르는 것이었다. 사내는 이내 코를 골았다. 그러자 여인들은 사내의 아랫도리를 격렬하게 벗기기 시작했고, 모毛도 돌기 부분도 없는 밋밋한 사타구니를 한참 응시하는 것이었다. 사마천이 켕기는 장면이었다. 돌기가 없어도 발기를 느껴 괴로워하는 영화 〈아제 아제 바라아제〉를 보는 것 같았다.

성기 절단은 러시아 거세파에 의해서 종교적 의식이 되었다. 거세는 두 단계로 행해졌다. 첫 단계는 가는 끈으로 고환을 묶은 뒤 불에 달군 뻘건 칼을 이용해 그것을 잘라내는 것이었다. 그러나 그것만으로는 인간의 욕망이 다 제거된 것으로 볼 수 없었기 때문에 욕망으로부터의 완전한 해방을 위해서 성기를 완전히 제거하는 두 번째 의식이 거행되었다. 그리고 성기가 제거된 그 자리에는 소변을 조절하기 위해서 주석으로 만든 일종의 수도꼭지 같은 것이 삽입되었다.

여자의 경우는 정결의 이상을 실현하기 위해서 외과적으로 다양한 방법이 동원되었다. 젖꼭지를 칼로 도려내거나 불로 지져서 제거하는 경우도 있었고, 때로는 가슴 전체를 완전히 들어내는 경우도 있었다. 또 여성 생식기의 민감한 부분을 칼로 도려내기도 했다.

어느새 젊은 여인은 살기 어린 눈과 상기된 얼굴로 변하면서 격한 숨을 들먹였고, 사내는 잠결인지 꿈결인지 몸을 움찔거리며,

"조그만 기다려! 발기의 극치는 도래한다."

소리가 발악하듯 들려왔다.

젊은 여인은 목총을 들고 자기 국부를 찌르기 시작했고. 노파는 젊은 여인이 휘두른 목총에 맞아 쓰러졌다. 젊은 여인은 한참 거친 숨을 몰아쉬며,

"그 젊고 싱싱하고 팔팔한 놈, 어디 있어, 맛 좀 봐야지!"

하며 문을 박차고 나오는 것이었다.

제백은 너무나 놀라 탈곡기 소리가 한창 추수를 알리는 마을을 향해 냅다 뛰었다. 여인은 벌거숭이인 채로 제백을 향해 달려오고 있었다. 꼭뒤를 움켜잡는 듯한 손, 손, 손. 너무도 무서운 꿈이었다. 온몸에 땀이 흠뻑 고일 정도였다. 그날 이후 쾌백을

볼 때마다 비슷한 꿈을 꾸곤 했다. 그날 밤 폐사는 불타고 말았다. 두 여인의 신원이 밝혀졌다.

비가 오지 않아도 오음리에는 새벽이면 산안개가 뭉실뭉실 피어오른다. 춘천에서 먼지 펄펄 나는 비탈길 산길을 돌아 오음리 훈련장으로 갔다. 초여름의 푸른 하늘은 너무나 맑아 눈이 시렸고, 짙푸르고 깨끗한 파라호를 끼고 화천댐까지 뛰는 아침 구보는 그야말로 기분이 최고였다. 파월 훈련이라 하여 뭐 특별한 것은 없고, 이미 다녀온 장교들의 경험담이나 *M16,* 크레모어, 부비트랩 같은 장애물 교육 등이다.

월남에 가면 동굴이 많다며 교육 끝 무렵 동굴 수색 교육을 받았다. 동굴 속에 가지각색의 연막탄을 피워놓고 수색을 하는 교육인데 동굴 속이 거미줄 같이 미로로 되어 있어 잘못 헤매다 보면 입구를 못 찾아 굴속에서 몇 십 분씩 갇혀있게 된다.

평소에도 9시 일석점호가 끝나면 마음대로 철조망을 넘어도 묵인했고, 특히 토요일은 아예 일석점호를 생략해 줬다. 다만, 일요일만은 철저히 점검해서 미귀未歸는 엄격히 통제했다.

교육이 끝나갈 때가 다가옴에 따라 저녁이면 있으나 마나한 철조망을 넘어가면 개울 옆 바위에다 조그마한 천막을 치고 돗자리를 편 이동 주모가 기다렸다. 솥뚜껑을 엎어놓고 부쳐내는 지글지글 부침개를 굽었다.

어느 날 쾌백과 전우 두 명이 철조망을 넘었다. 그들이 갔을 때는 바위 여기저기에 전우들이 다 차지하고 있었다. 그래서 좀 더 산위로 올라가 가파른 바위 쪽에 자리 잡고는 쾌백이 가서 주문했다. 술안주를 들고 온 처녀는 허드렛일을 하는 앳된 얼굴이었다. 그 때 젓가락 하나가 바위 아래로 떨어지자 무심결에 그것을 주우려고 몸을 굽혔다. 순간 떨어지는 처녀를 쾌백이 안아 처녀는 무사했고, 쾌백만 팔꿈치에 상처가 약간 났던 것이다. 그 이후 쾌백은 이동 주모와의 깊은 정을 나누었다. 그런데 허드렛일 하던 처녀가 그 장면을 몰래 훔쳐본 후 물불 안 가리고 쾌백한테 달려들기도 했다.

아까시나무 꽃향기가 훈련소 주위를 가득 채우던 날, 마침내 4주간의 파월훈련은 끝났다. 월남에서 입을 정글복 두 벌, 정글화를 지급받고 부대 견장을 갈아 달았다. 주월 한국군 수첩과 인식표, 그리고 일 년치 봉급을 수령하고 나니, 모두 집으로 편지를 쓰라고 했다. 쾌백은 쓰지 않았다. 어머니가 까막눈이라 보낼 까닭이 없었다. 누가 대신 읽어주는 것을 용납할 수 없었던 것이다. 아침 식사는 닭볶음에 미역국, 소시지 반찬에 고등어조림으로 그야말로 진수성찬이었다.

춘천역에서 환송식이 끝나고 드디어 열차가 움직였다. 망우리역에 도착했다. 잠시 정차하는 동안 배웅 나온 가족들이 아들, 오빠, 형, 동생, 남편들을 찾느라고 야단법석이었다. 밤새 달려 기차는 새벽에 부산항 제삼 부두에 도착해서 수송선에 몸을 실었다. 식사 후 곧바로 부산 시민과 군악대가 펼치는 환송행사가 열렸다.

환송식이 끝나자 군악대의 연주가 들렸다. 〈잘 있거라 부산항구야〉가 연주되는 가운데 수송선은 긴 뱃고동을 울리며 서서히 움직이기 시작하자 여기저기서 흐느끼는 소리가 들렸다. 배안에서 하룻밤을 자고 나니, 망망대해 아무 것도 보이질 않았다. 그 때부턴 정말 눈앞이 아득해 옴을 느꼈다. 무쇠 강철 갑판은 점점 달아오르고, 파도가 심할 때는 갑판으로 날치라는 물고기가 튀어 올랐다. 그런대로 이런저런 구경을 하며 그럭저럭 5박 6일 간 긴 항해를 마쳤다.

월남에 도착하자마자 주모와 처녀한테 소식을 보냈다. 처녀와 쾌백은 자주 서신 왕래를 하였다. 그러다가 어느 날 처녀가 아들을 낳았다고 했다. 그러나 아들이 세 살 나던 해 춘천에서 관광버스가 후진하는 바람에 치어 그만 죽고 말았던 것이다.

안개는 여전히 드리워져 있었다. 쾌백를 비롯한 분대원들은 밤새 작전을 하고 피곤하게 귀대하고 있었다. 새벽 동이 트니 사방의 산과 들과 새들도 전쟁이라 비록 슬프지만 어쩔 수 없이 안겨진 일회성 삶을 부지하려고 눈 비비고 일어났던 것이다. 분대원들은 작전에 피곤하여 거의 초죽음이었지만 희읍스름히 날이 밝아옴에 다소 정신을 차렸다. 월남의 농촌마을은 겉보기에는 우리나라와 비슷했다.

띄엄띄엄 놓여있는 집들이 모여 하나의 부락을 이루기도 하고 더러는 높지 않은 등성이에 외따로 서있는 집들도 보인다. 집들의 골격은 참대나무였고, 벽과 천장은 간혹 흙으로 바른 곳도 있었으나 대부분의 가난한 농가들은 나뭇잎을 말려 얽어 붙이고 그 위에 볏짚으로 엉성하게 지붕을 덮은 정도였다.

어떤 집은 말린 야자나무 잎으로 얼기설기 지붕을 얹어 놓아 겨우 빗물을 가릴 정도밖에 안 되는 곳도 많았다.

분대원들은 야산을 질러 막 마을 앞 너른 들길로 접어들고 있었다. 그 때 산 밑에서 농을 쓴 세 사람이 하얀 액체를 뿌리고 있었다. 분무기였다. 그것은 아침 안개와 섞여 화염방사기나 어떤 총기류로 착각을 일으키게 하였다.

월남전은 게릴라전이었다. 베트콩들은 바위와 정글로 뒤덮인 밀림 속에서 시도 때도 없이 출몰하여 아군을 공격했다. 그들의 비밀무기 중 가장 위험성이 높은 것이 부비트랩이었다. 부비트랩은 폭약이나 지뢰 등의 폭발물은 물론이고 쇠꼬챙이나 대나무 꼬챙이에 물소 똥을 묻혀 길섶이나 땅속, 나뭇가지 등에 설치하여 이를 건드리면 작동되어 적을 살상하는 소리 없는 무기로서 병사들에게는 가장 큰 공포의 대상이었다.

대체로 농촌 출신들인 분대원들은, 월남에선 아직까지 분무기로 농약을 치지 않을 정도로 친환경지역이라고 생각했던 것이다. 그게 큰 착각이었다. 그들도 분무기를 사용한 지 오래되었던 것이다. 특히, 이 마을은 성省에서 우수 시범 농촌 마을로 선정되어 오늘 마침 성에서 나온 자와 농부 두 사람이 첫 새벽부터 나와 여러 가지 시험을 하고 있는 중이었다.

그들 너머 태양 빛이 쾅하고 비치자 그들이 뿜어낸 연기와 새벽안개가 이종 교배를 하며 피곤하고 의심 많은 분대원들의 정신을 혼미하게 하였던 것이다. 꼭 한 달 전 고참 상병이 작전 중 사지가 잘린 상태에서 마치 한 나라 척 부인이 사지가 잘린 것처럼 하고는 담배 한 대를 달라고 하여 한 모금 빨더니 스르르 눈을 감았던 것이다.

그들의 은신처인 구치터널은 길이가 250킬로미터에 이르고 깊이는 지하 삼 내지 8미터였다. 내부에는 여러 층과 방들이 만들어져 있고 터널의 통로는 세로 약 80센티미터, 가로 50센티미터로 좁고 협소하였다. 그러나 체구가 작은 베트남인들에게는 견딜 만한 공간이었다. 터널의 입구는 나뭇잎 등으로 정교하게 위장이 되어 있어 외부에서 쉽게 발견되지 않으며 규모 또한 짐작하기도 어려웠던 것이다. 아군의 공격이 시작되면 베트콩들은 이 터널에 몸을 숨기고 몇 날 며칠을 은거하다가 공격이 잠잠해지면 다시 나타나 기습을 해 오곤 했다.

전술가들은 월남전을 〈그림자 전쟁〉이라고 불렀다. 누가 적이고 누가 아군인지 구분할 수 없으며 양민이 베트콩이 되고 베트콩이 양민으로 변하는 유령 같은 전쟁이었다. 평범해 보이는 논둑에서도 금방 총알이 날아올 것 같고, 움푹 파인 곳이 기관총을 놓았던 자리이며, 높은 나무 위에는 저격수가 있을지 모른다는 음산한 기운에서 벗어나지 못한다. 곳곳에 포격으로 풀과 나무가 모두 죽고 땅은 잿빛으로 변했다. 그 인고의 삶에 경의를 표하다가도 겨우 자란 선인장 넝쿨에 너덜너덜 걸려있는 전선을 발견하는 순간 전쟁의 마수는 간극 없이 온 몸의 세포 구석구석을 파고든다. 어느 한 찰나 적막을 깨고 따르륵 M16의 연발소리가 귀청을 찢었다. 베트콩의 기습인가 창황히 소총의 안전장치를 풀고 달려가 보면 전선 끝에 매달린 맥주깡통이 정글 복에 스치면서 내는 소리에 놀라서 방아쇠를 당긴 것이다. 그곳에도 어김없이 철조망과 부비트랩이 쳐져 있었고 벙커 중심부에는 저런 관망대가 설치되어 있어 비상시 적의 침투 동선을 파악하는 지휘 본부 와 관측소 역할을 했다.

누구의 지시도 없이 익숙하게 자연적으로 M16이 불을 뿜었고, 그들이 뒤로 넘어지면서 들어 올린 분무기 대를 총으로 착각하여, 수류탄 투척까지 하여 섬멸하였던 것이다. 논에 물이 자박하게 고인 벼 포기 여기저기에 박힌 시신의 귀를 잘라 전리품으로 챙겨 휘파람을 불며 귀대하였다. 상부에 보고하여 분대원들 모두 화랑무공훈장을 받았고, 소대장도 그 윗단계 훈장을 받아 중대는 거의 축제 분위기였다.

몇 달이 지났다. 중대가 소란했다. 성장省長이 연대장을 찾아와 거세게 항의를 했다는 것이었다. 지난 번 작전하고 오던 길에 사살한 농민 중 한 사람이 기적적으로 살아나 자초지종을 증언했던 것이다. 그 당시 죽은 척하고 비록 한 쪽 귀를 잘리는 고통을 참았던 것이다. 훈장을 반납한 것은 물론 소대장이 징계를 받았다. 분대원 중 두 명이 이미 귀국하였으나 곧 훈장을 반납하기에 이르렀던 것이다.

지금도 베트남 곳곳의 만행비에는 이런 문구가 제일 많았다.

— 하늘을 찌를 죄악, 만대에 기억하리라

제 3 부

뜻대로

누구든지 하나님의 뜻대로

행하는 자가

내 형제요 자매요 어머니다

18장 출판出版을 출판出判하다

　이듬해 미지의 출판 성城에 홀로 들어서서, 소위 납본업무를 맡아 이십여 년 간 하루 평균 백오십여 권의 신간을 오십 자 내외로 해제 쓰고, *KDC* 분류하고, 또 읽으니, 지금껏 물경 이십여만 권이 제백 손을 거쳐 갔다 해도 과언이 아니었다.

　보르헤스는 즐거움을 위해 책을 읽어야 한다고 했으나 제백은 의무감이 앞섰다. 남에게 자랑하고 우쭐대고 지성인 양 하고 싶었던 것이다.

　매일 쏟아지는 책의 홍수 속에서, 자신만이라도 비록 여건이 된다 해도, 평생에 단 한 권의 책을 출간하는 자세를 견지하자. 아니면 출간하지 못하고 그 자료를 후대에 넘겨주는 한이 있더라도, 심사숙고해야 한다고 다짐했다. 그런 뜻에서 제백은 미국의 국민 시인 월트 휘트먼을 높이 샀다. 그는 1852년에 처음 쓰고, 1855년 처음 자비 출판한 『풀잎』이라는 시집을, 1892년 세상을 떠날 때까지 거의 사십 년에 가까운 기간 동안 계속 고쳐 쓰고 보충하여 여러 차례 출간했기 때문이다. 이렇게 시집 한 권만을 고집한 시인은 아마 미국 문학사에서 말할 것도 없고 세계

문학사를 통틀어서도 그 유례를 찾아보기 어려울 것 같다. 이는 괴테의 『파우스트』와는 다른 경우였다. 사실 요즈음 같은 세상에선 어학 한두 개 능통하면 인터넷을 통한 정보를 교묘하게 짜깁기 하여, 하루에도 어지간한 책, 한두 권은 예사로 만들 수 있다.

오백 페이지 장편소설 중에는 군더더기가 들어 있기 마련이다. 그래서 내내 본질적인 것만 다루는 단편을 보르헤스는 선호했다. 일찍이 헤밍웨이도 시도했고, 아우구르토 몬테로소도 미니픽션을 시도했다.

"눈을 떠보니 공룡은 아직 거기에 있었다."

페르난도 트리아스 데 베스는 더 많은 작품을 내놓았다.

"옛날에 한 남자가 있었습니다.

그는 자신이 꿈에서 깨어나는 꿈을 꾸었습니다."

제백 역시 너절한 설명을 배제한 글쓰기를 주창하면서, 소설 한 편을 "제백, 태어나다. 살다. 죽다."로 묘사하기도 했던 것이다. 이탈로 칼비노도 압축되고 정제된 단 한 줄의 문장만으로도 소설이 가능하다는 생각을 가졌다. 그리고 책에 대한 책 쓰기인 메타 픽션과 상호 텍스트적인 글쓰기를 지향하였다.

따라서 디지털 시대의 글쓰기에 있어서, 특히 『율리시즈』의 더블린 시詩처럼, 우리의 의식이나 생각이나 추억이 아닌, 누구에게나 익숙한 현상의 것들은, 일반적인 견해로서 설명하기 위해 수고를 하기보다, QR 코드 하나로 해결하는 법을 배워야 한다. 국립중앙박물관의 세세한 설명이나, 즉 작가의 감상이 아닌, 일반적인 설명일 때 더욱 그것이 필요하다.

그리고 기존의 작품, 특히 장편소설은 해체하여, 뼈와 살을 발라 다시 조립해야 한다. 다시 말해, 『카라마조프의 형제들』의 경우, 등장인물이나 작가의 시선에서 본 사물은 제외하고 흔히 말해, 페테르부르크시의 몇몇 건물들에 대한 상식적인 서술은 발라내어야 한다는 것이다. 특히, 『백경』에서의 고래에 대한 설명은 더욱 발라내야 하는 것으로서, 제1호 제거 대상이 되겠다. 즉, 인터넷에서나 책자에서 얻을 수 있는 것은 되도록 멀리해야 한다. 바쁜 일상에 이중삼중 설명의 귀신들한테 친친 감길 까닭이 있겠는가.

"좋은 소설가는 주술적인 측면을 가지고 있어야 한다. 소설 작업은 100퍼센트 지성만으로 불가능하다. 지성 외에 다른 세계와 연결고리를 찾는 작업이다." 라고 베르베르가 말한 것을 깊이 새기고 있다.

요즘 자서전 쓰기가 붐이다. 사실 농업, 산업, 정보화, 인공지능을 겪고, 산간벽촌에서 태어나 어린 시절을 보내고 점차 서울로 유학 와서 군대를 전역하고 직장 잡고 결혼한 경우, 그리고 6·25를 강보에서 간접 경험하고, 4·19, 5·16, 10·26, 12·12, 6·29를 겪은 자의 일생은 대하소설감이다. 그런데 자서전이란 게 너무 밋밋하다. 그래서 자서전 안에 일기, 명상, 좌우명, 다양한 글 등을 마치 믹서에 집어넣어 갈아내듯 하는 작업이 필요하다. 그리고 다양한 시도도 필요하다. 소설이 장르의 제국주의라고 할 때 다양한 시도는 아무리 해도 지나치지 않는다. 이 점에서의 선구先驅는 당연히 『젠틀맨 트리스트럼 샌디의 삶과 견해』이다. 만약 이 작품이 없었다면 제임스 조이스의 『율리시스』 같은 대작이 과연 가능했을지 궁금하다. 한때 새뮤얼 존슨은 기묘한 것은 오래가지 못하는 법이라고 비평했지만.

『대머리 여가수』에서 목소리 크기에 따라 글자의 크기가 달라지고, 추리 소설에서 수사 증거물인 머리카락, 손톱 등이 비닐봉지에 담겨져 책 부록으로 되어 있으며, 냄새나는 책이 출간되기도 한다. 영화 포디4D처럼. 그래도 문학은 타 분야에 비해 그 실험성이 뒤떨어진다.

어느 시대이고 진리와 혁신의 목소리는 미쳤다고 여기는 소수의 이단자에게서 들려오게 마련이니, 기인도 자살자도 미치광이도 없이 표준규격품만 있다는 것은 어떻게 말하면 불행한 일이다. 진정한 애국자, 참된 철인, 위대한 예술가가 어떻게 성한 사람일 수 있겠는가.

한국은 아직 니체나 보위, 뭉크 등을 배출하지 못했다. 앞으로도 배출하기 힘들 것 같다. 한국인이 창의적이지 않아서가 아니라 유럽인과 달리 혼자인 상태를 잘 받아들이지 못하기 때문인 것 같다. 베토벤이나 반 고흐처럼 광기 넘치는 고독한 천재가 유럽인의 전형이다.

유럽인들은 개인 작업에서 두각을 나타낸다. 니체는 삶 대부분을 은둔자로 살았다. 그는 '실스 마리아의 은자隱者'를 자칭

하며 작품 대부분을 스위스의 깊은 산 속 외딴 오두막집에서 집필했다. 독창적인 팝 뮤지션 데이비드 보위, 소설가 톨스토이와 마르셀 프루스트, 화가 뭉크 또한 은둔형 인간들이었다.

마지막으로 우리는, 결곡함과 오연함으로 하여 일본의 '살아 있는 작가정신'으로 불리는 『소설가의 각오』의 마루야마 겐지를 생각해야 한다.

어느 한 분야도 부패와 편견과 아집으로 병들지 않은 분야가 하나도 없다고 단언해도, 결코 지나친 말이 아닐 정도다. 모든 분야가 복제·복사 공화제이며, 우리 모두 그 시민이라고 해도 지나친 말은 아닐 터. 그나마 사회 타 분야는 어느 정도 진화하려고 몸부림치고 있는 반면에, 출판계는 진정한 햇빛이 비치려면 요원하다.

제백이 소위 말해 바른 소리를 하다가 출판인들은 좀 다를까 믿고서 하다가 된통 징계를 당해, 좌천되어, 지방대학교로 주유천하 구경하듯 계도하러 다녔다. 마침 한 대학교 구내 복사실에 들렀다. 그곳에는 며느리와 시어머니 두 사람이 복사기 세 대를 놓고 학생들의 교재 일부분을 복사해 주고 있었다. 복사기 한 대는 부속을 갈아 넣는 여분의 것이었다. 아무튼 그들은 복제 계도원에게 심하게 항의했다. 자기들은 초등학교를 겨우 나왔는데, 학교구내 복사실 입찰에 응하여 힘들게 계약을 했다는 것이다. 그런데 매번 단속이다 계도다 나와서는 이리 뒤적이고 저리 뒤적이면 용무로 왔던 학생이 도로 가니 손해가 막심하다는 것이다. 그렇게 사람 죽일 듯 나쁜 일이라면 왜 지성의 전당인 대학에서, 그것도 구내에다 버젓이 입찰을 하게 했냐는 것이다. 그리고 가만히 있는 데도 돈을 빼앗는 세상인데 자기들은 앉아 있는데 대학생들이 와서 복사를 해 주라고 하는데 어찌 안 해 주고 배기겠냐고 오리려 반문했다. 복사물이 저작권 위반인지 어찌 알며, 만약 알았다고 해도 안 해 주면 자기들은 이 학교에서 내쫓겨나야 하지 않겠냐는 것이었다. 그러면 굶어죽을 수도 있을 것이며. 이것이 대한민국 복제의 현실이다.

한편, 일 년 가야 고전 한 편 읽지 않는 풍토를 개선하여 이끌 생각은 않고, 그들을 부추기는 데 앞장서는 듯한 인상을 주는 이 절망적인 문학 출판계에서 과감히 탈피해야 한다.

자타가 인정하는 좋은 작품을 만들어 들고, 몇몇 유수의 시집 출판사에 들어가고자, 그것도 변죽만 울리고 다니다, 좌절 일보 직전에 이른 이가 많다는 것을. 그들에겐 그 견고한 성은 양만춘의 안시성보다, 저 헥토르의 트로이성보다 더 견고하다. 여기서 제백은 다짐했다. 스스로 트로이 목마가 되려고. 제백이 출협에 근무하면서 힘닿는 대로 그들의 작품이 햇빛 보게끔 작은 노력을 기울이기도 했다. 지금 와서 볼 때 제백에게 남은 것이 있다면 그것은 출판대학의 수강생의 취업에 진력을 다한 것과 그것이었다. 그러나 막상 결과를 보면 제백만 빚덩어리 눌러있고, 저자들은 떵떵거린 꼴이 되었다.

그 중 『매스컴 국어』는 열일곱 군데 돌고 돌다 와서는 소개한 출판사에 출간되자마자 베스트셀러의 반열에 오르는 기염을 토했고, 『서울대생이 쓴 영어 강의집』 시리즈는 더 성공한 저작물이었다.

하루는 출판대학 제3기생이요 독일 슈투트가르트 대학교에서 박사학위를 받은 교수가 찾아와서 국내 번역된 밀란 쿤데라 단편소설들 거의가 페이지마다 심지어 예스를 노로, 노를 예스로 번역되어 있으니, 자기가 다시 번역하여 출판하는 게 어떻겠냐는 의사를 타진해 왔던 것이다.

그래서 출간된 책이 『영원한 동경의 나무에 열리는 황금사과: 일곱 가지 사랑이야기』(밀란 쿤데라 지음, 안성권 옮김, 발행처: 세원, 발행년: 1990.)였던 것이다. 그런데 지금이나 그 때나 진정한 독서풍토가 조성되어 있지 않아서 불과 몇 권만 팔려 그냥 쌓아놓고 있다가 1991년 출판대학 제6기생 두 명이 대학 입구에서 한 권에 단돈 천 원에 팔았다. 그 판 금액 절반을 그들이 갖고 나머지는 술값으로 충당했던 것이다.

그 중 한 명은 낭만적이라 한 번은 우리 세 명이 영등포 어느 극장에서 2본 동시 상영 중이던 〈버지니아〉를 보고는 젊은 한때 동정을 상실한 철로변의 그 유곽을 찾아 헤매었으나 끝내 찾지 못하고 족발에다 소주만 퍼 마셔댔던 것이다.

미리 번역한 작품이 출판사의 푸대접을 받다가 그해 가을 노벨상을 타게 되었는데 뒤늦게 후회한 출판사도 생겼다. 그게 바로 윌리엄 골딩의 『파리대왕』이다. 제백이 적극적으로 추천했으나 사장은 귀담아 듣지 않았던 것이다.

우리 인생길 반 고비에 올바른 길을 잃고서 난 어두운 숲에 처했었네.

제백은 인생이 칠십이라면 그 절반 정도의 나이에 대한출판 문화협회에 입사하였다.

출판협회는 사간동 동십자각 옆에 자리 잡고 있었다. 결국, 근 삼십여 년을 이곳에 드나든 꼴이 되었다. 제백에게는 총명한 여교육생이 보낸 한 편의 시가 있었다. 늘 가슴 깊이 새겼다. 그녀는 출협에서 운영했던 3개월 출판편집 과정의 1985년도 〈편집인 대학〉을 수료하였는데, 특이하게도 출석부에 매일, 바다, 여름, 강, 산, 파도 등 보통명사로 서명을 대신했다.

동십자각에 불이 켜진다
스산한 사막의 하루가 또 저물었다
술처럼 독한 위안을 찾아
맨발의 백작부인이 넘실댄다

떠다니는 섬들이다
섬들의 여인은 살갗이 화사하다
맞부비면 더욱 더 윤이 돋고
화사한 흰 살갗이 고요...

별 없는 하늘이랑도 우러르면서

오늘도 한방울 술 속에 갇힌

나의 여자와 자유의 追憶祭를 불사른다

建春門에도 불이 켜졌다

병든 사랑의 母音 하나를 땅에 떨구면

끝내 날지 못하는 새

새의 이름으로 탄생하는 시가 있다

어디선가 아련히

이 시대를 유랑하는

집시의 풀피리 소리가 들린다

덫에 걸린 내 영혼도

금요일 밤의 비에 젖는다

호젓하게 내려쌓이는 밤을 마시며

떠다니는 섬들의 몸짓으로

동십자각의 불빛앞을 서성인다

　 ― 권일송의 〈동십자각에서〉 전문

※ 밑줄 부분만 그녀가 봉투 앞면에 써 보낸 것임.

　제백은 10·26과 12·12를 겪으면서 그리고 이열 선배가 이문열로 등단하는 것을 보고 모든 재산을 포기하고 세상을 떠돌다 병을 안고 와 서부병원에 입원하였다.

그가 나신전업 상무로 있었을 때, 청와대 경호원과 중앙정보부 요원들이 종종 찾아와 저녁 먹고 맥주도 마셨다. 그가 친하게 지냈던 청와대 한 경호원은 까무잡잡한 데다 약간 혀가 짧은 발음을 하였는데, 조용필의 〈고추잠자리〉를 좋아했다. 그는 자기 처제가 결혼 보름 만에 쫓겨 오다시피 파혼한 후 제백과 성사시켜려 애를 썼다. 그 때 제백은 맞선 칠십한 번째를 넘어서고 있었다. 그러나 제백이 나름대로 사업을 하고 있다고 호감을 가졌으나 막상 만나보니, 소위 '구름 잡는 소리를 하는 문학을 좋아하는 청년임'을 알고 포기했던 것이다.

그러다가 10·26이 터졌다. 아니 10월 25일 밤, 그자와 같이 내자호텔 내 맥주집에 갔더니 경호실 요원과 중정 요원이 같이 섞여 맥주를 마시고 있었다. 모두들 해병대 선후배가 되는 것 같았다. 모두들 흡족한 날이었다. 모든 계산은 제백이 했다.

그 때는 세무서나 경찰서 심지어는 인근 은행지점장들도 제백에게 손을 벌렸고, 그리하여 한 달에 고정으로 나가는 데가 스물다섯 군데나 되었다. 거기에다 청와대다 중정까지 놀러왔고, 고향 후배들이 군에나 취직하러 시험 보러 올 때도 거치는 것이었다.

제백 모습이 너무 한심하고 하도 답답하였는지 지금도 부산에서 변호사로 있는 고종사촌형이 그 때는 서울에 있었을 때, 매일 퇴근길에 일수금 받듯이 받아 입금시켜 주겠노라고 까지 했다. 그 때 잠시 직원으로 있었던 자가 수안보 관광호텔을 사고, 금성 기사로 있던 자가 지금은 우리나라 소리 연구가로 그 이름을 떨치고 있는 것이다.

10월 27일, 일찍이 홍제동 미미예식장 뒤편 연립주택으로 달려갔다. 그 경호원은 말짱했다. 전날 수안보를 다녀오고 나서, 임무 교대했다는 것이다. 다행이었다.

제백이 〈향학사〉란 출판사에 입사한 것은 〈영어의 왕도〉 저자인 김열함과 좀 더 근접해보려는 단순함이 입사 까닭이었다. 아무튼 김 선생이 그 출판사를 먹여 살리고 있었다. 사실 출판사란 게 한 권의 책만 히트 치면 그만이다. 저, 홍성대의 『수학의 정석』이나 지학사의 『하이라이트 국어』, 송성문의 『성문종합영어』 등이 그것을 잘 말해준다. 어떻게 보면 출판도 로또임에 틀림없다. 제백의 교육생 중 〈한즈미디어〉를 운영하고 있는 자가 있다. 그가 『아침형 인간』을 출간하고 큰 재미를 본 것은 장안이 다 아는 사실이다. 제백은 역력히 기억한다. 그 사장과 또 다른 사장과 같이 술을 마시고 있었는데, 불과 두세 시간에 몇천 권의 주문이 몰려와서 다들 흥분되어 술 잔 돌리기가 거북할 정도였다.

〈향학사〉에서 오직 두 사람을 기억한다. 그 중 한 사람은 편집 주간인 김 씨였는데, 작은 키에 야위고 창백한 얼굴에다 쌍꺼풀이 유난하고 눈이 초롱초롱한 50대 초반이었다. 입이 마르는지 입맛을 자주 다시고 약간 신경질적이었다. 일본통이고, 이야기 시리즈를 만들어서 중국사며 일본사, 그리고 한국사를 저술했다.

또 한 사람은 제백이 만나본 사람 중에 몇 손가락을 꼽을 정도의 천재였다. 학생 운동 전력이 있었다. 지금도 방송기자 출신의 국회의원직에 있는 자와 친구며, 그는 그에게 학생회장 직을 양보했다 했다.

그가 엮은 『땅으로 날아간 연』은 제백한테 큰 자극을 주었다. 그가 웅진 같은 굴지의 회사에 간부로 있다가 어느 날부터 실명 직전이란 소식을 들었다. 술 담배도 즐겨하지 않는 사람이었는데. 너무 안타까웠다. 여기서 웅진에 대해 말해 보면, 윤 회장도 1980년대 제백이 교무를 볼 때 출판교육을 받았으며, 대교도 초기 일일 학습지 납본을 왔을 때 성심성의껏 현실성 있게 자문에 응했다. 그 덕에 귀한 설탕을 몇 년 간 명절 때마다 받곤 했다.

세상을 살다보면 이런 있다오. 즉, 자기는 이 세상에서 제일 건강한 정신의 소유자라고 떠드는 자들 치고 건전한 사람은 드물다. 그 누군가 말했다. 마이크나 *TV* 앞에서 정의다, 진리다, 하고 게거품 물고 열변을 토로하는 자 치고 형제자매, 가정이나 부부 관계가 원만한 자가 없다고. 여기엔 여자고 남자고 다 해당된다고.

흔히 사회적으로 명망을 쌓고 있는 자가 여비서를 희롱하기도 하고, 하여 거짓 예언자요 지성인 행세를 하게 된다. 그리고 지금도 국회의원으로 활동하면서 가난한 서민 편에 서서 성심성의껏 일한다고 입에 침을 바르지 않고 거짓을 행한다.

지금도 제백 주변에는 어떤 국회의원 아버지의 사업체에서 일하다 인생이 망가져도 보통 망가지지 않은 일흔 살의 한 사람이 있다. 그는 지금도 회생하기 위해 몸부림쳐보지만 그야말로 바위에 달걀치기다. 그뿐이 아니다. 제백의 제자뻘 되는 여성의 아버지 경우는 진주에서 소문난 부자였으나 그 놈의 정치판에 뛰어드는 바람에 배신을 밥 먹듯이 하는 곳에서 거듭 공천 한 번 못 받아, 결국 음독자살을 하게 되는데, 유서에는 자식들에게 절대 정치판 근처에도 가지 말 것을 당부하고 있었다.

　그러니까 1993년 책의 해였다. 행사 일환으로 윤선도를 기리며, 그가 남긴 문학적 산실을 찾아 보길도를 찾게 되었다. 그날 동행했던 방송국 기자 나리들과 출협 여직원 두 명이 숙소에서 제법 떨어진 슈퍼마켓 비슷한 곳에서 통음을 했던 것이다. 그날 그들, 소위 방송기자들이 그 얼마나 소란을 피웠기에 마을사람들의 진정이 청와댄가 어딘가에 올라갔던 것이다. 그런데 사건의 불똥은 엉뚱하게도 두 여직원한테 튀었던 것이다. 대개의 겨우 그렇게 처리하는 게 우리나라다. 그리고 더 가당치도 않은 것은 그 여성 중 평소 술을 즐기고 주량이 센 여성에게 화살이 가고 말았던 것이다. 소위 책의 해라고 출협 회장단과 상무진 중에서 별도의 격조 높은 자들로 추진위를 구성하였는데도 어느 누구 바른 말을 하여 그녀들을 구제하려고 노력하는 자가 없었다는 점이다. 더구나 이것은 양식 있는 출협 역사에서 가장 오점이었는데도 그 누구 기억조차 하지 않는다는 것이다.

　참 희한하게도 그 길로 출협 출판부 미인 여직원은 불명예로 쫓겨나고, 다른 총무부의 붉은 옷만 고집하는 여직원도 감봉 3개월이란 충격적인 일을 당하고부터 시들시들 일에 흥이 붙지 않았다. 그렇게 싹싹하고 친절하던 그녀가 점점 우울해지기 시작했다. 그러다가 몇 년 후 사직하여 어느 보험회사를 힘들게 다니는 게 목격되었다. 그런데 그 사건의 중심에 서서 그 원인 제공 당사자는 버젓이 의정활동을 하면서 옳은 말만 골라서 립 서비스 하고 있는 실정이다.

그러한 것들을 제백이 그냥 보고 넘길 위인이 아니었다. 책의 해 조직위원회 임원들이 참석한 월요 조례 때 제백은 그들을 비겁자로 낙인 찍어 격하게 항의했다. 출협 안팎에서는 가히 제백다운 행동이었다고 칭송도 했던 것이다. 그러나 결국 그것이 계기가 되어, 복사 단속요원으로 전락했고, 직책도 없고, 감봉도 4개월을 당했던 것이다.

최근 혼외자다 뭐다 하고 떠들어대는 검사에 대해 언급해보겠다. 그들은 천하영재가 모인다는 S법대를 나와 최고의 시험제도인 사법고시에 합격하여 지방에 가면 그 지방의 유지급들과 회의도 하고 식사도 한다. 그런데 그들의 업무란 것이 죄인들을 취조하는 것이다. 각종 범죄를 다루는 것이다.

즉, 도둑, 사기꾼, 강도, 살인 등 일상에서 흔히 일어나는 사건을 몇 십 년 접하다 보면 어떤 때는 스톡홀름 현상이 스멀스멀 기어올 때도 있었을 것이다. 아무튼 최고의 천재가 천하의 오사리 잡배 범죄자와 오랜 세월 마주 앉아 수사를 주고받다가 보면 어쩌면 검사들도 본의 아니게 범죄자의 수법을 배울 수 있는 게 아닌가 한다. 그래서 미국 *FBI*에선 다양한 방법으로 살인한 자를 특별 채용한다지 않는가. 한편, 뻔히 보이는 거짓도 아니라고 잡아떼는 것을 보면 과연 진실은 어디 숨어 있는지 도통 알 수가 없다. 국회의원이나 고위공직자, 큰 기업의 간부들이 구속될 때 한결같이 부인에 부인하는 것을 보면 그들이 고등학교 성적으로 좋은 대학에는 갔지만 인성은 제대로 갖춰지지 않았구나 하고 생각하게 된다.

제백의 군 선배가 미국 네브래스카 주의 오하마에서 큰 슈퍼마켓을 두 곳을 운영하고 있는데, 그는 통화할 때마다 한국의 교육에 관해 날선 비판을 가해온다. 그는 초등학교 출신이면서도 스스로 고시공부도 했고, 선거관리위원회에서 종사도 해봤으며, 영어도 곧잘 하여 이민 와서 언어소통에 별 지장이 없을 정도였다는 것이다. 그런데 한국 최고의 대학 최고의 학과에 나온 고향 선배는 자기가 어디 대학 무슨 학과 나온 것으로 소위 말해 가오다시를 부리니, 사람들이 미워하고 종래는 피하기까지 한다는 것이다.

제백은 앞에서도 언급했지만 한국 제일의 실력자가 되기 위해 의무적으로 책을 읽었다. 책뿐만 아니라 인간이 느끼고 행하는 모든 장르의 것을 소화하려고 부단히 노력해왔다. 그래서 혹간 그를 걸어다는 백과사전이니, 만물박사니, 대천재니, 하고 부른다.

1930년도 전후에 태어나 대학을 나온 자들은 평생을 대학 나온 실력으로 써먹을 수 있었다. 그러나 지금은 사정이 완전히 달랐다. 그래서 제백이 출판대학 교무 일과 강사 일을 보면서 고교 출신이 6개월 간 교육으로 엘리트 학교 출신을 능가하는 것을 봤던 것이다.

인성도 지성도 갈고 닦아야 한다는 것을 실감했다. 언젠가 제백이 중학교 동창생들과 맥주집 스탠드에서 노래를 부르고 있는데 이미 온 일행 세 사람들이 자기들도 손님이니 좀 배려해 주면 좋겠다고 통사정을 해왔다. 그러나 이차로 간 집이라 이미 흥이 오를 대로 오른 제백 친구들이 그들의 요구를 묵살하고 더 요란하게 노래를 부르자 문을 박차고 나가면서,

"에잇, 집단 이기주의가 이래서 문제란 말야!"

그날처럼 촌놈 학교 출신이란 게 창피한 적이 없었다. 또 한 번은 중학 친구들이 강원도 속초로 회 먹으러 간다며 같이 가자고 해서 당연히 마누라도 같이 가는 줄 알고 확인 차 물었더니, 무슨 팽기 불 끄는 소리냐고 반문하며 일방적으로 불참 통보를 해왔던 적이 있었다. 그게 서울과 달랐다. 서울 고교친구들은 될 수 있는 한 부부 동반이다. 물론 제백의 경우 중학이 남녀공학이라 좀 흐릿하긴 했다. 결혼 초기 친구들과 상견례 장소에서 중학 친구들이 하도 욕을 많이 해서 마누라가 다시는 참석하지 않으려 했다.

사실 욕이란 게 상대방이 허용해야 하는 것인데, 학습지출판

사를 차려놓고 무리하게 사업을 하다가 쫄딱 망해 제백이 물이 빠진 자 건져주듯 취업을 시켜주었다. 그런데 배은망덕하게도 시도 때도 없이, 옆에 사람들이 있건 말건 제백한테만 욕을 해댔다. 왜 듣기 싫은데 자꾸 하느냐고 했더니 친해서 그런다고 했다. 그래서 친하기 싫으니까 하지 말래도 막무가내였다. 결국, 사업 실패에 대한 깊은 성찰을 하라고 아킬레스건을 건들었더니 아니나 다르게 탁자를 치며 때릴 듯 버럭 화를 내는 것이었다. 그날까지 세 번째 화를 냈던 것이다. 결국, 결별을 고했다. 그는 레프 톨스토이나 어거스틴보다 더 방탕하게 청년기를 보냈다. 주로 집 근처 미아리 대지극장이 뭇 여성을 유혹하는 주 무대였다. 그와 같은 왕성한 식욕에는 가정부든 유부녀든 여대생이든 상관할 바 아니었다. 특히, 비오는 날 극장입구에 서 있다가 혼자 우산을 펴는 여성을 골라 작업에 들어갔다. 그리고 명동의 다방들도 그의 유혹하기 좋은 장소였다. 그는 학교 수업이 끝나자마자 명동이라는 유목지를 달려가 이리저리 쏘다녔던 것이다. 한 곳에 머물지 않는 정서불안 증세도 엿보였다. 결국, 자기가 서울 법대 재학생이라 신분을 속여 굴지의 백화점 고명딸을 과외 하다가 몇 차례 임신을 시키고 더 이상 낙태가 불가능하다는 병원 측의 진단을 받고는 할 수 없이 어린 애까지 낳았고, 마침내 홀트아동복지재단을 통하여 입양을 시켰다. 며칠 후 그는 다른 과외 자리를 찾아 옮겼고, 또 그 집 딸과 교제를 하였는데, 뒤를 밟은 전 애인이 그들을 목격하고는 그의 싸늘하고 비웃는 듯한 눈빛을 보고 혼자 술을 퍼마시고 곧장 백화점 옥상에서 뛰어내려, 장안이 들썩했다.

한때 그는 불암산 아래 어느 동네에서 과외를 하다가 크리스마스를 맞이했는데 그날 밤 소위 과외생 남녀를 불러 단체 관계를 맺는 기상천외한 짓도 했던 것이다. 결국, 사생아의 본성을 벗어나지 못한다고 주위 아는 사람들이 입을 모았다. 바깥에서 새는 바가지 안에서 안 새랴, 그의 네 번째 아버지는 그의 일거수일투족을 못마땅하게 여기고 있었으며 집에서 쫓아내려고 어머니와 잦은 싸움을 했다. 그는 말귀를 못 알아듣는 자기중심적 인물이었다. 그와 누이동생 세 명, 그러니까 네 명 모두 성姓이 각각이었다. 시집간 세 동생이 힘들게 살고 있는데도 단 한 번 안부를 묻지 않다가 사업이 실패하자 안면 몰수하고 구걸하다시피 손을 벌렸다. 그는 과거를 지우려고, 다시 말해 신분세탁을 하고는 처가 식구들만 예우하고, 모니카보다 더 시도 때도 없이 기도하며 지극정성으로 키운 어머니는 멀리한 채, 단 한 번도 손자 손녀를 보여 주지 않았다. 어머니가 언제 죽었는지 살았는지 알 수가 없었다.

그러나 인간의 운명은 도무지 예측할 수 없는지라, 그가 결혼한 지 이 년이 지난 어느 날 한복 곱게 차려입은 한 연인이 그의 어머니를 찾아왔던 것이다. 예쁜 사내아이를 안고서. 그러고는 자기는 애인과 같이 곧 캐나다로 떠나려한다며 이 아이가 당신 손자뻘 되오니 받아주라고 간곡히 사정했다. 마침 그 자리에는 시집 간 큰 딸이 있었다. 큰 딸은 대학교 때 만난 남편이 교통사고를 당해 반신불수가 되었다. 사람들은 말했다. 그들이 부부의 연을 끊지 않는 것은 루터교의 독실한 신자이기 때문이라고. 아무튼 큰 딸이 그 아이를 맡기로 했다. 먼 훗날 마치 태종 밑에 세종 있듯, 그 아이는 훌륭하게 자라 굴지의 의과대학을 나와 유엔에서 일을 보고 전국구 국회의원 두 차례, 지역구 두 번 하고는 마침내 대한민국 국회의장이 되었다.

그 당시 치고는 키가 컸는데 학교 다닐 때는 179센티미터이라고 모두 알고 있었다. 세월이 지나 그가 실토한 키는 185였다. 왜 속였냐고 반문하였더니, 친구들과 *보조를 맞추려고* 속였다는 것이었다. 그는 예사롭게 무심코 말했겠지만 그의 간악함이 젊었을 때 이미 넘쳐났음을 여실히 보여주는 것이었다. 무척 놀랐다. 결국, 그는 무슨 회사 경비직에 취직했다가 일 년 계약이 끝나고 재계약을 앞둔 하루 전, 회식자리에서 술에 취해 사장이 묻는 말에 그만 무심코 예사롭게 심각한 표정으로 눈을 치뜨며 사장을 노려보면서, 'ㅈ까네!' 하고 내뱉었다가 그 다음날 회사로 뛰뛰빵빵 재계약하러 차를 몰고 가는데, 핸드폰 문자로 통보가 왔던 것이다. 그것도 카톡과 일반 문자 두 곳으로 왔던 것이다.

"선생님, 사장님이 집에서 'ㅈ이나 까고 계시랍니다.'"

그 소식에 쇼크 받아 아침 강렬한 햇빛에 어질어질, 그만 난간을 들이받아 못으로 추락하고 말았다. 마치 앙리 조르주 클루

조의 〈공포의 보수〉를 연상시키는 장면이었다.

　국회의장인 아들이 그의 장례식에 참석한 것을 두고 뒷말이 많았다. 그것은 어머니 모드 곤을 삼십여 년 짝사랑했던 예이츠의 장례식에 참석한 숀 맥브라이드와는 차원이 달랐다.

19장 김대중 옥중서신

출협 납본은 문교부에서 위탁받은 업무였는데, 세월이 흘러 다들 출협의 고유 업무로 착각하고 있었다. 납본실은 접수창구를 제외하곤 삼 면이 벽으로 되어 있었다. 그런데 그곳에 복제 단속원 열 명이 출근하여 담배 피우고, 커피 마시고, 잡담하다 가고, 마지막에 서무를 겸한 단 한 명만 남아 업무를 보았다. 납본실은 여직원 두 명, 남자 직원이 부장 포함해서 세 명이었다. 11제곱미터의 협소한 장소지만 불평 없이 근무했다.

언젠가 제백이 *TO*상, 서류상 형식적으로 한국출판금고 직원으로 입사했다. 그러나 처음부터 출협 업무를 보게 되었다.

그는 출협과 한국과학기술연구원*KIST* 간 한국도서총목록 데이터베이스 공동 프로젝트 실무 일도 보았다. 그리고 출협으로 납본納本된 모든 도서를 키펀치 작업했다. 또 그 도서 중 문사철 분야만 뽑아 오십 자 내외의 해제解題를 작성하기도 했다. 그리고 그것을 편집하여 보름에 한 번씩 〈오늘의 신간〉을 발간하여 전국 도서관과 학교에 배포하기도 했던 것이다. 월간 〈출판문화〉차례를 데이터베이스화 작업의 주무도 맡았다.

그러다가 〈한국컴퓨터 인쇄(주)〉와 출협 간 해마다 발간한 『한국출판연감』목록과 색인 작업 책임자로 일하였다. 이 일이 성공함으로써 〈(주)교보문고〉와 〈종로서적〉이 격년으로 도서목록을 발간하게 되었고, 성서도 재조판하는 큰 계기를 마련하였다.

그리고 1987년 10월 11일 책의 날 제정기념 특별기획 도서전시회의 일환으로 마련한 〈한국출판문화 1300년〉 도서목록을 출판 평론가인 이중한 님과 작은 호텔방에서 밤새워 작성하기도 했던 것이다. 그는 대단한 독서가로서 소문나 있었다. 그러나 그가 출판인대학 강사로 와서는 교탁에 기대어 다리를 비비꼬는 가의 태도에 수강생들의 불만이 많았다. 그래서 본부 측 몰래, 물론 제백도 본부 측이지만 하여튼 제백이 강사들의 수행평가를 받아냈다. 그 중엔 비록 강의 목소리는 어눌하지만 보충자료를 한 보따리 들고 먼 안양에서 버스를 타고 오시는 노 편집자에겐 큰 점수를 준 것을 볼 때 결국은 성의문제란 것을 알았다.

2000년 7월 1일에 설립된 한국복제전송저작권협회에서 국내 논문의 데이터베이스화와 국가전자 도서관의 도서관 보상금 관리시스템 구축과 과금 프로그램 개발의 주무팀장으로서 그 역량을 경주하기도 하였다. 또 〈(주)들음 닷컴〉과 맹인용 점자책을 중심으로 각 출판사나 저자들과 저작권 문제를 협의하기도 했다.

한 번은 열심히 일하고 있는데 담당부장이 강당에 불러 하는 말이, 다른 직원과 업무보조를 맞추라고 했다. 그는 낮에 회사 일을 하는 게 아니라 낚싯대를 책상 위에 쭉 펴 놓기도 하고, 또는 공책에다 증권 실황을 깨알같이 적어 놓고, 일과 후 화투에다 술집으로 전전하면서 끼리끼리 작당을 하고 심지어는 자기가 관리부장인지라 화투 자금도 대주고, 술값도 대주었다가 이자를 쳐서 받는 자였다. 금고가 자기 집 안방 금고인 셈이었다. 그가 고향 부근 못에서 시신으로 발견된 것은 죽은 지 7개월 후였다. 그도 제백의 저주 대상이었음은 두말할 나위도 없다.

그 당시 판금도서가 많았다. 라디오나 *TV*보다 일간지, 그보다 주간지, 그 다음으로 월간지였고, 단행본은 그 수명이 길다고 판단했는지 눈알을 부라리고 있었다. 제백도 판금도서 모으기에 열을 올렸다.

제주도 출신으로서 〈한국출판연구소〉 직원이었던 전 국회의원도 제주도에 판금도서 도서관을 설립하는 게 꿈이라고 했던 적이 있었다.

어느 날 자그마한 책자 한 권이 납본되었다. 제백은 마감 때까지 문광부에서 특별한 언급이 없어서 약간 의아해 하면서도 굳이 알려줄 필요까지는 없겠다 판단하여 납본을 받아 일련번호를 기입하였다. 그 당시 그러한 류의 책은 여섯 권을 납본 받아 다섯 장이 복사되게끔 꾹 눌러 서류를 만들어 삼사 일 동안 모아서 국회나 국립 도서관으로 각각 두 권을 납본했다. 그래서 국회나 국립에서는 절반의 보상금을 받았고, 문광부용 두 권은 못 받았다. 보상금 포기 각서를 제출했던 것이다. 최근에는 법대로 받게 되었다.

며칠이 지나고 문광부에서 야단법석이었다. 그 책을 당장 가져오고 기재했던 서류를 폐기하고, 다시 말해 그 난을 다른 책으로 채워 이어서 감쪽같이 없애란 것이었다. 그러니까 책을 납본을 받았다고 하면 자기들 감독 소홀로 불똥이 튄다는 뜻이었다. 일종의 카무플라주였고 책임회피였다.

그러나 책이 발간된 사실을 알고 보안사, 안기부 등에서 책을 구해 달라고 야단이었다. 한두 권도 아닌 몇 십 권을. 그러니까 업무 중 가장 힘들 때가 판금도서 구해 달라는 것이었다. 다른 출판사보다 그런 책을 출판하는 쪽은 소위 말해 깐깐하고, 출협을 작금의 체제에 순응하는 단체라고 여겨, 색안경을 끼고 있어, 여간해서 협조를 해 주지 않았다. 그도 그럴 것이 판금조치를 해 놓고 달라니, 누군들 잘 응하겠는가.

그 책이 바로 『김대중 옥중서신』이었다.

1903년생 심리학자이자 민속학자인 임 모 씨는 고향이 논산으로 나오는데, 어느 해 지역감정 관련 토론회에는 전라도 출신으로 참석하고 있다. 어찌된 일일까? 이렇게 볼 수 있다. 전북 익산군, 황화면 등 전북 일부는 1963년에 논산으로 합병된 일이 있었다. 원래 전북 출신이지만 그의 고향 마을이 이 무렵 논산에 합병되었을 가능성이 크다는 거다. 그래서 원래 전라도 출신인 그의 고향이 이후로는 그냥 논산으로 나오는 것이고, 그가 전라도 출신으로 토론회에도 참석했던 것이다. 그는 이 토론에서 전라도를 하와이, 개땅쇠라 부르며 전라도인에게는 세를 놓는 것도 꺼리는 실정을 토로했다.

전북 김제 출신 언론인 오 모 씨가 전주에서 고등학교를 졸업하고 홍릉 근처 고려대에 입학했다. 그는 전라도라는 까닭만으로 방을 얻지 못했다. 목소리 큰 어머니의 전라도 말씨 때문에 자신들이 전라도인이라는 사실이 주위에 알려질까 두려워 어머니의 입을 막는데 안간힘을 써야 했었다.

어느 민족, 어느 나라 할 것 없이 특질 또는 기질이라고 해도 좋고 국민성이라고 해도 무방할 뿐 아니라 한 민족 한 나라에도 지방 따라 그 지방의 특질 또는 특성이 있고 더 세분하면 한 동네, 한 집안에도 볼 수 있다.

세계 인류가 제각기 얼굴 모양이 다르듯이 그 언어 행동, 사고심상思考心象이 결코 같을 수가 없는 것은 너무나 당연한 일이겠으나 단지 딴 데서는 그리 흔하지 않다는 것뿐이다.

다시 말해서 유사, 즉 동류同類가 한 민족 한 사회의 5분의 1을 공약수로 낼 수 있다면, 그것은 그 민족 그 사회의 특질 또는 특성, 기질이라고 해도 좋지 않을까?

영국 사람들은 모임이나 술자리에서 모욕을 당하거나 불쾌할 경우, 나비넥타이를 매만지거나 수염을 쓰다듬으면서 결투를 상의한다든지, 미국인들의, 권총부터 쏘아 놓고 그 가족의 부양비를 계산한다든지, 셋만 모이면 혁명을 도모하는 독일인, 조의나 축하금으로 천 원짜리 수표나 약속어음을 내놓고 거스름돈 오백 원을 현찰로 받아가는 불란서, 담배 한 갑 값만 있으면 일을 쉬는 인도 사람들, 일본 사람들의 여차하면 발도拔刀 하라키리割腹.

언젠가 미국에서, 코끼리에 대한 연구 논문을 공모한 적이 있었는데, 그 때 불란서에서는 코끼리의 사랑, 즉 로맨스에 대해서.

영국에서는, 코끼리의 사냥에 대해서.

중국에서는, 코끼리 요리에 대해서

미국에서는, 세계에서 제일 큰 코끼리에 대해서.

일본에서는, 진짜 코끼리를 세계에서 제일 작게, 또 진짜보다 더 진짜를 만드는 데 대해서.

독일에서는, 코끼리에 대한 연구 논문 상중하 세 권을 그것도 겨우 서설序說로 내놓았다, 하고 아무튼 그 진부眞否는 그만두고라도 그 나라대로의 국민성, 특성, 특질, 기질…… 같은 것을 엿볼 수 있지 않을까 싶다.

이야기를 우리나라로 돌려 보면 더 잘 짐작이 간다.

우선, 전라도로 말하면 참 재미나고 섬세하고 다양하다. 간드러지는 전라도 방언. 나긋나긋 감태같이 감칠맛 나는……. 그뿐이랴, 풍류를 알고 멋을 알고 음식 솜씨 좋고 옷을 입을 줄 알고. 뭐 예를 들자면 한이 없다. 그런 반면에 결점과 하자도 많다.

첫째 표리부동 신의가 없다.

입속 것을 옮겨 줄 듯 사귀다가도 헤어질 때는 배신을 한다.

그런 만큼 간사하고 자기 위주요 아리我利다.

나신전업 제일 분점인 내자동 금성 대리점 근처의 <경북농약> 여직원 서너 명과 저녁자리를 가졌다.

그날 제백이 평소에도 눈여겨 두었던 서울여상 출신이 위 글이 실린 잡지를 들고 있었다. 한창 이야기꽃을 피우고 있는데, 그녀가 불쑥, 그 <특질고>를 펼치고는 심한 욕설을 해대는 것이었다. 너무도 난감했던 것이다. 그녀가 고향이 금일도란 것쯤은 벌써 알고 있었다. 제백은 김영수 작가의 작품을 읽지도 않아서 뭐 별로 할 말이 없었으나 그녀는 그가 경상도 작가란 데 주안점을 두고 있었다. 결국, 한 사람이나 한 작품이나 어떤 글을 읽을 때 한두 군데를 꼬집어내지 말고 전체를 보아야 하지 않겠느냐는 원론적인 말에 그녀는 버럭 화를 내며,

"당신은 위선자야, 이 글을 읽어보면 알게 아녀요!"

하며 문을 박차고 나가버렸던 것이다.

그 일 이후 제백은 자기 마누라 고향이 군산이라고 네 번째 공통점을 집어넣었던 것이다. 사실은 군산에서 잉태하여 속초에서 태어났던 것이다.

제백 가까운 친구 중 전북 고창 사람이 있었는데 결혼 당시 신부 친척들한테 논산이라고 속였던 것이다.

제백 가까운 후배가 남원이 고향이었는데 한 번은 강원도 친구가 '~했당게' 하고 약간 비웃자 대번에 맥주잔으로 얼굴을 쳐 안경이 부서지고 코피가 낭자했던 적도 있었다.

제백은 호남 사람들만 만나면, 자기 조상이 충북 진천에서 양

주로 그리고 고흥군 두원면 관덕리로 이주했노라고 말하고는 사촌 큰형수는 순천이 고향이고, 사촌 둘째 형수는 그 명망 있는 광주 홍 안과 손녀임을 강조하면서 대화의 물코를 텄던 것이다. 그는 그들과 만나고 나서 늘 자기가 혹시 위선적인 인간은 아닌지 고민하곤 했다. 자기 고향을 사랑하는 자가 남의 고향도 사랑하게 되는 법이라고 하면서 자기가 재경 향우회 일 하는 것에 대한 의미부여랄까 합리화를 시키곤 했다.

결과적으로 볼 때 우리나라는 남북 대치보다 영호남 갈등이 더 심각하다는 것을 뼈저리게 느끼는 것이다. 제백이 제 아무리 호남에 대한 호감과 여러 가지 도움을 주려해도 늘 색안경을 끼고 보는 듯해서 여간 불편하지 않았다. 뭐랄까. 물과 기름이랄까. 이 간극과 이질감이 너무 커, 동시대를 살아가는 예민한 자로선 감당하지 못할 정도로 힘들어, 더욱 슬퍼지는 것이다.

울산 전하동에서 일어난 조그마한 일화였다.

울산은 다 아시다시피 공장이 많았다. 어느 날 한 젊은 부부가 집을 구하려고 다녔다. 집주인 여자는 그들의 참하고 정감 있는 모습에 당장 내일이라도 오라고 했다. 그들이 다음날 2층에 들어오고 난 그날 밤, 남편이 술을 한 잔 걸치고 왔다. 그리고는 2층에 세 들어 왔냐고 묻고는 고향이 어디냐고 해서 무안 해제 사람이라고 했더니, 대뜸 눈을 부라리며, 내일 당장 내 보내라고 했다.

다음날 아내는 할 수 없이 이사 경비를 대신 주면서 사정사정하였다.

제백과 가까이 지내던 영암 후배는 김대중 대통령이 당선되기 전까지는 전라도 사람이 많이 산다는 부천 일대에서조차 택시를 타고는 될 수 있는 한 말을 하지 않았다. 자기가 전라도 사람이라는 것을 표시내기 싫었던 것이다.

제백의 가까운 친척끼리 식사하다가 한 친척이 다른 전라도 친척의 전라도 특유 악센트로 말꼬리를 물었다. 평소 감정이 좋지 않아서 기회를 포착했다가 저지른 것이었다. 그 이후 그들은 영영 남이 되었다.

제백 집안의 제백보다 나이 어린 아저씨가 농수산부에 근무하고 있었다. 제백은 그가 밤늦게까지 근무를 하는 것을 자주 목격했다. 왜냐하면 저녁 약속 시간을 제대로 지킬 때가 거의 없었기 때문이었다. 그런데도 진급이 쑥쑥 되지 않았다.

한 번은 서울 신탁은행에 다니던 제백 선배가 있었는데 모임 때마다 항상 늦었던 것이다. 하루는 버릇을 좀 고쳐야겠다고 친구들이 몰려가서는,

"범길아, 너 뭐해, 토요일인데, 지금까지 일 하냐, 그러려면 이 직장 당장 때려치워!"

했더니, 불과 몇 분 만에 뛰어나왔던 것이다. 사실 친구 다섯 명이 유단자라 합쳐 28단이 되고 덩치 또한 만만치 않아서인지 바로 위 차장과 부장이 누구냐고 물어서 친구라고 했더니, 당장 퇴근하라고 했던 것이다. 그 이후로는 약속 장소에 제일 먼저 오

게 되었다나 뭐했다나.

아무튼 농수산부 아저씨는 늘 투덜거렸다. 차라리 전라도 정권이 되었으면 좋겠다고. 말인즉슨, 농수산부란 게 정권의 끼워넣기, 즉 구색 맞추기에 불과한 부처이기에 차라리 전라도 정권이 되면 자연히 경상도 장관이 와서 혹시나 아는 사람과 연줄이 되어 도움을 받지는 않을까 한다고.

그는 북경대 파견공부를 하다가 항문에 피가 보여 치질이 아닌가 했으나 그게 대장암이었다. 임종 시 제백 손을 꼭 잡으며 신신당부했다. 건강에는 '설마'가 없다고. 혹여 나는 괜찮겠지, 하지 말라며, 하나 플러스는 하나처럼 더도 덜도 아닌 명확한 것이 건강이니, 술과 담배를 자제하라고 했던 것이다.

그가 유행가를 끝까지 부르는 걸 보지 못했다. 자기 마음에 드는 유행가의 한 소절을 허밍 하다가 또 다른 노래가 유행하면 똑 같은 방식으로 했다. 그러니 노래방이 없었으면 평생 단 한 번도 전곡을 완전히 부르지 못하고 말았을 것이다.

제백은 출협 부설 〈출판대학〉 교무와 강사로 있으면서 자기 한 몸 실천해야 한다는 사명감으로 호남 출신 학생을 우선으로 취업을 시켰다. 어떤 학생은 아홉 번을 취직시키기도 했다. 그런데 그 당시는 의협심이 불타 행한 일이었으나 편법을 동원했기 때문에 후회도 되었다. 그러니까 아홉 번 그 자는 B형 간염보균자여서 취업이 어려워 혈액을 위조했고, 나이도 한 살 초과되었지만 담당자를 구워삶아 겨우 해결을 봤던 것이다.

사실 출판대학 교무를 보면서 애로사항이 많았다. 그것은 강의장이나 세미나장에 경찰이 와서 여러 가지를 묻고 어떤 때는 녹음까지 했다.

그뿐만 아니었다. 종종 강의 들으러 오가는 수강생들이 동십자각 주변 길목 마다마다에서 불심검문에 걸려 제백이 달려가서 해명을 하곤 하였다.

청와대 근처라 경호 안전지대로 지정되어 여러 모로 불편하기 짝이 없었던 것이다.

김제백 님께

다수 인간의 고통에 가슴 치며 고뇌하고
소수자의 불의와 폭력에 분노하시는
김 선생님의 맑고 뜨거운 양심을 존경합니다.
이 시대 가장 진실한 인간의 길,
짓눌린 생명체들이 새 푸르게 되살아나는
진보와 투쟁의 길에서
김 선생님과 저는 하나임을 믿습니다.
건강 유의하시고 이 땅을 일깨우는
'지성의 등대'를 밝히는 사업에
큰 진전이 있으시길 기원합니다.

아, 이 엄중한 시련의 시기를 돌파하여
살아서, 살아서 우리 김 선생님을
다시 만나 뵐 것을
비장한 가슴으로 결의합니다.

음란물은 출판계의 풀리지 않는 숙제였다. 마광수 님과 장정일 님도 유죄 확정 판결을 받은 바 있다.

표절도 문제였다. 산은 산이요 물은 물이다, 라는 것과 매일 독서를 하지 않으면 입에 가시가 돋는다는 것, 윤동주의 서시 등 우리가 익히 지은이를 성철 스님, 안중근 의사, 윤동주 시인으로 알고 있지만 원저작자가 있다는 사실에 우리는 진실과 처음 각인된 것과의 사이에 혼돈을 갖는다. 비뚤어진 것을 바로잡기에는 우리의 고정관념이 너무도 두텁다는 것이다. 그것은 자기에게 유리하고 편리한 것만 소유하려는 비뚤어진 고정관념이다. 여기서 인간의 어떤 맹점을 보게 된다.

그 중 안중근 의사 건은 어느 해 모 출판사에서 독서 장려에 필요한 표어를 부탁하기에 제백이 안중근 의사가 그러한 내용의 글을 붓글씨로 남겨놓았다고 했더니, 거두절미하고 안중근 의사가 말했다고 단정을 해버린 것이다.

비록 거짓 의견이라도 시장에서 공개될 기회를 사전 억제하는 것은 진리가 진리로 확인되는 것을 방해하기에 그러한 것을 악이라고 밀턴은 아레오파지티카에서 주장했던 것이다 여기서 외딴방을 거론하지 않고 갈 수가 없다. 1990년대 초중반에 그녀의 작품 한두 권 안 읽었거나 들고 다니지 않은 여대학생을 보았는가. 연일 납본되다시피 한 그녀의 책들을 오십 자 해제를 쓰기 위해 건성건성 읽었지만 늘 본체가 유혹하였던 것이다. 그래서『풍금이 있던 자리』를 읽었다. 그 책을 읽고 난 후 의도적으로 그녀의 나머지 작품을 피했다. 그녀의 탁월한 감수성과 서정적 문체와 물성物性을 바라보는 격조 높은 혜안 앞에 스스로 굴복하고 말았기 때문이었다. 그리고 무서웠던 것이다 그녀가 마치 제백 속에 들어온 느낌이 들었던 것이다. 자기와 닮았다는 착각에 빠져들기도 했다. 그로부터 얼마 후 출협 옆 카페에서 그녀를 보았다. 어느 잡지사 여기자와 인터뷰를 앞두고 혼자 앉아 있었다. 제백은 바로 옆 좌석에서 전 출협 사무국장이요 현〈출판저널〉취체역取締役이 제안한 출판저널 편집장 자리를 놓고 상의 중이었다. 제백은 정중히 사의를 표하고 막 일어나려다가 그녀와 눈이 마주쳐 스치듯 목례를 했는데 그녀도 알 듯 모를 듯 인사를 받아서 가볍게 목례를 하는 게 아닌가. 그날부터 오랫동안 잠자고 있던 문심文心을 깨웠던 것이다. 그 후 감수성이 많이 무뎌졌다고 여길 때쯤 그녀의 다른 작품을 읽었다. 제백은 청년기에 도스토예프스키를 만나 지나치게 어두운 인간의 심성을 줄기차게 파악을 해오다가 오히려 자신이 우울증에 빠져들었고, 마침내 신 작가를 만나 그녀의 광활한 정신과 기억의 바다를 한없이 노 저어 다니면서 더 높고 깊은 문학의 지평을 넓혀 갔던 것이다.

오늘은 소설적 삶을, 내일은 시적 삶을 살아야 하는가. 아니면 소설적 삶은 소기의 목적을 달성했으니, 앞으로는 될 수 있는 대로 소수의 사람을 만나고 그것도 말귀가 통하는 자들을 만나야 하는가. 일회성 짧은 삶에 있어서 아까운 시간을 먼지 같은 것에 소비해선 안 되겠다. 오로지 시적 삶을 영위하리라. 다짐해 본다.

20장 선운사 동구, 이렇게도
저렇게도 노래하다

미당이 한 잔 마시자 〈작년 것만 아직도 남았습디다〉라고 노래 불렀습니다. 조금 더 취하자 〈작년 것만 상기도 남었읍디다〉라고 했습니다. 그리고 또 한 잔 마시고 나서 얼큰했을 때 〈작년 것만 시방도 남았습디다〉라고 했습니다.

그리고 비틀비틀 헤어질 때는 〈작년 것만 오히려 남았습디다〉라고 했습니다.

다음날 깨어나 제백도 기억이 아리송해서 미당께 전화로 간밤의 안부 겸 여쭤봤더니,

"내가 어떻게 알아요, 잘 모릅니다. 허허허. 자, 전화 끊어요."

아, 시는 기록되어선 안 되는 생물인가, 바람인가, 아니면 노을이런가. 그저, 그저, 노래가 되어 강물처럼 흘러 흘러가야만 한다고 말하는 것 같았습니다. 그렇게 들렸습니다.

그러다가도 어떨 때 다른 정신이 찾아오면, 시는 버들강아지 짙게 물든 언덕에서 구름처럼 꿈처럼 허밍을 합니다. 그 소리를 문자화 하려는 내 노력이 도로에 불과하다는 것을 깨닫자마자 모든 것이 아득히 먼 훗날이 되고 말겠지요.

21장 김서, 사제되다

제백 아들 김서가 태어났다. 아들이 노래하는 신부, 즉 성악가인 사제가 되길 바란다.

아들이 이동원 〈물〉을 듣길 좋아한다.

아들이 다섯 살 때, 책장이 있는 마루에 날개 달린 개미가 수만 마리 나왔다. 아들은 무서워하지 않고 죽이지 말고 몰라서 길을 만들어 내보내라고 소리쳤다.

아들은 실귀의 사고에 늘 기도했다.

아들과 아들 매형 동생과 같이 가평 목동으로 물놀이 갔다가 둘이 술 마시며 한눈팔다가 여섯 살 난 누나 아들이 강물에 휩쓸려 익사했다. 그 당시 누나는 방송국 *PD* 겸 시나리오 작가여서 꽤 촉망받았으나 그 일이 있고나서 이 년 후 이름도 없는 병에 걸려 죽었다.

아내의 죽음, 이제 삶의 의욕을 잃다.

김서는 여주 능서면에 있는 공군부대에서 복무했다. 제백은 이 주에 한 번꼴로 면회를 갔다. 면회소에 남자 혼자 면회 온 사람은 제백뿐이었다.

김서는 많은 갈등을 하였다. 그 때 그는 버클리 공대, 카네기 멜론, 버지니아 공대 등에 합격하여 한 곳을 선정하는 게 고민이라면 고민이었다.

김서가 오실귀가 비극을 당한 그날 밤, 울면서 한밤을 새웠다.

신이란 너무 막연한 것으로 인간이 알기에는 생애가 너무 짧다고 기원전 411년에 프로타고라스는 주장하여 고소당해 추방당했던 것이다.

나는 예수를 좋아한다. 하지만 나는 기독교인을 좋아하진 않는다. 왜냐하면 그들은 예수를 닮지 않았기 때문이다.

강가의 자갈밭에서 큰 돌멩이를 들고 온다. 작은 돌멩이도 들고 온다. 한참 후 그 돌들을 도로 제자리에 갖다놓는다고 했을 때 큰 돌멩이는 본래 위치를 찾기 쉽지만 작은 것들은 불가능하다. 인간에게 죄도 마찬가지다. 큰 죄는 평생 참회하면서 마음을 딱지만 작은 죄들은 그것들이 모여 큰 죄 몇 배의 무게가 된다고 해도 무심결에 지나치게 마련이다.

큰 죄는 블랙홀이 되어 작은 죄까지 빨아들여 참회의 근거지를 만들지만 다수의 작은 죄는 기억 저 멀리에서 깜박거리지도 않는다.

행복이란 인간의 생각의 폭을 최소화시킴으로써 나타나는 자기기만이다.

신은 왜 인간들에게 고통을 안겨 주었는가?

인간뿐 아니라 존재하는 모든 생물은 고통 속에 살고 있다. 이러한 생물체가 존재해야 할 까닭이 있는 것인가? 차라리 무의 상태가 되면 신도 더 이상 존재할 필요가 없을 것이다. 그렇다. 존재의 무. 그것이야말로 우주의 바람이요 마지막 외침일 것이다.

신이 인간의 평균수명을 늘렸다는 증거란 없다. 인간이 21세기에 와서 19세기보다 평균수명이 두 배 정도 긴 것이 신의 뜻이었을까? 아니다. 과학의 발달이다. 그렇다면 신은 과학의 꽁무니에 붙어있는 진딧물에 불과한 것은 아닌지 궁금해진다.

1949년 8월 5일 에콰토르 암바토에서 발생한 지진과 육십칠 년 만에 에콰도르 무이스네에서 남동쪽 27킬로미터에서 일어난 지진은 무슨 관계가 있으며, 왜 일어나는가?

누군가 말했다. 종교란 상식에 대한 모독이고 신앙은 의미부여와 합리화의 극치라고. 성서에는 천 가지 이상의 거짓말이 있다고 마크 트웨인은 주장했다. 최근 몇 십 년 사이에 김일성의 신격화에 성공하고 있는 판에 지난 천여 년 동안 그 얼마나 많이 종교 지도자의 신격화에 매진했겠는가. 침묵하는 바위도 아나운서로 만들 수 있겠다.

버트런드 러셀은 말했다.

어떤 의견이 광범위하게 퍼져 있다고 해서, 곧 그 의견이 전적으로 엉터리가 아님을 증명하는 것은 아니다. 실제로 인류 대다수가 지닌 어리석음이라는 관점에서 보면, 광범위하게 퍼져 있는 믿음은 현명한 것이라기보다 오히려 멍청한 것일 수도 있다.

요즈음 *TV* 드라마가 인기 있다. 우리나라 드라마가 재미있다고들 한다. 영국의 경우, 테임즈 강가 난간에서 아버지와 아들간의 대화를 시작으로 한 회가 끝나기도 한다는 것이다. 이는 무엇을 말하는가. 우리의 인문학적 소양이 드라마틱한 것에만 익숙해져있다는 반증이다. 그것은 우리나라 평균 독서량만 봐도 알 수 있다. 그러니 천박해질 수밖에 없다.

그것은 종교와도 무관하지 않다. 유일신만 고집하는 우리와 고양이 신까지 모시는 일본의 다양한 문화는 분명 차이가 많다. 내 것 아니면 모조리 적으로 치부하는 풍토에서 자랄 수 있는 것은 내 종교, 내 교회, 내 학교, 내 고향 등뿐이다.

신도 인간을 닮아 오욕 칠정과 희로애락에 깊이 물들고 놀처럼 붉게 물들고, 세종의 한글 창제가 없었더라면, 옛것과의 단절은 없었으리라. 전능한 신, 자비의 하나님은 왜 자신의 피조물들을 처참한 고통 속에 방치하는가?

신은 활성活性을 지녔는가? 아니면 먹지도 자지도 늙지도 죽지도 않는 무생물인가. 존재 자체가 무의미한 것인가? 신은 왜 그토록 인간에 대한 간섭이 심한가. 무슨 영화를 누리기 위함인가. 모두가 신앙을 갖고 잘 떠받들면 끝내 신이 누리는 영광은 무엇인가?

광활할 우주의 입장에서 볼 때 삶과 죽음이 주는 뜻은 없으리라. 생과 사는 존재보다 뒤의 뜻이다. 돌과 바위와 공기와 구름과 바다와 강과 산이 죽었다고 할 순 없으리라. 돌과 바위 속에도 생이 있을 수 있으니, 내 죽어 내 영혼과 육신을 먹고 사는 것이 있다.

내 영혼을 먹고 자라는 후대인. 내 육신을 먹고 자라는 숱한 구더기. 만약 화장을 한다 해도. 먼 훗날 재가 또 변하여. 그 용기도 몇 억을 지탱하진 못하고 흩날리는 유골 먼지가 꼭 존재의 뜻이 아니라도 좋다.

무도 뜻은 있다. 꼭 존재만이 가치가 있는 게 아니다. 우주의 일원이 된다는 것. 그 우주와 무의미 한다 해도 무의미, 의미가 뭐란 말인가. 깊은 성찰 속에 나의 뜻을 캐본다.

보라! 현 지구의 조건이랄까. 아무튼 지구는 돌, 모래, 물, 산, 온갖 생명체가 뒤섞여 있다. 우리의 개념으로 볼 때, 생과 사의 견지에서 볼 때 죽어 있는 것, 무생물은 그 존재 가치가 없는가? 아니라면 우리, 내 개인도 몸과 정신 속에 여러 가지가 혼재해 있다. 그것을 맑은 정신이라고 한 곳을 집중하는 것은 인간 조건에 어긋나는 것은 아닌지. 뒤섞임, 혼재가 인간의 조건이며, 인간이란 종에도 개인과 단체, 죽음과 삶이 혼재해 있어야 그 조건에 부합한다고 하겠다.

사람들이여! 왜 과학자들, 특히 우주 과학자들은 생명체의 존재 조건을 지구상의 것으로 인식하는가. 우리의 영혼이 무생물이듯 그것이 생활하고 있듯이 외계의 것들은 우리의 인식과는 다를 수 있을 것이다. 이는 크나큰 철학적 사유다. 그리고 우리가 말하는 살아있음이 꼭 우주의 물체의 존재조건은 아니리라. 보라! 생각과 꿈이 꼭 물과 공기와 그 외 생존의 조건을 갖춘 것은 아니지 않는가. 물론 그것이 낳은 것이 살아있는 인간의 것이긴 해도.

하나님의 편협함이여, 당신이 다 만들어 놓고 꼭 믿어야 복을 준다니.

왜 인간의 본능에 악함을 넣으셨나요. 선하고 착하고 부드러움만 넣었다면 구태여 믿고 안 믿고 가 무슨 상관이 있겠습니까. 좀 편하게 지내실 수 있을 터인데 말이에요.

니체가 "신은 죽었다!" 라고 선언하기 훨씬 전에 위대한 인간인 괴테는 이미 신의 죽음을 설파하고 있었다. 성서의 인간창조설도 삼위일체설도 괴테는 거부했다. 인간만이 그렇게 유달리 하느님의 사랑을 받을 까닭이 없다는 것이다.

성서나 불경과 각국의 건국 신화를 최초로 만든 사람은 꽤 자유스러웠을 것이다. 맘대로 묘사하고 빼고 넣고 한들 누가 제재하고 통제했겠는가. 아부의 극치만 달리면 되는 것이니까.

가난한 자가 복이 있다는 것에는 기다림이 전제가 되어야 한다. 그런데 천박하게도 몇몇 유명인은 부와 명예를 갖고는 마약과 도박과 섹스에 탐닉한다. 그들이 보고 느끼는 인간의 조건은 무엇인가.

"하늘에서 하느님을 찾아보았지만 신은 우주 어디에도 없었다." 고 소련 우주선 탐험가는 말했다.

"달에 머무르는 동안 신의 존재를 아주 가까이에서 체험했다." 고 미국 우주 탐험가는 말했다.

눈에 보이는 물질이었다면 다시 확인이라도 해서 누구의 말이 옳은지 객관적으로 증명할 수 있을 것이다, 그러나 종교의 진리는 증명할 수 없는 정신세계의 것이고 각 사람의 믿음 안에서만이 객관성을 가질 수 있다.

"어느 곳에서도 신을 본 사람은 없다 그러나 만일 우리가 서로 사랑한다면 신은 우리 가운데 머무를 것이다."

톨스토이가 말했다.

말년을 기독정신으로 베풂의 삶을 살다간 톨스토이도 충일한 기독교도였지만 부활은 인정하지 않았다. 육화된 예수의 생애만으로 능히 크나큰 존경과 믿음이 일어나고도 남는다.

톨스토이는 루소를 존경한 나머지 루소의 초상이 새겨진 목걸이를 걸고 다녔고, 죽음이 두려워 꿈결에 혹시나 실수할까 봐 허리끈도 잠자리 옆에 두지 않았다.

조르다노 브루노는 또 어떻고. 그는 삼위일체, 그리스도의 신성과 인성, 그리고 마리아의 처녀성을 몽땅 부인했다.

왜 매번 〈아멘〉이란 마지막 뜻을 되풀이 하는가. 이제 분기별이나 일 년 아니면 몇 년에 걸쳐 아멘을 외쳐야 한다. 〈중中아멘〉을 거쳐 〈대大아멘〉은 일생에 한 번만 해야 한다.

『변경』(1957년 작)이란 소설로 유명한 프랑스의 소설가인 미셸 뷔토르를 방문한 재불 화가 이성자의 수행 비서인 젊은 화가에게, 그가 물었다.

"당신의 종교는 무엇입니까?"

하고 물어, 비서는 대뜸,

"가톨릭입니다." 했더니,

의아해 하는 표정을 짓고는, 조심스레,

"당신 나라의 토양에서 오랫동안 자라온 종교가 있을 터인데, 머나먼 이국의 종교를 믿습니까? 믿음은 대동소이한 것인데요."

루터는 법대에 진학한 지 몇 달 후 같은 해 7월 2일 에어푸르트 근처를 지날 때 강한 벼락이 내리쳐 죽음의 공포를 느꼈고, 성모 마리아와 광부들의 수호자인 성 안나에게 도움을 청하며 맹세했다.

루터는,

"성 안나여, 저에게 힘을 주소서. 그렇게 하신다면 저는 수도자가 되겠습니다." 라고 맹세했다고 한다.

결국, 요제프는 수도회 본부 수석의 설득에도 불구하고 명인직을 과감히 내던지고, 정치가가 된 데시뇨리의 아들 티토에게 가정교사가 되어주기 위해 속세로 떠난다. 그러나 가정교사가 되어 티토와 둘이서 데시뇨리의 산 속 별장으로 떠난 다음날, 티토는 요제프에게 수영을 하자며 산골짜기의 한적한 호수로 이끈다. 요제프는 티토를 따라잡기 위해 헤엄치지만 노인의 쇠약한 몸은 차가운 호수의 물을 버텨내지 못하고 허망하게 죽음을 맞이한다.

한 사람이 죽었다. 그가 평생토록 갈구하고 귀하게 여겼던 모든 것은 하찮은 것이 되고 말았다. 아니 한순간에 포말泡沫처럼 사라지고 말았다. 많은 나날을 고뇌와 방황과 근심으로 채워졌던 그 모든 것도 일순간에 사라졌다. 그것들이 도대체 무엇이었단 말인가? 지나친 욕심과 원한, 그리고 눈물이 아무 뜻도 없게 되고, 그렇게 성가시게 들어오던 문자, 메시지, 전화는 며칠 간 주인 잃은 대답 없는 메아리로 울려댈 것이다. 그러나 세상은 무슨 일이 있었느냐는 듯 여전히 바삐 그리고 무심하게 돌아갈 것이다. 얼마 지나, 가까운 사람들도 슬픔에 벗어나 상쾌한 가을바람을 깊게 들이마시며 살아있음에 감사 기도를 드릴 것이다. 그러나 머잖아 그들도 똑같은 죽음의 문턱에 들어서게 될 것이다.

누군가 단말마의 임종을 맞지 않으려면 종교에 귀의해야한다고 주장했다. 제백은 죽음에 이르는 기발 난 의견을 제시했다. 그것은 이승에 있어서 모든 것을 부정적이고 비극적으로 인식하면 미련 없이 편하게 눈을 감을 수 있다고 했다.

신임 총독의 부임 축하 행진을 집에서 구경하던 벤허 여동생이 더 자세히 보려고 발돋움하였다. 그 때 총독이 앞을 지나가고 있었다. 그만 여동생이 실수로 떨어뜨린 기왓장이 총독이 탄 말 앞에 떨어졌다. 말이 뒤로 넘어져 총독이 부상을 입었다. 결국, 이 일로 인해 가족이 일생일대 크나큰 시련을 겪게된다. 한때 한집에 기거하면서 친형제 이상으로 막역했던 친구가 정치적 견해로 인해 원수가 되었다. 그 친구는 이미 권력의 맛을 본 인물이 되었다. 벤허는 그게 오히려 큰 자극이 되었다. 어머니와 여동생은 한센병이 들어 문둥이 소굴에서 절망적으로 살아가고 있었다. 결국, 벤허가 고위층의 양아들이 되어 그들을 구한다. 예수한테 구원을 받은 것이다.

왜 이렇게 장황하게 열거하겠는가. 〈벤허〉의 저자 루 월리스가 한때 무신론자였는데, 집필 자료를 모으고 집필하는 과정을 통하여 독실한 크리스천이 되었음에 제백과 김서는 강한 감동을 받았다.

종교 없는 과학은 절름발이이며, 과학 없는 종교는 장님이라고 알베르트 아인슈타인은 외쳤다.

엘리엇은 「대성당의 살인」에서 절규했다.

아, 신이여, 용서하소서!
우리는 스스로를 전형적인 범인으로 생각하나이다.
문을 닫아걸고 불가에 앉아
신의 축복을 두려워하고,
신의 밤의 고독을 두려워하고,
신의 요구에 온전히 맡기기를 두려워합니다.

인간의 불의를 두려워하지만,
신의 정의를 더욱 두려워하고,
창문으로 디미는 손, 이엉에 붙는 불,
술집에서의 주먹,
도랑에 빠지는 것을 두려워하지만,

신의 사랑을 더욱 두려워합니다.

토마스 베켓이 간 지 꼭 팔백십 년 만에 로메로 대주교도 외쳤습니다.

저는 자주 죽음의 위협을 느꼈습니다. 그러나 그들이 저를 죽일 때 저는 엘살바도르 사람들의 가슴에 다시 살아날 것입니다. 제가 흘린 피는 자유의 씨앗이 되고 희망이 곧 실현되리라고 신호가 될 것입니다. 사제는 죽을 지라도 하느님의 교회인 민중은 영원히 죽지 않을 것입니다.

그러나 김서 신부는 두 분의 절규나 외침보다 더 고뇌에 빠지게 한 것이 있었으니,

차라리 돌아오지 않으시면 좋으련만. 왕과 귀족이 통치하는 땅, 우리는 여러 모양으로 고난을 겪어왔다. 그러나 우리는 우리대로 살아 왔다. 해결점을 찾으며 홀로 있는 것으로 만족하며, 상인은 조심스레 재산을 모으려 힘쓰고, 노동자는 자기 땅뙈기에 허리를 구부린다. 차라리 눈에 띄지 않고 살기를 원하노라. 이제 고요하던 계절들이 동요될까 두렵구나.

아, 대주교 토마스 각하, 우리를 두어 두시고, 버려

두시고, 음울한 도버를 떠나서 프랑스로 배를 돌리시라.

김서 신부는 주 일 회 성악 레슨 때 이미 성악에 탁월함이 있다고 인정받았다. 드디어 서품식 때 독창으로 박수갈채를 받았다. 김 신부는 일 년에 한두 번 서울 예술의 전당에서 독창회를

열곤 하였다. 소록도 등에도 봉사공연을 다닌다. 그리고 집무실에는 민물고기 어항이 두 개가 놓여 있다. 간혹 여름휴가를 아버지 제자인 아름다운 산 출판사 대표와 그의 아들인 넓고 빛나는 이름을 가진 친구와 같이 보내곤 한다. 친구는 어느 제백 제자 결혼식 때 만나 관악산 입구 계곡에서 버들치 치어를 잡다가 난생 제일 무서운 천둥벼락에 놀라 관악산 입구 대문 밑에서 몇 시간 보낸 암울한 추억을 간직한 사이였다. 그는 천재형인데 의외로 자기 물건 분실을 잘 했다. 그러나 방안을 어지럽게 하는 버릇은 군 생활 동안 많이 개선되었다. 어머니는 한수이남 최고 명문대 출신인데도 팔다리 걷어붙이고 생활 전선에 뛰어들어 억척 생활인으로 굳세게 자리매김하고 있다.

22장 서울이란 요술쟁이

제백은 오늘도 걷고 있다. 어제도 걸었다.

광화문역, 서대문역, 대림역, 석계역은 두 개 구가 포함되어 있고, 사당역과 구로디지털역은 세 개 구가 포함되어 있으며, 세 개 노선이 있는 역은 왕십리역, 공덕역, 상봉역, 디지털미디어시티역, 김포공항역, 종로삼가역, 동대문역사문화공원역, 고속터미널역. 서울역은 무려 네 개 노선이 있다.

구파발舊擺撥, 응암鷹岩, 구산龜山, 지축紙杻, 증산繒山, 녹번碌磻 등의 역과 대조大棗, 진관津寬, 갈현葛峴 등의 동 이름이 어려운 한자로 되어 있다.

그것들이 거의 한 곳에 몰려 있어 우연의 일치 치곤 묘했다. 그리고 마포구의 창전동倉前洞과 서대문구의 창천동滄川洞이 있다. 은평구의 신사동新寺洞, 강남구 신사동新沙洞, 관악구 신사동新士洞이 있다.

제일 긴 역 이름도 알아냈다. 칠 음절이 가산디지털단지, 구로디지털단지이고, 팔 음절은 디지털미디어시티인데, 다들 공통점이 외래어란 점이다. 대망의 구 음절은 '동대문역사문화공원'이다.

순우리말 역은 굽은다리, 노들, 돌곶이, 뚝섬, 마들, 먹골, 버티고개, 새절, 애오개 정도. 누군가 보라매도 언급했지만 원래는 몽골어이다.

그리고 사가정四佳亭역이 조선 시대 대문장가인 서거정의 호였다. 그러나 무엇보다 혼란스런 것은 역 이름엔 장한평長漢坪을, 동 이름은 장안평長安坪을 쓰고 있다는 점이다.

그리고 거리의 간판이 크고 조악하다는 것은 어제 오늘의 일이 아닌, 누구나 인식을 같이 하는 것이리라. 마치 '간판공화국'이나 되는 것처럼. 참으로 우리나라는 세계적인 '00 공화국'으로 칭할 만한 게 너무 많다.

저, 오스트리아의 잘츠부르크 버트라이트 거리의 예술성 높은 간판은 바라지 않지만, 강남이나 새로 개발된 지역 등 몇 곳은 그런대로 정비되어 있지만, 그것마저 시키면 할 수밖에 없다는 듯이 너무 획일적이고 일률적이 되어 있어, 마치 이어령의 『장군의 수염』을 연상시킨다.

그 외 다른 지역은 말해 무엇 하리. 시내를 벗어나면 대문짝만한 간판이, 마치 진주군처럼 위압하는 것에 비해 시내는 그래도 좀 낫다. 잘츠부르크는 문맹률이 높아, 새나 꽃이나 나무나 그 어떤 상징을 응용해서 만들었다면, 우리는 너무 문맹률이 낮아서 그 모양 그 꼴인지, 참, 알다가도 모를 일이다.

더 창피한 노릇은 간판의 오자가 너무 많다는 것이다. 그리고 더욱 심각한 것은 '정말, 제일, 순, 진짜, 100퍼센트, 참, 원조, 최초, 특상급, 최상급, 특최상급' 등의 수식어 두세 단어로 조합하여 간판으로 내건다는 점이다. 즉, '진짜 최초 원조 추어탕 집'. 불신의 시대 한 단면을 보는 것 같아 쓸쓸할 뿐이다.

오자의 경우, 심한 경우는 한 간판에 여러 개의 오자가 나온다. 예를 들어, '에이스 샤시 원일목재 알미늄 마춤문 하이샷시 스텐 전문'이다.

또 하나의 기막힌 경우는 신풍사거리와 바로 옆의 거리 간판 다섯 군데 중은 '영등포로타리'와 '영등포로터리'를 번갈아 표기하고 있으며, 동작구 '장승배기'인지, '장승백이'인지 도통 알 수가 없다. 그리고 역은 신사에서 새절로 바꿨는데, 〈신사지구대 증산치안센터〉니, 〈신사지구대 수색치안센터〉는 왜 아니 그대로인가.

그런데 오자 중 뭐니 뭐니 해도 가장 큰 오자는 '이화여자대학교'의 영문 표기인 '*EWHA WOMANS UNIVERSITY*'의 '*WOMANS*'가 아닌가 한다. 수많은 변명을 널어놓지만 하늘이 두 쪽이 나도 아닌 것은 아닌 것이다. 틀린 것을 인정하고 수정하는 자세야 말로 진정 지성인의 모습이 아닐까 하고 쓱쓰레 입술을 깨물어본다.

대중가요 중에는 서울에 관한 노래가 너무 많다. 주로 '비 내리는~'으로 시작되는 노래가 많다. 대개 잘 알려진 것들이라 좀 진부하던 차에, 한 노래를 발견하곤 기뻤다. 그것은 배호의 '사랑은 하나'. 그 추웠던 을지로, 퇴계로의 빌딩 숲과 대한극장을 지나면서 많이도 흥얼거렸다. 누군가 말했다. 을지로 빌딩 숲 사이로 부는 그 칼바람이야말로 서울 시내 그 어느 곳 바람보다 비극적이라고.

헤어진 옛사랑을 찾듯 삼각지를 돌아다녔고, 덕수궁 돌담길과 덕수제과를 추억하면서 광화문연가를 부르곤 했다. 장충단 공원 주위를 돌며 낙엽송인 일본잎갈나무의 단풍에 취해보기도 했다. 안개는 노래처럼 피어오르지 않았다.

군 시절, 헤어진 여인을 못 잊어 한 잔 술에 통곡하던 어느 상병을 회억하며, 밤의 영등포 거리를 이 잡듯 구석구석 인파를 헤집고 다녔으며, 성신여대입구역에서부터 단장의 미아리 고개를 넘었고, 아파트가 들어서기 훨씬 전, 가난한 자취생 제백을 찾아온 인과 안개가 피어오르던 허허 벌판 갈대밭에서 밤 새워 청춘을 고뇌했던 그 상계동은 이제 아파트촌으로 상전벽해가 되어버렸던 것이다. 그 여인의 향기를 찾아 끝없는 방황을 하였다.

비 내리는 명동거리의 우울함과 밤 깊은 공덕동에서 흘러온 마포종점, 드디어 파트너와 김포공항역에서 문주란식 이별을 한다. 그는 영종도 운서雲西역까지 가야 할 밤의 나그네였으니까. 그를 보내고 어느덧 보금자리 근처에 오면, 주현미의 '신사동 그 사람'이 되고 마는 것이다.

거리의 화분이나 화롱에 담긴 '사피니아Surfinia'이란 꽃이다. 페튜니아의 개발품종으로 더욱 맘에 드는 것은 '당신과 함께 있으면 편안해집니다' 란 꽃말. 청보라, 핑크, 그리고 하얀색 등이 있는데, 과천의 하얀꽃길은 인상 깊었다.

다음으로는 메꽃. 시내 중심가에는 잘 안 보이지만 조금만 벗어나면 여기저기 많았다. 세기의 지성파 배우 까뜨린느 드뇌브가 주연한 영화 제목 '세브리느' 가 우리말로 메꽃. 밤에는 정숙한 의사 아내이면서 낮에는 요부가 되어 사디스트와 마조히스트를 만나기도 한다.

그리고 거리 상점 앞 곳곳에 많이 보이는 '천사의 나팔꽃' 이란 식물이 있는데, 밤에 아래로 향해 피며, 진한 향기를 내는 독특한 꽃이다.

메꽃, 달맞이꽃, 하눌타리, 메밀꽃, 옥잠화, 야래향, 분꽃, 박꽃, 산세베리아(천년란), 수련, 빅토리아연, 나이트 플록스(*Night Phlox*, 자루지앙) 등이 밤에만 꽃이 핀다.

서울은 가로수가 지역마다 특징 있게 서서 그 위용을 뽐내고 있다. 약 삼십만 그루가 심어져 있는데 대표적인 수종은 은행나무로 약 40퍼센트를 차지한다. 다음으론 플라타너스, 그 다음은 아까시나무와 닮았지만 가시가 없고, 대체로 늦게 꽃이 피며, 구권舊券 천 원짜리 뒷면의 도산서원 뜰에 있다가 몇 년 전 고사枯死한 회화나무가 압구정로와 연서로(연신내역에서 기자촌사거리)에 있다. 요즘은 일산을 비롯한 신도시의 몇몇 거리에도 보인다. 회화나무는 옅은 노란색의 예쁜 꽃이 있어서 괴황槐黃, 괴화수槐花樹, 괴정槐庭, 괴당槐堂, 괴각槐閣, 괴목槐木이라고 한다. 그리고 중국 원산의 외래종인데 언제 들어 왔다는 기록이 없다.

화곡로엔 나무 중 대체로 크게 자라는 메타세쿼이아, 잠원로엔 어렸을 때 가죽자반 해먹었던 참죽나무(참중나무)와 비슷하게 생긴 (개)가죽(가중)나무가 주로 있으며, 이팝나무는 이촌동에서 전쟁기념관 앞쪽과 최근 조성된 신도시에 많다. 금호동역 2번 출구 왼쪽 쉼터 앞의 참느릅나무 두 그루는 능수버들처럼 늘어져 오가는 이의 여유를 안겨주기도 한다. 그 밖에 느티나무, 칠엽수(마로니에), 벚나무, 배롱나무(나무 백일홍)가 있고, 간혹 감나무, 소나무가 그렇게 서 있다.

그리고 튤립나무는 출협과 미대사관 직원 관사 사이와 서울시립대 구내에 분포되어 있다.

사실 소나무는 한국의 대표적인 수종이다. 소나무를 보면 울음이 나온다고 쓴 적이 있지만 소나무만큼 한국인을 닮은 나무도 이 세상에 없다. 태어날 때는 솔잎을 매단 금줄을 띄우고 죽을 때에는 소나무의 칠성판에 눕는 것이 한국인의 일생이다. 하지만 그 쓰임새보다도 소나무의 생태와 형상 그 자체가 한국인에 더욱 가깝다. 풍상에 시달릴수록 그 수형은 아름다워지고 척박한 땅일수록 그 높고 푸른 기상을 보여 준다.

서울 가로수는 은행나무·버즘나무·느티나무·벚나무가 주류를 이루는 가운데, 이팝나무·회화나무·메타세쿼이아가 조금씩 차지해 '7대 가로수'를 형성하고 있다. 최근에는 소나무 가로수 길도 생겼다. 명동역~광희문길, 롯데백화점 앞길 등에 소나무 가로수길을 조성했다. 다만, 소나무는 관리 비용이 많이 들고 공기정화 능력이 좀 떨어져 가로수로 맞지 않다고 주장하는 학자들이 있다. 그리고 배롱나무가 주로 화단에 심지만, 경북 울진, 전남 담양 등 지방에서는 가로수로도 쓰고 있다.

서울시는 서울 환경에 적합한 스물두 종 가로수를 선정하고 은행나무와 버즘나무 비중을 점차 줄여가는 수종 다양화 정책을 펴고 있다. 다양한 가로수길이 생기면 그만큼 서울에 개성 넘치는 거리도 많아질 것이다.

서울시는 녹지를 중심으로 과일나무 심기에 나섰다. 종로구와 함께 운현궁 주변에 사과나무와 감나무를 심었다. 그러나 관계자는 과일나무는 가지가 낮아 보행에 불편을 줄 수 있는 데다 농약 처리 등 손이 많이 가기 때문에 가로수로선 적당하지 않아 주로 녹지 지역을 활용해 식재 작업을 한다는 것이다.

흔히 문학작품 속에서도 '이름 모를 새', '이름 모를 꽃과 나무' 운운하는데 그 얼마나 무지의 소치인가. 일찍이 저, 프랑스의 플로베르는 소설 '보바리 부인'에 수많은 식물을 등장시키고 있지 않은가. 이름 모름은 김상진의 '어느 여인에게'나 김정호의 '이름 모를 소녀'에서 종지부를 찍어야 한다.

사실, 대다수 사람들은 자연의 신비한 현상을 먼 나라 이야기로 치부하기 일쑤다.

즉, 덩굴식물 중에 시계도는 방향으로 감는 것을 오른쪽 감기, 그 반대현상을 왼쪽감기라 한다. 신기하게도 나팔꽃 옆에 막대기를 세워놓고 억지로 오른쪽으로 감아두고 하룻밤을 지나면 왼쪽인 제자리로 돌아오고 만다. 물론 더덕이나 환삼덩굴, 표주박 등과 같은 일부식물은 오른쪽 왼쪽 관계없이 감아 올라가기를 한다.

마지막으로 외래종, 특히 외래식물에 대해서 할 말이 많다. 영국의 경우 될 수 있으면 외래종도 자기 나라화 하려는 노력이 있는 데 반해 우리나라는 배척 일변도이다. 비가 알맞게 내리는 10월 초 산길을 우산을 받치며 걷고 있을 때 길 옆에 하얗게 피어 있는 꽃이 바로 서양 등골나물이다. 짙은 안개마냥 구름 속을 걷는 듯한 착각을 불러일으킨다. 이런 계절, 이런 날씨에 이토록 선연鮮妍하게 가슴을 아리게 하는 것은 이 꽃 아니고는 없을 것이다.

제백은 내일도 걸을 것이다.

23장 노익장을 과시하다

*호 안의 숫자는 작품 발표 시 나이

『복락원』(64)의 존 밀턴, 『요한 패턴과 아메리카의 발견』(67)의 다리오 포, 『유리알 유희』(67)의 헤르만 헤세, 『깊은 강』(71)의 엔도 슈사쿠, 『부활』(72)의 레오 톨스토이, 『해방된 혀』(73)의 엘리아스 카네티, 『켈트족의 꿈』(75)의 마리오 바르가스 요사, 『내 슬픈 창녀들의 죽음』(77)의 가브리엘 가르시아 마르께스, 『에피 브리스트』의 테오도르 폰타네, 『고등사기꾼 펠릭스 크롤의 고백』(79)의 토마스 만, 『만년양식집(晚年樣式集)』(79)의 오에 겐자부루, 『성호사설』(80)의 이익, 『『프라하의 묘지』(81)의 움베르토 에코, 『디어 라이프』(81)의 앨리스 먼로, 『의지와 운명』(81)의 카를로스 푸엔테스, 『파우스트』(83)의 요한 볼프강 본 괴테, 『숲 속의 방』(84)의 노먼 메일러, 『셰익스피어의 기억』(85)의 호르헤 프란시스코 이시도로 루이스 보르헤스, 『『무의미의 축제』(85)의 밀란 쿤데라, 『카인, cain』(88)의 주제 사라마구가 있다.

그리고 94세로 장수한 도리스 레싱은 90세에 『알프레드와

에밀리, *Alfred and Emily*』를 내놓았다. 2013년 148회 아쿠다카와 수상작인 〈ab산고〉를 쓴 당시 77세의 구로다 나쓰코 님, 그리고 우리나라 『난설헌』(76)의 최문희 님.

24장 미완성 작품들

점점 나아간다고 기대에 부풀었던 실귀가 갑자기 사경을 헤매게 되었다.

결국, 의사와 친지의 의견을 물어 실귀의 산소 호흡기를 제거했다.

실귀의 유골함을 제백이 들고 여려가 힘없이 뒤따랐다. 사고지점인 구룡못에 찾아간 시각은 저녁놀이 질 무렵이었다. 여려는 유골함을 안고 유골을 집어 마치 농부가 모판에 볍씨 뿌리듯, 들판에 비료 뿌리듯, 사고지점과 주변에다 뿌렸다.

그날 밤 둘은 마을사람들을 피해, 마을 뒷골 능성이로 해서 도산밭골 절벽 위에 올라가 밤새 술을 마셨다. 저 건너편 구룡사에서 몇 차례 예불 종이 울렸고, 바로 앞 누룩바위 절벽의 독수리 둥지엔 어미가 잡아온 먹이를 뒤뚱거리며 받아먹는 제법 솜털 보송한 새끼독수리가 정겹게 다가왔다.

어느덧 절벽 너머 동쪽으로부터 여명이 희붐하게 트기 시작했다.

제백이 일출 방향을 향해 큰소리로 외쳤다.

〈카라차라파우파우플레이〉
〈카라파라파우파우플레이〉

아들 김서 신부가 신학대학에 입학하고 난 후 처음으로 외쳐
본 주문이었다.

---

① 피츠제럴드: 마지막 거물의 사랑
② 헤세: 고슴도치. 베르톨트. 꿈의 여행
③ 티크: 프란츠 시테른발트의 방랑
④ 박경리: 토지. 나비야 청산 가자
⑤ 현진건: 웃는 포사. 흑치상지. 선화공주. 적도
⑥ 오스틴: 수잔 아가. 캐서린. 샌디션
⑦ 노발리스: 푸른 꽃
⑧ 김유정 :생의 반려
⑨ 이인직: 모란봉
⑩ 디킨스: 에드윈 드루드의 수수께끼
⑪ 다자이 오사무: 굿바이
⑫ 바하만: 프란짜의 죽음
⑬ 실러: 데메트리우스
⑭ 김수영: 의용군
⑮ 심훈: 동방의 애인. 불사조
⑯ 사르트르: 자유의 길
⑰ 도스토예프스키: 카라마조프가의 형제. 마리
　　스튜어트. 보리스 고두노프. 네또츠카 네즈바노바
⑱ 셰익스피어: 헨리Ⅷ. 두 귀족 사촌 형제
⑲ 스탕달: 라파르살. 뤼시앵 뢰뱅. 나폴레옹에 관한
　　회상록. 라미엘. 앙리 브륄라르의 삶
⑳ 김내성: 실낙원의 별
㉑ 스턴: 신사, 트리스트럼 샌디의 생애와 의견

㉒ 콜린스: 월장석
㉓ 마르그리트 드 나바르: 헵타메론 엡타메롱
㉔ 오노레 뒤르페: 아스트레
㉕ 파스칼: 팡세
㉖ 발자크: 인간희극
㉗ 앙드레 쉐니에: 이앙브
㉘ 플로베르: 부바르와 페퀴셰
㉙ 프루스트: 장 상퇴유
㉚ 생텍쥐페리: 성채
㉛ 베르길리우스: 아이네이스
㉜ 최명희: 혼불. 제망매가
㉝ 카프카: 심판. 아메리카. 성. 묘지지기
㉞ 시엔키에비치: 외인부대
㉟ 워튼: 해적
㊱ 칼비노: 미국 강의. 민담에 대하여
㊲ 호손: 그림 쇼 박사의 비밀. 조상의 발자국. 셉티미 어스 펠튼. 돌리버 로맨스
㊳ 만: 사기꾼 펠릭스 크룰의 고백
㊴ 제임스: 상아탑. 과거감
㊵ 푸익: 상대적인 습기
㊶ 푸슈킨: 표트르 대제의 흑인 노예. 편지로 쓴 소설. 고류히노 마을의 역사. 이집트의 밤
㊷ 나쓰메 소세키: 명암
㊸ 이청준: 신화의 시대
㊹ 톨스토이Lev Nikolaevich Tolstoi: 어제 이야기. 산송장. 그리고 어둠 속에 빛이 비친다. 데카브리스트
㊺ 안수길: 동맥
㊻ 이양지: 돌의 소리
㊼ 황석영: 영등포 타령. 평야. 흐르지 않는 강. 백두산
㊽ 신채호: 일목대장의 철퇴. 꿈하늘. 백세노승의
미인담. 류화전. 고구려 3걸전
㊾ 뷔히너: 보이체크
㊿ 호프만스탈: 안드레아스, 또는 합일된 자
(51) 김남천: 대하. 1945년 8·15
(52) 이병주: 별이 차가운 밤이면. 카리브해. 제5공화국
(53) 바이런: 돈 주안
(54) 김소진: 동물원. 내 마음의 세링게티

⑨ 홍명희: 임꺽정

㉑ 이은성: 소설 동의보감

㉒ 나보코프: 선물. 홀로 왕

㉓ 이문구: 토정 이지함. 오자룡

㉔ 페드로 칼데론 데 라 바르카: 신성한 필로테아

㉕ 발터 벤야민: 파사젠베르크

㉖ 레르몬토프: 리고프스카야 공작부인. 바딤

㉗ 니체: 권력에의 의지

㉘ 정약용: 경세유표

㉙ 허목: 경례유찬

⑩ 마르크스: 자본론

⑩ 무질: 특성 없는 남자

⑩ 카뮈: 최초의 인간

⑩ 고 트홀트 에프라임 레싱: 파우스트 박사

⑩ 이광수: 서울

⑩ 이해조: 잠상태

⑩ 지오노: 폴란드의 풍차

⑩ 베르나노스: 예수의 생애

⑩ 러셀/앨프리드 화이트헤드: 수학 원리

⑩ 폴 발레리: 나의 파우스트

⑩ 숄로호프: 그들은 조국을 위해 싸웠다

⑪ 블로크: 역사를 위한 변명

⑪ E.T.A.호프만: 수코양이 무르의 인생관에 덧붙여서 이 원고에 우연히 끼어든 휴지에 기재된 악 지휘자 요하네스 크라이슬러의 미완성 전기

⑪ 칼 바르트: 교회 교의학

⑪ 하이네: 바헤라하의 랍비

⑪ 라블레: 가르강튀아 대연대기

⑪ 마크 트웨인: 괴상한 타관 사람 신비한 소년 44호

⑪ 스티븐슨: 허미스턴의 둑. 성 아이베스

⑪ 체호프: 플라토노프. 숲 귀신

⑪ 싱: 슬픔에 빠진 디어드리

⑫ 단테 알리기에리: 향연

⑫ 투키디데스: 펠로폰네소스 전쟁사

⑫ 기욤 드 로리스: 장미 이야기

⑫ 스티그 라르손: 밀레니엄

⑫ 토크빌: 구 제도와 프랑스 혁명

⑮ 기 드 모파상 : 이방인의 영혼. 삼종기도
⑯ 강승한: 민족의 태양
⑰ 톨킨: 후린의 아이들
⑱ 마테오 마리아 보이아르도: 사랑에 빠진 오를란도
⑲ 로베르토 볼라뇨: 2666
⑳ 부닌: 체호프에 관하여
㉑ 프랭크 노리스: 밀의 서사시
㉒ 제라르 드 네르발: 파울 후작. 오렐리아 꿈과 인생
㉓ 프란츠 베르펠: 여자 거인
㉔ 디오니시오스 솔로모스: 자유로운 농성자들
㉕ 카렐 차페크: 작곡가 폴틴의 삶과 작품
㉖ 제임스 M. 케인: 자서전
㉗ M.M.보이아르도: 사랑하는 오를란도
㉘ 토마스 아퀴나스: 신학대전
㉙ 예브게니 이바노비치 자먀찐: 천벌
㊵ 조지프 콘래드: 자매들
㊶ 테오도르 폰타네: 마틸데 뫼링
㊷ 마쓰모토 세이초: 신들의 난심
㊸ 스티그 라르손: 밀레니엄

제백은 또 한 번 주문을 힘껏 외쳤다.

그리고는 색색가지 유리구슬로 변한 〈미완성 작품들〉을 불러 모았다. 그것들이 제백의 온몸을 친친 감았다. 그러자 제백이 하나하나 호명하면서 떠나야 할 구슬과 남아야 할 구슬을 가리기 시작했다.

결국, ⑰ ⑳ ㉑ ㊸ ⑤ ⑦ ⑲만 남기고 모두 창공을 향해 힘껏 던졌다. 햇빛에 반사되어 빛났다. 짧은 순간이었다. 어느 틈엔가 하나도 남김없이 자취도 없었다. 남은 구슬은 일곱 개로서 각각 깊은 사연을 안고 있었다.

일곱 구슬을 양 바지 주머니에 넣고 절벽을 향했다.

순식간에 제백의 흔적은 어디에도 없었다.

고여 있는 물의 경우, 얼마만큼 넓어야 썩지 않고 자정 능력이 생길까?

여려는 더 이상 제백의 행동에 간여하지 않고 뭔가 감을 잡은 듯, 이내 단념하고 힘겹게 마을을 내려왔다.

갑자기 머리가 하얗게 셌다. 청탄정 위 조그만 암자에서 기거하기로 맘먹었다. 사람들과 소통하기 싫었던 게 가장 큰 까닭이었다. 사람들은 그녀가 서서히 미쳐가고 있다고 생각했다.

김서 신부는 삼밭골 입구를 공소자리로 정했다. 공소 안에 그간 구룡못에서 죽은 영혼들을 달랠 작은 위령비를 세울 계획이었다. 물론 이번 사건으로 죽은 많은 아랫마을사람들의 합동 위령에 대한 것은 좀더 시청과 논의를 거쳐야 할 것이다. 이러한 모든 것을 사천성당 선배 신부가 도맡기로 했다. 지원만은 마산 교구가 하기로 되어 있다.

공소로 정한 곳은 못에 물이 찼을 때 큰 이무기가 건너다녔다고 사람들이 믿었던 계곡 입구의 제법 너른 터였다. 그리고 삼밭골 도요지와 가장 가까운 거리였다. 그 동안 물이 차서 빙 둘러 다녔기 때문에 이렇게 가까운 줄 아무도 몰랐던 것이다.

못이 형성되기 오래 전부터 큰길이 나 있었기 때문에 새로 길을 만들 필요가 없었다. 어차피 못으로 인해 생긴 산길은 위험하고, 사고도 잦아 이용이 뜸해질 것이다.

아직도 못 구덩이 여기저기엔 커다란 잉어, 붕어, 메기, 민물장어 등의 사체를 뜯어먹는 독수리 떼가 있었다. 냄새 또한 심했다.

김서 신부는 백수광부가 여려일 것이라고 단정했다, 뒤를 밟아 갔다. 제백 고향 집 뒤 돌담을 끼고 올라갔다. 골목길은 정겨움이 넘치게 잘 단장되어 있었다. 여려가 도착한 곳이 청탄정 재실 좌측 계곡 위였다. 그러니까 모의재慕義齋란 큰 재실을 짓는 동안 임시로 만든 조그마한 곳이었다. 모의재가 완성되고 이곳은 거의 쓸모없어 아무도 신경 쓰지 않는 곳으로 변했다. 방 하나에 좁은 제단 마루가 있었다.

너무 협소하고 계곡물이 넘칠 때 위험하지 않을까 걱정이 되기도 했다. 서로 눈이 마주치자, 여려는 놀라는 기색도 없이 김신부를 제백으로 알았는지 대뜸 욕을 해댔다. 그러다가 '실귀야' 하다가 제정신이 돌아왔는지 알아보고는 양손으로 신부의 볼을 어루만졌다.

그리고는 방안에서 웬 분홍색 보따리를 꺼내 들고 나왔다. 신부가 보따리를 풀어보니, *A4* 복사용지 단면에 인쇄된 글이었다.

제목은 『나후 행전羅睺行傳』에다 줄을 긋고, 또 『제백 행전濟百行傳』에도 줄을 긋고, 다시 『빛 근처 무지개 줍기』로 고쳤다가 다시 『구룡못』으로 결정을 했다가 『내가 죽인 판게아』

로 최종 결정을 내렸다. *HY견명체* 사십팔 포인트였다.

판게아가 지금의 지구처럼 나누어진 데는 여러 가지 요인이 있겠으나 제백은 창세기 11:1, 9와 유사한 것이라고 굳게 믿고 있었다. 온 땅의 언어가 하나요 말이 하나였더라. 그러므로 그 이름을 바벨이라 하니 이는 여호와께서 거기서 온 땅의 언어를 혼잡하게 하셨음이니라. 여호와께서 거기서 그들을 온 지면에 흩으셨더라.

판게아의 분열이 인류의 원죄인바 판게아로의 복원이 곧 인류의 화합과 평화와 직결된다는 것이 제백의 믿음이요 궁극적 소망이다.

평소 제백은 매너리즘에 빠진 문단을 질타했다.

한때 제백은 시나리오 작가인 후배와 해남 대흥사를 찾았다. 주지 스님은 대충 이야기를 듣고는

"지난 번 이청준 씨가 와서 마지막으로 다 훑고 갔어, 뭐라더라. 음, 『시간의 문』이랬지. 이제 다른 곳에 가 봐요."

그랬다. 월남 갔다 오면 월남 이야기만 주야장청 우려 써먹다 보니 다들 식상하지. 날마다 밤마다 〈시인 통신〉이나 〈평화 만들기〉에서 외상 술값 시비를 해대는 이 시대 풍토에서 에코나 보르헤스가 나올 리 만무하지.

누군가 개탄했다.

미국에서 브롬필드의 문법을 연구한 교수는 죽을 때까지 그

이론만 고집하고, 간혹 세미나에서 자기 이론을 비판하려는 낌새만 보여도, 세미나를 듣지 않고 그 반박 자료에 몰두하는 게 우리나라 풍토다. 이는 우리나라가 문화적 기층이 너무 얇다는 증좌다.

제백이 일본서적협회 주관의 〈출판학교〉 편집연수코스를 이수하기 위해 출판사 직원 한 명과 같이 도쿄에 몇 달간 머물렀다. 그 때 하숙집은 고교생 아들을 둔 과부가 살고 있었다. 자연히 배달되는 잡지에 관심을 가지지 않을 수 없었다.

이상하게도, 우리나라로 치면, 〈월간 신동아〉나 〈월간 조선〉류의 성인물, 그리고 〈월간 현대문학〉이나 〈월간 문학사상〉류의 문학 전문지, 그리고 과학 잡지 등 세 가지가 다달이 배달되는 점을 이상하게 여겼다. 궁금했다. 혹시 삼촌 되는 사람이 원양어선을 타고 멀리 나간 게 아닌가 하고 생각도 해 봤다. 결국, 조심스럽게 여쭤봤던 것이다.

그는 여주인의 답변에 기가 죽어 고개를 들 수 없었다. 그것은 이제 고 2학년생인 아들을 위해, 미리 이러한 잡지를 구독하게끔 습관을 들이기 위한 것 에 무척 당황했던 것이다. 비록 다 읽을 수는 없겠지만 표지와 차례만이라도 읽어본다면 커서 성인이 되면 자연스럽게 그러한 고급문화에 젖어들 것이란 생각이 너무나 감동적이었던 것이다.

과연 우리나라 가정에서 단 한 종의 잡지라도 정기 구독하는 데가 몇 집이나 되겠는가. 부끄러운 일이다. 그렇다. 이어령 님은 말했다. 성동 벽두에서 축구가 일본에게 3대 0으로 지면 난리 법석을 떨면서 문화와 시민의식이 몇 십대 빵이 되어도 만사를 잊고 희희덕거리니, 참으로 통탄할 일이다.

몇 년 전 경북 봉화에서 일어난 일이었다. 장마와 태풍으로 온 나라가 난리였다. 봉화도 마찬가지였다. 그런데 불과 작년에 새로 건설한 다리 두 곳이 영락없이 무너져 흔적도 없이 떠내려 갔던 것이다. 그런데 일제강점기에 건설한 두 곳은 아무 탈 없이 굳건하게 버텼다니 무슨 말을 더 하겠는가.

출협 회장단이 일본 출장을 마치고 어느 술집에서 술을 마시고 왔다가 한 삼 년이 지나 그 집을 다시 한 번 들렸다. 그 때 마담이 삼 년 전에 남겨 놓은 술병을 들고 나오는 게 아닌가. 소위 고급 선진 키핑 문화였다.

우리나라는 뭐 좀 인기 있어 소문만 났다하면 다음해에 자리를 넓히든지, 다른 곳으로 이사를 가기 십상이다.

제백이 전자제품 대리점을 할 때도 일본산 녹음기는 만져 봐도 그 질감이 부드럽고, 장치들도 스무스했다.

사람들은 박카스며, 거의 모든 산업의 여러 제품들이 일본에서 도입한 것이라고 하면, 옛날 일본은 우리한테 얼마나 많은 것을 배웠고, 심지어 사람까지 끌고 가서 터를 잡았냐고 항의를 해 댄다.

그들의 기발 난 착상과 창조에 대한 끝없는 시도는 비단 제품 뿐 아니라 문학에서도, 잡지에서도 나타나고 있었다. 요일별 잡지가 발행되고 읽혀진다는 것이 더욱 놀랍다.

그러니 제백은 국가적 사명을 띠고 여러 시도를 감행했다. 특히, 마르셀 프루스트의 대표작 경우인데, 우리나라에서 그런 작품이 나오기는 요원하다는 결론에 봉착했다. 그것은 음악, 미술, 특히 미술에 대한 고도의 지식은 그 나라의 문화가 고도로 발달해 있어야만 가능하리라.

박이문 교수의 글을 읽고 느낀 점은 우리나라 풍토에서 철학이나 사회과학 분야의 대학자가 태어나기란 너무도 힘들겠다는 것이었다. 첫째, 언어요 둘째가 문화 풍토. 언젠가 언어학자 박시인 교수가 알타이 어 연구를 집중적으로 하려다 포기했다고 술회한 글을 접했다. 오구라 신페이(소창진평小倉進平,『향가 및 이두의 연구』)의 업적에 분개한 양주동처럼 시도했으나, 소위 말해 생계에 보탬이 안 되어 포기했다고.

차라리 북한처럼 집단 창작이나 저술이 부러울 정도라고. 그러니 국학분야가 북한이 앞서고 1960년대 미국에서 장서량이 제일 많은 〈미 의회 도서관〉에 북한 서적이 월등히 많았음은 무엇을 말해주는가.

신기하고 특색 있는 것을 찾아다니는 여행자의 입장에서 볼 때, 서울, 동경, 뉴욕 시내가 무엇이 다르랴. 특히, 그곳이 고급호텔일 때는!

누군가 말했다. 서울은 만인의 타향이고, 3대가 남아있는 집안은 4.9퍼센트에 불과하며, 누구도 진정한 애정을 갖고 있지 않다고. 그러니 서울은 영혼이 없다는 말이 강하게 와 닿는다. 오로지 아파트의 무서운 발전만 보일 뿐이다. 낮고 구석진 독립문

안산에서 내려다본 서울마저도 하얀 아파트 천지다. 옛 것을 말하기가 부끄러울 정도로 빠르게 점령해가는 산, 그렇다, 선조들은 명산에다 불사 짓기에 혈안이 되었고, 오늘날엔 변두리 산들은 골프장이다, 연수원이다, 하여 이미 점령을 당한 지 오래다. 소위 쿠데타나 혁명은 ─사실은 둘 다 같은 말이지만 굳이 우리나라에서만 뜻을 달리한다.─ 전통을 파괴하기 십상이라 명맥을 지켜온 고전은 난도질당하고 만다. 그러다가 세월이 흘러 다시 복원하려고 할 때는 이미 때는 늦어 복원이 쉽지 않게 되는 것이다. 이렇게 나가다간 서울의 산은 다 허물어져 아파트에 점령하고 말 것이다. 하기야 누구는 말했다. 서울의 산이 너무 많아 공기 순환이 잘 안 된다고. 그 논리를 들이대면서 강행하면 누가 제대로 항변 한 번 제대로 하겠는가.

그런데 제백은 이 원고를 여려한테 맡겼을까, 생각했으나 아들이 신부가 되고, 딸과 아내가 없는 마당에 그냥 폐기하려다 맡긴 게 아닌가 하고 짐작했다. 컴퓨터에 저장되어 있거나 완성되었을 당시 자기 자신에게나 누군가에게 메일로 보냈다면 굳이 프린트 물을 남길 필요가 있었겠냐고 여려한테 물었다. 몇 달 전 제백이 책이며, *DVD*, 옷가지를 동묘 장사들한테 적당히 나눠주었다는 것이다. 심지어 김 신부가 군 제대하면서 갖고 온 워커 네 켤레도 처분했고, 오백 기가바이트 *USB*도 구룡못에 던져버렸다고 했다.

신부는 프린트 물이 든 보따리를 불끈 쥐었다.

신부는 서둘렀다.

여려는 암자 입구 청탄정 대문 앞까지 배웅 나왔다. 신부는 한사코 들어가라고 손을 저었다. 일몰의 희미한 빛이 그녀의 모습을 잿빛 덩어리로 만들고 있었다. 신부는 잠시 눈을 감았다.

신부는 눈물을 훔치고 마을 입구로 내려왔다. 다행이 나다니는 사람들이 없었다. 밤차를 타고 마산교구로 가기 위해 사천 택시를 불렀다. 점점 사위를 구분할 수 없을 정도로 어두워지고 있었다. 풀벌레 소리가 처량하게 들려왔다. 별똥별 하나가 긴 막대를 그으며 그의 머리 위로 지나갔다.

또 운석이 떨어질 것인가?

그의 상념을 헤집고, 택시가 헤드라이트를 밝게 비추며 오고 있었다. 천상에서 제백의 〈카라차라파우……〉가 희미하게 들려오고, 그 소리 따라 〈대대로〉 〈멋대로〉가 들려오다가 서서히 〈뜻대로〉에 밀쳐나고, 갑자기 〈뜻대로〉가 천둥벼락 같은 울림으로 변하기 시작했다. 순식간이었다. 그 소리가 끝나자마자 서쪽 도산밭골 절벽 쪽에서 일곱 개 유리구슬이 오색영롱한 광채를 내뿜으며 김서 신부 쪽으로 향해 오고 있었다. 그러자 갑자기 한 마리 황금독수리로 변하더니 김서 신부가 들고 있는 보따리를 낚아채 북쪽 큰골 동굴 쪽으로 날아가는 것이었다.

그러자 사방팔방에 깔렸던 짙은 연무가 서서히 걷히기 시작했다.

내일이면 아침이 수술의 마취도 풀려, 서서히 통증을 실감하게 될 것이다.